WILLY BRANDT
ERINNERUNGEN

PROPYLÄEN

CIP-Titelaufnahme der Deutschen Bibliothek

Brandt, Willy:
Erinnerungen / Willy Brandt. – Frankfurt am Main : Propyläen ;
Zürich : Ferenczy, 1989
ISBN 3-549-07353-4

© 1989 by Verlag Ullstein GmbH Berlin, Frankfurt am Main
Propyläen Verlag
und Ferenczy Verlag AG, Zürich
Satz: Fotosatz Otto Gutfreund, Darmstadt
Druck und buchbinderische Verarbeitung: May & Co., Darmstadt
Printed in Germany 1989
ISBN 3 549 07353 4

INHALT

I. HEIMKEHR IN DIE FREIHEIT

An der Grenze des Möglichen	9
Der Prüfstand Berlin	17
Der Alte vom Rhein	37
Große Worte, kleine Schritte	55
Kennedy oder Der Zwang zum Wagnis	65

II. DIE ENTDECKUNG DER WELT

Eine unbehauste Jugend	85
Schule des Nordens	98
Das Naive und das Wirkliche	107
Gedanken im Kriege	122
Am Rande des Lebens	139

III. ENDSTATION FRIEDEN

Welche Einheit?	153
Von der Mühsal einer Kurskorrektur	168
»Wenn schon Entspannung, dann machen wir sie«	185
Im Kreml und auf der Krim	195
Der Kniefall von Warschau	211
Die beiden Deutschland und die alte Hauptstadt	224

Anerkennung – Resignation oder Neubeginn? 234
Der große Charles und das kleine Europa 240

IV. MACHTKÄMPFE

Wer wagt, gewinnt 261
Soll und Haben 271
Non olet 283
Das Erhabene und das Lächerliche 295
Ein Sieg zerrinnt 303

V. ABLÄUFE

Das Geschehen... 315
...und das Schweigen 330
Zusammenhalt 341
Ende gut, alles gut 353
Ein fröhlicher Abschied 367

VI. PRINZIP ZUKUNFT

Nord-Süd-Passagen 375
Das beschädigte Paradies 389
Stalins zweiter Tod 403
Maos düsterer Schatten 413
Olof Palme und die Sache mit der Sicherheit 426
Macht und Mythos 436

VII. BAUPLÄNE

Offene Türen	449
Tapetenwechsel	462
Eckpfeiler	475
Risse	485
Freiräume	496
Biographische Daten	501
Personenregister	505

I. HEIMKEHR IN DIE FREIHEIT

An der Grenze des Möglichen

13. August 1961: Es war zwischen vier und fünf Uhr in der Frühe, der Wahl-Sonderzug aus Nürnberg hatte gerade Hannover erreicht, als ich geweckt wurde. Ein Bahnbeamter übergab eine dringende Mitteilung aus Berlin. Absender: Heinrich Albertz, Chef der Senatskanzlei. Inhalt: Der Osten schließe die Sektorengrenze. Ich möge umgehend nach Berlin zurückkehren.

Am Flughafen Tempelhof empfingen mich Albertz und Polizeipräsident Stumm. Wir fuhren zum Potsdamer Platz und ans Brandenburger Tor und sahen überall das gleiche Bild: Bauarbeiter, Hindernisse, Betonpfähle, Stacheldraht, Militärs der DDR. Im Rathaus Schöneberg entnahm ich den Meldungen, daß rings um die Stadt sowjetische Truppen in Bereitschaft gegangen seien und Walter Ulbricht den mauerbauenden Einheiten bereits gratuliert habe.

Im Dahlemer Haus der Alliierten Kommandantur – es war mein erster und letzter Besuch – wunderte mich das Foto von General Kotikow, dem einstigen sowjetischen Stadtkommandanten; die westlichen Kollegen meinten wohl, wenigstens auf diese Weise dem Viermächtestatus Tribut zollen zu müssen. Den aber hatte die sowjetische Seite mit Füßen getreten, als sie an diesem Tage die Verfügungsgewalt über ihren Sektor an die auf Spaltung bedachten DDR-Behörden abtrat.

Wie würden die Westmächte reagieren? Wie es hinnehmen, daß ihnen die Sektorenübergänge vorgeschrieben werden würden? Nach einigen Tagen war ihnen nur noch ein einziger verblieben, der Checkpoint Charlie in der Friedrichstraße, und passiert war nichts. Fast nichts. Schon gar nichts zugunsten der vielen getrennten deutschen Familien.

Wäre ich, in jenen sonntäglichen Vormittagsstunden des 13. August, kühleren Blutes gewesen, hätte ich bemerkt, daß die verehrten Herren Kommandanten verwirrt, hilflos, ohne Anweisung waren. Der Amerikaner ließ, mit bedenklicher Miene, durchblicken, was ihm aus Washington bedeutet worden war: Es dürfe auf keinen Fall zu unüberlegten Reaktionen kommen oder gar *trouble* gemacht werden, West-Berlin sei ja nicht unmittelbar bedroht.

Der Präsident der Vereinigten Staaten befand sich auf seiner Jacht. Daß er beizeiten informiert worden war, erfuhr ich später. Ihn interessierte, ob in West-Berlin alliierte Rechte verletzt worden seien. Nicht, ob Rechte, das ganze Berlin betreffend, in den Abfalleimer der Geschichte wanderten. Tatsächlich – die Erinnerungen seiner Mitarbeiter weisen es aus – war Präsident Kennedy umgetrieben von dem Gedanken an mögliche Kriegsfolgen. Schon zu Beginn der Krise hatte er bemerkt: »Ich kann die Allianz in Bewegung setzen, wenn er – Chruschtschow – etwas gegen West-Berlin unternimmt, aber nicht, wenn er etwas mit Ostberlin anstellt.« Im Weißen Haus ging man, noch am 13. August, davon aus, daß der Flüchtlingsstrom über Berlin gedämpft, aber nicht abgeschnitten werden solle.

Eine grobe Fehleinschätzung! Und doch mehr, als aus dem offiziellen Bonn kam. Am Tage des Mauerbaus erhielt ich einen Anruf des Außenministers. Heinrich von Brentano teilte mit: Man müsse nun eng zusammenarbeiten. Das war alles. Der Bundeskanzler hüllte sich in Schweigen. Ein amerikanischer Beobachter notierte später, in Bonn habe doppelte Furcht geherrscht: daß die Amerikaner schwach werden könnten und – daß sie festblieben!

Wirksame Gegenmaßnahmen wußte auch ich nicht vorzuschlagen und rief, die Erregung nicht verbergend, den Kommandanten zu: »So protestieren Sie doch wenigstens, nicht nur in Moskau, sondern auch in den anderen Hauptstädten des Warschauer Paktes!« Unmittelbar zuvor hatte das Zentralkomitee der SED gemeldet, die Abriegelung Ostberlins entspreche einem Beschluß, den die Regierungen des Warschauer Paktes vereinbart hätten. Ich setzte hinzu: »Schickt mindestens sofort Patrouillen an die Sektorengrenze, um dem Gefühl der Unsicherheit zu begegnen und den West-Berlinern zu zeigen, daß sie nicht gefährdet sind!«

Zwanzig Stunden vergingen, bis an der innerstädtischen Grenze

An der Grenze des Möglichen

die ersten Militärstreifen gesichtet wurden. Vierzig Stunden vergingen, bis die Rechtsverwahrung auf den Weg zum sowjetischen Kommandanten gebracht war. Zweiundsiebzig Stunden vergingen, bis in Moskau der Protest einging; er klang nach Routine.

Inzwischen flossen viele Tränen. In meinem Weddinger Wahlkreis sprangen Menschen aus Häusern direkt an der Sektorengrenze in die Sprungtücher der Feuerwehr, und nicht bei allen ging das gut ab.

Am 16. August schrieb ich Präsident Kennedy von einem ernsten Einschnitt und einer tiefen Vertrauenskrise. Treibe die Entwicklung noch weiter auf eine »Freie Stadt« zu, sei eine Fluchtbewegung aus West-Berlin zu befürchten. Ich schlug vor, daß die amerikanische Garnison verstärkt, die Dreimächteverantwortung für West-Berlin hervorgehoben, daß die deutsche Frage nicht als erledigt betrachtet werde und das Thema Berlin vor die Vereinten Nationen komme. Nur mit Bitterkeit dächte ich daran, daß Verhandlungen mit der Sowjetunion abgelehnt worden seien, weil man nicht »unter Zwang« handeln dürfe. Jetzt aber, fuhr ich fort, hätten wir »einen Zustand vollendeter Erpressung, und schon höre ich, daß man Verhandlungen nicht werde ablehnen können. In einer solchen Lage ist es um so wichtiger, wenigstens politische Initiative zu zeigen, wenn die Möglichkeit der Initiative des Handelns schon so gering ist. Nach der Hinnahme eines sowjetischen Schrittes, der illegal ist und als illegal bezeichnet worden ist, und angesichts der vielen Tragödien, die sich heute in Ostberlin und in der Sowjetzone Deutschlands abspielen, wird uns allen das Risiko letzter Entschlossenheit nicht erspart bleiben.«

Kennedy ließ eine zusätzliche Kampfgruppe in die Stadt verlegen und stellte mir seine Antwort per Boten zu. Es war Lyndon B. Johnson, der am 19. August in der Stadt eintraf und mit texanischer Unbekümmertheit der Lage ihren Ernst zu nehmen suchte. In seinem Brief bekannte der Präsident freimütig: Ein militärischer Konflikt könne nicht in Betracht gezogen werden, und die meisten vorgeschlagenen Maßnahmen seien Beiläufigkeiten im Vergleich zu dem, was geschehen war. War es dieser Brief, der den Vorhang wegzog und eine leere Bühne zeigte?

Wenige Tage nachdem sich der Mauerbau zum erstenmal gejährt hatte, am 17. August 1962, verblutete Peter Fechter, ein achtzehnjähriger Bauarbeiter, jenseits des Checkpoint Charlie. Wir konnten – durften – nicht helfen. Sein Tod reichte weit und die Empörung tief. Es gab Demonstrationen der Trauer und des Zorns. Junge Leute redeten davon, Löcher in die Mauer zu sprengen; andere bauten Tunnel und machten sich um Mitbürger verdient – bis unverantwortliche Leute hieran zu verdienen begannen. Eine Boulevardzeitung bezichtigte mich des Verrats, weil Polizei eingesetzt werde, um die Mauer zu schützen. Eines Abends wurde ich ins Rathaus gerufen, ein vornehmlich studentischer Protestzug hatte sich angekündigt. Ich bediente mich des Lautsprechers eines Polizeiwagens: Die Mauer sei härter als die Köpfe, die gegen sie anrennen wollten, und durch Bomben nicht aus der Welt zu schaffen.

Schon unmittelbar nach dem Bau der Mauer hatte es schreckliche Szenen gegeben. Szenen ohnmächtiger Erregung, der Stimme zu verleihen und die doch zu zügeln war. Gibt es eine Aufgabe, die einem Redner schwerer werden kann? Nach der Krise des August 1962 zog ich durch Betriebe und Verwaltungen: Ich versuchte, den Berlinern zu zeigen, was möglich war und was nicht.

Was war möglich? Und was nicht? Die Frage wurde zum Wegbegleiter der nächsten Jahre. Nach dem Mauerbau blieben die Reden und die Formeln noch eine Weile nahezu die gleichen. Doch daß nichts mehr war wie zuvor, hatte sich eingeprägt. Es begann die Suche nach einem Weg, auf dem die Härten der Trennung vielleicht doch gemildert werden könnten. Wie die Mauer durchlässig machen, wenn wir schon auf längere Zeit mit ihr zu leben hätten? Wie zu einem Modus vivendi, einem geregelten Verhältnis zwischen den Teilen Deutschlands kommen? Wie dafür Vorsorge treffen, daß aus Europas Mitte eine Zone gesicherten Friedens werden könnte?

Im Herbst 1957 war ich Regierender Bürgermeister von Berlin geworden, seit einem Jahrzehnt trug ich Mitverantwortung für die Menschen in jener bedrängten Stadt. Seit 1949 im Deutschen Bundestag, war ich auch in die vordere Linie der deutschen Politik vorgerückt. Als junger Mann hatte ich mich gegen die Naziherrschaft entschieden, die Knechtung und Krieg bedeutete. In Berlin stand ich an der Seite derer, die sich der kommunistischen Gleichschaltung und dem Stalinschen Würgegriff widersetzten.

Das war pure Selbstverteidigung, Verpflichtung gegenüber Menschen, die viel durchgemacht hatten und neu anfangen wollten. Zugleich Sorge um einen brüchigen Frieden. Später wußte man es noch besser: Es war richtig, daß wir 1948 bei der Blockade, 1958 beim Chruschtschow-Ultimatum, 1961 beim Mauerbau nicht nachgaben. Es ging um das Recht auf Selbstbestimmung. Es ging auch darum, nicht durch Selbstaufgabe eine Kettenreaktion auslösen zu helfen, die in einen neuen militärischen Konflikt hätte münden können.

Meine Berliner Erfahrung hat mich auch gelehrt: Es macht keinen Sinn, mit dem Kopf durch die Wand zu wollen – es sei denn, die wäre aus Papier. Aber es macht sehr viel Sinn, sich mit willkürlichen Trennwänden nicht abzufinden. Nicht jedem einzelnen bringt es gleich Gewinn, aber das Leben vieler hängt davon ab, daß man sich für Verstand und Verständigung kräftig ins Zeug legt. Menschenrechte fallen nicht vom Himmel, staatsbürgerliche Freiheiten auch nicht.

Wir waren in Berlin gut beraten, neue Entwicklungen in der uns umgebenden Welt zur Kenntnis zu nehmen und jenem »Wind der Veränderung« nachzuspüren, den John F. Kennedy – anderthalb Jahre nach dem Mauerbau und wenige Monate bevor er umgebracht wurde – vor Berliner Studenten beschwor. Es war wichtig, darauf nicht wie auf ein sich zwangsläufig einstellendes Naturereignis zu warten. Vielmehr kam es darauf an, sich nicht zu lange beim Wehklagen und Einfordern von Rechten aufzuhalten, sondern sich auf jene Verbesserung der Lage zu konzentrieren, die erreichbar war.

Ich überschätze nicht, was ich von Berlin, dann von Bonn aus habe bewirken können. Doch ich weiß, daß ich nichts von Wert hätte zustande bringen können, wäre ich in meiner Jugend den vermeintlich leichten Weg gegangen. Und hätte ich nicht mehrfach in Kauf genommen, nicht nur mißverstanden und verletzt zu werden, sondern auch in existentielle Gefahr zu geraten. Und hätte ich nicht erst geahnt, dann gelernt: Du darfst dich durch Dummheiten nicht schrecken lassen und mußt Widerwärtigkeiten zu ertragen wissen, wenn du der Gemeinschaft – national und darüber hinaus – voranhelfen willst. Wer sein Gesellenstück in Berlin abzuliefern hatte, mußte sich nicht nur mit von außen kommenden Bedrohungen auseinandersetzen, sondern sich auch gegenüber denen im eigenen –

deutschen und westlichen – Lager behaupten, für die Flucht vor der Wirklichkeit zum Surrogat für Politik geworden war. Ich habe mich dafür entschieden und verwendet, den in deutscher Hand befindlichen Schlüssel so zu nutzen, daß die Tür zu mehr als oberflächlicher und minimaler Entspannung geöffnet und willkürliche Trennung überwunden werden könnte, und sei es in noch so kleinen Schritten und auf zuweilen verschlungenen Pfaden.

Zeitumstände und Amt, aber gewiß auch der Ertrag meiner jungen Jahre haben mir – schon als Bürgermeister, dann als Außenminister und zumal als Bundeskanzler – die Chance gegeben, die Begriffe Deutschland und Frieden im Verständnis beträchtlicher Teile der Welt auf einen Nenner zu bringen. Nach allem, was sich ereignet hatte, war das nicht wenig. Zumal die Geschichte Haß gespeichert, aber zugleich gelehrt hat, daß zum Frieden in Europa gerade auch die Deutschen gehören. Nicht nur die Westdeutschen. Die gab es, als Ersatznation, ohnehin nicht, als ich auf hansischem Boden am Vorabend des Ersten Weltkriegs das Licht der Welt erblickte.

Ich war überzeugt, die unnatürlich gespannte Lage im geteilten Deutschland müsse des Friedens wegen entschärft, der Menschen wegen aufgelockert werden. Gegen Deutschland oder um es herum ließ sich Europa nicht bauen. Daß ich den blauäugigen Zukunftsglauben meiner ganz frühen Tage hinter mir zu lassen hatte, lag auf der Hand. Daß sich Zukunft jedoch nicht ohne einen guten Schuß Hoffnung gestalten läßt, fand ich immer wieder bestätigt. Doch selbst wer noch so überzeugt sein durfte, daß er sich richtig entschieden habe, konnte nicht sicher sein, daß ihm Irrwege und Abwegigkeiten erspart blieben. Auch ich habe das eine und andere von mir gegeben, das auf Goldwaagen nicht paßte. Doch guten Gewissens kann ich sagen: Mir ist stets bewußt geblieben, daß Vereisungen aufgetaut und nach Möglichkeit überwunden werden müßten.

Was Berlin angeht: Ihm wurde übergebührlich viel von dem angekreidet, was auf das Konto der Naziherrschaft (und zuvor auf das des Wilhelminismus) gehörte. Gewiß, einen besonders guten Klang in der Welt konnte eine Stadt nicht haben, von der aus Hitler regiert hatte. Dabei ging die Wahrheit verloren, daß die Berliner nicht mehr, sondern weniger nazistisch gewesen waren als der Durchschnitt ihrer Landsleute. Aber in der ersten Nachkriegszeit fanden manche Leute es vorteilhaft und widersprachen besonders heftig dem Gedanken, die alte Reichshauptstadt könne wieder zum Sitz der deutschen Regierung werden. Da war, im Westen, von der »heidnischen Stadt« die Rede. Und da hieß es, im Süden, die neue Hauptstadt gehöre in die Nähe von Weinbergen, nicht von Kartoffeläckern. Zum Ertrag meines Wirkens gehörte auch, daß ich das Bild von Berlin habe zurechtrücken helfen.

Ohne Wenn und Aber bekenne ich mich zur Zuversicht im Denken und Handeln – wohl wissend, daß einem dabei Irrtümer und Widersprüche nicht erspart bleiben. Gewiß gibt es rückschauend manches, das ich lieber unterlassen oder anders gemacht hätte. Oder das man ein andermal gern besser machte, böte sich die Gelegenheit. Da gibt es gewiß einiges, das man lieber streichen möchte, als sich dessen zu rühmen. Und anderes, wovon man rechtzeitig hätte Abstand nehmen sollen. Oder wofür man sich nicht hätte vereinnahmen lassen dürfen. Im übrigen empfindet einer wie ich, der über Jahrzehnte hinweg so viel Verwirrung und Zerstörung, aber auch Einkehr und Erneuerung erlebte, Hinweise auf Vielfalt und Tempo von Veränderungen im Leben der Menschen unserer Zeit als eine eher banale Untertreibung.

Auf Kooperation habe ich gesetzt, wo immer sich Konfrontation vermeiden ließ. Ich hoffte inständig auf Erneuerung nach allem Absturz ins Infernalische. Über gemeinsame Sicherheit schrieb ich, noch bevor der Zweite Weltkrieg zu Ende gegangen war. Den Wert der Diskussion um die alliierten Friedensziele hatte ich kaum wesentlich überschätzt. Aber ein Dokument wie jenes, das Premierminister Churchill und Präsident Roosevelt im August 1941 auf einem Schiff im Atlantik absegneten, noch bevor die USA im Krieg waren, hatte ich doch für mehr als irgendein beliebiges Stück Propaganda gehalten. Für den Wiederaufbau und für die Wahrnehmung europäischer Verantwortlichkeiten in der Welt wäre es ein Vorteil gewesen, hätte die Zusammenarbeit der Verbündeten andauern können, statt durch den Kalten Krieg abgelöst zu werden. Man mußte schon als Doppelflüchtling in Schweden befürchten, daß sich eine hartnäckig entzündete Ost-West-Kontroverse in der Auseinanderentwicklung des Kontinents – zusätzlich zur Teilung Deutschlands – niederschlagen würde. Positiv gewendet, daß in einer anhaltenden Zusammenarbeit der Siegermächte die Chance gelegen hätte, die Nachkriegsaufgaben wirksamer anzupacken.

Der Zerfall des Kriegsbündnisses und der Kalte Krieg resultierten, neben vielem anderen, in der langandauernden Berlin-Krise wie in der Zweistaatlichkeit auf deutschem Boden. Den deutschen Westen brachte die Veruneinigung zwischen Ost und West in die Rolle eines Opfers und eines Profiteurs. Daß sich damit die Wiederherstellung staatlicher Einheit nicht gut auf einen Nenner bringen ließ, wurde als Problem verdrängt; es gab Dringlicheres. Auch ich habe dem, was auf den Nägeln brannte, meinen Tribut zu zollen gehabt. Das hat mir später die kritische Frage beschert, warum ich mich nicht vernehmlicher in die Diskussion über Weltprobleme eingeschaltet hätte. Etwa zur Zukunft der entkolonialisierten Völker.

Meine Antwort war einfach: Du schaffst in der Außenpolitik kaum mehrere neue Weichenstellungen auf einmal. Ich schaffte es jedenfalls nicht unter den Bedingungen, wie sie im Nachkriegsdeutschland gegeben waren.

Beim Übergang vom großen Krieg zum bescheidenen Frieden hatten mich Überlegungen bewegt, die ein erhebliches Stück zu optimistisch waren, zumal wo es sich um die Perspektiven internationaler Zusammenarbeit handelte. Da war der Wunsch zu häufig der Vater des Gedankens. Aber wieso eigentlich sollte ein in Skandinavien heimisch gewordener Exil-Deutscher gescheiter sein als eine ganze Gruppe von Regierungschefs demokratischer Mächte? Oder als Leute sonst mit viel Erfahrung und Möglichkeit zum Durchblick?

Dann kamen die Jahre, in denen ich mich meiner deutschen und europäischen Haut zu wehren hatte – für andere mit. Und in denen im Westen schrecklich viel durcheinanderging, während im Osten geschah, was man hatte befürchten müssen. Die Hoffnung darauf, daß sich auch sehr gefährliche Spannungen abbauen und unterschiedliche Interessen zum Ausgleich bringen lassen, hat mich allerdings nie ganz verlassen.

Insoweit irrten diejenigen, die vermuteten und vereinfachend registrierten, erst die Erfahrung mit der Mauer in Berlin habe mich zu dem Kurs der Ost- und Friedenspolitik veranlaßt, den ich Anfang der siebziger Jahre gegen viel Widerstand durchsetzte. Die Folgerungen, die der Politik der kleinen Schritte in Berlin und meinen Bemühungen im Bonner Regierungsamt zugrunde lagen, befanden sich in Wirklichkeit nahe bei dem, was mir schon während des Krieges erforderlich erschienen war.

Ich habe mich dabei nicht immer als Teil einer Mehrheit sehen können, aber ich fühlte mich nie isoliert. Außerdem, so wahr es ist, daß zuverlässige Wegweisung selten aus der großen Menge kommt, sosehr wird durch die Erfahrung bestätigt: Wir können, wenn wir ein demokratisches Mandat ausüben, nicht jeden Tag jedermanns Zustimmung erwarten; doch wir dürfen dabei nicht vergessen, daß Politik für Frieden und Ausgleich, wenn sie Bestand haben soll, in breiten Schichten des Volkes verankert sein muß.

Der Prüfstand Berlin

»Unsere Währung – Berlin frei, nie kommunistisch!« Die Versammlung war so riesig wie die Schlagzeile, mit der sie angekündigt worden war. Ich hatte Ernst Reuter begleitet und stand, an jenem 24. Juni 1948, neben ihm auf dem Hertha-Sportplatz am Gesundbrunnen, als er sich an die Zigtausend wandte: »Volk von Berlin! In diesen Stunden schwerster Entscheidungen rufen wir euch zu: Laßt euch von niemandem und von nichts beirren. Laßt euch von niemandem und durch nichts beirren. Geht euren Weg unangefochten geradeaus. Nur wenn wir entschlossen sind, jedes Risiko auf uns zu nehmen, können wir ein Leben gewinnen, das allein lebenswert ist, ein anständiges, sauberes Leben, mag es auch arm sein, so doch ein Leben in Freiheit.«

Reuter, gewählter Oberbürgermeister, wiederholte, was er auf der ersten der gewaltigen Freiheitskundgebungen, am 18. März jenes schicksalsschweren Jahres, gesagt hatte: Nach Prag hätte Finnland an die Reihe kommen sollen; es sei nicht an die Reihe gekommen, weil das finnische Volk für seine Freiheit wirklich eintrete. »Auch Berlin wird nicht an die Reihe kommen, wenn es in diesen Krisentagen seinen Mann steht. In dieser Krise bitten wir nicht nur darum, daß ihr zu uns Vertrauen haben mögt. Wir fordern euch vielmehr auf, zu euch selbst Vertrauen zu haben. Nur so kann der Weg ins Freie gefunden werden;

und die Freiheit, wir wissen es, sie ist der Odem unseres Lebens. Sie werden und müssen wir erkämpfen.« Die Gefahr, die es abzuwenden galt, bestand darin, daß Berlin der Ostzone anheimfallen würde, wenn es von der DM West ausgeschlossen bliebe.

Wie schwer wiegt die Persönlichkeit dessen, der an geschichtlichen Wendemarken Verantwortung trägt? Daß Ernst Reuter Berlin durch die Nachkriegsjahre steuerte und die Berliner mitriß, war ein Glücksfall. Vita und Wesen ließen ihn aus der Aufgabe – schwer und schön in einem – machen, was irgend zu machen war.

Auch Reuter kam aus jenem Chaos, von dem Julius Leber gesagt hatte, es allein bringe große Führer hervor. Einer behüteten Bürgerjugend war er in die Sozialdemokratie entflohen; er verdingte sich als Wanderredner. Er wird an der Ostfront verwundet, gerät in russische Gefangenschaft und spricht für Kriegsgefangene, die die Oktoberrevolution unterstützen. Im Juli wird er sogar Kommissar, Lenin hat ihn zu den Wolgadeutschen entsandt, um eine autonome Republik aufzubauen. Zurück in Berlin, verschreibt er sich der KPD, die ihn 1921 – er hat keine Anlagen, sich den Wahnsinnsbefehlen der Komintern unterzuordnen – ausschließt und zurück in die Arme der SPD treibt. Er wird *Vorwärts*-Redakteur, Stadtrat für Verkehr in Berlin, Oberbürgermeister von Magdeburg. Er emigriert, nach zweimaliger Haft, in die Türkei und tritt in die Dienste der Regierung in Ankara. Weshalb er in Berlin auch »der Türke« geheißen, bisweilen geschimpft wurde.

Als Reuter im Dezember 1946 in sein altes Amt – Stadtrat für Verkehr und Betriebe – zurückgekehrt war, hatte er noch nicht jede, aber doch schon manche Hoffnung auf Einheit von Reich und Stadt abgeschrieben, die ihm allerdings nicht der höchste aller Werte war. Ein halbes Jahr später wurde Reuter von den Stadtverordneten an die Spitze des Magistrats berufen, scheiterte aber am Veto des sowjetischen Kommandanten; Louise Schröder, eine Vertrauen ausstrahlende frühere Reichstagsabgeordnete, amtierte an seiner Stelle. Er war den ganz einfachen Aufgaben zugewandt, die noch mehr vom Aufräumen als vom Aufbauen handelten, und zugleich warnte er vor Illusionen. Davor bewahrten uns schon die ruppigen Methoden, mit denen der Kalte Krieg sozusagen vor der Haustür ausgetragen wurde. Entführungen aus dem Kreis unserer Bekannten gehörten dazu.

Der Prüfstand Berlin

Daß die Sowjetunion, wie aus allen Parteien zu hören war, nur ihr eigenes Sicherheitsbedürfnis stille und nur nicht provoziert werden dürfe, glaubte er 1947 nicht und 1948 erst recht nicht. Im März hatten die Sowjets den Alliierten Kontrollrat verlassen, im Juni die Kommandantur. Transporte nach Berlin wurden seit Jahresbeginn behindert, und immer wieder war zu hören, die Westmächte hätten ihr Recht auf Anwesenheit in Berlin verwirkt. Illusionen also konnte sich ein realistischer Mann nicht machen. Hätte Reuter sonst, in jenem Frühsommer, die Westmächte so unablässig beschworen, Berlin, anders als gedacht, in die Währungsreform einzubeziehen, wenigstens die Währungshoheit über die Stadt nicht preiszugeben? Und seinem militanten Kollegen Wirtschaftsstadtrat freie Hand gegeben? Es war jener unvergessene Gustav Klingelhöfer aus Metz, der einst auf den Barrikaden der Münchener Räterepublik gestanden und mehrere Jahre in bayerischen Gefängnissen verbracht hatte. Hätte er, wär's anders gewesen, auf dem Landesparteitag, Juli 1948, der innerparteilichen Opposition die Leviten gelesen? Jedes Vorgehen hätten die verantwortlichen Leute auf der sowjetischen Seite im voraus geplant, rücksichtslos. Die westliche Politik dürfe daher von der sowjetischen Empfindlichkeit nicht abhängig sein.

Reuter nahm sich auch die Führung der eigenen Partei vor; nicht weil er empfindlich gewesen wäre und sich geärgert hätte, daß Schumacher ihn etwas abschätzig den »Präfekt von Berlin« nannte und Ollenhauer die übertrieben proamerikanische Politik des Reuter-Flügels kritisierte. Ob man sich, fragte der Stellvertreter auf ebenjenem Parteitag, »unbedingt noch amerikanischer gebärden muß als die Amerikaner«; er zeigte damit an, daß er sich mit Möglichkeiten und Notwendigkeiten im Berlin des Jahres 1948 nicht hinreichend vertraut gemacht hatte. Reuter verlangte positive Schritte zur Konsolidierung des deutschen Westens; dies war der Kern seiner Politik und folgerichtig auch seiner Kritik, die er an den Parteioberen übte. Es gehe nicht an, »wie weiland Bileams Esel ununterbrochen wie zwischen zwei Heubündeln« zu stehen und zu keinem Entschluß zu kommen. Man müsse handeln und dem Wirrwarr der Zonenwirtschaft und -mißwirtschaft ein Ende machen, wenn der Westen gedeihen und Berlin überleben solle. In fast gleichlautenden Wendungen, eher – unserer Arbeitsteilung entsprechend – schärfer noch, hatte ich jenen Aufruf gestaltet, den der Landesvorstand der SPD verabschiedete: Verantwortlich für das Scheitern einer gesamtdeutschen Lösung der Währungsfrage sei die sowjetische Politik der letzten drei Jahre. Den wirtschaftlichen und politischen Aufstieg zunächst der Westzonen bezeichnete ich als einzigen Weg zur Wiederherstellung der deutschen Einheit und Freiheit.

Reuter und ich waren – politisch und persönlich – nahe beieinander, fast ein Herz und eine Seele. Ich galt als »sein junger Mann« und war stolz darauf, daß er mir Sympathie entgegenbrachte und ich ihm Stütze sein konnte. Was verband uns? Von seiner menschenfreundlich-umgänglichen Art, seiner Wärme, seinem Geist, seinem Bekennermut, seiner Freude an Verantwortung, dem optimistischen Grundzug, der selbstbewußten, nicht selbstherrlichen Art, sich zu geben, auch den Alliierten gegenüber, fühlte ich mich, aus Skandinavien kommend, angezogen. Wir waren beide »draußen« gewesen, gewiß, doch das waren andere auch. Es kam darauf an, wie einer die Emigration erfahren hatte, wie er die Geschichte der Partei, der Weimarer Republik, auch die eigenen Wege und Irrwege verarbeitet hatte und ob der Sinn für das Wirkliche geschärft worden war. »Es ist in der Bundesrepublik in den vergangenen Jahren enorm aufwärtsgegangen«, suchte er 1953 die eigene Partei zu erinnern, hinzusetzend: »Die von uns immer wieder verbreitete These, morgen oder spätestens übermorgen würde es einen Zusammenbruch geben, diese These hat nun gar nichts mit der Wirklichkeit zu tun.« Hier hatte Reuter, der den Ausgleich suchende Reformist, nicht nur eine sozialdemokratische Wahlniederlage auf den Begriff gebracht, sondern auch seine jahrelangen Schwierigkeiten im eigenen Berliner Landesverband; 1952 ermutigte mich Reuter, der Querelen überdrüssig, mich ins Rennen um den Landesvorsitz zu begeben. Die Niederlage fiel deutlich aus: Franz Neumann, der mutige, aber zu enge Traditionalist, siegte mit 196 gegen 135 Stimmen.

An jenem 24. Juni 1948, als ich mit Reuter am Gesundbrunnen war, ahnten wir, daß Entscheidungen allergrößter Tragweite bevorstanden. Wie sie aussehen und wohin sie führen würden, ob gar an einen Wendepunkt des Weltgeschehens, ahnten wir nicht. Am Abend zuvor war die Westmark im amerikanischen, englischen und französischen Sektor – wenn auch begrenzt – eingeführt und am

Der Prüfstand Berlin

Morgen mit der Hungerblockade des Ostens beantwortet worden.
Wir wußten, daß die Währungsfrage nur ein äußerlicher Anlaß für
den Kampf um Berlin war und daß die Westmächte gerade erst zu
verstehen begannen, wie gezielt der östliche Kriegsalliierte nach der
Stadt griff, vielleicht auch nach mehr. Am 11. April 1945 waren die
Amerikaner an der Elbe stehengeblieben; wären sie weitermar-
schiert, sie hätten sich Ärger erspart und der Welt ein anderes Gesicht gegeben. Doch sie gönnten den Russen den Triumph, in Hitlers
Hauptstadt einzumarschieren, zumal General Eisenhower, Alliier-
ten-Oberbefehlshaber, Berlin als »nicht mehr ein besonders wichtiges Ziel« einschätzte. Die Symbolik des Ortes war ihm entgangen,
die deutsche Hauptstadt galt ihm als »irgendein Punkt auf der Landkarte«. Als ich, am Ende der fünfziger Jahre, Eisenhower, nun Präsident der Vereinigten Staaten, danach fragte, gab er freimütig zu: Die
Tragweite des Befehls, nicht bis Berlin vorzurücken, sei ihm verborgen geblieben. Amerikaner und Engländer, Franzosen noch später,
waren also erst im nachhinein in die Stadt eingerückt und hatten auf
klare Abmachungen – die Zugangswege betreffend – verzichtet.
Doch zog auf den Papieren der Siegermächte die praktische Vernunft immer noch deutlichere Spuren als auf den Schlachtfeldern
der Besatzungsbürokraten.

Die Zugangswege aus den Westzonen blockiert. Die Elektrizitäts-
kabel aus der Ostzone gekappt. Ebenso alle östlichen Lieferungen
an die »rebellischen« Westsektoren eingestellt. Weder Brot noch
Kohle, weder Milch noch Strom sollten die wehrlose Bevölkerung
erreichen, bis sie ihre gewählten Vertreter zur Kapitulation gezwungen und die Westmächte zum Abzug veranlaßt haben würde. Ernst
Reuter sagte im privaten Kreis: »Und wenn wir nur vierzehn Tage,
nur vier Wochen aushalten können, die Tatsache, daß wir Widerstand leisten, wird die geschichtliche Entwicklung beeinflussen.«
Daß die Festigkeit des eigenen Willens – des Willens, sich nicht zu
beugen – die einzige Chance war, die Hilfe des Westens zu mobilisieren, wußte und sagte Reuter vom ersten Augenblick der Blockade
an. »If necessary alone«, hatte Churchill 1940 verkündet, als fast alles verloren schien. Und Reuter hatte Churchill bewundert, ich
auch, jenseits allen Parteidenkens. Daß sich im deutschen Westen
die Berlin-Begeisterung in Grenzen hielt und antipreußische Ressen-

timents in Mode waren, wußten wir, fanden es aber in diesen Tagen und Stunden nicht so wichtig; dabei stand jener hessische Finanzminister nicht allein, der meinte, es sei nicht zweckmäßig, sich bei der »Finanzierung einer politischen Aktion der Amerikaner gegen die Russen« zu exponieren.

An einem der letzten Junitage begleitete ich Reuter ins Harnack-Haus in Dahlem. Amerikanische Verwaltungsleute machten uns klar, daß eine Versorgung aus der Luft möglich sei. Reuter erklärte, eher ungläubig als staunend: »Wir werden unseren Weg gehen. Tun Sie, was Sie tun können. Wir werden tun, wozu wir uns verpflichtet fühlen.« Zuvor war ihm von General Clay versichert worden, die Alliierten würden helfen, so gut sie könnten – vorausgesetzt, es werde ihm bedeutet, daß die Berliner alle Prüfungen bestehen und zu den Westmächten halten würden. Reuter hatte geantwortet: »Herr General, es kann überhaupt keine Frage sein, wo die Berliner stehen. Die Berliner werden für ihre Freiheit eintreten und werden jede Hilfe, die ihnen geboten wird, dankbar annehmen.« Wenig später hörte ich aus Washington: »Da waren plötzlich welche, die nicht die Hand aufhielten, sondern uns wissen ließen, daß sie sich entschieden hätten.« Das Wort von Berlin als der Wiege deutsch-amerikanischer Freundschaft hatte hier seinen Ursprung.

Als Lucius D. Clay, der amerikanische Militärgouverneur, die Luftbrücke organisierte und die Zustimmung seines Präsidenten – Truman: »Wir sind in Berlin, und das bleiben wir, punktum« – bekam, dachte er an ein Arrangement für anderthalb Monate, nicht für 322 Tage. Der Höhepunkt war erreicht, als alle 48 Sekunden ein friedlicher Bomber in Berlin landete und das Dröhnen der Flugzeugmotoren Zeichen des Überlebens geworden war. Über zwei Millionen Tonnen wurden durch die Luft geschickt, eine gewaltige Leistung nicht nur der amerikanischen Luftwaffe; die Engländer waren zu einem Drittel an der Operation beteiligt, die Franzosen in Indochina unabkömmlich. Die Berliner, mit kleinen und kleinsten Rationen auskommend, ließen sich nicht unterkriegen, Zeichen von Defätismus gab es kaum. In den Wahlen zur Stadtverordnetenversammlung, mitten im Blockadewinter, in denen die Reste der einheitlichen Verwaltung schwanden, sprachen sie Reuter und seiner SPD 64,5 Prozent der Stimmen zu.

Der Prüfstand Berlin

Der erste Generalsekretär der Vereinten Nationen, der mir aus meinem Exil gut bekannte Norweger Trygve Lie, war nicht der einzige, der ernste Kriegsgefahr registrierte. Nun, da einige der sowjetischen Aktendeckel gelüftet werden, wissen wir, daß Stalin für den Fall eines amerikanischen Panzerdurchbruchs, den Clay erwogen, für den er aber nicht den Segen des Präsidenten erhalten hatte, rein defensive Vorkehrungen getroffen hatte. Die Kontakte zwischen Moskau und den westlichen Hauptstädten rissen in den kritischen Monaten auch nicht ab. Doch was für Kontakte! Am 2. August 1948 empfing Stalin die drei Botschafter und teilte mit – laut Protokoll, das später in Moskau und Ostberlin veröffentlicht wurde –, Berlin habe aufgehört, die Hauptstadt Deutschlands zu sein, »weil die drei Westmächte Deutschland in zwei Staaten gespalten haben«. Er wiederholte, daß die Westmächte das Recht, »Truppen in West-Berlin zu halten«, eingebüßt hätten. Nach Ende der Blockade müsse die in der Ostzone gängige Mark auch in West-Berlin eingeführt werden. Die westlichen Zonen dürften wirtschaftlich zusammengefaßt werden, aber keine Regierung erhalten. Zunächst hätten sich die vier Mächte über die wichtigsten, Deutschland betreffenden Fragen zu einigen. Gelinge dies nicht, »so werden sich die östliche und die westlichen Zonen auf unterschiedliche Art entwickeln«.

Berlin als Druckmittel einzusetzen, um die Bundesrepublik zu verhindern, scheiterte ebenso wie der Versuch, die Westmächte aus der Stadt zu vertreiben und diese dem eigenen Machtbereich einzuverleiben. Stalin hatte die Luftbrücke unterschätzt, die Kriegspartner von einst unterbewertet und die Durchhaltekraft der Berliner ebenfalls. Ob die Vergeblichkeit des Unterfangens einsehend oder Weiterungen fürchtend: Zum 12. Mai 1949, Mitternacht, ließ Stalin die Blockade aufheben. Der Jubel war groß. Der waffenlose Kampf um die Unabhängigkeit hatte der neuen deutschen Demokratie wichtige Energien zugeführt. Berlin war der Schild geworden, hinter dem sich die drei Westzonen in die Bundesrepublik verwandeln konnten. Aber hatte man nicht eigentlich anderes und mehr gewollt?

Hätte also mehr draus werden können? Ernst Reuter sagte damals, nach geschlagener Schlacht, nun müsse ernsthaft über Deutschland verhandelt werden. Wir meinten und fragten, wenngleich verhalten, warum die Westmächte nicht auch noch so beweglich seien, die westdeutsche Staatsgründung ein wenig auf Eis zu legen. Hätte der Westen nicht gleich nach Kriegsende schon mehr tun können, um Polen, der Tschechoslowakei und Ungarn einen Status zu sichern, der näher bei dem Finnlands gelegen hätte? Warum nicht jetzt herausfinden, ob und wie der Sowjetunion die von ihr besetzte Zone abzuhandeln sei? Doch dazu bestand keinerlei Neigung. Bei den Alliierten nicht. Bei den deutschen Politikern nicht. War es mehr als ein Zufall, daß am Tage, da die Blockade zu Ende ging, die Abgesandten des Parlamentarischen Rates und die Militärgouverneure ihre Schlußbesprechung über das Grundgesetz abhielten? Man baute, soweit das Interesse nicht ohnehin auf ganz anderes als die deutsche Einheit gerichtet war, auf die Anziehungskraft der im Entstehen begriffenen Bundesrepublik.

Daß Berlin, vor allem sonst, so eng als irgend möglich mit dem Bund verknüpft werden müsse, wurde Reuters und mein Credo. Es stieß nicht nur in der eigenen Partei auf Widerstand. In den Außenämtern der Schutzmächte bildete sich eine Crew von Statustheologen heraus, die – bald im Einklang mit Bonner Kollegen – stets aufs neue zu widerlegen wußte, was ihre papierene Scheinwirklichkeit hätte durcheinanderwirbeln können. Als 1952 selbst der amerikanische Hochkommissar, John McCloy, Reuter zustimmte und die Anhebung des Status in ein Bundesland zu erwägen gab, fand er in Bonn kein Gehör. Auch in der Zeit um den Mauerbau, als ich die neuerliche Überprüfung der alliierten Vorbehalte gegen ein Bundesland Berlin verlangte, wurde ich mit juristischen Spitzfindigkeiten abgespeist.

Landesparteitag, Mai 1949. Ich hielt eine größere Rede mit einer Kampfansage an jenen Flügel, der nicht nur Reuter und mir zu unbeweglich schien: »Wer mit den Problemen unserer Zeit fertig werden will, sollte die Zitatenbibel zu Hause lassen. Wer immer nur rückwärts schaut, ist alles, nur nicht radikal. Eine Partei kann mit einem ausgezeichneten Programm eine miserable Politik machen oder gar zugrunde gehen. Umgekehrt soll es vorgekommen sein, daß Parteien ohne ein bis ins letzte ausgefeiltes und wissenschaftlich begründetes Programm Respektables geleistet haben.« In der Politik sei nicht nur die Landkarte – die aber auch! –, sondern auch der Kompaß dem Gesetz der Veränderung unterworfen. »Die Demokratie ist uns keine Frage der Zweckmäßigkeit, sondern der Sittlichkeit«, resümierte ich, damit jenen großen Irrtum zurechtrückend, dem viele in der deutschen Sozialdemokratie – und ich mit ihnen – erlegen waren.

Am Rande des Parteitages bat mich Reuter, in den Magistrat einzutreten – als Stadtrat für Verkehr und Betriebe. Doch ich hatte mich bereits für den Bundestag entschieden und wollte nicht zurück. Für die innerparteiliche Auseinandersetzung war es ohnehin nicht wichtig, von welcher Position aus wer einstieg, und mein Amt als Vertreter des Parteivorstands in Berlin wäre in jedem Fall erloschen. In Wilmersdorf, wo ich damals wohnte, ging es so hoch her, daß die Partei im Durcheinander zu versinken drohte. Über streitende Gruppen hinweg meinte man, es müsse erst mal ein tüchtiger Versammlungsleiter her, und traute mir zu, die Delegierten zur Besonnenheit anzuhalten. Als das zu gelingen schien, fand man: Na, wenn er hier Ruhe schaffen kann, soll er am besten gleich Vorsitzender werden!

Auf diese Weise hatte ich's – ganz ungeplant – zum Kreisvorsitzenden der Wilmersdorfer SPD gebracht; gleichzeitig übernahm ich die Chefredaktion der Parteizeitung, des *Berliner Stadtblatt*. 1950 wurde ich ins Abgeordnetenhaus gewählt und hatte damit, wie Franz Neumann, ein Doppelmandat inne.

Im Bundestag befaßte ich mich mit auswärtiger Politik und sah meine vorrangige Aufgabe im Ausschuß »Berlin und gesamtdeutsche Fragen«, ging es doch hier um die Übernahme der Bundesgesetze und damit um die Bindung Berlins an den Bund und – um eine böse Auseinandersetzung in der Berliner Partei. Daß man sich nicht die Gesetze heraussuchen konnte, die einem paßten, lag für mich offen zutage. Der Neumann-Flügel hingegen mochte nicht einsehen, warum auf bisherige Berliner Segnungen – Einheitsschule wie Einheitsversicherung – um einer prinzipiellen Bindung wegen verzichtet werden solle. Der Parteichef fühlte sich um so stärker, als in den Dezember-Wahlen 1950 die SPD auf 44,7 Prozent abgesackt war, er in Reuter den Sündenbock ausmachte und sich von dessen Hang zur Großen Koalition herausgefordert fühlte. Zudem ließ Neumann sich massiv von Kurt Schumacher ermuntern, der gerade dabei war, die allzu prowestlichen Kritiker seines Kurses in die Schranken zu weisen; auf dem Hamburger Parteitag 1950 hatte der deutsche Beitritt zum Europarat, damit auch schon der Weg in die westeuropäische Integration, zur Debatte gestanden, ein Schritt, den die Parteiführung, ihrer gesamtdeutschen Logik folgend, ablehnte und den der Bürgermeister-Flügel – Reuter, Berlin; Brauer, Hamburg; Kaisen, Bremen – lebhaft begrüßte. Kaisen, sonst ein unerschrockener Kritiker, der auch vor Parteithronen nicht wankte, hatte es vorgezogen, in die USA zu reisen, um die Freigabe der bremischen Häfen zu erwirken. Daß sich die Parteiführung rächte und ihn in Hamburg aus dem Parteivorstand hinauswählen ließ, nahm er eher amüsiert zur Kenntnis.

Reuter war nicht mehr da, als in Hamburg abgestimmt wurde; er konnte eben auch vorsichtig sein. Die Zahl der konsequent Opponierenden ließ sich an weniger als den Fingern einer Hand ablesen. Mit der Mehrheit der Berliner Delegation enthielt ich mich der Stimme, weil man uns nicht eingeräumt hatte, über den uns beschwerenden Passus der Vorstandsresolution getrennt zu votieren. Die Folge war, daß ich mit jahrelangem, immer wieder neu genährtem Argwohn zu büßen hatte. Kurt Schumacher kam ich persönlich in den Monaten vor seinem Tod näher.

Er war ein Parteiführer von besonderer Statur. Schwer gezeichnet als Opfer von Krieg und Terror. Gerade dadurch von starkem Willen. Seine Rede war beißend scharf, mitreißend oder abstoßend. Kritik schätzte er wenig. Besessen war er von der Idee, Weimar sich nicht wiederholen und die Linke nicht noch einmal in den Verdacht geraten zu lassen, sie vernachlässige nationale Interessen. Hinreichendes Verständnis für Europa und von der Welt hatte er nicht.

Über die Berliner Querelen ist die Zeit hinweggegangen. Mit dem Dritten Überleitungsgesetz 1952 war die rechtliche Bindung an den Bund und dessen finanzielle Verantwortung für Berlin festgeklopft worden. Reuter empfand persönliche Genugtuung, ich nannte es den Lohn jahrelanger Mühen; der Widerstand hatte nicht nur in Berlin, sondern auch in Bonn gelegen. Mehr als einmal hatte ich im Bundestag darauf hinweisen müssen, daß es sich nicht um ein karitatives, sondern um ein nationalpolitisches Problem ersten Ranges handele. Beide meinten wir 1952, daß mehr drin gewesen wäre und man mit einer weiterreichenden Eingliederung Berlins in die Bundesrepublik ruhiger in die Zukunft geblickt hätte.

Am Ende dieses Jahres war ich Berichterstatter des Auswärtigen Ausschusses über jene Verträge, die die Bundesrepublik in das westliche Bündnis einbeziehen sollten: den Generalvertrag und den über die EVG, jenes europäische Verteidigungsprojekt, das am französischen Einspruch scheitern sollte. Im Plenum sagte ich, Dezember 1952, voraus: Zur Wiedervereinigung komme man nur, wenn ein Ausgleich der Interessen zwischen den beteiligten Mächten gefunden werde. In der auswärtigen Politik sei mit Torschlußpanik nichts gewonnen. Es komme auf Zielstrebigkeit an und darauf, warten zu können. Ich befand, von dunklen Ahnungen befallen, Berlin werde nicht näher an den Bund herangeführt, sondern von ihm entfernt: »Das ist ein gefährlicher Weg, der uns alle in gefährliche Situationen hineinführen kann.« Ich war gegen die EVG, auch, weil sie, anders als die NATO, Berlin unberücksichtigt gelassen hätte.

17. Juni 1953. Der Volksaufstand mit den zwei Seiten – dem Verlangen nach sozialer Befreiung und nationaler Freiheit. Drei Monate zuvor war Stalin gestorben. Die neue Führung im Kreml hatte die sowjetische Kontrollkommission aufgelöst und den Deutschlandexperten Wladimir Semjonow, den ich flüchtig aus Stockholm kannte und der in den siebziger Jahren Botschafter in Bonn werden sollte, mit neuen Instruktionen zum Hohen Kommissar ernannt; die Massenflucht – im März waren 50 000 Menschen in den Westen geströmt – hatte die Alarmglocke läuten lassen. Die SED mußte, ob sie wollte oder nicht, Mißstände beschneiden und zusehen, wie die Menschen zu hoffen begannen. Die mörderischen Arbeitsnormen waren Anlaß des Protests, der in die Rufe mündete: »Der Spitzbart muß weg« und »Russen raus« und erstickt ward – erst von den Panzern der Besatzer, dann in der Abrechnung des Staatssicherheitsdienstes. Der Westen bekundete Sympathie. Die Aufständischen merkten, wie allein sie standen. Zweifel an der westlichen Politik kamen auf. Zweifel, die weit reichten. Der Widerspruch zwischen starken Worten und schwachen Taten prägte sich ein und nutzte den Machthabern. Die Menschen arrangierten sich schließlich.

Der Volksaufstand des 17. Juni markierte einen Einschnitt. Man ahnte es und wollte es doch nicht wahrhaben. Vorbereitet war niemand. Auch ahnten wir nicht, daß in Moskau an einem Kurswechsel der Deutschlandpolitik gebastelt wurde. Und daß sich, in Verbindung damit, in der SED-Führung eine Fronde zu formieren begann, die Ulbricht ablösen wollte. Am Tage selbst hatte ich im Bundestag – ausgerechnet – den Bericht zum neuen Wahlgesetz gegeben. Als sich das Ausmaß der Geschehnisse zeigte und ich registriert hatte, wie leicht der Ostteil der Stadt abzusperren war, erklärte ich kurz danach im Bundestag: »Das Ringen um die Wiedervereinigung in Freiheit hat den Vorrang vor allen anderen Vorhaben und Projekten außenpolitischer Art.« Die achtzehn Millionen in der Ostzone dürften weder »durch unser Zutun noch durch unser Nichtstun« der Gefahr ausgesetzt werden, daß sich wieder konsolidiere, was möglicherweise doch aufgelockert werden könne. »Es gibt keine andere Lösung als die friedliche Lösung der deutschen Frage. Es gibt keine andere Möglichkeit als die von Verhandlungen über die deutsche Frage. Wir fordern mehr Aktivität, mehr Zielklarheit, mehr Entschlossenheit im Kampf um die deutsche Einheit in Frieden und Freiheit.« Aber wir blieben die Antwort darauf schuldig, wer wo über was zu verhandeln bereit gewesen wäre. Adenauer ging drei Monate nach dem 17. Juni einem Wahltriumph entgegen, im Zeichen des widersprüchlichen, aber eindrucksvollen wirtschaftlichen Aufstiegs. Im Zeichen auch der durch ihn vertretenen Westverträge. Hatte nicht, was gerade in »der Zone« geschehen war, jedermann gezeigt, daß es eine greifbare Alternative nicht gab?

Aus dem 17. Juni wurde im deutschen Westen ein ziemlich inhaltlos gebliebener »Tag der deutschen Einheit«. Vom zusätzlichen Feiertag wieder wegzukommen und den materiellen Ertrag einem guten nationalen Zweck zukommen zu lassen, scheiterte an einer Summierung kleinkarierter Einwände. Vielleicht ist ja etwas dran, wenn man uns Deutschen eine eigene Fähigkeit nachsagt, die Erinnerung an unsere Niederlagen mit besonderem Fleiß zu zelebrieren.

Wer zählt die Stunden, wer die Sitzungen, die Reuters Gesundheit untergruben? Wer mißt den Neid und wer die Nichtigkeit, die ihn zermürbten und sein Herz brachen? Wer die Enttäuschung, die die zweite Bundestagswahl und die Rechthaberei an der Spitze der eigenen Partei ihm bereiteten? In den Führungsgremien hatte er sie nach der verlorenen Wahlschlacht – die SPD war auf 28,8 Prozent ab-, die CDU/CSU auf 45,1 Prozent hochgerutscht – beschworen, endlich zu sagen, wofür man sei, statt immer nur, wogegen. Vergeblich. Daß sein Wort nicht gefragt war, bekam er deutlich zu spüren. Ernst Reuter war kein Macht-, erst recht kein enger Parteipolitiker. Sich seine Hausmacht zu schaffen, seine Leute in die Posten zu schleusen, zu kämpfen, gar zu spielen war seine Sache nicht. Er war empfindsamer, als man es ihm ansah.

Am 29. September 1953 saß ich zu Hause, als das Telefon klingelte und ich aus Oslo um einen Nachruf für Reuter gebeten wurde. Eine Viertelstunde später stand ich in seinem Häuschen in der Bülowstraße. Auf dem Heimweg bot sich mir ein unvergeßliches Bild. In allen Straßen, durch die ich kam, brannten Kerzen in den Fenstern. Niemand hatte dazu aufgefordert. An den Zeitungskiosken, wo die Nachricht gehandelt wurde, weinten die Menschen. Eine Stadt trauerte um einen Bürgermeister, den sie als ihren Vater angenommen hatte. Auf der gewaltigen Trauerfeier am 1. Oktober, auf jenem Platz, der nach ihm benannt wurde, sagte ich: »Selbst zweifeltest du nie am Sieg der Freiheit. Deshalb vermochtest du denen, die mit dir arbeiteten, der ganzen Bevölkerung, aber vor allem wieder den jungen Menschen, Hoffnung zu schenken und Zuversicht einzuflößen. Man hat dich manchmal einen überschwenglichen Optimisten genannt. Was wäre wohl aus diesem Berlin geworden ohne unbeugsamen Willen und ohne den Glauben, der Berge zu versetzen vermag!« Zusammen mit meinem Freund Richard Löwenthal bin ich darangegangen, eine umfassende Biographie zu verfassen. Sie ist 1957 erschienen.

In der Berliner Partei war ich wie von selbst zum Führer des Reuter-Flügels herangewachsen. Auf dem Landesparteitag, Frühjahr 1954, trat ich zum zweitenmal für den Vorsitz an und unterlag nur noch mit zwei Stimmen. Offener als je zuvor waren die unterschiedlichen Auffassungen hervorgetreten, auch gegeneinandergeprallt. Ich forderte, auch mit Blick auf die Bundespartei, die immer noch hinter Neumann stand, eine klare Entscheidung für den Westen und sprach mich für einen Sicherheitspakt aus. Vormachen wollte ich weder mir noch den Delegierten, daß die Wiedervereinigung auf kurze Sicht zu erreichen sei. Eine gesamtdeutsche Politik müsse, so befand ich, eine langfristige Politik sein, und die beinhaltete einen deutschen Beitrag zur Verteidigung im Rahmen der NATO. Der Wunsch nach Wiedervereinigung sollte nicht länger Ersatz für praktische Politik sein. Praktische Politik in der Mitte der fünfziger Jahre aber hieß, die Grundlagen von Demokratie und sozialer Sicherheit in der Bundesrepublik zu festigen. In Berlin, die Wirtschaft zu stärken, den Rückstand gegenüber dem deutschen Westen aufzuholen.

Auf dem Bundesparteitag, der im Juli 1954 in Berlin stattfand, nahmen sich derlei »reformistische« Gedanken noch fremd aus. Ebenso fremd wie meine Mahnung, daß die deutsche Linke das Verhältnis zwischen demokratischer Ordnung und bewaffneter Macht noch stets vernachlässigt habe. Die SPD, so meine Schlußfolgerung, werde verantwortlich und erfolgreich – national wie international – Politik nur machen können, wenn sie den Umgang mit der Macht lerne. Zunächst lernte ich ein weiteres Mal, was Parteimacht war. Bei den Wahlen zum Parteivorstand brachte ich es auf ganze 155 Stimmen und fiel durch, Franz Neumann kam immerhin auf 270. Auch in der nächsten Runde, München 1956, blieb ich insoweit auf der Strecke.

Meiner Position in Berlin tat die Schlappe keinen Abbruch, im Gegenteil. Aus den Wahlen zum Abgeordnetenhaus, Dezember 1954, ging die SPD zwar nicht nach Stimmen, wohl aber nach Mandaten mit einer knappen Mehrheit hervor; die Allparteien-Koalition war nach Reuters Tod zerbrochen und von einem CDU/FDP-Bund unter Walther Schreiber abgelöst worden. Nun also stellte die SPD wieder den Regierenden Bürgermeister – so der Titel, seit Berlin eine neue Verfassung erhalten hatte und aus einer halben Stadt ein ganzes »Land« geworden war. Es wurde Otto Suhr, dem ich gegen den Widerstand des Neumann-Flügels als Präsident des Abgeordnetenhauses nachfolgte. Das war ein Ehrenamt, und das Bundestagsmandat behielt ich auch jetzt bei.

Otto Suhr hatte sich eine Position zwischen den streitenden Gruppen zu bewahren gewußt, obwohl er Reuters Politik fortsetzte – solange ihm die Kraft blieb. 1956 wurde er krank, sehr krank, und die Repräsentation, nach außen und innen, ging mehr und mehr auf den Parlamentspräsidenten über. Was das Machtgefüge innerhalb der Berliner Partei weiter verschob – zugunsten der »amerikanischen Fraktion«, als deren Führer ich mich, im Jargon von Presse und Partei, apostrophiert fand. Allerdings, Zufall und Zeit wurde nachgeholfen; Freunde in der Bundespartei standen mir zur Seite und hiel-

Der Prüfstand Berlin

ten darauf, daß Berlin zum Kristallisationspunkt gesamtparteilicher Erneuerung wurde. Erneuerung hieß: Einsichtnahme in die Wirklichkeit – in Deutschland und in der Welt. Auf dem Landesparteitag 1955 suchte ich, an die Adresse derer, die mit dem Gedanken an Neutralität spielten, zu erklären, warum auch ein wiedervereinigtes Deutschland sich nicht einfach aus der Weltpolitik verabschieden könne. Die Achse des Machtgleichgewichts verlaufe mitten durch Deutschland, und die Großmächte, insbesondere die Sowjetunion, würden in Deutschland nicht das gleiche Risiko eingehen, das sie in Österreich auf sich genommen hätten. Deutschland könne und solle nicht die Rolle eines isolierten Pufferstaates übernehmen. »Wir sollten wissen, daß man aus Europa und aus der Welt nicht austreten kann wie aus einem Kegelklub.« Für den Landesvorsitz wollte ich erst wieder antreten, wenn ich der Wahl sicher sein konnte; Niederlagen stählen, aber eben nur, wenn es nicht zu viele werden. So begnügte ich mich mit einem Signal und – wie bisher – dem Stellvertreterposten.

Die Hoffnungen auf Wunder aus Moskau versanken im Blutbad von Budapest. An einem trüben Novemberabend 1956 waren hunderttausend Berliner vor das Rathaus Schöneberg geströmt und drückten ihren ohnmächtigen Zorn aus, daß sie den Ungarn ebensowenig zu helfen vermochten wie den eigenen Landsleuten drei Jahre zuvor. Die Redner, Franz Neumann für die SPD, Ernst Lemmer für die CDU, wurden ausgepfiffen und niedergeschrien. Man wollte Taten sehen. Aus allen Ecken des Platzes prasselten die Zurufe: »Zum Brandenburger Tor«, »Zur Sowjetbotschaft«, »Russen raus«. Ich weiß nicht, wie ich an das Rednerpult kam, an dem ich nicht vorgesehen war. Ich weiß nur noch, daß ich vor Parolen warnte, die unserer Sache ebensowenig nutzten wie der der unglücklichen Ungarn. Um einen wilden Marsch in den Ostsektor abzuwenden, forderte ich die Menge auf, mit mir zum Steinplatz zu ziehen und sich am Denkmal für die Opfer des Stalinismus zu versammeln. Dort fand ich Worte, die der Situation einigermaßen gerecht wurden, und stimmte das Lied vom guten Kameraden an, das alle mitsangen.

Die letzten Töne waren noch nicht verklungen, als mich eine bedrohliche Nachricht erreichte. Ein Zug von einigen tausend junger Menschen marschierte, fackelschwingend, auf das Brandenburger

Tor los. In der Straße des 17. Juni war ein Teil von der Polizei aufgehalten worden, es gab Zusammenstöße. Zwischenfälle an der Sektorengrenze könnten – Bruchteile einer Sekunde genügten, mir darüber klarzuwerden – Krieg bedeuten. Nicht nur Volkspolizei stand
schußbereit, es standen auch russische Panzer in den Nebenstraßen
der »Linden«.

Ich sprang in ein Auto und stieg vor Ort in einen Lautsprecherwa-
gen der Polizei, dessen Scheiben zertrümmert waren. Die Gefühle,
die die jungen Menschen, unter ihnen viele Studenten, erfüllten,
konnte ich nur zu gut verstehen. Aber die Folgen ihres Tuns bedachten sie nicht, und so versuchte ich in ziemlich harter Sprache, ihnen
diese vor Augen zu führen. Kaum war dies gelungen und wieder das
Lied vom guten Kameraden angestimmt, rief man mich ans Brandenburger Tor. Die Polizei fuhr mich. Ich kletterte auf ein Auto und
setzte noch einmal auseinander, daß ein blutiger Zusammenstoß den
Ungarn nicht helfen, wohl aber einen Krieg entfesseln könne. Dann
bildete ich einen neuen Demonstrationszug und führte ihn weg von
dem symbolträchtigen Punkt und hin zum sowjetischen Ehrenmal
im Tiergarten. Die Aggressionslust verflüchtigte sich, als wir die Na-
tionalhymne sangen: Einigkeit und Recht und Freiheit! Auf dem
Rückweg stieß ich auf verprügelte englische Militärpolizisten, an denen Berliner Jugendliche ihre ohnmächtige Wut ausgelassen hatten.
Als ich die Briten einige Tage später bei mir hatte, freute ich mich
über ihre Nachsicht.

Hoffnungen versinken und kehren wieder. Je stärker sie an Glau-
bensfragen rühren, desto zählebiger sind sie. So jedenfalls der Eindruck, den meine Partei 1957 macht, in jenem Jahr, das sie in mehr
als einer Hinsicht auf den Boden der Tatsachen holt. Am 30. August
stirbt Otto Suhr, und Franz Neumann, wissend, daß er selbst keine
Chance habe, macht sich auf die Suche nach einem Bürgermeister-
Kandidaten, über den ein großes Boulevardblatt titelt, daß Berlin
Brandt wolle. Am 15. September gehen Adenauer und seine Partei
mit der absoluten Mehrheit von 50,2 Prozent durch das Ziel der
Bundestagswahl. Ollenhauer und die SPD, die vom Sieg geträumt
haben, landen bei mäßigen 31,8 Prozent und öffnen nun die Schleusen der Erneuerung. Der Parteivorsitzende Ollenhauer, mit dem
mich fortan Kameradschaft verbindet, stellt sich nichts und nieman-

dem in den Weg, und tatsächlich wäre ohne ihn, den Gewährsmann, die alte, die traditionalistische Partei nicht so leicht mitzuziehen gewesen. So pfeift er nach der Bundestagswahl Franz Neumann zurück und unterstützt ohne Wenn und Aber meine Kandidatur.

Am 3. Oktober 1957 wählte mich das Abgeordnetenhaus mit 86 gegen 10 Stimmen bei 22 Enthaltungen zum Regierenden Bürgermeister. Im Januar wurde ein Parteitag angesetzt, und ich löste nun endlich Franz Neumann als Berliner SPD-Chef ab. Ein letztes Mal schenkten wir uns nichts. Niemand in Berlin behauptete, es gehe lediglich um eine persönliche Rivalität. Um die ging es auch, doch niemand widersprach, als ich in einem Interview bekundete: »Wenn Sie mich nach den sachlichen Differenzen mit Franz Neumann fragen, so muß ich sagen [...] es ist die grundverschiedene Auffassung vom Wesen einer Partei, die uns trennt.« In meiner Rede erläuterte ich, die Nominierung zum Kanzlerkandidaten gleichsam vorausahnend, »eine Art naturgegebenen Widerspruch zwischen dem, was die Sozialdemokratie an sich, und dem, was sie in der Regierungsverantwortung darstellt«. War es ein Wunder, daß die Berliner den jahrzehntelangen Kampf um die Partei mit einem großartigen Vertrauensbeweis honorierten? Aus der Wahl im Dezember 1958 ging die SPD, deren erster Mann ich geworden war, mit klarer absoluter Mehrheit – 52,6 Prozent – hervor; die Koalition mit der CDU setzte ich dennoch fort. Zuvor hatte ich in Stuttgart endlich auch den Sprung in den Parteivorstand geschafft, gleichzeitig mit Helmut Schmidt.

Die Berliner Wahl war abermals keine alltägliche Wahl gewesen, keine Wahl nur zwischen Parteien oder Kandidaten. Denn am 10. November hatte der sowjetische Partei- und Regierungschef Chruschtschow, im Sportpalast zu Moskau, ein Ultimatum gestellt: Binnen sechs Monaten sollten West-Berlin in eine »Freie Stadt« verwandelt, das Besatzungsstatut liquidiert, die sowjetischen Rechte auf die DDR übertragen werden. Für den Fall des Zuwiderhandelns kündigte er einen separaten Friedensvertrag mit der DDR an und drohte, mehr oder minder versteckt, mit Gewaltanwendung gegen die Stadt und ihre Zugangswege, auf deren Benutzung die Westmächte ein originäres Recht hatten. Im Juni 1949 waren alle vier Mächte übereingekommen, zum Zustand vor der Blockade zurückzukehren und den Berlin-Verkehr zu verbessern. Die Frage, wie hieran anzuknüpfen sein würde, ließ mich nun nicht mehr los. Zu begreifen, daß die Formel vom »freien Zugang«, die in den Monaten des Ultimatums strapaziert wurde, nicht ausreichte, konnte so schwer nicht sein. Oder? Vorerst kostete es sehr viel Kraft, das Ultimatum abzuwehren und die Krise zu bestehen, außerhalb der Stadt mehr noch als innerhalb.

Woher Chruschtschow den Glauben nahm, die Berliner würden massenhaft aus der Stadt fliehen und diese als faule Frucht der DDR zufallen, habe ich nie erfahren. Über Halvard Lange, den langjährigen norwegischen Außenminister, von dem er wissen mochte, daß ich mit ihm befreundet war, ließ er ausrichten: Der Fall West-Berlin erledige sich von selbst; die Bevölkerung werde weglaufen, die Wirtschaft zusammenbrechen. Noch Jahre später meinte ein hoher sowjetischer Verantwortlicher, mich vorwarnen zu sollen: Es sei eine Frage nur der Zeit, bis sich das Berlin-Problem von allein gelöst habe. Was den Kreml niemals hinderte, die alte Reichshauptstadt als Hebel zu nutzen, um Interessen in anderen Teilen der Welt zu fördern.

Die angekündigte Freie nannte ich eine vogelfreie Stadt und war dafür, hart gegenzuhalten. Der Zustimmung der Berliner fühlte ich mich sicher. In kritischen Situationen ging ich in einen Betrieb und überzeugte mich im Gespräch, auch in der Reaktion auf eine Rede, was mitgetragen würde und was nicht. In Bonn, wo durchaus militante Töne angeschlagen wurden, gingen die Meinungen durcheinander. Der Leiter der Ostabteilung des Auswärtigen Amtes, Georg Ferdinand Duckwitz, suchte mich in der Berlin-Vertretung auf und beschwor mich: »Gehen Sie auf den Vorschlag der Freien Stadt ein, weiten Sie ihn auf ganz Berlin aus, etwas Besseres werden Sie nicht bekommen.« Dabei war »Ducky« der Besseren einer und sein Rat immer von Gewicht; während des Krieges hatte er Posten und Informationen (als Schiffahrtsreferent beim Reichsbevollmächtigten in Kopenhagen) genutzt, um dem Großteil der dänischen Juden die Flucht nach Schweden zu ermöglichen.

Der eigenwillige Rat war nicht amtlicher Meinungsbildung entsprungen. Von einer Initiative, die auf das ganze Berlin zielte, wollte die Regierung nichts wissen, noch bis in jene westliche Außenmini-

Der Prüfstand Berlin 35

sterkonferenz hinein nicht, die zu Beginn des dramatischen August 1961 in Paris stattfand. Überhaupt hielt man von Initiativen in Bonn nicht viel. Weshalb ich zum Beispiel, auf eigene Faust und ohne Regierung oder Alliierte einzuschalten, Verbindung zum Präsidenten der Bundesbank aufnahm; Karl Blessing sollte mir wenigstens eine Ahnung vermitteln, wie eine der Form nach eigene, tatsächlich an die DM West gekoppelte Berliner Währung aussehen könnte.

Das Ultimatum, das der Kreml am 27. November in Notenform gegossen hatte, war auf sechs Monate befristet. Am 1. Mai 1959, unmittelbar vor Ablauf der Frist, versammelten sich auf dem Platz der Republik – laut Polizeiangaben – an die 600 000 Menschen. Für sie alle rief ich der Welt zu: »Schaut auf das Volk von Berlin, dann wißt ihr, was die Deutschen wollen!« Das Recht auf Selbstbestimmung müsse auch für unser Volk gelten. Die brutale Einmischung in die inneren Angelegenheiten unseres Volkes sei unerträglich. Wenn in anderen Teilen der Welt die Kolonialherrschaft abgebaut würde, könne sich nicht inmitten Europas ein neuer Kolonialismus festsetzen.

Der 27. Mai, der Tag, an dem das Ultimatum ablief, wurde ein Tag wie jeder andere. Es geschah – nichts, eben auch nichts, was die Lage nachhaltig erleichtert hätte. Die Skepsis, die sich an die vereinbarte Außenministerkonferenz knüpfte, sollte sich als nur zu berechtigt erweisen. Ich war zornig, als sich die Westmächte ohne Not auf die isolierte Behandlung des Berlin-Themas einließen und keineswegs dem sowjetischen Bestreben kompromißlos entgegentraten, Berlin von der Bundesrepublik zu lösen. Den westlichen Außenministern hatte Bonn zuvor eingeschärft, daß es sich nicht um *die*, sondern um die *sogenannte* – *so-called* – DDR handele; Selwyn Lloyd, Chef des Foreign Office, machte sich einen Spaß daraus und titulierte den ebenso wie Heinrich von Brentano an einem Katzentisch sitzenden DDR-Außenminister als *so-called Mr. Bolz*. Tatsächlich war, in der Lebensfrage der Berliner Bindung an den Bund, die Bundesregierung nicht der drängendsten eine. So wurde in Bonn – nicht etwa, wie behauptet, in den westlichen Hauptstädten – der Bundestagspräsident bearbeitet, daß er die Wahl des neuen Bundespräsidenten nicht in Berlin ansetze; man dürfe die Russen nicht herausfordern, lautete das Argument. Doch Eugen Gerstenmaier, ein Mann des 20. Juli, blieb fest.

Das Berlin-Ultimatum nahm Chruschtschow zurück, als er 1959 die Vereinigten Staaten besuchte und sich mit Präsident Eisenhower in Camp David traf. Doch mußte ein großer Illusionist sein, wer nun auf ruhige Besserung in Berlin setzte. Denn ohne Ultimatum änderte sich vielleicht die Form, nicht aber der Inhalt der sowjetischen Politik. Die Töne klangen so schrill wie eh und je. Daß ein neuer Zugriff auf Berlin nur eine Frage von Zeit und Gelegenheit sein könnte, war verbreitete Überzeugung. Eines Tages im Mai 1960 erschien Verteidigungsminister Strauß in der Vertretung Berlins in Bonn und gab mir, unter vier Augen, einen militärischen Lagebericht. Seine Konklusion: »Berlin ist nicht zu verteidigen.« Ich möge erkennen, daß Berlin zu einer unzumutbaren Belastung für die westliche Politik im allgemeinen, für die Bundesrepublik im besonderen werde. Wir müßten gemeinsam auf eine »halbwegs akzeptable Frontbegradigung« aussein. Um die Straußsche Intervention, von der ich nie auch nur andeutungsweise Gebrauch gemacht habe, einordnen zu können, muß man wissen: Er war von amerikanischer Seite gefragt worden, wie es im Ernstfall um den Einsatz der Bundeswehr bestellt sein würde. Und man hatte ihn auf die Möglichkeit hingewiesen, taktische Atomwaffen einzusetzen, sollte um die Zugangswege nach Berlin gekämpft werden. Bisweilen sind die, die die lautesten Töne anzuschlagen wissen, leicht ins Bockshorn zu jagen.

In jenen Tagen, in denen es hart – in den Meldungen zuweilen noch härter als in der Realität – herging, erreichte mich ein ganz unerwartetes Zeichen der Ermutigung. Eine Berliner Ärztin brachte mir aus Lambarene den breiten Zahn eines Elefanten. Albert Schweitzers Begleittext: Er wisse, der Berliner Bürgermeister habe Zähne zu zeigen!

Jene Berlin-Krise, die Chruschtschow 1958 losgetreten hatte, endete am 13. August 1961 – in der Abriegelung des *eigenen* Teils der Stadt. Der Kreml hatte eingesehen, daß der Westteil der Stadt auf kurze Sicht jedenfalls nicht zu holen sein würde. Daß die Berlin-Krise nicht die Ursache, sondern die Folge des weltpolitischen Gegensatzes war, setzte ich auseinander, wo immer ich hinkam, auch auf einer Weltreise, die ich im Auftrag der Bundesregierung noch Anfang 1959 unternommen hatte. Daß Berlin erst würde Luft schöpfen können, wenn der Kalte Krieg wiche, war die entscheidende Einsicht dieser Jahre. Ihre Kehrseite: Von Berlin aus würde die Welt nicht aus den Angeln gehoben werden. Hier galt es weiterhin, die Selbstbehauptung großzuschreiben; die Mauer sollte ja erst noch gebaut werden. 1959 notierte ich jenes Wort, das zum Motto des Berlin-Abkommens 1971 werden sollte: Berlin eignet sich nicht als Vorleistung, wohl aber als Prüfstein der Entspannung.

Der Alte vom Rhein

Adenauer und mich trennte nicht nur der Unterschied der Generationen; er war schon jahrelang Oberbürgermeister von Köln, als ich in Lübeck zur Schule kam. Auch die Herkunft hatte uns in mindestens dreifacher Hinsicht unterschiedlich geprägt.

Er, aus kleinbürgerlicher Familie kommend, ins Großbürgertum hineingewachsen, von tief konservativer Grundüberzeugung, nicht ohne liberale Zutaten. Fest im Katholizismus wurzelnd, wenngleich nicht klerikal. Vom Reich des Bösen im Kampf mit dem Reich Gottes hat man ihn nicht reden hören, und als er sich bei Johannes XXIII. einen »Auftrag des deutschen Volkes« bestätigen lassen wollte, erteilte ihm der Papst eine Abfuhr. Auf den Weltkommunismus oder das, was er dafür hielt, war er auch ohne höheren Auftrag fixiert und wußte davon Gebrauch zu machen. Sein Denken im vorigen Jahrhundert wurzelnd; er war immerhin ein erwachsener Mann, als das unsere begann.

Ich, von ganz unten kommend in die Arbeiterbewegung hineingewachsen, demokratischer Sozialist und sozialer Demokrat. Durch den lutherischen Protestanismus vielfach beeinflußt, wenn auch mit wachsender Neigung zum Agnostizismus. Des geschichtlichen Erbes bewußt, doch von den Möglichkeiten der modernen Welt fasziniert.

Er, der gestandene Rheinländer, der eher ein Westdeutscher denn ein Deutscher schlechthin sein wollte. Dem der Osten, auch der deutsche, fremd war. Er erzählte selbst: Im Zug nach Berlin habe er, der Präsident des Preußischen Staatsrats, immer das Gefühl gehabt, hinter der Elbe höre Europa auf, und ab Magdeburg die Vorhänge zugezogen – »damit ich die asiatische Steppe nicht sehen mußte«. Nach dem Krieg kam ähnliches wieder hoch – in einem Brief an den Kölner Reichstagsabgeordneten Sollmann, der in die USA emigriert war: Asien stehe an der Elbe. Im »heidnischen« Berlin fühlte er sich nicht zu Hause. Daß dort und in Sachsen und sonstwo nicht »schwarz«, sondern eher »rot« gewählt wurde, mag hinzugekommen sein.

Ich, in einer Hansestadt an der Wasserkante aufgewachsen, auch kein Preuße, höchstens ein angelernter, aber auch heute noch protestierend, wenn man mich einen Westdeutschen nennt; ich sage dann, nicht in West Germany oder l'Allemagne de l'Ouest sei ich geboren, sondern in Deutschland, und falls man es genauer hören will – in Norddeutschland. Für ihn war es, nicht nur räumlich, näher nach Paris. Für mich war und ist Europa ohne seinen Osten ein Torso.

Er hatte mit den Nazis ebensowenig im Sinn wie ich. Er redete ihnen nicht nach dem Mund, und sie behandelten ihn nicht gut. Von einem radikalen Bruch mit den Nazi-Jahren mochte er sich allerdings nichts versprechen. Er war für ein hohes Maß an Kontinuität, Restauration und Schwamm drüber. Dazu gehörte, die Weimarer Parteiensplitterung zu überwinden und ein breites Parteilager zu etablieren, das vom alten Zentrum und von einem Teil der Deutschdemokraten bis zu den Deutschnationalen reichte. Die Bürokraten, die – im weiteren Sinn des Wortes – dem braunen Regime gedient hatten, an sich zu binden barg, zusätzlich zu formaler Sachkunde, den Vorteil, ihrer Dankbarkeit gewiß zu sein. Er wich der Schuldfrage weitgehend aus und nahm manchem das schlechte Gewissen. Anders gewendet, er setzte auf Zeitgewinn und trug, mit einem Schuß Opportunismus, dazu bei, daß die Deutschen nicht heillos zerbrachen – im Streit über jenen moralischen Absturz, den sie gerade überlebt hatten.

Ich war nicht für eine Entnazifizierung, die die Kleinen an den Pranger stellte und die Großen laufenließ. Mir schwebte vor, den mißbrauchten Idealismus einer jungen Generation läutern zu helfen und in den Dienst einer besseren, einer demokratischen Sache zu stellen. Aussöhnung war geboten, aber bei schonungsloser Auseinandersetzung mit der bösen Vergangenheit. Nationale Wiedergeburt, so dachte ich, erfordere grundlegende geistige, politische, gesellschaftliche Erneuerung.

Die tatsächliche Entwicklung verlief anders: Während auf der unteren Ebene Briefträger und Amtsgehilfen in großem Stil entbräunt, auf umständliche, zugleich unzuverlässige Weise entnazifiziert wurden, begann in den höheren Etagen eine umfängliche Wiederbesetzung neuer Stellen mit altem Personal: Ministerialbürokraten, Richter, Polizeiführer, Hochschullehrer, kaum mit dem Schrecken davongekommen, entzogen sich jeder ernsten Auseinandersetzung mit einem Regime, das ohne sie nicht hätte existieren können. Nicht die Untüchtigsten gingen in die Wirtschaft. Die Alliierten mußten belastete Offiziere rehabilitieren, als sie neue deutsche Divisionen wollten. Ein besonders übles Kapitel war die Übernahme von Gestapoleuten und ähnlichen Terroristen in die Nachrichtendienste der Siegermächte. Klaus Barbie, der »Schlächter von Lyon«, war kein Einzelfall.

Konrad Adenauers Gegenüber war ich nicht; ich wurde es erst spät und habe dann einiges dazu beigetragen, daß seine letzte Amtsperiode nur noch zwei Jahre währte. Der große Gegenspieler in der Zeit der bundesrepublikanischen Staatswerdung, Kurt Schumacher, stand Adenauer an Willensstärke und Antikommunismus nicht nach. Doch in seiner Art, sich zu geben, der Militanz, die in Fanatismus umschlagen konnte, unterschied er sich durch und durch. Redegewaltig, wie er war, stieg Schumacher zu einer nationalen Figur auf, als von Adenauer über Köln und das Rheinland hinaus noch kaum die Rede war. Doch der Vorsprung war nur zeitlicher Natur. Sein Drang, Gerechtigkeit durch radikale soziale Veränderungen zu bewirken, stand dem Ruhebedürfnis der Menschen ebenso entgegen wie sein aggressives Streben nach nationaler Einheit. Kurt Schumacher hat nur die ersten drei Jahre der Bundesrepublik erlebt, 1952 trug der kranke Körper den kämpferischen Geist nicht mehr. Sein Erbe an die Sozialdemokratie reichte weit.

Antieuropäisch war Schumacher nicht, das hätte auch schlecht zur Tradition seiner Partei gepaßt. Man hat ihn und die Seinen in die Nähe von Neutralismus, auch im Hinblick auf die westliche Demokratie, rücken wollen; das ging gleichfalls an der Sache vorbei. Doch konnte es nicht gelingen, einer Bevölkerung, die sich dankbar unter die Fittiche der mächtigsten aller irdischen Mächte flüchtete, einen deutschen Sonderstatus schmackhaft zu machen, auf den im westlichen Ausland niemand anbeißen mochte.

Adenauer war kein gefühlsbetonter Mensch und ließ sich kaum je enttäuschen. Menschliche Schwächen unterstellte er und verstand er auszunutzen. Er sprach noch weniger kompliziert, als er dachte. Und es haftete ihm eine außergewöhnliche Fähigkeit zur Vereinfachung an – so, wenn er beim beginnenden Streit um Wiederbewaffnung und Westintegration seinen Zuhörern suggerierte, es gehe um die Wahl zwischen Ost und West: »Mit dem Osten wollen wir doch nicht gehen, meine Damen und Herren; zwischen den Stühlen können wir auch nicht sitzen, das wollen ja nicht einmal die Sozialdemokraten, also müssen wir mit dem Westen gehen!« Ein skandinavischer Journalist, der – Wahlkampf 1953 – an einem Abend Adenauer und mich gehört hatte und mit dem ich zu später Stunde zu Abend aß, sagte mir ohne alle Umschweife: »Diesen Streit könnt ihr nicht gewinnen.«

Ja, so ungeheuer einfach ließ es sich sagen, und so ging es den Leuten ein, denen man auch noch die Last des Abwägens nahm. Wo es Wirkung versprach, kam eine gute Portion Rücksichtslosigkeit hinzu. Schläue mischte sich mit Starrsinn, der Zweck heiligte manches Mittel, und die patriarchalische Verschlagenheit konnte entwaffnen.

Als ich ihn im Frühjahr 1961, zu Beginn des Wahlkampfes, aufsuchte und ihn, gestützt auf üble Machwerke, nicht nur aus bayerischen Landen, fragte, ob es unvermeidlich sei, daß wir auf diesem Niveau miteinander umgingen, guckte er mich treuherzig an und meinte: »Aber Herr Brandt, wenn ich was gegen Sie hätte, würde ich es Ihnen doch sagen...« Im Juni 1963, als Kennedy seinen großen Tag in Berlin hatte, war der nicht wenig erstaunt, als ihn der »Alte«, noch vor dem Mittagessen im Rathaus, zu einem Vieraugengespräch bat und dem Präsidenten einschärfte: Er solle sich bloß nicht von mir einwickeln lassen, denn »die Sozialdemokraten bleiben unzuverlässig«. Kennedy, mit Adenauer als Tischnachbar an der anderen Seite, flüsterte mir die Mahnung noch während des Essens ins Ohr.

Der Mann hatte Erfolg, weil die meisten hören wollten, was er ihnen sagte. Er sagte auch noch, was er sonst für opportun hielt, und nahm es dabei mit der Wahrheit nicht immer genau. Das alles soll es in der Politik auch sonst schon gegeben haben, wenn auch nicht immer so gekonnt und mit solchem Erfolg. Er wollte das Sagen haben. Er wollte seiner politischen Sammelgruppierung das Kleid einer Staatspartei anpassen und eine halbwegs satte Gesellschaft im europäischen Westen – mit amerikanischer Rückendeckung – verankern. Hätte den Deutschen, im größeren Teil ihres Landes, nicht Schlimmeres widerfahren können?

Die späteren Eindrücke bleiben häufig die stärkeren, doch aus frühen Jahren lebt in mir der Eindruck fort, wir seien nicht schlecht miteinander ausgekommen. Ich war ein nicht sonderlich einflußreicher Abgeordneter im Auswärtigen Ausschuß, als er mir mancherlei Aufmerksamkeit widmete. Nach seiner Moskau-Reise 1955 schickte er mir einen Zettel mit der Bemerkung, Bulganin habe sich bei ihm erkundigt, ob in Berlin das Hotel Kempinski noch stehe; das scheine der in guter Erinnerung zu haben. Als ich von meiner »Weltreise« Anfang 1959 zurück war, wollte er bei einem Abendessen wissen, was es in Japan mit den Geishas auf sich habe. Meine kulturgeschichtlichen Kommentare befriedigten ihn nicht. Unter Berufung auf einen Schweizer Kunsthändler erklärte er apodiktisch: »Das ist dort auch nicht anders als anderswo.«

Eine gewisse Nähe ergab sich aus dem Verhältnis von Bürgermeister zu Bürgermeister, zumal er großes Verständnis für die Notwendigkeiten der Stadtkasse hatte und mir – gegen den Finanzminister – mehrfach half, das Geld einzutreiben, das Berlin brauchte. Bei seinen Besuchen in der Stadt äußerte er sich freimütig und boshaft über seine Minister; so erfuhr ich mehr Interna, als seiner Partei lieb sein konnte. Von einem, der mit am Tisch saß und dessen deutschlandpolitisches Drängen ihm mißfiel, meinte er, der sei, wie mir wohl geläufig, bei seiner letzten Rede in der Kongreßhalle »schlicht besoffen« gewesen; in Bonn hatte er den Kabinettskollegen – Ernst Lemmer – zwingen lassen, das Quartier zu wechseln und aus der Berlin-Vertretung auszuziehen. Begründung: »Wo er jetzt wohnt, verrät er den Sozis alles beim Kartenspielen.«

Ob er die Dinge so ernst nahm, wie er sie nach außen darstellen ließ? Als ich ihn nach meiner Wahl zum Regierenden Bürgermeister in Rhöndorf besuchte, hatte Tito gerade die DDR anerkannt. Unter dem bemerkenswerten Hinweis, daß ich mich doch im Osten auskennte, wollte er wissen, was ich von dem Vorgang hielte. Ich versuchte mein Bestes, aber er hatte seine Konklusion längst parat: »Lassen Sie mal, ich will Ihnen sagen, wie ich das sehe: Der Tito, das ist ein ganz gewöhnlicher Räuber.« Bei einer anderen Gelegenheit, in meinem Rathaus, nachdem er sich über den zur Großwildjagd nach Afrika aufgebrochenen Bundestagspräsidenten mokiert hatte und mit augenzwinkerndem Hinweis, daß mich das Verhältnis zum Parlament in den kommenden Jahren ebenfalls beschäftigen könne: »Wissen Sie, man muß die Herren gut entschädigen, viel reisen lassen und ihnen reichlich Urlaub gönnen.«

Vierzehn Jahre stand er an der Spitze der Regierung. Es hatte, im September 1949, seiner eigenen Stimme bedurft, damit er im ersten Wahlgang gewählt wurde. Bevor ihn, den 73jährigen, die eigenen Leute auf den Schild hoben, hatte er versichert: Er könne – laut Arzt – das Amt »wenigstens noch für ein Jahr« übernehmen; tatsächlich war Professor Martiny der Meinung gewesen, auch für zwei Jahre werde es gehen. Mindestens so gewichtig war das Machtwort eines jungen bayerischen Abgeordneten namens Strauß. Der sprach für den Teil der Union, der das S statt des D im Parteinamen führte, und erklärte: Für den Fall einer Großen Koalition, die Adenauer nicht wollte und Ludwig Erhard auch nicht, werde die CSU mit der CDU keine Fraktionsgemeinschaft eingehen; sie hätten dann nicht einmal den Parlamentspräsidenten stellen können.

Adenauer war von der Idee besessen – jedenfalls gab er dies vor, und wahlwirksam war es allemal –, die Sozialdemokraten würden ins Schlepptau der Kommunisten geraten. Die Bonner Republik begann also im Zeichen eines »rechten« Bündnisses. Zu dessen Absprachen gehörte, daß der Bundespräsident aus den Reihen der Parteiliberalen zu kommen hatte: Professor Theodor Heuss, ein gediegener schwäbischer Demokrat, Schüler von Friedrich Naumann, manchmal wie Wachs in Adenauers Händen, dabei ein durchgeistigter und würdevoller Repräsentant unseres jungen Staatswesens; er wurde mir ein lieber väterlicher Freund.

Adenauer und ich – auch nachdem er im Herbst 1963 als Bundeskanzler hatte zurücktreten müssen – verloren uns nicht aus den Augen. Immerhin blieb er – bis März 1966 – Parteivorsitzender; ich war es Anfang 1964 geworden. Auch später noch hat es das eine und andere Gespräch gegeben, und ich war unter den Gästen, die seinen

90. Geburtstag – im Januar 1966 – in der Godesberger Redoute feierten. Da stand er, kerzengerade, erzählte von seiner Erinnerung an das Dreikaiserjahr 1888, vom Kaiserbesuch in Köln, auch von Näherliegendem und siegte auf der ganzen Linie. Sein schlitzohriger Charme war einmalig.

Zwei Monate später – März 1966 – machte er auf dem Parteitag der CDU, seinem letzten, nicht wenig Furore, als er erklärte, die Sowjetunion sei in die Reihe der Völker eingetreten, die den Frieden wollten; man müsse verstehen, daß sich das russische Volk vor den Deutschen fürchte, denn es habe fünfzehn (sowjetische Zahl: zwanzig) Millionen Tote gehabt. Die harten Wunden, die die Russen Deutschland geschlagen hätten, seien »Vergeltung für harte Wunden, die den Russen unter Hitler geschlagen worden sind«. Mir sagte er um dieselbe Zeit: »Wir haben die Russen falsch behandelt.« Vor allem »die Herren vom AA« hätten das nicht richtig gemacht, sie seien mit dem sowjetischen Botschafter ganz falsch umgegangen.

Hieß dies, wie nicht wenige seiner Parteigänger unterstellten, daß der alte Herr der Senilität anheimgefallen wäre? Ich meine, nein, und halte jene Deutung für zu simpel. Von einem seiner wenigen Vertrauten – Heinrich Krone – ist überliefert, was er schon Ende 1961, im Jahr der Mauer-Krise, gesagt hatte: Für den Rest seines Lebens sei es das Wichtigste, »unser Verhältnis zu Rußland in eine erträgliche Ordnung zu bringen«. Andererseits begehrte er noch Anfang 1967, kurz vor seinem Tod, leidenschaftlich auf und nannte den Vertrag zur Nichtverbreitung von Atomwaffen, den die Weltmächte zu schließen im Begriff waren, ein »Super-Versailles« und einen »Morgenthau-Plan im Quadrat«; vier Jahre zuvor und noch im Amt hatte er das Teststopp-Abkommen abgelehnt, weil auch die DDR zur Unterschrift eingeladen war.

1955, nach seiner Rückkehr aus Moskau, als er die diplomatischen Beziehungen gegen den Rat seiner engsten Mitarbeiter aufgenommen hatte, wurde er in der Bundesrepublik hoch gefeiert; daß die restlichen Kriegsgefangenen und Kriegsverurteilten freigelassen würden, war ihm fest zugesagt worden. Für ihn selbst lag der wichtigste politische Ertrag in einer Offenbarung Chruschtschows. Unter vier Augen hatte der ihm seine Sorgen, China betreffend, mitgeteilt: Schon lebten dort 600 Millionen Menschen, und jährlich kämen zwölf Millionen hinzu. Adenauer, der den biederen Ministerpräsidenten und Exmarschall Bulganin dem »geltungssüchtigen und agitatorischen Parteimann« Chruschtschow vorzog, schöpfte jene Hoffnung, die ihn jahrelang beflügeln sollte: Die Russen würden dem doppelten Druck auf die Dauer nicht standhalten können, also müßten sie dem Westen eines Tages Konzessionen machen.

Wenige Tage nach der Septemberwahl 1961, den Groll über Entgleisungen hinter mir lassend, suchte ich ihn im Palais Schaumburg auf, um außenpolitische Gemeinsamkeiten zu erkunden und über eine etwaige gemeinsame Bundesregierung zu diskutieren. Ein weiteres Gespräch, an dem Kollegen aus der Führung meiner Partei beteiligt waren, folgte – mit dem vorläufigen Ergebnis, daß Adenauer mit den Freien Demokraten nun leichter einen neuen Handel schließen konnte. Ende 1962 ward wieder – diesmal ohne mein Zutun und ohne mein Beisein – über die Bildung einer Großen Koalition geredet, und wieder ohne Ergebnis. Der formale Grund: Der sozialdemokratische Vorstand verweigerte sich einem Wahlrecht, das nur noch den beiden großen Parteien den Einzug in den Bundestag ermöglicht hätte. Hinter den Kulissen plädierte Adenauer 1966 für das Zustandekommen einer Großen Koalition; er sah sich in seiner Einschätzung bestätigt, daß Erhard das Zeug zum Bundeskanzler nicht habe. Mir hat er im Privatgespräch Ratschläge gegeben, von denen er meinte, der Außenminister sollte sie beherzigen.

Die Suche nach außenpolitischen Gemeinsamkeiten in der Endzeit der Ära Adenauer änderte nichts an meiner Einschätzung, daß er die Westintegration der Bundesrepublik und kaum die Wiedervereinigung Deutschlands fest im Auge hatte. Die Wiederbewaffnung bot er an und setzte er durch, als in keiner Weise ausgereizt war, ob im Spiel um Deutschland nicht doch verborgene Karten lägen. Wäre ihm die deutsche Einheit in den Schoß gefallen, er hätte sich sehr wohl zugetraut, auch damit fertig zu werden. Aber die Zugehörigkeit zum westlichen Bündnis und zu einem französisch-deutsch geführten Westeuropa zu lockern, dagegen hätte sich alles in ihm gesträubt. Zu Unrecht ist er in den Wirren nach dem Ersten Weltkrieg des Separatismus verdächtigt worden. Der Rheinstaat, mit dem er sympathisierte, war gegen Preußen, nicht gegen ein föderiertes Deutschland gerichtet. Doch daß er Westeuropa schaffen helfen

wollte, daran ist kein Zweifel. Wenn auch sein Bild von jenem Westeuropa enger blieb als das seines Altmännerfreundes Charles de
Gaulle. Der holte historisch weiter aus, zurück und nach vorn, und
hatte einen ausgeprägten Sinn für die tief nach Osten reichende
europäische Dimension.

Adenauer war sich seines Volkes nicht sicher – nach allem, was
geschehen war. Daß es Maß und Mitte finde, mochte er nicht glauben und meinte deshalb, Deutschland vor sich selbst schützen zu
müssen. Mir vertraute er an, noch unter dem Eindruck des Jubels,
den de Gaulle während seiner Deutschland-Visite 1962 ausgelöst
hatte: »Die Deutschen verlieren leicht die Balance.« Als würdelos
empfand er es, daß man ihm in Bayern von Staats wegen einen –
wertvollen – Kupferstich vom Einzug Napoleons in München
schenkte.

Es ist aktenkundig, daß er sich den Alliierten als unentbehrlich angepriesen hat; auf einen Nachfolger würden sie sich nicht verlassen
können. Und daß er die Westmächte, der eigenen innenpolitischen
Bedürfnisse wegen, zum Lippendienst an der Wiedervereinigung
ebenso angehalten und ihnen versichert hat, eine solche »Gefahr«,
lasse man ihn gewähren, sei nicht zu befürchten. Neutralität und
Bündnisfreiheit – oder wie immer man es nennen mochte – hießen
für ihn Moskau in die Hände arbeiten oder, im günstigsten Fall, einer gefährlichen Schaukelpolitik Tür und Tor öffnen, sei es von
links, sei es von rechts. Gegen die sowjetischen Noten vom Frühjahr
1952 hatte er nicht deswegen so heftig polemisiert, weil er ihre Ernsthaftigkeit ganz und gar in Zweifel zog, sondern weil er den Deutschen Bündnisunabhängigkeit nicht zutraute und ihr unter keinen
Umständen einen Weg ebnen wollte.

Dabei machte es ihm nichts aus, Ziele vorzuführen, die nicht zu
erreichen waren und die zu erreichen nicht zu seinem politischen
Fahrplan gehörte. Als die Bundesrepublik Mitglied der NATO geworden war, hörte ich ihn sagen, nun säßen wir im stärksten Bündnis
der Geschichte: »Es wird uns die Wiedervereinigung bringen.« Er
zögerte nicht, seine Kritiker zu verhöhnen, wenn er ihnen, so im
April 1960, entgegenhielt, die Wiedervereinigung mache große Fortschritte – »nur noch die Sowjetunion« sei dagegen. Während er Reden hielt, daß Schlesien und Ostpreußen wieder deutsch würden,

sagte er im vertraulichen Gespräch – August 1953 – über die Gebiete jenseits von Oder und Neiße: »Die sind weg.« Und von den ersten zwölf Divisionen, noch bevor sie aufgestellt waren, in einem Hamburger Gespräch: Die seien ganz gut, wenn er mit dem Westen rede. Der Gesprächspartner unterbrach: Er meine wohl, mit dem Osten. »Nein, Herr Ollenhauer, mit dem Westen. Von da kommt der Druck, die anderen sind viel realistischer, die haben genug mit sich zu tun.«

1952 hat er es nicht etwa versäumt, den sowjetischen Noten nachzugehen und die Chance angeblich freier Wahlen in Deutschland zu prüfen. Er hat dem gar nicht nachgehen wollen. Als ihm Churchill ein Jahr später, nach Stalins Tod, von einer möglicherweise weitreichenden Veränderung der sowjetischen Politik berichtete, hat er das als eher störend empfunden. Er war auf eine simple Weise von der Stärke der USA fasziniert. Bei seinem ersten Besuch – Frühjahr 1953, noch mit dem Schiff – saß er frühabends beim Generalkonsul in New York, blickte auf die Skyline von Manhattan und sagte zu Staatssekretär Professor Hallstein: »Können Se dat verstehn, dat sich der Herr Ollenhauer mit so'nem mächtigen Land nicht verbünden will?« So wiedergegeben durch Generalkonsul Riesser wenige Monate später. Doch die amerikanische Faszination verstellte ihm zu keiner Zeit den Blick nach Paris.

Frankreich zog ihn an, weil es rheinisches Gefühl und karolingische Tradition geboten und weil er nüchtern kalkulierte, daß in Westeuropa nur gutgehen könne, was von Deutschen und Franzosen getragen würde. In der Distanz Großbritannien gegenüber traf er sich mit de Gaulle, der den Engländern grollte, der ihnen die Geringschätzung während seines Londoner Kriegsexils verübelte und im übrigen dem britisch-amerikanischen Sonderverhältnis mißtraute.

1962 habe ich Adenauer beschworen, er möge sich einen Ruck geben und de Gaulle dafür gewinnen, daß Großbritannien die Tür zur EWG geöffnet und eine zusätzliche Spaltung Europas vermieden werde. Er war nicht zu bewegen: Was zähle, seien Frankreich und Deutschland. Gewiß, Italien gebe es auch, und dann sei da noch das »Benelux-Gemüse«. Aber wenn aus zwei Hauptbeteiligten, Paris und Bonn, mit London drei würden, könne leicht sein, »daß die beiden anderen zu unseren Lasten Kippe machen«. Um die Engländer auf Abstand zu halten und weil sie von Kennedy nichts Gutes erwarteten, haben die beiden alten Herren in Paris und Bonn den deutsch-französischen Freundschaftsvertrag – Januar 1963 – unnötig belastet. Bundestag und Bundesrat suchten aus der Not eine Tugend zu machen und – ich war, moderierend, daran beteiligt – stellten dem Vertrag eine Präambel voran, die das Atlantische Bündnis würdigte und den Weg zur Erweiterung der Europäischen Gemeinschaft offenhielt. Adenauer hat dieses Beiwerk als einen Einbruch in sein Lebenswerk betrachtet und sich bestätigt gesehen, als Erhard weder Weitsicht noch Willen aufbrachte, um das Verhältnis zu Paris zu pflegen, wie es angezeigt gewesen wäre. Die Präambel und deren ungnädige Aufnahme in Paris beschwerten ihn um so mehr, als er mittels des Vertrages de Gaulle hindern wollte, sich doch noch mit Moskau einzulassen. Schon vor dessen Deutschland-Besuch hatte Adenauer, stöhnend fast, mir anvertraut, daß de Gaulle »auch anders« könne.

In Wirklichkeit hat Adenauer keinen Augenblick geglaubt, zwischen Paris und Washington wählen zu können. Er hat versucht, sich durchzumogeln – ahnend, daß de Gaulle die Amerikaner aus Europa heraushaben wollte, aber nicht aus Deutschland und daß er damit seinem eigenen Interesse durchaus entgegenkam. Die Amerikaner in Deutschland zu wissen war und blieb ihm Anfang und Ende seiner Politik.

In vielem war der »Alte« beweglicher, als er den meisten erschien. Zu Hause konnte er den Gewerkschaften in der Frage der Mitbestimmung bei Kohle und Stahl entgegenkommen und mit den Stimmen der Sozialdemokraten, gegen einen beträchtlichen Teil seiner Koalition, über Wiedergutmachung zugunsten Israels beschließen lassen. Auch in der gesamtdeutsch genannten, in Wirklichkeit auswärtigen Politik war er nicht nur stur, wenngleich er – aus den Zusammenhängen heraus betrachtet – durchweg im Taktischen stekkenblieb. Immerhin, 1958 hat er erst gegenüber Botschafter Andrej Smirnow, dann auch vor dem Bundestag eine »Österreich-Lösung« für die DDR ins Gespräch gebracht; sie hätte eine Grenzanerkennung vorausgesetzt. Der Gegenstand kam auch gegenüber dem stellvertretenden sowjetischen Ministerpräsidenten zur Sprache, als dieser im April 1958 Bonn besuchte; aber Mikojan stellte sich taub. Ich kannte Ernst Reuters Hoffnung, daß sich aus einer Lösung für Wien und Österreich Günstiges für Berlin und Deutschland ablesen lassen werde; mir erschien das zu optimistisch. Die geographische Lage und das wirtschaftliche wie militärische Potential ließen auch und gerade am Ende der fünfziger Jahre einfache Vergleiche nicht zu.

Im Januar 1959 redete Adenauer einer »Humanisierung« in der DDR das Wort, im Sommer 1962 einer Art »Burgfrieden«: Zehn Jahre solle es beim bestehenden Zustand bleiben, falls die Menschen in der DDR freier leben könnten. Im Oktober jenes Jahres räumte er mir gegenüber ein: »Es ist anders gegangen, als wir 1948 dachten.« Er erwog einen winzigen Schritt in Richtung auf ein amtliches Verhältnis zum anderen deutschen Staat: Der Treuhandstelle für den innerdeutschen Handel sollte ein pensionierter Generalkonsul zugeordnet werden; doch daraus wurde nichts. Im Oktober 1962 erklärte der Kanzler vor dem Bundestag, die Regierung sei bereit, über vieles mit sich reden zu lassen, wenn »unsere Brüder in der Zone« ihr Leben so einrichten könnten, wie sie es wollten – »Überlegungen der Menschlichkeit spielen hier für uns eine noch größere Rolle als nationale Überlegungen«. Dies war ein deutlicher Brückenschlag zu meiner Argumentation, besonders seit Errichtung der Mauer. Apropos Mauer: Es ist viel Wesens davon gemacht worden, daß Adenauer sich nicht sogleich nach Berlin begeben hat. Ich fand's damals und später nicht so wichtig. Böse wurde ich nur, als seine Büchsenspanner den Unsinn in die Welt setzten, er sei weggeblieben, um keinen Aufstand in »der Zone« zu provozieren. Und nur noch mit dem Kopf schütteln konnte ich, als er Chruschtschow vorwarf, mit dem Bau der Berliner Mauer betreibe er »eine beabsichtigte Hilfe im Wahlkampf für die SPD«.

Am 17. Juni 1963, wenige Monate vor seiner Ablösung, war der Bundeskanzler in Berlin und hielt eine dem Anlaß des Tages gemäße, allerdings wenig inhaltsreiche Ansprache. In scharfem Kontrast dazu stand jenes längere, ungezwungene Gespräch, das wir hinterher in meinem Amtszimmer hatten und an dem Heinrich von Brentano teilnahm; der frühere Außenminister wirkte jetzt wieder als Vorsitzender seiner Parlamentsfraktion. Adenauer: Was ich eigentlich von der Hallstein-Doktrin hielte, also dem strikten Bestehen darauf, daß es sich andere Staaten, wenn sie sich zur Anerkennung der DDR entschlössen, mit uns verderben würden. Warum er mich danach frage? Er: Gewisse Dinge müsse man weggeben, »solange man noch etwas dafür bekommt«. Ich sagte, daß ich mich in den nächsten Tagen in Bonn bei ihm melden würde, reiste schon tags darauf an, aber da hatte er keine Lust mehr, in das von ihm selbst angerissene Thema einzusteigen.

In der Adenauer-Literatur und -forschung ist viel Aufhebens von einem Globke-Plan gemacht worden; ob sich der Chef mit den Texten seines hochgestellten Zuarbeiters hat identifizieren wollen oder ob er ihn nur hat gewähren lassen, weiß man bis heute nicht. Jedenfalls ist weder die Regierung damit befaßt noch gar die Opposition ins Vertrauen gezogen worden. Ich selbst habe diese Fußnote zur Zeitgeschichte erst sehr viel später zur Kenntnis genommen. Dabei beschäftigte mich weniger der höchst umstrittene Urheber der brisanten Aufzeichnungen, der Staatssekretär und Chef des Kanzleramtes Hans Globke; er war einst Ministerialdirektor im Reichsinnenministerium gewesen und hatte sich einen Namen als Kommentator der judenfeindlichen Nürnberger Gesetze gemacht. Globke war in jenen Jahren aber auch Vertrauensmann seiner Kirche gewesen und hatte sich – aller Kommentierung zum Trotz – einer sehr subtilen Form von »Widerstand« verschrieben. In jüdischen Angelegenheiten wurde er ein nicht ungern gesehener Partner und Adenauer zum unentbehrlichen Diener.

Der sogenannte Globke-Plan liegt in zwei Varianten vor, einer vom Frühjahr 1959, einer vom November 1960. In der Ursprungsfassung war davon die Rede, daß die beiden deutschen Staaten einander als souverän anerkennen sollten; nach fünf Jahren würde durch getrennte Volksabstimmungen über den Zusammenschluß zu entscheiden sein; ein freier Verkehr von Menschen und Informationen sollte sofort in Gang kommen. In der zweiten Fassung war eine Anerkennung nicht mehr vorgesehen, wohl aber die Aufnahme diplomatischer beziehungsweise amtlicher Beziehungen – mit einer Volksabstimmung nach fünf Jahren und Entmilitarisierung der DDR; Berlin sollte inzwischen den Status einer Freien Stadt erhalten. 1960 hat außerdem Felix von Eckardt, vermutlich im Auftrag Adenauers, einen – geheimen – Plan entwickelt, der auf eine neutralisierte und demokratisierte DDR hinauslief, mit dem ganzen Berlin als Hauptstadt. Ich hatte Eckardt, damals Chefredakteur des *Weser-Kurier*, 1945 in Bremen kennengelernt und stand mit ihm, als er Bundespressechef war, in gutem Kontakt. Doch von seinen Plänen oder denen Globkes hat er auch mir nie ein Sterbenswörtchen gesagt.

An Projekten, wie die Misere der deutschen Teilung zu überwinden sei, herrschte im Übergang von den fünfziger zu den sechziger Jahren kein Mangel. SPD wie FDP veröffentlichten im März 1959 Deutschlandpläne mit dem Ziel, die Wiedervereinigung stufenweise zuwege zu bringen – auf dem Weg über Verhandlungen zwischen den Vier Mächten und den beiden deutschen Staaten. Ich erkannte darin nicht die gebotene Wirklichkeitsnähe, bin auch nie mit dem Papier in Verbindung gebracht worden. Ende Juni 1960 nahm Herbert Wehner, stellvertretender Partei- und Fraktionsvorsitzender, den von ihm selbst geformten Deutschlandplan vom Tisch und verkündete in einer fulminanten Bundestagsrede, zum nicht geringen Erstaunen seiner engsten Bonner Kombattanten und selbst des Parteivorsitzenden: Die SPD akzeptiere die Westbindungen uneingeschränkt als Grundlage künftiger Außen- und Deutschlandpolitik. Ich selbst hatte schon im Jahr zuvor einen Katalog von Fragen formuliert, von denen ich meinte, daß wir in den Antworten mit den anderen Parteien übereinstimmten; mein Freund Fritz Erler hatte dieses Resümee von Gemeinsamkeiten im Bundestag vertreten, doch ohne schon greifbare Ergebnisse herbeiführen zu können.

Hätte sich etwas geändert, wenn es zu einer ernsten und offenen Aussprache zwischen Konrad Adenauer und Nikita Chruschtschow gekommen wäre? Ich muß die Frage, mit gehörigem Abstand, auch an die eigene Adresse richten. Denn so, wie der sowjetische Chef 1962 den Wunsch hatte, sich mit Adenauer zu treffen, hat er 1959 und 1963 angeboten, mich in Ostberlin zu empfangen.

Als sich ein Bonn-Besuch Chruschtschows abzeichnete, war Adenauer soeben abgetreten. Des Kreml-Chefs Schwiegersohn, Alexej Adschubej, damals Chefredakteur der *Prawda*, kam 1964 nach Bonn. Ich sah ihn allein und auch im Kreis jener konservativen Redakteure, die ihn eingeladen hatten. Chruschtschows Bonn-Besuch schienen keine Hindernisse mehr im Wege zu liegen; Erhard wollte ihn gern empfangen. Doch im Oktober war die Zeit des bulligen Nikita Sergejewitsch abgelaufen. In der Kette, die zu seinem Sturz führte, war sein westdeutscher Reiseplan ein Glied gewesen. Die erratische Innen- und Außenpolitik inklusive des nuklearen Säbelrasselns rund um die Kuba-Krise bildeten andere Glieder; den letzten Anstoß scheinen Beschwerden der DDR-Führung über Adschubej und dessen Wiedervereinigungssprüche gegeben zu haben. Als die Einladung Anfang 1965 wiederholt wurde, zeigte sich Kossygin – gemeinsam mit Breschnew – desinteressiert.

Daß auch meine Begegnungen mit Chruschtschow ins Wasser fielen, war nicht von der gleichen Tragweite. Er hatte sich während der Auseinandersetzung um Berlin mit mir noch mehr angelegt als ich mich mit ihm. Sein gewiß ehrliches, doch unzulängliches Bemühen, die Auswüchse des Stalinismus zu überwinden, verband sich mit der Neigung zu großmäuligem Auftrumpfen, nicht zuletzt gegenüber der Stadt, deren Bürgermeister ich war; russische Freunde haben mir später erzählt, gerade 1961, zu Zeiten des Mauerbaus, hätte er ein neues Stück Antistalinismus in seinem Repertoire gehabt. Ich denke manchmal an jenen Abend zurück, an dem ich in Gegenwart amerikanischer Journalisten einer Fernsehübertragung aus Moskau zuhörte. Chruschtschow meinte, sein Publikum mit der Enthüllung interessieren zu können, daß sich mein Name mit »Feuer« übersetzen lasse. Was ihn wenig später nicht davon abhielt, sich an einem Treffen interessiert zu zeigen. Ob ich ihm das abstruse Projekt der Mauer hätte ausreden können? Ich zweifle sehr daran, und doch hielt ich es bald für einen Fehler, dieser Begegnung und der möglichen zweiten ausgewichen zu sein.

Im März 1959, auf dem Rückflug aus Indien, hatte ich einen Zwischenaufenthalt in Wien. Mein Freund Bruno Kreisky, noch Staatssekretär im Außenministerium, erwartete mich auf dem Schwechater Flughafen und überbrachte die Einladung Chruschtschows nach Ostberlin. Genauer gesagt war es die Bereitschaft, mich zu empfangen; es ist alte russische Tradition, einen Einzuladenden als denjenigen erscheinen zu lassen, der eingeladen zu werden gebeten hat.

Der Hintergrund: Bruno Kreisky hatte in einem Vortrag über ein Sonderstatut für Berlin – ganz Berlin – laut nachgedacht. Die Sowjets vermuteten, ich steckte dahinter, und ließen Kreisky bitten, mir auf privatem Weg die Anregung zu einem Treffen mit Chruschtschow möglichst rasch zugehen zu lassen. Ich bat, meine grundsätzliche Bereitschaft zu übermitteln, und wies darauf hin, daß ich zunächst die alliierten Schutzmächte und den Bundeskanzler ins Bild zu setzen hätte.

Adenauer fand, ich solle selbst abwägen, und stellte mir anheim, auf die sowjetische Offerte einzugehen oder nicht. In Berlin legte der amerikanische Gesandte ungewöhnlich scharfen Einspruch ein, der von Günter Klein, einem mir nahestehenden Mitglied des Senats, unterstützt wurde. Es kam hinzu, daß durch Indiskretion von sowjetischer Seite verkürzende und entstellende Informationen an die Öffentlichkeit drangen. Dies nutzte ich als Grund zur Absage. Mein Freund Kreisky, der den Russen gegenüber in eine schiefe Lage kam, war sehr enttäuscht; er hatte sich übernommen.

Erich Ollenhauer hatte, unabhängig von mir, einen Termin bei Chruschtschow in Ostberlin wahrgenommen; herausgekommen war nichts. Im selben März 1959 besuchten Carlo Schmid und Fritz Erler die sowjetische Hauptstadt und kamen mit weniger als leeren Händen zurück. Denn nicht nur servierte man ihnen ein plattes Nein auf die Frage, ob über Schritte zur deutschen Einheit gesprochen werden könne, Chruschtschow selbst gab ihnen – an meine Adresse – auf den Weg, die Bundesrepublik solle für West-Berlin Ausland werden. Von meinen beiden Freunden war Carlo noch mehr enttäuscht als Fritz, denn er hatte Adenauer im Herbst 1955 nach Moskau begleitet und war bei Nikita nicht nur wegen seiner offenen Sprache zu hohem Ansehen gelangt, sondern auch, weil er – nach reichlichem Lebertrangenuß – so trinkfest war. Die Trinkfestigkeit in Verbindung mit seiner Körperfülle hatte Chruschtschow veranlaßt, ihn mit »Gospodin Großdeutschland« anzureden; im eigenen Land mußte er zufrieden sein, »Monte Carlo« genannt zu werden.

Fast vier Jahre später, im Januar 1963, kam es zur zweiten Quasi-Einladung. Der Kreml-Chef war nach Berlin gekommen, um an einem SED-Parteitag teilzunehmen. Durch einen Beamten seiner Ostberliner Botschaft und durch zwei in West-Berlin stationierte Generalkonsuln, den österreichischen und den schwedischen, ließ er mich wissen, daß und wann er mir zu einem Gespräch zur Verfügung stehe. Diesmal, nach und wegen der Mauer, schien mir alles für die Annahme des Gesprächsangebots zu sprechen. Wieder wandte ich mich zuerst, telefonisch, an den Bundeskanzler. Adenauer überließ mir auch jetzt die Entscheidung. Er meinte, eine solche Unterredung werde weder nutzen noch schaden.

Anders Rainer Barzel, mein späteres Gegenüber beim nicht nur parlamentarischen Kampf um die Ostverträge, damals Minister für gesamtdeutsche Fragen. Er rief einigermaßen aufgeregt aus Bonn an, riet dringend ab und berief sich auf einen maßgebenden Sozialdemokraten: »Herr Wehner ist gerade hier und teilt meine Meinung.« Das Auswärtige Amt gab keinen klaren, sondern einen diplomatischen Rat. Die Konsultation mit den Alliierten erbrachte kein deutliches Bild. Ich wollte Kennedy anrufen, ließ mich jedoch durch den (neuen) amerikanischen Gesandten davon abbringen. Den Ausschlag gab mein Berliner Koalitionspartner. Bürgermeister Amrehn, mein Stellvertreter, erklärte auf einer außerordentlichen Senatssitzung in aller Form, wenn auch mit nur zögernder Zustimmung einiger der CDU-Kollegen, seine Partei würde die Stadtregierung verlassen, sollte ich das Treffen mit Chruschtschow wahrnehmen. Berlin dürfe »keine eigene Außenpolitik« betreiben. Ich kam zu dem Ergebnis, unter diesen Umständen im letzten Augenblick absagen zu lassen. Mir schien es nicht ratsam, dem mächtigen Mann aus Moskau mit einem eben geplatzten Senat im Rücken gegenüberzutreten; außerdem standen Wahlen unmittelbar bevor. Ich hätte sie so haushoch nicht gewonnen, würde ich mich anders entschieden haben.

Ich war mir im klaren, daß meine Absage Chruschtschow brüskieren mußte. Pjotr Abrassimow, der sowjetische Botschafter in Ostberlin, schilderte mir später, als das Tauwetter uns eingeholt hatte, wie konsterniert sein oberster Chef gewesen sei. Der hatte sich gerade umgezogen, als er ihm meinen Bescheid mitteilte, und beinahe die Hose fallen lassen. Abrassimow fügte bei jener späteren Gelegenheit, im Jahre 1966, hinzu, das sei eine verpaßte Gelegenheit gewesen; Chruschtschow habe mir »etwas geben wollen«. Derselbe Abrassimow hat in seinem Buch über die Berlin-Verhandlungen 1970/71 vermerkt, das Treffen Brandt-Chruschtschow, wäre es denn zustande gekommen, hätte »nicht zur Regelung der West-Berliner Angelegenheiten geführt«.

Die Zeit ist über die Frage nach möglichen Gesprächsergebnissen hinweggegangen. Doch das historische Gewissen sagt mir: Ich habe damals falsch entschieden. Es war nicht vernünftig, die Möglichkeit eines klärenden Gesprächs auf hoher Ebene ungenutzt zu lassen. Adenauer hätte sich darüber nicht viel Gedanken gemacht. Dabei zweifelte er, seit seinem Moskau-Besuch, kaum noch an Chruschtschows und Bulganins Worten. Er hatte, wie er selbst schrieb, »das Gefühl, mit den Männern im Kreml vielleicht doch eines Tages eine Lösung unserer Probleme finden zu können«. Dies ergänzte er gegen Ende seines Lebens mit dem drängenden Hinweis, wir hätten unser Verhältnis zu dem großen indirekten Nachbarn im Osten gefälligst in Ordnung zu bringen!

Ich bezog mich auf eigene Akteneinsicht, als ich, Mai 1970, im Bundestag von Adenauers Mut und Ernst sprach, einen Ausgleich auch mit der Sowjetunion zu suchen; er habe die wirkliche Lage erkannt. Aber die Menschen sind voller Widersprüche, bedeutende allzumal. Auch sie schleppen Vorurteile mit sich herum, der eine mehr, der andere weniger.

Adenauers Nachkriegs-Konsequenz zielte darauf, die Verhältnisse zu stabilisieren. Er fürchtete in diesen Jahren nichts mehr, als daß sich die Siegermächte einander wieder nähern könnten. Das sah ich anders. Er verneinte die Chance zur deutschen Einheit und nutzte die Vorteile Westeuropas für den westdeutschen Staat. Dem ließ sich – in dem Maße, in dem die Voraussetzung ohne Alternative blieb – immer weniger widersprechen. Die Vorreiterrolle, die er, der ganz und gar unmilitärische Regierungschef, schon ab 1949 für die frühe Wiederbewaffnung der Bundesrepublik spielte, habe ich für falsch gehalten. Ich hätte es für richtiger befunden, sich, als deutliches Gegengewicht zur ostzonalen militarisierten Volkspolizei, auf einen bundesdeutschen Grenzschutz zu konzentrieren; dem ehrenwerten Irrtum eines »Ohne uns« bin ich nicht erlegen.

Der »Alte vom Rhein« hat über weite Strecken anders geredet als gedacht. Doch vorherrschend blieb sein robuster Realismus. Der hat ihn für die Bundesrepublik viel erreichen lassen. Ob sich mit einem anderen – gesamtdeutschen – Ansatz hätte mehr erreichen lassen, bleibt eine offene Frage.

Im November 1960, als mich meine politischen Freunde in Hannover zu ihrem Kanzlerkandidaten erkoren, habe ich aus meiner Sicht die Aufgabe so skizziert: »Wir brauchen, ohne daß es unsere

Sicherheit gefährdet, Raum, die politischen Kräfte zur Wirkung zu bringen, um den Immobilismus und den ideologischen Grabenkrieg zu überwinden.« Ich meinte, wir könnten uns »eine selbstbewußte Ostpolitik« leisten, und fügte hinzu, »auch hier« wisse ich mich in Übereinstimmung mit John F. Kennedy, dem neugewählten Präsidenten der USA. Der stand erst am Beginn seiner von soviel Hoffnungen getragenen glanzvollen, von Widersprüchen gewiß nicht freien, knapp dreijährigen Amtszeit.

Große Worte, kleine Schritte

Im August 1961 wurde die Spaltung Berlins in Beton gegossen – gegen das Lebensgesetz einer über Generationen gewachsenen Stadt und, wie ich überzeugt war, gegen den Strom der Geschichte. 25 Jahre später erklärte Ronald Reagan in Washington, er hätte sie, wäre er zu jener Zeit Präsident gewesen, abreißen lassen. Als mich am 13. August 1986 ein amerikanischer Journalist in Berlin hiernach befragte, lehnte ich jeden Kommentar ab. Weshalb ich es nicht für angemessen hielt, mich aus diesem Anlaß in Berlin in eine Polemik mit einem Präsidenten der USA zu begeben? Ich hätte sonst fragen müssen, welche militärischen Maßnahmen er denn hätte ergreifen wollen. Einmarschieren? Mit welchem Ziel und um welchen Preis? Mit starken Worten war auch im nachhinein nichts zu gewinnen. Gewiß, Reagan hat Gorbatschow öffentlich aufgefordert, die Mauer verschwinden zu lassen. Aber in den Verhandlungen mit seinem russischen Partner hat er andere Schwerpunkte gesetzt und erst recht nicht die Teilung Deutschlands – 1945 in Jalta festgelegt – in Frage gestellt. Ich habe mich deswegen nicht mit ihm angelegt.

Berlin hatte bei Kriegsende einen Viermächtestatus erhalten und sollte durch eine gemeinsame Kommandantur der Siegermächte regiert werden. Aber die Rechte und Pflichten der Vier Mächte waren nicht sauber ausgehandelt worden – in einer Zeit, da man sich über die künftigen Rechte der Deutschen begreiflicherweise nicht viel Gedanken machte. Jeder Kommandant sollte, im Prinzip, über seinen Sektor verfügen können, wie er wollte oder wie ihn seine Regierung wollen ließ. Aus der gemeinsamen Kommandantur haben sich die Sowjets 1948 zurückgezogen und im gleichen Jahr die gewählten gesamtstädtischen Vertretungen – Stadtverordnetenversammlung und Magistrat – aus dem alten Rathaus im Ostsektor hinausjagen lassen; in ihrem Sektor bekamen die ihnen genehmen Leute das Sagen. Später ist der sogenannte Viermächtestatus – von dem schon 1948 kaum etwas übrig war – ins Feld geführt worden, um politisches Nichtstun zu bemänteln. In Bonn lagen Statuskult und Spaltungspflege besonders nahe beieinander.

Man hat mich oft gefragt, wann ich, der Bürgermeister, erfahren hätte, daß die Mauer gebaut werden würde. Und was ich dagegen unternommen hätte. Die Antwort lautet: Ich habe befürchtet, daß der Zugang aus der DDR nach Ostberlin erschwert und die Übergänge von dort nach West-Berlin weitgehend gesperrt würden. Die Tendenz einer solchen Entwicklung war abzuschätzen, nicht Zeit und Form des Geschehens. Sonst wäre ich nicht am Samstag, dem 12. August, noch in Nürnberg gewesen, um mit einer großen Kundgebung den Bundestagswahlkampf zu eröffnen.

Auf dem Weg nach Nürnberg hatte ich am Freitag in Bonn Station gemacht und in einer ernsten Unterredung mit dem Außenminister ein letztes Mal – vergeblich – eine Ausweitung der Thematik auf Gesamtberlin angeregt. Auf dem Nürnberger Marktplatz versuchte ich die Zuspitzung der Lage zu erklären: Die Furcht der Landsleute in der Zone, sie würden abgeschnitten, allein gelassen und eingesperrt, habe die Flüchtlingsziffern so dramatisch hochschnellen lassen.

Fast drei Millionen Menschen hatten seit 1945 die Ostzone beziehungsweise die DDR verlassen. In der ersten Hälfte des Jahres 1961 wurden 120 000 Flüchtlinge gezählt. Doch seit dem mißglückten Wiener Treffen zwischen Kennedy und Chruschtschow – Juni 1961 – schlug der Strom in einen Massenexodus um. Im Juli flüchteten 30 000 Menschen, allein am 12. August kamen zweieinhalbtausend Landsleute in West-Berlin an. Diese massenhafte Abstimmung mit den Füßen – wie wir damals sagten – war für die andere Seite nicht gut hinnehmbar. Die DDR drohte leerzulaufen. Auf den Schreckensruf »Volk ohne Raum« schien die Perspektive eines »Staats ohne Volk« zu folgen. Daß Sowjets und deutsche Kommunisten alles daransetzen würden, die Massenflucht nach dem Westen zu unter-

Große Worte, kleine Schritte 57

binden, konnte nicht überraschen. Daß man Ostberlin einmauern, die durch die Stadt verlaufende Trennungslinie versteinern würde, damit hatte ich nicht gerechnet. Vergessen oder verdrängt war ein Plan aus dem Jahr 1959; damals ging die Kunde, der Ostberliner Bürgermeister Ebert, ein Sohn des ersten Reichspräsidenten, habe für eine »chinesische Mauer« plädiert, sei aber am sowjetischen Veto gescheitert. Das Projekt, von dem man sagte, es sei unter maßgeblicher Federführung Erich Honeckers zustande gekommen, verschwand in ebenjener Schublade, aus der es 1961 wieder hervorgeholt wurde.

Meine Befürchtungen behielt ich nicht für mich. Ich war bemüht, sie den Alliierten und der Bundesregierung, behutsam auch der Öffentlichkeit nahezubringen. Zum Bundesaußenminister Heinrich von Brentano sprach ich an jenem 11. August, an dem in der Volkskammer Maßnahmen gegen »Menschenhändler, Abwerber und Saboteure« angekündigt wurden, eindringlich von der Gefahr rigoroser Absperrungen: Vermutlich würden die DDR-Behörden – aus purem Selbsterhaltungstrieb – die vorgesetzten sowjetischen Stellen bedrängen, daß sie drastische Maßnahmen absegneten. Zu diesem Zeitpunkt hatte, was ich nicht ahnte, die Sowjetunion Ulbricht längst grünes Licht zur völligen Abschirmung gegeben; dies war von der Sowjetunion und den anderen Ländern des Warschauer Paktes auf einer Ostblock-Konferenz – 3. bis 5. August in Moskau – signalisiert worden.

Später erst erfuhr ich, was vorausgegangen war: Mitte März 1961 forderte Ulbricht vor dem ZK-Plenum seiner Partei strengste Maßnahmen und teilte mit, daß er sich direkt an den Kreml-Chef wenden werde. Was ich wußte: Am 17. Februar hatte der sowjetische Botschafter in Bonn dem Bundeskanzler zwei Schriftstücke übergeben, die West-Berlin und den angedrohten Friedensvertrag betrafen. Wenn der Vertrag mit der DDR nicht hingenommen und das Besatzungsregime in West-Berlin nicht liquidiert werde, müsse man »mit allen sich daraus ergebenden Konsequenzen« rechnen. Die Amerikaner werteten diese Drohung durchaus richtig; seit dem Ultimatum von 1958 war das Feuer der Berlin-Krise nie richtig erloschen; es hatte – 1959/60 – vor sich hin geflackert und war nun neu entflammt worden.

Ende März tagte der Politische Beraterausschuß des Warschauer Pakts, dem Ulbricht darlegte, warum verstärkte Grenzkontrollen und Stacheldrahtsperren nicht ausreichten, sondern Betonmauer und Palisaden nunmehr notwendig seien. Keiner war richtig dafür, keiner richtig dagegen, Chruschtschow hielt sich zurück. Immerhin fühlte sich der SED-Chef daraufhin so sicher, daß er nach seiner Rückkehr Erich Honecker, verantwortlich für nationale Sicherheit, beauftragte, für Material und Arbeitskräfte zu sorgen – bei Geheimhaltung und allergrößter Vorsicht. Am 15. Juni tönte Ulbricht auf einer Pressekonferenz: »Niemand hat die Absicht, eine Mauer zu errichten.«

Es wurde mir – Jahre später – zugetragen, daß Chruschtschow auf jener Konferenz nur Stacheldrahtsperren erlaubt habe und eine Mauer erst gebaut werden sollte, wenn die westlichen Reaktionen getestet wären. Tatsächlich wurde mit dem Bau einer Mauer im engeren Sinn erst am 16. August begonnen; am 13. handelte es sich noch um einen mit Betonpfeilern abgestützten Stacheldrahtverhau, der den Ostsektor von West-Berlin abriegelte.

Wir waren schrecklich schlecht vorbereitet. Als es passiert war, haben wir zunächst kaum Besseres gewußt, als zu tönen: »Die Mauer muß wieder weg.« Gegenmaßnahmen, die etwas hätten bewirken können, waren auf seiten der Westmächte nicht gefragt. Es drohte eine tiefe Vertrauenskrise. Denn was für die Berliner ein Tag des Entsetzens war, sollte für die westlichen Regierungen objektiv zu einem Datum der Erleichterung werden: Ihre Rechte, auf West-Berlin bezogen, blieben unangetastet, die befürchtete Kriegsgefahr war abgewendet.

Warum nicht ungeschminkt zugeben: Mit vielen meiner Mitbürger war ich enttäuscht, daß »der Westen« sich als nicht willens oder fähig erwies, es jedenfalls nicht vermocht hatte, gestützt auf den vielzitierten Viermächtestatus Initiativen abzuleiten, die Deutschland und Europa das Monstrum jener »Mauer der Schande« erspart hätten. Es blieb damals wenig Zeit und Lust, sich in die Interessenlage der östlichen Seite hineinzuversetzen und Chruschtschows Wort von der Mauer als einer Notlösung – einer Feuerwehraktion zur Rettung der DDR – einzuschätzen. Nikita Chruschtschow fragte Botschafter Kroll im Herbst 1961: Was er denn habe tun sollen, bei so vielen

Flüchtlingen? Der deutsche Botschafter hielt wörtlich fest: »Ich weiß, die Mauer ist eine häßliche Sache. Sie wird auch eines Tages wieder verschwinden [...] aber erst dann, wenn die Gründe für ihre Errichtung gefallen sind.«

Erst im nachhinein ist einer größeren, wenn auch nicht allzu großen Zahl von Deutschen klargeworden, daß man von den Amerikanern, den Westmächten überhaupt nicht mehr erwarten konnte, als sie – über die wacklig gebliebenen Viermächterechte hinaus – versprochen hatten. Das waren die drei *essentials*, die sich der NATO-Rat auf seiner Osloer Frühjahrstagung 1961 zu eigen gemacht hatte: Anwesenheit, Zugang, Lebensfähigkeit. Von Berlin als gesamtstädtischem Gemeinwesen war darin nicht die Rede, und John F. Kennedy hat dann auch, als er im Juni 1961 mit dem ersten Mann der Sowjetunion in Wien zusammentraf, über Ostberlin nicht gesprochen. Die Beschränkung auf West-Berlin war die eigentliche westliche »Konzession«. Als Kennedy sich in jenem Krisensommer, genau am 25. Juli 1961, in einer Rede an die amerikanische und internationale Öffentlichkeit wandte, wurde in Moskau der zutreffende Schluß gezogen, daß seine Garantie an der Sektorengrenze ende. Umgekehrt befand der Amerikaner, nach dem Zeugnis von Mitarbeitern, Chruschtschow habe »nachgegeben«. Warum hätte er dem Bau der Mauer zustimmen sollen, wäre es die Absicht gewesen, ganz Berlin zu besetzen? Das Berlin-Ultimatum und die Drohung mit einem separaten Friedensvertrag hatte die sowjetische Seite schon im April 1961, vor dem Wiener Gipfel, erneuert; hernach war auf beiden Seiten vom möglichen Abgleiten in einen Nuklearkrieg die Rede. Der Kennedy-Vertraute Arthur Schlesinger berichtet: »Und er dachte während dieses Sommers an kaum etwas anderes.«

Der amerikanische Präsident hatte im Wiener Abschlußgespräch gesagt: Es sei Sache seines Gegenübers, was hinsichtlich der DDR geschehe. Die USA könnten und wollten sich nicht in Entscheidungen einmischen, die die Sowjetunion »in ihrer Interessensphäre« treffe. Senator Fulbright sprach in einem Fernsehinterview Ende Juli aus, was Kennedy dachte: Er verstehe nicht, weshalb die DDR-Behörden nicht dichtmachten; sie hätten alles Recht dazu. Ein Satz, den er aufgrund des Pressewirbels zurückzog und den er doch nicht ungesagt machen konnte.

Es stellte sich heraus, daß die Alliierten einer falschen Krise entgegengezittert hatten. Was für uns in Berlin ein grausamer Einschnitt war und das eigene Land beschwerte, empfanden andere als Erleichterung, jedenfalls als das kleinere Übel. Für Freizügigkeit im geteilten Deutschland waren weder die westeuropäischen Mächte noch die Amerikaner Verpflichtungen eingegangen. Für das Schicksal der tausendfach auseinandergerissenen Familien fühlten sie sich nicht mitverantwortlich, und ein gewisses Verständnis für »die Russen« war manchem westlichen Entscheidungsträger auch nicht fremd. Einen so honorigen, einflußreichen und welterfahrenen Mann wie den erwähnten Senator William Fulbright hörte man nun sagen, die Russen gingen zwar brutal vor, doch sei es verständlich, daß sie in ihrem deutschen Herrschaftsbereich für Ordnung sorgten.

Von Gegenmaßnahmen wurde geredet. Aber gegen was hätten sie bei der gegebenen Macht- und Interessenlage gerichtet sein sollen? Außer dagegen, daß die sowjetische Seite der DDR Befugnisse übertrug, die sie aufgrund des Viermächtestatus selbst wahrzunehmen hatte? Und was sollten daraus für Folgerungen gezogen werden? Die Reaktionen auf den Mauerbau waren eine peinliche Mischung aus ohnmächtiger Wut und impotenter Protestiererei. Eine gewisse Bedeutung hatte jener Blitzbesuch von Vizepräsident Lyndon B. Johnson am Wochenende nach dem 13. August. Der Texaner stellte die West-Stadt für anderthalb Tage auf den Kopf und stabilisierte die Stimmung. Die Amerikaner nutzten die Gelegenheit, sich und uns zu überzeugen, daß eine zusätzliche militärische Einheit ungehindert über die Autobahn Berlin erreichen konnte. In Johnsons Begleitung waren der Ostexperte Botschafter Charles Bohlen und der ausgewiesene Berlin-Freund Lucius D. Clay; er blieb bis zum Frühjahr 1962 in der Stadt – ein Sonderbeauftragter des Präsidenten. Die Hauptbotschaft, die Charles Bohlen mir zu übermitteln hatte: Wenn ich etwas zu kritisieren hätte, möge ich den Präsidenten anrufen, statt ihm Briefe zu schreiben.

Was hatte ich vorgeschlagen? Ich fand, man solle es bei den drei *essentials* nicht belassen. Uns konnte die Garantie für alliierte Truppen, deren Anwesenheit und Zugang sowie für die »Lebensfähigkeit« der Stadt schon deshalb nicht ausreichen, weil in der Schwebe blieb, ob es ein Recht auf freien Zugang auch für die Deutschen gebe. Und ob klar war, daß die Lebensfähigkeit West-Berlins an die Zugehörigkeit zum Rechts- und Wirtschaftsgefüge der Bundesrepublik gebunden sei. Im übrigen verstand jeder, der Augen hatte zu sehen und Ohren zu hören, wie die *essentials* ausgelegt wurden: Die sowjetische Seite konnte mit Ostberlin machen, was sie wollte, und sie konnte ihre Rechte an die DDR-Führung delegieren. Ebendies geschah, und es wurde auch in Bonn geradezu abgesegnet. Als Adenauer am 16. August – zur gleichen Stunde, da ich die Berliner zu einer großen Protestkundgebung vor dem Rathaus versammelte – Botschafter Smirnow empfing, ließ er verlautbaren: Man stimme darin überein, »das aktuelle Streitobjekt nicht auszuweiten«. Der Botschafter hatte ausgerichtet, gegen die Bundesrepublik seien die sowjetischen Maßnahmen nicht gerichtet, und der Kanzler erwiderte, die Bundesregierung werde keine Schritte unternehmen, welche die Beziehungen zur Sowjetunion erschweren und die internationale Lage verschlechtern könnten.

Meine Ratschläge an die Alliierten und an die Bundesregierung hatten vor der Mauer immer wieder darauf gezielt, das Berlin-Thema auszuweiten und nach Möglichkeit zu verändern: Warum nicht über die Wiedervereinigung ganz Berlins verhandeln? Warum nicht den sowjetischen Vorschlag einer Friedenskonferenz über Deutschland aufnehmen? Warum nicht, falls das Thema eingeengt werden müßte, die West-Berliner über ihre enge Verbindung mit der Bundesrepublik abstimmen lassen? Vom Thema des ganzen Berlin wollte niemand etwas wissen, es paßte nicht in die Gewohnheiten; die Denkbahnen waren zu eingefahren, als daß sie binnen kurzem hätten verlassen werden können. Vermutlich wäre man auch im Osten aufgelaufen. Immerhin deuteten Zwischenträger ein vorsichtiges sowjetisches Interesse an. Die Variante einer West-Berliner Volksabstimmung, die von Adenauer mit den Amerikanern erörtert wurde, hatte einen gefährlichen Haken: Der Bundeskanzler wollte darüber votieren lassen, ob die (West-)Berliner ihre Schutz- (und, jedenfalls formal, Okkupations-)macht behalten wollten. Hierum durfte es meiner Meinung nach schon aus Gründen der Kleiderordnung nicht gehen. Das Thema mußte die Zugehörigkeit zum Bund sein.

Die Bonner Ängste – und die der alliierten Statusverwalter – vor den Vereinten Nationen habe ich nie begreifen können. Was ich nach dem Mauerbau – am 18. August – im Bundestag sagte, hatte auch vorher gegolten: »Den Weg vor das Weltforum kann man sich nicht aufheben für den Fall, daß eine Welt zu brennen beginnt.« Auch sonst ist nichts, was das Thema hätte ausweiten können, ernsthaft aufgegriffen worden. Im politischen Nichtstun und beim Abspielen alter juristischer Platten hatte man sich auf eine Krise vorbereitet, die ausblieb, und nicht gewußt, mit der fertig zu werden, die heraufzog.

Die Krise, die nicht kam, war die um einen separaten Friedensvertrag und um die Anwesenheit westalliierter Garnisonen. Diese Krise hätte die Kriegsgefahr heraufbeschworen. Was die alliierten Nachrichtendienste wußten, habe ich nicht ausmachen können. Von den entsprechenden deutschen Einrichtungen habe ich weder unmittelbar noch nachträglich hilfreiche Hinweise erhalten. Es kommt mir immer noch wie ein böser Witz vor, daß am Morgen des 14. August auf dem Tisch von Heinrich Albertz, meinem Chef der Senatskanzlei, eine Mitteilung des BND vom 11. lag: Besonderes liege nicht vor...

Die nachrichtendienstlichen Apparate des Westens haben sich hinters Licht führen lassen. Oder sind interessante Details wegen des Wochenendes oder wie auch immer versickert? Oder »entspannend« gewertet worden, weil auf ein Ereignis hindeutend, das alliierte Behörden nicht zu beunruhigen brauchte, jedenfalls weniger als deutsche Familien? Einer der engen Mitarbeiter Kennedys, der Terminmacher P. O'Donnell, konstatierte aus einem gewissen Abstand, die amerikanischen Geheimdienste – »und die aller anderen westlichen Staaten« – hätten nicht besonders gut funktioniert, und Kennedy sei darüber »sehr aufgebracht« gewesen. Von O'Donnell stammt auch die Wiedergabe der Kennedyschen Reaktion, Chruschtschow habe »nachgegeben« – da er die Mauer nicht gebaut hätte, wenn er ganz Berlin hätte besetzen wollen. Ted Sorensen, des Präsidenten brillanter Redenschreiber, hat die Einschätzung des eigenen Nachrichtendienstes festgehalten: Die Kommunisten würden den Verlust ihrer Arbeitskräfte unter Kontrolle zu bringen suchen. Eine spezifische Warnung vor der getroffenen Maßnahme, so die Bestätigung von Sorensen, habe es nicht gegeben (*»had offered no advance warning of this specific move«*).

Ich habe es nie geschätzt, wenn Leute so taten, als dürften sie mit anderer Leute Waffen spielen, zumal mit denen ihrer starken Freunde. Oder wenn Propaganda allzusehr an die Stelle ernsthafter Politik trat. So habe ich von den Amerikanern zu keiner Zeit, auch nicht aus propagandistischen Gründen, gefordert, die Mauer nieder-zureißen. Daß ihm dies nicht geraten worden sei, weder von der deutschen Bundesregierung noch vom Berliner Bürgermeister, hat Kennedy selbst festgehalten. Alle Beteiligten haben das Risiko einer militärischen Konfrontation ausschließen wollen und im übrigen nicht der Frage ausweichen können: Risiko, warum und zu welchem Zweck?

Juristisch hätte sich argumentieren lassen: Durch den sowjeti-schen Entschluß, die DDR über Ostberlin verfügen zu lassen, sei völkerrechtlich ein Vakuum entstanden. So gesehen, wäre es recht-lich vertretbar gewesen – Viermächtestatus! –, jenes Vakuum aufzu-füllen. Praktisch hätte dies heißen müssen, Ostberlin militärisch zu besetzen. Dazu sagte ich, es möge logisch sein, aber praktisch eben nicht. Statt dessen hätten die Alliierten energische politische Schritte, begleitet von demonstrativer Präsenz ihrer Sicherheits-kräfte an der Sektorengrenze, ergreifen und auf diese Weise die Sowjets zwingen können, ihre eigene Verantwortlichkeit für Ostber-lin anzuerkennen. Ein absurder Gedanke? Immerhin einer, der ein gewichtiges Interesse der anderen Seite einbezog. Denn in der so-wjetischen Führung legte man Wert darauf, als Siegermacht weiter-hin Rechte in und an »Deutschland als Ganzem« und entsprechend für Gesamtberlin in Anspruch nehmen zu können. Vielleicht hätten Chruschtschow und sein Team überzeugt werden können, die Sta-tusfragen zu überdenken.

Streit und Frieden haben ihre Zeit, kleine Schritte und große Ver-änderungen haben es auch. Im nachhinein sieht manches so einfach aus, hört sich vieles so selbstverständlich an, was in Wirklichkeit heiß umstritten war und nur gegen heftigen Widerstand durchgesetzt werden konnte.

Wenn es keinen Sinn machte, gegen die Berliner Mauer nur anzu-schreien, konnte auch nicht vernünftig sein, gegen die Lage in Deutschland nur mit Rechtsverwahrungen und Nationaltrotz anzu-protestieren. Jene Lage, die Hitlers Krieg herbeigeführt und die Siegermächte durch Vereinbarung – oder besser: Nichtvereinbarung – abgesegnet hatten. Vernünftig konnte nur sein, die Mauer durchlässig zu machen und die besonders lebensfeindlichen Lasten der Spaltung mildern und, wo möglich, überwinden zu helfen.

Was denn sonst? Manch einer meinte, die Wunde müsse blutend gehalten statt verbunden werden. Auf Berlin bezogen: Man dürfe nicht das Widersinnige normalisieren wollen, es müsse Pfahl im Fleische bleiben. Meine Meinung war und ist: Es soll sich die Politik zum Teufel scheren, die – um welcher Prinzipien auch immer – den Menschen das Leben nicht leichter zu machen sucht. Wo eine Wahl unausweichlich ist, muß das menschliche Wohl den Vorrang haben. Denn was gut ist für die Menschen im geteilten Land, ist auch gut für die Nation.

Bei den kleinen Schritten ging und geht es um Bodengewinn für Menschenrechte. Die sind weniger als Demokratie. Aber der Abbau menschlicher Härten wie friedensgefährdender Spannungen hilft jenes Klima schaffen, in dem Demokratie wachsen kann. Jedenfalls gibt es keine genuine Demokratie, ohne daß die Menschenrechte ernst genommen werden.

Was man die Politik der kleinen Schritte nennt, war vorgedacht und nicht erst eine Reaktion auf die Mauer. Am 30. Mai 1956, nach dem 20. Parteitag der KPdSU und einer zentralen Konferenz der SED, hatte ich im Bundestag eine gemeinsame Große Anfrage der Fraktionen zu begründen und plädierte für »ein Höchstmaß an Beziehungen zwischen den Menschen in den beiden Teilen Deutschlands«. Ich sprach nicht für die Anerkennung des gegebenen Zustandes, aber dafür, »das Leben im willkürlich gespaltenen Deutschland zu erleichtern«. 1958 warb ich für diesen Gedanken vor dem Außenpolitischen Institut in London. 1959 sprach ich in Springfield/Illinois zu Ehren Abraham Lincolns und sagte, daß es für uns weder eine isolierte noch eine plötzliche Lösung der Probleme geben würde, sondern daß wir hoffen müßten »auf graduelle Veränderungen, auf schrittweise Lösungen als Ergebnis zäher Auseinandersetzungen«.

In Berlin haben wir um Besuchserlaubnisse in dringenden Familienangelegenheiten hart ringen müssen. So auch, auf den anderen Teil Deutschlands bezogen, um die Zusammenführung getrennter

Familien. Und für die Übersiedlung ausreisewilliger Deutschstämmiger aus der Sowjetunion und Polen, auch aus Rumänien. Unsere Vertragspolitik und die Schlußakte von Helsinki haben diese Bemühungen um einiges vorangebracht, bis sich dann durch aufgelockerte Beziehungen zwischen den Teilen Europas insgesamt weniger bedrückende, wenn auch noch keineswegs befriedigende oder gar problemfreie Verhältnisse abzuzeichnen begannen.

In der Tat, Streit und Frieden haben ihre Zeit. Die Zeichen der Zeit standen zur Zeit des Mauerbaus 1961 und der Kuba-Krise 1962 für die betroffenen Menschen nicht auf kleine Schritte und nicht auf große Veränderungen. Doch nachdem ein junger Präsident – durch Festigkeit und Flexibilität – die erstarrten Fronten aufzulockern entschlossen war, konnte es in Berlin und in Deutschland nur heißen, dieses Zeichen der Zeit zu erkennen.

Kennedy oder Der Zwang zum Wagnis

Die Bundestagswahlen vom September 1961 brachten meiner Partei einen schönen Teilerfolg; ich hatte mir allerdings noch etwas mehr erhofft. Konrad Adenauer verlor die absolute Mehrheit. Die SPD gewann gut zwei Millionen Stimmen hinzu und erzielte das beste Ergebnis seit den Wahlen zur Nationalversammlung 1919. In Zahlen: 36,3 Prozent der Stimmen statt bisher 31,8 und 190 Mandate statt bisher 169.

Der Wahlkampf war vom Mauerbau überschattet gewesen; ich wollte und mußte fast täglich in Berlin sein und viele, viele Auftritte absagen. Die hektische Fliegerei in einer winzigen britischen Chartermaschine erleichterte das Unternehmen nur bedingt. Dennoch gelang es, mit meiner Kanzlerkandidatur neue inhaltliche Ziele zu setzen. Ich warb für zwei große Anliegen – die großen Gemeinschaftsaufgaben im Innern und die zeitgemäße, scheuklappenfreie Vertretung unserer nationalen und europäischen Interessen, die ich schon in der Nominierungsrede in den Mittelpunkt gerückt hatte. Daß überhaupt ein Kanzlerkandidat, ein Novum in der Geschichte der SPD, aufgestellt wurde, 1960 in Hannover, war Teil einer Rundumerneuerung, die nach dem Wahldebakel 1957 eingesetzt hatte und sowohl die Organisation in Partei und Fraktion wie das Programm – Godesberg 1959 – und das personelle Angebot erfaßte. An der Nachrichtenbörse wurden seinerzeit auch die Namen des hessischen Ministerpräsidenten Georg August Zinn und des Hamburger Bürgermeisters Max Brauer gehandelt. Meine Berliner Lektion in Bewährung und Wahlerfolg wog jedoch zu schwer, als daß mir die Kanzlerkandidatur, so ich sie selbst wollte, ernsthaft streitig gemacht werden konnte. Allerdings hatte ich um gehörige Bedenkzeit gebeten.

Rein rechnerisch hätte es 1961 für eine »kleine« Koalition aus Sozialdemokraten und Freidemokraten gerade gereicht, doch die politischen Voraussetzungen waren – noch – nicht gegeben. Es wurde auch bei einem vertraulichen Treffen bestätigt, zu dem ein den »Schwarzen« nicht wohlgesinnter Mann der Wirtschaft – Hugo Stinnes jr. – den FDP-Vorsitzenden Erich Mende und mich an die Ruhr nach Mülheim eingeladen hatte. Mit der engeren Führung meiner Partei – Ollenhauer, Wehner, Erler – sondierte ich die Möglichkeiten eines Allparteien-Kabinetts, zu dessen Hauptaufgaben gehört hätte, die erstarrten Fronten der deutschen Außenpolitik aufzubrechen. Ein wichtiger Gesprächspartner dabei: Bundestagspräsident Eugen Gerstenmaier, der nicht abgeneigt gewesen wäre, die Kanzlerschaft in einer Regierung der nationalen Konzentration zu übernehmen. Doch die Bereitschaft, die Kräfte neu zu gewichten, war auf christdemokratisch-konservativer Seite nicht hinreichend entwickelt.

Wir haben damals auch mit Adenauer gesprochen, ich selbst bin – trotz allem, was schon zwischen uns lag – zu Franz Josef Strauß gegangen. Für das Streben nach außenpolitischer Gemeinsamkeit gab es, wie sollte es anders sein, auch taktische Gründe. Ich erreichte, daß ich gelegentlich bei Ludwig Erhard, Adenauers Nachfolger, am Kabinettstisch saß, wenn über deutschlandpolitische Fragen beraten wurde. Meine Berliner Praxis war Beispiel und Ansporn: gemeinsamer Senat der beiden großen Parteien, solange es ging, danach Hereinnahme der FDP, obwohl die eigene Partei fast zwei Drittel der Mandate besetzte. Schon im März 1961, nach einer USA-Reise und einem Gespräch mit John F. Kennedy, hatte ich vorgeschlagen, daß die Parteien sich im Falle einer neuen Berlin-Krise solidarisch verhielten. Nach den Wahlen im Oktober 1961 hielt ich, wiederum im Anschluß an einen kurzen Amerika-Aufenthalt, meine Empfehlungen in einem Memorandum fest, das ich der Regierung wie den Fraktionsvorsitzenden im Bundestag zur Kenntnis brachte. Übertriebener Parteiegoismus hat mich bei alledem nicht umgetrieben, dazu waren die Dinge denn doch zu ernst.

Im Mittelpunkt aller Überlegungen stand die Frage, wie der Ost-West-Konflikt transformiert und Koexistenz fruchtbar gemacht werden könne. Im Jahr nach dem Bau der Mauer lud mich die Harvard University ein, ebendarüber zu sprechen; das Interesse, Oktober 1962, war überwältigend. Die deutsche Fassung meiner Vorträge stellte ich unter die Losung: Zwang zum Wagnis. Koexistenz war, so sagte ich, weder eine Erfindung der Sowjets noch deren argumentatives Monopol, der Unterschied zwischen deren und unserem Konzept bedingt durch die sehr verschiedenen Auffassungen von der Natur des Konflikts.

Der Kern meiner Ausführungen in Harvard: Das Interesse der sowjetischen Führung ist klar, die Theorie falsch. Einen notwendigen Konflikt zwischen Staaten unterschiedlicher sozialer und wirtschaftlicher Verfassung braucht es nicht zu geben. Chruschtschows friedliche Koexistenz ist keine Suche nach dauerhafter Stabilität, nicht einmal eine Kampfpause, sondern eine neue Möglichkeit, den eigenen Machtbereich und die eigene Einflußsphäre zu erweitern, ohne das Risiko eines atomaren Krieges eingehen zu müssen. Das Zusammenleben in unserer Welt hängt von Interessen ab, nicht von theoretischen Prinzipien der sowjetischen Führung. Ich befürwortete eine sinnvolle Aufgabenteilung zwischen Amerika und Europa: Wir sollten bitte nicht vergessen, daß Europa stärker sei, als manche gern glauben mochten, und jünger, als viele sich vorstellten. In der atlantischen Partnerschaft sah ich mehr als eine militärische Allianz.

Weiter: Unsere politische Strategie muß davon ausgehen, daß die Koexistenz nur dann zu bestehen sei, wenn wir uns frei machen von der Angst vor kommunistischer Überlegenheit, frei auch von jener ebenso naiven wie bequemen Sorglosigkeit, daß sich die gute Sache automatisch durchsetze. Die Aufgabe, wahre Koexistenz zu verwirklichen, stellt die westlichen Demokratien vor die größte bisher in der Geschichte zu bestehende Probe. Die defensive Aufgabe, eine Katastrophe zu verhüten und uns zu behaupten, darf uns nicht hypnotisieren und all unsere Aufmerksamkeit in Anspruch nehmen: »Denn der Ost-West-Konflikt ist nicht das einzige und im Grunde nicht einmal das wichtigste Problem, das wir lösen müssen, wenn wir die Zukunft gewinnen wollen.« Unser Konzept hat sich nicht auf das Verhältnis zum kommunistischen Osten zu beschränken, es muß sich auch auf das Verhältnis zwischen den reichen und den armen Nationen erstrecken. Koexistenz als friedlicher Wettkampf wird vor allem in jenen Ländern ausgetragen, gewonnen oder verloren!

Weiter: Wir brauchen soviel reale Berührungspunkte und soviel sinnvolle Kommunikation wie möglich. Es geht um eine Politik des friedlichen Risikos, einer gewaltlosen Veränderung des Konflikts. Die Geschichte entwickelt sich nicht in Übereinstimmung mit Dogmen und nicht einmal einheitlich: »Trotz der Machtkonzentration in Washington und Moskau, die heute die Welt in Atem hält, gibt es auch eine Tendenz zur Dekonzentration der Macht. Die Entwicklung wird weitergehen. Neue Magnetfelder der Macht entstehen.« Wir haben die Formen zu suchen, die die Blöcke überlagern und durchdringen. Wir brauchen soviel reale Berührungspunkte und soviel sinnvolle Kommunikation wie möglich – mit »vielen sinnvollen Verbindungen auch zum kommunistischen Osten, wie jeweils erreichbar sind«. Eine solche Konzeption kann zu einer Transformation der anderen Seite beitragen: »Das verstehe ich unter einer aktiven, friedlichen und demokratischen Politik der Koexistenz.«

Und schließlich: Wirkliche, politische und ideologische Mauern müssen ohne Konflikt nach und nach abgetragen werden. Das ist nur möglich, wenn wir uns unserer eigenen Werte sicher sind. Wörtlich: »Wir brauchen keine Gegenideologie, kein Anti-Dogma. Es ist unser großer politischer Traum, daß weite Lebensbereiche von jeder politischen Wirkung frei sind. Freiheit ist stark.«

Von Harvard, wo ich im Jahr darauf stolzer Ehrendoktor wurde, fuhr ich nach Washington. Einer seiner engen Mitarbeiter, Professor Carl Kaysen, hatte dem Präsidenten meinen Redetext gegeben und erläutert, wie eng die Bahnen unseres Denkens beieinander lägen. Es waren die Tage, in denen sich die Lage um Kuba zuzuspitzen begann. Er zeigte mir Luftaufnahmen von den Raketenstellungen und verhehlte nicht seine Sorge, daß es zu einer ernsten Konfrontation komme; auch die Stadt, deren Bürgermeister ich war, könne dann in Mitleidenschaft gezogen werden. Ich zeigte keinerlei Nervosität und ließ ihn, zurück in Berlin und über den kritischen Punkt der Krise unterrichtet, zu nächtlicher Stunde durch seinen Gesandten wissen: Er möge entscheiden, wie zu entscheiden er für richtig befinde, Berliner Ängste gebe es nicht. Diese Botschaft standhaften Vertrauens tat es Kennedy an und besiegelte unsere Verbundenheit. Deren Anfänge gingen auf die erste Begegnung im Weißen Haus – Frühjahr 1961 – zurück. »Ihre Themen kommen mir bekannt vor«, hatte er mir damals gesagt.

Kennedys Mitarbeiter Ted Sorensen und Arthur Schlesinger haben im nachhinein gemutmaßt, daß ein *hardliner* als Präsident es auf einen katastrophalen militärischen Konflikt hätte ankommen lassen. Tatsächlich pokerte Kennedy hoch, war aber, im Bund mit seinem Bruder Robert, entschlossen, es nicht zum Krieg kommen zu lassen. Daß beide, Robert in engem Kontakt mit Botschafter Dobrynin, auf ein Geheimabkommen zusteuerten, das den Abzug der Jupiter-Raketen aus der Türkei einbezog, wurde später bekannt und bestätigte die innere, weiche Linie, die sich hinter der äußeren, harten verbarg. Es war wie in dem Drama um den Mauerbau: Eine neue Sicht der Dinge war angelegt und erfuhr durch die Krise enorme Schubkraft. Ein neues Verhältnis zwischen den nuklearen Mächten hatte sich seit längerem angebahnt. Doch erst während der kubanischen Ereignisse im Herbst 1962 war die Notwendigkeit, die Konfrontation abzubauen, auf brutale Weise hervorgetreten. Kennedy hatte erfaßt, daß er seinem weltpolitischen Gegenüber die Niederlage, zumal die Demütigung, ersparen müsse. Er wollte »die Russen keinen Schritt weiter treiben, als es notwendig ist«, so hörte man es aus seiner Umgebung.

Die Gedankengänge, die ich in Harvard offenbarte, hatte Professor Kaysen mit den Worten begleitet, das höre sich *familiar* an; über die offizielle bundesdeutsche Politik hätte er das nicht gesagt. Insoweit waren die Kennedy-Leute unsicher und neugierig zugleich. Im Garten des Weißen Hauses – er wollte den Botschafter nicht dabeihaben – fragte mich der Präsident: »Mit welcher Art von Deutschland werde ich es zu tun haben?« Ich riet ihm, sich auf mehr deutsche Selbständigkeit und auf ein wachsendes Eigeninteresse an Entspannung einzustellen.

Ein dreiviertel Jahr später, im Juni 1963, zog Kennedy, einem Triumphator gleich, in Berlin ein. Der Tag wurde der Höhepunkt von Kennedys Deutschland-Besuch und ein ganz großes Ereignis für die Stadt. In der Geschichte Berlins war solch ehrlicher Jubel noch keinem Gast zuteil geworden. Die Mauer stand seit bald zwei Jahren. Die Enttäuschung, daß der Verweis auf den so oft beschworenen Viermächtestatus sie nicht hatte verhindern können, saß immer noch tief. Aber an den für West-Berlin eingegangenen Verpflichtungen hatte es keinen Zweifel gegeben. Den Dokumentarfilm über seinen Berlin-Besuch hat er sich wiederholt vorführen lassen; so erzählte es mir seine Witwe am Abend nach der Beerdigung.

In seiner berühmten Rede vor dem Schöneberger Rathaus pries Kennedy den Willen der Stadt zur Selbstbehauptung und wies zugleich auf Perspektiven eines gerechten Friedens hin. Den Augenblick vor der Kundgebung, da er lachend in meinem Amtszimmer die berühmten vier Worte – »Ich bin ein Berliner!« – einübte, werde ich nie vergessen. Die Idee stammte von Sorensen, der sie mir am Abend zuvor in Bonn verraten hatte. Vor den Studenten der Freien Universität ging der hohe Gast auf die Zukunftsaussichten näher ein: Der Wind der Veränderung wehe über den Eisernen Vorhang und die übrige Welt hinweg, und die Kraft der historischen Evolution werde sich auch im anderen Teil Europas zeigen. Kontakte zwischen Ost und West könnten dazu beitragen, die Ursachen der Spannung schrittweise zu überwinden. Auch in der deutschen Frage würden Fortschritte nur zu erzielen sein, wenn beide Seiten ihren Beitrag leisteten.

Die weltpolitische Orientierung hatte der Präsident wenige Tage zuvor in der Frankfurter Paulskirche herausgearbeitet: Die Atlantische Gemeinschaft sollte auf zwei Pfeilern – einem nordatlantischen und einem westeuropäischen – ruhen, bei fairer Teilung von Lasten und Entscheidungen, und die EG von den Europäern gebaut werden, wie sie es für richtig hielten. Und er riet, uns möglichst stark in die Zusammenarbeit mit den Entwicklungsländern einzuschalten, zusätzlich zur Ost-West-Politik. Schon bevor Kennedy nach Deutschland aufbrach, hatte er – am 10. Juni in Washington – seine Rede über die »Strategie des Friedens« gehalten. Ich wertete sie als bedeutenden Versuch, das Verhältnis zwischen Ost und West ohne

Illusion zu verändern. Als Versuch, das Gleichgewicht des Schrek-
kens zu ersetzen durch die friedliche Lösung von Problemen. Den
Status quo schrittweise abzuwandeln und zu überwinden – das war
es, worauf die Strategie des Friedens zielte. Er wußte, daß die Zukunft verpaßt, wer nur auf die Vergangenheit blickt. Und er warnte
vor dem Rückfall in eine Zeit, »als wir uns gegenseitig die eigene Sta-
gnation exportierten«.

Man hat ihn bald zurückstutzen wollen, das Fragmentarische seiner Politik hervorgehoben, seine Unzulänglichkeiten ausgebreitet.
Und doch, John F. Kennedy war eine ungewöhnliche Persönlichkeit
mit einer ungewöhnlichen Ausstrahlung. Die Faszination, die er ausübte, ist trotz partieller Entblätterung lebendig geblieben. Seine
Wirkung nährte sich nicht nur aus einem offenen Blick, dem ausgeprägten Sinn für Erneuerung, der Frische seiner geschliffenen Sprache und daraus, daß er die Antennen ausgefahren hatte für neue geistige Impulse. Für die Amerikaner dunkler Hautfarbe schlug er ein
neues Kapitel ihrer Existenz auf. Die Hoffnung auf mehr Gerechtigkeit in der Welt fand sich durch ihn bestätigt und ermutigt. Es wäre
gut gewesen für die Welt, auch für Amerika, hätte er das weitertra-
gen können.

Mir ist gelegentlich angedichtet worden, ich hätte Kennedys
Wahlkampf kopiert. Das habe ich so nicht empfunden. Gewiß, wie
soviel anderes ist bei uns in Deutschland und anderswo in Europa
auch das Ringen um das Vertrauen der Bürger durch amerikanische
Werbepraktiken beeinflußt worden. Was ich von den zu neuen
Ufern aufbrechenden Amerikanern lernte, hatte jedoch mehr mit Inhalt als mit Äußerlichkeit zu tun.

Kennedy hatte große Hochachtung vor Adenauer, war aber mit
der besserwisserischen Sturheit der deutschen Außenpolitik unzufrieden. Daß es an konstruktiven deutschen Beiträgen während der
Berlin-Krise mangelte, hatte sich ihm eingeprägt. Er meinte, die Lösung der deutschen Frage sei nur als Ergebnis eines historischen Prozesses denkbar und eine zumindest taktische Anerkennung der DDR
in Erwägung zu ziehen; die Oder-Neiße-Grenze anzuerkennen, hielt
er längst und wie schon Eisenhower vor ihm für unumgänglich. In
Wien hatte Chruschtschow ihm gesteckt, daß Adenauer die Wiedervereinigung gar nicht wolle. Eine Mitteilung, die ihn beeindruckte

und die seine und seiner Leute Ungeduld beflügelte. Washington erwartete mehr bundesdeutsche Flexibilität, dieser Eindruck wiederum prägte sich mir ein.

Kennedy kam nicht mehr dazu, mit der anderen nuklearen Weltmacht ernsthaft über die Zukunft Europas zu sprechen. Vermutlich war die Zeit auch noch nicht reif für einen großen Wurf. Für ein solches Unternehmen hätte es zudem eines hinreichend einfallsreichen und kooperativen Partners bedurft. Immerhin bewirkte Kennedy – zumal durch die Art, in der die Kuba-Krise beigelegt wurde – eine partielle Entkrampfung im Verhältnis zu Moskau. Sie schlug sich schon 1963 im Teststopp-Abkommen nieder; Adenauer opponierte, weil auch die DDR zur Unterschrift eingeladen worden war.

In Charles de Gaulle, der die Welt von Europa aus dachte, hätte Kennedy einen schwierigen, aber angemessenen Partner finden können. Tatsächlich ärgerte er sich über den hochmütigen Franzosen und drängte Adenauer unvernünftigerweise, sich eindeutig zwischen Paris und Washington zu entscheiden. Dies war unvernünftig und stand im Widerspruch zu der wiederholten Aufforderung, die Europäer sollten mehr Eigenverantwortung übernehmen. Aber dieser Widerspruch haftete der amerikanischen Politik auch in folgenden Jahren an.

Ich sagte dazu, Kennedy habe erklärt, daß die Vereinigten Staaten ihre Hoffnungen auf ein einiges und starkes Europa setzten, eines, das eine gemeinsame Sprache spreche und mit einem gemeinsamen Willen handle; in eine Weltmacht, die imstande sei, Probleme als vollgültiger und gleichberechtigter Partner anzupacken. »Das ist die weitestgehende Formulierung, die die amerikanische Europa-Politik jemals gefunden hat. Ich weiß um de Gaulles Gedanken, daß Europa nicht in eine Rolle kommen sollte, die es als Ganzes oder in seinen Teilen in ein Verhältnis minderen Ranges gegenüber den Vereinigten Staaten kommen läßt. Dieser Vorstellung wird das Wort von der Weltmacht Europa durchaus gerecht. So gesehen, gibt es auch keinen Raum für Sorgen, Deutschland könnte vor eine Wahl zwischen der Freundschaft mit Frankreich und der Freundschaft mit den Vereinigten Staaten gestellt sein.«

Der Mord an Kennedy war ein Unglück für die Welt. Die Gerüchte, die sich darum rankten, sind niemals ganz verstummt. Die

Justiz sah »keinen überzeugenden Beweis« für eine Verschwörung, doch ein Untersuchungsausschuß des Repräsentantenhauses war später gegenteiliger Ansicht. Fünf Jahre später fiel von Mörderhand der energiegeladene Präsidentenbruder Robert, der 1962 zu einem für uns und ihn wichtigen Besuch in Berlin gewesen war und dessen mutigen und vorausschauenden Kampf zumal für Rassengleichheit ich mit Respekt und Zuneigung verfolgt hatte. Von einer Präsidentschaft Robert Kennedys versprach ich mir viel, sehr viel.

Ich halte überhaupt nichts von dem billigen Spruch, daß niemand unersetzlich sei. Es ist im Politischen wie im Persönlichen: Den einen vermißt man mehr als den anderen.

Was aus Deutschland, was aus Europa werden sollte, hatte mich vor Kennedy beschäftigt und trieb mich nach Kennedy erst recht um. Im Juli 1963 machte Egon Bahr mit seiner Tutzinger Rede Furore, die von »Wandel durch Annäherung« handelte und in der er unsere gemeinsamen Überlegungen in – wie es seine Art ist – prägnanter Form zusammenfaßte. Er hatte auf jener Tagung im Juli 1963 nach mir sprechen sollen, war aber noch am Vorabend zu Wort gekommen und stahl mir, wie das so gehen kann, die Schau. Zum Ausgleich zog er einen Teil der mir zugedachten Kritik auf sich. Gegen die Formel selbst hatte ich Bedenken; sie konnte dem Mißverständnis Nahrung geben, als schwebe uns eine Annäherung an das kommunistische System vor. Das war seine Absicht nicht, und unserer freundschaftlichen Kooperation hat der Vorgang auch sonst keinen Abbruch getan.

Egon Bahr war nicht der einzige, aber der konzeptionell fähigste meiner Mitarbeiter in Berlin und im Übergang von Berlin nach Bonn. Er war ein angesehener Rundfunkjournalist in der Bundeshauptstadt, als ich ihn 1959 bat, Leiter des Presse- und Informationsamtes zu werden. Mit mir ist er ins Auswärtige Amt und ins Bundeskanzleramt gezogen, ist Bundesminister und Mitglied der engeren sozialdemokratischen Parteiführung geworden. Der Moskauer Vertrag vom Juni 1970 und die anschließenden Verträge mit der DDR wurden im wesentlichen von ihm ausgehandelt. Er ist als deutscher Patriot mit Sinn für internationale Verantwortung einen weiten Weg gegangen, und wir haben uns dabei nie aus den Augen verloren. Wenn und wo gesamteuropäische Zusammenarbeit vorkommt und gesamteuropäische Sicherheit gestaltet wird, ist sein gedanklicher Beitrag unverkennbar. Vieles von dem, was ich ab 1960 und über 1980 hinaus geleistet und versucht habe, wäre ohne solche Zusammenarbeit nicht möglich gewesen. Es ist selten, daß Freundschaft die Belastungen des politischen Geschäfts über so viele Jahre hinweg überdauert.

Meine eigene Rede vor der Evangelischen Akademie Tutzing war nicht auf außenpolitische Erwägungen beschränkt, sie versuchte vielmehr eine kritische Gesamtwürdigung deutscher Politik. Dennoch lag mir an der auswärtigen Politik und ihren Möglichkeiten besonders. Ich knüpfte an Kennedy an und wünschte mir für den Westen: »Die gemeinsame Politik muß darauf ausgehen, die Sowjetunion zu der Einsicht zu bringen, daß ein Wandel in ihrem eigenen Interesse liegt.« Eine Stoßrichtung, wie vom amerikanischen Präsidenten vor der Freien Universität ausgeführt, erfordere, »daß wir unfruchtbare frühere Vorstellungen überprüfen und überwinden«. Der Streit, ob der Osten wirklich ein Sicherheitsbedürfnis habe oder nicht, erledige sich weitgehend, wenn man beginne und es gar gelinge, die gemeinsamen Sicherheitsinteressen zum Gegenstand von West-Ost-Vereinbarungen zu machen.

Eine solche Politik stand und fiel mit dem Vertrauen in die realen Gegebenheiten der westlichen Stärke und in die realen Gegebenheiten der westlichen Verpflichtungen: »Wir können vermutlich bis zum Sankt-Nimmerleins-Tag warten, bis alle Kommunisten ihre ideologischen Ziele aufgeben. Aber es spricht viel dafür, daß die Enkel Chruschtschows sich möglicherweise noch Kommunisten nennen, aber in Wirklichkeit keine mehr sein werden.« Es mochte ja sein, daß es keine ideologische Koexistenz, sondern nur die ideologische Auseinandersetzung gebe. »Aber dazu muß man den Raum haben. Unsere Alternative zur Mauer ist die Fähigkeit zu dieser offenen und aktiven Auseinandersetzung und unsere ernste Bereitschaft, unseren Teil dazu beizutragen, daß der Friede gesichert wird.« Dazu gehörte, unabdingbar, westliche Geschlossenheit, im Sinne von Einheit in Vielfalt. Aber noch war die Weltmacht Europa Vision, und das Verhältnis zu den Vereinigten Staaten mußte der Eckpfeiler deutscher Politik bleiben. Aber die Vision des amerikanischen Präsidenten und sein Angebot durften nicht wieder ohne eine angemessene Antwort aus Europa bleiben. War es verwunderlich, daß ich vage formulierte, wo es sich um Westeuropa einerseits, den ganzen Kontinent andererseits handelte? »Wir wissen, daß der Weg weit ist, aber wir müssen ihn gehen wollen. Es ist in der Tat nicht zu früh, gesamteuropäisch zu denken. Die Intelligenz, der Fleiß und die Arbeitskraft Europas haben mit der Hilfe der Vereinigten Staaten eine neue Blüte gebracht. Die sachlichen und die objektiven Voraussetzungen sind vorhanden, daß Europa eine größere Rolle spielt, eine größere Verantwortung übernimmt und die amerikanische Bruderhand ergreift, die uns über den Atlantik entgegengestreckt wird.«

Ich sprach von einer erregenden Periode weltpolitischer Wandlungen, die neue Horizonte eröffne. Was man vor wenigen Jahren oder gar wenigen Monaten nur hatte ahnen können, bekam Kontur und rückte in greifbare Nähe. »Es ist sehr wohl vorstellbar, daß sich in den nun vor uns liegenden Jahren neue Konstellationen ergeben. Unser Europa hat nur die Chance, als Einheit eine Rolle zu spielen. Sonst wird es zwangsläufig zu einer Ansammlung weltpolitisch drittklassiger Gebilde absinken.« Ich prophezeite: »Jedenfalls hat es den Anschein, daß wir im Jahre 2000 weder auf ein amerikanisches noch auf ein sowjetisches Jahrhundert zurückblicken werden.«

In einer Denkschrift, die ich ein Jahr später, im August 1964, dem amerikanischen Außenminister Dean Rusk übermittelte und die im Januar 1965 veröffentlicht wurde, skizzierte ich künftige Beziehungen zu den Ländern Osteuropas und die Wirkungen des Gemeinsamen Marktes. Mein Ausgangspunkt: »In den Völkern zwischen Deutschland und Rußland ist ein gesamteuropäisches Bewußtsein lebendig geblieben oder wiedererwacht.«

Damit hatte ich auch deutlich gemacht, daß ich von einer überzogenen Totalitarismus-Theorie nichts hielt. Denn daß ein kommunistisches Regime nicht unwandelbar sei, hatte sich in der Zwischenzeit zumindest angedeutet. Mein Empfinden sagte mir, wo ein wenig Wandel Platz greife, könne eines Tages auch mehr eintreten. Überhaupt ging ich seit langem davon aus, daß immer alles im Fluß ist und nie etwas bleibt, wie es war, und unvorhersehbare Wechselwirkungen auch unvorhersehbare Ergebnisse zeitigen.

In Tutzing 1963 kritisierte ich, daß das offizielle Bonn einen Wettlauf gewinnen wolle und »immer am schnellsten und am entschiedensten Nein sage zu jedem Hinweis, der aus dem Osten kommt, weil er aus dem Osten kommt«. Meine Schlußfolgerung: »Ich finde, wir sollten jeden Anschein vermeiden, als hätten wir zwei Dinge noch nicht begriffen: Daß Abrüstung nur die andere Seite der Sicherheitspolitik ist. Und daß Deutschland an der Entspannung und nicht an der Spannung interessiert ist.«

Die deutschen Dinge in Bewegung zu bringen war ohne Entspannung nicht denkbar. Denn »das deutsche Problem hat eine weltpolitische Seite, eine europäische, eine der Sicherheit, eine menschliche und eine nationale«. In Übereinstimmung mit Adenauer setzte ich die Frage der Menschlichkeit noch vor die nationale. »Für menschliche Erleichterungen im Interesse unserer Landsleute müssen wir bereit sein, über vieles mit uns reden zu lassen. Wir können nicht auf dem offenen Markt ausbreiten, was dieses Ziel sein könnte. Aber man sollte sich jedenfalls intern darüber verständigen.« Ich erinnerte an die Bereitschaft im deutschen Westen, die Wirtschaftskraft auch östlichen Projekten zuzuwenden, und fand, daß jeweils mehrere der verschiedenen Aspekte der deutschen Frage miteinander verzahnt werden müßten. Aber zunächst kam es wieder darauf an, was die deutsche Politik selbst zu den deutschen Fragen zu sagen wisse. 1963 führte nichts mehr an der Einsicht vorbei: »Es gibt eine Lösung der deutschen Frage nur mit der Sowjetunion, nicht gegen sie. Wir können nicht unser Recht aufgeben, aber wir müssen uns damit vertraut machen, daß zu seiner Verwirklichung ein neues Verhältnis zwischen Ost und West erforderlich ist und damit auch ein neues Verhältnis zwischen Deutschland und der Sowjetunion. Dazu braucht man Zeit, aber wir können sagen, daß uns diese Zeit weniger lang und bedrückend erscheinen würde, wenn wir wüßten, daß das Leben unserer Menschen drüben und die Verbindungen zu ihnen erleichtert würden.« Ich begriff 1963 die Bundesrepublik weder als Zünglein an der Waage noch als amerikanischen Gegenpol, noch als Speerspitze des Kalten Krieges, sondern fand, daß die Bundesrepublik ihren eigenen Part im Konzert des Westens spielen und ihren eigenen Beitrag leisten müsse – jener Verantwortung gemäß, die sie habe und die ihr niemand abnehme.

Es sollte noch drei Jahre dauern, bis ich von Bonn aus meinen Beitrag dafür leisten konnte, daß die Bundesrepublik ihre Verantwortung nicht nur wahrnahm, sondern auch Nutzen daraus zog – Nutzen für die Menschen. Der Versuch, auf breiter, parteiübergreifender Basis der Außenpolitik ein neues Gesicht zu geben, führte allerdings nur zu bescheidenen Ergebnissen.

So waren dem objektiven Zwang zum Wagnis subjektive Grenzen gesetzt, und der Typ, der die Welt aus den Angeln heben möchte, ihr einen Weg vorschreiben will, der noch nicht geebnet ist, war ich eh nicht. Warum nicht auch zugeben, daß in der Geschichte manches nebeneinander läuft, was nach den Gesetzen der Logik nicht nebeneinander laufen dürfte, und daß es mit den handelnden Personen bisweilen nicht anders ist. So folgte ich in meinen öffentlichen Äußerungen der offiziellen Politik der westlichen Regierungen auch dort, wo ich sie nicht für richtig hielt, und verschonte die Bonner Politik auch dort mit offenem Widerspruch, wo deutlichere Kritik angezeigt gewesen wäre. Nicht verschonte ich sie allerdings mit einer Initiative, die – so bescheiden sie war – die Mauer einen Spalt öffnete und in die richtige Richtung wies, die aber zugleich lehrte, daß auch ein Weg in die richtige Richtung sich als Sackgasse erweisen kann. Ich war anderthalb Jahre nachdem Ulbricht den Ostteil der Stadt abgeriegelt hatte, sehr ungeduldig geworden. Das überwältigende Vertrauen, das die Berliner meiner Partei und mir in der Wahl vom 17. Februar 1963 entgegengebracht hatten, ermutigte mich, die eingefahrenen Gleise zu verlassen. Am 18. März skizzierte ich vor dem Abgeordnetenhaus die Elemente einer möglichen Zwischenlösung: »Die besonders unmenschlichen Auswirkungen der Mauer müssen gemildert werden. Für den Zugang nach Ostberlin müssen die West-Berliner jedenfalls allen anderen Menschen gleichgestellt werden. Niemand wird das Thema von der Tagesordnung streichen können, im Interesse der Menschlichkeit und der Vernunft, die willkürlich zerrissenen familiären und freundschaftlichen Bindungen zwischen beiden Teilen der Stadt wiederherzustellen.« Das Thema stand noch im selben Jahr auf der Tagesordnung der praktischen Politik.

West-Berlin wurde vom Bund nicht schlecht subventioniert. Es wirtschaftlich und kulturell zu stärken war nicht ganz einfach, aber auch nicht hoffnungslos. Es politisch so eng an Bonn zu binden, daß es auch im Verständnis der Alliierten ein Bundesland besonderer Art geworden wäre, war immer noch nicht ernsthaft versucht, jedenfalls nicht erreicht worden. Der Status geriet in Gefahr abzusinken, statt angehoben zu werden. Wir mußten viel einstecken: Von den hauptstädtischen Funktionen waren nur Reste übriggeblieben. Nach dem Mauerbau hatten wir, trotz des Viermächtestatus, die Mitglieder meiner Partei im Ostsektor aus ihrer Loyalitätspflicht entlassen. Viele tüchtige Menschen wurden durch größere Aufgaben im deutschen Westen angezogen.

Die Westmächte standen uns nicht im Wege, wo wir uns um den wirtschaftlichen und kulturellen Ausbau bemühten. Sie waren beweglicher als die Bonner Regierung, wo es um Beziehungen zu dem anderen deutschen Staat ging. Selbst der hartgesottene Außenminister Dulles hatte seinem Freund Adenauer geraten, sich um vermehrte Kontakte mit der DDR zu bemühen. Kennedys Außenminister Dean Rusk war, neben anderen, für »Technische Kommissionen« mit Vertretern beider deutscher Staaten. Vor diesem Hintergrund entschloß ich mich, zunächst im humanitären Bereich den Kontakt mit »der anderen Seite« nicht zu scheuen.

Neben Egon Bahr hatten Heinrich Albertz, damals Innensenator und stellvertretender Bürgermeister, Klaus Schütz, damals Bundessenator und später langjähriger Regierender Bürgermeister, und Dietrich Spangenberg, später Staatssekretär bei Bundespräsident Gustav Heinemann, wesentlichen Anteil an dem großen Ereignis, als das wir das kleine Passierscheinabkommen vom Dezember 1963 empfanden. Es trat an meinem 50. Geburtstag in Kraft und bedeutete, daß Berliner aus West und Ost nach 28 Monaten der Trennung sich wieder besuchen konnten. Sie machten davon in einem Maß Gebrauch, das niemand vorausgesehen hatte, und scheuten weder die bittere Kälte, in der sie nach ihren Scheinen anstehen mußten, noch die bürokratischen Zumutungen, die wir ihnen nicht ersparen konnten.

Ich hatte mich überzeugt, daß wir die alliierten Regierungen in dem Ringen um menschliche Erleichterungen auf unserer Seite hatten. Kennedy hatte mir in jenem Herbst 1962 ausdrücklich gesagt, daß er mir Erfolg wünsche in dem Bemühen, die Mauer durchlässig zu machen. Von de Gaulle war mir im April 1963 bei einer Unterhaltung im lothringischen Saint-Dizier versichert worden: Wenn es Zeichen der Erleichterung und Ermutigung für die Menschen im Osten gebe, so sei er dafür aufgeschlossen, und ich solle nicht zögern, ihn in diesen Fragen auf dem laufenden zu halten. London machte ohnehin keine Probleme.

Mit Bonn war es schwieriger. Ludwig Erhard, inzwischen Kanzler, war guten Willens, aber den Einflüssen derer ausgesetzt, die meinten, daß wir vom tugendhaften Weg der Nichtanerkennung abwichen, oder unterstellten, daß wir durch Berliner Extratouren bundespolitischen Vorteil erzielten. Es war unser Glück, daß FDP-Chef Erich Mende das sonst einflußarme Gesamtdeutsche Ministerium steuerte. Bis zum allerletzten Augenblick haben wir warten müssen, daß das Kanzleramt grünes Licht signalisierte und das Abkommen unter Dach und Fach gebracht werden konnte. Ohne Bonn ging es nun einmal nicht. Danach ließ Erhard sich wieder einreden, Passierscheine bedeuteten »schon so etwas wie ein Trojanisches Pferd«.

Ich trete ihm nicht zu nahe, wenn ich ihm – allen Verdiensten um die deutsche Wirtschaft zum Trotz – ein erhebliches Maß an politischer Unsicherheit attestiere. Eines Tages, während einer Autofahrt in Berlin, fragte er, damals noch Wirtschaftsminister, allen Ernstes, wieviel es wohl kosten würde, den Russen die Zone abzukaufen! Und als ich ihm eines anderen Tages, er amtierte als Kanzler, weil Adenauer außer Landes war, über geheime, inhaltsreiche Gespräche zwischen unserer Washingtoner Botschaft und den Polen – ich kam aus den USA – berichtete, war ihm nicht bewußt, daß wir mit der Volksrepublik Polen keine diplomatischen Beziehungen unterhielten. Die Bundesregierung kappte dem Gesandten Albrecht von Kessel alsbald seinen polnischen Gesprächsfaden. Angeblich sah die amerikanische Regierung den Kontakt nicht gern; tatsächlich aber waren längst auch konservative US-Politiker für die Normalisierung des Verhältnisses zu Polen. Die Beziehungen zwischen Erhard und mir waren stets korrekt und blieben es, als ich Bundeskanzler geworden war. Er hat sogar noch den einen und anderen Auftrag im Ausland übernommen und sich darüber – wie es sich gehörte – mit mir abgesprochen.

Entscheidend kam es natürlich darauf an, wie sich die andere deutsche Seite zu unserem Passierschein-Bemühen verhielt. Ulbricht war, nach allem, was wir uns zusammenreimten, nicht zufrieden damit, daß die Sowjets ihr Projekt »Freie Stadt West-Berlin« auf Eis gelegt hatten. Nun wollte er die formale Anerkennung der DDR –

durch die Bundesrepublik und durch West-Berlin. Noch im Februar 1963 sagte er, unser Verlangen nach Besuchsmöglichkeiten betreffend: Es könne nur eine »dem Völkerrecht entsprechende vertragliche Regelung« geben. Bei anderer Gelegenheit unterstellte er uns sogar, eine »Aggression auf Filzlatschen« zu beabsichtigen.

Alle Versuche, humanitäre Fragen anders als auf dem Behördenweg zu regeln, waren steckengeblieben oder hatten nur zu kümmerlichen Ergebnissen geführt. Hin und wieder, in besonderen Härtefällen, halfen die Kirchen, voran ein Mann der Schwedischen Kirche, der in Berlin ansässig war. Das Internationale Komitee vom Roten Kreuz, mit dessen Vertreter ich engen Kontakt hielt, konnte auch nicht mehr erreichen, als dann und wann einige Kranke und Alte herauszubringen. Auch war auf beiden Seiten der Mauer je ein Anwalt tätig geworden; auf der unseren an das Gesamtdeutsche Ministerium angelehnt, suchten sie schwierige Familienzusammenführungen zu bewerkstelligen. Der Häftlingsaustausch, überwiegend in ostwestlicher Richtung, war mit großzügigen finanziellen Regelungen verbunden, die ihre humanitäre Rechtfertigung fanden und dem beidseitigen Sonderinteresse der Geheimdienste entsprachen.

Ende 1963 erfuhren wir, daß die andere Seite nun gesprächsbereit sei; an Zwischenträgern unterschiedlicher Art hat es in solchen Zusammenhängen nie gefehlt. Am 5. Dezember erhielt ich einen Brief des stellvertretenden Vorsitzenden des Ministerrats, Alexander Abusch, der ein beschränktes und befristetes Passierschein-Angebot enthielt. Ich griff zu, der Senat pflichtete noch am gleichen Tag bei. Das Einfachste wäre gewesen, den Leiter der »Treuhandstelle für den Interzonenhandel« – so hieß dieses Scharnier für wirtschaftliche, verkehrsmäßige und andere praktische Fragen seit den vierziger Jahren – mit den Verhandlungen zu betrauen; das war jener Dr. Leopold, den Adenauer, als ich ihn im Vorjahr in Cadenabbia besuchte, gemeinsam mit den Chinesen hatte hochleben lassen. Aber Leopold war in Ostberlin ganz und gar nicht gefragt. Man wollte einen Beamten der Senatskanzlei und bekam ihn. Der mußte höllisch aufpassen, daß die Regelung nicht den Charakter eines zwischenstaatlichen Abkommens annahm. Erstens wäre unser Interesse an der Bindung zum Bund untergraben worden und zweitens das unerläßliche grüne Licht der Bundesregierung ausgeblieben.

Der Ertrag jener vielstündigen Verhandlungen und deren Drumherum – zwischen dem 5. und dem 17. Dezember waren 165 Termine allein in der Senatskanzlei angesetzt – war bescheiden: Die Besuchserlaubnis galt nur für die Feiertage von Weihnachten bis Neujahr, nur für West-Berliner mit Verwandten im anderen Teil der Stadt, nur für den Ostsektor und nicht auch für die Nachbargemeinden am Stadtrand. Ein Irrtum ist es zu meinen, uns sei das Exemplarische unseres Vorgehens nicht bewußt gewesen; es lohnte allerdings nicht, darüber zu reden und schlafende Hunde zu wecken. Die Reaktion an Ort und Stelle war überwältigend. Die DDR hatte mit 30 000 Besuchern gerechnet; das hielten wir für viel zu niedrig, aber daß daraus über die Feiertage 1,2 Millionen Besucher werden sollten, überstieg alle Erwartungen. 790 000 West-Berliner nutzten die Möglichkeit, viele also mehrfach. Oft kamen Verwandte und Freunde aus der Zone dazu. Wir konnten ohne Übertreibung feststellen, daß in jenen Tagen an die vier Millionen Menschen einander wiedergesehen hatten.

Aber welche Verrenkungen hatten wir unseren Beamten abverlangt, um ein Abkommen zustande zu bringen, das weder Anerkennung bedeutete noch den Charakter eines völkerrechtlichen Vertrages hatte, noch mit Hoheitsakten der DDR auf unserem Gebiet verbunden war. Es wurde so kompliziert, daß auch der unmittelbar Beteiligte nicht ums Nachlesen herumkommt, wenn er die Hauptpunkte richtig wiedergeben soll: Die Ostberliner Beamten, die die Passierscheine in West-Berlin entgegennahmen, mußten Postangestellte sein (oder als solche firmieren). Weil Hoheitsakt, mußten die Anträge im anderen Teil der Stadt geprüft und ausgestellt, bei uns durften sie ausgehändigt werden. Für die Passierscheinstellen war unser Hausrecht sicherzustellen. Durch eine salvatorische Klausel wurde festgestellt, daß man sich über Orts-, Behörden- und Amtsbezeichnungen nicht geeinigt habe. Und der brave Senatsrat Korber kam anstelle einer Vollmacht mit der Feststellung durch, daß er »auf Weisung des Chefs der Senatskanzlei« tätig und daß diese Weisung im Auftrag des Regierenden Bürgermeisters gegeben worden sei.

Die zweite Passierschein-Übereinkunft wurde für die Tage um den Totensonntag und Weihnachten 1964 sowie für Ostern und Pfingsten 1965 getroffen. Wieder war die Zahl der Besucher groß. Wieder wurde eine Stelle für dringende Familienangelegenheiten eingerichtet, bei der Besuche außerhalb der vereinbarten Zeiten beantragt werden konnten; im Laufe eines Jahres konnten hiervon immerhin 36 000 Menschen Gebrauch machen. Auch Ehepaare, die getrennt worden waren, konnten nun mittels Passierscheinen die Zusammenführung von Ostberlin aus beantragen. Eine dritte Vereinbarung galt für die Jahreswende 1965/66, die vierte für Ostern und Pfingsten 1966. Danach wollte sich die DDR-Führung nicht mehr mit der salvatorischen Klausel abfinden. Erst als fünf Jahre später, 1971, das Viermächteabkommen über Berlin wirksam wurde, eröffneten sich neue Besuchsmöglichkeiten für die West-Berliner – jetzt nicht mehr nur für Verwandte und über die Stadt hinaus auch für die DDR.

In Berlin selbst, aber mehr noch in Bonn war der große Erfolg der Passierscheine begleitet durch versteckte Angriffe derer, die ihre Wunschvorstellungen angetastet und ihre Vorstellung von Berlin als »offener Wunde« in Gefahr sahen. Ich habe keinen Hehl daraus gemacht, daß mich im Ringen um elementare Notwendigkeiten für die Bürger meiner Stadt die juristisch verkleideten Ängstlichkeiten erbitterten. Die Verachtung für »Formelkram«, die mir später angekreidet wurde, hatte auch in diesen Erfahrungen ihre Ursache. Im Einstecken von Kritik bin ich bis an die Grenze des Zumutbaren gegangen – weil es uns um einen Erfolg für die Menschen ging und nicht um parteipolitisches Kleinholz; das lag oft auch auf der Straße, wir haben es dort liegengelassen.

In Dortmund interpretierte ich Anfang Juni 1966 auf einem Parteitag meinen Patriotismus als eine Haltung, die europäische und weltpolitische Verantwortung einschließe: Die deutsche Politik gewinne an Einfluß und Gewicht, wenn sie aktiv an Entspannung mitwirke; gemessen am Frieden sei die Nation nicht mehr das höchste aller Güter. Ich empfahl, wenn auch mit viel Rücksicht auf die offizielle Politik, ein qualifiziertes, geregeltes Nebeneinander der beiden Gebiete, von denen ich das andere noch nicht Staat nannte. Mir war bewußt, daß Geschichte ein dynamischer Prozeß ist. Nichts in ihm ist unverrückbar.

In jenem Sommer 1966, in dem das Passierscheinabkommen an sein Ende kam, scheiterte ein mühsam vereinbarter Redneraustausch mit den Führern der Einheitspartei in der DDR. Über den Rundfunk führte ich aus, was ich in Karl-Marx-Stadt, früher Chemnitz, gesagt hätte:»Nicht des Streites wegen, sondern der Menschen wegen fragen wir: Kann etwas getan werden, und was kann getan werden, um trotz allem den Menschen das Leben zu erleichtern und die Zusammengehörigkeit des geteilten Volkes wachzuhalten? Jeder Fortschritt auf diesem Wege der Entkrampfung und Entspannung ist ein deutscher Beitrag, um den Frieden sicherer zu machen.«

Der Plan des Redneraustausches war in einem Offenen Brief des ZK der SED vom Februar 1966 entwickelt und in der engeren SPD-Führung im Kern gutgeheißen worden. Briefwechsel und Gespräche der Beauftragten zogen sich hin bis Ende Juni; dann schien alles klar, bis von einem Tag zum anderen die SEDler kalte Füße bekamen oder besser: bekommen mußten. Denn es stellte sich heraus, daß die Russen dagegen waren. Der sowjetische Botschafter vertraute Diplomaten in Ostberlin an:»Die Sache wird nicht stattfinden.« Mir gegenüber sorgte er sich:»Wer weiß, was dort hinter verschlossenen Türen alles besprochen werden mag?« Eine Bemerkung, die scherzhaft klingen sollte, deren Ernst mir dennoch nicht verborgen bleiben konnte.

So wurden mir die Grenzen noch so ehrlichen Bemühens immer wieder vor Augen geführt. Aus gescheiterten Initiativen und versäumten Gelegenheiten eine Rechnung aufzumachen bringt keinen Ertrag. Und es ist ein verdammt schwieriges Geschäft, in eine Aufgabe hineingestellt zu sein, der die Perspektive fehlt. Aber ich habe in Berlin nicht nur gelernt, wie man Krisen meistert. Ich habe auch die Erfahrung bestätigt gesehen, daß es hoffnungslose Situationen kaum gibt, solange man sie nicht als solche akzeptiert. Und daß der Zwang zum Wagnis heilsam sein kann.

II. DIE ENTDECKUNG DER WELT

Eine unbehauste Jugend

Ein schwerer Abschied war es nicht, den ich, an einem der ersten
Apriltage des Jahres 1933, von Lübeck nahm. Ich mußte weg, wenn
ich nicht Leib und Seele riskieren wollte, und den Blick nach draußen wenden. Wo hätte ich die Muße hernehmen sollen für den Blick
zurück?

Fünfeinhalb Jahre waren vergangen, als ich im Oktober 1938 in
Paris, wenige Tage nach dem Münchener Abkommen, Heinrich
Mann vorgestellt wurde. Ich wohnte in Oslo, hatte Berlin erlebt und
in Spanien erfahren, wie Freiheit von außen erdrückt und von innen
zerstört werden kann, und ward nun erst von jener Wehmut erfaßt,
die das Abschiednehmen so schwer macht. »Die sieben Türme«, so
sagte, mit Tränen in den Augen und Trauer in der Stimme, Heinrich
Mann, 67 Jahre alt, zu dem jungen Lübecker Landsmann, der noch
nicht einmal 25 war, »werden wir wohl nie mehr wiedersehen.« In
jenem Augenblick, der mir unvergeßlich blieb, ist mir die Stadt mit
den sieben Türmen neu ans Herz gewachsen. Das Gefühl, daß das
Lübeck der Senatorensöhne Mann das meine nicht gewesen war,
versank, ohne daß ich es hätte vergessen können.

Mit neunzehn, als ich aus Nazi-Deutschland flüchtete, wußte ich,
was ich tat. Daß ich mich, später, gegen Unterstellung nicht energisch wehrte, hatte mit besonderer Rücksichtnahme zu tun – auf die
Stimmung der Landsleute, die die Ausnahme von der Regel nicht erklärt wissen wollten. Die Herkunft hingegen und die Nachrede, die
sich, ein langes politisches Leben lang, daran knüpfte – darauf antwortete ich unbeholfen, weil ich nichts dafürkonnte und einem
doch ein Stachel eingepflanzt war. Warum habe ich es mir so lange
so schwer gemacht? Und mich nicht damit zufriedengegeben, daß es

beileibe mehr Lübecker Arbeiterkinder gab, die ihren Vater nicht kannten und den mütterlichen Namen trugen? Warum habe ich auch dann noch nicht zurückgeschlagen, die banale Personalie auf den Tisch legend, als Adenauer einen halben Wahlkampf mit meiner Herkunft bestreiten ließ und mich am Tag nach dem Mauerbau »alias Frahm« titulierte? Oder als die tollsten Namen durch die Zeitungen geisterten? Von Julius Leber – ich war acht, als er nach Lübeck kam – über den Dirigenten Abendroth, einen mecklenburgischen Grafen, einen deutschnationalen Amtsgerichtsrat bis hin zu einem bulgarischen Kommunisten namens Pogoreloff. 1960 hatte mich Erich Ollenhauer, dessen Bonner Gast ich war, in ein Nebenzimmer gebeten und mir einen »Bericht« aus London vorgelegt, in dem die bulgarische Vaterschaft »enthüllt« ward. Eine im Ausland erschienene *Deutsche Nationalbiographie* hatte auch mein Buch über den Krieg in Norwegen vermerkt und als Verfasser angegeben, »Brandt W.(ladimir, d. i. Wladimir Pogoreloff)«! Auch gutwillige Leute waren alles andere als hilfreich. Und die Hemmungen, die ich in mir trug, reichten tief, zu tief, als daß ich die Befangenheit hätte ablegen können.

Über meinen Vater sprachen weder Mutter noch Großvater, bei dem ich aufwuchs; daß ich nicht fragte, verstand sich von selbst. Und da er so offenkundig nichts von mir wissen wollte, hielt ich es auch später nicht für angezeigt, die väterliche Spur zu verfolgen. Erst als ich, nach dem zweiten Krieg und nun jenseits der dreißig, meinte, für die Wiedereinbürgerung mit genauen Angaben zur Person aufwarten zu müssen, wagte ich's und fragte, dabei die briefliche Distanz wählend, meine Mutter, die prompt einen Zettel zurückschickte, darauf der väterliche Name vermerkt war: John Möller aus Hamburg.

Am 7. Juni 1961 schrieb mir ein Vetter, von dem ich bis dahin nichts wußte; er war durch den öffentlichen Wirbel hellhörig geworden und der Sache nachgegangen, hatte sich inzwischen auch bei meiner Mutter in Lübeck vergewissert: Mein Vater, John Möller, und seine Mutter waren Geschwister. Ich erfuhr, daß Vater Möller, im September 1958 in Hamburg verstorben, sein Leben als Buchhalter hingebracht habe; durch eine Verwundung im Ersten Weltkrieg sei sein Erinnerungsvermögen beeinträchtigt gewesen. Ein Hinweis, der

mich womöglich milde stimmen sollte gegenüber einem Vater, der –
so hatte es der neugewonnene Cousin von der zweiten Schwester
meines Vaters gelernt – zwar oftmals den Wunsch geäußert habe,
über seinen Lübecker Sohn zu erfahren, der aber nichts unternommen hatte; als Herbert Ernst Karl Frahm war ich zwei Tage nach
meiner Geburt am 18. Dezember 1913 ins hansestädtische Geburts-
register eingetragen worden. Daß aus diesem Sohn 1957 der Regierende Bürgermeister von Berlin geworden war, hatte sich ihm nicht
mehr mitgeteilt; die Kampagnen, durch die er hätte aufmerken können, setzten mit dem Griff nach der Kanzlerschaft erst richtig ein.
Vetter Gerd André jedenfalls wußte zu berichten, daß John Möller
als »außerordentlich begabt« gegolten habe und gern Lehrer geworden wäre, »daß er eine außergewöhnliche menschliche Tiefe besessen und trotz seiner verhältnismäßig einfachen Position im Leben
eine Persönlichkeit dargestellt habe, die jene, die ihn kannten, stark
beeindruckte«. Meine Mutter, die sich als Verkäuferin im Konsum
verdingte, heiratete, als ich vierzehn war, einen mecklenburgischen
Maurerpolier; ich nannte ihn »Onkel«.

Der 1875 geborene Großvater Ludwig Frahm, bei dem ich aufwuchs, zu dem ich »Papa« sagte und der noch im Reifezeugnis als
Vater herhielt, war aus dem benachbarten Klütz gekommen; 1934,
bei einem Treffen in Kopenhagen, machte mein Onkel Ernst, Bruder
meiner Mutter, das familiäre Chaos vollkommen und gab mir zu verstehen, daß Ludwig Frahm der leibliche Vater meiner Mutter wahrscheinlich nicht sei. Im alten Mecklenburg – meine Mutter wurde
1894 geboren – wäre es nicht das erstemal gewesen, daß eine Landar-
beiterin dem gutsherrlichen Recht der ersten Nacht zu gehorchen
hatte; in diesem Falle wäre es die spätere Frau des Ludwig Frahm
gewesen, die früh starb und die ich nicht mehr kennenlernte. Seine
zweite Frau, die ich »Tante« nannte, konnte ich nicht ausstehen. Für
den Landarbeiter Frahm war es ein Riesensprung, als er, zu Jahrhun-
dertbeginn, in die Stadt zog und sein Brot als Lastwagenfahrer verdiente. Daß ich es weiter bringen möge als er selbst und Martha, die
er, wenn's denn nicht seine war, doch als Tochter großzog, darauf
richtete sich sein Ehrgeiz, der ihn weit über seine Klasse emporhob.

Auf der St. Lorenz-Knaben-Mittelschule, die ich sieben Jahre lang
besuchte, lernte ich Deutsch, zu Hause sprach man Platt. Von dort

ging's 1927 für ein Jahr zur Realschule und weiter, mit Hilfe eines fordernden Lehrers und eines fördernden Großvaters, auf jenes Johanneum, das mich aus der geschlossenen Welt der Arbeiterkultur nicht hinausführte – dazu reichten die häuslichen Wurzeln zu tief –, aber mich beizeiten zwang, daß ich mich auch sonst behauptete; die Arbeiterfunktionäre hatten Selbstbewußtsein in aller Regel nur in ihrem eigenen Kreis zu entwickeln. Und war nicht ihre Scheu, mit der bürgerlichen Welt in Berührung zu kommen, Teil ihres Mißerfolgs?

In der »Bewegung«, wie sie sagten, hatten Großvater und Mutter ihre Heimat gefunden, hier fühlten sie sich zu Hause, hier suchten sie ihre Chance, anerkannt zu werden und sich selbst zu entfalten. Sie steckten mich, kaum daß ich laufen konnte, in die Kindergruppe des Arbeitersports, sodann in einen Arbeiter-Mandolinenklub; bald bereicherte ich auch das einschlägige Bühnen- und Puppenspiel. Doch konnte einem wie mir, dem auch Entfaltungsdrang in die Wiege gelegt war, genügen, was hier zu finden war? Mein Zuhause suchte und fand ich in der Jugendbewegung, bei den Falken zuerst, dann in der SAJ, der Sozialistischen Arbeiterjugend. Mit fünfzehn, unter dem Datum des 27. August 1929, verkündete ich im Lübecker *Volksboten*, man dürfe eines nicht vergessen: »daß wir als junge Sozialisten uns vorbereiten müssen für den politischen Kampf, daß wir immer an uns arbeiten müssen, um uns zu vervollkommnen, und nicht etwa unsere Zeit nur mit Tanz-, Spiel- und Singabenden ausfüllen«.

Klassenbewußtsein, nicht Klassenhaß würde nötig sein, wenn der Zukunftsstaat heraufziehen solle. So hatte ich es gelernt, von Kindesbeinen an. Zukunftsstaat – so wurde jenes Gemeinwesen geheißen, in dem Vorrechte, auf Geburt, Besitz, Bildung beruhend, dahinsein und Gleichheit und Gerechtigkeit ihren Einzug halten würden. Was sonst hätte Bebel, der gestorben war, als ich zur Welt kam, und von dem ich reden hörte wie von einem Mythos, anderes verkörpert? Gerechtigkeit und Gleichheit hielt ich mit ihm für ein und dasselbe. Das Erbe der Bebelschen Partei war großartig mit all den Organisationen, von der Wiege bis zur Bahre, in denen nicht nur Ludwig und Martha Frahm sich einzurichten wußten, und all dem Zukunftsglauben, der die Düsternis der Gegenwart für längere Augenblicke vergessen ließ. Großartig und doch nicht befriedigend, weil ohne jene

Kraft und jenen Willen, deren es zur gründlichen demokratischen Erneuerung bedurft hätte. Wo wäre der gewesen, der mir beizeiten nahegebracht hätte, daß Demokratie nicht Mittel, sondern Ziel ist? Und Freiheit etwas anderes ist als ein Abglanz von Gleichheit? Als es einer versuchte, war ich in jenem Alter, in dem man von gewonnenen Weisheiten nicht abzurücken pflegt und widerborstig wird.

Großvater Frahm, eine treue und genügsame Seele der Mehrheitssozialdemokratie, empfand die Revolution von 1918/19 als segensreich. Er sagte Revolution und meinte den Übergang von der Monarchie zur Republik, aber auch den Achtstundentag und seine Rechte als Staatsbürger. Hatte man nicht viel erreicht, und mußte man nicht stolz darauf sein? Daß die Wirklichkeit anders aussah, nun ja, das stand auf einem anderen Blatt. Man schrieb es einer höheren Gewalt zu oder dem Klassenfeind, was so ungefähr als das gleiche galt, und wartete, daß es sich richten würde. Für die ungeduldige Jugend in der Lübecker Partei eine unmögliche, bald auch eine bemitleidete Art des sozialdemokratischen Daseins!

Ich war also fünfzehn, und man schrieb das Jahr 1929, als ich mich politisch erwachsen fühlte und fand, daß an dieser Republik nicht viel zu verteidigen war. Das Kindheitserlebnis vom August 1923 hatte ich nie vergessen können, auch nicht vergessen wollen; in ihm schien sich die republikanische Wirklichkeit zu spiegeln. Damals war ich Zeuge geworden, wie Polizisten auf Teilnehmer einer Erwerbslosendemonstration einschlugen, Mitglieder des sozialdemokratischen Ordnungsdienstes verprügelten, es Schwerverletzte gab und der Senat nicht einmal ein Wort des Tadels fand. Wo hätte ich Besserung erkennen sollen? Wo nicht wachsendes Elend, das sich – zumal in der Wirtschaftskrise – gerade über die schwächsten Söhne der Republik senkte und auch vor dem eigenen kleinen Haushalt nicht haltmachte? Über eine längere Zeit wurde der Großvater allerdings nicht arbeitslos, er kam als Fahrer ebenfalls beim Konsum unter. Der Reichspräsident hieß ab 1925 Hindenburg, und daß keine Strafe fand, wer die Farben der Republik schmähte, rundete jenes Gefühl ab, das uns SAJler nicht nur in Lübeck rufen ließ: »Republik, das ist nicht viel, Sozialismus ist das Ziel.« Wir riefen tatsächlich: »Republik«, nicht »Demokratie«, wie immer behauptet wurde.

Auf dem Johanneum, wo ein zweiter Arbeiterjunge nicht zu finden war, hieß ich bald »der Politiker«, und Oberstudienrat Dr. Kramer, zuständig für Englisch und Französisch, riet meiner erstaunten Mutter allen Ernstes: »Halten Sie Ihren Sohn von der Politik fern! Der Junge hat gute Anlagen, es ist schade um ihn. Die Politik wird ihn ruinieren.« Gefehlt hätte nicht viel, und sie hätte mein Abitur ruiniert. Denn nicht genug damit, daß ich Nachmittag für Nachmittag, Abend für Abend, Sonntag für Sonntag disputierte und organisierte, auch für den *Volksboten* Artikel schrieb. Bald brauchte ich auch die Vormittage und schwänzte die Schule; die Entschuldigungen schrieb ich mir selbst. Das Glück war mir – zum erstenmal – hold und die Gunst der Lehrer nahezu unerschöpflich. Daß ich ziemlich belesen war, wenn auch ohne Systematik, gefiel ihnen.

Eilhard Erich Pauls, Professor in meinen Lieblingsfächern Deutsch und Geschichte, war ein konservativer Mann und ein tolerant-anregender Pädagoge. Die Eins in Geschichte auch im Abitur zu verteidigen, machte er mir leicht; die schriftliche Arbeit ging über August Bebel, im Mündlichen hatte ich den Unterschied zwischen Anlaß und Ursache von Kriegen zu erläutern. Im deutschen Aufsatz unterstützte ich die These eines Berliner Primaners, daß die Schulzeit uns nichts Wesentliches fürs Leben gegeben habe. Ein überhebliches und ungerechtes Urteil, zu verstehen wohl nur aus der Zeit. Das Abiturzeugnis wurde am 26. Februar 1932 ausgestellt. Fünf Monate zuvor hatte ich, mit einer Hundertschaft gleichaltriger Gefährten, einen Ausbruchversuch unternommen, von dem ich allerdings glaubte, daß er, politisch und persönlich, etwas fürs Leben bedeuten werde. Der Versuch führte in die Sackgasse und in die Sektiererei, persönlich verbaute er mir zunächst einmal den Weg zur Universität. Dennoch, der Kampf in der und um die SAP, jene Kleinpartei zwischen SPD und KPD, stellte einen jungen Menschen auf eine weit härtere Probe, nicht zuletzt in puncto Selbständigkeit, als es in den Großparteien der Fall zu sein pflegte. Ohne den Umweg über den Linkssozialismus wäre ich kaum der geworden, der ich bin. Doch der Reihe nach.

Hitlers Anhänger – wegen eines ihrer Vorläufer in Lübeck noch die Völkischen genannt – ernst zu nehmen, habe ich in meiner Heimatstadt nicht gelernt. In ihnen konnte ich weder das Nationale noch das Sozialistische erkennen. Womit sie um sich warfen, empfand ich weniger herausfordernd als vielmehr ärgerlich. Aber es war wohl gerade das Konfuse und Morbide, durch das sich immer größere Teile eines haltlos gewordenen Volkes angezogen fühlten. In Lübeck gebärdeten sich die Nazis nicht so laut – sie waren auch nicht so viele – wie in den angrenzenden ländlichen Provinzen oder im Durchschnitt des Reichs, doch ihre Wählerstimmen schnellten auch in der Stadt nach oben. Unter den Sozialdemokraten hoffte man, je schlechter die Lage, desto inbrünstiger, auf bessere Zeiten und tröstete sich auch über die schrillsten Alarmsignale hinweg. Man wähnte sich immer noch stark, jedenfalls geborgen, und verkroch sich in seiner eigenen Welt. Gründe für den Zulauf, den die Braunhemden fanden, nannte man kaum, Gegenmaßnahmen erst recht nicht. Auf die aber kam es mir und meinesgleichen an. Daß die NSDAP den Nutzen zog aus wirtschaftlichem Elend und den Ressentiments, die sich gerade deshalb aus dem verlorenen Krieg nährten, weil er Deutschland nicht noch härter getroffen hatte, das alles lag, so fand ich, offen zutage und war, so meinte ich voll jugendlichen Hochmuts, zu bekämpfen – wenn man's nur richtig anfaßte. Richtig?

Für richtig hielt ich jene Antwort, die die Sprecher des linken Parteiflügels, Max Seydewitz und Kurt Rosenfeld, gaben, als sie der Vorstand der SPD am 29. September 1931 aus der Partei ausschloß; zu den merkwürdigen Bräuchen in der Weimarer Sozialdemokratie zählte es, daß der Vorstand Parteiausschlüsse verfügen konnte. »Organisatorische Sonderbestrebungen« hatte die Begründung gelautet, die äußerlich den Kern der Sache traf. Denn schon am 2. Oktober – es war alles vorbereitet – trat in Breslau die erste Ortsgruppe der Sozialistischen Arbeiterpartei ins Leben; zwei Wochen später folgte die reichsweite Gründung in Berlin. Unter den Sozialdemokraten mit ihrer jahrzehntealten – emotionalen und oft existentiellen – Bindung an die Partei war das Echo, von einigen Regionen abgesehen, minimal, unter den SAJlern dafür um so lebhafter. Der Sozialistische Jugendverband der neuen Partei übte nicht nur in Lübeck eine erhebliche Anziehungskraft auf die linken Jugendlichen aus; daß ich dabeisein würde, schien mir das Natürlichste von der Welt.

Man mußte nicht links sein, um die SPD als vergreist zu empfinden, um zu sehen, daß weite Teile der Jugend ohne Orientierung waren und den braunen Rattenfängern nachliefen. Man mußte aber sehr wohl links sein, um in der neuen Partei die neue Weichenstellung zu sehen. Nun würde sich das Blatt wenden, so glaubte ich, und Kompromißlertum durch Kampfeswillen fortgescheucht werden. Die Notverordnung »Zur Sicherung von Wirtschaft und Finanzen«, die zehnprozentige Einsparungen bei der eh schon kümmerlichen Arbeitslosenversicherung beinhaltete, war wenige Stunden nach Ende des Leipziger Parteitages, Juni 1931, erlassen worden; dieses stille Zusammenspiel zwischen Brüning und der eigenen Parteiführung hatte manchem den Rest gegeben. Deutlich war hervorgetreten, daß die Mutterpartei bei der letzten Wahl Geld für Kinderspeisungen, statt für Panzerkreuzer, gefordert hatte, um sich danach aus Gründen der Staatsräson das Gegenteil abhandeln zu lassen.

Es gab noch etwas, was mir das Unternehmen der neuen Partei anziehend machte – den Glauben, daß es die Spaltung der Linken und aller Nazigegner würde überwinden helfen. Die Kommunistische Partei, die es in Lübeck zu nennenswerter Größe nicht gebracht hatte, war mir, seit ich politisch laufen gelernt, fremd geblieben, ihr zuzugehören ein abwegiger Gedanke gewesen. Meine und meinesgleichen Verehrung für Rosa Luxemburg, Karl Liebknecht, natürlich auch Marx und Bebel – nach ihnen hatten wir schon in der alten SAJ unsere Gruppen benannt – stand sozusagen auf einem anderen Blatt; die Praxis der Weimarer Kommunisten hielten wir für eine Abirrung vom Weg der Altvorderen, in deren Erbe wir uns sahen.

Eine Partei, die deutsche Möglichkeiten und Notwendigkeiten so sehr hintanstellte, die auf Stalins Geheiß die wahnwitzige Parole vom Sozialfaschismus hochleben ließ, eine solche Partei konnte die meine nicht sein, und ich habe mich später oft gefragt, was andere junge Menschen zur KP führte oder warum diese sie festhielt. Eher noch verstand ich jene Älteren, die ihre Hoffnung auf den Staat der Oktoberrevolution nicht aufgeben mochten. Konnte innerlich frei sein, wer sich zum Befehlsempfänger machen und alle Kehrtwendungen aufzwingen ließ? Doch wohl nicht. In der SAP waren wir jedenfalls der Ansicht, daß weder die Kommunisten noch die Sozialdemokraten so bleiben müßten, wie sie waren, daß man den unabhängigen Weg zu weisen habe und sie dadurch von ihren Irrtümern befreit würden; die eine und einheitliche Arbeiterbewegung, von der wir träumten, sahen wir am Horizont schon heraufziehen. Mindestens eine Einheitsfront, auch mit »bürgerlichen« Demokraten, um Hitler zu verhindern. Größenwahn oder Köhlerglaube – auch ich hoffte, auf dem linkssozialistischen Umweg die beiden Altparteien wieder zusammen- und die Nazis runterbringen zu können.

Von der Großartigkeit der Aufgabe war ich durchdrungen, einem Rat also nicht zugänglich. Großvater Frahm, dem die Abspaltung durch und durch gegen den Strich ging, hatte es, in einer Mischung von Resignation und Respekt, gar nicht erst gewagt, mich zurückzuhalten. Der erste Mann der Lübecker SPD, der er nicht der Form, doch der Autorität nach war, hatte es versucht und mich in die Redaktion des *Volksboten*, deren Chef er war, kommen lassen. Ich kannte das Büro bestens, denn ich schrieb regelmäßig für das Blatt, Politisches und auch Unterhaltsames. Es machte mir Spaß und brachte Taschengeld. Julius Leber, der gebürtige Elsässer mit dem Blick nach Westen, der kraftvolle Frontoffizier und willensstarke Wahl-Lübecker, nahm mich von einer Seite, von der ich in jenen Jahren so gar nicht genommen werden wollte und deren Bedeutung sich mir erst viel später erschloß. Er sprach nicht über Inhalte von Politik, die mir das A und O zu sein schienen, sondern äußerte sich zu Gebrechen von Reichstagskollegen, die an der linken Sezession beteiligt waren, und schlußfolgerte: Ich wisse doch schon, was ein gutes Glas Wein sei, und er höre, die Gunst eines schönen Mädchens sei mir auch nicht fremd. Was ich in einem Laden zu suchen hätte, an dessen Spitze sich Zukurzgeratene befänden, Leute, die mit dem Leben haderten und mit sich selbst im Streit lägen?

Daß Leber ein scharfer Kritiker der Hinhaltepolitik war, daß er Militanz predigte und den Mut zur Verantwortung, auch im Verhältnis zur Reichswehr, daß er in der Hierarchie von Partei und Fraktion kein Bein an die Erde bekam, war mir nicht hinreichend bewußt. Er machte aus seiner internen Opposition nichts, verstand es auch fabelhaft, sich mit der Lübecker Partei und ihren Funktionären gut zu stellen. Für mich und meinesgleichen zählte er zu »denen in Berlin«, und die fanden wir alle langweilig. Was die jungen Parteirechten – Männer wie Haubach, Mierendorff – anging, was sie dachten und schrieben, klang aktivistisch, aber nicht sozialistisch und darum fremd in unseren Ohren, sehr fremd. Erst als ich den doktrinären

Kinderschuhen entwachsen war, habe ich Lebers Größe ermessen und erahnt, welche Gunst er mir entgegenbrachte, als er mir, in jenem frühen Herbst 1931, den Irrweg abzuschneiden suchte. Als Julius Leber 1933, in der Bitternis seiner Gefängniszelle, die »Todesursachen der deutschen Sozialdemokratie« sezierte, die sinkende Kurve ihrer inneren Kraft beschrieb und Mittelmaß wie Passivität ihrer Führer aufspießte, erkannte er: »Große Führer kommen fast immer aus dem Chaos, aus der richtigen Ordnung kommen sie selten, aus der Ochsentour nie.« Er selbst wäre, hätte er überlebt, ein großer Führer geworden, und aus dem Chaos kam er allemal: Ein Tagelöhner hatte ihn, der sich mühsam durchzubeißen hatte, an Kindes Statt angenommen; was sonst noch in ihm steckte, blieb selbst den folternden Nazis verborgen. Daß er für Deutschland optierte, änderte nichts an seiner Zugeneigtheit zur französischen Sprache und Kultur; die Kinder wuchsen, wie nicht ganz unüblich in deutsch-europäischen Familien, mit Napoleons Totenmaske auf.

Mich kostete der Bruch mit der alten Partei ein Stipendium, das zu vermitteln der fürsorgliche Leber mir lange schon in Aussicht gestellt hatte. In meinem Gesuch, zur Reifeprüfung zugelassen zu werden, hatte ich als Berufswunsch »Journalist« angegeben und hinzugefügt: »Wenn es möglich sein sollte, möchte ich noch Deutsch und Geschichte studieren.« Daraus wurde nun nichts, und ich ging, statt zur Universität, zu einer Schiffsmaklerei, wo ich den Kapitänen kleiner Frachtschiffe die Formalitäten abzunehmen hatte. Die Arbeit fand ich nicht uninteressant, meiner zweiten Existenz stand sie jedenfalls nicht im Wege. Denn die Abende und Sonntage gehörten nun erst recht der Politik. Ich hielt kleine und kleinste Versammlungen ab, trat bei zahlreichen Gelegenheiten in der Diskussion auf und befand, daß das Reden mir leichtfalle. Kein Thema, über das ich nicht frei hätte reden können; später tat ich mich damit schwerer. So war ich, ohne daß die Öffentlichkeit davon Notiz genommen hätte, zu einem Parteiführer im kleinen geworden. Als mich mecklenburgische Genossen 1932 baten, für den Landtag zu kandidieren, waren sie einigermaßen verblüfft, daß ich das nötige Alter nicht hatte. Immerhin war man dort mit zwanzig nicht nur wahlberechtigt, sondern auch wählbar. Ich aber zählte noch nicht einmal neunzehn.

Daß ich recht getan hatte, mich von der SPD loszusagen, meinte

Eine unbehauste Jugend

ich am 20. Juli 1932 und an den Tagen danach besonders gut zu wissen. Daß der Glaube seinen tödlichen Stoß bekommen hatte, der Glaube an die Gegenwehr, spürte man, wohin man kam, als die Nachrichten vom Preußen-Putsch und von der stillen Kapitulation Brauns und Severings gehandelt wurden. Am Abend jenes schrecklichen Tages sprach ich auf einer Versammlung in der Stadt – Ersatzmann für einen Redner, der hätte aus Berlin kommen sollen und schon gar nicht mehr gekommen war. Innenminister Carl Severing, der honorige Bielefelder, hatte seine kampflose Entsagung der Macht in hehre Worte gekleidet und sich entschuldigt, er habe nicht auf Kosten seiner preußischen Polizeibeamten tapfer sein wollen. Daß vielfaches Menschenleben durch rechtzeitige Gegenwehr vielleicht hätte gerettet werden können, konnte man nicht wissen, die Ahnung durfte man vielleicht verdrängen. Doch daß nichts wert ist, wer sich nicht wehrt, hätte man wissen müssen. Demokratischer Kampfesmut hätte nicht nur den Nazis die Siegesgewißheit genommen, sondern auch kommunistische Anhänger – kaum die bolschewistischen Führer – beeindruckt. Daß die KP soviel Zulauf fand, hatte mit dem Kleinmut derer zu tun, mit denen sie konkurrierte.

Ich bin auch heute noch sicher, daß mein Gefühl mich nicht trog: Die große, die übergroße Mehrheit der Lübecker Arbeiterschaft war bereit, zu streiken und zu kämpfen und mit der eigenen Ehre die der ungeliebten Republik zu retten. Warum hätte Lübeck ein Einzelfall sein sollen? Dies war keine lokale Besonderheit, vielerorts sah es ähnlich aus. Ernst Reuter, der Oberbürgermeister von Magdeburg, und sein Polizeipräsident wollten im Juli 1932 ihre Bereitschaftspolizei in Marsch setzen, wurden aber von der Parteiführung in Berlin zurückgepfiffen. Bereitstehen und nicht gerufen werden – kann Enttäuschung größer sein?

Am Abend des 31. Januar 1933 wurde Julius Leber von SA-Leuten überfallen; einer der uniformierten Nazis kam durch Notwehr zu Tode. Als sich die Kunde von Lebers Verhaftung ausbreitete, gärte es noch einmal in der Arbeiterschaft, und in einem großen Betrieb wurde gestreikt. Ich suchte, gemeinsam mit ein paar Freunden, einen allgemeinen Proteststreik in Gang zu bringen; zusammen begaben wir uns zum Geschäftsführer des Allgemeinen Deutschen Gewerkschaftsbundes. Der geriet angesichts unseres Aufrufs aus dem

Gleichgewicht: »Nehmt das von meinem Schreibtisch. Wißt ihr nicht, daß Streik jetzt streng verboten ist? Die in Berlin werden schon wissen, was zu geschehen hat. Wir warten auf Weisungen und lassen uns nicht provozieren.« Am 3. Februar kam es immerhin zu einer einstündigen Arbeitsniederlegung in der Stadt. Und am 19. Februar erlebte Lübeck, bei bitterer Kälte, seinen größten Aufmarsch seit 1918. Leber war gegen Kaution aus dem Gefängnis entlassen worden. Eine Rede durfte er nicht halten; mit zerschnittenem Nasenbein und verbundenem Auge rief er den 15 000 auf dem Burgfeld zu: »Freiheit!« Die Erholung, die er anschließend in Bayern suchte, währte nicht. Auf dem Weg zum Reichstag wurde er an jenem 23. März erneut verhaftet, an dem der Parteivorsitzende Otto Wels, eine Kapsel Zyankali in der Rocktasche, das sozialdemokratische Nein gegen das Ermächtigungsgesetz begründete: »Wir sind wehrlos, wehrlos ist aber nicht ehrlos.« An jenem Tag begann Lebers Leidensweg. Der Leidensweg eines Helden. Und der Opfer gab es dann, als es zu spät war, viele.

Den SAPlern kam anfänglich zugute, daß sie erstens wenige waren – in Lübeck nicht mehr als ein paar Hundert – und entsprechend wenig Beachtung fanden und daß zweitens ihre Partei formal nicht mehr existierte; nach dem Reichstagsbrand hatten die Gründerväter sie für aufgelöst erklärt, ihrer eigenen Absetzung zuvorkommend. Die Führung geriet in die Hände von »rechten« Exkommunisten im Bund mit uns Jungen. Der fällige Parteitag fand im Untergrund statt – am 11. und 12. März 1933 in einem Lokal nahe Dresden; mir selbst dienten die Mütze eines Oberprimaners vom Johanneum und der Allerweltsname Willy Brandt zur Tarnung, als ich per Eisenbahn über Berlin ins Sächsische fuhr. Trotz allen Sektierertums, das auch diese Konferenz prägte, trotz aller Rechthaberei gegenüber den Altparteien, in der wir uns auch jetzt sonnten, stand die Widerstandsarbeit im Vordergrund. Einige sollten ins Ausland gehen, um von draußen die Arbeit drinnen zu unterstützen. Meine Aufgabe: dem Publizisten und Luxemburg-Biographen Paul Frölich nach Dänemark entkommen helfen; von dort sollte er weiterziehen und in Oslo einen Stützpunkt errichten.

Die Flucht scheiterte auf der Insel Fehmarn, weil Frölich aufgefallen war. Nach diesem Zwischenfall war ich in Lübeck erst recht nicht mehr sicher. Die SAP, an deren Spitze nun Jacob Walcher stand, ein schwäbischer Metallarbeiter, der Ende der zwanziger Jahre von der KPD ausgeschlossen worden war, bestimmte mich für die Osloer Aufgabe. Daß es weder moralisch noch national eine Pflicht zum Dableiben gab, machte ich mir, im Angesicht von Morden und Selbstmorden, rasch klar. Eine Pflicht, zu bleiben und sich womöglich umbringen zu lassen, konnte es nicht geben. Der Auftrag der Gruppe, der ich mich verschrieben hatte, erleichterte die Vorbereitung zur Flucht. Kurz nachdem ich verschwunden war, wurde eine Anzahl von Freunden in der Heimatstadt verhaftet. Sie kamen glimpflich davon, da sie sich durch Hinweise auf mich entlasten konnten. Ähnliches sollte sich in den kommenden Jahren wiederholen, so daß mein Sündenregister bei der Gestapo auch auf diese Weise immer länger wurde. Feigheit mußte ich mir jedenfalls auch später nicht vorwerfen.

Mein Großvater stattete mich mit 100 Mark aus, abgehoben von jenem Sparbuch, das er für mich angelegt hatte; ich sollte ihn nicht wiedersehen, er nahm sich 1934, krank und verzweifelt, das Leben. Meine Mutter versteckte ihre Sorge nicht und zeigte doch Verständnis. Beide offenbarten sie die Haltung derer, die in den besten Traditionen der deutschen Arbeiterbewegung groß geworden waren. Ich fuhr nach Travemünde, wo der Schwiegersohn eines Fischers, der uns nahestand, wartete und mich aufnahm. Leichtsinnig, wie man bei aller Vorsicht noch war, ging ich in den Abendstunden in die Wirtschaft und stieß auf einen Bekannten aus der vorigen Generation der Arbeiterjugend, der sich mit den Nazis angefreundet hatte, mich aber unbehelligt abziehen ließ. Ich wurde mitsamt meiner Aktentasche an Bord des Kutters TRA 10 gebracht und glaubte mich gut versteckt, bis ein Zöllner erschien; wäre es mehr Kontrolle und weniger Routine gewesen, das Versteck hätte nichts genutzt.

Wir starteten bald nach Mitternacht und gingen frühmorgens im dänischen Rödbyhavn an Land; die Überfahrt schilderte der Fischer später als ruhig, mir ist sie als stürmisch und höchst unangenehm in Erinnerung geblieben. Von der Insel Lolland fuhr ich per Bahn nach Kopenhagen, wo ich mich beim sozialdemokratischen Jugendverband meldete und im Hause des Arbeiterdichters Oscar Hansen Unterkunft fand – registrierend, wie schwer es war, dem Ausland Bilder aus der Heimat zu vermitteln. Daß man für stark übertrieben hielt, was ich vorbrachte, war mein erster Eindruck draußen. Ich blieb drei Tage und buchte dann einen Dritte-Klasse-Platz auf dem Schiff, das mich nach Norwegen brachte, in jenes Land, auf das ich mich freute und von dem ich doch nicht hätte ahnen mögen, wie sehr es mir zur zweiten Heimat werden würde.

Schule des Nordens

Skandinavien war mir nicht fremd. Im Sommer 1928 schon hatte mich ein Schüleraustausch ins dänische Vejle geführt, und in den Sommerferien 1931 war ich mit einem Freund durch Dänemark, Norwegen und Südschweden gestreift – zu Fuß und per Anhalter; den geringen Aufwand bestritt ich durch Reiseberichte für den *Volksboten* und einige andere Provinzblätter. »Die Schönheiten nordischer Natur und des besonderen nordischen Volkstums«, notierte ich in meinem Zulassungsgesuch für die Reifeprüfung, »wurden mir dadurch noch vertrauter.« Nicht nur die Landschaften hatten auf mich gewirkt, sondern auch die wortkarg-verschlossene Freundlichkeit der Menschen. Ihre Sprache bereitete mir keine Schwierigkeit, ihre Lebensweise zog mich an. Mit einem ganz kurzen Aufenthalt rechnete ich nicht. Außerdem lag Oslo fast hinter der Welt und weitab von den Emigrantenzentren in Prag und Paris. Die eigenen Wunden zu lecken und in Emigrantenpolitik aufzugehen, dazu war es nur wenig geeignet. So beschloß ich, kaum in Oslo angekommen, daß ich zwar Exilarbeit leisten, aber nicht als Emigrant leben wollte. Wie lange mein Bleiben sein würde, darüber sinnierte ich und meinte, es würde so lange dauern wie der Weltkrieg, jener, der von 1914 bis 1918 gewährt hatte. Bekannte, deutsche noch mehr als norwegische, hielten diese Ansicht für eine verderbliche Ausgabe von Pessimismus.

Mein erster Weg in Oslo hatte mich zu Finn Moe geführt, dem außenpolitischen Redakteur des *Arbeiderbladet*; so hieß das Zentralorgan der Norwegischen Arbeiterpartei. Er machte einige Kronen im »Justizfonds« locker, die aufgebessert wurden, als ich mich in dessen Sekretariat nützlich machte. Ohnehin nahm ich diese Hilfe nur kurze Zeit in Anspruch, dann reichte mein Norwegisch aus, daß ich Artikel schreiben und unterbringen konnte. Im Herbst 1933 stand ich auf eigenen Füßen und staunte, daß der norwegische Sozialismus so ganz andere Aussichten eröffnete, als ich es gewohnt war, und er auch in ganz anderen Traditionen wurzelte.

Leibeigenschaft hatte Norwegen nie gekannt, daß jeder über sich selbst bestimme, war dem einzelnen, gerade auch dem einzelnen Bauern, Lebenselixier; Ideologien, die von verordnetem Glück handelten, fanden ebensowenig Anklang wie Vorstellungen, die geschichtliche Zwangsläufigkeiten beinhalteten. Ich war beeindruckt von der Rechtsstaatlichkeit einer Demokratie, die die Arbeiterbewegung als ihren selbstverständlichen Boden betrachtete. Daß die mit großer Härte geführten sozialen Kämpfe jener Jahre die innere Verfassung des Landes – die Demokratie – nicht in Frage stellten, war unschwer zu übersehen. Hatte eine aktive – Arbeitsplätze schaffende, bäuerliche Existenzen sichernde – Krisenpolitik vielleicht gerade deshalb eine Chance? Immerhin hatte sie des amerikanischen Beispiels nicht erst bedurft, sondern war aus eigener skandinavischer Einsicht entworfen worden; die Gleichzeitigkeit des Rooseveltschen New Deal lehrte allerdings, wie wenig die deutsche Linke auf der Höhe der Zeit gewesen war.

Fragen über Fragen wühlten mich auf und wurden verdrängt. Die Eindrücke, denen ich mich aussetzte, waren faszinierend und doch fremd, zu fremd, als daß ich sie rasch hätte verarbeiten können. Und die Last, die ich mit mir schleppte, wog schwer, zu schwer, als daß ich sie so mir nichts, dir nichts hätte abwerfen können. Es war die Last der deutschen Exilsozialisten, ihrer Niederlage und ihres Wirklichkeitsverlusts, ihrer Besserwisserei und ihres Sektierertums, mit der ich nun – ein Emigrant nicht sein wollend – die Norwegische Arbeiterpartei beschwerte. Ich ging voller Eifer und aufgehetzt durch meine deutschen Parteioberen in Paris ans Werk. Schließlich galt die NAP, die Norwegische Arbeiterpartei, als ein besonders geeignetes Objekt: Von der Russischen Revolution war sie einst derart hingerissen gewesen, daß sie sich der Kommunistischen Internationale anschloß. Als das Vergnügen 1923 nachgelassen hatte und man merkte, welche Abgründe sich auftaten, mischte sie in jenem Kreis unabhängiger – sprich: linkssozialistischer – Parteien mit, der auch meine kleine SAP zugehörte. Angesichts solcher Verbindung hielten wir Unterstützung, auch solche in guten Kronen, für selbstverständlich.

Doch da gab es auch noch die ordensähnliche Gruppe Mot Dag – »Dem Tag entgegen« – mit ihrem Hohenpriester Erling Falk. Ob sie in die Arbeiterpartei hineinwirken oder Kern einer künftigen Partei sein wollte, hatte sie offengelassen, nicht jedoch, daß die Welt in ihren elfenbeinernen Turm zu zwingen, den Menschen das richtige Bewußtsein beizubringen und jedenfalls die Arbeiterbewegung auf ihrem abschüssig-reformistischen Weg anzuhalten war; die NAP strebte unübersehbar in die Regierungsverantwortung. Muß ich betonen, daß Mot Dag mit seinen begabten Intellektuellen mich anzog? Mich betörte und in einer Art Trotzreaktion gegen den Wirklichkeitssinn der Partei gefangenhielt? Und bei dieser in Ungnade fallen ließ? Die Führer der Sozialdemokraten, die noch nicht wieder so heißen mochten, reagierten unglaublich verständnisvoll; daß mein Mot-Dag-Gastspiel kaum ein Jahr – 1933/34 – währte und mich nun gründlich vom Gruppendenken heilte, schreibe ich auch ihrer Großmut zu. Ein Ausschluß – ich gehörte dem Jugendverband an und damit auch der Partei – hätte meine politische Arroganz verhärtet und mich nicht nur in materielle Schwierigkeiten gebracht; immerhin schrieb ich in der Partei- wie in der Gewerkschaftspresse, hielt landauf, landab Vorträge und ordnete im Parteiauftrag und zusammen mit einem einheimischen Juristen die Flüchtlingshilfe. Vor allem hätte ich dem Schatten einer drohenden Ausweisung ohne Hilfe der Partei kaum entweichen können.

Schon im Sommer 1933 war einigen Blättern gesteckt worden: Obwohl die – befristete – Aufenthaltsgenehmigung abgelaufen sei, hielte ich mich noch immer im Lande auf. Hätte nicht Oscar Torp, der Vorsitzende der Arbeiterpartei, die erst 1935 die Regierung übernahm, von jenem Augenblick an seine schützende Hand über mich gestreckt und wäre er nicht mehrfach bei der Fremdenpolizei und im Justizministerium vorstellig geworden, ich wäre verloren gewesen. Im Frühjahr 1934, auf dem Höhepunkt politischer Illoyalität, schrieb ich Walcher von dem Gerücht, die Partei wolle mir nun nicht mehr zu einer Aufenthaltsgenehmigung verhelfen. Tatsächlich war die

Schule des Nordens

Fremdenpolizei bei Torp vorstellig geworden, der mich vorlud und sich besänftigen ließ. Ich durfte bleiben; die übliche Auflage, auch in Zukunft jedwede politische Betätigung zu unterlassen, kümmerte mich nicht, andere auch nicht. Die Formalisierung war dadurch erleichtert worden, daß ich seinem Rat nachkam und mich zum 1. September 1934 an der Universität zu Oslo einschrieb. Eine »vorbereitende Prüfung« in Philosophie bestand ich noch mit »gut«, ich hörte auch eine Menge Geschichte, doch das Studium abzuschließen, fehlten mir Zeit und Seßhaftigkeit. Die Entdeckungsreise in die Welt – geistig und geographisch – war zu aufregend, mit zuviel Hindernissen gepflastert und zuviel Vor und Zurück; vor allem war das Leid, das über so vielen Gefährten in der Heimat lag und das zu mindern, das erste Bestreben blieb, viel zu niederdrückend und das Schicksal Deutschlands zu belastend, als daß innere Ruhe hätte einziehen können.

Im Februar 1934 reiste ich das erstemal nach Paris. Der Weg führte von Paris aus ins holländische Laren zu einer internationalen Jugendkonferenz, die die Polizei sprengte, bevor sie begonnen hatte; das Gebäude, eine Jugendherberge, war von Feldgendarmerie umstellt. Die ausländischen Teilnehmer wurden verhaftet, vier deutsche Flüchtlinge, wie ich selbst Vertreter des Jugendverbandes der SAP, in Handschellen an die deutsche Grenze gebracht und ausgeliefert; »de duitschers over de grens gezet«, hieß es in holländischen Blättern. Parlamentarische Proteste führten zu Interventionen in Berlin; Todesstrafen wurden nicht verhängt, vielleicht auch deshalb nicht, weil die vier eine Menge auf mich abladen konnten. Einer von ihnen war mein Freund Franz Bobzien, ein Lehrer aus Hamburg, der in Kopenhagen Zuflucht gefunden hatte. In Berlin verhört, in Hamburg verurteilt, saß er seine vier Jahre Zuchthaus ab, bevor er ins KZ Sachsenhausen wanderte und dort in die illegale Lagerleitung gelangte; ihm unterstand ein Block, in dem junge Polen saßen. Einer von ihnen schilderte ihn später als »wahren Deutschen«. Franz Bobzien, der immer ethisch-marxistisch argumentiert hatte, kam 1941 bei einem Bombenräumkommando ums Leben.

Ich selbst hatte ein weiteres Mal Glück gehabt. Die zwei norwegischen Freunde – der eine war der Arbeiterparteiler Finn Moe, der andere, ein junger Anwalt namens Aake Ording, kam von Mot Dag –

sorgten dafür, daß ich meinen deutschen Paß, 1931 ausgestellt und gültig, in der Tasche ließ und statt dessen das Dokument über meine norwegische Aufenthaltserlaubnis vorzeigte, das seinen Eindruck nicht verfehlte und von der Emigrantenspur wegführte. So landete ich gemeinsam mit den anderen »Ausländern« im Polizeigefängnis zu Amsterdam, wo meine Identität natürlich festgestellt wurde, doch keine Folgen zeitigte. Wir wurden allesamt über die grüne Grenze nach Belgien abgeschoben, fuhren nach Brüssel, hielten, ziemlich bedrückt, unsere Konferenz ab und hoben ein Internationales Jugendbüro aus der Taufe. Es vereinigte Sektierer aller Länder und bescherte mir eine zusätzliche Erfahrung, die schwer wog, als ich ein paar Jahre später der Sonderbündelei abschwor.

In Paris veranstaltete die Auslandszentrale der SAP ihre erste Konferenz. Die tage- und nächtelangen Debatten um die »Perspektive« – wie lange würde sich Hitler halten? – mündeten immer wieder in die Suche nach der einen und reinen sozialistischen Lehre. Daß man Hitler nicht stürzen konnte und deshalb in den eigenen Reihen Ersatzkämpfe focht, galt für mehr als eine Emigrationsgruppe. Gründliche Rechenschaft gab ich mir darüber nicht, ein ungutes Gefühl aber war mir längst nicht mehr fremd. Sollte ich »im wesentlichen« passiv bleiben, würde ich lieber illegal in Deutschland arbeiten, hatte ich Walcher im November 1933 mitgeteilt. Der Pariser Auslandsleitung wollte ich verbunden bleiben, aber abhängig denn doch nicht sein, weder von ihren ideologischen Richtlinien noch von ihren praktischen Anweisungen. Und tatsächlich wurde mir, trotz meines innernorwegischen Engagements und wachsenden internationalen Interesses, die Verbindung mit den Freunden im Reich wichtiger noch als zuvor. Ein sonderlich konspirativer Typ war ich nicht, doch vieles ließ sich lernen, zumal wenn es um Kopf und Kragen ging – der Umgang mit unsichtbarer Tinte, mit doppelbödigen Koffern, gefüllten Bucheinbänden und falschen Pässen. Geld zu sammeln – wenig genug kam zusammen – und weiterzuleiten an die Familien Verfolgter oder deren Rechtsbeistand, solange es solchen noch gab, konnte ebenso lebenswichtig sein wie ein Protest bei der deutschen Gesandtschaft oder beim noch jungen Volksgerichtshof.

Ende November, Anfang Dezember 1934 wurde vor dem noch

Schule des Nordens

konservativ besetzten Volksgerichtshof in Berlin der Köhler-Szende-Prozeß verhandelt. Nacheinander waren zwei Inlandsleitungen der SAP ausgehoben, 24 Freunde verhaftet und schweren Folterungen ausgesetzt worden. Schreckliche Urteile drohten für Mäcki Köhler, der 1916 die Spartakus-Jugend gegründet hatte, und Stefan Szende, der aus Ungarn stammte. Die Anklage lautete auf »Fortführung einer verbotenen Partei«, Szende war zusätzlich des Hochverrats beschuldigt, »begangen in Verbindung mit dem Ausland«. Als dieser Zusatz stillschweigend aus dem Prozeßmaterial gestrichen wurde, war das Hauptziel erreicht – die Abwendung der Todesstrafe. In seinen Erinnerungen notierte Szende, die von Willy Brandt in Oslo betriebene »Juristenaktion« sei nicht ohne Erfolg geblieben. Was hatte es damit auf sich gehabt?

Ich hatte die Namen von ein paar Dutzend Richtern und Anwälten zusammengebracht; zwei unterzeichneten, so der spätere Osloer Bürgermeister Brynjulf Bull, für die anderen und erweckten den Eindruck, als äußerten sie sich als Körperschaft. In ihrer Eingabe an das Berliner Gericht brachten sie gute juristische Argumente vor: Kein zivilisiertes Land habe je neue Gesetze rückwirkend angewandt. Es sei also rechtsunwürdig, die Anklage gegen einen der Beschuldigten aufgrund eines elf Monate nach dessen Inhaftierung verkündeten Gesetzes zu führen. Diese und ähnliche Eingaben, auch Protesttelegramme aus anderen Ländern, wurden im Gerichtssaal verlesen, auch wenn der Vorsitzende äußerte, »die Herren in Norwegen, die sich Juristen nennen«, sollten zur Kenntnis nehmen, daß das nationalsozialistische Deutschland und die deutsche Justiz von keinem Ausländer Belehrungen entgegennähmen. Journalisten und Beobachter aus mehreren Ländern konnten dem Prozeß beiwohnen, so waren wir auf der Höhe des Geschehens. Vor allem aber hatten drei uns nahestehende Anwälte engagiert werden können, die großen Anteil am Erfolg – einem für damalige Verhältnisse milden Urteil – hatten; Mäcki Köhler und die Mitglieder der ersten Inlandsleitung bekamen drei Jahre Gefängnis, Szende zwei Jahre Zuchthaus. Außerdem wurde der für die SAP zuständige Gestapo-Kommissar, ein Freiherr von Plotho, vorgeladen und wegen Mißbrauchs der Amtsgewalt im Gerichtssaal verhaftet; einer der Angeklagten hatte während der Verhandlung sein Hemd ausgezogen und seinen schrecklich mißhandelten Rücken vorgeführt. Lange saß der Freiherr nicht, doch immerhin, am Ende des Jahres 1934 hatten deutschnationale Richter noch Mut gezeigt. Für einen kleinen »Emigranten« in Oslo war es das Zeichen, Rettungsaktionen auch dann nicht abzubrechen, wenn sie aussichtslos erschienen. Von Erfolg und Erfolgserlebnis mag in diesen Zusammenhängen nicht gesprochen werden, Umstände und Folgen verboten es – in diesem wie im Falle des Carl von Ossietzky, der die Verleihung des Friedens-Nobelpreises nur kurze Zeit überlebte. Die Wunden, die das Moorlager geschlagen hatte, waren zu tief und von keinem Preis zu heilen.

Carl von Ossietzky also. Die Idee, den Pazifisten und Herausgeber jener *Weltbühne*, die ich in einer Lübecker Kaffeestube zu lesen pflegte, für den Preis vorzuschlagen, hatte ich zuerst im Frühjahr 1934 vernommen, von dem Journalisten Berthold Jacob, der in Berlin zur SAP gehört hatte, nun in Straßburg saß und einen »Unabhängigen Zeitungsdienst« herausgab. Bei der deutschen Rechten war er einer der bestgehaßten Zeitungsleute gewesen, wegen seiner *Weltbühne*-Enthüllungen in Sachen Schwarze Reichswehr und Fememorde. 1935 entführten ihn die Nazis in Basel und brachten ihn nach Berlin, wo Heydrich, Chef im Reichssicherheitshauptamt, ihn verhörte. Das Interesse galt den militärischen Nachrichten, die Jacob in seinem »Dienst« verbreitete. Die Erklärung war einfach: Dieser clevere Journalist verstand es, Zeitungen und Zeitschriften, auch Statistiken nicht nur zu lesen, sondern auch auszuwerten. Weil die Schweizer Regierung hartnäckig blieb, konnte Jacob zurück. 1941 wurde er zum zweitenmal entführt, nun aus Lissabon, und wieder nach Berlin gebracht; man ließ ihn noch bis kurz vor Kriegsende leben.

Die überstürzte Nominierung Ossietzkys mußte 1934 schon deshalb scheitern, weil weder Fristen noch Formen beachtet worden waren. Auch der zweite Anlauf verpuffte, weil das Komitee, Ende 1935, die Vergabe aussetzte, und ich schrieb nach Paris: »Leider muß man damit rechnen, daß die großen Bemühungen für C. v. O. nicht von Erfolg gekrönt sein werden.« Dennoch müsse die Kampagne mit ganzer Kraft fortgesetzt werden. Und das wurde sie! Ich lief herum und korrespondierte in alle Welt, und zu Jahresbeginn 1936 wurde Carl von Ossietzky nicht nur zum drittenmal nominiert, son-

Schule des Nordens

dern diesmal von vielen hundert Vorschlagsberechtigten, auch von allen sozialdemokratischen Abgeordneten im Storting, dem norwegischen Parlament, und von vielen im schwedischen Riksdag. In der Schweiz hatten 124, in Frankreich 120 Parlamentarier unterschrieben. Prominente Namen fielen ins Gewicht, so die der beiden früheren Preisträger Jane Adams und Ludwig Quidde, so die von Thomas Mann und Albert Einstein, Aldous Huxley und Bertrand Russell, Romain Rolland und André Philip und Virginia Woolf.

Die Sache hatte einen Haken: Neben Ossietzky war Thomas G. Masaryk vorgeschlagen, der Gründervater der Tschechoslowakischen Republik, die so vielen Hitler-Flüchtlingen Heimstatt bot. Ausgerechnet er sollte nun zum Verzicht bewogen werden; ob er dem Komitee je sein Desinteresse bekundet hat, ist nicht bekannt, jedenfalls fiel am 23. November 1936 die Entscheidung zugunsten Ossietzkys, der – durch die Kampagne bewirkt – schon im Frühjahr in die Gefangenenabteilung eines Berliner Krankenhauses verlegt worden war. Hitler soll erwogen haben, den Preisträger nach Oslo reisen zu lassen und ihn dann auszubürgern. Göring jedenfalls zitierte ihn zu sich und stellte dem Tbc-kranken – dem todkranken – Ossietzky Vorteile in Aussicht, wenn er öffentlich auf den Preis verzichte. Das tat er nicht, und es gelang ihm zu telegrafieren: »Dankbar für unerwartete Ehrung.« Seinen Häftlingsstatus »durfte« er ablegen und in ein Privatsanatorium im Norden Berlins umziehen, wenn auch unter Kontrolle der Gestapo. Er starb, noch keine fünfzig, im Mai 1938.

Daß das »andere« Deutschland einen moralischen Sieg errungen hatte, daß symbolhafte Hilfe für einen Verfolgten mit symbolhafter Verurteilung des Regimes einhergegangen war, erfüllte mich mit Trost in trostloser Zeit. Als mir 1971 selbst der Friedens-Nobelpreis verliehen wurde, erinnerte ich in meiner Rede in der Universität zu Oslo auch an Carl von Ossietzky: »Seine Ehrung war ein Sieg über die Barbarei. Ich möchte dem Nobelkomitee heute im Namen eines freien Deutschland dafür in aller Form einen späten Dank aussprechen.« Gleichzeitig grüßte ich »die ehemalige Résistance in allen Ländern« und ermutigte alle, »die sich um Menschen kümmern, die wegen ihrer Überzeugung gefangengehalten oder auf andere Weise verfolgt werden«.

Die Entdeckung der Welt

Als Carl von Ossietzky der Nobelpreis zugesprochen wurde, hatte ich Oslo bereits wieder verlassen. Die Erfahrungen in der praktischen Arbeit und das Wechselbad der Empfindungen – die Trauer über das, was nicht zu bewirken war, überwog die Freude über das, was man tun konnte – dämpften den Hang zur Besserwisserei. Der räumliche und zeitliche Abstand sollte ein übriges tun und mich der Sektiererei entfremden. 1935 war die Arbeiterpartei, lange hatte sich dieser Schritt angebahnt, in die Regierung eingetreten. Ob ich wollte oder nicht, der Eindruck war nachhaltig. Er weckte in mir den Wunsch, auch selbst zu gestalten und Denken und Trachten nicht mehr nur auf Minderheiten auszurichten, sondern darauf, Mehrheiten zu gewinnen. Mein Engagement in den Kämpfen gegen die »Sozialdemokratisierung« von Partei und Jugendverband ließ von 1935 an nach. Rückfälle wurden selten und blieben schließlich ganz aus.

Torsten Nilsson, der spätere schwedische Außenminister, erzählt in seinen Memoiren, wie ich ihn damals, Frühjahr 1935, im norwegischen Jugendverband, in doppelter Hinsicht überrascht hätte: erstens, weil ich fließend norwegisch gesprochen hätte, zweitens, weil ich »fast samtweich« aufgetreten sei. Er vermutete, ich müsse das Opfer widerstreitender Empfindungen gewesen sein: »Sein Norwegisch tendierte zum Reformismus, während er als Deutscher weiterhin revolutionärer Sozialist war.« Ob er von meinen norwegischen Verirrungen nicht wußte? Im übrigen mag sein, daß das Erbe der deutschen Arbeiterbewegung, in der ich groß geworden war, immer noch durchschlug und mich, zumal in meinen deutschen Texten, zum Gebrauch des hergebrachten Vokabulars verleitete. Die norwegische Sprache schob dem einen Riegel vor; für Abstraktionen, wie sie das Deutsche liebt, ist sie nicht geeignet.

Summa summarum prägte mich das Beispiel der nordischen Sozialdemokratie in meinem Verhalten auch als Deutscher. In den Verdacht mangelnder Prinzipienfestigkeit war ich bei linken Dogmatikern schon Anfang 1935 geraten. In Paris, wo ich vor Kriegsbeginn achtmal war und wo Thesentheologen aller Art so gern die Klingen kreuzten, hatte ich mich auf einen Disput über die NAP, eben die Arbeiterpartei, eingelassen. Er wurde um so heftiger geführt, als man gehofft hatte, die Norweger auf einen wortradikalen Weg zurückbefördern zu können, und nun, da diese das Gegenteil taten und sich am Reformismus der Schweden orientierten, die Enttäuschung um so größer war. Ich nahm den Vergleich mit dem Bergsteiger zu Hilfe, dem es nicht in den Sinn komme, auf geradem Weg zum Gipfel zu gelangen. »Aber der Genosse Brandt wird nie dorthin kommen«, wurde mir entgegengehalten, »denn er hat die NAP im Rucksack.«

Das Naive und das Wirkliche

Am späten Vormittag leerte ich regelmäßig mein Schließfach, das ich aus Gründen der Tarnung unter dem Namen einheimischer Freunde unterhielt. Der Inhalt barg oftmals Überraschungen, doch jene, die ich in der Mitte des Juli 1936 vorfand, übertraf das bisher Dagewesene. In einem Luftpostbrief aus Paris wurde ich – in verdeckten Wendungen, doch unmißverständlich – aufgefordert, für einige Zeit nach »Metro« zu gehen. »Metro« – das hieß: Berlin. Wieder waren einige der dortigen Freunde hochgegangen, und wieder waren Verbindungslinien bedroht. Ich sollte dafür sorgen, daß der Informationsfluß in beiden Richtungen nicht völlig versiege.

Begeistert war ich nicht, als ich den Brief gelesen hatte, und mir dämmerte, was dieser Marschbefehl bedeutete. Gewiß, niemand konnte mich zwingen; doch nein zu sagen kam mir nicht in den Sinn. Ich erbat nicht einmal Bedenkzeit und begann sofort, das Unternehmen vorzubereiten; von einem Abenteuer hatte es nichts, dazu stand zuviel auf dem Spiel. Ein Reisepapier mußte präpariert werden, ein norwegischer Paß, ausgestellt auf den Namen Gunnar Gaasland und mit einem Foto versehen, das ein Grafiker zurechtfrisierte; ich mußte eine fremde Unterschrift lernen und mir einen fremden Lebenslauf zu eigen machen. Was mir so gut gelang, daß ich noch als Berliner Bürgermeister alle Daten parat hatte.

Einen Monat nach Erhalt des Briefes, Mitte August 1936, reiste ich ab – von Kopenhagen nach Gedser und von dort mit dem Fährschiff nach Warnemünde. Der Zollbeamte musterte mich und den Paß und wieder mich, als es mir wie rasend durch den Kopf geht: Den Mann kennst du aus Lübeck. Ob er mich erkannt hat und laufenließ oder mich nicht erkannt, nur gestutzt hat, wer will es wissen. Ich habe mich noch nicht wieder gefaßt, als der Zug in Lübeck hält. »Heiße Würstchen, kalte Brause!« Wer würde einsteigen? Die Minuten werden zur Ewigkeit, und es geschieht – nichts. Der Zug fährt einfach weiter. In Berlin, wo ich aussteige, um schon einmal Luft zu schnappen oder Mut zu schöpfen, geschieht ebenfalls nichts. Ich, Gunnar Gaasland, übernachte in einem bescheidenen Hotel am Kurfürstendamm und fahre über Aachen und Lüttich nach Paris weiter, zur Auslandsleitung. Dort nehme ich Orientierungen entgegen. Und dort gerate ich an den Rand der Verzweiflung. Es hätte nicht viel gefehlt, und ich hätte die Berlin-Reise abgeblasen.

Ich hatte 1934, 1935, auch im Frühjahr 1936 noch meine Erfahrungen gemacht mit den Exiloberen und dem Pariser Emigrantenmilieu, aber auch Hoffnungen gezogen aus der breiten sozialistisch-kommunistischen Einheitswelle, die zuerst und vor allem eine antifaschistische Welle zu sein schien. Sie erfaßte Frankreich und rollte durch das Paris der vertriebenen Deutschen. Ich sprach auf großen Versammlungen, Zusammenkünften deutscher Schicksalsgefährten, und ließ mich ebenso von der neuen Aufbruchstimmung mitreißen wie die sonst eher kühlen Skandinavier, die einen gewerkschaftlichen Einheitskongreß, Mai 1936, besuchten und denen ich als Dolmetscher diente. Die dunklen, die wirklichkeitsfremden Flecken auf dem hellen Bild, das die französischen Sozialisten darboten, ärgerten mich, doch überschatteten sie die Freude des Augenblicks nicht, noch nicht. Wir, die deutschen Hitler-Gegner, meinten ihn festhalten zu können. Das Gewicht jener Stimmen, die sich an der Vierzig-Stunden-Woche berauschten und übersahen, daß in Deutschland an die sechzig gearbeitet wurde, vermochten wir schwer einzuschätzen. Auch nicht den Einfluß jener Schwärmer, die sich in ihrem Antimilitarismus nicht erschüttern ließen und unbeirrt verlangten, daß die Maginot-Linie geschleift würde; die rapide nazideutsche Hochrüstung berührte sie schlicht nicht. Es war zum Verzweifeln.

Wie auch sollte ich bemerken, was unter den Franzosen nicht stimmte, wenn ich immer noch einmal verdrängte, was sich unter den Deutschen tat? Wir schwankten zwischen Hochstimmung und Depression. Und in der eigenen Gruppe drohte weitere Spaltung. Walcher legte mir allen Ernstes ans Herz, daß aus Berlin »zuverlässige« Delegierte zu einer Auslandskonferenz kommen müßten, die zur Jahreswende in der Tschechoslowakei vorgesehen war. Und verglichen mit der Alternative war auch ich der Meinung, daß die Leitung nicht in die Minderheit geraten sollte. Aber was war das für eine Kategorie vor dem Hintergrund dessen, was um uns herum geschah?

Am Abend vor meiner Abreise nach Berlin, noch im August 1936, schüttete ich meinem Freund Max das Herz aus; Max Diamant stammte aus Lodz und war berühmt für seine Gabe, auch abwegige Dinge sozialistisch zurechtzurücken. Wußte ich im stillen, wollte ich vielleicht sogar, daß er mich aufrichten und mir die Frage, ob ich denn für diesen Quatsch »wirklich alles« riskieren solle, austreiben würde? Es fiel ihm nicht schwer, mich mit Obstwasser sowie der List seiner Vernunft ins seelische Gleichgewicht und in den Zug nach Berlin zu befördern. Die Grenzkontrollen nahm ich nur unterschwellig wahr.

Ich mietete mich bei einer Frau Hamel, Kurfürstendamm/Ecke Joachimsthaler Straße, ein und bedauerte, daß ich ihre antinazistische Gesinnung so gar nicht erwidern durfte. Schließlich war ich in die Hülle eines unbedarften norwegischen Studenten geschlüpft, an Politik nur mäßig interessiert und hauptsächlich mit dem Studium der Geschichte befaßt. Jeden Morgen marschierte ich in die Staatsbibliothek, studierte Quellen aus dem 19. Jahrhundert und jede Menge NS-Literatur, darunter *Mein Kampf*. Eine perfekte Tarnung? In der Filiale der Reichsbank, wohin die Osloer Freunde meinen bescheidenen Wechsel schickten, begrüßte mich eines Tages der Schalterbeamte besonders freundlich und erzählte, ein zweiter norwegischer Student sei eingetroffen, der könne helfen, daß ich mich zurechtfände. Es blieb mir nichts anderes übrig, als »den anderen« zu treffen und das Gespräch knapp zu halten; mein Norwegisch hielt stand, und meine Antworten auf neugierige Fragen, an welchem Osloer Gymnasium ich bei welchen Lehrern das Abitur gemacht hätte, schienen ihn immerhin anzuregen, zweimal bei meiner Wirtin zu erscheinen – glücklicherweise war ich jedesmal abwesend – und mich in einen Klub skandinavischer NS-Anhänger einzuladen...

Was hätte die gute Tarnung genutzt, wäre mir das Glück nicht wieder hold gewesen, als ich aufs Polizeirevier an der Gedächtniskirche bestellt und mir ohne weitere Begründung der Paß abgenommen wurde. Einige Tage später bekam ich ihn zurück, ebenfalls ohne Begründung. Oder als ich, gleich zu Beginn meines Berliner Daseins, im »Moka Efti« in der Friedrichstraße einen Lübecker Sozialdemokraten erkannte, einen Lehrer, den ich im Lager wähnte. Er gab, erstaunt und beherrscht, durch Blicke zu erkennen, ich möge nicht an seinen Tisch kommen. Fühlte er sich beschattet? Ein Jahr später war er tot.

Daß ich so gar nicht gezögert hatte, den Berliner Auftrag anzunehmen, und mich durch keine Furcht und keinen Unsinn hatte abhalten lassen, mag, ob ich's mir eingestand oder nicht, mit übergroßer Neugier zusammengehangen haben, der Neugier, etwas über die Wirklichkeit in Deutschland, drei Jahre nach der Machterschleichung, zu erfahren, etwas zu lernen über die Wirklichkeit im nacholympischen Berlin. Die Spiele waren eben vorüber, als ich ankam, der Prestigegewinn war noch frisch. Ich sah, daß die Menschen wieder Arbeit hatten und die Stimmung nicht überschwenglich, auch nicht betont regimefreundlich war, doch erst recht nicht regimefeindlich. Warum sich nicht klarmachen, daß auch Menschen, die früher links gewählt hatten, sich beeindruckt zeigten? Eben die Vollbeschäftigung und die Zugeständnisse und die Passivität der einstigen Siegermächte – die Besetzung des Rheinlandes lag erst wenige Monate zurück – hatten ihre Wirkung nicht verfehlt, die noch durch Angst und Terror, Pomp und Propaganda, Anpassung und Mitläuferei gesteigert wurde. Dennoch teilte ich nicht Urteile ausländischer Korrespondenten, daß die Deutschen sich leichten Herzens mit dem Verlust politischer Freiheit abgefunden hätten oder ein einzig Volk von Nazis geworden seien. Wie sehr der nationale Faktor zu ihren Gunsten wirkte, wurde mir ohnehin erst voll bewußt, als ich 1940/41 das besetzte Norwegen erlebte; dort konnte sich einer vom Widerstand bewegen wie ein Fisch im Wasser.

Genauer abzuwägen gelang mir nicht. Warum auch hätte sich jemand einem norwegischen Studenten öffnen sollen? Den Blick hinter die Fassade zu wagen, zu testen, wer ein richtiger Nazi war, wer ein halber und wer nur vorgab, einer zu sein, mußte ich mir versagen, das Risiko war zu hoch; um nicht kontaktfreudig zu werden, versagte ich mir jeden Tropfen Alkohol und lebte so unauffällig wie

Das Naive und das Wirkliche 111

irgend möglich. Das einzige Vergnügen, das ich mir gönnte, waren
die Berliner Philharmoniker mit Wilhelm Furtwängler; Nachgebo-
rene, die dem Dirigenten vorhalten, den Nazis gedient zu haben,
wissen nicht, wovon sie reden. Die Wege zwischen begnadeter Kunst
und erbärmlicher Politik sind verschlungen. Ich wandte mich jedenfalls gleich nach dem Krieg gegen ein Auftrittsverbot und war dabei,
als ihn die Amerikaner, 1947 im Titania-Palast, wieder musizieren
ließen.

Ich blieb also weitgehend angewiesen auf die Berichte jener
Freunde, um deretwillen ich gekommen war und die, wie sollte es
anders sein, von Opposition, zumal in den Betrieben, handelten.
Der erste Treff hatte auf Anhieb geklappt – am Kaufhaus Wertheim.
Der organisatorische Leiter unserer noch 300 – zwei Jahre zuvor
700 – Köpfe zählenden Gruppe war, ich erfuhr's erst viel später, ein
braunschweigischer Lehrer. Das Woher und Wohin hatte mich
nichts anzugehen, nur der Deckname zählte. Die Zahl der aktiven
Kader war zusammengeschmolzen, die Lücke, die die Gestapo geris-
sen hatte, schrecklich groß, viel größer, als ich es mir je vorgestellt
hatte, und so brauchte es nicht viel Scharfsinn, um zu erkennen, daß
es nur noch auf den Zusammenhalt ankomme, auf die Vorbereitung
für die »Zeit danach«. Wer im Untergrund ausharrte, weil er noch
nicht hochgegangen war, und ausharren wollte, der war, jedenfalls
von 1935 an, aufs Überleben bedacht, wie es die übergroße Mehrheit
der Sozialdemokraten von Anfang an gewesen war. In Gesangverei-
nen und Kegelklubs, in denen man den Zusammenhalt wahrte, oder
auf Beerdigungen alter Genossen, zu denen, wie von Geisterhand
geführt, Tausende von Parteigängern herbeiströmten, wurde weder
politisiert noch theoretisiert, noch »etwas getan«; man hoffte auf innere Zersetzung, auf die Wehrmacht oder auf gar nichts mehr. Vom
Krieg allerdings war im Berlin des Jahres 1936 schon viel die Rede,
und daß die Rüstung auf Hochtouren lief, blieb dem, der Augen
hatte zu sehen und Ohren zu hören, nicht verborgen.

Daß »etwas getan« würde, sei es die Arbeit an einer festen Organi-
sationsstruktur und die Vorbereitung auf die Zeit »danach«, sei es
die angestrengte Diskussion über die Zukunft, wollte immer noch –
und was wäre der deutsche Widerstand ohne ihren Heroismus? –
jene Handvoll junger Aktivisten, mit denen ich, grundsätzlich nur

im Freien, Umgang hatte und die mich Martin nannten. Den organisatorischen Leiter traf ich mehrmals die Woche, andere, die die Informationen brachten und Anregungen an die verbliebenen Vertrauensleute weiterreichten, nur einmal; sie arbeiteten in Fünfergruppen, aus denen jeweils nur einer die Verbindung zur nächsthöheren Ebene halten durfte. Im Fall der Verhaftung wäre, so die Überlegung, das Risiko gering. Einige wenige Male wanderte ich mit mehreren Vertrauensleuten, doch niemals mehr als drei oder vier, durch die Wälder im Berliner Norden. Die Kontrollen hatten zugenommen, und so schärfte ich den Gefährten ein: »Ich bin Student, ihr habt mich eben erst getroffen und kennt mich weiter nicht.« Im Ernstfall hätte es wenig oder nichts genutzt. Doch jedenfalls hatten wir begriffen, daß der einzelne von Vorgängen abzuschotten war, die er nicht wissen mußte und von deren Kenntnis er auch in seinem eigenen Interesse ferngehalten werden sollte. So wußte ich selbst nicht, welcher Beamte von welcher Botschaft dem Leiter half, Schriften einzuschleusen; später erfuhr ich: Es war die der Tschechoslowakei. Und ich hatte auch keine Ahnung, wie der Kontakt zur Grenzstelle im Erzgebirge lief; immerhin war es unseren Leuten gerade gelungen, einen der Ihren, ohne Waffen und ohne Schmiergeld, nur durch vielfache Täuschung, den Fängen der Gestapo zu entreißen und über die Grenze nach Prag zu schaffen.

Die Verbindung nach draußen nahm ich mittels Geheimtinte selber wahr; was ich zu berichten hatte, schrieb ich zwischen die Zeilen eines privaten Briefes oder einer Buchseite. Die Ingredienzien waren ebenso im Rasierzeug versteckt wie die Watte, die ich benötigte, um Mitteilungen an mich zu enttarnen, bevor die Briefe vernichtet wurden. Und was hatte ich, über die Einschätzung der allgemeinen Lage hinaus, zu berichten? Zum Beispiel, daß ich die Freunde daran erinnert hatte, eines nicht zu vergessen: Für die meisten Menschen bestehe das Leben nicht aus Ismen, sondern aus Essen, Trinken, Liebe, Fußballspielen. Wir müßten lernen, nicht immer von der hohen Politik zu reden, sondern ihr – in Anlehnung an ein Wort des konspirativen Lenin – »durch das jeweilige Teewasser den Weg zu bahnen«. Ich berichtete ferner, daß zwischen den Gruppen in einzelnen Städten immer noch persönliche Linien geknüpft würden, es aber keine dauerhaften Verbindungen mehr gebe und die jeweiligen Gruppen auf sich gestellt seien. Immerhin verwies ich auf Kontakte zu neuen, dem Regime entgegenstehenden Gruppen, dem Roten Stoßtrupp und der Volksfront, zu der 1937 auch Fritz Erler stieß; noch im April 1933 war er, konspirativer Arbeit wegen, die die Partei nicht wollte, aus der SPD ausgeschlossen worden. Als die Gestapo zuschlug, steckte er gerade in einer Kurzausbildung bei der Wehrmacht. Hätte sich nicht ein Offizier so wirksam für ihn verwendet, die Todesstrafe wäre ihm sicher gewesen. Er erhielt zehn Jahre Zuchthaus und überlebte.

Ich berichtete nicht über Einsichten oder Diskussionen, die den Charakter des NS-Staates zum Gegenstand gehabt hätten. Denn es gab sie nur in unzulänglichen Ansätzen. Weil die Wirklichkeit zu deprimierend gewesen wäre? Zu weit herausgeführt hätte aus dem eigenen Horizont? Die eigene Begrifflichkeit nicht ausreichte oder die Klischees übermächtig waren? Oder wogen die Angst und das Gefühl des Eingeengtseins, physisch und psychisch, zu schwer, um unbefangen nachzudenken? Ich war unendlich froh und fühlte mich erleichtert, als ich, unmittelbar vor Weihnachten, zum Anhalter Bahnhof eilte, den Zug nach Prag bestieg und, drei Stunden später, auch noch die Grenzkontrollen überstand. Prag, noch war es das »goldene Prag«, nahm mich gefangen und ließ mich aufatmen – für einen kurzen Augenblick, der die Anspannung der letzten Monate vergessen machte.

Warum sich stärker machen, als man war? Der Gedanke an das »Was ist, wenn?« war mir in Berlin ein ständiger Begleiter gewesen. Immer wieder aufs neue hatte ich mir geschworen, der Versuchung des Selbstmords – um andere zu schützen – nicht zu erliegen. Religiöse Gründe waren nicht maßgebend gewesen, viel eher die lebenspraktische Überlegung, daß man nie wissen könne, welcher Ausweg sich plötzlich eröffne. Mit diesem Hinweis brachte ich andere zur Besinnung, zumal einen in sehr viel Untergrundarbeit verwickelten Freund, der im Fall der Verhaftung unbedingt Hand an sich legen wollte; weil er seit Jahren immer wieder Kurierdienste zwischen Skandinavien und dem Reich geleistet hatte, wußte er viel und war sich nicht sicher, was die Gestapo aus ihm herausbringen könnte. Mein Rat also fruchtete, und Walter Michaelis, genannt Sverre, traf für den Fall der Fälle, der dann eintreten sollte, systematische Vorkehrungen.

Er begann mit einer eigenwilligen Sammlung von Zeitungsausschnitten und mit der Niederschrift fingierter Aufzeichnungen. Es sollte der Eindruck erweckt werden, als habe er eine schwere Krise hinter sich und sei im Begriff, den Wert des Nationalsozialismus zu erkennen. Von Woche zu Woche malte er, in Form einer Denkschrift, die Bewunderung für das Dritte Reich in dickeren Farben. Als es soweit war, irgendwann um die Jahreswende 1938/39, ging er aufs Ganze. Er bestand, als er auf einer Rückfahrt aus Paris in die Hände der Polizei geriet, darauf, sich direkt »an den Führer« wenden zu dürfen, und legte dar, er sei aus Skandinavien – seine fingierte Identität war die eines norwegischen Musikstudenten – heimgekehrt, weil er es in der Emigration nicht mehr ausgehalten habe und nur noch in Deutschland leben wolle. Ohne Möglichkeit der normalen Rückkehr habe er sich des falschen Passes bedient. In der NS-Presse war zu lesen: »Seine Auftraggeber in Paris speiste er durch inhaltlose ›Berichte‹ ab und hielt sie durch die Übermittlung belangloser politischer Witze einigermaßen in Stimmung.« Durch Augenschein und Gespräche sei er ein Anhänger des neuen Deutschland geworden. Ein Mann vom Propagandaministerium fand, die Story eigne sich, dem Ausland und besonders den Skandinaviern vorgeführt zu werden; der Krieg kam dazwischen. In der Berliner *Morgenpost* erschienen am 21. Mai 1940 Auszüge aus dem Gerichtsbericht: In einem Schreiben an Hitler habe der Angeklagte »die wundersame Geschichte seiner Wandlung« in allen Einzelheiten dargelegt und darum gebeten, von einer Ehrenstrafe abzusehen, »um ihm nicht die Möglichkeit zu nehmen, seinem wiedergefundenen Vaterlande mit der Waffe in der Hand zu dienen«. Die ganze Bitterkeit des Emigrantenschicksals habe sich enthüllt. »In ihm siegte die Stimme des Blutes über die Vorurteile des marxistischen Irrglaubens.« Das Gericht muß sehr beeindruckt gewesen sein. Es hatte, kurz vor dem Ende des Jahres 1939, ein unglaublich mildes Urteil gesprochen, die Strafe von einem Jahr Gefängnis wurde ihm auch noch erlassen. Sverre, einer der ungewöhnlichsten Menschen, denen ich begegnet bin und die ich niemals vergessen werde, blieb 1943 an der Ostfront vermißt. 1947 besuchte ich seine Eltern im Ostteil Berlins. Die Mutter hoffte immer noch, wie so viele Mütter, und nicht nur in Deutschland.

Zur Jahreswende 1936/37 stieg unsere für so wichtig gehaltene Konferenz. Sie sollte in Brünn stattfinden, doch die Gestapo hatte Wind bekommen und intervenieren lassen. So zogen wir nach Mährisch-Ostrau an der polnischen Grenze, krochen bei armen, doch so stolzen »sudetendeutschen« Arbeitern unter und nannten die Konferenz, zu Zwecken der Irreführung, die Kattowitzer. »Wir« – das waren erstens dreißig Unentwegte, die die 300 Seelen zählenden Auslandsgruppen der SAP vertraten, die in Paris, Prag und London ebenso wie die in Skandinavien und in Palästina und anderswo; mit dem Osloer Mandat kam eine Lübecker Freundin, die mir ins Exil gefolgt war. »Wir« – das war zweitens das Fähnlein jener Aufrechten, die aus dem deutschen Untergrund gekommen waren, so mein Freund Sverre, der ein Bremer Mandat wahrnahm, so vier Berliner Delegierte, die die wichtigste Inlandsorganisation repräsentierten. Ich selbst hatte ein Berliner Mandat und verstand vielleicht gerade darum eine junge Frau aus Berlin besonders gut, die unter Lebensgefahr über die Grenze gekommen war, deren Verlobter in Haft saß und die nun die elenden, immer wieder um die Frage der Einheitsfront mit den Kommunisten kreisenden Querelen der Auslands-Sozialisten anhören und schlichten sollte; es gelang nicht einmal, denn ein Drittel spaltete sich wahrhaftig ab und machte einen eigenen Laden auf. Die Berliner begriffen auch nicht, warum ich Kopf und Kragen hatte riskieren dürfen, aber für die Wahl in die Parteileitung zu jung sein sollte; eine ältliche Dame erklärte rundheraus, »die Zeit der 23jährigen« sei noch nicht gekommen. Tatsächlich war ich bei einigen der Altvorderen in Ungnade gefallen, weil ich den Mund nicht halten mochte und es an Respekt fehlen ließ. Die Dame, die auf ihre noch älteren Tage viel milder wurde, war die frühere Abgeordnete Rose Wolfstein-Frölich; sie wurde 99, und ich habe sie noch kurz vor ihrem Tod in einem Frankfurter Altenheim besucht.

Am Rande der »Kattowitzer Konferenz« hatte ich gerne eingewilligt, für einige Zeit nach Spanien zu gehen. Alle wollten wir authentische Berichte vom Schauplatz des Abwehrkampfes und jenes Kriegs im Kriege, der hinter vorgehaltener Hand und noch ungläubig beredet wurde. Daß die Kommunisten eine Art innerlinken Ausrottungsfeldzug begonnen hatten, war ebenso schwer zu glauben wie die Nachricht, die uns mittlerweile, immer bedrückender, von den Moskauer Prozessen erreichte. Immerhin legte mir Otto Bauer, den ich in seinem Exil in Brünn aufsuchte, dar, daß in Spanien eine gewaltsame Auseinandersetzung innerhalb der Arbeiterbewegung im Gange sei; »mit unheimlicher Konsequenz und Beschleunigung«, setzte er schwermütig hinzu. Konnte es einen unverdächtigeren Zeugen geben? Otto Bauer, Führer der österreichischen Sozialisten, war immer betont links gewesen und hatte immer auch auf mögliche Zusammenarbeit mit der Sowjetunion gesetzt. Und nun dieses aus seinem Munde. Ich dachte mit mehr als gemischten Gefühlen an die neue Aufgabe, die eine neue Konfrontation mit der Wirklichkeit zu werden versprach. War nicht Spanien die Hoffnung aller europäischen Antifaschisten? Sollte nicht Franco und mit ihm Hitler auf spanischem Boden besiegt werden?

Doch zunächst mußte ich nach Hause, nach Oslo. Es ging mit dem Zug nach Danzig – ein polnisches Durchreisepapier hatte ich mittels einiger in den norwegischen Paß gelegter Geldscheine ergattert – und von dort mit einem dänischen Frachter gen Kopenhagen. In Oslo regelte ich einige persönliche Angelegenheiten. Vor allem mußte ich mir Korrespondenten-Aufträge besorgen; als SAP-Verbindungsmann in Spanien hatte man zwar eine wichtige Aufgabe, aber noch nichts zum Leben. Ende Januar 1937 fuhr ich wieder los, mit dem Fährschiff nach Jütland und Antwerpen, dann mit dem Zug nach Paris, wo ich, wieder mit materieller Nachhilfe, das Ausreisevisum für Spanien bekam und in den Zug nach Perpignan stieg. Von dort ging es mühsam weiter nach Barcelona.

Die Lage in Katalonien war verwirrend. Daß es kaum etwas zu essen gab und der Hunger mit Rotwein, bestenfalls Oliven betäubt werden mußte, daß es unwürdig war, Trinkgeld zu geben und Bedienung durch Händeklatschen herbeizurufen, und allerorts ein »Sozialismus der unmittelbaren Produzenten« angepriesen wurde, nun ja, daran gewöhnte man sich rasch. Aber sonst? Es brauchte einige Zeit, bis ich zu verstehen begann. Ich fand bestätigt, daß sich Arbeiter und Bauern dem Franco-Aufstand vom Juli 1936 entgegengeworfen hatten. Deutschland und Italien kämpften für Franco, England mit Frankreich im Schlepptau huldigte der Nichteinmischung. Die Sowjetunion ließ sich Zeit.

Im Oktober begann Stalin, einige museumsreife Waffen zu liefern,

Das Naive und das Wirkliche

die er sich in Gold bezahlen ließ und die er fortan als Hebel benutzte. Als die Madrider Regierung in Moskau um Waffenhilfe nachsuchte, gehörten ihr Kommunisten nicht an; noch galten sie als »partido microscópico«, als Splitterpartei. Doch das änderte sich rasch. 3000 sowjetische »Berater« besetzten Schlüsselpositionen und schufen einen Geheimdienst, der sich zum Staat über dem Staat erhob und rabiat gegen die soziale Revolution in Front ging. Das an sich richtige Argument, die militärischen Erfordernisse müßten Vorrang haben, war vorgeschoben. Objekt und Subjekt der »Kommunisierung« wurden auch die Internationalen Brigaden, jene Einheiten, in denen sich Antifaschisten aller Herren Länder und aller Couleur zusammengefunden hatten und ohne die die Sache der Republik viel schneller verloren gewesen wäre. Im übrigen waren die Moskau-Kommunisten für die soziale Revolution nur dann, wenn sie diese kontrollierten, und das war in Spanien nicht leicht. Die Arbeiterbewegung war hier so bunt gemischt wie sonst nirgendwo in Europa: Anarchisten, Syndikalisten, Trotzkisten oder solche, die dafür gehalten wurden, unabhängige, auch »ordentliche« Sozialisten. Meine SAP war mit der sogenannten POUM in Katalonien verbunden, einer ebenfalls linkssozialistischen Partei, deren Einfluß weiter reichte, als ihre Zahl vermuten ließ, und deren Milizen sich auch George Orwell angeschlossen hatte.

Der Zufall wollte es, daß ich in der Nähe war, als Orwell Mitte März 1937 schwer verwundet wurde. Ich hatte mich an die Front in Aragón begeben, um zu sehen und zu hören. Seit Wochen hatten die republikanischen Einheiten versucht, jene Anhöhe bei Huesca zu nehmen, von der in den Memoiren des Ilja Ehrenburg die Rede ist. Nachts bezog ich einen Beobachtungsposten in einem verlassenen Bauernhaus: Die Anhöhe wurde genommen, doch dann kam der Gegenangriff. Feindliche Artillerie, unterstützt von den Landsleuten der Legion Condor, schoß sich auch auf den Stab ein, bei dem ich mich aufhielt. Ich hatte mir gerade das Rauchen abgewöhnt, doch zwischen dem zweiten und dritten Einschlag fing ich's wieder an. In seiner *Hommage to Catalonia* klagte George Orwell sein eigenes Land an, weil es Spanien den Faschisten ausgeliefert habe, und er geißelte den Terror der Kommunisten, der ihn zu seinen totalitären Schreckensvisionen inspirierte und mich ein für allemal lehrte: Ein höheres Gut als Freiheit gibt es nicht, und es muß gegen mehr als eine Seite verteidigt werden. Ich erfuhr ja nicht nur aus Berichten Dritter, sondern aus nächster Nähe und eigener Anschauung, wie leicht letzte Hemmungen fallen, wenn der Weg der Mißachtung menschlicher Würde und rechtsstaatlicher Grundnormen erst einmal beschritten ist.

In Barcelona hatte ich mich mit Mark Rein angefreundet. Er war der Sohn des russischen Sozialdemokraten Rafael Abramowitsch, der 1920 ins westliche Exil gegangen war. In der Berliner Arbeiterjugend groß geworden und voller linker, aber nichtkommunistischer Hoffnungen, war der Sohn nach Spanien gezogen und hatte sich der katalanischen Regierung als Fernmeldetechniker zur Verfügung gestellt. Wir tauschten Ansichten und Erfahrungen aus und besuchten manche Versammlung gemeinsam. So auch am 9. April 1937. Wir gingen spätabends über die Ramblas, am Hotel Continental, wo er wohnte, verabschiedete ich mich. Am übernächsten Tag erschien bei mir im »Falcon« ein gemeinsamer Bekannter und erzählte besorgt, Rein sei nicht im Hotel, das Bett unbenutzt. Ich stutzte. Aber was tun? Es vergingen einige Tage, der Bekannte kam wieder und berichtete: Mark habe ihm einen Brief auf russisch geschrieben und dem Hotelier eine französische Mitteilung zukommen lassen; am fraglichen Abend sei er noch einmal an die Luft gegangen, habe einen Genossen getroffen und dessen Angebot, ihn im Auto nach Madrid mitzunehmen, bejaht. Er werde also einige Tage abwesend sein. Angesichts der Schwierigkeiten, Transportgelegenheiten in die Hauptstadt zu finden, keine unglaubhafte Geschichte. Doch warum hatte er nichts, nicht einmal seine Zahnbürste, mitgenommen? Überdies konnten wir uns des Eindrucks nicht erwehren, die handschriftliche Datierung sei manipuliert. Also entführt? Warum? Von wem? Hatte der kommunistische Geheimdienst zugeschlagen? Etwa wegen des Vaters Abramowitsch, der mit prominenten europäischen Sozialdemokraten befreundet war?

Große Parteien, vor allem die Franzosen, intervenierten, auch das Büro der Sozialistischen Internationale. Ich suchte, mit meinen bescheidenen Möglichkeiten, Klarheit zu schaffen und drang, in der »Casa Carlos Marx«, bis ins Büro eines hochrangigen Kominternvertreters vor; daß es sich um jenen Karl Mewis handelte, der es in der

DDR zu Ehren bringen sollte, konnte ich noch nicht wissen. Die Kommunisten, argumentierte ich, die Erregung nur mühsam unterdrückend, seien von allen guten Geistern verlassen, wenn sie hinter der Entführung steckten. Sie müßten den schlimmen Verdacht von sich schütteln und die Schuldigen finden helfen. Der »Genosse Arndt« stellte sich dumm: Ob es sich nicht um eine Frauengeschichte handele? Oder um die Anarchisten? Kurz danach kam der Vater nach Barcelona, er, der soviel schon durchgemacht hatte. Der Anblick ist mir ewig unvergeßlich. Er wollte keine Hypothesen hören, sondern wissen: Wo ist mein Sohn?

Mewis habe ich während des Zweiten Weltkriegs wiedergetroffen, als er in Stockholm Chef der deutschen Kommunisten war und sich höchst moderat gab. 1947, ich war noch bei den Norwegern, sprach ich mit ihm in Berlin, wo ihm die bezirkliche Leitung der Einheitspartei übertragen worden war. Er hat darüber wahrheitswidrig berichtet, ich hätte jener Art von Einheit Geschmack abgewinnen können. Später – ich war Bundeskanzler, er Botschafter in Warschau – ließ er mir, als ob nichts gewesen wäre, respektvolle Grüße ausrichten.

Mit an Sicherheit grenzender Wahrscheinlichkeit stellte sich heraus: Mark Rein war von denen, die unter dem Befehl des sowjetischen Apparats standen, entführt, eingesperrt, mißhandelt und, als die Sache zuviel Wirbel machte, liquidiert worden. Oder erst an Bord eines russischen Schiffes gebracht?

Der Fall machte mich wahnsinnig. Sollte ich noch bleiben? Ich war hin- und hergerissen, als sich ein neuer Abgrund auftat. Wegen der in der Luft liegenden Spannungen – Spannungen innerhalb der Linken, denn Franco hatte in Katalonien noch kein Bein auf die Erde bekommen – waren alle Versammlungen zum Ersten Mai untersagt worden. Was nichts nutzte. Am 3. Mai begann ein wahnwitziger zusätzlicher Bürgerkrieg, dem binnen weniger Tage Hunderte zum Opfer fielen. Die von den Kommunisten mittlerweile kontrollierte Regionalregierung brachte die von den Syndikalisten beherrschte Telefónica, die Telefon- und Telegrafenzentrale, unter Kontrolle und mit ihr die Stadt Barcelona. Alle, die sich nicht ins Schema fügten, wurden verleumdet, verfolgt, niedergemacht, so auch die in diesen Tagen mit den Anarchos verbündeten POUM-

Leute; ihre Anführer, wie Andrés Nin, standen auf der Abschußliste der GPU obenan. Die Folter und den Mord an Nin nannte Albert Camus »eine Wende in der Tragödie des 20. Jahrhunderts«.

Im Mai schien sich die Lage zunächst zu beruhigen, mit Beginn des Juni aber konnte ich es schon nicht mehr wagen, im Hotel zu übernachten. So schnürte ich denn mein Bündel, fuhr nach Paris zurück und sprach und schrieb über »Ein Jahr Krieg und Revolution in Spanien«. Möglichst genau zeichnete ich »die wahnsinnige Zielsetzung« der Komintern nach, »alle Kräfte zu vernichten, die sich ihr nicht gleichschalten wollen«, und begründete meine Skepsis über den weiteren Kriegsverlauf.

Welch eine Erfahrung lag hinter mir! An der Zusammenkunft des Londoner (linkssozialistischen) Büros, zu dem die SAP gehörte – Sommer 1937 im englischen Letchworth –, nahm auch Jeanne Maurin teil, die Schwester des prononcierten Antistalinisten Boris Souvarine. Wir glaubten, sie sei die Witwe des ermordeten POUM-Führers; tatsächlich hatte sich Joaquin Maurin zu verstecken gewußt. Sie stand ihren Mann, im doppelten Sinn des Wortes. Und gleichzeitig redete sie mir privat ins Gewissen: Ob ich der zweifelhaften Politik nicht ade sagen und mich einem ordentlichen Beruf zuwenden wolle? Ich setzte ihr – und damit mir selbst – auseinander, daß der Rückzug nur eine von zwei möglichen Konsequenzen sei. Stand nicht, wenn es denn eine Zeit nach Hitler geben würde, der Kampf für eine große freiheitliche Sozialdemokratie in Europa jetzt erst recht auf der Tagesordnung? Daß die Organisationspraxis der Komintern »den elementarsten Grundsätzen der Arbeiterbewegung« widerspreche, erkannte ich in einem Rückblick über »Die Komintern und die kommunistischen Parteien«, der 1939 in Oslo erschien. Ging es nun nicht darum, diesen »elementarsten Grundsätzen« zum Durchbruch zu verhelfen?

Als ich, auf dem Umweg über England und Schweden, wieder norwegischen Boden unter den Füßen hatte, war nichts mehr wie zuvor. Ich stürzte mich in die Spanien-Hilfe, die vor allem von den Gewerkschaften getragen wurde und Medikamenten- wie Lebensmittellieferungen organisierte. 1939 verwandelte sich das Spanien-Komitee in die Volkshilfe, die nun die tapferen Finnen gegen die russischen Aggressoren unterstützte und eine gelungene Mischung aus

Das Naive und das Wirkliche

Arbeiterwohlfahrt und humanitärer Auslandshilfe wurde. Letzte Neigungen zu innerparteilicher Quertreiberei und Sektiererei waren verflogen. Martin Tranmäl, der Form nach Chefredakteur, dem Einfluß nach der erste, maßgebende Mann der Partei, schrieb ich 1938 zum Geburtstag: »Hab' Dank dafür, daß Du vielen von uns die Hoffnung wiedergegeben hast.« Das neue norwegische Programm, das in Vorbereitung war und 1939 verabschiedet wurde, begrüßte ich nun ohne Wenn und Aber; der Marxismus war nicht mehr bindend, keine Klassenpartei mehr stellte sich vor, sondern eine große, demokratische Reformpartei. So widersinnig es klingen mag: Nach den Monaten in Berlin und in Barcelona fühlte ich mich meiner Sache sicher und war nicht länger ein Suchender.

»Wir sollen also entschlossen und klar das Ziel der Verschmelzung mit den aktiven sozialdemokratischen Kräften ins Auge fassen«, forderte ich in einem Rundschreiben, das zu Jahresbeginn 1938 verschickt wurde und so manchen SAPler aufbrachte; denn »aktive sozialdemokratische Kräfte« waren auch und gerade jene Vertreter der Mutterpartei, die wir einst verlassen hatten. In jenem Jahr noch suchte ich Erich Ollenhauer in Paris auf und besprach mit ihm, wie wir die Jugendorganisationen wieder zusammenführen könnten. Die letzten Zuckungen, in denen die Deutsche Volksfront des Heinrich Mann lag, bekümmerten mich kaum noch. Ein paar Jahre zuvor, im Zuge des allgemeinen Volksfrontfiebers, hatten sich deutsche Emigranten, Literaten und Politiker, in Paris zusammengetan; Manifeste waren verabschiedet worden, für die ich Blankovollmacht gab – auch für die Zeit, in der ich in Berlin war. Manifeste, die sich schön lasen, aber doch Papier blieben. Eine Volksfront ohne Volk auf die Beine stellen zu wollen grenzte an Hybris; auch die Annahme, das deutsche Volk warte nur darauf, Hitler und »das deutsche System der Willkür« loszuwerden. Zu meinen, mit den KP-Leuten um Walter Ulbricht gemeinsame Sache machen zu können, war Naivität. Heinrich Mann merkte nicht, was gespielt wurde, und ließ sich mißbrauchen, als 1938 fast nur noch kommunistische Parteigänger oder Stipendiaten mit von der Partie waren und sich das Unternehmen verlief.

Klare Verhältnisse kehrten auch sonst ein. Als ich, gegen Ende dieses schicksalsschweren Jahres 1938, aus Paris zurückgekehrt war, fand ich eine Mitteilung sehr besonderer Art vor: Im *Deutschen Reichsanzeiger* war meine Ausbürgerung aktenkundig gemacht worden, und darüber informierte mich ein Bekannter, der offizielle deutsche Publikationen auswertete. Ich war nicht sonderlich beeindruckt – ausbürgern hieß »entnazen«, hatte Bert Brecht gesagt – und fühlte mich fast erleichtert. Gewiß, man überlegte: Wieso jetzt auf einmal? Waren Spitzel im Spiel? Was folgte daraus? Aber wie andere Ausgebürgerte es von sich erzählten, so dachte ich mir auch: Ist der Nazi-Spuk vorbei, ist auch die Ausbürgerung nichtig.

Spitzel hatten in der Tat Hilfsdienste geleistet und in Paris Zugang zu einem Schließfach gefunden, das Freunde unter französischen Namen hielten und in dem Papiere wie mein abgelaufener deutscher Paß steckten – wieso der, weiß ich immer noch nicht. 1934/35 war ich damit noch gereist, 1936 mit dem frisierten norwegischen Paß und seither mit einem ordentlichen Fremdenpaß. Aus den Pariser Dokumenten wurde im Auswärtigen Amt zu Berlin ein Bericht angefertigt, alles weitere folgte von selbst. Ich war also staatenlos und gedachte es möglichst nicht zu bleiben: Ich beantragte die norwegische Staatsangehörigkeit. Den Nachweis eines fünfjährigen Aufenthaltes im Lande konnte ich führen, nicht hingegen, daß ich Steuern gezahlt hätte, schon gar nicht regelmäßig. Mangels Arbeitserlaubnis durfte ich offiziell nichts verdienen – was ich an Honoraren einnahm, also auch nicht versteuern. Das Justizministerium ließ wissen, man möge sich in einem Jahr wieder melden. Wer hätte 1939 an eine deutsche Besetzung gedacht?

Gedanken im Kriege

Das Jahr 1939 würde ruhiger werden, so schwor ich mir. Ich wollte einmal nicht so viel herumreisen, schon gar nicht auf so belastende Art wie in den drei Jahren zuvor. Ich wollte zur Besinnung kommen und meinem Leben eine gewisse Regelmäßigkeit geben. Im Auftrag des Bildungsverbands hielt ich wieder Vorträge, mit Vorliebe zu außenpolitischen Fragen. Der Arbeit in der Volkshilfe, bei der ich angestellt war, widmete ich viel Zeit und Kraft; schließlich schrieb ich,

Gedanken im Kriege

wie immer, eine Menge Zeitungsartikel und half in der Redaktion des *Arbeiderbladet* aus.

Der Zufall wollte es, daß ich am Sonntag, dem 3. September, den redaktionellen Notdienst versah. Die maßgebenden einheimischen Kollegen waren keineswegs sicher, daß der Überfall auf Polen, zwei Tage zuvor, zum großen Krieg führen würde. Zu sehr hatte man sich an die Nachgiebigkeit der Westmächte gewöhnt, zu tief saß der Schock des Hitler-Stalin-Pakts, als daß jemand mit der Entschlossenheit, vor allem Londons, gerechnet hätte. Als ich im Radio die Rede Chamberlains, des englischen Premiers, gehört hatte und der Krieg erklärt war, rief ich Martin Tranmäl, den Chefredakteur, und Finn Moe, den Verantwortlichen für die Außenpolitik, herbei und wunderte mich dann doch über beider Gemächlichkeit. Wir brachten eine Sondernummer heraus und beruhigten – oder ärgerten? – die Leser mit der Mutmaßung, daß man es mit einer neuen Art von Nervenkrieg zu tun habe. Eine Einschätzung, die ich nicht teilte. Aber mußte ich mich nicht rasch eines anderen belehren lassen? Das Leben ging weiter, fast wie gewohnt, nennenswerte Kriegshandlungen wurden nicht gemeldet; ein Gefühl der Bedrohung kam nicht auf, über Weihnachten und wieder zu Ostern 1940 fuhr ich sogar, wie üblich, in Skiurlaub.

Über »die Kriegsfrage« war im Exil schrecklich viel disputiert worden. Die deutschen Sozialisten unterschiedlichster Schattierungen hatten Nazi-Deutschland über die Jahre hin den Kampf angesagt; wir konnten nicht wollen, daß es den Krieg gewinne; nicht wünschen konnten wir, daß Deutschland als Ergebnis des Krieges untergehe. Nun aber war Krieg, und jenseits allen früheren Prinzipienunsinns, den einige Unentwegte auch jetzt noch verbreiteten, daß man sich aus imperialistischen Kriegen immer und überall herauszuhalten habe, lagen die Fronten offen zutage. Im politischen, nicht im militärischen Sinne wurde ein deutscher Anti-Nazi zum »Kriegführenden« gegen Nazi-Deutschland. Ich brachte, noch im September 1939, meine und meiner Freunde Sicht der Dinge zu Papier. Wir meinten: Selbst eine weiterreichende Zusammenarbeit zwischen Hitler und Stalin werde nicht ausschlaggebend sein. Viel wahrscheinlicher sei in einer kommenden Runde die »Auseinandersetzung zwischen Deutschland und Rußland«.

Daß beide sich auf Dauer verbünden könnten, glaubten wir nicht; dazu bedurfte es keines besonderen Scharfsinns, weder den deutschen Faschismus noch den russischen Bolschewismus betreffend. Die Faszination, die die Sowjetunion auch auf die nichtkommunistische Linke ausgeübt hatte, war verflogen. Spanien und die Moskauer Prozesse reichten weit, Finnland und der Pakt mit Hitler noch weiter. Kein Kalkül, und sei es das des Zeitgewinns, konnte entschuldigen, was wir in den Einzelheiten 1939, 1940 nicht einmal ahnten, von den Gesprächen über die Aufteilung der Welt bis zu Geheimabsprachen, die die Auslieferung einiger deutscher – kommunistischer – Hitlergegner einschlossen. Der Klärung in der linken Emigration bekam der Teufelspakt gut. Die Kommunisten waren, weisungsgemäß, verstummt und hatten den vorletzten Kredit verspielt. In unserem Papier schrieben wir: Wer die Politik Stalins verteidige, könne ein Partner nicht sein. Schön gesagt und für die fernere Zukunft bedeutsam, doch in den Stunden der deutschen Invasion zogen andere Sorgen herauf.

8. April 1940: Die Meldungen des *Dagbladet* verwirrten eher, denn daß sie alarmierten; hundert Kriegs- und Transportschiffe hätten, so hieß es, die dänischen Meerengen mit nördlichem Kurs passiert. Mittags freute ich mich, als das erste Exemplar meines Buches auf dem Schreibtisch lag: *Die Kriegsziele der Großmächte und das neue Europa.* Seine Leser hat es nie erreicht; die kleine Auflage wurde eingestampft, als die Gestapo sich den Verleger vornahm. (Bei Tiden Norsk Forlag erschienen prominente Autoren, zum Beispiel Maxim Gorki, dessen Anschrift die banausenhaften Gestapoleute prompt verlangten.) Abends – die Leuchtfeuer im Oslofjord waren gerade gelöscht und nur die Küstenwacht zu verstärkter Wachsamkeit angehalten worden – sprach ich vor deutschen, österreichischen und tschechoslowakischen Flüchtlingen. Niemand möge überrascht sein, so erklärte ich, wenn sich deutsche Flugzeuge am Himmel über Oslo zeigten. Doch wollte ich es selbst nicht glauben; ich ging nach Hause und legte mich schlafen.

Die Regierung hatte den Kopf in den Sand gesteckt und war darauf bedacht, die Neutralität des Landes zu retten, die sie durch die Westmächte und deren Minenfelder außerhalb der Küste gefährdet sah. In den Noten, die sie am Morgen des 9. April in Kopenhagen

Gedanken im Kriege

und Oslo übergeben ließ, bezog sich die deutsche Regierung auf einen bevorstehenden Angriff der Engländer, die aber wenig mehr als dilettantische Pläne erarbeitet hatten, um im Norden den Transportweg schwedischen Erzes ins Reich abzuschneiden. Im übrigen bedurfte Hitler des Vorwandes nicht, längst und bis in alle Einzelheiten war die »Weserübung« ausgearbeitet.

In den frühen Morgenstunden des 9. April rief mich ein deutscher Bekannter an, der es schon zwei Stunden lang versucht hatte, aber nicht durchgekommen war. In höchster Erregung, kaum seiner Worte mächtig, teilte er mit: Deutsche Kriegsschiffe seien in den Oslofjord eingedrungen, an mehreren Stellen Truppen an Land gegangen.

Durch kombinierten Einsatz von Marine, Luftwaffe und Landungstruppen des Heeres wurden die wichtigsten Küstenstädte binnen Stunden genommen, die Flugplätze und Truppensammelplätze in Überraschungsaktionen besetzt. Einziger Trost, aus der Sicht der Norweger und ihrer Schützlinge: Im Oslofjord wurde die »Blücher«, einer von Deutschlands modernen Panzerkreuzern, durch ein altes, fast schon museumsreifes Geschütz versenkt und das Besetzungsszenario damit durchkreuzt – auch zu meinen Gunsten. Denn unter den 1600 Mann an Bord der »Blücher«, die fast alle ertranken, befand sich ein größerer Stab, der – mit einschlägigen Akten bewaffnet – die rund tausend in Norwegen untergekommenen deutschen Nazigegner unschädlich machen sollte. Ein Einsatzstab der SS traf erst ein, als die meisten bereits nach Schweden entkommen waren.

Norwegen lehnte es ab, sich zu unterwerfen. König, Regierung und Parlament entkamen nach Hamar und untermauerten in Elverum die nationale Einheit; daß die Regierungsgewalt notfalls außerhalb des Landes ausgeübt werden solle, war außer Streit. Ich selbst war noch am 9., zusammen mit Martin Tranmäl und anderen führenden Arbeiterparteilern, aus Oslo entflohen, wo die Besatzungsmacht einen gewissen Quisling sich als Ministerpräsidenten hatte vorstellen lassen. In Elverum angekommen, fanden wir es bereits wieder verlassen; in einem Hotel weiter östlich stieß ich nur noch auf Regierungsakten, die in der Aufregung vergessen worden waren und die ich durch die Polizei sicherstellen ließ. König Haakon hatte zum zweitenmal das deutsche Ultimatum abgelehnt, der Ort wurde bombardiert. Ich tauchte bei Bekannten unter, bis mir klargeworden war, was zu tun sei – nämlich mich von meinen norwegischen Freunden nicht zu trennen. Ich hätte mich nach Schweden absetzen können, wußte aber in jenen Tagen nicht, ob das Sicherheit bedeutet hätte.

Auf meinem Weg zurück ins Landesinnere stieß ich auf Kollegen von der Volkshilfe und – traurige englische Einheiten, die im Abzug begriffen waren. Die Hoffnung auf alliierte Gegenwehr war dahin, und wieder stellte sich die Frage: Was tun? Ich war mit Kollegen in einem Tal an der Westküste gelandet, als die Engländer in See stachen und die norwegischen Streitkräfte kapitulierten. Mit deutschen Kontrollen war jederzeit zu rechnen, und das Tal hatte nur einen Ausweg. Ich folgte dem Rat der Freunde, der sich verwegen anhörte und sich doch als sehr praktisch erwies: Ich stieg in die norwegische Uniform von Paul Gauguin, dem selbst malenden Malerenkel, dessen Mutter Norwegerin war, den ich aus Oslo kannte, in Barcelona näher kennengelernt hatte und den ich nun in der Einsamkeit durch Zufall wiedertraf. Er befand sich bei einer Freiwilligen-, einer so selbst genannten Labskaus-Einheit, in die ich mich nun – vor deren Gefangennahme – einreihte und in der ich andere zuverlässige Bekannte fand; Paul Gauguin wollte sich auf eigene Faust zu Bekannten durchschlagen.

Es kam wie erwartet: Wir wurden allesamt auf Lastwagen nach Dovre transportiert, eine mir schon bekannte ländliche Schule diente als Lager. Über Mittelsmänner konnte ich Kontakt mit Oslo aufnehmen, denn die Sorge war, daß wohlgemeinte Suchaktionen über das Rote Kreuz eingeleitet würden und ich auf diese Weise entdeckt werden könnte. Den Wachmannschaften hatte man eingeschärft, uns gut zu behandeln, weil die Norweger doch auch »Germanen« seien. Ebendeshalb wurden die Gefangenen auch nach wenigen Wochen entlassen, die Bauernsöhne zuerst, in meinem Fall: Mitte Juni. Ich durfte, ausgestattet mit einer Bescheinigung des Kommandanten, Hauptmann Nippus, daß ich Gefangenensold und Verpflegung bis zum Tag der Entlassung erhalten hätte, gratis in meinen »Heimatort Oslo« zurückkehren. Kaum saß ich im Zug, suchte ich den Waschraum auf, zog mir einen Trenchcoat über, den ich vorsorglich im Rucksack bewahrt hatte, und steckte die Soldatenmütze

Gedanken im Kriege

weg. Als ich auf dem Osloer Bahnhof ankam, sah ich wieder wie ein Zivilist aus, doch die Zukunft lag im dunkeln. Wieder hieß es: Wohin?

Ich suchte und fand – mit der Mutter unserer erwarteten Tochter – Unterschlupf bei dem Ehepaar Stang, doch durfte ich die Freunde nicht belasten und entschwand nach einigen Tagen in ein abgeschiedenes Sommerhäuschen am Fjord, das einem Getreuen von der Volkshilfe gehörte. Mein rückständiges Gehalt wurde lockergemacht, so daß ich keine Not litt, mein Aussehen veränderte ich, um bei den unvermeidlichen Gängen nicht aufzufallen, ansonsten lebte ich wie ein Einsiedler einige Wochen in völliger Ungewißheit. Nur ganz wenige Freunde wußten, wo ich steckte, und kamen vorbei. Die Gespräche kreisten immer wieder um die eine Frage nach den Aussichten, die nach dem Überfall auf Frankreich noch düsterer geworden waren. Daß Winston Churchill inzwischen das Ruder übernommen hatte, wußte ich aus dem Radio. Aber was für den Augenblick daraus ableiten? Er selbst versprach seinen Landsleuten nicht mehr als »Blut, Schweiß und Tränen«. Im Radio erfuhr ich auch, daß Roosevelt zur weiteren Präsidentschaft antrat, doch mehr als verhaltene Hoffnung ließ sich daraus nicht schöpfen. Die Einschätzung der Kriegslage mußte sich unmittelbar auf die Entscheidung auswirken, wohin ich mich, ein ausgebürgerter Deutscher und staatenloser Norweger, wenden und wo ich mich nützlich machen könne. In den Untergrund zu gehen schied aus; ich war zu bekannt und hätte leicht auch meine Umgebung in Gefahr gebracht.

Zu Weihnachten 1940 kehrte ich, von Schweden aus, in das besetzte Norwegen zurück; man hatte sich an illegale Grenzübertritte fast schon gewöhnt. Nun war rasch zu erfahren, daß sich in Norwegen die einheimischen Nazis fremd fühlten, nicht aber die Widerständler gegen die verhaßte Besatzung. Man war nicht Feind im eigenen Land. Ohne Bedenken konnte ich mich bei den Eisenbahnern erkundigen, wann und wo mit Kontrollen zu rechnen sei. Nach einer Phase der Resignation im Sommer hatten die Norweger, deren – für abgesetzt erklärter – König Haakon von London aus für sie sprach, der Versuchung entsagt, sich anzupassen oder über Gebühr zu arrangieren; am Ende des Jahres 1940 erlebte ich mit, wie alle Mitglieder des Höchsten Gerichtshofes ihre Ämter niederlegten und öffentlich feststellten, sämtliche durch den Reichskommissar erlassenen Verordnungen würden das norwegische Recht verletzen. Nichts einigte die Norweger mehr als das Gebaren des Reichskommissars und seiner Gehilfen; daß die deutsche Besatzung in Norwegen glimpflicher ablief als anderswo, wegen der sogenannten rassischen Verwandtschaft und weil das Land nun einmal nicht im Brennpunkt des militärischen Geschehens lag, änderte daran nichts. Viele, viele Einzelaktionen mündeten in eine breite Volksbewegung, geistig mehr als organisatorisch zusammengefaßt in jener »Heimatfront«, die mit der Regierung in London in Verbindung und in der von Parteizugehörigkeit wenig die Rede war. Seine Überzeugungen hatte man nicht preisgegeben, doch jeder war zur freiwilligen Einordnung in ein höheres gemeinsames Interesse bereit. Okkupation und Krieg kosteten Norwegen zehntausend Menschenleben.

Anfang August 1940 hatte ich mich auf den Weg nach Schweden gemacht, mit dem Fjorddampfer, mit dem Wagen, mit der Bahn, das letzte Stück, bis zu einem Bauernhof an der Grenze, zu Fuß. Der Bauer, bei dem ich avisiert war, gab mir zu essen und setzte mich auf die richtige Fährte. Ich überschritt die schwedische Grenze, ohne einer deutschen Patrouille in die Arme gelaufen zu sein, stellte mich in der Nähe von Skillingmark einem schwedischen Posten, wurde in ein militärisches Sammellager gesteckt und am nächsten Morgen von der Polizei in Charlottenberg übernommen. Ich benachrichtigte August Spangberg, einen der beiden schwedischen Abgeordneten, mit denen ich 1937 die Maiunruhen in Barcelona durchlitten hatte und der nun prompt kam, um für mich zu bürgen. Bald langte ich in Stockholm an. Ich war ein freier Mann, der zum zweitenmal eine Heimat verloren hatte und zum zweitenmal Exil suchte und es zum erstenmal nicht mehr ausschloß, daß Hitler den Krieg gewinnen könne; ein Deutscher, der nach Norwegen geflohen, und ein Norweger, der nach Schweden entkommen war. Welch eine Erleichterung, äußerlich und innerlich, als die norwegische Exilregierung in London die mir zugesagte Einbürgerung bestätigte und die Gesandtschaft in Stockholm anwies, mir den Paß auszustellen.

Hätte es Hitler darauf angelegt, auch Schweden wäre 1940 überrollt worden. Daß der Kampf einen hohen Preis gekostet hätte, wurde ihm immerhin von seinen Militärs klargemacht; Schweden tat von altersher – die regierende Sozialdemokratie eingeschlossen – einiges für seine Verteidigung; seit die beiden Nachbarn überrollt worden waren, wurde die Anstrengung vervielfacht und das Land mit einem Netz von Befestigungen überzogen. Dennoch sah es 1942 noch einmal sehr bedrohlich aus, und es gab niemanden in Stockholm, der noch Wetten abgeschlossen hätte, daß das Land verschont bliebe. Schweren Herzens ließ ich mich in der amerikanischen Botschaft registrieren, um im Fall der Fälle die Chance auf ein Visum zu haben. Doch ein Visum wäre noch keine Reisemöglichkeit gewesen; ich war im übrigen darauf eingestellt, daß ich auf dem Lande unterkommen und mich als Waldarbeiter verdingen könnte.

Die schwedische Neutralitätspolitik – während des Krieges von einer Allparteien-Regierung betrieben, freilich ohne Kommunisten, mit dem legendären sozialdemokratischen Landesvater Per Albin Hansson an der Spitze – ist oft und zuweilen hart kritisiert worden. Nicht nur norwegische und dänische Flüchtlinge, die leicht reden hatten, auch manche Schweden hielten sie für zu nachgiebig. Mußte es erlaubt werden, daß deutsche Soldaten mit der Eisenbahn über schwedisches Gebiet transportiert wurden? Mußten, wie es in einzelnen Fällen vorkam, deutsch-österreichische Soldaten, die in Finnland desertiert waren, zurück und in den Tod geschickt werden? Die Kette ließe sich verlängern, bis ins Kriegsende hinein, als baltische Flüchtlinge gegen ihren Willen repatriiert wurden. Und dennoch, wer wollte sich anmaßen und bestimmen, daß der Preis der Neutralität zu hoch gewesen sei? Der Druck aus Berlin war stark, sehr stark, und im nachhinein erscheint es mir wie ein Wunder, daß ihm so wirksam standgehalten werden konnte.

Warum hätten nicht auch in Schweden unterschiedliche Interessen wirken sollen? Es gab Kräfte, die nur zu gern eine Politik des Entgegenkommens gesehen hätten. Und es gab Ämter, in denen die eine Hand nicht wußte, was die andere tat, oder die damit beschäftigt waren, anderen Stellen ins Handwerk zu pfuschen. Das bekam ich am eigenen Leib zu spüren, als ich mich, wenige Monate nach der illegalen Visite in Oslo, bei der Ausländerpolizei meldete und meine Aufenthaltsgenehmigung verlängern lassen wollte. Statt eines Routinebesuchs ein tagelanges Verhör: Wo in Norwegen ich mich aufgehalten und wen ich getroffen hätte? Wer uns auf schwedischer

Seite geholfen hätte? Das alles konnte und durfte ich nicht sagen. Ob ich mich für Flugplätze oder Truppenstärken interessiert hätte? Das wußte ich beim besten Willen nicht zu beantworten, mit militärischen Nachrichten hatte ich bei Gott nichts zu tun. Ich hatte nichts zu verbergen, was die Interessen meines schwedischen Asyllandes berührt hätte; im Gegenteil, es waren schwedische Offiziere, die mir über die Grenze geholfen hatten. Was also sollte das alles? Hatte mich jemand beschuldigt, gar denunziert? Wer? Fragen über Fragen, die mir durch den Kopf jagten.

Das Polizeigefängnis war blitzsauber, hell ausgeleuchtet auch nachts. Die Drohung, daß man mich auch nach Deutschland abschieben könne, überhörte ich – durch Bluff ließ ich mich nicht beeindrucken. Ich ahnte nicht, daß einige der schwedischen Sicherheitsbeamten mit der Gestapo zusammenarbeiteten. In jenen Tagen, da man mich hinter Gittern hielt, waren drei Sicherheitspolizisten von einem »Gedankenaustausch« mit Heydrich zurückgekehrt. Hitler hatte doch so manchen Bewunderer gefunden. Warum sollte dort nicht stattfinden, was überall sonst stattfand? Noch im Dezember 1944 wurde ein Inspektor verhaftet und im darauffolgenden April verurteilt, der der Gestapo Auskünfte über deutsche Flüchtlinge zugespielt hatte. Glücklicherweise erst nach dem Krieg erfuhr ich, daß nicht nur Naziagenten mich in Stockholm beschattet, sondern auch schwedische Stellen mein Telefon abgehört hatten.

Mein Gastspiel im Polizeigefängnis ging glimpflich ab. Eine deutliche Intervention der norwegischen Gesandtschaft und der Besuch eines hohen Beamten mögen Eindruck gemacht haben, doch ausschlaggebend war der Einspruch Martin Tranmäls, der ein eigenes Büro in Stockholm führte und bei Sozialminister Gustav Möller vorstellig wurde. Möller und sein Staatssekretär Tage Erlander wachten von Amts wegen über die Flüchtlinge und sorgten für meine umgehende Freilassung. Die Sache hatte ein Nachspiel im Sommer 1941, als ich in jenem Café, das gegenüber der Hauptpost lag, von einem treuherzigen Sicherheitspolizisten aufgestöbert und gefragt wurde: »Verhalten sich der Redakteur nun auch wirklich neutral?«

Über ihrer eigenen Bitternis vergaßen norwegische und dänische Flüchtlinge manchmal, was Schweden ihnen war – nicht nur ein ganzen angenehmes Asyl, sondern Hinterland für den Widerstand und Hilfsquelle für den Wiederaufbau; besonders großzügig zeigten sich die Schweden gegen ihre leidgeprüften finnischen Nachbarn im Osten. Im ganzen lag die schwedische Auslandshilfe, pro Kopf der Bevölkerung, höher als die der USA zu Zeiten des Marshall-Plans.

In das skandinavische Leben brauchte ich mich nicht mehr neu einzuleben. Meine publizistische Tätigkeit, die ich sofort und mit Eifer entfaltet hatte, galt vornehmlich dem Schicksal Norwegens. Artikel ohne Zahl, die in Stockholmer und auch in Provinzblättern erschienen, dienten ebenso wie diverse kleinere Schriften der Aufklärung über das besetzte Land, dessen Bürger ich war; 1942 eröffnete ich, gemeinsam mit einem schwedischen Freund, ein Pressebüro und gestaltete die Arbeit dadurch noch effektiver. Ich schrieb weiterhin norwegisch, sprach es in aller Regel auch. Schwedischer Ausdrücke bediente ich mich nur, wenn Mißverständnisse zu vermeiden waren. Eng verwandte Sprachen haben ihre Fallgruben.

In der schwedischen Sozialdemokratie bekam ich, drastischer noch als in der norwegischen, eine undogmatische und freiheitliche, eine volkstümliche und machtbewußte Bewegung vorgeführt. Die Anschauungen, die ich machte, und die Erfahrungen, die ich sammelte, wirkten um so tiefer, als ich mittlerweile vorbereitet war und von der Welt hinreichend viel gesehen hatte. Die Emigrantenzirkel nahm ich nur noch nebenher wahr, und die eigene Gruppe hielt nicht nur mich immer weniger in Atem. Dabei war ich, nachdem Frankreich überrannt worden und Walcher in die USA geflüchtet war, mit allen Vollmachten für eine Art Geschäftsführung ausgestattet worden. Gebrauch habe ich keinen davon gemacht, im Gegenteil, die Bestrebungen der Stockholmer SAP-Gruppe, in der Landesgruppe deutscher Sozialdemokraten aufzugehen, förderte ich nach Kräften; der Übertritt wurde im Herbst 1944 vollzogen. Seither war ich auch auf diese Weise wieder Mitglied der SPD. Die Sondergruppen, die angetreten waren, die Arbeiterbewegung neu zu erschaffen, hatten sich überlebt, als sich am fernen Horizont Hitlers Ende abzuzeichnen begann. Es war, als hätte es dieser Aussicht bedurft, um die Zeichen auf Einheit zu stellen, auf Einheit diesseits der KP. In London, das seit der großen Flucht aus Paris Zentrum der linken Emigration geworden war, geschah Ähnliches wie in Stockholm; hier hatte Erich Ollenhauer die Zügel in die Hand genommen.

Was wird aus Deutschland? Das Augenmerk war auf diese zentrale Frage gerichtet, seit der alliierte Sieg nur noch eine Frage der Zeit zu sein schien, also spätestens seit Jahresbeginn 1943. Die Kriegs- und Friedensziele hatten mich längst nicht mehr losgelassen, meine Schrift, die in Oslo eingestampft worden war, schrieb ich gleichsam immer aufs neue fort. Zunächst, Sommer 1942, für einen internationalen Gesprächskreis, in dem sich, auf norwegische Initiative hin, Sozialdemokraten aus einem Dutzend Ländern zusammengefunden hatten, aus besetzten ebenso wie aus neutralen, aus alliierten ebenso wie aus Deutschland und mit Deutschland verbündeten. Letzte Reste provinzieller Enge und nationaler Engstirnigkeit wurden hier, in den fruchtbaren Diskussionen dieser Gruppe, abgestreift; aus welcher Ecke der Arbeiterbewegung einer kam, beschäftigte niemanden mehr. Kommunisten waren nicht beteiligt, baten auch nicht darum. Wir nannten uns, seit wir im Juli 1942 zum erstenmal berieten, die »Internationale Gruppe demokratischer Sozialisten«, ich wurde ihr ehrenamtlicher Sekretär. Aus den ersten Tagen dieser »Kleinen Internationale« datiert meine Freundschaft mit Bruno Kreisky. Die vordringliche traurige und dann doch schöne Aufgabe, der wir, die wir aus Deutschland kamen, uns mit Hilfe politischer wie kirchlicher Kontakte verschrieben, lag in dem Versuch, das Leben jener Sozialistenführer zu retten, die in deutschen Lagern steckten – Léon Blum, der Franzose, Koos Vorrink, der Niederländer, Einar Gerhardsen, der Norweger, den ich so gut kannte. Im Sommer 1944 wurde er aus Sachsenhausen in ein Lager bei Oslo übergeführt, in den Stunden nach der Befreiung übernahm er die Ministerpräsidentschaft.

Je schneller sich das Ende des Krieges nähere, so erklärte ich, reichlich kühn, auf jener ersten Zusammenkunft, um so klarer werde, daß nationaler Widerstand und Kampf gegen die Nazis nicht genügten, um Antworten für die Fragen des »Nachher« zu finden. Um drei Themen kreisten fortan die Diskussionen: die Gefahren einer rückwärts gewandten Besatzungspolitik, die Einheit Europas, die Rolle der Sowjetunion. Gerade war man noch, an einen Sieg Nazi-Deutschlands denkend, in tiefer Depression verstrickt, da eröffnete sich einem der Blick in eine Zukunft nach Hitler. Wie hätte man diese Zukunft anders denn rosarot sehen sollen? Immerhin, rea-

Gedanken im Kriege

litätsfern war nicht, was ich im Sommer 1942 zu Papier brachte und der Gruppe vortrug: Ein Bruch zwischen der Sowjetunion und den angelsächsischen Demokratien beschwöre die Gefahr eines neuen Krieges herauf. Am 1. Mai 1943 wagten wir »Friedensziele demokratischer Sozialisten« bekanntzugeben; Schweden nahm das politische Betätigungsverbot für Flüchtlinge nicht mehr ernst. Daß der Krieg militärisch gewonnen werden und politisch verlorengehen könne, war schon jetzt unsere Sorge. Daß die Verheißungen der Atlantik-Charta Wirklichkeit werden mögen, immer noch unsere Hoffnung: Meinungs- und Gewissensfreiheit, Freiheit von Not und Furcht. Wir wollten, daß der Friede auf Vernunft gebaut sei: Die Nachkriegspolitik dürfe nicht von Rache beherrscht, sondern müsse vom Willen zum gemeinsamen Wiederaufbau getragen sein.

Berichte darüber, was im mißbrauchten deutschen Namen in den besetzten Ländern angerichtet wurde, machten die Verteidigung des »anderen« Deutschland nicht leichter. In Schweden richteten sich die Blicke zuerst auf Norwegen, in der zweiten Kriegshälfte auch auf Dänemark. Doch es drangen auch Nachrichten von den Vernichtungsaktionen in Polen, in der Sowjetunion und im Südosten durch. Norwegische Freunde wußten, erschüttert und erschütternd, von den jugoslawischen und russischen Gefangenen zu sagen, die in die Polarregion gebracht und dort zugrunde gerichtet worden waren. Unsägliche Schande legte sich über den deutschen Namen. Ich ahnte, daß uns diese Schande lange nicht verlassen würde.

Die Greuel, auch wenn sie bei weitem nicht in ihrem vollen Umfang bekannt wurden, belasteten außerhalb unseres Zirkels die sachliche Diskussion über die Friedensziele. Eine emotionale Deutschfeindlichkeit begann um sich zu greifen. Sogar ein umgekehrter Rassismus wurde spürbar und fand in dem englischen Lord Vansittart seinen beredten Sprecher; die »angeblich« demokratischen Kräfte des deutschen Volkes nannte er nicht besser als die anderen. Meine eigene Zukunft war nicht notwendigerweise an Deutschland gebunden, doch scharf, sehr scharf dagegenzuhalten, wo Deutschland die Zukunft verweigert ward, empfand ich als selbstverständliche Pflicht. Mein in immer neuen Variationen vorgetragenes Argument: Es habe nicht alles so kommen müssen, wie es kam; niemand werde als Verbrecher geboren; ein Volk habe besondere, aber keine unwandelbaren Eigenschaften; ein schweres geschichtliches Erbe belaste und könne doch überwunden werden. Ich schrieb, daß wir den »Vansittartismus« bekämpften, nicht weil er die Verbrechen von Nazis, Militaristen und Imperialisten anprangere, sondern weil er in konkreten Maßnahmen bedeute, das einfache deutsche Volk zu prügeln und die reaktionären Schichten zu schonen; es gebe weder kollektive Schuld noch kollektive Unschuld. Doch ich vergaß auch den anderen Teil der Lehre nicht: uns auch durch eine Zwangsherrschaft nicht dazu zwingen zu lassen, uns wie Hyänen zu verhalten oder uns mit einem unwürdigen Leben abzufinden.

War es verwunderlich, daß ich aneckte und bald in den Ruf kam, eben doch »nur« ein Deutscher zu sein? Trygve Lie, damals Außenminister der norwegischen Exilregierung, meinte schon 1941, ich sei schlicht »zu deutschfreundlich«. In Stockholm kam ein Brief an, in dem er einen Seitenhieb meinte austeilen zu müssen: Blut sei eben doch dicker als Wasser. Die Kommunisten fühlten sich bemüßigt, noch einen draufzusetzen, mich als »Deutschen mit zweifelhaftem Hintergrund« und »bitteren Feind der Sowjetunion« zu beschimpfen. Ich antwortete mit einem Offenen Brief, den, im August 1943, mehrere schwedische Zeitungen abdruckten: »Ich fühle mich durch tausend Fäden mit Norwegen verbunden, aber ich habe Deutschland – das »andere« Deutschland – niemals aufgegeben. Ich arbeite dafür, daß der Nazismus und seine Verbündeten in allen Ländern zerschmettert werden, damit sowohl das norwegische wie das deutsche Volk und alle anderen Völker leben können.«

Waren es Beschwörungsformeln, wenn wir von dem Selbstbestimmungsrecht der Nationen, in die wir die deutsche wie selbstverständlich einreihten, und von der Einheit des Reiches sprachen? Je näher das Kriegsende rückte, desto mehr verlagerte sich die Diskussion. Ich wurde das bange Gefühl nicht los, daß sich die Zukunft Deutschlands in einem Augenblick verdunkelte, in dem die Befreiung vom nazistischen Joch nahe schien. Als ich am 6. Juni 1944 von der Landung der Alliierten in der Normandie hörte, stiegen mir die Tränen in die Augen. Es war jener Tag, an dem Thomas Mann im fernen Kalifornien notierte, wie groß seine Bewegung sei; nach den Abenteuern der voraufgegangenen Jahre erkannte er eine der »Stimmigkeiten« seines Lebens. Den totalen Zusammenbruch aber habe ich mir auch jetzt noch nicht vorstellen können, insoweit beruhten auch die Überlegungen »Zur Nachkriegspolitik deutscher Sozialisten«, eine Schrift, die ich gemeinsam mit deutschen Freunden in Stockholm herausbrachte, auf Illusionen. So meinten wir, die künftigen Besatzungsmächte vor einem neu auflebenden Nationalismus als einem Hauptproblem warnen zu müssen. »Gegen Nationalismus – für nationale Einheit« lautete die Parole, die ich im selben Jahr in meinem Buch *Efter Segern* – »Nach dem Sieg« – variierte.

Die Verbindungen nach Deutschland waren im Laufe der Kriegsjahre immer dünner geworden, doch abgerissen waren sie nie. Schwedische Seeleute, die wir über die Transportarbeitergewerkschaft kannten, nahmen schwere Risiken auf sich, um die Linien, die in den Untergrund von Bremen führten, bis zum Kriegsende zu halten. Wir verfügten also nicht nur über Informationsquellen, sondern konnten auch manche Hilfe leisten. Und Bremen war nicht der einzige innerdeutsche Anknüpfungspunkt.

Ein deutscher Geschäftsmann, der aus Oslo nach Stockholm geflüchtet war, brachte mich, 1942 oder 1943, mit mehreren Persönlichkeiten des deutschen Widerstands zusammen. Einer von ihnen: Theodor Steltzer, Leiter des Transportwesens im Stabe des Generalobersten von Falkenhorst, des deutschen Oberbefehlshabers in Norwegen. Der frühere Landrat gehörte zum Kreisauer Kreis, den Helmuth James Graf von Moltke gebildet hatte. Wie dieser war er kein Anhänger eines von anderen Mitgliedern der Opposition befürworteten Attentats gegen Hitler, unterstützte aber mit Mut und ohne persönliche Rücksicht den Widerstand. Er erklärte mir von vornherein, an einem denkwürdigen Abend in Stockholm, daß er keine Fragen zu besprechen wünsche, die ihn als Offizier in einen Gewissenskonflikt treiben könnten, was ich respektierte. Aus seiner Grundhaltung und seinen engen Beziehungen zur Norwegischen Kirche machte er keinen Hehl. Daß er manches getan und Härten der Besatzungspolitik zu lindern gesucht hatte, war mir bekannt. Als er nach dem 20. Juli verhaftet und zum Tode verurteilt worden war, rettete ihn die Intervention einflußreicher skandinavischer Stellen, die sich Himmlers finnischen Masseurs bedienten; Himmler selbst kommentierte: »Später hängen wir sie doch alle auf.« Der noble Theodor Steltzer war nach dem Kriege Mitbegründer der Christlich-

Demokratischen Union in Berlin und wurde erster, ernannter Ministerpräsident Schleswig-Holsteins.

Theodor Steltzer hatte mich eingeweiht in die Gedankengänge der maßgebenden oppositionellen Kräfte im Reich. Zum erstenmal – nach zehn Jahren – hörte ich wieder von Julius Leber und der zentralen Stellung, die er unter den Berliner Verschwörern einnahm. Ich bat, Leber zu grüßen, und sollte bald sicher sein, daß der Gruß angekommen war.

Der Emissär, der an jenem Junivormittag 1944 zu mir kam, war der Legationsrat Adam von Trott zu Solz. Ein Mann der Schwedischen Kirche hatte mich zuvor angerufen und gefragt, ob er mit einem Bekannten vorbeikommen könne. Er kam, empfahl mir seinen Begleiter und verabschiedete sich sofort. Der große, selbstsichere Mittdreißiger mit dem fast kahlen Kopf stellte sich vor und sagte: »Ich bringe Ihnen Grüße von Julius Leber. Er bittet Sie, mir zu vertrauen.« Durfte ich sicher sein? Leber hatte einen Hinweis mitgegeben, der mir nichts sagte und mit einem Glas Rotspon zu tun hatte, das an einem bestimmten Tag des Jahres 1931 – ich hätte einen bösen Schnupfen gehabt – im Lübecker Ratskeller getrunken worden sei. Es war dreizehn Jahre her; ich konnte mich nicht erinnern und mußte nachfassen, ob ich es tatsächlich mit dem zu tun hatte, der mir doppelt empfohlen worden war.

Adam von Trott, weltläufiger Sohn eines preußischen Kultusministers, Wähler der SPD, ohne, wie er gestand, mit all deren Eigenheiten identifiziert werden zu wollen, ergänzte mein Bild vom deutschen Widerstand und von jenen Menschen, die über alle Unterschiede hinweg die Überzeugung teilten, daß der deutschen Schande und dem europäischen Elend ein Ende bereitet werden müsse. Aufregend neu war sein Fingerzeig, daß das Attentat bevorstehe. Die Struktur einer neuen Regierung, so erfuhr ich, sei weithin festgelegt, es könne aber noch eine »fortschrittliche Korrektur« geben und auf Leber eine noch wichtigere Aufgabe als die des Innenministers zukommen; Leber war vier Jahre lang durch Gefängnis und KZ geschleift worden, bevor er sich 1937 in Berlin niederließ und als Kohlenhändler tarnte. Daß er selbst, nach der Verhaftung des Grafen Moltke, außenpolitischer Berater des Obersten Stauffenberg geworden war, behielt Trott für sich, auch daß er Staatssekretär des Äuße-

Gedanken im Kriege

ren werden solle. Doch in sachlich-sorgenvoller Offenheit und unter Berufung auf Leber erörterte er, ob die Alliierten einer neuen deutschen Regierung eine Chance geben würden.

Wie Leber – und anders als Carl Goerdeler, der an die Spitze der Umsturzregierung treten sollte – ging Trott davon aus, daß sich die Besetzung ganz Deutschlands kaum noch werde vermeiden lassen und es nicht mehr sinnvoll sei, den Krieg für einen »gerechten« Frieden weiterzuführen. In unserem zweiten Gespräch vermittelte er mir den Eindruck, daß er es nicht mehr vernünftig fände, etwas zu unternehmen. Ob nicht »die anderen«, die Nazis, die volle Verantwortung für die totale Niederlage übernehmen müßten? Im nachhinein reimte ich mir zusammen: Es war die Reaktion auf entmutigende alliierte – genauer: britische – Nachrichten, die er in Stockholm erhalten hatte. Sie besagten: Wenn die Widerständler die Welt von Hitler befreiten und eine provisorische, nichtnazistische Regierung zustande brächten, könnten vielleicht Verhandlungen aufgenommen werden – in entgegenkommenderem Sinn als in Casablanca vorgesehen. »Casablanca« stand, seit dem Treffen zwischen Roosevelt und Churchill zu Jahresbeginn 1943, für die bedingungslose Kapitulation.

Warum war Trott zu mir gekommen? Erstens, er fragte, ob ich mich der neuen Regierung zur Verfügung stellen und einstweilen für eine noch näher zu bestimmende Aufgabe in Skandinavien ausharren wolle. Ich durfte sicher sein, daß auch Leber diese Frage an mich richtete, und antwortete ohne Zögern mit Ja. Zweitens, er wünschte, im Einverständnis mit Leber wie mit Stauffenberg, daß ich ihm zu einem Gespräch mit der Gesandtin Alexandra Kollontai verhelfe, das sowjetische Verhalten nach einem Umsturz in Berlin betreffend. Ich traute es mir zu und bejahte. Zwar war ich der eigenwilligen Dame nur einmal begegnet, doch Martin Tranmäl kannte sie gut und war sofort zur Vermittlung bereit.

Daß die zur Revolte entschlossenen Offiziere und die mit ihnen verbündeten Politiker einen Separatfrieden mit den Westmächten angestrebt hätten, um hernach gemeinsam den Krieg gegen die Sowjetunion weiterzuführen, gehört zu den vielen Legenden, die sich um den 20. Juli gerankt haben. Nicht nur daß sich im Westen niemand dazu hergegeben hätte, Leber und Stauffenberg waren überzeugt, daß das nachhitlersche Deutschland nicht zwischen den Mächten in West und Ost schaukeln oder gar mit ihnen spielen dürfe. Leber hatte Trott mit auf den schwedischen Weg gegeben: Er dürfe sich auf nichts einlassen, was aussehe, als sollten die Verbündeten auseinandergebracht werden. Die einzige Chance liege im Sturz des Tyrannen mit einem anschließenden offenen Waffenstillstandsangebot. Trott selbst ergänzte: Schon weil Deutschland in der Mitte liege, könne es sich nicht ausschließlich mit dem Westen und gegen Rußland verständigen.

Leber und Stauffenberg. Beide hätten es begrüßt, wenn die Westmächte nach ihrer Invasion in Frankreich deutlicher und schneller durchgebrochen wären. Der Krieg sei verloren, und es gehe nur noch darum, ob Europa und dem eigenen Volk Leid und Zerstörung erspart bleiben könnten. Lebers engste militärische Freunde hätten, so erzählte es mir seine Witwe Annedore, mit dem Gedanken gespielt, den Alliierten Hinweise zuzuspielen – um zu einem rascheren Kriegsende beizutragen.

Als ich zwei Tage nach unserer Verabredung erneut mit Trott zusammentraf, bat er mich dringend, den Kontakt zur sowjetischen Mission nicht zu verfolgen. Er habe gehört – ich vermutete: von seinem Vertrauensmann in der deutschen Botschaft –, daß es bei den Sowjets in Stockholm eine undichte Stelle gebe. Zudem beunruhigte er sich, weil Gerüchte über seinen Aufenthalt in Umlauf seien. Inzwischen weiß man, daß ein Beamter aus Ribbentrops Ministerbüro schon 1943 Sondierungsgespräche in Stockholm geführt hatte, mit dem Legationsrat Wladimir Semjonow, und daß zu guter Letzt auch Himmlers Apparat, so drückte es ein Oberst aus, »eine lose Kontaktaufnahme mit Rußland« via Stockholm suchte. Ich wußte von all jenen Gerüchten nichts, akzeptierte aber Trotts Wunsch sofort. Wir nutzten die Stunden zu einem Meinungsaustausch, ich rechne ihn unter die anregendsten und belastendsten, die ich während der Kriegsjahre hatte.

Adam von Trott wurde fünf Tage nach dem 20. Juli verhaftet und einen Monat später hingerichtet. Julius Leber war am 5. Juli festgenommen worden, nach einem Gespräch mit zwei KP-Leuten, das Stauffenberg gebilligt hatte; beide hatten die Last der künftigen Regierung berechnet und darauf gehalten, die Kommunisten wenn nicht einzubinden, so doch ruhigzustellen. Annedore Leber erfuhr von Oberst Stauffenberg, daß die Verhaftung des Freundes ihm Ansporn sei, das Attentat nun auf jeden Fall zu wagen. Julius Leber schwieg, trotz schlimmster Mißhandlung. Erst als seine Frau und seine beiden Kinder in Sippenhaft genommen werden sollten, machte er Aussagen, doch vermied er es, andere als sich selbst zu belasten. Blutrichter Freisler nannte ihn die »stärkste Erscheinung am politischen Firmament des Widerstandes«. Im Oktober 1944 wurde er zum Tode verurteilt. Doch die Henker schonten ihn, vielleicht um ihn als Geisel zu halten. Erst die Ardennen-Offensive und die irrige Annahme, Hitler könne den Krieg doch noch gewinnen, brachte die tödliche Entscheidung. Anfang 1933 hatte er in Lübeck gesagt: »Wenn es gilt, um die Freiheit zu kämpfen, fragt man nicht, was morgen kommt.« Bevor der Henker am 5. Januar 1945 seinem Leben ein Ende setzte, ließ er seine Nächsten wissen: »Für eine so gute und gerechte Sache ist der Einsatz des eigenen Lebens der angemessene Preis. Wir haben getan, was in unserer Macht gestanden hat. Es ist nicht unser Verschulden, daß alles so und nicht anders gekommen ist.«

Nicht einmal vier Monate später, und Julius Leber wäre ein freier Mann gewesen. Und ein sozialdemokratischer Parteiführer, der das Zeug zum Kanzler ganz gewiß gehabt hätte. So, wie er war – weltoffen und wagemutig, charismatisch und machtbewußt.

Am Rande des Lebens

1. Mai 1945. Am Abend feiert unsere Internationale Gruppe mit schwedischen Freunden. Sigurd Hoel, der norwegische Schriftsteller, Vilmos Böhm, fast schon ungarischer Botschafter, und Professor Gunnar Myrdal halten Ansprachen. Ich trage eine Resolution vor: »Wir, die sozialistischen Flüchtlinge, möchten der schwedischen Arbeiterbewegung und dem schwedischen Volk Dank sagen für die Gastfreundschaft, die wir gefunden haben. Wir wollen danken für die Hilfe, die Schweden den Opfern des Krieges gewährt hat.« Ich habe noch nicht geendet, als mir eine Agenturmeldung herauf-

gereicht wird, die ich an die Versammelten weitergebe: »Liebe Freunde, jetzt kann es sich nur noch um Tage handeln. Hitler hat sich durch Selbstmord der Verantwortung entzogen.« Wir gehen in tiefer Bewegung auseinander.

Der Regierung in Stockholm und dem schwedischen Roten Kreuz war für eine Aktion zu danken, durch die in letzter Stunde 20 000 Gefangene aus deutschen Lagern gerettet worden waren. 7000 Dänen und Norweger und 13 000 Franzosen, Polen und Tschechen, oft jüdischer Herkunft. Die Aktion mit den legendären Weißen Bussen, die die Geretteten nach Schweden brachten, war im Februar zwischen dem Grafen Folke Bernadotte und Himmler, an persönliche Vorsorge denkend, verabredet worden; Bernadotte, der im Herbst 1948 in Jerusalem zu Tode kommen sollte, bediente sich der Vermittlung des finnischen Masseurs. Ende April waren die Norweger in Schweden eingetroffen. Wie fand ich die Freunde wieder! Arnulf Överland. Trygve Bratteli. Halvard und August Lange. Olav Brunvand. Die am meisten durchgemacht hatten, sprachen als erste über Gebote der Vernunft und Erfordernisse der Zusammenarbeit. Der Leidensweg an der Seite deutscher Schicksalsgefährten hatte Rachegelüste nicht aufkommen lassen.

Himmler hatte ein letztes Treffen mit Folke Bernadotte am 23. April in Lübeck. Er möge, so das Ersuchen, die Westmächte von seiner Kapitulationsbereitschaft unterrichten. Davon erfuhr ich einige Tage später – in einer vertraulichen Mitteilung aus dem Außenministerium. Konnte es eine aufregendere Nachricht geben? Einen deutlicheren Fingerzeig, daß das Ende herangekommen war? Meine Freunde und mich ließ auch die Frage nach dem Schicksal Norwegens nicht mehr los. Waren die Besatzer hinreichend demoralisiert? Oder wollten sie es zu einem Endkampf kommen lassen, der schrecklich werden würde? Was hing nicht von der Antwort ab. Ich wollte es wissen und griff zu einem ungewöhnlichen Mittel.

Am Abend des 28. April, einem Sonntag, bestellten wir im Pressebüro eine Leitung nach Oslo, ins Reichskommissariat im Storting. Die Verbindung kam, ganz ungewöhnlich, zustande, und ich wurde deutlich: »Ich möchte den Herrn Reichskommissar sprechen, und zwar sofort.« Woraufhin ich nach Skaugum weiterverbunden wurde, der Residenz des Kronprinzen am Oslofjord, die Terboven bezogen hatte. Den hörte ich noch fragen, wer ihn sprechen wolle, dann meldete sich »Wohnung Reichskommissar« und: »Hier Obergruppenführer Rediess«. In der Aufzeichnung, die ich über das Gespräch anfertigte, heißt es:

Brandt: »Wir hatten vor einer halben Stunde ein Gespräch mit Konsul Stören – einer Art Außenminister in der Quisling-Regierung – und fragten ihn, ob in Oslo über eine Änderung des gegenwärtigen Zustands verhandelt werde. Wir möchten von autoritativer Seite eine Äußerung.«

Rediess: »Dazu kann ich sagen, daß das nicht zutrifft.«

Brandt: »Das trifft nicht zu? Es sind keinerlei solcher Verhandlungen vorgesehen?«

Rediess: »Also warten Sie offizielle Verlautbarungen ab.«

Brandt: »Es wird hier auch davon gesprochen, daß die Freilassung der politischen Gefangenen in Norwegen bevorsteht.«

Rediess: »Soweit zwischen dem Reichsführer SS und dem Grafen Bernadotte besprochen, ist das in Vorbereitung.«

Brandt: »Aber es ist noch nicht mit unmittelbarer Durchführung zu rechnen?«

Rediess: »Doch. Doch.«

Brandt: »Ist aufgrund der Ereignisse in Deutschland eine Verlautbarung der Besatzungsbehörden in Oslo zu erwarten?«

Rediess: »Nein. Ist das klar, ja?«

Damit verschwand der Obergruppenführer aus der Leitung, und wir wußten Bescheid. Ein Endkampf würde Norwegen erspart bleiben. Am 8. Mai sprengt Terboven den Bunker, die Leiche Rediess', der sich eine Kugel durch den Kopf gejagt hatte, und sich selbst in die Luft. Am 9. Mai ist Norwegen frei. Am Tag darauf bin ich unter den ersten, die mit dem Zug nach Oslo fahren können. Ich berichte für die schwedische Presse über das befreite Nachbarland und stelle fest, daß manche Besatzer noch über Wochen »Heil Hitler«-Befehle unterzeichnen und sich auch sonst aufführen, als sei nichts geschehen. Einer von ihnen ist der Marine-Richter Hans Filbinger, dem weniger anzulasten war als vielen anderen und der dann doch Jahre danach an seiner Selbstgerechtigkeit scheitert.

Von Mai bis August pendelte ich zwischen Oslo und Stockholm hin und her. Im September sagte ich mehreren skandinavischen

Blättern zu, über den Kriegsverbrecherprozeß in Nürnberg zu schreiben. Das Angebot hatte ich mir nicht zweimal machen lassen. Welch eine Chance, so schnell mit der deutschen Wirklichkeit konfrontiert zu werden.

Es war nicht leicht, von Oslo wegzukommen, auch mit norwegischem Paß und alliierter Beglaubigung nicht. Die Akkreditierung als »Kriegskorrespondent« für Nürnberg erhielt ich mit den Reisepapieren von der britischen Botschaft und buchte auf einem Transportflugzeug der Royal Air Force, das Diplomaten und andere Zivilisten an Bord nahm. Der Flug wurde in Kopenhagen unterbrochen und ging anderntags nach Bremen weiter; ich kam im Presseklub der Amerikaner unter.

Bremen. Eine Stadt am Rande des Lebens. »Ein ausgebranntes Kraterfeld« nannte ihr Bürgermeister sie, mit einem Hafen, der keiner mehr war. Wie hätte sich einer das Ausmaß der Zerstörung vorstellen können, die Beispiellosigkeit des Zusammenbruchs, der nun bald ein halbes Jahr zurücklag und dessen Ausmaß ich in der amerikanischen Enklave an der Weser zu erfassen suchte! Aber war nur niederdrückend, was ich sah? Die Aufräumarbeiten kamen sichtbar voran. Verkehrs- und Versorgungsbetriebe hatten, in kleinem Umfang, aber immerhin, zu arbeiten begonnen. Die Menschen, die ich traf, abgerissen und unterernährt, wirkten nicht, als sei ihr Zukunftswille gebrochen. Bremen war eine Stadt am Rande des Lebens, in der sich Leben wieder regte, auch Lust am Leben. In jenen Septembertagen habe ich erfahren, wie eng menschliches Elend und menschliche Größe beisammen liegen und daß das Vergessen Fluch und Segen umfaßt.

Was wäre diese Stadt, um die Hitler zwölf Jahre lang einen Bogen gemacht hatte, ohne ihren ungewöhnlichen Bürgermeister gewesen? Wilhelm Kaisen war 1933 aus dem Senat verjagt worden, er hatte sich, immerhin Pension beziehend, auf seine Siedlerstelle vor den Toren der Stadt zurückgezogen und das Ende abgewartet. Im Sommer 1945 holten ihn die Amerikaner vom Feld, betrauten ihn zunächst mit seinem alten Amt des Wohlfahrtssenators und setzten ihn dann als Bürgermeister ein. Was wäre 1945 aus Deutschland geworden ohne die in sich ruhenden, zuversichtlichen und zupackenden Männer, wie Wilhelm Kaisen einer war?

Er empfing mich im Rathaus. Und ich stand Rede und Antwort, was draußen gewesen sei, wie es jetzt in der Welt aussehe, was man für Deutschland zu erwarten habe. Dann sagte er, ohne weiteren Übergang: »Du hast deine Mutter lange nicht gesehen. Du mußt wohl erst mal nach Hause.« Aber wie? Meine Travel Order galt nur für Nürnberg, nicht für die britische Zone. Darauf er: Das solle ich seine Sorge sein lassen. Er werde mit dem amerikanischen Kommandanten reden. Im übrigen gebe er mir seinen Dienstwagen, einen Horch, für Benzin würden die Amerikaner sorgen.

Die Fahrt nahm einen Tag. Als ich ankam, war es dunkel. In der zerbombten Stadt – ich dachte an Heinrich Mann – fand ich mich nicht mehr zurecht, und es dauerte, bis ich endlich vor der Tür in der Vorrader Siedlung stand, wo niemand den Besucher erwartete. Zehn Jahre war es her, seit ich meine Mutter in Kopenhagen getroffen hatte. Und welche zehn Jahre. Jahre auch, in denen sie meinetwegen manche Schikane erlitten hatte, Durchsuchungsaktionen und eine Polizeihaft. In der Zwischenzeit waren einige Briefe gewechselt worden, die ich hatte in Deutschland aufgeben lassen, ein paarmal hatte ich Grüße überbringen lassen können, mehr nicht. Die schwerblütige Natur der Mecklenburger erleichterte das Wiedersehen, das viele Worte nicht vertragen hätte. Erst als die Aufregung sich legte und die Freude, einander gesund wiedergefunden zu haben, einkehrte, tauschten wir uns aus – über unsere Erfahrungen, über die Verbrechen der Nazis und was man davon gewußt habe.

Meine Mutter wie ihr Mann, beide unbezweifelbare und unerschütterliche Nazi-Gegner, gaben vor, von Massenvernichtung keine Ahnung gehabt zu haben. Zu fühlen, was in ihnen vorging, war nicht schwer. Es war die Anschuldigung, daß alle Deutschen Mörder seien, die auf ihnen lastete und die sie nicht tragen wollten. Ich fand bestätigt, wie zerstörerisch die These von der Kollektivschuld war. Erschrocken von dem Ausmaß der Anklage, flüchteten viele in Ausreden und suchten den Umfang der Verbrechen herunterzureden. Oder war es Angst zu fragen, was hätte geschehen sollen, hätte man mehr gewußt oder sich eingestanden, was man wußte? Als die Scheu gewichen war, sprudelte es aus ihnen heraus, was sie selbst gesehen, was Soldaten von der Ostfront berichtet hatten.

Die Fähigkeit des Menschen, sich blind zu stellen, ist nahezu unbemessen und gilt nicht nur für die Deutschen, die im Land geblieben waren. Es ist eine der wesentlichen Einsichten, die der Nazismus und auf andere Weise der Stalinismus vermittelt haben. Auch in Stockholm wußten wir nicht alles, bei weitem nicht, aber einiges. Wir äußerten uns auch zum Aufstand im Warschauer Ghetto wie zum Warschauer Aufstand insgesamt, als die sowjetischen Soldaten jenseits der Weichsel stehenblieben. Gegen Ende 1942 oder zu Beginn 1943 hatte mir der polnische Sozialist und Gesandte der Exilregierung, Karniol, einen knappen Bericht über Vergasungen in Kraftwagen vorgelegt; er war ihm aus dem Untergrund zugegangen. Ich verfertigte eine Meldung für ein New Yorker Nachrichtenbüro und gab sie in unseren kleinen Kreis hinein, in dem wir in aller Offenheit alles besprachen. Aber zu besprechen war nichts. Fritz Tarnow, der bedeutende Gewerkschaftler, der einst die Holzarbeiter geführt und noch zu guter Letzt, als Rufer in der Wüste, Arbeitsbeschaffungsprogramme gefordert hatte, wehrte entschieden ab: An die Richtigkeit des Berichts zu glauben, weigere er sich, denn »so etwas machen Deutsche denn doch nicht«. Seine Vermutung, die nur zu gern aufgegriffen wurde: eine Wiederbelebung der Greuelpropaganda aus dem Ersten Weltkrieg. Das Buch unseres gemeinsamen Freundes Stefan Szende, *Der letzte Jude aus Polen,* geschrieben und erschienen kurz vor Kriegsende, enthielt, der Titel sagt es, alles Wesentliche. Und fand kein Echo.

Was war Schuld? Was Verantwortung? Wo wird aus Mitwisser- eine Mittäterschaft? Der Nürnberger Kriegsverbrecherprozeß half, die Begriffe zu klären. Schuldig nannte ich die Nazis, genauer: ihren harten Kern – eine runde Million; die Schuld wollte ich individuell festgestellt wissen. Die Nazi-Gegner nannte ich nicht schuldig, auch nicht die große Masse der mehr oder weniger Indifferenten. Doch daß sie alle Verantwortung trügen und in die Zukunft hineintragen müßten, daran konnte es keinen Zweifel geben: »Diejenigen, die sich nicht schuldig fühlen und an den nazistischen Verbrechen nicht schuld sind, können – wenn sie in diesem Volk weiterarbeiten und es besser machen wollen – sich trotzdem nicht den Konsequenzen einer Politik entziehen, der sich anzuschließen ein allzu großer Teil desselben Volkes bereit gewesen ist.« Mit besonderer Nachsicht beurteilte ich die in der Hitler-Jugend Aufgewachsenen: Die schlimmsten Na-

Am Rande des Lebens

zis gebe es nicht unter denjenigen, »die sozusagen in den Nazismus hineingewachsen sind, sondern unter denen, die bereits Nazis waren, als Hitler an die Macht kam«. Ich verallgemeinerte und befand: »Es wäre entsetzlich, aber einfach, wenn die Deutschen als solche Verbrecher wären.« Besondere Umstände hätten sie zu Werkzeugen – und Opfern – des Nazismus werden lassen. Ich stellte solche Betrachtungen während der Prozeßmonate in Nürnberg an und veröffentlichte sie 1946 in Oslo: *Forbrytere og andre tyskere*. Der Titel – »Verbrecher und die anderen Deutschen« – hat schreckliche Verwirrung gestiftet. Es war der Titel eines Buches, das die Mehrheit der Deutschen gegen die Minderheit der Verbrecher in Schutz nahm.

Ich war von Bremen über Frankfurt nach Nürnberg gereist und hatte, wie alle anderen akkreditierten Journalisten, auf dem Schloß der Bleistift-Dynastie Faber-Castell ein Feldbett-Quartier gefunden. Der Prozeß, den ich allen Schwächen zum Trotz für nützlich hielt, begann am 20. November 1945 und endete am 1. Oktober 1946. Ich schrieb unermüdlich, aber mehr als einmal war ich nahe daran, zu berichten wie jener amerikanische Kollege, der nach Hause telegrafierte: »Ich kann nicht mehr, habe keine Worte mehr.« Die Auftritte der Angeklagten weckten zusätzliches Entsetzen; einzig Albert Speer bekannte sich zu seiner Verantwortung. In seinem Schlußwort erklärte er etwas von jenem Mechanismus, der den Technokraten zum Werkzeug des schlechthin Bösen werden läßt.

Die Greuel, die einem in Nürnberg nahegebracht wurden, führten die stärkste Natur an den Rand seelischen Zusammenbruchs – und darüber hinaus. Wie anders hätte die Zukunft in den Blick genommen werden sollen? Der Gegensatz zwischen den Westmächten und der Sowjetunion warf düstere Schatten über den Prozeß und zog den Beobachter in seinen Bann. Was würde aus den Deutschen, wenn die Anti-Hitler-Koalition zerfiel? Daß sie arbeiten wollten, arbeiten, um zu überleben, davon hatte ich mich in jenem Winter immer mehr überzeugt. Würden sie die Chance erhalten? Oder mußte gar mit einem dritten Krieg gerechnet werden, wie ich es, in einer Art Geisterbeschwörung, in Stockholm zu Papier gebracht hatte? Eine solche Entwicklung zu verhindern, würden, schrieb ich aus Nürnberg an Freunde im Norden, die »ureigenen Interessen« gebieten. Und fügte hinzu: Eine einseitige Westorientierung sei mit der Wiederherstellung der deutschen Einheit nicht zu vereinbaren; einen einheitlichen Staat werde es nur nach Verständigung mit allen Siegermächten geben. Auch dies eine Beschwörungsformel? Wer glaubte noch an die Einheit der Alliierten? Das Ansehen der Sowjetunion war rapide gesunken. In der Bevölkerung wuchs, immer aufs neue genährt, die Furcht vor den »Russen«. Die gewaltsame kommunistische Gleichschaltung in ihrer Zone blieb dem, der Augen hatte zu sehen und Ohren zu hören, nicht verborgen. Und dann das Freiheitsringen der Berliner Sozialdemokraten, das ich, Frühjahr 1946, empört und fasziniert in einem, verfolgte und das sich als ein sehr eindringliches Lehrstück über die Nachkriegswirklichkeit entpuppte.

Und was würden die Vereinigten Staaten tun? Daß in Amerika am klarsten definiert worden sei, worum der Kampf gegen Nazi-Deutschland gehe, hatte ich schon 1944 – in *Efter Segern* – bekundet und gemeint: »Daß Amerika sich aus Europa zurückzieht, geht nicht an.« In den Monaten von Nürnberg überschnitten sich viele Linien, intellektuelle und emotionale, solche der Vergangenheitsbewältigung und solche der Zukunftsbetrachtung, politische und sehr persönliche. Die Bindung an Deutschland empfand ich als eng, noch enger, als ich es mir hatte träumen lassen. Über meine eigene Zukunft, ob es eine norwegische oder eine deutsche werden würde, hätte ich in diesem Frühjahr trotzdem keine Wetten angenommen. Ein norwegischer Freund, mit dem ich mich austauschte, sah voraus: Ich würde nach Berlin gehen. Er kannte mich gut genug, um zu wissen, daß ich ohne Politik nicht würde leben wollen. Politik in Norwegen betreiben wollen hätte sinngemäß für mich, der ich nicht im Lande geboren war, bedeutet, daß ich erst mal für einige Jahre auf dem Land leben und mich als Bauer bewähren müßte. Weit nach vorn hätte ich auch dann nicht gelangen können.

Am 20. Mai 1946 hielt ich in Lübeck eine Versammlung ab – das Thema: »Die Welt und Deutschland« – und berichtete darüber nach Oslo: Ich sei sehr herzlich begrüßt worden, »und die Genossen möchten gern, daß ich dorthin komme. Vielleicht tue ich das auch noch.« Darüber sprach ich im Laufe des Sommers mit Theodor Steltzer, der nun in Kiel residierte. Er wollte wissen, ob ich in Lübeck zur Verfügung stünde; in diesem Fall mache er den amtierenden Bürgermeister, Otto Passarge, zum Polizeichef des Landes. Lübekker Sozialdemokraten fuhren nach Hannover, wo Kurt Schumacher die SPD wiederbegründet und mit eiserner Hand und ergebenen Helfern auf Kurs gebracht hatte. Und wo ich, Parteitag Mai 1946, selbst gewesen war, ohne daß sich eine Perspektive gezeigt und ich das Gefühl bekommen hätte, ich würde erwartet.

Wog die linkssozialistische Vergangenheit zu meinen Lasten? Kaum, denn andere Mitglieder früherer Sondergruppen standen längst in Ansehen und wurden gebraucht. Im übrigen hatte Schumacher noch 1945 eine Übereinkunft geschlossen, stellvertretend mit drei Abweichlern – Otto Brenner, Willi Eichler, Erwin Schoettle–, daß die Zugehörigkeit zu den Gruppen und zur SAP als durchgehende sozialdemokratische Mitgliedschaft gerechnet würde. Und tatsächlich verlockte diese Vergangenheit niemanden zu einer spitzen Bemerkung. Zwischen Sozialdemokraten und Kommunisten gab es keinen Raum mehr und keine Illusionen. Man war hierhin gegangen oder dahin, wie Jacob Walcher, der sich noch im amerikanischen Exil für den Osten entschieden hatte und folgerichtig in der SED landete. Er suchte noch, mich zu bereden, holte sich aber, in den Tagen nach der sowjetischen Zwangsvereinigung von SPD und KPD, eine deutliche Abfuhr. Entscheidend sei, so schrieb ich ihm, daß die Einheit »mit undemokratischen Mitteln und teilweise sogar mit gewalttätigen Methoden vorangetrieben worden ist«. Die demokratischen Grundrechte und die Demokratie innerhalb der Arbeiterbewegung seien »nicht Fragen der Zweckmäßigkeit. Sie sind grundsätzliche Fragen erster Ordnung.«

Die gutmütigen Lübecker also wollten den Segen der Führung – für den »Nachfolger von Julius Leber«. Das hätten sie besser nicht gesagt. Leber und Schumacher hatten sich schon vor 1933 nicht gemocht. Nach dem Krieg tat er, der überlebt hatte, einiges, damit der Name dessen, der den Tod nicht gescheut hatte, nicht über Gebühr wachgehalten werde. Kurt Schumacher, von seinem Martyrium gezeichnet, stützte seine Macht in der Partei auf jene übergroße Mehrheit der Sozialdemokraten, die 1933 Abwartestellung bezogen hatte, sich nicht anpassend, sich nicht auflehnend, und die nicht dauernd an die Heroen des Widerstands erinnert werden mochte. Und erst recht nicht verstehen wollte, daß einer den Bund auch mit konservativen Kräften gesucht hatte. Auch der Schumacher-Vertraute Andreas Gayk, der energiegeladene Kieler Oberbürgermeister und Chef der schleswig-holsteinischen Sozialdemokraten, mischte sich ein. Ich hörte ihn sagen, der demokratische Sozialismus müsse aus Not und Leid neu geboren werden. Sollte ich mich wundern, daß wir nicht auf gleicher Wellenlänge waren? Am Ende meiner dreizehnjährigen Entdeckungsreise durch die Welt hatte sich in mir die gegenteilige Überzeugung festgesetzt. Im übrigen war ich nicht traurig. Denn Lübeck kam mir ein wenig eng vor. Die Neigung zurückzukehren war nicht überwältigend.

Ich fuhr kreuz und quer durch die Westzonen. In Heidelberg und Bad Nauheim führte ich ergebnislose Gespräche mit Lizenzträgern und stieß mit dem zuständigen amerikanischen Captain zusammen, dem ich »zu rechts« war. In Hamburg, in der Redaktion des *Echo,* traf ich zum erstenmal Herbert Wehner. Das Angebot von Hugh Carleton Greene, dem Kontrolleur von dpd – woraus dpa wurde –, Chefredakteur zu werden, erreichte mich erst, als ich, Ende Oktober 1946, wieder in Oslo angekommen war und mich entschlossen hatte, einstweilen in norwegischen Diensten zu verharren: als Presseattaché an der Botschaft in Paris. So war es mir von Außenminister Halvard Lange vorgeschlagen worden. Ich rechnete mir aus, auf diesem Wege in eine der internationalen Organisationen hineinzukommen, und bildete mir ein, meinen beiden Vaterländern zugleich nützen zu können.

Als ich Mitte Oktober im Außenministerium vorsprach, um Einzelheiten abzuklären, hielt Lange eine Überraschung bereit: Er und Ministerpräsident Gerhardsen hätten es sich anders überlegt; nicht nach Paris, nach Berlin wollten sie mich schicken. Sie brauchten einen Mann, der sie zuverlässig und prompt über die deutschen Dinge auf dem laufenden halte. Hätte ich zögern können? Nicht einen Augenblick! Der einzige Haken, wenn es denn einer war: In Berlin unterhielt Norwegen eine Militärmission, und ich mußte mir, auch als Presseattaché, einen »zivilmilitärischen« Rang verpassen lassen; am linken Arm der Uniformjacke, die ich in Berlin nur selten anlegte, war ich als *Civilian Officer* ausgewiesen. Daß ich auf dem Rang des Majors statt dem des mir zugedachten Hauptmanns bestand, hatte mit der Besoldungsgruppe zu tun.

Weihnachten 1946 machte ich also, mit einem norwegischen Di-

Am Rande des Lebens

plomatenpaß ausgestattet, wieder kehrt. Der Weg führte über Kopenhagen, wo ich vierzehn Tage auf den britischen Einreisestempel wartete, und Hamburg in jene Stadt, die mich zwanzig Jahre lang nicht mehr loslassen sollte – Berlin. Wenige Wochen zuvor war aus seinem türkischen Exil Ernst Reuter zurückgekehrt. Ich traf ihn, früh im Jahr 1947, im Zehlendorfer Haus von Annedore Leber und mag geahnt haben, daß es eine lebensentscheidende Begegnung war. Mit der mir angedichteten Orientierung an Vaterfiguren hatte dies allerdings nichts zu tun.

Das norwegische Milieu in Berlin war angenehm, so etwas angenehm sein konnte in jenem Jahr in einer Stadt, die aufgehört hatte, die Hauptstadt Deutschlands zu sein. Ich baute Kontakte auf und aus, begründete manche Freundschaft, so die zu Ernst Lemmer, und schickte täglich Berichte nach Oslo. Routine und dramatische Neuigkeiten wechselten einander ab. Es war die Entstehungsgeschichte des Kalten Krieges, die ich festhielt. Zu meinen Aufgaben gehörte, daß ich auch die Entwicklung »auf der anderen Seite« beobachtete und norwegischen Gästen die Wege erleichterte. So begleitete ich, Frühjahr 1947, einen konservativen Chefredakteur aus Oslo zu Wilhelm Pieck, dem Vorsitzenden der SED, der einem Interview zugestimmt hatte. Langeweile breitete sich aus; Pieck machte seinem Ruf als kommunistischer Hindenburg alle Ehre. Doch dann sprach der Norweger von den Konzentrationslagern in der Sowjetzone, die »wieder in Betrieb« genommen seien, und bemerkte, daß Sozialdemokraten, die sich der Gleichschaltung widersetzten, in die Gefängnisse wanderten, in denen sie unter den Nazis gesessen hatten. Pieck verstand den Sinn der Frage nicht und stöhnte: »Ja, wenn Sie wüßten, was ich da an Briefen bekomme – von Genossen, deren Söhne verschwunden sind–, aber wir haben da nichts zu sagen, das liegt alles ganz allein bei den sowjetischen Stellen.«

Ich erledigte meine norwegischen Aufgaben, wie man es von mir erwartete. Doch mein Augenmerk richtete sich auf die deutschen Dinge; es brauchte nicht lange, bis ich mir dessen bewußt war. Als der Danziger Erich Brost im Spätsommer zu mir kam und anregte, ich möge ihm in dem Amt des Berliner PV-Vertreters – PV gleich Parteivorstand – nachfolgen, war ich nicht abgeneigt. Ich fuhr nach Hannover und erörterte die Aufgabe, die zum 1. Januar frei wurde;

Erich Brost hatte die Lizenz für die *Westdeutsche Allgemeine* bekommen. Anfang November berichtete ich Halvard Lange, der mir Chef war und Freund, daß ich mich der politischen Arbeit in Deutschland zuwenden wolle und auf meine norwegische Staatsangehörigkeit verzichten werde. Ihm und anderen Freunden in Oslo legte ich dar, daß ich mich zu meinem Schritt ohne Illusionen entschlossen hätte und vorbereitet sei, in Berlin »die große Niederlage meines Lebens« zu erfahren. »Die Sache ist nicht so einfach, als ob ich Deutschland statt Norwegen wählte. Es stellt sich mir so dar, daß ich für die Ideen, zu denen ich mich bekenne, etwas Aktiveres tun kann und muß und daß ein solcher Einsatz gerade in diesem Land gefordert wird.«

Die Sache wurde bekannt. Und sofort setzten die Intrigen ein. Zwei Tage vor Weihnachten kam Brost und berichtete, in Hannover seien Zweifel aufgetaucht, ob man recht daran tue, mich mit der Aufgabe zu betrauen. Ich setzte mich hin und schickte unter dem Datum des 23. Dezember 1947 Schumacher ein paar deutliche Worte: »Lassen Sie mich in unmißverständlicher Weise erklären: Ich stehe zu den Grundsätzen des demokratischen Sozialismus im allgemeinen und zur Politik der deutschen Sozialdemokratie im besonderen. Ich behalte mir vor, mir über neu auftauchende Fragen selbst den Kopf zu zerbrechen. Und ich werde nie im voraus ja sagen zu jeder Einzelformulierung, auch wenn sie von dem ersten Mann der Partei geprägt wird.« Tradition bedeute viel. Aber die Ehrfurcht vor dem Überlieferten dürfe nie so weit gehen, daß man Fehler und Irrtümer der Vergangenheit nicht eingestehen wolle. »Wie sollte dann eine Partei innerlich wachsen können? Und wie sollte sie den Kampf um die junge Generation mit Erfolg bestehen können?« Ich erinnerte daran, daß ich meine norwegische Stellung »und noch einiges mehr« aufgegeben hätte, doch daß ich mich nicht aufdrängte und keine Veranlassung sähe, mich zu verteidigen.

Der Brief wirkte. In den ersten Januartagen 1948 trat ich, 34 Jahre alt, mein neues Amt an, mit viel Tatendrang und noch mehr Optimismus, daß es sich lohnen würde. Daß ich den nicht unbehaglichen Status eines skandinavischen Staatsbürgers gegen das Berliner Leben vor der Währungsreform eingetauscht hatte, beschäftigte mich nicht weiter. Die Kieler Landesregierung entsprach meinem Antrag auf

Wiedereinbürgerung; zuständig war sie wegen des Geburtsorts Lübeck. Anschließend wurde der Name Willy Brandt legalisiert, unter dem ich – überwiegend – seit meinem 19. Lebensjahr gewirkt und auf den mein norwegischer Diplomatenpaß gelautet hatte.

Am 1. Juli 1948 war ich in aller Form wieder deutscher Staatsbürger; was aus Deutschland werden würde, lag im dunkeln.

III. ENDSTATION FRIEDEN

Welche Einheit?

Wie lang ist es her, daß der schwedische Kanzler Oxenstierna seinen Sohn fragte, ob er denn nicht wisse, mit wieviel Dummheit die Welt regiert werde? Die Summe des Wissens hat sich seither gewaltig vermehrt. Aber der Verstand? Es ist keine neue Erfahrung, daß sich die Menschen gern und leicht mit Wunschdenken abspeisen lassen. Oder sich dem Selbstbetrug hingeben, statt der Realität ins Auge zu schauen.

Da hatten Hitler und seine Spießgesellen Europa verwüstet, Deutschland zugrunde gerichtet, und eine trügerische Juristerei sollte beweisen, daß nicht sein konnte, was nicht sein durfte. Nein, das Reich sei nicht untergegangen. Es existiere weiter und werde – geprüft, geläutert, wie auch immer – mit naturgesetzlicher Einheit wieder entstehen. Nicht alle haben geglaubt, was hierzu gesagt wurde. Es hatten auch nicht alle vor, was sie vorgaben. Am größten aber war die Zahl derer, die sich etwas vormachen ließen.

Ich habe die These vom prinzipiell ungeschmälerten Fortbestand des Deutschen Reiches für Unfug gehalten, mich aber nicht mit denen anlegen mögen, die sie vertraten. Es hätte mich von sinnvoller Arbeit abgehalten. Doch daß die Teilung Deutschlands unvernünftig sei, auch gefährlich, weil den europäischen Frieden belastend, daran habe ich nicht gezweifelt. Die Einsicht, daß der unerläßliche deutsche Beitrag zur gedeihlichen Entwicklung in unserem Teil der Welt auch aus dem Zustand der Zweistaatlichkeit zu leisten sei, ist mir nicht leicht geworden. Welche Antworten auf die nationale Frage der Deutschen die Zukunft noch in ihrem Schoß bergen mochte, den Gedanken leugnen oder verbieten zu wollen wäre – nach allem, was ich zu erkennen vermag – geschichtswidrig. Auf eingebildeten

Rechtsansprüchen herumzutrommeln und alliierte Zusicherungen übermäßig ernst zu nehmen konnte die deutschen Dinge nicht voranbringen. Es war eine lebenslügnerische Vorstellung, 1945 sei nur die Gewaltherrschaft und nicht auch der Staat zugrunde gegangen.

Doch hatten nicht die Drei Mächte in Potsdam und die vier – nachdem Frankreich Zutritt gewährt war – im Alliierten Kontrollrat signalisiert, daß sie das deutsche Staatsgebilde einzuengen und umzumodeln, nicht aber zu zerstückeln und zu ersetzen gedächten? War drei Jahre später nicht ausdrücklich vom »Provisorium« die Rede, als die Arbeit am Bonner Grundgesetz begann? Und war nicht aus dessen Präambel abzuleiten, daß lediglich »wieder vereinigt« werden müsse, was die Besatzungsmächte in Ost und West getrennt hatten?

Es war pures Wunschdenken, daß sich die Siegermächte in Potsdam davor oder danach verpflichtet hätten, unsere staatliche Einheit zu bewahren oder wiederherzustellen; im Bewußtsein, Deutschland gegenüber in einer Bringschuld zu stehen, lebten sie nicht. Aber warum nicht jener Einheit – werden sich manche gefragt haben – Lippendienste zollen, die deutsche Politiker von links bis rechts als ihr oberstes Ziel ausgaben?

Mitte der 50er Jahre besuchte mich in Berlin ein befreundeter Norweger, der Staatssekretär im Osloer Außenministerium geworden war und wissen wollte, wie ich die Perspektiven der deutschen Einheit sähe. Als ich in skeptischer Offenheit die Schwierigkeiten auseinandergesetzt hatte, resümierte Jens ganz unbefangen: »Dann können wir ja weiterhin unbesorgt den gemeinsamen Erklärungen zustimmen.« Und unter Franzosen begann das geistreich-boshafte Wort die Runde zu machen: Deutschland sei ihnen so lieb und teuer, daß man gern mehr als eines davon habe.

Anfang 1959, ich war seit anderthalb Jahren Regierender Bürgermeister, beeindruckte mich John Foster Dulles, Eisenhowers Außenminister, mit seinem aufrichtigen und zugleich desillusionierenden Hinweis: »Wenn wir uns in hundert Fragen mit den Russen streiten, in der hunderteinsten sind wir mit ihnen einig: Ein neutrales, womöglich noch bewaffnetes Deutschland, das zwischen den Fronten hin und her marschieren kann, wird es nicht geben.« Um die gleiche Zeit sagte Chruschtschow dem französischen Außenminister:

Welche Einheit?

Er ziehe es vor, zwanzig Millionen Deutsche auf seiner Seite, statt siebzig Millionen gegen sich zu haben. Bei anderer Gelegenheit behauptete der Kremlgewaltige, sowohl Premierminister Macmillan wie Präsident de Gaulle hätten ihm gegenüber keinen Zweifel daran gelassen, daß sie ein wiedervereinigtes Deutschland nicht anstrebten; allerdings hätten sie das weder der Bundesregierung sagen noch öffentlich bestätigen mögen.

Es war Irrtum oder Selbstbetrug, aus den Erklärungen und Beschlüssen der Siegermächte einen Rechtsanspruch auf staatliche Einheit herleiten zu wollen. Im Tatsächlichen hätten sich veränderte Bedingungen vielleicht schaffen lassen, wenn die zunächst vorgesehenen Zentralverwaltungen unter der Leitung deutscher Staatssekretäre zustande gekommen wären. Diese sind zunächst nach französischem Einspruch und dann überhaupt gescheitert. Nach allem, was geschehen war, brauchte man sich nicht darüber zu wundern, daß es die Siegermächte damit genug sein ließen, sich der Wiedervereinigung als Propagandaformel zu bedienen.

Früher als die Deutschen erkannten ihre Nachbarn: Die Zuordnung der beiden deutschen Staaten zu gegensätzlichen Bündnissystemen, mit daraus folgender Bewaffnung, war mit dem Anspruch auf Wiederherstellung der staatlichen Einheit nicht auf einen Nenner zu bringen – es sei denn, man setzte auf militärisches Roll-back; aber das war erstens nicht realistisch und stand zweitens nicht zu deutscher Disposition. Die Untersuchung von Zusammenhängen, aus denen sich auf friedliche Weise Besseres hätte ergeben können, ist gleichwohl interessant geblieben; Rechthaberei und Übereifer bekommen ihr freilich nicht.

Die Geschichte kennt kein letztes Wort. Doch wir haben erkennen müssen – einige früher, andere später –, daß Wiederbewaffnung und Wiedervereinigung einander ausschlossen. War es, wie man hier und da meinte, der eigentliche Preis für das, was Hitler-Deutschland der Welt angetan hatte? Die große Doppelillusion der deutschen Nachkriegsgeschichte – die vom Provisorium und von der kurzen Dauer der Teilung – paßt dazu wie die Faust aufs Auge. In den als Provisorium gedachten Ordnungsrahmen gehörte bekanntlich hinein, daß die deutschen Auftraggeber, die Länderchefs also, dem Parlamentarischen Rat 1948 vorgegeben hatten, ein »Grundgesetz« auszuarbeiten – nicht eine »Verfassung«, wie von den Besatzungsmächten vorgesehen; daß dann doch mehr daraus wurde, als die einen erstrebt, die anderen erwartet hatten, lag in der Logik einer Entwicklung, die nicht vorherzusehen war. Die Militärgouverneure mußten behutsam umgestimmt werden; sie meinten, die Welt erwarte ein »Verfassungswerk«. Auch auf deutscher, und zwar nicht nur konservativer Seite gab es Einwände gegen eine »Verantwortung scheuende« Auslegung von »Provisorium«.

Lange wurde aus dem Grundgesetz eine Pflicht zur Wiedervereinigung abgeleitet. In Wirklichkeit spricht die Präambel von der Verpflichtung des gesamten deutschen Volkes, »in freier Selbstbestimmung die Einheit und Freiheit Deutschlands zu vollenden«. Das war anderes und mehr als Fiktives. Denn es sollte gesagt werden, daß sich das durch Hitlerkrieg und Okkupation gespaltene deutsche Volk in einer Schicksalsgemeinschaft befinde, aus der wieder eine staatliche Einheit werden möge. Aber die Verwirrung der Begriffe war beträchtlich. Aus Einheit wurde Wiedervereinigung. Als ob die Geschichte und die europäische Wirklichkeit eine Anknüpfung an das Bismarck-Reich bereithielte. Oder als ob sich das ganze Problem darauf reduzierte, wie sich der Anschluß der DDR an die Bundesrepublik Deutschland vollziehen lasse oder werde. Sogar das Bundesverfassungsgericht übernahm die Vorstellung vom Reich, das nur vorübergehend »nicht handlungsfähig« sei. Und die Grenze zur DDR wurde wirklichkeitsfremd mit den Grenzen zwischen den Bundesländern verglichen. Das Gericht hat seine Auffassung anderthalb Jahre später behutsam korrigiert.

Die Vorstellung, den deutschen Westen in Ordnung zu bringen und stark zu machen, war nicht auf die Anhänger Konrad Adenauers beschränkt geblieben. Die Geister schieden sich, wo es um das konkrete Herausfinden der Chancen ging, die Teile Deutschlands – anders als durch Anschluß – vielleicht doch wieder zusammenzufügen. Statt sich mit einer veränderten weltpolitischen Realität auseinanderzusetzen, stand die Fiktion vergangener Nationalpolitik hoch im Kurs. Mit der Theorie vom Fortbestand des Deutschen Reiches – mein Freund Carlo Schmid sprach von der »gesamtdeutschen Hoheitsgewalt in Westdeutschland« – haben wir uns den Umgang mit der Problematik der deutschen Einheit erschwert. Durch den Kalten

Krieg und dessen Nachwirkungen gefördert, gerann die »Wiedervereinigung« zur spezifischen Lebenslüge der zweiten deutschen Republik.

In der Bundesrepublik Deutschland wurde über Wiedervereinigung weniger nachgedacht als geredet. Oder anders geredet als gedacht. Mein eigenes Denken war nuancierter, als es die Spruchformel vermuten läßt, mit der ich die Sitzungen des Berliner Abgeordnetenhauses eröffnete; dort lud ich regelmäßig dazu ein, »unseren unbeugsamen Willen« zu bekunden, »daß Deutschland mit seiner Hauptstadt Berlin in Freiheit wiedervereinigt« werden müsse. Daß es ein »Wieder« nicht geben werde, mochte man sich kaum selbst eingestehen, geschweige denn zum Gegenstand öffentlicher Erörterung machen. Der an verbalen Bürgerkrieg grenzende Rechthaberstreit um den Kurs der Bonner Politik ließ keinen Raum für sorgsames Abwägen. Im Kalten Krieg war der Holzhammer nun einmal mehr gefragt als die Lupe. Mahner zu geduldiger Zuversicht sprachen ins Leere.

In den Diskussionen jener Jahre, in kleinen und kleinsten Zirkeln geführt, gingen wir natürlich der Frage nach, wie Deutschland anders denn als durch fruchtlose Berufung auf vermeintliche Rechtstitel oder durch gefährliche Koppelung an ein militärisches Zurückrollen wieder zusammengeführt werden könne. Meine Entscheidung für den Westen – im Sinne von Rechtsstaat, demokratischer Verfassung, freiheitlichem Kulturerbe – war längst gefallen, und ich war bereit, meinen Preis dafür zu zahlen. Daß Europa sich zusammenfinden und politische Kraft ausstrahlen möge, war seit langem meine Hoffnung. Daß Stalin weder Europa bezwingen noch die russische Zukunft bestimmen würde, daran habe ich kaum gezweifelt. Rußland würde sich mit Amerika, mit dem westlichen Europa, mit neuen Machtkonstellationen in anderen Teilen der Welt auseinanderzusetzen und nach Möglichkeit zu arrangieren haben.

Auf dem Dortmunder Parteitag der SPD, dem ersten nach Schumachers Tod, hörte sich das so an: »Wir stehen gewiß nicht notwendigerweise zu jedem Projekt, das man als ›westlich‹ ausgibt; aber ich glaube, wir standen immer und stehen auch heute zum Westen im Sinne von Freiheit und Menschenwürde; und wir stehen wohl auch des Friedens und der Freiheit wegen zur demokratischen Wehrhaftigkeit in dieser auch noch so wenig friedfertigen Welt.« Und dann: »Falls sich heute oder morgen die weltpolitische Möglichkeit bietet, dieses Deutschland auf dem Boden der Freiheit wieder zu vereinigen, dann sollten wir auch dann ja dazu sagen, wenn ein solches in Freiheit wieder vereinigtes Deutschland – ich möchte hinzufügen: leider – nicht militärpolitischer Bestandteil des atlantischen Bündnissystems sein könnte. Eine solche Präzisierung hätte mit neutralistischen Spielereien überhaupt nichts zu tun, und ich finde, es ist eine schlechte Sache, wenn die Bundesregierung versucht, jede Überlegung über Lösungsmöglichkeiten des deutschen Problems mit dem Schlagwort des Neutralismus zu diffamieren.« Zum Schluß forderte ich die Partei auf, der Neigung zu widerstehen, »dort einfach weiterzufahren, wo überprüft, verändert und erneuert werden müßte«.

Von deutscher Ostpolitik konnte – außer in solchen kaum beachteten Texten – in der Frühphase der Bundesrepublik nicht die Rede sein. Es sollte noch Jahre dauern, bis überhaupt neue deutsche Außenpolitik zugelassen war und möglich wurde. Der Begriff »Ostpolitik« war im übrigen so vorbelastet, daß man vor Mißverständnissen höllisch auf der Hut zu sein hatte; jedenfalls habe ich nicht geahnt, daß einst das deutsche Wort in andere Sprachen übernommen werden würde – etwa wie »Weltanschauung« und »Gemütlichkeit«.

Die Vorbelastung rührte nicht nur von den eben zurückliegenden Mordorgien, sondern auch von den rücksichtslosen Allüren der »guten alten Zeit«. Nun kam die Furcht vor der Rache hinzu und der Schrecken, der von den Besonderheiten sowjetischer Besatzung ausging. Auch wenn alles Gift der NS-Propaganda ausgeschwitzt gewesen wäre, was es nicht sein konnte – Russenangst ging in einen dumpfen Antikommunismus über; aus ihm wurde ein Stück früher westdeutscher Staatsdoktrin.

Wir haben gesehen: Aus der Potsdamer Konferenz vom Spätsommer 1945 hatte sich Positives nicht ergeben. Zwar hatte man zu Papier gebracht, Deutschland solle nicht zerstört werden und die Möglichkeit erhalten, »in den Kreis der zivilisierten Nationen zurückzukehren«, auch als wirtschaftliche Einheit behandelt werden. Aber die zu diesem Behufe vorgesehenen Zentralverwaltungen waren nicht zustande gekommen.

Uneinig waren die Siegermächte darüber, ob sie den Deutschen dazu verhelfen sollten, wieder in einem Staat zu leben; in Jalta waren die Drei, auch Stalin, noch für Aufteilung gewesen. Doch dann zog Stalin es vor, von der Position des großen militärischen Erfolgs aus, in die Scheuer zu fahren, was sich fahren ließ. Sicher war allerdings, daß die deutsche Ostgrenze nicht unverändert bleiben würde.

Rückschauend mutet es gespenstisch an, daß die Bundesregierung sowie vor und neben ihr die Parteien – mindestens – auf den Grenzen von 1937 bestanden, obwohl sie wissen mußten, daß sie dafür nirgends in der Welt Unterstützung fänden. Die Vereinigten Staaten und Großbritannien hatten in Potsdam de facto der neuen polnischen Westgrenze zugestimmt, Frankreichs nachträgliche Zustimmung war um so freundlicher. Kleinere Korrekturen schienen nicht ausgeschlossen, ich habe sie in den ersten Nachkriegsjahren noch für möglich gehalten. Durch Zeitablauf wurde daraus ein Unterkapitel jenes Vorgestrigen, das dem Morgigen so leicht im Wege steht. Das verletzte Heimatrecht von Millionen Deutscher wurde abgelöst durch ein neubegründetes von Millionen nach Westen umgesiedelter und dort nachgeborener Polen.

Eine Mischung von abstraktem Rechtsanspruch und konkretem Wahl-Opportunismus hinderte die meisten von uns, dieses Stück neuer Wirklichkeit zur Kenntnis zu nehmen. Auch ein Mann wie Ernst Reuter schien vergessen zu haben, daß er in seiner letzten Magdeburger Versammlung – im März 1933 – vorausgesagt hatte, Hitler bedeute Krieg und dieser den Verlust des deutschen Ostens. Ich war vorsichtiger gewesen in dem, was ich während des Krieges zu Papier brachte, und ließ mir trotzdem raten, es für mich zu behalten. Kaum einem von uns war bewußt, daß der konservative Carl Goerdeler – immerhin bis 1937 Oberbürgermeister von Leipzig, bevor er gegen die Nazis zu konspirieren begann – im Jahr 1938 aufgeschrieben hatte, falls es zum Krieg komme, werde Deutschland die Gebiete östlich der Oder verlieren...

Statt zur Wiedervereinigung jener Gebiete, über die nicht anders verfügt worden war, kam es zur Wiederbewaffnung auf beiden Seiten. Was den einen als die natürlichste Sache der Welt erschien, war für die anderen das Siegel unter die im Kalten Krieg festgeschriebene Teilung. Oder handelte es sich um eine der unbeglichenen Rechnungen für das, was das Hitlerregime Europa angetan hatte?

Unter den spezifischen Bedingungen jener Nachkriegsjahre wurde die Ostzone – die spätere DDR – in viel härtere Haftung genommen, als ob die Menschen dort den Krieg noch mehr verloren hätten als ihre Landsleute im Westen. Die Bundesrepublik hatte es leichter. Hart gearbeitet wurde in beiden deutschen Staaten. Im Westen lag der Ertrag ungleich höher, weil die Wirtschaft sich entfalten konnte und amerikanische Starthilfen zur Verfügung standen. Die Bundesrepublik konnte bald für sich gradestehen, zahlte auch einiges in selbstgewählter Rechtsnachfolge des Reiches, aber souverän wurde sie nur ansatzweise und in Etappen. Man nannte sie einen ökonomischen Riesen und einen politischen Zwerg. Lag es auf der Hand, daß mit dem Streben nach Gleichberechtigung im Westen der Wunsch einhergehen würde, auch im Osten unsere Interessen selbst vertreten zu können?

Ein Wunsch, den nicht alle für zweckmäßig und passend hielten. Für den Auswärtigen Ausschuß des Bundestages – er hieß noch »Ausschuß für das Besatzungsstatut und auswärtige Angelegenheiten« – hatte ich 1952 festzustellen: Wir seien uns einig, daß die deutsche Politik von einem besonderen Interesse am Frieden getragen sein müsse und sich um normale Beziehungen zu allen Staaten zu bemühen habe. Die Mehrheit des Ausschusses, also die Kollegen der damaligen Regierungskoalition, wollte jedoch festgehalten wissen, daß eine bündnisfreie Stellung auf jeden Fall verhindert werden müsse. Sie bekannten sich zur Wiedervereinigung durch Stärke und zeigten sich überzeugt, daß die Sowjetunion zurückweichen werde.

Die Sozialdemokraten, deren Minderheitsvotum ich gleichermaßen festzuhalten hatte, waren skeptischer. Sie meinten, eine deutsche Ostpolitik werde durch die anstehenden Verträge mit den westlichen Siegermächten erschwert oder sogar unmöglich gemacht. Meine politischen Freunde legten jedoch Wert darauf, nicht wertemäßig als »Neutralisten« abgestempelt zu werden. Im Juli 1952 erklärte ich im Bundestag, die sozialdemokratische Fraktion bestehe »nicht aus Illusionisten einer absoluten Waffenlosigkeit in dieser ach so unvollkommenen und so wenig friedfertigen Welt«. Ich bekannte mich zur Solidarität der Demokratien, zur gleichberechtigten Mitwirkung in der europäischen und internationalen Zusammenarbeit und »zum unausgesetzten und ernsthaften Bemühen um die Lösung der gesamtdeutschen Frage und der europäischen Krise«.

Die Mutter

Der Vater

Der Großvater Ludwig Frahm

Willy Brandt
und seine Mutter 1915

Kinderbilder 1915 bis 1925

1931, vor der Lübecker Wohnung

Bei den Lübecker Naturfreunden auf dem Priwall 1926

ie Abiturklasse 1932. Im Vordergrund, vierter von rechts, Professor Pauls, links ıneben Oberstudienrat Dr. Kramer, 2. Reihe, sechster von rechts Willy Brandt

Barcelona 1937

...aris 1938

...bersetzer für den niederländischen
...chriftsteller Jef Laast, Norwegen 1938

1945, Paßbild im norwegischen Armeeausweis

Julius Leber vor dem Volksgerichtshof 1944

Kurt Schumacher, Franz Neumann und Ernst Reuter, Berlin 1948
Ernst Reuter mit Kurt Schumacher in dessen Bonner Wohnung 1952

Ernst Reuter
und Willy Brandt 1950

Bundespräsident
Theodor Heuss
und der Präsident
des Abgeordnetenhauses,
Willy Brandt,
im Rathaus Schöneberg,
November 1956

Es wird hiermit beurkundet, daß

Herr Willy Brandt

in der 67. (Ordentlichen) Sitzung des Abgeordnetenhauses von Berlin am 3. Oktober 1957 gemäß Artikel 41 der Verfassung von Berlin

zum

REGIERENDEN BÜRGERMEISTER

gewählt und am gleichen Tage vor dem Abgeordnetenhaus entsprechend dem Gesetz über die Vereidigung der Mitglieder des Senats und der Bezirksämter vom 3. Februar 1951 vereidigt worden ist.

Berlin, den 14. November 1957

Der Präsident
des Abgeordnetenhauses von Berlin

Landsberg

Der Regierende
Bürgermeister
bei der Polizeischau
im Berliner
Olympiastadion,
31. August 1958

Während der Berliner Proteste gegen den sowjetischen Einmarsch in Ungarn 1956
Kundgebung vor dem Rathaus Schöneberg am 16. August 1961, drei Tage nach
dem Mauerbau

Begrüßung von US-Präsident John F. Kennedy in Berlin-Tempelhof 1963
Mit Kennedy und Bundeskanzler Adenauer auf der Fahrt durch Berlin

Abschiedsbesuch von Bundeskanzler Adenauer in Berlin, Oktober 1963
Mit Lyndon B. Johnson nach der Beisetzung John F. Kennedys in Washington 1963
Überreichung eines Sonderdrucks »Berlin« an Lucius D. Clay

Besuch von Robert Kennedy, Berlin 1964. Im Hintergrund Klaus Schütz und Egon Bahr

Welche Einheit? 161

Ich habe die frühe Wiederbewaffnung für einen Fehler gehalten und hätte es vorgezogen, wenn der »kasernierten Volkspolizei« in der DDR ein entsprechendes Instrument entgegengesetzt worden wäre. Mich leiteten dabei nicht pazifistische Träume meiner frühen Jugend, ich wurde sogar den »militärfreundlichen« Sozialdemokraten zugerechnet und war in der Tat an den Bedingungen interessiert, unter denen die Bundeswehr aufgebaut wurde. Einige von uns hatten gelernt, daß man mit der bewaffneten Macht müsse umgehen können, wenn man verhindern wolle, daß sie mit einem umgehe.

Die bundesdeutsche Politik legte sich selbst Fesseln an. Die Regierung erwartete, daß alle Welt die Identitäts-Theorie akzeptierte, laut der Bonn die alleinige Rechtsnachfolge des Deutschen Reiches angetreten habe. Daß die Bundesrepublik allein befugt sei, Deutschland zu vertreten. Daß »die Zone« zu freien Wahlen gedrängt werden müsse und in deren Folge zu verschwinden habe.

Da ließ man den biederen Bundespräsidenten Heinrich Lübke in Afrika und sonstwo in der Dritten Welt herumreisen und sich erfolgreich fühlen, wenn er im jeweiligen Kommuniqué untergebracht hatte: erstens, daß die besuchte Regierung Deutschland allein in der Bundesrepublik erkenne, und zweitens, daß aus der Bundesrepublik mit weiterer oder neuer Entwicklungshilfe zu rechnen sei.

Da schickte man den Berliner Bürgermeister um die halbe Welt, damit er die Sache seiner Stadt vertrete, aber zu Beginn der großen Reise sollte er auf keinen Fall Dag Hammarskjöld, den UNO-Generalsekretär, an dessen Amtssitz aufsuchen; er kam zu mir ins Hotel. Ein Besuch im Glaspalast könne ausgelegt werden, als hätte ich die These von der »Freien Stadt« übernommen. Und wer wollte außerdem wissen, was herauskäme, wenn man den unberechenbaren UN-Haufen ermunterte, sich mit deutschen Angelegenheiten zu befassen?

Bei einem nächsten New-York-Besuch berichtete mir der Vertreter des Generalkonsuls, der mich vom Flugplatz abholte, man habe soeben eine Konzession an die Dreistaaten-Theorie erfolgreich abgewehrt. Ob ich ihn richtig verstanden hätte? Doch, man habe den Chefportier des Waldorf-Astoria, in dem ich abzusteigen pflegte, veranlaßt, die Berliner Fahne einzuziehen. Dabei hatten sich die nach New York emigrierten Exberliner stets so gefreut, wenn sie die Flagge mit dem Bären gehißt sahen!

Die Hallstein-Doktrin hätte, so meinte Heinrich von Brentano in dem Gespräch, das wir 1963 in meinem Berliner Amtszimmer mit Konrad Adenauer führten, eigentlich nach ihm benannt werden müssen. Formuliert worden war sie von Professor Wilhelm Grewe, nachdem führende DDR-Funktionäre 1957 Ägypten, Irak, Indien besucht hatten und freundlich aufgenommen worden waren. Anwendung fand sie zum erstenmal Anfang 1963 gegenüber Kuba, weil Fidel Castro die DDR anerkannt hatte. Der Abbruch der diplomatischen, nicht aber der tatsächlichen Beziehungen mit Jugoslawien war schon 1957 erfolgt; Tito hatte der DDR zugestanden, sich statt eines Gesandten durch einen Botschafter in Belgrad vertreten zu lassen. Die Doktrin galt natürlich nicht gegenüber der Sowjetunion, mit der Adenauer im Herbst 1955 den Austausch von Botschaftern vereinbart hatte. Die vor der Großen Koalition in Bonn Regierenden waren schließlich geneigt, auch mit den anderen Ostblockstaaten diplomatische Beziehungen herzustellen; sie konnten – so wurde der Wille, vom Wege der Doktrin abzuweichen, begründet – nichta für den »Geburtsfehler«, daß bei ihnen DDR-Botschafter saßen.

Das eigentliche Thema war natürlich kein protokollarisches. Und die eigentliche Frage bleibt: Hat es nach 1945 reale Chancen für eine gesamtdeutsche Lösung gegeben, und woran sind solche Chancen, so es sie denn gegeben hat, gescheitert? Vieles, was dazu geschrieben wurde, legt die Wertung zugrunde, daß eine ernste Absicht der sowjetischen Seite nicht zu vermuten sei. Wer weiß, ob jemals befriedigende Klärung zu erreichen ist? Einstweilen wird man sich gedulden müssen. Noch liegt einiges verborgen in den Archiven. Aber ob dort noch alles liegt, oder alles je gelegen hat, worauf es ankäme?

Daß es bei Kriegsende keine Chance gab, die Teilung Europas abzuwenden, liegt auf der Hand; einen positiven deutschen Einfluß konnte es gewiß nicht geben. Doch warum wurden 1949 keine Folgerungen aus der überstandenen Blockade gezogen und entsprechende Ratschläge überhört? Der 1952er Vorgang bleibt offen. Ich glaubte und glaube nicht, daß Stalin bereit war, auf »seinen« Teil Deutschlands zu verzichten. Aber ich meinte und meine, daß der Westen gut beraten und die Bundesregierung verpflichtet gewesen wäre, dies so genau wie nur irgend möglich herauszufinden. Mir will scheinen, daß es einem allgemeinen und übergeordneten europäischen Interesse entsprochen hätte, dem Auseinanderdriften der Teile des Kontinents – und den damit verbundenen Gefahren für den Frieden! – schon damals energisch entgegenzuwirken. Aber ein solcher Versuch hätte nur Sinn gehabt, wenn sich die Träger der neubegründeten deutschen Demokratie die Kraft zur – militärischen – Bündnisfreiheit zugetraut hätten. Und wenn die maßgebenden Auslandsfaktoren die Deutschen insoweit hätten gewähren lassen. Beide Voraussetzungen waren nicht gegeben.

In der Note vom 10. März 1952, eine zweite folgte im April – von Diplomaten nicht zutreffend und abschätzig Stalin-Noten genannt –, war vorgeschlagen worden, ein »neutrales« Deutschland zu errichten und »freie Wahlen« abzuhalten. Es ist verbürgt, daß Ulbricht meinte, diese Vorschläge hätten für ihn und sein Regime gefährlich werden können, glücklicherweise habe die andere Seite sie abgelehnt. Auf Ablehnung – und sei es nur, daß ausgelotet und abgeklopft würde – waren auch jene im Westen programmiert, die Bündnisfreiheit für Deutschland keinesfalls in Erwägung ziehen wollten.

Natürlich gab es einen Zusammenhang zwischen dem sowjetischen Auf-den-Busch-Klopfen und dem anstehenden Vertrag über die EVG, die Europäische Verteidigungsgemeinschaft, der die Bundesrepublik angehören sollte, die aber in der französischen Kammer scheiterte und 1955 durch den NATO-Beitritt der Bundesrepublik ersetzt wurde. Bevor die deutschen Soldaten soweit waren, erklärte die UdSSR im Januar 1955, »freie Wahlen«, und zwar »unter internationaler Aufsicht«, zulassen zu wollen, wenn alle Teile Deutschlands von militärischen Bindungen frei blieben. Der Ausgang dieses Teils der Geschichte liegt klar zutage: Im Mai tritt die Bundesrepublik der NATO, die DDR dem Warschauer Pakt bei. Beide deutsche Staaten erhalten ihre Souveränität prinzipiell bestätigt, und vielen scheint die Welt in Ordnung. Eine Viermächtekonferenz, die im Juli 1955 in Genf stattfindet, bleibt ohne Ergebnis. Auf seiner Rückreise erklärt Chruschtschow in Ostberlin, eine deutsche Wiedervereinigung sei erstens nur möglich in Verbindung mit einem System kollektiver Sicherheit in Europa, wenn zweitens entsprechende Kontakte zwischen beiden Teilen Deutschlands entwickelt und drittens die »politischen und sozialen Errungenschaften« der DDR nicht preisgegeben würden.

Im Deutschen Bundestag war ich 1955 – wie schon drei Jahre zuvor – Generalberichterstatter zu den Verträgen mit den bisherigen westlichen Besatzungsmächten. Dazwischen lag ein aufregendes Ereignis, das jemandem wie mir kaum bewußt wurde und erst viel später annähernd richtig bekannt geworden ist. Ich meine die Moskauer Vorgänge nach Stalins Tod und in Verbindung mit den »ostdeutschen« Abläufen vom 17. Juni 1953.

Vieles spricht dafür, daß es dieser Aufstand war, der einen möglichen tiefen Einschnitt in die sowjetische Deutschlandpolitik nicht hat zum Tragen kommen lassen; spontane Bewegungen haben es an sich, daß sie sich nicht in Erwägungen der großen Politik einplanen lassen. Stalin war gestorben. Im Kreise der Nachfolger setzte sich Berija, der berüchtigte Chef der Geheimpolizei, im Kontakt mit oppositionellen deutschen Kommunisten für einen neuen Kurs ein. Für das Zustandekommen der staatlichen Einheit sollte die Einheitspartei das Opfer bringen, zusammen mit der westdeutschen KPD in Opposition zu gehen. Auch von Ulbrichts Ablösung war die Rede, doch der hielt sich dann noch fast zwanzig Jahre. Wladimir Semjonow, früher an den Botschaften in Berlin und Stockholm, dann einer der stellvertretenden Außenminister, später Botschafter in der Bundesrepublik, stand damals der sowjetischen Kontrollkommission in der DDR vor. Er fuhr nach Moskau und kehrte mit neuen Instruktionen nach Berlin zurück.

Interessierte Deutsche – auch Leute, die ähnlich wie ich engagiert waren – hatten keine Ahnung, was gespielt wurde. Adenauer wußte mehr, aber er wollte sein Wissen nicht mit Leuten teilen, die die Neigung hatten, Fragen zu stellen. Winston Churchill, den er Mitte Mai besuchte, hatte ihm Informationen aus Moskau gegeben, die geeignet gewesen wären, Tendenzen des Wandels in der sowjetischen Politik ernst zu nehmen; der alte Engländer fand nicht die Gefolgschaft seiner eigenen Bürokratie. Die Amerikaner, mit denen sich Adenauer umgehend ins Benehmen setzte, waren ebenfalls der Meinung, man solle dem Hinweis nicht nachgehen. Daß jedoch Ernstes im Busch gewesen war, wurde – nach einiger Zeit und zumindest für Insider – deutlich, als Ulbricht nach Berijas Sturz und Hinrichtung Ende Juni vor dem Plenum seines Zentralkomitees klagte, dieser habe die DDR verkaufen wollen. Später hat Chruschtschow auch

Malenkow gegenüber die Anklage vom beabsichtigten »Verkauf« der DDR erhoben.

Ob dies eine nicht wiederkehrende Chance war, ausgelöst durch eine ernste Überprüfung sowjetischer Sicherheitsinteressen? Ein unerschöpflicher Gegenstand für Analysen und Spekulationen! Die interessierten Landsleute späterer Jahrgänge werden sich darüber wundern, daß ein außenpolitisch engagierter Abgeordneter, wie ich einer war, unberührt blieb von Spannungen, die – aus deutschlandpolitischer Sicht aufregend genug – den eigenen Regierungschef in seinem Verhältnis zu werdenden Bündnispartnern und mutmaßlich andauernd schwierigen Widersachern in Anspruch nahmen.

Über Daten kann man streiten, auch über die Wertung von Erklärungen und Informationen. Über Stalin 1952 und den Streit seiner Nachfolger 1953 wird man noch lange rätseln. Daß aber 1955, mit der formalen Eingliederung der beiden deutschen Staaten in die jeweiligen militärischen Paktsysteme, zur eigentlichen Zäsur wurde, daran gibt es nichts zu deuten. Der sogenannte Deutschlandvertrag von 1954, der die Souveränität feststellte, umschrieb den Status eines wiedervereinigten Deutschland als »in die europäische Gemeinschaft integriert« – europäisch allerdings mit kleinem e! Doch noch standen die Jahre 1955 bis 1958 im Zeichen von vielerlei Versuchen, die Gespräche nicht abreißen zu lassen, sondern sogar eine gewisse Entspannung zu bewirken.

Einer davon war der Eden-Plan, benannt nach Churchills Außenminister und Nachfolger und eingebracht auf der Genfer Viermächtekonferenz 1955; die Idee militärischer Inspektionszonen beiderseits der Europa trennenden Linie scheiterte, weil Einigung über Deutschland nicht zu erzielen war. Adenauer setzte im Westen durch, daß von der Grenzlinie zwischen einem wiedervereinigten Deutschland und den osteuropäischen Ländern die Rede sein solle.

Inhaltlich wurde die Initiative aufgenommen und weitergeführt durch jenen Plan, der mit dem Namen des polnischen Außenministers Adam Rapacki verbunden ist und eine atomwaffenfreie Zone in Europa vorsah; die erste Fassung kam im Oktober 1957, die zweite im Februar, die dritte im November 1958 auf den Tisch. Ich übertriebe, wollte ich der deutschen Politik, nicht nur der regierungsamtlichen, unterstellen, sie habe der Warschauer Initiative mehr als flüchtige Aufmerksamkeit gewidmet. Es war so leicht und billig, sowjetische Hintermänner zu vermuten. Doch in veränderten Gestalten tauchten Pläne für ein Disengagement immer wieder auf.

George Kennan, amerikanischer Stardiplomat und intimer Kenner der europäischen Szene, führte im Januar 1957 vor dem Senats-Unterausschuß für Abrüstungsfragen aus: Verminderung, Umgruppierung oder Rückzug der in Europa stationierten amerikanischen und sowjetischen Streitkräfte seien geboten; solange sich diese in Deutschland gegenüberstünden, könne es Fortschritt weder in der Abrüstungsfrage noch in der Frage der deutschen Einheit geben. Im November 1957 fanden Vorträge, die Kennan in der BBC hielt, Beachtung. Er empfahl den Abzug der Russen aus Osteuropa und Bündnisfreiheit für Deutschland.

Ähnliche Töne hatte Chruschtschow Anfang 1957 in Delhi angeschlagen: Er sei damit einverstanden, daß sich Sowjetunion und NATO gleichzeitig aus Mitteleuropa zurückzögen. Im Jahre zuvor hatte der 20. Parteitag der KPdSU im Zeichen nicht nur der Entstalinisierung gestanden, sondern auch von friedlicher Koexistenz; die den Chinesen zugeschriebene Auffassung, daß Kriege unvermeidlich seien, war entschieden abgelehnt worden.

Am letzten Tag des Jahres 1956 hatte Ulbricht gefordert, sicherlich nicht ohne Absprache mit Moskau, eine Konferenz zwischen den beiden deutschen Staaten ins Auge zu fassen – als Zwischenlösung bis zur etwaigen Wiedervereinigung. Anfang 1958 landete Moskau dann seinen Vorstoß für einen deutschen Friedensvertrag, gekoppelt mit dem Vorhaben einer europäischen Sicherheitskonferenz. Chruschtschow regte auch einen Gipfel der beiden Allianzen und der Neutralen an, um über Rapacki-Plan und Friedensvertrag zu sprechen. Anfang 1959 schob er, nun überschattet vom Berlin-Ultimatum, den sowjetischen Entwurf für einen Friedensvertrag mit beiden deutschen Staaten oder eine Konföderation nach.

Auf westlicher Seite war ein nach dem Dulles-Nachfolger Christian Herter benannter Plan, vorgelegt 1959 auf der Genfer Außenministerkonferenz der Vier Mächte, der letzte gemeinsame westliche Vorschlag für »Wiedervereinigung«. Ich fuhr zweimal, Mitte Juni und Ende Juli, in die Konferenzstadt am Genfer See, für nichts. Die Beratungen scheiterten.

Die Folge: Besonders auf amerikanischer Seite machte sich die Ungeduld derer Luft, die die deutsche Unbeweglichkeit beklagten. Der Vorwurf wurde laut, die Deutschen spielten mit den – ihren Schutzmächten eigenen – Mitteln nuklearer Zerstörung, um ihre veralteten Positionen zu behaupten.

Gehört der Deutschlandplan der SPD von 1959 in die Kette jener vergeblichen Anläufe? War er ihr letztes Glied? Er handelte von nicht eigentlich Falschem und lag doch neben der Wirklichkeit. Es war eben auch noch wieder ein Unterschied, ob Modelle einer Konföderation aus Deutschland kamen oder aus Denkstuben der Siegermächte; daß sie allesamt fruchtlos blieben, hatten die vergangenen Jahre gezeigt. Herbert Wehner nahm den späteren Plan dann auch noch schneller vom Tisch, als er ihn hinaufbefördert hatte.

Nichts führte daran vorbei: Der offenkundige Realitätsverlust mußte durch eine neue Politik überwunden werden. Dafür sprach auch, daß die Westmächte ihrem Unmut über Bonner Sterilitäten zunehmend Ausdruck gaben. Der Kurswechsel, den einige Jahre später fast alle für selbstverständlich hielten, war trotzdem nicht einfach. Der Anspruch auf Alleinvertretung war für alle erkennbar gescheitert. Doch wie ihn ablösen, wodurch ihn ersetzen? »Ich wollte, wir wollten, daß ungelöste Fragen der Vergangenheit uns nicht daran hinderten, die Zukunft zu gestalten«, so habe ich die neue Ostpolitik später gedeutet und damit umschrieben, was mich, lange bevor es an die Ausgestaltung ging, umtrieb.

Das Pochen auf – manchmal auch nur eingebildete – deutsche Rechtsansprüche und die wegen ihrer naiven Inbrunst nicht selten belächelte Vertrauensseligkeit im Umgang mit alliierten Zusicherungen hatten die deutschen Dinge nicht im geringsten zu fördern vermocht. Und es irrten diejenigen, die mir meinten ankreiden zu müssen, ich hätte hierüber in der gebotenen Offenheit erst als Bundeskanzler gesprochen. Wer zuzuhören geneigt war, konnte beispielsweise im Dezember 1961 meiner im Bundestag gegebenen Antwort auf Adenauers Regierungserklärung entnehmen, warum ich für gescheitert hielt, was damals Politik der Wiedervereinigung genannt wurde.

Fünf Jahre später übernahm ich das Auswärtige Amt und ließ mich vom scheidenden Staatssekretär – es handelte sich um Karl

Carstens, Bundespräsident der Jahre 1979–1984 – mit einigen vertraulichen Vorgängen bekannt machen. Er hatte eine Aufzeichnung vorbereitet, in der es nun überhaupt nicht mehr um vermeintliche Schritte hin zur staatlichen Einigung ging, sondern um das Ende der Bemühungen, dem anderen deutschen Staat internationale Anerkennung zu versagen; es war zunehmend schwieriger geworden, der DDR die Mitgliedschaft in internationalen Organisationen streitig zu machen. Fazit: Die bundesdeutsche »Alleinvertretung« werde sich eine Weile allenfalls noch dann durchhalten lassen, wenn die Militärausgaben und die Mittel für Entwicklungshilfe deutlich angehoben würden. Schon zwei Monate zuvor hatte der Staatssekretär dem Bundeskabinett, noch unter Ludwig Erhards Vorsitz, eröffnet: Die Zeit dessen, was man »aktive Wiedervereinigungspolitik« genannt habe, sei vorbei.

Die Forderung nach einer veränderten Politik ließ sich nicht mehr rundweg abweisen. Doch es erwies sich als äußerst mühsam, den neuen Kurs dann auch durchzusetzen.

Von der Mühsal einer Kurskorrektur

Anfang Dezember 1966 erlebte Bonn eine neue Regierung – eine, die von den beiden großen Parteien getragen wurde. Ich war Bundesminister des Auswärtigen, zugleich Stellvertreter des Bundeskanzlers und hatte die liebgewonnene Berliner Aufgabe hinter mir lassen müssen.

Angestrebt hatte ich das Bonner Amt zu jenem Zeitpunkt und unter den gegebenen Umständen nicht. Die Große Koalition behagte mir keineswegs. Doch wo wäre eine bessere Lösung gewesen? Als ich mich auf dringendes Anraten zum Mitmachen entschied, hatte der designierte Bundeskanzler das Außenamt bereits seinem schwäbischen Landsmann Eugen Gerstenmaier zugesagt. Der meinte später, er hätte Kurt-Georg Kiesinger nicht aus seinem Wort entlassen sollen und »jene Regierungsbildung« überhaupt hart in Frage stellen müssen. Er war zunehmend bitter geworden, nachdem ihn noch zur Zeit der Großen Koalition eigene Parteifreunde aus dem Amt des

Bundestagspräsidenten gedrängt hatten mit dem grotesken Vorwurf: Der Mann des 20. Juli, der Eugen Gerstenmaier war, hätte Wiedergutmachung, ihm nach dem Gesetz zustehend, nicht in Anspruch nehmen dürfen.

Das Regierungsbündnis der beiden großen Parteien hat innenpolitisch keine schlechte Figur gemacht. In der Außenpolitik knirschte es, denn ein erheblicher Teil der Christdemokraten und vor allem der bayerischen Christsozialen sträubte sich gegen das Unternehmen, Fiktionen und Illusionen wegzuräumen. Zwischen Kiesinger und mir lag kein Graben, aber jener Abstand, den die unterschiedlichen Lebenswege und Lebensinhalte geschaffen hatten. »König Silberzunge«, wie er hinter vorgehaltener Hand und in einigen Presseorganen genannt wurde, war zehn Jahre älter als ich. Im Bundestag hatte er sich als ein wortgewaltiger Interpret der Vorhaben seines Kanzlers hervorgetan, dabei immer auch für mögliche Gemeinsamkeiten Raum lassend. Adenauer soll ihm lange nachgetragen haben, daß er im September 1949, in der Fraktionssitzung, die der ersten Bundesversammlung voranging, für einen Präsidentschaftskandidaten plädiert hatte, der gemeinsam mit den Sozialdemokraten gewählt werden könnte. Als er in Bonn bei keinem der Revirements berücksichtigt wurde, ging er 1957 als Ministerpräsident nach Stuttgart. Wir hatten während der folgenden Jahre mehr als flüchtigen Kontakt über den Bundesrat und im Kreise der Länderchefs.

Kiesinger war zu gescheit und wohlerzogen, als daß er Nazi mehr denn übers Mitgliedsbuch hätte werden können. Daß er, vielen anderen gleich, zunächst Wahnvorstellungen erlegen war, hat er nicht in Abrede gestellt und auch nicht behauptet, Widerstand geleistet zu haben. Sein demokratisches Nachkriegspathos war nicht jedermanns Geschmack, doch gab es keinen Grund, an der geistigen Fundierung seines politischen Engagements zu zweifeln. Der europäisch engagierte Reichsschwabe und ich waren uns einig darin, daß die bundesdeutsche Außenpolitik modifiziert, korrigiert und weiterentwickelt werden müsse. Das noch ganz dominierende Verhältnis zu Washington, das nicht nur wegen eines Streits um Ausgleichszahlungen für die in Deutschland stationierten Streitkräfte lädiert war, galt es zu entlasten. Die arg strapazierten Beziehungen zu Paris durften nicht notleidend bleiben. Erhard lag nicht andeutungsweise auf einer Wellenlänge mit de Gaulle, und vom Texaner im Weißen Haus ließ er sich auf den Arm nehmen. Es kam hinzu, daß ausgerechnet ihm eine hausgemachte Rezession – die erste nach dem Krieg – bevorstand. Adenauer, der sein Scheitern vorausgesagt hatte, förderte es bei im übrigen schwindenden Kräften.

Die Auslandsfaktoren waren zu jener Zeit einer Vielzahl kleiner, nicht umstürzender Veränderungen unterworfen. Die Präsidentschaft Lyndon B. Johnsons versackte im vietnamesischen Morast; Ende 1968 wurde Richard Nixon, mit hauchdünner Mehrheit, gewählt. In der Sowjetunion konsolidierte sich die konservative Führungsgruppe um Breschnew, nachdem Chruschtschow 1964 gestürzt worden war. Das Verhältnis zwischen Moskau und Peking verschlechterte sich zunehmend. In Frankreich erschütterten die Maiunruhen 1968 die Präsidentschaft de Gaulles. Im Jahr darauf trat der General zurück, Georges Pompidou führte das Land in gemäßigt konservative Bahnen.

Die hohe Zeit des Kalten Krieges war vorüber. Die Weltlage hatte sich verändert. So geboten legitime nationale Interessen, die bundesdeutsche Politik gegenüber Moskau und dessen Bündnispartnern zu entschlacken. Wir wußten, wohin wir gehörten. Und lernten, daß die Loyalität gegenüber und die Freundschaft mit dem Westen ergänzt werden müsse durch Ausgleich und Zusammenarbeit mit dem Osten.

Während die sozialdemokratische Seite deutlich für »Versöhnung« plädierte und Maßnahmen zur Rüstungsbegrenzung wie die Einbeziehung der DDR in rechtlich bindende Gewaltverzicht-Erklärungen auf die Tagesordnung gesetzt haben wollte, tat sich der Koalitionspartner schwer und mochte sich zu einer neuen Politik nicht durchringen. In der Regierungserklärung kehrten die alten Rechtspositionen – oder was man dafür hielt – wieder, doch zu vieler Überraschung wurde die Sowjetunion im außenpolitischen Teil an erster Stelle genannt. Europa galt wieder als mehr denn ein versteinerter Abguß dessen, was der Ost-West-Konflikt hervorgebracht hatte; daher – über die westeuropäische Einigung hinaus – die Bereitschaft zu möglichst viel Zusammenarbeit und die Suche nach neuen Ansatzpunkten für eine europäische Friedensordnung.

Der Wille zum Frieden und zur Verständigung sei, so hieß es, das

erste und letzte Wort und das Fundament unserer Außenpolitik. Ich
fügte hinzu: Europäische Politik müsse zu einem nicht endenden
Versuch werden, Bereiche des gemeinsamen Interesses zu erkunden,
fruchtbar zu machen und zu erweitern, Mißtrauen in sachlicher Zusammenarbeit zu neutralisieren und schließlich zu überwinden. Sich
an aktiver Friedenssicherung als dem Generalnenner unserer Außenpolitik zu orientieren, fand ich geeignet, Verbesserungen für die
Menschen im geteilten Deutschland zu erreichen; dies, so hofften
wir, würde dazu beitragen, die nationale Substanz zu erhalten.

Die überwiegend tüchtigen und loyalen Mitarbeiter im Auswärtigen Amt halfen mir, die deutschen Interessen deutlicher zu definieren. Als ich im Dezember 1966 nach Paris kam, wurde auf französischer Seite und im NATO-Rat, der dort, vor der Übersiedlung nach
Brüssel, zum letztenmal tagte, wohl verstanden, daß wir ohne Kraft-
meierei, doch mit neuem Selbstbewußtsein an die Arbeit gingen.
Genau dies – daß wir unsere Interessen nicht arrogant, aber unbefangen zu vertreten gedächten – habe ich Anfang 1967 bei meinem
ersten Besuch als Außenminister auch in Washington deutlich gemacht. Ich ließ mir keine falsche Kontinuität andienen und gab mich
nicht dem Wunderglauben an juristische Formeln hin, die den Hitlerkrieg vergessen machen oder seine Folgen aufheben sollten. Natürlich nicht zu aller Zufriedenheit vertrat ich, nun auch aus dem
Bonner Regierungsamt, die Überzeugung, Nazismus, auch in neuer
Verpackung, giftiger Nationalismus überhaupt sei Verrat an Land
und Volk.

Kiesinger mangelte es nicht an guten Absichten, wohl aber an der
Entschlußkraft, über den eigenen Schatten zu springen. In seiner
Gefolgschaft fiel es manchem sehr schwer, öffentlich einzugestehen,
was alles auf das Konto der NS-Herrschaft ging und daß es geboten
war, von veränderten Realitäten auszugehen. »Mein« Bundeskanzler
brachte es zwar über sich – was schon etwas war –, Briefe von der
anderen deutschen Feldpostnummer zu beantworten, aber lieber
nahm er der halben Welt Spott auf sich, als die DDR einen Staat zu
nennen; er versteifte sich aufs »Phänomen«. Im Auswärtigen Amt
empfand man es als hilfreich, nicht mehr nur von der Sowjetzone
reden zu müssen; nachdem ich vom »anderen Teil Deutschlands« gesprochen hatte, wurden daraus flugs die Ersatzbuchstaben ATD,

doch nur noch für kurze Zeit. Daß sich im Osten wichtige, konflikt-geladene und vielleicht hilfreiche Wandlungen anbahnten, wollte sich denen nicht vermitteln, die in ihrem Schwarz-Weiß (oder sollte ich sagen: Schwarz-Rot)-Schema befangen waren. Insofern hatte es, als 1968 der Prager Frühling abstarb, jemand wie Kiesinger leichter als ich. Er fühlte sich bestätigt, daß Kommunismus – andere sagten: Sozialismus – und Freiheit eben nicht auf einen Nenner zu bringen seien; Ende der Diskussion.

Es war nicht so, als ob sich in der Außenpolitik der Großen Koali-tion alles nur um den Übergang zu einer neuen Ostpolitik gedreht habe. Die Beziehungen zu den Schutzmächten, zu NATO und EWG, auch zur großen Zahl von alten und neuen Handelspartnern in vielen Teilen der Welt nahmen den bei weitem größten Teil unse-rer Arbeit in Anspruch und überdeckten die weißen Flecken doch nicht mehr. Die kommunistisch regierten Staaten kamen, aus bun-desdeutschem Blickwinkel, weißen Flecken gleich.

Wie mühsam es werden sollte, den Anschluß an neue Gegebenhei-ten zu finden, zeigte sich schon um die Jahreswende 1966/67, als Amerikaner plus Engländer und Sowjets dabei waren, sich über die Nichtweiterverbreitung von Atomwaffen zu einigen. Außenminister Dean Rusk gab mir den Text der ersten beiden Artikel des Vertrags-entwurfs, als wir uns, Dezember 1966, im NATO-Rat in Paris trafen. Kiesinger stand unter dem Eindruck von Vorurteilen, die nur partiell seine eigenen waren, und wähnte – in Anlehnung an de Gaulle – eine »atomare Komplizenschaft« der Supermächte. Adenauer fand sich an den Morgenthau-Plan erinnert. Strauß malte die Gefahr eines »neuen Versailles von kosmischem Ausmaß« an die Wand. Man machte die Leute glauben, ihre Sicherheit werde Schaden leiden, die Wirtschaft böse Einbußen hinnehmen müssen.

Um die Jahreswende zog ich mich für eine Woche nach Sizilien zurück, arbeitete die Akten durch und schrieb mit eigener Hand auf, wie unsere Politik auf diesem Gebiet aussehen sollte. Im Auswärti-gen Amt überraschte mein Arbeitsstil, aber man wußte doch sehr zu schätzen, daß einer die Marschroute absteckte.

Der Nichtverbreitungsvertrag drohte zu einer Art psychologischer Zerreißprobe innerhalb der Großen Koalition zu werden. Tatsäch-lich bedurfte es erst einer neuen Regierung, damit er im November

1969 endlich unterzeichnet werden konnte. Die Ratifizierung ließ noch Jahre auf sich warten. Es war nicht das einzige Vorhaben, das liegengelassen werden mußte.

Die Furcht vor einem »Versailles kosmischen Ausmaßes« war gewiß abwegig. Bestätigt hat sich jedoch die Einschätzung, daß es erstens schwer sein werde, die Zahl der Kernwaffenstaaten auf fünf beschränkt zu halten. Und daß zweitens die große Mehrheit der Staaten sich nicht dauerhaft auf Verzicht einschwören ließe, wenn die stark herausgehobene Minderheit nicht ernste Schritte in Richtung Rüstungsbegrenzung und Abrüstung zu unternehmen willens sei.

1968 ging es darum, den Atomwaffenstaaten moralisch und politisch die Verpflichtung zur Abrüstung zuzuweisen; sie sollten ihre Atomwaffenarsenale verringern und – wie schon damals formuliert wurde – nach Möglichkeit abbauen. Von den Nichtkernwaffenstaaten wurde erwartet, daß sie mit ihrem Verzicht einen Beitrag zur Friedenssicherung leisteten. Der Nichtverbreitungsvertrag war also gedacht als eine Brücke auf dem Weg zu Rüstungskontrolle und Rüstungsbegrenzung; niemand glaubte allerdings, daß sich Abrüstung innerhalb kurzer Frist würde realisieren lassen. Artikel 6 des Vertrages enthielt zwar eine Art Pflicht zur Abrüstung, doch Fortschritte suchte man lange Jahre vergeblich. Die Arsenale wurden sogar weiter aufgefüllt, weshalb die Nichtkernwaffenstaaten bei den alle fünf Jahre stattfindenden Überprüfungskonferenzen ihre Ungeduld deutlich zum Ausdruck brachten. Mit welchem Erfolg? Die Zahl der Atomwaffenstaaten ist im Laufe der Jahre nicht kleiner geworden, die Zahl der atomaren »Schwellenländer« erst recht nicht. Daß wir uns – weltweit gesehen – in einem schwer überschaubaren Gelände befanden, war allgemein bekannt. Auf deutschem Boden blieben, Vertrag hin, Vertrag her, mehr atomare Zerstörungsmittel stationiert als in irgendeinem vergleichbaren Gebiet.

Was die Führung im Kreml anging, sah es so aus, als liege ihr an gutem Kontakt zur Regierung der Großen Koalition. Doch Botschafter Semjon Zarapkin wurde zurückgepfiffen. In Moskau schien man zu befürchten, wir wollten die östlichen Blockpartner gegen ihre Führungsmacht ausspielen. Ulbricht legte sich aus seinen Gründen quer. Ein deutsch-sowjetischer Notenwechsel zum Thema Gewaltverzicht blieb Papier. Es gab allerdings keine neuen Verhärtungen.

Mit Botschafter Pjotr Abrassimow war ich – vermittelt durch den schwedischen Generalkonsul Sven Backlund, den späteren Botschafter in Bonn – in der Zeit von Mai bis November 1966 mehrfach in Berlin zusammengetroffen, auch in seiner Botschaft Unter den Linden; bei einem Abendessen im Oktober führte er den weltberühmten Cellisten »Slawa« Rostropowitsch ein, der noch in Moskau lebte und dem ich seither freundschaftlich verbunden bin.

Die Gespräche dieses Jahres berührten – unter Bezugnahme auf meinen Parteivorsitz – Themen, die weit über die Berliner Probleme hinausreichten und verschiedene Aspekte des künftigen deutsch-sowjetischen Verhältnisses einbezogen. So, als habe man geahnt, daß Weiterungen in der Luft lagen.

Im späten Herbst jenes ereignisreichen Jahres lud Abrassimow mich nach Moskau ein; ich lehnte nicht ab. Wenig später wiederholte Bonn-Botschafter Smirnow, anläßlich eines Abendessens bei Berthold Beitz, die Einladung und erörterte bereits, wo in Moskau ich wohnen würde. Der Moskau-Besuch kam nicht zustande, weil ich Außenminister wurde. Abrassimow verhehlte nicht, daß er mit der Bildung der Großen Koalition sehr unzufrieden war. Doch wußte er sich zu arrangieren.

Smirnow hatte ich in guter Erinnerung, seit er mir 1960 ein interessantes Memorandum hatte zukommen lassen, das gleichzeitig der Bundesregierung zur Kenntnis gebracht, aber keiner weiteren Prüfung für Wert befunden wurde. West-Berlin als »Freie Stadt« sollte eine engere Verbindung zum Bundesgebiet eingehen und zu einem Forum von Kontakten zwischen den beiden Teilen Deutschlands werden können.

Damals, im Sommer 1960, hatte Gromyko versucht, den Faden weiterzuspinnen. Bei einem Besuch in Wien übergab er Bruno Kreisky ein Schriftstück, in dem mir nahegelegt wurde, in eine Verhandlung mit der Regierung der UdSSR einzutreten. Das war schon aus Gründen der Zuständigkeit nicht möglich, und Kreiskys Vorstellung, ich hätte mich gemeinsam mit Adenauer auf die Reise nach Moskau begeben können, verkannte den Unterschied zwischen den deutschen und den österreichischen Gegebenheiten. Vielleicht wurde seinerzeit tatsächlich etwas versäumt, aber eine Veränderung der Lage ist dann doch eingetreten.

Dies zeigte sich, als ich – für den bundesdeutschen Außenminister einigermaßen unkonventionell – Abrassimow vor der Sommerpause 1968 in seiner Botschaft einen Besuch abstattete. Es wurde ein langer, lebhafter, begrenzt ertragreicher Abend. Der Botschafter erhielt, während ich bei ihm zu Abend aß, einen Anruf Leonid Breschnews, und er legte viel Wert darauf zu betonen, seine Seite wünsche keine Verschärfung, sondern Ruhe in und um Berlin. So reagierte Abrassimow positiv auf meine Anregung, die Autobahngebühren global zu erstatten; als ich hierüber wenig später den Außenministern der drei Mächte berichtete, prophezeite Dean Rusk, eine solche Regelung werde sehr entlastend wirken. Ich brachte Abrassimow auch dazu, der Frage eines Gewaltverzichtsvertrages näherzutreten; wir begannen eine sehr sachliche Diskussion. Mein Resümee im Bundestag: »Nach einem reichlich stark hochgespielten [...] Gespräch« brauchte ich nicht mehr zu denken, daß die Sowjetunion die eigentliche Tragweite unserer Vorschläge nicht erkannt habe.

Ein weiterer sowjetischer Kontakt, nämlich der mit Andrej Gromyko in New York, wurde ebenfalls außerhalb der Routine geknüpft. Ich hatte an der ersten Konferenz der Nichtkernwaffenstaaten in Genf teilgenommen und war von dort nach New York gereist; »am Rande« der UN-Vollversammlung trafen sich die NATO-Außenminister, und gleichfalls »am Rande« kam mein Gespräch mit dem sowjetischen Außenminister zustande. Es war durch einen Journalisten – Otto Leichter, einen österreichischen Bekannten, der dpa in New York vertrat – vermittelt worden und fand in der UN-Botschaft der UdSSR statt. Gromyko hatte den alten Deutschlandexperten Semjonow bei sich. Ich war von Egon Bahr begleitet, der binnen kurzer Zeit in Moskau viele Tage damit verbringen sollte, sich mit Gromyko über die wesentlichen Elemente jenes Vertrages zu verständigen, den ich im August 1970 unterzeichnete.

Ich fand Gromyko angenehmer als das Bild, das ich mir von einem bissigen »Mr. Njet« gemacht hatte. Er wirkte freundlich-gelassen, auf eine angenehme Art fast angelsächsisch zurückhaltend. Seine Routine war auf eine unaufdringliche Weise zu spüren, sein Gedächtnis galt als phänomenal. Diesen Eindruck fand ich verstärkt, als wir im Herbst 1969 erneut zusammentrafen. Ich war eigens wegen dieses Termins nach New York geflogen, obwohl – oder gerade weil? – Bundestagswahlen kurz bevorstanden. Gromyko erschien diesmal in Begleitung Valentin Falins, der im Außenministerium die mit unserem kommenden Vertrag verbundenen Fragen zu bearbeiten hatte und später ein geschätzter Botschafter in Bonn wurde, einigen von uns sogar ein Freund. Gorbatschow berief ihn in den engsten Kreis derer, die ihn beraten.

Der Inhalt beider Gespräche nahm zu einem wesentlichen Teil vorweg, was uns in Verbindung mit dem Moskauer Vertrag beschäftigen sollte. Knochenhart erklärte Gromyko, die Frage der nach dem Zweiten Weltkrieg entstandenen Grenzen sei »die Frage von Krieg und Frieden«. Andererseits: Man sehe in unserem Volk »nicht den ewigen Feind«. Die Deutschen regten sich fälschlich auf, wenn sie in Verbindung mit dem Nichtverbreitungsvertrag befürchteten, die Sowjetunion wolle sich die Möglichkeit offenhalten, die Feindstaatenklausel der UN-Charta in Anspruch zu nehmen und hieraus ein Recht auf Einmischung abzuleiten. Daß sich das deutsch-sowjetische Klima 1969 verbesserte, schien mit den Schwierigkeiten Moskaus im Fernen Osten zu tun zu haben. Botschafter Zarapkin war schon im Frühjahr bei mir gewesen, um uns im Auftrag seiner Regierung – und einigermaßen aufgeregt – über die Spannungen mit China zu unterrichten; Anfang März hatte es Gefechte der Grenztruppen am Ussuri gegeben.

In der ersten Hälfte des Jahres 1969 führte ich ein halbes Dutzend langer Gespräche mit dem sowjetischen Botschafter; er besuchte mich auch auf Bühlerhöhe, wo ich eine Rippenfellentzündung auskurierte. Nach der Sommerpause setzten wir den Meinungsaustausch fort, im September äußerte sich Moskau auch offiziell zu unserer Initiative in Sachen Gewaltverzicht und bot Verhandlungen an. Ich hielt jetzt das sowjetische Interesse an wirtschaftlicher Zusammenarbeit für ausschlaggebend und meinte, die russisch-chinesischen Schwierigkeiten hätten eine zusätzliche Rolle gespielt.

Oder zählte in der sowjetischen Führung vor allem die Einschätzung, es mit einem künftigen Bundeskanzler Brandt zu tun zu bekommen? Gleich nach der Wahl, am 28. Oktober, erschien Zarapkin bei mir und übermittelte den Wunsch des Kreml, daß die neue Bundesregierung das Verhältnis zu den osteuropäischen Staaten normalisiere und der Entspannung in Europa den Weg bereite.

Dem Verhältnis zur Sowjetunion kam ein für fast alle erkennbares eigenes Gewicht zu. Die Beziehungen mit den Staaten zwischen Deutschland und Rußland getrennt regeln zu wollen, wie es vor meiner Zeit im Auswärtigen Amt versucht worden war, konnte nicht gelingen. Handelsmissionen waren 1963/64 – im Einvernehmen mit den Sozialdemokraten – in Warschau, Bukarest, Budapest, Sofia eingerichtet worden. In Prag, das sich lange der Einbeziehung Berlins widersetzte, zogen wir im Sommer 1967 nach. Im Frühjahr 1966 hatte Außenminister Schröder, wiederum nach Absprache mit den Sozialdemokraten, eine »Friedensnote« an alle, auch die osteuropäischen, Staaten gerichtet: Man wolle Erklärungen über einen Gewaltverzicht austauschen. Die Regierung Kiesinger deutete das Angebot dahin, daß auch die DDR hätte einbezogen werden können.

Eine Ausnahme bildeten die diplomatischen Beziehungen zu Rumänien, die aufzunehmen ich schon Anfang 1967 mit meinem Kollegen Corneliu Manescu in Bonn vereinbart hatte; im Sommer jenes Jahres fuhr ich selbst nach Bukarest. Mit Nicolae Ceausescu ließ sich damals noch vernünftig reden.

Während meines Aufenthalts in Bukarest gab es einen der nicht seltenen Bonner Stürme im Wasserglas – wegen eines winzigen Zusatzes, den ich in meine vorbereitete Tischrede einfügte. Im Manuskript hieß es, wir stimmten darin überein, daß man in puncto europäischer Sicherheit von den bestehenden Realitäten auszugehen habe. Dem fügte ich hinzu: Dies gelte auch »für die beiden politischen Ordnungen, die gegenwärtig auf deutschem Boden bestehen«. Es komme darauf an, den Menschen das Gefühl der Unsicherheit und der Angst vor Krieg zu nehmen. Der Zusatz hatte sich aus Fragen ergeben, die bei Tisch an mich gerichtet wurden. Die ans Hysterische grenzende Reaktion in der Bundeshauptstadt war schwer zu verstehen und zeigte, daß eine Einbeziehung des anderen deutschen Staates weiterhin auf viel Widerstand stieß.

Andere hatten ebenfalls ihr Interesse an normalisierten Beziehungen erkennen lassen, aber um Erlaubnis gefragt und sie nicht bekommen. Der Warschauer Pakt riegelte sich – vor allem auf Ostberliner Drängen – aufs neue ab, wenn auch nicht mehr für lange. Ulbricht gewann – noch einmal – Warschau und Prag für ein »Eisernes Dreieck« und verfolgte eine Gegendoktrin: Vollgültige Beziehungen zu uns nur, wenn DDR und Oder-Neiße-Grenze völkerrechtlich anerkannt, West-Berlin als »selbständige politische Einheit« akzeptiert, das Münchener Abkommen als »von Anfang an ungültig« erklärt und der dauerhafte Verzicht auf Atomwaffen ausgesprochen würden. Am Rande des Bemühens um Normalisierung des Verhältnisses zur Sowjetunion und zu ihren Verbündeten lag, gleichwohl von europäisch-politischem Gewicht, die Wiederherstellung voller diplomatischer Beziehungen zu Jugoslawien. Im Frühsommer 1968 reiste ich nach Belgrad, anschließend zu Tito nach Brioni. Wieder einmal hatte ein Journalist geholfen und die Verbindung hergestellt, in diesem Fall war es ein aus Berliner Zeiten befreundeter jugoslawischer Korrespondent.

In unser Verhältnis zu Polen war einige Monate vor der Prager Krise ein Hauch von Bewegung gekommen. Auf dem Nürnberger Parteitag im März 1968 hatte ich mich für »Anerkennung beziehungsweise Respektierung der Oder-Neiße-Linie« ausgesprochen. Ich war überzeugt, daß der Aussöhnung zwischen Polen und Deutschen der gleiche geschichtliche Rang zukommen müsse wie der deutsch-französischen Freundschaft.

Das konnte für kaum jemanden eine Überraschung sein und sorgte doch für Aufregung. Kiesinger, mit dem ich telefonierte, ging zu Recht davon aus, daß es Ärger mit Funktionären der Vertriebenenverbände geben würde. Ich machte ihn darauf aufmerksam, daß der Bundeskanzler für die Richtlinien der Regierungspolitik zuständig sei, nicht für die der Sozialdemokratischen Partei. Der Parteitag stimmte mir zu, und Gomulka nahm den Nürnberger Ball auf. Mein knapper Wahlerfolg im darauffolgenden Jahr wurde denn auch trotz andauernder Demagogie in der Grenzfrage erzielt.

Als Außenminister, wie schon davor, gab es für mich keinen Zweifel, daß unsere Ostpolitik im Westen abgesichert sein müsse. Das Rapallo-Gespenst machte uns durchaus zu schaffen. Dabei war an jenem Küstenort in der Nähe von Genua 1922 nichts Schlimmeres passiert, als daß der Kriegszustand mit Rußland beendet und Meistbegünstigung bei der wirtschaftlichen Zusammenarbeit vereinbart worden war. Andererseits war mir deutlicher als anderen bewußt, daß die Entspannung zwischen den Großen – brüchig, wie sie blieb – ohne uns hätte scheitern müssen. Die deutsche Politik hatte erheblichen Einfluß auf die gesamteuropäische Ebene und über Europa hinaus.

Die NATO-Ministerkonferenz vom Dezemer 1966 war die erste gewesen, an der ich als Außenminister teilnahm. Was ich zu sagen hatte, wurde mit einiger Neugier und mancherlei freundlichem Zuspruch aufgenommen. Die Bundesrepublik sei entschlossen, an einer Politik mitzuwirken, die Entspannung anstrebe, ohne Sicherheit zu gefährden. Man habe uns gegenüber oft angeregt, einen eigenen Beitrag zur Überwindung der Spannungen zu leisten: »Wir werden es tun – gemäß unseren Interessen und entsprechend unseren Verpflichtungen in der Allianz.« Das anstehende Thema wurde als »Reform der Allianz« beschrieben und die doppelte Funktion von Verteidigung und Entspannung als die neue weltpolitische Aufgabe formuliert.

Ebendarum ging es im Juni 1967 in Luxemburg und im folgenden Dezember in Brüssel. Der belgische Außenminister Pierre Harmel hatte Vorarbeiten für die Definition der künftigen Aufgaben der Allianz geleistet; nur deshalb erhielt der Bericht, der Ende 1967 verabschiedet wurde, seinen Namen. Mit dem christlich-sozialen Wallonen verband mich eine vertrauensvolle Beziehung. Während des Wahlkampfes 1969 brachte er mich von einem Abstecher nach Brüssel zum Flugplatz und sagte, meine Freunde und ich müßten unbedingt an der Regierung bleiben – Europas wegen.

Von besonderem Gewicht war die NATO-Ministerkonferenz in der isländischen Hauptstadt Ende Juni 1968. Couve de Murville, wegen der französischen Maiwirren nicht auf der Höhe, trat den ihm routinemäßig zustehenden Vorsitz an mich ab. Das dort formulierte »Signal von Reykjavik« wollte Moskau und den Warschauer Pakt auffordern, sich auf Verhandlungen über eine ausgewogene Verminderung von Streitkräften einzustellen. Das »Signal«, das ich wesentlich mitformulierte, sprach von einem »Prozeß«. Ich plädierte dafür, mit dem Truppenabbau dort zu beginnen, wo es am nötigsten sei, nämlich in Zentraleuropa. Wünschenswert seien baldige exploratorische Gespräche der Verbündeten mit der Sowjetunion und den osteuropäischen Staaten. Auch machte ich deutlich, daß der andere Teil Deutschlands von solchen Überlegungen nicht ausgeschlossen bleiben könne.

Diese Initiative mündete in die Wiener Verhandlungen über beiderseitigen Truppenabbau, versandete aber zuvor im sowjetischen Einmarsch in die Tschechoslowakei. Er bedeutete ein tiefe Erschütterung für unsere Nachbarn und einen ernsten Rückschlag für unsere Politik.

Im Monat nach der sowjetischen Strafaktion gegen Prag sprach ich im Genfer Völkerbundspalast auf der ersten Konferenz der Nichtkernwaffenstaaten; 42 Jahre zuvor hatte dort Gustav Stresemann das Wort ergriffen, als die Weimarer Republik aus der Quarantäne nach dem Ersten Weltkrieg entlassen wurde. Ich nahm die Erschütterung durch die Prager Tragödie auf: »Wir billigen niemandem ein Interventionsrecht zu.« Und: »Wer Macht hat, zumal atomare Macht, der hat noch nicht die Moral auf seiner Seite, auch nicht die Weisheit.« Auch dies: »Die großen Gefahren für die Menschheit gehen von den großen Mächten aus und nicht von den kleinen.«

Die zum Schweigen verurteilten Delegierten der CSSR hatten Tränen in den Augen – so auch kurze Zeit später auf der UNESCO-Konferenz in Paris, als ich sagte: »Laßt jedes Volk seinen eigenen Weg bestimmen.« Jeder wisse, daß Völker um ihre Unabhängigkeit bangten. Was in den Jahren nach dem Zweiten Weltkrieg an Normen des internationalen Zusammenlebens gewachsen schien, stehe erneut auf dem Spiel. Unsere Politik wolle an die Stelle von Drohung mit Gewalt oder einem Gleichgewicht des Schreckens eine Friedensordnung in Europa setzen; selbst auf die Machtdemonstrationen anderer dürften wir nicht so antworten, daß die Spannungen weiter gesteigert würden.

Wenn es nach einigen Kollegen im Kabinett, so Verteidigungsminister Schröder, gegangen wäre, hätte die Bundesrepublik in Genf durch Abwesenheit geglänzt. Ich machte deutlich, daß ich es für eine Vernachlässigung meiner Amtspflichten hielte, dort nicht unsere Interessen zu vertreten. Diesem Argument wagte keiner mehr zu widersprechen, auch Franz Josef Strauß nicht.

Im Herbst 1968 wurde in New York am Rande der UN-Vollversammlung – wir Deutsche blieben noch einige Jahre Zaungäste – bei ebenjener Sonderzusammenkunft der NATO-Außenminister die Lage nach den Prager Ereignissen erörtert. Man stellte fest, daß der

Von der Mühsal einer Kurskorrektur 181

schreckliche Vorgang, den wir nicht hatten verhindern können, als ein Rückfall in böse Formen von Aggression zu werten sei, daß aber gleichwohl am Kurs festgehalten werden müsse, und der hieß: Abbau der Ost-West-Spannungen. Daß über geringfügige Ergänzungen der militärischen Vorkehrungen gesprochen wurde, war bloße Optik, denn niemand glaubte, daß der Westen anders oder mehr bedroht sei als vor dem Einmarsch.

Im April 1969 beging die NATO-Ministerkonferenz in Washington das 20jährige Bestehen der Allianz und ließ Töne anklingen, die nicht nur neu waren, sondern vor allem den deutschen Außenminister aufhorchen lassen mußten. Präsident Nixon bat zu einer Sitzung, an der nur die Minister mit je einem Mitarbeiter teilnahmen: Da wir einer Zeit von Verhandlungen entgegengingen, sei es wichtig, daß wir uns nicht auf eine »selektive«, von Moskau bestimmte Form von Entspannung einließen. Im Klartext: Washington wollte das entscheidende Sagen behalten, die Handschrift Henry Kissingers war unschwer zu erkennen. Nixon unterrichtete uns auch über den Stand der nuklearstrategischen Rüstungen: Vor sechs bis sieben Jahren, in der Kuba-Krise, habe sich die amerikanische zur sowjetischen Nuklearrüstung wie zehn zu eins verhalten; davon könne keine Rede mehr sein. Es sollte noch weitere sechs bis sieben Jahre dauern, bis Gleichstand festgestellt wurde. Der Präsident machte uns schließlich mit den Verhandlungen vertraut, die später unter dem Stichwort SALT in den internationalen Sprachgebrauch eingingen.

Ich verwandte mich, trotz oder gerade wegen der Prager Krise, auf jener Washingtoner NATO-Tagung 1969 dafür, den Gedanken einer europäischen Sicherheitskonferenz nicht der Öffentlichkeitsarbeit der östlichen Seite zu überlassen, sondern argumentativ und konstruktiv darauf einzugehen; darin lag für mich die erwünschte Europäisierung der Ostpolitik beschlossen. Der betagte italienische Sozialistenführer Pietro Nenni, für kurze Zeit Außenminister seines Landes, führte meine Überlegungen einen Schritt weiter und meinte, der Westen solle selber die Initiative zu einer Sicherheitskonferenz ergreifen.

Auf ihrer Budapester Konferenz im Jahr zuvor hatten die Regierungen des Warschauer Pakts eine Erklärung verabschiedet, die zu prüfen lohnend schien – nicht nur weil die sonst üblichen Angriffe auf Washington und Bonn fehlten. Ich meinte, wir sollten ausloten, was auszuloten war, allerdings ohne Vorbedingungen; auf der Teilnahme unserer nordamerikanischen Partner müsse bestanden werden. Auf diese Weise würde deren Präsenz eine Begründung erhalten, die über die Siegerrechte hinausreichte. Ein Gedanke, den Henry Kissinger als Zumutung empfand. Im übrigen, so befand ich, dürfe die Konferenz nur stattfinden, wenn begründete Aussicht auf Fortschritt in der Sache bestehe. Inzwischen sollten wir beginnen, zumindest Teilaspekte der europäischen Sicherheit öffentlich zur Diskussion zu stellen. Daraus wurde, ohne sonderlichen Elan, doch immerhin, die Marschroute des westlichen Bündnisses.

Über die Budapester Zusammenkunft des Warschauer Pakts und andere Vorgänge in Osteuropa ließen uns die italienischen Kommunisten Hinweise zukommen. Mein Freund Leo Bauer, der Exkommunist, der nach leidvollen Jahren aus der Sowjetunion zurückkehren konnte, hatte sich mit dem KPI-Führer Pietro Longo in gemeinsamer Internierung angefreundet und wußte die Verbindung nun zu nutzen. Was er uns aus seinen römischen Gesprächen mitteilte, war höchst interessant, und die Vermutung spricht dafür, daß der Kontakt auch für die Meinungsbildung der italienischen Seite einige Bedeutung hatte. Über ein Treffen, das einige meiner Parteifreunde in der italienischen Hauptstadt wahrgenommen hatten, wurde der BND unterrichtet und mit dessen tendenziösem Material wiederum der Bundeskanzler munitioniert. Mich zu unterrichten oder meine Stellungnahme als Parteivorsitzender einzuholen, hielt niemand für notwendig oder zweckmäßig. Jahrelang mußten die Falschberichte, die »Geheimverhandlungen« unterstellten, für Angriffe auf mich und meine Partei herhalten; Franz Josef Strauß wärmte diesen groben Unfug noch in dem Artikel wieder auf, den er vierzehn Tage vor seinem Tod im Oktober 1988 abgezeichnet hatte.

Auf der Dezembertagung 1969, die ohne mich, weil nicht mehr Außenminister, stattfand, machte die NATO die Unterstützung einer europäischen Sicherheitskonferenz davon abhängig, daß Fortschritte hinsichtlich Berlins und bei den Verhandlungen zwischen Bonn und Moskau erzielt würden. Einige Monate zuvor hatte die finnische Regierung ein Memorandum zirkulieren lassen, das die Voraussetzungen für eine Konferenz erkunden helfen sollte. Für die

Bundesregierung reagierte ich vorsichtig, aber nicht ablehnend. Als Bundeskanzler half ich Präsident Kekkonen, daß Helsinki zum Tagungsort der Konferenz ausersehen wurde. Sie kam im Sommer 1975 zusammen.

Sowohl vor dem Bundestag, im März 1969, wie gegenüber den USA und der NATO in Washington, im April 1969, wiederholte ich in deutlichen Worten, daß auf die Teilnahme der Vereinigten Staaten und Kanadas an einer solchen Konferenz nicht verzichtet werden könne. Gleichzeitig habe ich keinen Zweifel daran gelassen, daß die Beteiligung der Bundesrepublik an einer Europäischen Sicherheitskonferenz keinen oder wenig Sinn mache, wenn das Verhältnis zwischen den beiden Teilen Deutschlands nicht vorher geregelt sei. Ich überschätzte die Hebelwirkung nicht, mochte mir aber doch den Hinweis nicht versagen: Wenn einer der beiden Hochzeiter nicht erscheine, sei der andere vermutlich wenig erfreut.

Die westlichen Bündnispartner verstanden den Wink. Sie machten sich unsere Erfahrungen zu eigen und ergänzten sie mit der Forderung, daß vorweg auch ein befriedigendes Viermächteabkommen über Berlin zustande gebracht werde.

Dieser Zusammenhang ist wichtig. Törichte Opponenten verwechselten absichtlich meine und Breschnews 71er Beratung in Oreanda mit dem Ministerrat der NATO; doch dieser war es, der – für mich mit – positiv über die Mitwirkung an einer Europäischen Sicherheitskonferenz entschied. Franz Josef Strauß meinte allerdings auch 1975 noch, unter dem Titel »Brandts gefährliche Aktivitäten« die Mär verbreiten zu sollen, ich hätte im Frühherbst 1969 – ohne Wissen und gegen den Willen von Kiesinger! – auf die Anregung der finnischen Regierung, die Konferenz in ihrer Hauptstadt abzuhalten, positiv reagiert oder reagieren lassen. Die vorsichtige Antwort des Auswärtigen Amtes war mit dem Bundeskanzler abgestimmt. Mir lag allerdings sehr daran, daß es nicht bei einer Pflichtübung bleibe. Warum diesen Teil des Friedensthemas der »anderen Seite« überlassen? Warum nicht aus bundesdeutscher Überzeugung und Interessenlage den inneren Zusammenhang herausarbeiten zwischen europäischer Sicherheit, Rüstungsbegrenzung, nuklearer Nichtverbreitung? Alle drei Elemente weckten das Mißtrauen des Partners in der Koalition. Kiesinger selbst stieß auf beträchtliche Widerstände in der rechten Ecke seiner Partei; mir kam zu Ohren, daß die bayerische CSU mit dem Austritt aus der Koalition gedroht habe. Dabei hatte niemand offen opponiert, als ich im Dezember 1967 erklärte, wir wollten an einem Abkommen mitwirken, das im Zuge einer ausgewogenen Verminderung aller Streitkräfte auch zum stufenweisen Abbau der Kernwaffen in Europa führe; in meiner Genfer Rede aktualisierte ich gleichzeitig das Thema der biologischen und chemischen Waffen.

Eine regelrechte Regierungskrise löste, Frühjahr 1969, ein Land im fernen Südostasien aus: Kambodscha. Unter gewiß nicht zimperlicher sowjetischer Einwirkung hatte Prinz Sihanouk – wie die Regierungen Ägyptens und einiger anderer arabischer Staaten zuvor – die DDR anerkannt. Also sollten von uns aus die diplomatischen Beziehungen abgebrochen werden. Die dpa-Nachricht hierüber erreichte mich während eines Besuchs in der Türkei; drastische Schilderungen, wie unwirsch – »Mir reicht's!« – ich hierauf reagierte, waren zutreffend. Es gab sogar die Vermutung, jener Abend am Bosporus habe deutlich gemacht, daß ich für eine Wiederauflage der Großen Koalition nicht zur Verfügung stünde.

Ich konnte es nicht für vernünftig halten, unsere Flagge einzuholen, wo immer die unserer deutschen Konkurrenten gehißt wurde. Und es war ja kaum noch möglich, die DDR aus wichtigen internationalen Gremien – beginnend mit der Weltgesundheitsorganisation – herauszuhalten. Während einer Nachtsitzung im Kabinett wurde eine »Lösung« gefunden, die man das »Kambodschieren« nannte: Die Beziehungen zu Pnom Penh sollten nicht abgebrochen, nur eingefroren werden. Spaßvögel wider Willen haben daraus die Version abgeleitet, Kiesinger sei mir im Mai 1969 durch jenes »Einfrieren« entgegengekommen. Tatsächlich hatte ich mich aus jener nächtlichen Kabinettssitzung vorzeitig davongestohlen und an Rücktritt gedacht. Aber das wäre dann doch nicht angemessen gewesen. Außerdem standen Wahlen bevor.

Im großen und ganzen war ich mit den knapp drei Jahren als Außenminister nicht unzufrieden. Als großen Gewinn habe ich die regionalen Botschafterkonferenzen betrachtet, die ich in der Bonner Zentrale sowie 1967 in Japan, 1968 an der Elfenbeinküste und in Chile leitete. Gern denke ich auch an die Hilfsbereitschaft, die in der »Gewerkschaft der Außenminister« vorherrschend war. Ich habe mich später für den einen und anderen eingesetzt, der bei sich zu Hause in Schwierigkeiten geriet. Selbst kam mir, als es verschlossene Türen zu öffnen galt, die Unterstützung der skandinavischen Kollegen in besonderer Weise zugute.

»Wenn schon Entspannung, dann machen wir sie«

Im September 1969 bildete ich, das Wahlergebnis hatte es möglich gemacht, die Regierung der sozial-liberalen Koalition. Daß, vor allem aus Gründen der Außenpolitik, eine neue Regierung hermüsse, hatten im Wahlkampf der FDP-Vorsitzende Walter Scheel und ich für wünschenswert oder sogar notwendig erklärt.

Im Palais Schaumburg war der Sekt zu früh eingeschenkt worden. Erste Hochrechnungen hatten ein falsches Ergebnis vorausgesagt und auch den Präsidenten in Washington – oder seinen in deutschen Dingen besonders versierten Sicherheitsberater – in die Irre geführt. Nixon rief bei Kiesinger an und gratulierte zu einem Wahlerfolg, der keiner war. Obwohl nicht frei von Vorurteilen, hatte er mich nicht brüskieren wollen. Als wir uns zum erstenmal nach meiner Wahl zum Bundeskanzler im Weißen Haus sahen, meinte er nahezu entwaffnend, man habe ihm an jenem Herbstabend die falsche Nummer gegeben. Meine Antwort hat er sich so gemerkt: Irren sei menschlich, zumal auf solch eine Entfernung.

Die Sozialdemokratische Partei konnte mit dem Ergebnis zufrieden sein. Trotz der erheblichen Reserve gegen die Große Koalition stieg unser Stimmenanteil von 39,3 auf 42,7 Prozent. In Mandaten: 224 gegen 202 zuvor; die Zahl der sozialdemokratischen Direktmandate lag, zum erstenmal, höher als die der CDU/CSU. Aber die Freien Demokraten waren auf 5,8 Prozent zurückgegangen und verfügten nur noch über 30 statt vorher 49 Mandate. Die Besonderheit der Wahl: Die rechtsextremen »Nationaldemokraten« waren mit 4,3 Prozent an der Fünfprozenthürde gescheitert; die Stimmen kamen in der Mandatsverteilung den anderen Parteien zugute. Die NPD über fünf Prozent, und ich wäre 1969 nicht Kanzler geworden.

Am Wahlabend war Walter Scheel so enttäuscht, daß konkrete Absprachen nicht zustande kamen. Aber er widersprach – am Telefon – nicht, als ich ihm sagte, was festzustellen in meiner Absicht läge: Unsere beiden Parteien hätten die Mehrheit, und ich würde mich bemühen, auf dieser Basis die neue Bundesregierung zu bilden. In der engeren Führung der SPD fand das Vorhaben bestenfalls lauwarme Unterstützung; man ließ es mich versuchen. Ich war nicht gesonnen, mich daran hindern zu lassen.

Noch in der Wahlnacht habe ich von meinem Empfinden gesprochen, nun habe Hitler endgültig den Krieg verloren. Und ich zögerte nicht hinzuzufügen, daß ich mich, wenn gewählt, als der Kanzler nicht mehr des besiegten, sondern eines befreiten Deutschland betrachten werde. Ich wollte ein zuverlässiger Partner sein, aber nicht in die Fußstapfen derer treten, die sich wohl fühlten in der Rolle von Mitläufern und alles andere denn geachteten Beifallsspendern. Ich hatte davon auszugehen, daß die Weltmächte nach ihrem Interessenausgleich strebten, aber weder unseren Frieden machen noch unseren Beitrag zu einer europäischen Friedensordnung ersetzen wollten. Der Wandel in der öffentlichen Meinung konnte die Aufgabe erleichtern. Die aus mehrfacher Teilung erwachsene Verwirrung mußte sie erschweren. Mich auf das Schicksal zu berufen, habe ich abgelehnt. Es wäre Flucht vor der Verantwortung gewesen, Blindheit gegenüber Versäumnissen, die im eigenen Haus zu suchen waren. Ich meinte und meine, man müsse sich an selbstgesetzten Zielen messen lassen und daran gemessen werden. Ich meinte und meine weiter, zur Friedenspolitik gehöre vor allem die gewissenhafte Frage, was man selbst tun könne, als einzelner, als Gemeinschaft, als Staat und Volk – auch wenn es begrenzt und bescheiden sein mag.

Nicht erst als Bundeskanzler, sondern schon Jahre zuvor hatte ich mich zu fragen: Was kann dein Staat, was kann die Bundesrepublik Deutschland tun, um den Frieden sicherer zu machen? Was kann sie und was kannst du tun, um die Folgen des Zweiten Weltkrieges zu überwinden, die Konfrontation abzubauen und – über zweifellos weiterwirkende Gegensätze hinweg – ein System der Sicherheit und der Zusammenarbeit in Europa aufbauen zu helfen? Friedenspolitik mußte und muß mehr bedeuten, als vom Frieden zu reden. Mehr, als anderen zu applaudieren oder sie zu kritisieren. Gerade für die Bun-

»Wenn schon Entspannung, dann machen wir sie« 187

desrepublik Deutschland mußte es um konkrete, nicht um verbale Beiträge gehen. Wir durften nicht im Allgemeinen verharren, sondern mußten uns bemühen, der spezifischen Rolle unseres Landes gerecht zu werden.

Mit anderen Worten: Wir durften nicht erwarten, daß andere die Antworten geben würden, die wir selbst zu geben hatten. Wir durften nicht von einer eingebildeten, sondern mußten von der realen Lage ausgehen, wie sie sich ein Vierteljahrhundert nach dem Krieg herausgebildet hatte. Es galt, den weitverbreiteten Hang zur Selbsttäuschung zu überwinden und quasijuristische Formeln nicht mit der Wirklichkeit zu verwechseln. Nur so konnten wir international handlungsfähig werden.

Über den mir zugeschriebenen, dann mit mir identifizierten Begriff »Ostpolitik« war ich nicht glücklich. Aber wie will man etwas einfangen, was sich selbständig gemacht hat und rasch in fremde Sprachen aufgenommen worden ist? Warum behagte mir das Etikett nicht? Ich fürchtete, es lade zu der Vermutung ein, ich hielte die auswärtige Politik für eine Kommode, bei der man mal die eine, mal die andere Schublade aufzieht. Mit meinen Kollegen, nicht zuletzt auch mit dem Außenminister, meinem Stellvertreter im Kanzleramt, ging ich davon aus, daß wir beides zugleich und aufeinander abgestimmt brauchten: die verläßliche Partnerschaft mit dem Westen und die sich mühsam anbahnende, dann auszubauende Verständigung mit dem Osten. Mir war bewußt, daß unser nationales Interesse es keinesfalls erlaube, zwischen dem Westen und dem Osten zu pendeln.

Auf einen einfachen Nenner gebracht: Unsere ostpolitischen Bemühungen mußten mit den westlichen Partnern gut abgestimmt werden und im politischen Gefüge der Atlantischen Allianz verankert sein. Noch einfacher: Unsere Ostpolitik hatte im Westen zu beginnen! Doch die Entwicklung seit den Westverträgen 1955 erforderte möglichst normale und produktive Beziehungen auch zur Sowjetunion und zu den anderen Staaten des Warschauer Paktes. Dieser Normalisierung bedurfte es, damit die Bundesrepublik ihre Interessen in der europäischen Zusammenarbeit annähernd gleichberechtigt wahrnehmen konnte. Wir haben uns also entschlossen, unseren Anteil daran einzubringen, daß sich der Friede auf der Grundlage größtmöglicher Sicherheit ausbreite – »im Bewußtsein unserer besonderen Verantwortung in Europa und nach besten Kräften, die wir aber nicht überschätzen«.

Damals, im Herbst 1969, stand eine westeuropäische Gipfelkonferenz der Sechs bevor, die Anfang Dezember in Den Haag stattfand. Wir sagten, diese Konferenz könne und werde gegebenenfalls darüber entscheiden, ob Westeuropa einen mutigen Schritt nach vorn tue oder in eine gefährliche Krise gerate. Meine Regierung ging davon aus, daß die Gemeinschaft vertieft und erweitert werden müsse und Großbritannien ebenso brauche wie die anderen beitrittswilligen Länder. Und die geeigneten Formen der Zusammenarbeit auch mit jenen europäischen Staaten finden müsse, die der Gemeinschaft nicht beitreten könnten oder wollten. Wir stellten fest, daß der deutsch-französische Gleichklang in diesem Prozeß ausschlaggebend sein könne. Wir wollten uns bemühen, den engen vertraglichen Bindungen mit Frankreich jene Unverbrüchlichkeit zu verleihen, die beispielgebend sein sollte für die Art der Beziehungen zwischen europäischen Partnern. Wir erklärten unsere Bereitschaft, eine engere außenpolitische Zusammenarbeit zu fördern, und zwar mit dem Ziel, daß die westeuropäischen Staaten in weltpolitischen Fragen eine gemeinsame Haltung Schritt um Schritt verwirklichten.

Ein weiterer wichtiger Ausgangspunkt: Wir gingen davon aus, daß das Nordatlantische Bündnis auch in Zukunft unsere Sicherheit gewährleisten werde. Sein fester Zusammenhalt sei die Voraussetzung für das solidarische Bemühen, zu einer Entspannung in Europa zu kommen. Ob es sich um den ernsten und nachhaltigen Versuch zur gleichwertigen Rüstungsbegrenzung handelte oder um die Gewährleistung eigener Sicherheitspolitik, den Frieden zu sichern, war das übergeordnete Gebot. Als Teil des westlichen Bündnisses wollten wir die Kräfte zwischen West und Ost austarieren helfen. So, wie sich das westliche Bündnis bald defensiv verstand, so verstanden wir unseren Beitrag. Die Bundeswehr, stellten wir fest, sei weder nach ihrer Ausbildung und Struktur noch nach ihrer Bewaffnung und Ausrüstung für eine offensive Strategie geeignet. An dem Defensivprinzip, das unserer Verteidigungspolitik zugrunde lag, wollte ich um keinen Preis rütteln lassen.

Gelegentlich ist, nicht selten in unguter Absicht, vermutet worden, meine Politik könne durch Zweifel an den Absichten der Vereinigten Staaten motiviert worden sein. So war es nicht. Richtig ist allenfalls, daß ich die abzuschätzenden Interessen und eigenen Probleme der Vereinigten Staaten in meine Überlegungen einbezogen habe und auch davon ausgegangen bin, daß sich das amerikanische Engagement in Europa im Laufe der Jahre eher vermindern als verstärken würde. Aber ich habe in aller Deutlichkeit formuliert: Unsere engen Beziehungen zu den Vereinigten Staaten schlössen jeden Zweifel an der Verbindlichkeit der Verpflichtungen aus, die sie für Europa, die Bundesrepublik und West-Berlin übernommen hatten. Unsere gemeinsamen Interessen bedürften weder zusätzlicher Versicherungen noch sich wiederholender Erklärungen. Sie trügen eine selbständigere deutsche Politik in einer aktiveren Partnerschaft.

Und was war mit der Unterrichtung der Westmächte? Mit der Konsultation, soweit ihre weiterwirkenden Rechte in bezug auf »Deutschland als Ganzes« betroffen waren? Es trifft zu, daß wir – auch im Osten – unsere eigenen Dinge selbst vertreten und insofern »gleicher« als zuvor werden wollten. An gleichmäßiger und korrekter Unterrichtung haben wir es jedoch nicht fehlen lassen. Aber Henry Kissinger hat richtig festgestellt, daß Brandt nicht um Erlaubnis gebeten habe, »sondern um unsere Zusammenarbeit auf einem politischen Kurs, dessen Grundrichtung schon vorausbestimmt war«.

Man muß nicht Kissingers Memoiren gelesen haben, um zu wissen, daß in den westlichen Hauptstädten ein nur mühsam verborgenes Mißtrauen lauerte – nach meiner Wahrnehmung am wenigsten in London; in Paris mit erheblichen Schwankungen zwischen sanftem Verständnis und wilder Spekulation; in Washington lagen die Dinge so einfach, wie es Nixons Sicherheitsberater meinem prominenten Mitarbeiter Paul Frank 1970 sagte: »Wenn schon Entspannung mit der Sowjetunion, dann machen wir sie.«

Vor unserem Treffen im April 1970 hatte mich Nixon für einige erholsame Tage in Camp David einquartiert; ich war aus El Paso gekommen, wo ich Bundeswehreinheiten besucht hatte und ohnmächtig miterleben mußte, wie der in Guatemala entführte Botschafter Graf Spreti umgebracht wurde. Henry also erschien im Refugium des Präsidenten und verbarg nicht seine Skepsis. In späteren Jahren hat er mich wiederholt »beglückwünscht« zu dem, was die deutsche

Ostpolitik bewirkt habe, und sich damit selbst korrigiert. Wir hätten für die Hinnahme der Teilung nicht mehr bekommen als politisch-atmosphärische Verbesserungen – *improvements in the political atmosphere* –, war einst von ihm zu hören gewesen. Der bedeutende Sicherheitsberater, später dann Außenminister unter den Präsidenten Nixon und Ford, dachte in den Kategorien des europäischen Mächtekonzerts und der klassischen Geheimdiplomatie des 19. Jahrhunderts. In den Europäern sah er die Bauern im großen Schachspiel der Supermächte.

Es ist mancherlei spekuliert, aber auch ernsthaft erwogen worden, ob die Regierung in Washington unsere Ostpolitik mitgetragen oder nur grollend hingenommen habe.

In der großen Linie konnte es einen Dissens nicht geben, denn Nixon hatte, durch Kissinger beraten, seine Politik gegenüber der Sowjetunion unter das Motto »Kooperation statt Konfrontation« gestellt und insoweit aufgenommen, was bereits von Kennedy eingeleitet worden war. Die US-Regierung wußte, daß wir nicht im Traum aus der westlichen Zusammenarbeit auszuscheren gedachten, es im übrigen auch gar nicht gekonnt hätten.

Unzutreffend ist die Version, wir hätten nur nachvollzogen, durchbuchstabiert, was uns die USA anempfohlen, vorbuchstabiert hatten. Die deutsche Ostpolitik hatte ihre eigenen Wurzeln und ihre eigene Begründung; doch sie war – was mich und meine Regierungspolitik angeht – in keinem Augenblick von der illusionären Vorstellung geleitet, wir könnten zwischen den »Lagern« hin- und hermarschieren. Was die vertrauensvolle Zusammenarbeit und Freundschaft mit den Vereinigten Staaten anlangte, so hatte ich keinen Nachholbedarf.

Als Berliner Bürgermeister war ich von den USA immer unterstützt und freundlich aufgenommen worden – mit Einschluß einer Konfettiparade, im Februar 1959, auf dem Höhepunkt des Chruschtschow-Ultimatums. Ich kannte die Präsidenten ebensogut wie eine Reihe der einflußreichen Senatoren; mit John F. Kennedy hatte mich ein besonderes Verhältnis verbunden, doch auch die Begegnungen mit Lyndon B. Johnson waren von Vertrauen geprägt gewesen. Erst als der Krieg in Vietnam die amerikanische Politik überschattete, geriet auch Berlin auf Distanz.

Richard Nixon kannte ich seit 1954, als er Eisenhowers Vizepräsident war. Er bezog sich damals und später auf unseren gemeinsamen Jahrgang, und wir hatten keine Scheu voreinander. Daß er eifernd noch tätig war, als die Hexenjagd der McCarthy-Ära, mit demoralisierenden Wirkungen auch in Deutschland und Europa, zu Ende ging, hatte ich allerdings nie vergessen mögen.

In unserem Gespräch am 10. April 1970 erklärte Richard Nixon ohne alle Umschweife: Er habe Vertrauen zu unserer Politik und wisse, daß wir nicht daran dächten, bewährte Freundschaften aufs Spiel zu setzen. Allerdings müßten wir damit rechnen, daß es in Frankreich und England – auch hier und da in den USA – einige Unsicherheit geben könne. Er würde – sollte es eine Aufforderung sein? – volles Verständnis haben, wenn wir die Oder-Neiße-Linie anerkennen wollten; sie sei nun einmal zu einem Faktum geworden. Wesentlich sei unser Einverständnis, in allen Ost-West-Fragen in engem Kontakt zu bleiben.

Als ich im Frühsommer 1971 wieder in Washington war, stellte ich voller Genugtuung fest: Zweifel an der deutschen Ostpolitik, wie sie verschiedene Deutschlandexperten – oder solche, die sich dafür hielten – vorgebracht hatten, waren zerstreut worden. Ohnehin hatten weder der Präsident noch sein Außenminister Bill Rogers, der von Kissinger abgelöst wurde, noch meine alten guten Bekannten aus dem Auswärtigen Ausschuß des Senats diese Zweifel je genährt.

Aber Männer wie Clay, McCloy und Dean Acheson, besonders auch der alte Gewerkschaftsführer George Meany, gaben sich besorgt und gingen mit ihren Sorgen nicht nur zum Präsidenten. Acheson, Außenminister unter Truman und von großem Ansehen, scheute sich nicht, von einem »irren Wettlauf nach Moskau« zu sprechen.

Mir blieb nicht verborgen, daß es im Pentagon und im State Department, auch wenn dessen Sprecher der Regierung Brandt wiederholt Vertrauen bekundete, erhebliche Vorbehalte gab. Sie wurden durch Lobbyisten und die Bonner Opposition, auf alles andere denn nationalen Konsens bedacht, angestachelt.

Rainer Barzel berichtete über seinen Besuch bei Nixon, September 1970, in San Clemente: Von einer Unterstützung Brandts sei wenig zu spüren gewesen. Und im Januar 1972, nach einer Unterredung mit Kissinger, setzte er noch einen drauf: Es sei die Absicht der Sowjetunion, Westeuropa, beginnend mit der Bundesrepublik, zu »finnlandisieren«. Das Schlagwort von der Finnlandisierung war realitätsfremd und gegenüber einem tapferen kleinen Volk beleidigend. Tags darauf sollte Nixon ihm aufgetragen haben: »Wir stehen zu unseren alten Freunden. Bitte grüßen Sie die Herren Kiesinger und Schröder.«

Daß Henry Kissinger sich in meiner Abwesenheit in anderen Nuancen äußerte als in meiner Gegenwart, ist nie belegt, doch oft behauptet worden. Es fehlte ja nicht an Leuten, die ihm sein Wissen und Geschick neideten – und mehr noch die ungewöhnliche Karriere des deutsch-jüdischen Jungen aus Fürth, der zum zweitmächtigsten Mann des mächtigsten Staates der Welt aufgestiegen war.

Ich habe nie zu den kritiklosen Bewunderern Kissingers gehört; dazu war er mir zu altmodisch, waren mir seine Anleihen bei Metternich und Bismarck zu auffällig. Daß er fand, ich ginge zu schnell und ungeduldig zu Werke, mußte erlaubt sein. Er befürchtete nun einmal, die Deutschen könnten in ein altes Fahrwasser deutschen Nationalismus – von Bismarck bis Rapallo? – geraten; eine Furcht, die ihn nicht allein beschlich und die ich doch für unbegründet hielt und halte. Doch im wesentlichen waren wir für Kissingers Geschmack zu selbständig; er hätte uns gern an kürzerer Leine gehalten. Und nicht nur uns! Denn Henry Kissinger mochte sich auch mit dem Gedanken nicht vertraut machen, daß die Europäer mit einer Stimme sprächen. Ihm gefiel es, mit Paris, London, Bonn zu jonglieren und sie nach alter Manier gegeneinander auszuspielen. Und wenn sein Wort, daß vierzehn Zwerge ihm lieber seien als ein Riese, erfunden ist, so ist es gut erfunden.

Jedenfalls brachte er es 1973 fertig, ein Jahr Europas zu verkünden, ohne die europäischen Regierungen konsultiert zu haben. Daß er sich gegen einen europäisch-arabischen Dialog wandte, fügte sich nur zu gut ins Bild. Kissinger wollte zwischen Europas regionaler Eigenverantwortung und seiner weltpolitischen Mitverantwortung unterschieden wissen und konnte damit die Zukunft nicht gewinnen. Er brachte im übrigen die Franzosen mehr auf die Palme als uns Deutsche; wir waren gelassener und gewohnt, einiges einzustecken. Meinen Hinweis, daß die amerikanische Präsenz in Europa durch die Schlußakte von Helsinki zusätzlich verankert würde, nahm er säuerlich auf: Die USA hätten es nicht nötig, sich ihre Rolle in Europa legitimieren zu lassen.

Ich war erleichtert, daß Präsident Nixon wachsende Zustimmung zu unserer Ostpolitik erkennen ließ. Im Frühsommer 1971 nahm er, während meines Besuchs, besonderes Interesse an dem Berlin-Abkommen, das in Aussicht stand. Anläßlich des 17. Juni redete ich im Waldorf-Astoria vor dem American Council on Germany; die alten Deutschland-Protektoren McCloy und Clay waren beteiligt und schienen ihre Skepsis nun auch abzulegen. Ich war ohne Umschweife auf unsere Absichten und unsere Verantwortung zu sprechen gekommen und hatte eine nüchterne, keineswegs emphatische Lagebeurteilung gegeben und vielleicht gerade dadurch Sympathie gewonnen. Am Ende jenes Jahres zog Richard Nixon, als ich ihn in Florida besuchte, ein vorläufiges Fazit: »Die USA wollen den Deutschen nicht sagen, was sie tun oder was sie nicht tun sollen, sondern ihnen volle Handlungsfreiheit lassen.«

Daß das nicht das letzte Wort sein konnte, lag in der Natur von Weltmachtinteressen und hatte mit dem Spezifikum der Ostpolitik nur bedingt zu tun. Anfang März 1973, der Schatten von Watergate hatte sich über das Weiße Haus gesenkt, ließ Nixon wieder Reserven anklingen: Es könne sich eine Euphorie der Entspannung entwickeln. Dadurch würden in den USA Tendenzen des Isolationismus oder der einseitigen Abrüstung gefördert. Die Sowjetunion wolle keinen Krieg, werde aber immer wieder versuchen, Europa und Amerika voneinander zu trennen. Wie weit diese Sorge über den ostpolitischen Ansatz hinausreichte und wie wenig sie in Mißtrauen gegen mich und meine Regierung gründete, klang noch einmal in jenem Brief an, den Richard Nixon mir unter dem Datum des 8. Mai 1974 schrieb: Was immer die Zukunft mit sich bringe, ich solle seiner engen persönlichen Freundschaft sicher sein.

Nach meiner Wahl zum Bundeskanzler hatte ich allen, die es hören wollten, gesagt: Das deutsche Volk brauche den Frieden im vollen Sinne des Wortes auch mit den Völkern der Sowjetunion und allen Völkern des europäischen Ostens. Zu einem ehrlichen Versuch der Verständigung seien wir bereit, damit die Folgen des Unheils überwunden werden könnten, das eine verbrecherische Clique über

Europa gebracht habe. Dabei, so fuhr ich fort, gäben wir uns keinen trügerischen Hoffnungen hin: Interessen, Machtverhältnisse und gesellschaftliche Unterschiede seien weder dialektisch aufzulösen, noch dürften sie vernebelt werden. Unsere Partner müßten wissen: Das Recht auf Selbstbestimmung, wie in der Charta der Vereinten Nationen niedergelegt, gelte auch für unser Volk; den Willen, dieses Recht zu behaupten, würden wir uns nicht abhandeln lassen. Doch sei ich mir darüber im klaren: Nur eine gesamteuropäische Wiederannäherung werde zur Folge haben, daß sich die Teile Deutschlands aufeinander zu bewegen könnten.

Ich wußte mich also frei von Illusionen und glaubte nicht, das Werk der Versöhnung sei leicht oder schnell zu vollenden. Es auf den Weg zu bringen, fand ich an der Zeit. An einigen Punkten konnten wir anknüpfen an die Versuche früherer Bundesregierungen. Dazu gehörte das Bemühen um verbindliche Abkommen über den Verzicht auf Anwendung oder Androhung von Gewalt. Eine Politik des Gewaltverzichts, die die territoriale Integrität des jeweiligen Partners berücksichtige, würde nach unserer Überzeugung ein wesentlicher Beitrag zur Entspannung in Europa sein und durch Handel, technische Kooperation wie kulturellen Austausch noch befördert werden.

Daß der Kampf um die Ostpolitik so erbitterte Formen annahm, ist auf Abstand nicht mehr leicht zu verstehen. Mich hat damals gewundert, daß einige, die sich für konservativ hielten, wenig Interesse an mehr Selbständigkeit zeigten. Kleinmütig, auch nicht hinreichend patriotisch habe ich zu Beginn meiner Kanzlerschaft – am 14. Januar 1970 vor dem Bundestag – diejenigen genannt, die fragten, was wir dafür bekämen. An sie gewandt, sagte ich: »Den Frieden sicherer zu machen, für unser ganzes Volk – ist das nichts? Der Freundschaft mit den Völkern des Westens, des Nordens und Südens das Vertrauen, den Ausgleich und dann auch die Freundschaft mit den Völkern des Ostens hinzuzufügen, ist das nichts? Und wird nicht Deutschland danach selbst mehr Sicherheit und einen besseren Frieden haben? Werden nicht seine Menschen, jeder einzelne, davon profitieren? Um es mit diesem Wort zu sagen: Weil es weniger Furcht geben wird; weil die Lasten geringer werden; weil sich Menschen wiedersehen können, die sich Jahre nicht sehen konnten; weil vielleicht zwei

Menschen aus den beiden Staaten in Deutschland heiraten können, die heute unmenschlicher Zwang trennt.« Das seien Maßstäbe, denen sich meine Regierung stelle, in aller Nüchternheit, in klarem Bewußtsein der Schwierigkeiten, der Länge des Weges, eines wohlkalkulierten Risikos. Dies sei die Aufgabe, die wir uns stellen könnten, »weil wir selbstbewußt sind und weil wir gute Freunde haben«.

Im Kreml und auf der Krim

Wie viele weniger prominente Russen war auch Leonid Breschnew geneigt, die Deutschen zu überschätzen. Das mag zum einen mit Marx und Engels zu tun gehabt haben, ohne die Lenin gewissermaßen ohne Vornamen geblieben wäre. Zum anderen und wichtiger: Da hatten die verfluchten »Fritze« fast Moskau genommen, obwohl sie sich doch zugleich mit Engländern und Amerikanern angelegt hatten. Wo also mochten sie ein nächstes Mal erst hinlaufen, wenn sie amerikanisch ausgerüstet wären! Was sie nach 1945 wieder aufgebaut hatten, war ja auch keine Kleinigkeit...

Kein Zweifel, daß Führung und Volk nicht weit auseinander waren, wo es um das schwere Erbe des Zweiten Weltkriegs ging. Breschnew wörtlich: »Eine Wende zum Besseren ist keine einfache, keine leichte Sache. Zwischen unseren Staaten und unseren Völkern steht eine schwere Vergangenheit. Zwanzig Millionen Menschen hat das sowjetische Volk durch den von Hitler entfesselten Krieg verloren. Solch eine Vergangenheit kann man unmöglich aus dem Gedächtnis der Menschen streichen. Auch viele Millionen Deutsche mußten ihr Leben in diesem Krieg lassen.« Die Erinnerungen seien lebendig. Könne das sowjetische Volk sicher sein, daß die Außenpolitik neue Grundlagen schaffe?

Er sagte dies am Nachmittag des 12. August 1970. Im Katharinensaal des Kreml hatte er hinter mir gestanden, als ich – mit Alexej Kossygin und den beiden Außenministern – den Moskauer Vertrag unterzeichnete. Ursprünglich war meine Teilnahme gar nicht vorgesehen gewesen. Außenminister Scheel hatte mich, angeregt durch sowjetische Gesprächspartner, in meinem norwegischen Urlaubsort angerufen und mir die Reise nahegelegt. Welch ein schwieriges Datum! Welch ein gewichtiger Vertrag! Vor der Last, die er vielen noch bedeuten mußte, konnte und wollte ich mich ohnehin nicht drükken. Das Ergebnis des Hitlerkrieges war nicht ungeschehen zu machen, seine Auswirkung zu mildern aus patriotischer Sicht ebenso geboten wie aus europäischer Verantwortung. Meinen Landsleuten sagte ich aus Moskau, der Vertrag gefährde nichts und niemanden; er solle mithelfen, den Weg nach vorn zu öffnen.

Da ich am nächsten Tag, dem 13. August, der Mauer in Berlin zu gedenken hatte, meinten die Gastgeber vorgeben zu sollen, es sei technisch schwierig, meine Ansprache nach Bonn zu überspielen. Durch lautes und deutliches Reden in der Botschaft ließ ich – in der sicheren Annahme, es werde abgehört – wissen, daß ich erforderlichenfalls ein Flugzeug aus Bonn kommen ließe, um das Band mit meiner Ansprache nach Hause zu bringen. Die Reaktion kam prompt; ein hoher Beamter flüsterte mir auf dem Weg zur Kranzniederlegung an der Kremlmauer zu: »Mit Übertragung alles in Ordnung.« Es wurde ein ausgewachsener Minister aufgeboten, der mich zur Aufnahme begleitete und mich nicht aus den Augen ließ.

Der erste Eindruck, den ich von Breschnew in seinem düster wirkenden Arbeitszimmer im Kreml an jenem Augustnachmittag erfuhr, war ein eher ermüdender. Konnte es anders sein, wenn einer an die zwei Stunden einen Text herunterlas? Der ersten Lesung folgte, nachdem ich repliziert hatte, eine zweite, und zu nochmaliger Antwort blieb kaum Zeit, obwohl vier Stunden zur Verfügung gestanden hatten. Der Generalsekretär war, bevor er mich zum Gespräch bat, für unsere Seite unangemeldet, zur Vertragsunterzeichnung erschienen. Er kam auch mit zum Umtrunk, nicht zum Abendessen, dies damit entschuldigend, daß er gerade einen Krankenhausaufenthalt hinter sich habe. Solange ihn seine angeschlagene Gesundheit nicht sichtbar quälte, wirkte der untersetzte Breschnew, wenn er nicht gerade ablas, lebhaft bis quirlig. Witze zu hören und zu erzählen machte ihm ungeheuren Spaß. Seine Neugier galt führenden Personen in anderen Ländern. »Sie kennen doch Nixon. Will der wirklich den Frieden?« Oder, im Juni 1981, auf dem Wege zum Flugplatz: Wie er wohl Mitterrand zu beurteilen habe? Zwischendurch war jemand in Bonn erschienen, der mich nach Jimmy Carter ausfragen sollte; Zugang zu Carter zu finden fiel den Moskowitern noch schwerer, als anschließend Ronald Reagan zu verstehen. Kleine, billige Tricks gehörten zum Repertoire: Am Schluß jenes ersten Gesprächs im Kreml meinte Breschnew, ich wisse doch hoffentlich, daß ich in der Führung meiner Partei nicht nur Freunde hätte, aber – so hatte »man« es ihm auf einen Zettel geschrieben – auf X (steht für den falsch ausgesprochenen Namen eines Ministerpräsidenten) könne ich mich jedenfalls verlassen. Die Mixtur von Parteiapparat und Geheimdienst treibt bisweilen komische Blüten.

Was mich allerdings in jenem ersten Gespräch geradezu deprimierte, waren der Verzicht auf eine halbwegs anspruchsvolle Argumentation und die demonstrative Wiederanknüpfung an Stalin. Zum ersteren: Breschnew mutete mir tatsächlich die partei- und regierungsamtliche Version zu, daß in der Sowjetunion, wie in keinem anderen Land, 99,99 Prozent der Menschen zu den Urnen strömten und fast ausnahmslos für die »Kandidaten der Kommunisten und Parteilosen« stimmten. Selbst der differenziertere Kossygin, dem ich gesagt hatte, ich fühlte mich von einer deutlichen Mehrheit meiner Landsleute getragen, entblödete sich nicht zu antworten, in der Sowjetunion seien 99 Prozent für den Vertrag. Gleichzeitig mokierte er sich über Sozialdemokraten, wie solche in Skandinavien, von denen man nie genau wisse, ob sie nun noch an der Regierung seien oder schon wieder draußen.

Zum anderen: Breschnew wollte mir von Anfang an klarmachen, daß er nicht mit Chruschtschows antistalinistischen Thesen zu identifizieren sei. Stalin habe doch viel geleistet, unter seiner Führung habe das Land schließlich den Krieg gewonnen; er werde wieder zu Ehren kommen. Nein, als Reformer hat sich Leonid Iljitsch nicht ausgegeben. Den Revolutionär in ihm habe ich ebenfalls nicht erkennen können, eher den konservativen Verwalter gewaltiger Macht. Sein Interesse am Frieden habe ich freilich nicht bezweifelt, tue es auch nachträglich nicht. Daß Breschnew die Verurteilung des vernichtungskranken Stalin am liebsten ganz rückgängig gemacht hätte, gehörte zu den ernüchternden Empfindungen, die ich im Kreml hatte. Inzwischen ist der erste Mann der Sowjetunion, der Breschnew von 1964 bis 1982 war, nahezu zur Unperson degradiert worden. Neben Vetternwirtschaft und anderen charakterlichen Schwächen wurden ihm schwere politische Versäumnisse vorgehalten. Gerade deshalb fand ich es geboten, Michael Gorbatschow klarzumachen, warum ich Breschnew – was die Ernsthaftigkeit unserer gemeinsamen Bemühungen angeht – nicht desavouieren wolle. Amerikaner wie Henry Kissinger sind, in ihrem Urteil über die seinerzeitige Zusammenarbeit mit den Russen, zu einem ähnlichen Ergebnis gekommen. Breschnew war mir im persönlichen Gespräch nicht unsympathisch, wenn auch wegen seiner selektiven Wahrnehmung der Wirklichkeit und der wohl nicht nur damit zusammenhängenden Abhängigkeit von Sprechzetteln ein wenig unheimlich. Aber so war es ja nicht, daß ich mir mein Gegenüber hätte aussuchen oder auf Gorbatschow hätte warten können. Daß mich ein Geistesriese oder eine moralische Größe empfangen würde, hatte ich auch 1970 schon nicht erwartet.

Mein offizieller Gastgeber 1970 war nicht Breschnew, sondern Kossygin, als Vorsitzender des Ministerrats dem Generalsekretär der Partei, in damaliger Kleiderordnung, nebengeordnet. Ein Jahr später hatte sich dies insofern geändert, als der Generalsekretär sich auch in der Außenpolitik als Nummer eins gerierte. Er band den Außenminister Andrej Gromyko enger an sich, auch dadurch, daß er ihn zum Mitglied des Politbüros machte. Über den Vertrag war in Moskau nicht mehr viel zu reden. Kossygin, der kultiviert-resignative, mehr hart denn erfolgreich arbeitende Leningrader Ingenieur, sprach von »einem politischen Akt, dem die sowjetische Führung und die ganze Welt große Bedeutung beimessen«. Ich entgegnete, der Text sei wichtig, wichtiger jedoch, was man daraus mache. Kossygin nahm den Ball auf. Am Vormittag nach der Unterzeichnung und dem unvermeidlichen offiziellen Essen: Er sei für »weniger Lärm und mehr Erfolg«. Ich attestierte, den Inhalt einer Flasche für wichtiger zu halten als deren Etikett. Er variierte das Thema, auf eine sich andeutende Europäische Sicherheitskonferenz bezogen: »Die Dauer einer Sitzung ist kein Zeichen dafür, daß die Sache Fortschritte macht.« Im übrigen: Krieg sei kein Mittel der Politik mehr, und das zentrale Problem der Entspannung in Europa liege in den Beziehungen zwischen der Sowjetunion und der Bundesrepublik Deutschland.

In seiner Tischrede hatte Kossygin von einem »denkwürdigen

Tag« in den Beziehungen zwischen unseren beiden Ländern gesprochen. Den Vertrag habe das »Leben selbst diktiert«, er entspreche den langfristigen Interessen des Friedens. Meine Antwort: Ich wisse mich in einem Land, das besonderen Sinn für Geschichte habe, Geschichte, die niemand ungeschehen machen könne und die niemand leugnen dürfe. Ebenso wahr sei, daß kein Volk auf Dauer ohne Stolz leben könne: »Die Geschichte darf nicht zu einem Mühlstein werden, der uns niemals aus der Vergangenheit entläßt. Ich verstehe diesen Vertrag in gewisser Hinsicht als einen Schlußstrich und als einen neuen Anfang, der unseren beiden Staaten gestattet, den Blick nach vorn zu richten in eine bessere Zukunft. Als einen Vertrag, der uns von den Schatten und den Belastungen der Vergangenheit befreien soll – Sie wie uns – und der Ihnen wie uns die Chance eines neuen Anfangs gibt.«

Streitfragen künftig ausschließlich mit friedlichen Mitteln zu lösen, gelobten beide Vertragspartner an jenem 12. August. Dieser Gewaltverzicht beinhaltete die Verpflichtung, keine der in Europa bestehenden Grenzen – einschließlich der Oder-Neiße-Linie – anzutasten und keine Gebietsansprüche zu erheben; unsere Anerkennung galt der Unverletzlichkeit der Grenzen. Darin sah ich keinen Widerspruch zu dem Bemühen, die Grenzen so durchlässig wie irgend möglich zu machen. Apropos Fiktionen: Als ob wir die Sowjetunion hätten angreifen können! Daß der sowjetische Gewaltverzicht insoweit mehr Gewicht hatte, konnte aber nicht gut ins Feld geführt werden. Die Gültigkeit früher abgeschlossener Verträge und Vereinbarungen, also auch jener, die zwischen der Bundesrepublik und ihren westlichen Verbündeten geschlossen waren, wurde ausdrücklich anerkannt. Die Präambel nahm auf die Ziele und Grundsätze der Vereinten Nationen Bezug. Das Ziel der deutschen Einheit durch Selbstbestimmung wurde nicht beeinträchtigt. In einem besonderen Brief, den die sowjetische Regierung bestätigte, stellte unser Außenminister fest, »daß dieser Vertrag nicht im Widerspruch zu dem politischen Ziel der Bundesrepublik Deutschland steht, auf einen Zustand des Friedens in Europa hinzuwirken, in dem das deutsche Volk in freier Selbstbestimmung seine Einheit wiedererlangt«. Wie also konnte ein prominenter Unionspolitiker wie Rainer Barzel noch Jahre später behaupten, wir hätten uns durch die Ostverträge verpflichtet, »von Wiedervereinigung nicht mehr zu sprechen«? Im gleichen Zusammenhang war davon die Rede, ich hätte mich negativ zur Wiedervereinigung geäußert; das macht Sinn nur für den, der meine Gründe gegen das rückwärtsgewandte »Wieder« nicht zur Kenntnis nehmen wollte und will.

Der Opposition hatte besonders daran gelegen, daß die europäische Einigung vom Moskauer Vertrag nicht berührt werde; dem trugen wir Rechnung. Die zu erwartende Erweiterung der EWG wurde angesprochen, das Expertengespräch mit dem RGW, dem Comecon, angeregt. 1973 in Bonn argumentierte Breschnew: Die Sowjetunion sei gegen Blockpolitik in Wirtschaftsfragen. Er sehe nicht ein, daß man nach Brüssel fahre, wenn man etwas bei Krupp in Essen kaufen wolle. Das würde die Dinge doch nur komplizieren. Andererseits verschließe die sowjetische Seite nicht die Augen vor der Tatsache, daß die EWG existiere. Vielleicht sei es gut, nach einer irgendwie gearteten Zusammenarbeit zwischen EWG und RGW zu suchen. Immerhin! Zu den prinzipiellen Ergebnissen der Vertragsverhandlungen gehörte, daß der Bezug auf die Feindstaatenklausel der UN-Charta aus den Beziehungen der Sowjetunion zur Bundesrepublik verschwand.

Der Weg zum Vertragsabschluß war – wenn man die Bildung der neuen Bundesregierung als Ausgangspunkt nimmt – kurz. Meinen bewährten Mitarbeiter Egon Bahr, der Staatssekretär im Kanzleramt geworden war, hatte ich mit den vorbereitenden Gesprächen in Moskau beauftragt. Der Botschafter fühlte sich dadurch zurückgesetzt. Auch sonst gab es Gut- wie Böswillige, die genau wußten, wie sie es besser gemacht und sich nicht unter vermeintlichen Zeitdruck gesetzt hätten. In Wirklichkeit ist um jede Position gerungen, an jeder Formulierung gefeilt worden. Gromyko konnte sich noch achtzehn Jahre später, als ich ihn vor seinem Ausscheiden aus dem Präsidentenamt – es war ihm zu Beginn der Ära Gorbatschow übertragen worden – besuchte, genau an die 55 Stunden erinnern, die ihn Bahr im Februar, März und Mai 1970 gekostet habe. In seinen Memoiren hat Andrej Gromyko mir ein kleines Denkmal errichtet und die große Rolle hervorgehoben, die ich »persönlich« in der Ausarbeitung des Vertrages gespielt hätte.

Das Bahrsche Verhandlungsergebnis wurde in Bonn gebilligt, und der Außenminister übernahm die abschließenden Verhandlungen; sie brachten einige Veränderungen, welche das Vertragswerk zusätzlich gegen Bedenkenträger wie ernsthafte Kritiker absicherten.

Wenige Kilometer vom Flugplatz, auf dem ich am 11. August 1970 verspätet – wegen einer Bombendrohung vor dem Abflug – landete (deshalb nach der Landung mein Satz: Wir kommen spät, aber wir kommen), steht ein Denkmal; es bezeichnet den Punkt, an dem die deutschen Panzer 1941 umkehren mußten. Doch das Trauma tödlicher Bedrohung hatte noch weiter zurückgreifende Wurzeln. Auf der Autofahrt vom Flugplatz zur Residenz ließ Kossygin auf den Leninhügeln anhalten und führte mich an jene Stelle, von der Napoleon einen letzten Blick auf das brennende Moskau gerichtet hatte. Das war noch ein Stück wachgerufener Geschichte.

Was ich Breschnew nicht abgenommen habe, waren seine Reminiszenzen an den Tag des Überfalls im Juni 1941, die er auftischte: Da habe man doch zwischen Russen und Deutschen einen Vertrag und gute wirtschaftliche Beziehungen gehabt, er selbst habe gesehen, wie ein mit Weizen beladener Güterzug in Richtung Westgrenze unterwegs war, als die Luftwaffe mit ihren Bombardements begann. Als Sekretär des Gebietskomitees von Dnjepropetrowsk sei ihm am ersten Kriegstag die Aufgabe zugefallen, die Transporte zu stoppen, die nach Deutschland rollen sollten. Er wolle daran nur erinnern, um zu zeigen, wie positive Empfindungen das sowjetische Volk gehabt habe – und wie arglos die Führung gewesen sei. Die Presse sei voll von Bildern über die Zusammenarbeit mit Deutschland gewesen! Er bezog sich auch auf die gute Zusammenarbeit mit deutschen Firmen in der alten Zeit und in den Jahren zwischen den Kriegen. Nicht wenige seiner Kollegen hätten ihre Ausbildung bei Firmen wie Krupp und Mannesmann erfahren. Und dann solche – unterstellt: von einem ehrenhaften Partner doch nicht zu erwartende – Treulosigkeit! Daran schlossen sich Fronterinnerungen an, mit melodramatischen Appellen an die »Kameraden von gegenüber«. Mich hat diese Art, Rührseligkeit zu mobilisieren, weniger beeindruckt als erschreckt. Falsch und Echt liegen, wenn Kriegserinnerungen ausgetauscht werden, sehr eng beieinander. Im Frühjahr 1973, als ich Breschnew ein Abendessen auf dem Bonner Venusberg gab, schilderte Helmut Schmidt die zwiespältigen Gefühle eines jungen Offiziers an der Ostfront; er habe es damals nicht für möglich gehalten, daß es nach diesem schrecklichen Krieg eine Chance für ein Gespräch zwischen Deutschen und dem ersten Mann der Sowjetunion geben könne. Breschnew antwortete mit stark emotionalen Trinksprüchen. Den russischen Gastgebern standen auch Tränen in den Augen, als ich in meiner Tischrede aus einem Brief vorlas, den ein nicht zurückgekehrter deutscher Soldat nach dem Einfall in die Sowjetunion an seine Eltern geschrieben hatte.

Im Frühsommer 1970 hatte Breschnew eine Formel von Nixon aufgegriffen, daß man von der Ära der Konfrontation zu einer solchen der Verhandlungen übergehen solle. Daran konnte ich anknüpfen, auch an das, was der Generalsekretär im Juni dieses Jahres in einer Rede über Kommunisten und Sozialdemokraten gesagt hatte: Grundsätzlich nichts verwischen, aber konkret prüfen, was für den Frieden und im Interesse der Völker getan werden könne.

Breschnew blieb immer vage, wenn es um die militärischen Elemente der Friedenspolitik ging. In unserem ersten Gespräch sagte er tatsächlich und meinte wohl allen Ernstes, Rüstungsbegrenzung sei »kein Kardinalthema«. Die Sowjetunion, er selbst auch, trete für vollständige Abrüstung ein. Er nahm nicht einmal andeutungsweise das Signal von Reykjavik auf, also jene Vorstellungen, die wir über die NATO entwickelt hatten und die eine ausgewogene Truppenreduzierung beinhalteten. Vergeblich suchte ich ihm 1971 auf der Krim nahezubringen, daß ernsthaft über die beiderseitige Verringerung von Truppen und Rüstungen verhandelt werden müsse. Und zwar gleichgewichtig, was hieß: Das globale Gleichgewicht sei nicht in Frage zu stellen. Doch Breschnew verstand nicht, auch 1973 in Bonn nicht. Vom Problem militärischer Ungleichgewichte in Europa hatte ihm zu Hause gewiß niemand erzählt. Und auch nicht davon, daß zwei Bereiche voneinander zu trennen seien, die dann teils in Helsinki und im Anschluß daran, teils in Wien verhandelt wurden: Zusammenarbeit und Vertrauensbildung einerseits, Truppenabbau andererseits.

Ich habe auch später nicht erkennen können, daß Breschnew, wenn es konkret wurde, der Militärführung neue Überlegungen zugemutet hätte. Dies wurde in der Raketenrüstung besonders deutlich. Aber auch als ich ihn einmal auf die forcierte Seerüstung ansprach, mußte ich mich über die fröhliche Reaktion wundern: Die Amerikaner seien weit voraus, »aber nicht mehr so weit. Und nun backen wir jede Woche ein neues U-Boot.« Dabei bewegte er die Hände wie Kinder beim »Backe, backe Kuchen«. Es kennzeichnete die Breschnew-Ära, daß unbeschadet politischer Entspannung kräftig weitergerüstet und fortlaufend »modernisiert« wurde. Die NATO hat sich freilich in jenen Jahren auch nicht geschwächt, und der einschlägige amerikanische Dienst mußte zugeben, daß er die Steigerungsrate des sowjetischen Wehrhaushalts um die Hälfte überschätzt hatte.

Militärpragmatisch waren Breschnew und Chruschtschow nicht so weit auseinander. Der letztere zur Zeit der Kubakrise: In der Sowjetunion produziere man Raketen wie Würste aus der automatischen Wurstmaschine. Im Anschluß an den Neujahrsempfang 1960 hatte er westlichen Botschaftern nach reichlichem Wodkakonsum sogar »verraten«, für Frankreich und England lägen je 50 Raketen bereit, für die Bundesrepublik 30 numerierte Exemplare. Als die Frau des französischen Botschafters fragte, wieviel denn wohl für die USA, antwortete Nikita, der Joviale, das sei ein militärisches Geheimnis.

In den ihm zugeschriebenen Erinnerungen wurde gegen jene militärischen Führer polemisiert, »die in Ansprachen und Memoiren versuchen, Stalin reinzuwaschen und ihn wieder als Vater des Volkes auf seinen Sockel zu stellen«. Breschnew sah das, wie erwähnt, anders, aber beide hatten die erschreckende ideologische Einengung des Denkens gemein. Nach einigen Jahren Glasnost hat übrigens die hohe Generalität dagegen protestiert, daß ihr eine Verantwortlichkeit angelastet würde, die sie nicht zu tragen habe: Nicht die militärische, sondern die politische Führung sei, Weihnachten 1979, für die Invasion in Afghanistan gewesen. Im vierten Jahr der Ära Gorbatschow war endlich auch möglich gewesen, daß die Träger außen- und militärpolitischer Verantwortung in Moskau einen Kurs kritisierten, der in den siebziger und zu Beginn der achtziger Jahre einseitig auf das militärische Kräfteverhältnis und auf Propagandaerfolge ausgerichtet gewesen war.

Realistisch gab sich der Kreml-Führer in puncto Westbindung der Bundesrepublik: Man wolle uns nicht von den Verbündeten trennen und habe nicht die Absicht, daß sich unsere künftigen Beziehungen zur Sowjetunion auf Kosten der Beziehungen zu anderen entwickelten. Breschnew, so vollmundig, daß man hätte mißtrauisch werden müssen, wäre man es nicht ohnehin gewesen: »Wir hatten und haben keine solchen hinterhältigen Pläne, und ich glaube, daß dies ein wichtiger Faktor ist.« Auch Kossygin betonte, durch den Vertrag wolle man uns nicht von unseren westlichen Verbündeten lösen: »Wir haben keine solche Absicht, sie wäre auch nicht realistisch.« Dem war nicht zu widersprechen.

Moskau August 1970 handelte – über manchen Kleinkram hinaus – vom Übergang zu einem neuen Abschnitt europäischer Nachkriegsgeschichte. Mir bot sich gleichzeitig Gelegenheit, für die Regelung einiger praktischer Fragen die Weichen zu stellen. Das galt zunächst für Berlin: Ich teilte mit, daß wir den Moskauer Vertrag erst ratifizieren würden, wenn die Vier Mächte ihre Verhandlungen über Berlin befriedigend abgeschlossen hätten. Wenn wir Entspannung wollten, dürfe Berlin nicht ein Punkt des Kalten Krieges bleiben. Es solle nicht mehr Zankapfel sein, sondern Funktionen in der friedlichen Zusammenarbeit erhalten. Breschnew ärgerte das Junktim. Ob meine Haltung nicht bedeutete, den USA ein Veto einzuräumen? Da blieb in der Tat vieles offen, aber der Mißbrauch der Berlin-Frage als eines Störhebels wurde reduziert, wenn auch leider nicht ausgeschaltet. Schon Ende Oktober 1970 ließ Gromyko bei einem Treffen mit Scheel verklausuliert erkennen, daß sich mit unserem Berlin-Junktim leben lasse; die beiden trafen sich – vor hessischen Landtagswahlen – im Taunus.

Zum anderen hatten wir Angelegenheiten von Menschenrechten im Auge, die wir – was sie harmloser erscheinen ließ – als »humanitäre Fragen« einführten. Es ging um die Repatriierung von Menschen in der Sowjetunion, die bei Kriegsausbruch deutsche Staatsangehörige waren, und um konkrete Fälle von Familienzusammenführung. Kossygin sagte, daß sich hierum – weiterhin, obwohl bis dahin mit sehr mäßigem Erfolg – die beiden Rotkreuzgesellschaften kümmern sollten; ich habe hierbei mithelfen können, auch als ich mit Regierungsgeschäften nicht mehr befaßt war. In den Jahren nach 1970 haben viele Deutschstämmige übersiedeln können, und schließlich zeichneten sich sogar wieder bessere kulturelle Lebensbedingungen für Sowjetbürger deutscher Nationalität ab. Ohne mir Federn an den Hut stecken zu wollen, habe ich mich im Lauf der Jahre in einer Reihe von Fällen des Schicksals sogenannter Dissidenten annehmen können. Die Ergebnisse der Interventionen blieben bescheiden; in einigen Fällen reisten Intellektuelle aus, die lieber in ihrer Heimat geblieben wären, in einigen anderen erlangten sie bessere Lebensbedingungen.

Drittens ging es natürlich auch um wirtschaftliche Interessen: Ich wollte von den Russen vorweg Klarheit darüber, daß sie uns nicht in der weiteren Entwicklung – zusätzlich zu allen Kriegslasten – noch Reparationen zumuteten. Breschnew brauchte Zeit; im folgenden Jahr, auf der Krim, teilte er knapp mit, diese Frage stelle sich in der Sowjetunion nicht. Intelligente Kommentatoren hätten herausfinden können, daß hier der einzige halbwegs relevante Vergleich zu Rapallo gegeben gewesen wäre.

Breschnew wie Kossygin sprachen von »großen bis gewaltigen Aussichten« auf den Gebieten von Wirtschaft, Wissenschaft und Technologie; vor allem wurde uns die Zusammenarbeit in der Gewinnung sibirischer Bodenschätze angepriesen. Dies war und blieb eine Konstante in deutsch-russischen Gesprächen. Ich habe nachgeblättert und festgestellt, was Karl Radek, der bolschewistische Deutschlandexperte polnischer Herkunft, der in einem von Stalins Lagern umkam, schon 1922 zum Leiter der Ostabteilung im Auswärtigen Amt sagte: »Deutschland habe den Vorteil, die großen russischen Rohstoffvorräte erschließen zu können. Die deutsche Arbeit werde jetzt Unterstützung in Rußland finden.«

Es wurden, auch in den nachfolgenden Jahren, manche Luftschlösser gebaut. Kossygin neigte nicht zum Überschwang: »Weder wir noch Sie sind Wohlfahrtsorganisationen, die Zusammenarbeit muß für beide Seiten Nutzen bringen.« Er wußte auch, daß von deutschen Interessenten vernehmlich über die Schwerfälligkeit und den häufigen Leerlauf der sowjetischen Wirtschaftsverwaltungen geklagt wurde. Der Handel mit der Sowjetunion hat sich dann doch, gemessen an seinen Ausgangsziffern, durchaus erfreulich entwickelt.

Der Moskauer Vertrag hatte prinzipielle und existentielle Bedeutung für die von mir geführte Regierung. Nicht nur für uns in Bonn, auch europapolitisch wog schwer, daß das Gespenst der ewigen deutschen Gefahr aus den Texten der zweiten Weltmacht, auch aus dem Politunterricht der sowjetischen Streitkräfte, verschwand – und, im Zusammenhang damit, daß die antideutsche Karte aus dem interkommunistischen Spiel genommen wurde.

Vor dem Bundestag sagte ich Mitte September 1970: »Die Bundesregierung ist der Überzeugung, daß es an der Zeit war, unser Verhältnis zur Sowjetunion und zu Osteuropa neu zu begründen und im Rahmen des Möglichen zu normalisieren. Mit dem Abschluß dieses Vertrages hat sich die Bundesregierung an das gehalten, was sie sich in ihrer Regierungserklärung vorgenommen hatte.« Mit diesem Vertrag werde nichts verschenkt. Er gehe von der bestehenden wirklichen Lage aus. Er lege fest, daß die Grenzen unverletzlich seien und daß alle anstehenden Fragen friedlich geregelt werden müßten: »Das wesentliche an diesem Vertrag ist, daß er dem Frieden dienen und in die Zukunft gerichtet sein soll. Er schafft Voraussetzungen für eine bessere Zusammenarbeit mit der Sowjetunion und mit unseren unmittelbaren östlichen Nachbarn. Er trennt uns nicht von unseren Verbündeten in der NATO und behindert nicht die fortschreitende westeuropäische Einigung. Er soll Berlin nützen. Er hält schließlich den Weg offen, einen Zustand des Friedens in Europa zu erreichen, in dem auch die deutschen Fragen auf der Grundlage des Selbstbestimmungsrechts eine gerechte und dauerhafte Lösung finden können.«

Im folgenden Jahr, während der Sommerpause 1971, erreichte mich die Frage, ob ich Breschnew Mitte September für ein paar Tage auf der Krim besuchen wolle – ohne Protokoll und »Delegation«. Der sowjetische Chef nahm es mit dem Verzicht auf das Protokoll so ernst, daß er ganz allein auf dem Flugplatz von Simferopol stand, als ich am Nachmittag des 16. September landete. Ich war mit einer Maschine der Luftwaffe gekommen, auch dies ein Novum. Die Besatzung erfreute sich einer besonders aufmerksamen Betreuung, was so selbstverständlich nicht war.

Im Flughafengebäude stieg ein Empfang, der sich sehr in die Länge zog; der Witzevorrat, aus dem wir beide schöpften, schien unerschöpflich, die Atmosphäre war entsprechend locker. Falls es zum Programm gehört haben sollte, mich buchstäblich auf mein Stehvermögen zu testen, habe ich die Probe gut bestanden. Breschnew war

Im Kreml und auf der Krim 207

jetzt eindeutig die Nummer eins, und er war in besserer Form, als ich ihn im Jahr zuvor in Moskau angetroffen hatte und 1973 in Bonn erleben sollte.

Das wichtigtuerische wie das offizielle Bonn, einander ergänzend und durchdringend, fühlten sich hart gefordert: War das, was sich auf der Krim tat, vielleicht etwas, was mit Regierungsgeschäften gar nichts zu tun hatte, sondern »nur« ein Treffen von Parteichefs? Ob es sich um ein »Geheimtreffen« handle, fragte Franz Josef Strauß. Mit dem sowjetischen Generalsekretär und seinem protokollarischen Rang tat man sich auch später noch schwer. Obwohl er in Paris mit allen einem Staatschef zustehenden Ehren empfangen worden war, mochte ihm die Bonner Empfangsbürokratie die obligaten Böllerschüsse nicht zukommen lassen. Und ich hatte keine Lust, sie herbeizubrüllen.

Was hatte es mit jenem Oreanda auf sich, wo der sowjetische Chef über ein Anwesen verfügte und zur Sommerzeit Gäste aus fern und nah empfing? War das nicht nahe bei oder gar ein Vorort jenes Jalta, wo Stalin Anfang 1945 mit Roosevelt und Churchill Beschlüsse gefaßt hatte, die aufgefaßt wurden, als sei dort die Spaltung Europas ein für allemal besiegelt worden, was einer der nicht unüblichen Geschichtsverkürzungen entspricht? Was im übrigen die Vorbelastung von Orten angeht: Wohin in Deutschland hätten wir nach 1945 gehen sollen, wollten wir anderen – und uns selbst – höchst unangenehme Erinnerungen ersparen?

Es gab noch andere neben der Sache liegende Fragen. Weshalb war für Oreanda keine »offizielle« Pressebegleitung vorgesehen? Daß zahlreiche Journalisten und Bildberichterstatter gleichwohl ohne Schwierigkeit an Ort und Stelle gerieten, tat der Kritik kaum Abbruch. Die Fotografen hielten dann nicht nur fest, daß ich sportlich – ohne Krawatte – gekleidet war, als ich mit den Russen eine Bootsfahrt auf dem Schwarzen Meer unternahm. Sondern auch, daß ich mit Breschnew zum gemeinsamen Schwimmen ins Wasser stieg. Ob das denn noch zu verantworten sei?

Und ob ich an Ort und Stelle über den sachverständigen Rat des Auswärtigen Amts verfügte? Nun, außer von Egon Bahr, dem Staatssekretär im Kanzleramt, war ich von einem versierten AA-Beamten begleitet, der später zweimal Botschafter in Moskau wurde. Selbstverständlich war auf meiner Seite auch ein Dolmetscher dabei; er fertigte Aufzeichnungen an.

Bei meiner Rückkehr berichtete ich den Vertretern der Opposition, wenn auch nur als Nebenpunkt, Breschnew habe mich nach den Kommunisten in der Bundesrepublik gefragt, und ich hätte deren legale Existenz bestätigt. Daraus entstand die größte Aufregung. Der Sowjetführer hatte sich neugierig gezeigt, in welcher Weise »die Partei des Herrn Bachmann« tätig sei. Er meinte die DKP, die 1968, durch Justizminister Heinemann in formaler Hinsicht beraten, entstanden war; das Bundesverfassungsgericht hatte die alte KPD 1956 auf Antrag der Bundesregierung verboten.

Breschnew schien von einem lästigen Thema loskommen zu wollen. Im Vorjahr, während meines Moskau-Besuchs, war noch drängend argumentiert worden. Kossygin: Kräfte des Revanchismus könnten sich bei uns entfalten, während Kommunisten in den Untergrund gejagt würden. Ich bestätigte in Oreanda lediglich, daß die DKP aktiv und legal tätig sei. Mir gegenüber benehme sie sich nicht gerade freundlich, doch dies erwartete ich auch nicht und widerspräche solchen, die auf ein neues Verbot ausseien. Daraus wurde gemacht, ich hätte der Kommunistischen Partei mein Wohlwollen bekundet. Gerhard Schröder, mein Vorgänger als Außenminister, gab noch im Sommer 1988 von seinem eingebildeten Wissen Kenntnis, ich hätte Breschnew während jener ominösen Bootsfahrt bestätigt, die DKP sei »verfassungsmäßig«. Diese Darstellung war falsch, in bezug auf den Ort wie zur Sache. Ebenso wie hinsichtlich der Folgerung: »Seitdem haben wir eine DKP.«

Ernster als die kleinkarierte Polemik im eigenen Land war ein Sturm im Pariser Wasserglas. Dort gab es Leute, die Präsident Pompidou suggerieren wollten, ich hätte mich vor Breschnews Frankreich-Besuch in dessen Terminkalender gedrängt und womöglich Geheimabsprachen getroffen. Das ließ sich ausräumen und erinnerte doch an das latente französische Mißtrauen, wann immer Deutschland und Rußland Gemeinsames bereden. Im übrigen habe ich nichts Schädliches daran erkennen können, daß der sowjetische Chef auch nach deutschen Meinungen fragte, wo es um Europa ging. Die Entwicklung in Europa werde, so Breschnew, in hohem Maße davon abhängen, wie sich das Verhältnis zwischen der Sowjetunion einerseits, der Bundesrepublik und Frankreich andererseits gestalte. Das war so falsch nicht.

Pompidou, der Anfang Dezember 1971 Breschnew zu Besuch in Paris hatte, wird nicht widersprochen haben, als der Gast ihm sagte, er habe mehr Vertrauen zum Bundeskanzler als zu Deutschland. Hatte ich zu verantworten, daß in Paris wie in Moskau und anderswo noch solche Differenzierungen gemacht wurden?

In Oreanda sprachen wir mehrmals über Stunden miteinander. Vorrangig über die bilateralen Beziehungen und Möglichkeiten europäischer Zusammenarbeit. Auch über China, das ich als Gesprächsthema angemeldet hatte, das aber unergiebig blieb. Natürlich nahmen die sowjetisch-amerikanischen Beziehungen und die deutsche Frage breiten Raum ein. Ich war beeindruckt davon, wie Breschnew – nach den auflockernden Stunden im Gästehaus des Flugplatzes und als wir uns auf den Weg hinunter zur Krim begaben – die deutsche Frage zugleich anschnitt und aus der Diskussion nahm. Als der Wagen startete, legte er seine Hand auf mein Knie und sagte: »Ich verstehe Sie, Willy Brandt, was Deutschland angeht. Aber nicht wir, Hitler ist dafür verantwortlich.« Oder sagte er sogar, wir könnten jetzt nichts daran ändern?

»Ganz unter uns« wollte er wissen, ob denn der Moskauer Vertrag wohl wirklich ratifiziert werde; ein Scheitern könne einen Rückschlag um Jahrzehnte bedeuten. Es blieb nicht ohne Eindruck, daß ich offen über die schwache und fragile Mehrheit meiner Koalition sprach und hinzufügte: »Ich habe das Schicksal meiner Regierung mit der Vertragspolitik verknüpft, und dabei bleibt es.«

Das Berlin-Thema schien Breschnew loswerden zu wollen. Weder verstand er, noch wollte er verstehen, daß wir auf der Hut waren, West-Berlin nicht noch stärker vom Bund zu trennen, als es der zwischen den Siegermächten ausgehandelte Sonderstatus gebot. Das neue Viermächteabkommen war zwei Wochen zuvor, am 3. September 1971, unterzeichnet worden. Um die deutsche Übersetzung – West- oder Ostfassung! – hatte es Ärger gegeben. Breschnew wollte davon zunächst nichts hören, bedankte sich dann doch für meine Aufklärung – hinzufügend, daß ihn dieser Dank zu nichts verpflichte.

Nach Oreanda versuchten Widersacher mir anzuhängen, ich hätte mit dem Generalsekretär über die deutsche Einheit verhandelt – um den Preis der Neutralisierung. Das traf nicht zu, wäre auch wirklichkeitsfremd gewesen. Vor dem Bundestag legte ich – immer und immer noch einmal – dar, daß es Fortschritt im Sinne deutscher Einheit nur in dem Maße geben werde, in dem sich die Ost-West-Beziehungen allgemein und grundlegend verbesserten. Nach meinem Rücktritt 1974 kolportierten exzentrische Gegner sogar, sie würden mich wegen Landesverrats belangen, falls ich »den Kopf zu weit herausstrecke«. Begründung: Ich hätte mit Breschnew über einen Sicherheitsstatus für Deutschland, anders als den der NATO, gesprochen.

Breschnews Bonn-Besuch im Mai 1973 war von Hektik geprägt. Der Russe war in schlechter Form. Er wirkte abgespannt und fahrig und schien sich in dem ihm sehr fremden Gelände nicht wohl zu fühlen. Doch das war es nicht allein. Denn wir spürten beide, daß sich die amerikanisch-sowjetischen Beziehungen erneut verschlechterten. Ein Jahr zuvor hatte Nixon in Moskau eine Grundsatzerklärung über die Beziehungen zwischen den beiden Mächten unterzeichnet. Dies bedeutete im Kern, daß die Sowjetunion als gleichberechtigte Weltmacht anerkannt wurde. Aber die Hoffnung des Präsidenten und seines Außenministers, sie könnten die Russen weitgehend aus der Dritten Welt heraushalten, erwies sich als Illusion.

Unsere Vertragspolitik war, als Breschnew in Bonn weilte, von deutlichen Fortschritten geprägt: Gerade hatte der Bundestag den Grundlagenvertrag mit der DDR gebilligt, auch einige Abgeordnete der Opposition hatten dafür gestimmt. Der Beitritt zu den Vereinten Nationen war mit noch größerer Mehrheit beschlossen worden, etwa die Hälfte der Opposition hatte ja gesagt. Auch ließ sich ein bedeutender Aufschwung des Handels mit dem Osten feststellen. Wir unterzeichneten einen Zehnjahresvertrag über die Entwicklung der wirtschaftlichen, industriellen und technischen Zusammenarbeit. Breschnew sang das Lied, das ich nun schon auswendig kannte: Ob wir uns nicht daran beteiligen wollten, die gewaltigen sowjetischen Naturschätze, vor allem in Sibirien, zu erschließen? Nicht nur Erdgas und Kohle, auch wichtige Erze warteten auf uns, und nirgends sonst lägen so reiche Holzvorräte. Gewiß, so Breschnew, seien die Systeme verschieden: »Bei uns kann man Befehle erteilen, bei Ihnen ist das anders. Aber trotzdem, wenn die führenden Persönlichkeiten die Impulse geben, werden auch die Geschäftsleute beginnen, in anderen Kategorien zu denken. Ich bin, mit meinen Leuten, auf eine kühnere Perspektive vorbereitet.«

Ich traf Breschnew noch zweimal – 1975 und 1981 – in der Sowjetunion und habe ausführlich mit ihm gesprochen, auch bei seinem Besuch in der Bundesrepublik 1978. Die Reise im Sommer 1975 führte mich nicht nur nach Moskau und Leningrad, sondern auch nach Nowosibirsk und Usbekistan. Die Mitarbeiter des Generalsekretärs hatten sich um einen noch früheren Termin bemüht. Ihnen lag sehr daran, daß ich von ihrem Chef hörte: Mit dem Spion, der meinen Rücktritt bewirkte, habe er weniger als nichts zu tun gehabt.

Der Kniefall von Warschau

Schon 1970, doch auch später bin ich gefragt worden, warum ich nicht den Vertrag, der mit dem unsäglich mißhandelten Polen zu schließen war, dem mit der Sowjetunion vorgezogen hätte. Dies war eine rein akademische Frage, auch im Verständnis der polnischen Führung. Es gab keine Wahl, der Schlüssel zur Normalisierung lag in Moskau. Und da war ja nicht nur die Macht zu Hause, sondern ein Volk, das ebenfalls schrecklich gelitten hatte.

Aber ich gebe zu: Die Polen, im Volk wie in der Führung, hätten es vorgezogen, wenn unsere Erklärung zur Oder-Neiße-Grenze zuerst in Warschau zu Protokoll gegeben worden wäre; als »Geschenk der Russen« erschien sie nur halb soviel wert. Die Führung wußte allerdings, was die Öffentlichkeit so noch nicht wissen konnte: Eine von mir geführte Regierung werde bereit sein, die neue polnische Westgrenze vertraglich hinzunehmen. Ich hatte es während des Wahlkampfes 1969 signalisiert, also bevor klar war, ob ich die neue Regierung würde bilden können. 1970 machte ich mir den polnischen Vorschlag zu eigen, im Warschauer Vertrag die Feststellung zur Grenze an die erste Stelle zu setzen und den Gewaltverzicht folgen zu lassen.

Als ich am Nachmittag des 7. Dezember 1970, im Anschluß an die Vertragsunterzeichnung, mit Wladyslaw Gomulka sprach, tauchte das Problem der Reihenfolge wieder auf. Wohlmeinende polnische Journalisten hatten den Wunsch lanciert, daß wir im Ratifizierungsverfahren den Warschauer Vertrag dem Moskauer vorzögen. Gomulka: Bitte nicht die Realität aus dem Auge verlieren. Jeder Versuch, Polen aus seinem Bündnis zu lösen oder gar einen Keil zwischen sein Land und den großen östlichen Nachbarn zu treiben, müsse scheitern. Im übrigen sei der Vertrag von Moskau früher abgeschlossen worden, beide sollten gleichzeitig oder kurz nacheinander ratifiziert werden.

Gewiß wollten die Polen nicht als Anhängsel ihrer Führungsmacht behandelt werden. Und ebenso gewiß mißbehagte ihnen der Gedanke, Russen und Deutsche könnten Textübungen über eine Frage abhalten, die sie als existentiell empfanden. Die Bitternis, die ihr Verhältnis zur Sowjetunion prägte, verbargen die Polen nicht; daß Stalin ihr Offizierskorps hatte vernichten lassen, daß die Rote Armee 1944 an der Weichsel stehengeblieben war und zugesehen hatte, wie Warschau verblutete, daß die eigenen Ostgebiete für verloren gelten mußten, wurde nirgends ausgesprochen und doch mancherorts angedeutet. Man war auch in der Folge sehr darauf aus, nicht von den Russen abgehängt zu werden. Als ich mich im September 1971 mit Breschnew auf der Krim traf, erreichte mich die Bitte, auf dem Rückflug in Warschau Station zu machen. Ich meinte, darauf wegen anderer Verpflichtungen nicht eingehen zu können. Später fragte ich mich, nicht nur auf diesen Fall bezogen, ob man sich nicht zu sehr zum Sklaven seines Terminplans gemacht habe.

Josef Cyrankiewicz, Überlebender von Mauthausen, Exponent des sozialdemokratischen Teils der PVAP, der kommunistischen Einheitspartei, und Ministerpräsident, meinte zu Beginn der Warschauer Gespräche: Unsere beiden Regierungen sollten sich auf eine Art psychoanalytische Kur einstellen und erst einmal zutage fördern, was nicht in Ordnung sei; das therapeutische Gespräch folge. Vielseitige Zusammenarbeit könne helfen, den Rest besorge die Zeit, die heilsam sei. Gomulka, am Vorabend der Vertragsunterzeichnung: Für den Prozeß der Annäherung sollten wir mindestens ein Jahrzehnt ins Auge fassen. Eine Perspektive, die immer noch zu kurz gegriffen war.

Der erste Mann der Partei und de facto des Staates scheiterte noch in jenem Dezember an Protesten gegen die unzulängliche Versorgung. Demonstrierende Arbeiter, nicht zuletzt in Danzig, zwangen ihn zum Rücktritt. Er war eine im Widerstand gehärtete Persönlichkeit; in den frühen fünfziger Jahren hatte man ihn als »Titoist« eingesperrt, 1956 war er, gegen den Willen Chruschtschows, zum Parteichef aufgestiegen. Das Ritual der langen Reden, die die Diskussion ersetzten, beherrschte er wie alle kommunistischen Führer. »Unter vier Augen« – mit Einschluß der Dolmetscher: acht – trug er zwei Stunden vor; ich brauchte schon aus Prestigegründen mindestens eine zur Erwiderung, und dann ging es weiter im Programm.

Der Warschauer Vertrag klärte »die Grundlagen der Normalisierung der Beziehungen« und zeigte an, auf wie dünnem Eis wir uns bewegten. Für uns war gleichwohl die Feststellung wichtig, daß – wie bei den anderen Ostverträgen – weder die Gültigkeit früher geschlossener Verträge berührt noch internationale Vereinbarungen in Frage gestellt würden. Der polnische Regierungschef versäumte nicht zu erwähnen: Seine Seite sei sich bewußt, daß im Namen der Bundesrepublik ein Mann seine Unterschrift leiste, »der schon am Beginn der Machtübernahme durch den Faschismus das grenzenlose Unglück begriff, das dadurch für das deutsche Volk, für die Völker Europas, für den Frieden in der Welt entstehen würde«. In meiner Antwort hieß es: Mir sei bewußt, daß nicht durch ein noch so wichtiges Papier brutal aufgerissene Gräben zugeschüttet würden. Verständigung und gar Versöhnung könnten nicht durch Regierungen verfügt werden, sondern müßten in den Herzen der Menschen auf beiden Seiten heranreifen. Ich berichtete meinen Partnern von Gesprächen mit General de Gaulle, in denen von Deutschland und Polen die Rede war. Er und ich seien uns einig gewesen, daß die Völker Europas ihre Identität bewahren müßten und gerade dadurch dem Kontinent eine große Perspektive eröffnen würden. Ich wisse also, »daß es nicht mehr isolierte, sondern nur noch europäische Antworten gibt. Auch das hat mich hierhergeführt.« Und, in meiner Rede zur Vertragsunterzeichnung: »Meine Regierung nimmt die Ergebnisse der Geschichte an; Gewissen und Einsicht führen uns zu Schlußfolgerungen, ohne die wir nicht hierhergekommen wären.« Doch werde niemand von mir erwarten, »daß ich in politischer, rechtlicher und moralischer Hinsicht mehr übernehme, als es der

Einsicht und Überzeugung entspricht.« Vor allem müßten die Grenzen »weniger trennen, weniger schmerzen«.

Es war eine ungewöhnliche Last, die ich auf meinen Weg nach Warschau mitnahm. Nirgends hatte das Volk, hatten die Menschen so gelitten wie in Polen. Die maschinelle Vernichtung der polnischen Judenheit stellte eine Steigerung der Mordlust dar, die niemand für möglich gehalten hatte. Wer nennt die Juden, auch aus anderen Teilen Europas, die allein in Auschwitz vernichtet worden sind? Auf dem Weg nach Warschau lag die Erinnerung an sechs Millionen Todesopfer. Lag die Erinnerung an den Todeskampf des Warschauer Ghettos, den ich von meiner Stockholmer Warte verfolgt hatte und von dem die gegen Hitler kriegführenden Regierungen kaum mehr Notiz nahmen als vom heroischen Aufstand der polnischen Hauptstadt einige Monate danach.

Das Warschauer Programm sah am Morgen nach meiner Ankunft zwei Kranzniederlegungen vor, zunächst am Grabmal des Unbekannten Soldaten. Dort gedachte ich der Opfer von Gewalt und Verrat. Auf die Bildschirme und in die Zeitungen der Welt gelangte das Bild, das mich kniend zeigte – vor jenem Denkmal, das dem jüdischen Stadtteil und seinen Toten gewidmet ist. Immer wieder bin ich gefragt worden, was es mit dieser Geste auf sich gehabt habe. Ob sie etwa geplant gewesen sei? Nein, das war sie nicht. Meine engen Mitarbeiter waren nicht weniger überrascht als jene Reporter und Fotografen, die neben mir standen, und als jene, die der Szene ferngeblieben waren, weil sie »Neues« nicht erwarteten.

Ich hatte nichts geplant, aber Schloß Wilanow, wo ich untergebracht war, in dem Gefühl verlassen, die Besonderheit des Gedenkens am Ghetto-Monument zum Ausdruck bringen zu müssen. Am Abgrund der deutschen Geschichte und unter der Last der Millionen Ermordeten tat ich, was Menschen tun, wenn die Sprache versagt.

Ich weiß es auch nach zwanzig Jahren nicht besser als jener Berichterstatter, der festhielt: »Dann kniet er, der das nicht nötig hat, für alle, die es nötig haben, aber nicht knien – weil sie es nicht wagen oder nicht können oder nicht wagen können.«

Zu Hause in der Bundesrepublik fehlte es weder an hämischen noch an dümmlichen Fragen, ob die Geste nicht »überzogen« gewesen sei. Auf polnischer Seite registrierte ich Befangenheit. Am Tage des Geschehens sprach mich keiner meiner Gastgeber hierauf an. Ich schloß daraus, daß auch andere diesen Teil der Geschichte noch nicht verarbeitet hatten. Carlo Schmid, der mit mir in Warschau war, erzählte später: Man habe ihn gefragt, warum ich am Grabmal des Unbekannten Soldaten nur einen Kranz niedergelegt und nicht gekniet hätte. Am nächsten Morgen, im Wagen auf dem Weg zum Flugplatz, nahm mich Cyrankiewicz am Arm und erzählte: Das sei doch vielen sehr nahe gegangen; seine Frau habe abends mit einer Freundin in Wien telefoniert, und beide hätten bitterlich geweint.

Ich hatte dem Außenminister nahegelegt, den Staatssekretär Georg Ferdinand Duckwitz mit den Verhandlungen über den Warschauer Vertrag zu betrauen. Zu seinen Meriten gehörte, was er während des Krieges, in amtlicher Funktion, zur Rettung der dänischen Juden getan hatte. »Ducky« – ein Musterbeispiel dafür, daß einer nicht Nazi werden mußte, wenn er Nominal-Parteigenosse geworden war. Nach dem Krieg trat er in den Auswärtigen Dienst ein, ließ sich vorzeitig pensionieren und von mir reaktivieren. Dies auch deshalb, weil wir über Ostpolitik ähnlich dachten und er – wie sich bei Verhandlungen über Zahlungsausgleich zeigte – gut mit den Amerikanern konnte. Walter Scheel verlängerte das Engagement nicht, weil er ihm mangelnde Loyalität ankreidete. Was war passiert? Für die dritte Verhandlungsrunde hatte ich Duckwitz einen durchaus harmlosen Brief mitgegeben, der ihm zu einem Gespräch mit Gomulka verhelfen sollte, aber vergessen, Scheel hierzu ein Wort zu sagen. In Warschau bemerkte und schrieb ein Berichterstatter, daß dem Parteichef ein Brief des Kanzlers übergeben worden sei; der Bericht löste Spekulationen und die in Bonn üblichen Aufgeregtheiten aus. Was waren das für »Geheimkontakte«? Und was mochte ich dem Mann in Warschau mitzuteilen haben? Ich war gerade zu Besprechungen in Oslo, als Scheel aufgeregt anrief und nicht leicht zu beruhigen war. Das isoliert gebliebene Mißverständnis und die ihm zugrunde liegende organisatorische Panne ließen sich aufklären, als ich wieder zu Hause war.

In der Grenzfrage hatte es einigen Nachdenkens bedurft, um die rechtlich-politischen Gegebenheiten und die politisch-psychologischen Notwendigkeiten auf einen Nenner zu bringen. Im Bericht zur Lage der Nation hatte ich zu Jahresbeginn 1970 gemahnt: »Was die Väter verloren haben, das werden wir durch keine noch so schöne Rhetorik und durch keine noch so geschliffene Juristerei zurückgewinnen.« Und dennoch, in Deutschland fiel es weiterhin schwer, sich auf die veränderten Realitäten dieser Welt einzustellen. In Polen war die Oder-Neiße-Grenze zur nationalen Frage schlechthin geworden. Daß die Russen schon 1950 die DDR zur Anerkennung veranlaßt hatten, reichte nicht aus. Das Wort der Bundesrepublik wog für die Polen schwerer, obwohl es eine gemeinsame Grenze nicht gab. Und sie hätten es gern gesehen und als hilfreich empfunden, wenn die Bundesrepublik – für den Fall eines Friedensvertrages – schon vorweg die Verpflichtung eingegangen wäre, daß es bei der Oder-Neiße-Grenze bleibe. Mir ist man damit nicht gekommen. Ich hätte die entgegenstehenden Rechtsbedenken auch nicht überspielen können.

In Potsdam war festgestellt worden, die deutsch-polnische Grenzziehung solle endgültig erst »in den Friedensverträgen« geregelt werden. Doch die Aussiedlung der Deutschen hatten der amerikanische Präsident und der britische Regierungschef 1945 sanktioniert, und sie hatten nicht widersprochen, als die neue Grenze festgeschrieben wurde; de Gaulle nahm den anderen übel, daß sie ihn von Potsdam ferngehalten hatten, nicht, daß sie in dieser Weise verfahren waren.

Das Heimatrecht von Millionen Deutschen wurde abgelöst durch ein solches der nach Westen umgesiedelten und der dort nachgeborenen Polen. In der ganzen Welt gab es keine Regierung, die bereit gewesen wäre, sich für deutsche Grenzansprüche zu engagieren. Es dauerte einige Zeit, bis führende Repräsentanten der westlichen Welt die Deutschen öffentlich und deutlich darauf hinwiesen, daß sie sich mit der neuen Grenzziehung abzufinden hätten. Adenauer und seine Vertrauten wußten, wie die Dinge standen. Aber da waren die vielen Stimmen der Flüchtlinge und Vertriebenen und die lauten Stimmen derer, die sich hauptberuflich um sie kümmerten. Die Sozialdemokraten entschlossen sich erst spät, gegen den Strom zu schwimmen. Mir hatte immer Ernst Reuters Wort, gesprochen in seinem Todesjahr, in den Ohren geklungen: Wir sollten den Polen entgegenkommen, man dürfe ihnen nicht noch einmal einen Staat auf Rädern zumuten. Und doch fand ich meinen Namen unter einem

Text wieder, der mit »Verzicht ist Verrat« endete. Entscheidend war für mich, jenseits der Frage des Vokabulars, daß Ostpolitik »nicht hinter dem Rücken der Vertriebenen« gemacht werde. Das hieß: Sie müßten ins Vertrauen gezogen werden und selbst abwägen können, was ging und was nicht. Dazu verpflichtete auch der großartige Beitrag, den heimatvertriebene wie geflüchtete Ost- und Sudetendeutsche zum Wiederaufbau geleistet hatten. 1965 trug eine Denkschrift der Evangelischen Kirche nicht wenig dazu bei, die Diskussion zu entkrampfen; die katholischen Bischöfe in der Bundesrepublik taten sich schwerer, auf ihre polnischen Amtsbrüder zuzugehen. Immerhin, den Hauch von Wandel in der zweiten Hälfte der sechziger Jahre atmete auch Bundeskanzler Kiesinger ein, als er vom Verständnis für das Verlangen des polnischen Volkes sprach, »endlich in einem Staatsgebiet mit gesicherten Grenzen zu leben«.

Im Zusammenhang mit dem Vertrag vom Dezember 1970 stellten sich praktische Fragen, die befriedigend zu beantworten nicht gelang: Zum einen die Möglichkeit von Volksdeutschen, in die Bundesrepublik beziehungsweise in einen der beiden deutschen Staaten zu übersiedeln. Zum anderen der polnische Wunsch nach materieller Wiedergutmachung, direkt oder in Gestalt eines größeren und billigen staatlichen Kredits. Auch die Angleichung von Schulbüchern und der Austausch von Jugendlichen, den zu fördern wir baten und versprachen, entpuppten sich nicht als Kleinigkeiten.

Auswanderung und Umsiedlung wollte die polnische Seite nicht vertraglich vereinbart wissen, sie bestand auf der Form einer einseitigen »Information«: »Einige zehntausend« – erläutert als 60 000 bis 100 000 – »Personen unbestreitbar deutscher Volkszugehörigkeit« sollten ausreisen dürfen; wesentlich mehr waren schon unter Mitwirkung der nationalen Rotkreuzgesellschaften in den 50er Jahren in die Bundesrepublik gekommen. Das Rote Kreuz mußte jetzt erneut bemüht und ihm mitgeteilt werden, daß die von polnischer Seite genannte Zahl nicht als fixe Obergrenze zu verstehen sei, zumal die Zahl der Ausreisewilligen zweifellos höher liege. In Aussicht gestellt wurden Erleichterungen bei Verwandtenbesuchen. Keine oder wenig Gegenliebe fand unser Wunsch, man möge den Deutschen, die blieben, in kultureller Hinsicht, besonders durch Sprachunterricht, entgegenkommen.

Damit war dieses Kapitel bei weitem nicht abgeschlossen. In Polen rührte sich, als rund 60 000 Fälle erledigt waren, erheblicher Widerstand lokaler und regionaler Bürokratien. In Deutschland wurde mit Zahlen jongliert. Wie viele wollten wirklich umsiedeln? Bis wohin ließ sich von Zusammenführung getrennter Familien sprechen? Und was hieß das, wenn und wo Deutsches und Polnisches seit Generationen durcheinanderging? Nicht selten bedeutete es: Zusammenführung auf der einen Seite, neue Trennung auf der anderen.

In Warschau hatte mir Gomulka dargelegt: Auf Reparationen habe Polen 1953 verzichtet, aber etwa zehn Millionen Menschen wären anspruchsberechtigt, wenn man die westdeutschen Wiedergutmachungsgesetze zugrunde lege; auf dieser Grundlage hätten Experten eine Summe von rund 180 Milliarden DM ausgerechnet. Ob wir nicht die große Zahl vergessen und uns statt dessen auf einen bescheidenen, aber bedeutenden Zehnjahreskredit – zinslos oder zinsbillig – verständigen könnten? Ich war nicht grundsätzlich gegen eine »indirekte« Lösung, die der wirtschaftlichen Entwicklung zugute käme. Allerdings mochte sich das Finanzministerium, obwohl in anderen Ländern üblich, damals nicht mit staatlich heruntergedrückten Zinssätzen befreunden. Später wurde es teurer. Die Verknüpfung von Dingen, die strenggenommen nichts miteinander zu tun hatten – Kredit, Abfindung für Rentenansprüche, gewonnen von den polnischen Zwangsarbeitern, und Ausreisegenehmigungen –, überschattete die deutsch-polnischen Beziehungen auf Jahre und trieb den Preis für die Bundesrepublik nach oben; sie hatte die Rechtsnachfolge des Deutschen Reiches angetreten und konnte nun schwer verhindern, daß ihr die Rechnungen präsentiert wurden.

Ich habe – wie auch im jugoslawischen Fall gegenüber Tito – nie einen Hehl daraus gemacht, daß ich schwere materielle Bürden für psychologisch belastend hielte und mir die Wirkung auf nachfolgende Generationen nicht ausrechnen möge. Man durfte schließlich auch nicht übersehen, daß die heimatvertriebenen Deutschen – zusätzlich zum Land – große Vermögenswerte eingebüßt hatten.

Daß Polen in den beiden Jahrzehnten, die dem Warschauer Vertrag folgten, so wenig zur Ruhe kam, hatte nicht mehr viel mit seinem Verhältnis zu den Deutschen zu tun. Die Normalisierung machte jedoch nicht so gute Fortschritte, wie man es sich gewünscht hatte. Über Ausreisewünsche und -genehmigungen wurde viel verhandelt und nicht wenig polemisiert; daß die Aussiedler mehr oder weniger deutscher Herkunft in der Bundesrepublik nicht mehr durchweg offene Arme fänden, ahnte noch niemand. Wahr blieb und bleibt, daß das Verhältnis zwischen Deutschen und Polen von besonderer europäischer Bedeutung ist.

Und was ist mit der Tschechoslowakei? Ich bin im Laufe der Jahre nicht selten gefragt worden, warum sich die Normalisierung dieser Beziehungen drei weitere Jahre, bis Ende 1973, hingezogen habe und der Prager Vertrag erst im Sommer 1974 in Kraft getreten sei; inzwischen waren wir – wie die DDR – Mitglied der Vereinten Nationen geworden, und in Helsinki hatten sich die Außenminister aus Ost und West zusammengefunden, um die gesamteuropäische Konferenz auf den Weg zu bringen. Hätte ich oder jemand sonst vergessen, was der Tschechoslowakischen Republik schon im Vorfeld des Zweiten Weltkrieges zugemutet worden war und welche Leiden ihre Menschen während der Naziokkupation zu ertragen hatten? Gewiß nicht. Es ist wahr, daß die rechtlichen oder quasirechtlichen Auseinandersetzungen um das Münchener Abkommen viel Zeit in Anspruch nahmen. Doch in diesem sachlich richtigen Hinweis lag nur die halbe Wahrheit begründet. Denn es waren die Nachwirkungen des August 1968, die die Prager Politik weithin lähmten und auch das Geschehen während meines Prag-Besuchs, Dezember 1973, prägten. Das kalte Wetter schien die Stimmung einfangen zu wollen. Doch hörte ich aufmerksam zu, als meine Gastgeber von den Leiden ihres Volkes wie von dessen Hoffnungen sprachen und Ministerpräsident Lubomir Strougal, weniger hölzern als die meisten seiner Kollegen in der Führung und bis 1988 im Amt, »die Dornenkrone von Lidice« beschwor, als der vom nahen Tod gezeichnete General Svoboda, im Amt verbliebenes Staatsoberhaupt von 1968, mit großer Freundlichkeit »gute Nachbarschaft« anmahnte und Gustav Husak, Parteichef und bald auch Staatspräsident, meiner Bitte um Gnade für einige einsitzende Deutsche entgegenkam. Er wolle sehen, was sich machen lasse, schließlich wisse er selbst, was es heiße, im Gefängnis zu sitzen. Dort hatte er, auch unter der Herrschaft seiner Partei, lange gesessen. Ihm war anzumerken, daß er gern in eine Lage hineingewachsen wäre, wie sie Janos Kadar in den schwierigen

Jahren nach 1956 zugefallen war. Doch an der Moldau wollte nicht gelingen, was an der Donau jedenfalls zum Teil gelang. Husak und seine Gruppe scheiterten vor allem daran, daß sie das Mißtrauen ihrer Landsleute nicht auszuräumen vermochten.

Ich erinnerte in meiner Prager Rede an meine Besuche im Winter 1936/37 und im Sommer 1947; an die Rolle, die Prag für das deutsche Exil gespielt hatte; an die wichtigen Abschnitte einer uns verbindenden Geschichte – die Gemeinsamkeit von Deutschen und Slawen in den böhmischen Ländern, die Tragödien der hitlerdeutschen Besetzung, die andere Tragödie der wahllosen Vertreibung, über die ich als einer der ersten berichtet hatte.

Der »Prager Frühling« 1968 hatte auch mich fasziniert. Auch ich war innerlich nicht darauf vorbereitet, daß das Ringen der Reformkommunisten mit einer Invasion des Warschauer Paktes beantwortet werden würde. Alle Behauptungen, daß sie durch bundesdeutsche Einmischung – oder gar durch militärische Vorkehrung auf unserem Boden – heraufbeschworen worden sei, waren aus der Luft gegriffen. Aber man unterstellte es nicht nur im Osten, es wurde auch mancherorts im Westen geglaubt. Als ich kurz nach jenem 21. August nach Paris kam, machte mir Michel Debré, der Couve de Murville als Außenminister gefolgt war, tatsächlich ernste Vorwürfe wegen vermeintlich schädlicher Aktivitäten. Sein Nachrichtendienst hatte ihn – so etwas soll vorkommen – mit haarsträubenden Informationen munitioniert. Der französische Außenminister war im Recht, als er die NATO vor sinnlosen Reaktionen warnte, doch er griff erheblich zu kurz, als er die neue Prager Tragödie zu einem »Verkehrsunfall auf dem Wege der Entspannung« herunterstufte. Selbst de Gaulle hatte in diese Kerbe gehauen und Kiesinger vorgehalten: Die Bundesregierung habe die Prager Reformer ermuntert und die Tragödie dadurch mitverschuldet. Und, sozusagen als vertrauliche Beigabe: Breschnew habe sich vorher bei Johnson vergewissert, daß die Vereinigten Staaten nichts unternehmen würden.

Daß ein führender deutscher Liberaler kurz vor dem gewaltsamen Höhepunkt der Krise in Prag war, mag überflüssig gewesen sein, aber das Verhältnis zwischen Prag und Moskau hat es wirklich nicht belasten können. Daß die Spitze der Bundesbank bereit war, an Ort und Stelle über den Ausbau der bilateralen Beziehungen zu sprechen – nachdem im Sommer 1967 endlich Handelsmissionen eingerichtet worden waren –, enthielt nicht die Spur von Feindseligkeit gegenüber anderen. Daß Egon Bahr, mein damaliger Planungschef im Auswärtigen Amt, sich mit Außenminister Jiri Hajek während eines Zwischenaufenthalts in Frankfurt traf, war durch ein legitimes Informationsbedürfnis begründet, durch nichts anderes. Aber aus alledem wurde abgrundtief Verwerfliches konstruiert. Auch die SPD mußte sich einen Wust unsinniger Vorwürfe gefallen lassen. Daß Sozialdemokraten in meinem Land wie anderswo dem Vorhaben, einen »Sozialismus mit menschlichem Antlitz« zu gestalten, große Sympathien entgegenbrachten, konnte niemand überraschen. Die auf geheime Informationen spezialisierten Dienste haben natürlich gewußt, wie streng es die deutschen Sozialdemokraten mit dem Gebot der Nichteinmischung nahmen: Bestrebungen zur Wiedererrichtung der tschechoslowakischen Sozialdemokratie – binnen kürzester Zeit waren über dreihundert örtliche Organisationen entstanden – wurden in keiner Weise ermutigt. Sozialdemokratische Solidarität mußte, was nicht allen einleuchtete, zurückgenommen werden, wo europäische Verantwortung für den Frieden über allem sonst zu rangieren hatte.

Die Nachricht von der militärischen Intervention des Warschauer Paktes hatte mich auf einem Schiff vor der norwegischen Küste erreicht. Ich flog nach Oslo und von dort mit einer Maschine der Bundeswehr nach Bonn. Meine Mitarbeiter im Außenamt und in der Parteizentrale und wem sonst ich in den nächsten Stunden begegnete – alle waren erschüttert darüber, wie die freiheitlichen Regungen des Prager Frühlings niedergewalzt wurden. Es hat mich bedrückt und beschämt, daß deutsche Soldaten, nämlich solche der DDR-Volksarmee, zu der Strafaktion herangezogen wurden. Sie fielen zahlenmäßig nicht ins Gewicht, aber die Sache selbst hat mich mehr empört als meine konservativen Kollegen, die meinten, von Kommunisten sei eben anderes nicht zu erwarten.

Der rumänische Parteiführer Nicolae Ceausescu, der hernach erst überschnappen und dann zerstörerisch regieren sollte, fiel damals vorteilhaft aus der Reihe. Er hatte sich geweigert mitzutun und die Armee in den Kasernen gehalten; am 21. August verurteilte er die Invasion auf einer Kundgebung unter freiem Himmel. Seine Botschafter klopften mancherorts an, um konkrete Hilfe für den Fall der Fälle zu erbitten. Tschechoslowakische Oppositionelle sind zu dem Ergebnis gekommen, Rumänien sei eine Intervention erspart geblieben, weil es Verteidigungsbereitschaft signalisierte. Über die Nutzanwendung dieser These haben sich die Reformer, was nicht verwundern kann, nicht einigen können.

Durch Zufall traf ich schon in den ersten Tagen nach dem Einmarsch mit einem Prager Freund aus Stockholmer Tagen zusammen; Valter Taub war in seinen Schauspielerberuf zurückgekehrt und spielte mit Erfolg auf deutschen wie österreichischen Bühnen. Nun stand er, wie die meisten Intellektuellen, auf seiten der Reformer. Mit Tränen in den Augen fragte er, der Kommunist geworden war, ob denn aus der ganzen Welt keine Hilfe zu erwarten sei und ob Europa sich so etwas bieten lasse. Ich verstand diejenigen, die so empfanden, doch helfen konnte ich ihnen nicht. Schon gar nicht, wenn sie in ihrer Not und Verzweiflung vom westlichen Bündnis etwas erwarteten, das zu leisten es nicht geschaffen war.

Geredet wurde in diesen Tagen viel. Aber gab es denn eine vernünftige Alternative zum Kurs der Entspannung? In Bonn sagten wir uns, über den Führungskreis meiner eigenen Partei hinaus, daß mit einem Rückfall in die Zeit der angestrengten Konfrontation weder der Tschechoslowakei noch sonstwem geholfen wäre. Ich habe mich nicht in die Manöverkritik an den Prager Reformern hineinziehen lassen. Ob sie hinreichend strategisch gedacht hätten und taktisch geschickt genug vorgegangen seien, diese Frage zu erörtern stand den Deutschen nun wirklich nicht zu. Außerdem kommt dabei selten etwas Gescheites heraus. Und wer will eine breite Reformbewegung steuern, wer den so vielschichtigen Drang nach Freiheit kanalisieren? Noch dazu in einem Volk, das so freiheitliche Traditionen hat?

Der slowakische Parteisekretär Alexander Dubcek, der im Januar 1968 KP-Chef Novotny in Prag abgelöst und an den faszinierenden kulturellen Aufbruch während der beiden voraufgegangenen Jahre angeknüpft hatte, wußte sich von einer Welle der Sympathie und des Vertrauens getragen. Ungetreue Genossen, im Zusammenspiel mit entsprechenden sowjetischen Apparaten, brachten ihn zu Fall und zum Schweigen. Er erhielt ein Gnadenbrot als Botschafter in Ankara, dann lebte er isoliert bei Preßburg. Mir hat seine würdige Standfestigkeit imponiert. Er blieb Kommunist, aber zur Selbstverleugnung ließ er sich nicht bewegen. Als ihm dubiose politische Verbindungen vorgeworfen wurden, berief er sich durchaus zutreffend auf mich; um fairen Ausgleich und sachliche Zusammenarbeit würde auch er sich bemüht haben, doch man ließ ihn nicht mitwirken.

Nach Gorbatschows drittem Jahr deutete sich auch Dubceks Rehabilitierung an. Aber die CSSR war nun zu einem zurückgebliebenen Partner der West-Ost-Politik geworden. Von Ion Gheorghe Maurer, dem anregenden und witzesprudelnden Ministerpräsidenten Rumäniens, stammt der böse Satz über die Tschechoslowakei, die er den allerneutralsten Staat der Welt nannte. Wieso? Sie mischt sich nicht einmal in ihre eigenen Angelegenheiten ein.

Die zwischenstaatliche Normalisierung hatte sich deshalb als besonders schwierig erwiesen, weil die Juristen sich am Münchener Abkommen von 1938 die Zähne auszubeißen suchten. In Schröders Friedensnote vom März 1966 hieß es, jenes Abkommen sei von Hitler zerrissen worden und habe keine territoriale Bedeutung mehr. Ende 1966 unterstützte ich Justizminister Heinemann in dem Begehren, durch die Regierungserklärung der Großen Koalition die Dinge ins reine zu bringen. Dort hieß es, »das unter Androhung von Gewalt zustande gekommene« Abkommen sei »nicht mehr gültig«. Dies hieß *ex tunc,* aber die Prager bestanden auf *ex nunc:* von Anfang an.

Wie konnten wir eine Nichtigkeitserklärung zu Papier bringen, ohne damit schädliche Rechtsfolgen für die Sudetendeutschen zu verbinden? Wir konnten sie nicht nachträglich zu Landesverrätern stempeln lassen. Wir konnten auch trotz der Jahre, die vergangen waren, nicht davon absehen, daß auch deutsche Bürger der alten Tschechoslowakei unter den Nazis schwer zu leiden hatten – und die dann gleichwohl Opfer der rabiaten Vertreibungen von 1945–1946 wurden.

Im Prager Vertrag steht geschrieben: Das Münchener Abkommen ist der Tschechoslowakischen Republik durch das NS-Regime »unter Androhung von Gewalt aufgezwungen« worden. Beide Seiten wollten mit der unheilvollen Vergangenheit aufräumen, in beiden Ländern sei eine neue Generation herangewachsen, und sie habe ein

»Recht auf eine gesicherte friedliche Zukunft«. So wurde das ominöse Abkommen als »nichtig [...] im Hinblick auf ihre gegenseitigen Beziehungen nach Maßgabe dieses Vertrages« bezeichnet. Das war die Kompromißformel zwischen *ex tunc* und *ex nunc.* Und dafür hatte sich der ungewöhnlich gescheite Staatssekretär Paul Frank drei Jahre lang abrackern müssen! Der Vertrag berührte nicht die Rechtswirkungen, die im Herbst 1938 und im Mai 1945 eingetreten waren, ausgenommen jene Maßnahmen, die beide Staaten »wegen ihrer Unvereinbarkeit mit den fundamentalen Prinzipien der Gerechtigkeit« als nichtig betrachteten.

Der Vertrag war wegen eines kleinkarierten Streits um den Rechtshilfeverkehr für West-Berlin und seine Bürger zusätzlich belastet und noch mehr verzögert worden. Ich wurde den Eindruck nicht los, daß Ulbricht und seine Mannen ihre Hände im Spiel hatten.

Breschnew und auch Gomulka hatten mir 1970 vorausgesagt, es werde nicht zu schwierig sein, mit »den Tschechen« zu Rande zu kommen. Im Mai 1973 hatte der Kremlchef noch einmal bekundet, so, als wolle er Mut machen, nun sei die Situation günstig, »von dem verdammten Münchener Abkommen loszukommen«; zweimal habe ihm Husak bestätigt, daß er bereit sei, uns entgegenzukommen. Kein Zweifel, die Intransigenz und die Umständlichkeit der Prager Unterhändler hatten mit den Schwierigkeiten der Regierung und der sie tragenden Partei mit der Bevölkerung zu tun.

Ob Warschau oder Prag oder welch anderes Zentrum in Mittel- und Osteuropa auch immer: Die bundesdeutsche Politik hat den an Ort und Stelle Verantwortlichen kaum etwas von ihrer Last abnehmen können, sie hat ihnen aber auch nichts Zusätzliches aufgebürdet.

Die beiden Deutschland und die alte Hauptstadt

In der Regierungserklärung vom Oktober 1969 hatte ich festgestellt: Auch wenn zwei Staaten in Deutschland existierten, seien sie doch füreinander nicht Ausland – »ihre Beziehungen zueinander können nur von besonderer Art sein«. Dies war der notwendige Abschied

Die beiden Deutschland und die alte Hauptstadt   225

von überholten Vorstellungen. Manche hatten damit gerechnet, viele
waren überrascht.

Ich konnte diesen Schritt, ohne den die Ostpolitik nicht vorangekommen wäre, nur tun, weil ich ihn nicht mehr zur Diskussion gestellt hatte. Wichtig war natürlich, daß ich Walter Scheels Zustimmung besaß; auch der Bundespräsident war einverstanden. Egon
Bahr kam die Erklärung zu rasch, doch außer mir gegenüber ließ er
eigene Bedenken nirgends erkennen. Horst Ehmke, der neue Minister im Kanzleramt, hatte mich in verfassungsrechtlicher Hinsicht
beruhigt. Die Aufregung war enorm.

Die Anerkennung der Tatsache, daß die DDR einen zweiten Staat
auf deutschem Boden darstellte, und die Bereitschaft, über die Regelung praktischer Fragen zu verhandeln, gehörten zusammen. Dies
hatte ich als Berliner Bürgermeister gelernt. Als Bundeskanzler bot
ich Verhandlungen an – ohne Diskriminierung und ohne Vorbedingungen. Die DDR-Führung reagierte gekünstelt. Im Dezember 1969
übermittelte Walter Ulbricht, in seiner Eigenschaft als Vorsitzender
des Staatsrats, Bundespräsident Heinemann einen Vertragsentwurf,
der die völkerrechtliche Anerkennung zum Ziel hatte und der Aufnahme gleichberechtigter Beziehungen dienen sollte. Aber welche
Stolpersteine enthielt die Offerte! Die sowjetische Seite bot Hilfe
an – schließlich wollte sie ihren mit Bonn auszuhandelnden Vertrag
nicht unnötig belastet sehen – und signalisierte Bereitschaft, unseren
Standpunkt zu akzeptieren, auch wenn man das Nein zu völkerrechtlicher Anerkennung für unlogisch halte. Ein Kommuniqué war
nicht mißzuverstehen: Verhandlungen wurden befürwortet und sollten nicht mehr durch Vorbedingungen belastet sein. Mir ging ein
diskreter Hinweis zu: Das Wetter in Berlin könne im März, wie ich
mich wohl erinnerte, schon recht schön sein.

Ich schrieb also – am 22. Januar 1970 – an Willi Stoph, den Vorsitzenden des Ministerrats, und schlug ihm Verhandlungen über Gewaltverzicht vor, auch über Abkommen zur Regelung praktischer
Fragen; der Meinungsaustausch werde dann auch gleichberechtigte
Beziehungen zum Gegenstand haben. Stoph lud mich für Februar
nach Ostberlin ein. Doch daraus wurde nichts, weil die andere Seite
mir vorschreiben wollte, wie ich anzureisen hätte – mit dem Flugzeug nach Ostberlin; ich hingegen gedachte, die Eisenbahn zu be-

nutzen und in West-Berlin Station zu machen. Wir suchten und fanden einen Ausweg und vereinbarten, uns am 19. März im thüringischen Erfurt zu treffen. Bevor ich in den Sonderzug stieg, bekräftigte ich, daß Politik für mich nur einen Sinn habe, »wenn sie den Menschen und dem Frieden dient«.

Der Tag von Erfurt. Gab es einen in meinem Leben, der emotionsgeladener gewesen wäre? Jenseits der deutsch-deutschen Grenze winkten entlang der Strecke Menschen, obwohl die Volkspolizei hätte einschreiten sollen; aus den Fenstern grüßten Frauen, wie ihre Männer von oder vor den Arbeitsplätzen. Ich fuhr durch Kernlande des deutschen Protestantismus und der Arbeiterbewegung. Willi Stoph erwartete mich am Bahnhof, von dem wir zum Hotel »Erfurter Hof« hinübergingen. Es hatte sich jene große Menge eingefunden, die ihrer Freude durch Zurufe Ausdruck gab. Als ich mich zurückgezogen hatte, tönte es in Sprechchören: »Willy Brandt ans Fenster!« Dem folgte ich nicht gleich, dann aber doch, um mit der Gestik der Hände um Zurückhaltung zu bitten. Ich war bewegt und ahnte, daß es ein Volk mit mir war. Wie stark mußte das Gefühl der Zusammengehörigkeit sein, das sich auf diese Weise entlud! Aber es drängte sich auch die Frage auf, ob hier nicht Hoffnungen aufbrachen, die nicht – so rasch nicht – zu erfüllen waren. Ich würde am nächsten Tag wieder in Bonn sein. Konnte ich sicher sein, ob mein Einfluß zugunsten derer ausreichte, die wegen ihrer sympathischen Demonstration mit einer weniger sympathischen Obrigkeit in Konflikt gerieten?

Im Laufe des Tages wurden Linientreue aufgeboten, um den Platz vor dem Tagungshotel unter Kontrolle zu bringen und gelegentlich den anderen Willi, Herrn Stoph, durch Hochrufe zu erfreuen. Nachmittags begleitete mich der DDR-Außenminister Winzer ins einstige KZ Buchenwald. Da war sie nun wieder, die Gemeinsamkeit, auch wenn die Melodien nicht zueinander passen wollten. In den Außenbezirken von Weimar, auf dem Weg hin und zurück, wieder zahlreiche freundliche, winkende Menschen.

Der Vorsitzende des Ministerrats beeindruckte mich nicht sonderlich. Was am Verhandlungstisch gesagt, in der Regel vorgelesen wurde, war den Aufwand nicht wert. Stoph gab sich, als sei er von einheitssozialistischer Unfehlbarkeit durchdrungen. Die Mauer

Die beiden Deutschland und die alte Hauptstadt   227

nannte er doch tatsächlich einen »Akt der Menschlichkeit«. Und
Westdeutschland müsse dafür gradestehen, daß es die Bürger der
DDR um hundert Milliarden Mark erleichtert habe.

Worin wir immerhin übereinstimmten und was zu einer allzu gängigen Formel kommender Jahre werden sollte, »daß von deutschem
Boden kein Krieg mehr ausgehen darf«. Auch darin stimmten wir
überein, daß wir Dolmetscher nicht brauchten; der Kollege von der
anderen Feldpostnummer: »Deutsch können wir ja beide.«

Willi Stoph tat, als interessiere ihn nichts anderes als die völkerrechtliche Anerkennung; über Beziehungen besonderer Art brauche
man gar nicht weiter nachzudenken. So ließ sich abblocken, zumindest abschieben, was wir vordringlich zu erörtern wünschten:
menschliche Erleichterungen. Andererseits verbarg er nicht, wie
stark das Interesse an einer gedeihlichen Entwicklung des Handels
war; auch auf die EWG – unter vier Augen – zu sprechen zu kommen, scheute er sich nicht. Dank bundesrepublikanischen Drängens
war die DDR in Teilbereichen zu einem stillen Teilhaber der Wirtschaftsgemeinschaft geworden. Was andernorts im Ostblock nicht
ohne Neid verfolgt wurde.

Der Auftrag, mit dem Ulbrichts Abgesandter nach Erfurt gekommen war, aber lautete nun einmal: völkerrechtliche Anerkennung
und ansonsten Zeit gewinnen. Denn in Ostberlin wußte man so gut
wie in Bonn, daß in der sowjetischen Hauptstadt die Verhandlungen
über den Moskauer Vertrag begonnen hatten. Würde man dadurch
überrollt werden oder noch im Vorfeld etwas in die eigene Scheuer
fahren können?

Der Ministerratsvorsitzende, morgens im Vieraugengespräch und
abends noch einmal: Warum nicht gleich eine Verständigung darüber, daß wir Botschafter austauschen wollten?

Abends, zusätzlich: Warum nicht auch eine Erklärung, daß wir in
Übereinstimmung miteinander die Mitgliedschaft bei den Vereinten
Nationen beantragen würden? Unser Fahrplan sah anders aus.
Schließlich hatten wir auch darauf zu achten, daß uns das Bundes-
verfassungsgericht nicht desavouierte – wegen der Art der mit der
DDR zu vereinbarenden Beziehungen.

Am späten Abend jenes 19. März kamen Stoph und ich nochmals
zu einem kürzeren Gespräch zusammen, ohne Mitarbeiter. Es sollte

dem Eindruck vorbeugen, als sei die Begegnung zu einem kompletten Fehlschlag geworden; dabei hatten wir uns schon auf eine zweite Begegnung, am 21. Mai in Kassel, verständigt. In Stophs Bericht vor der Volkskammer hieß es: In der Bundesrepublik habe sich nicht viel geändert. Die DDR-Presse warf der Regierung Brandt doch tatsächlich und immer noch einmal aggressive Absichten vor.

Kassel stand unter keinem günstigen Stern. Die Polizei war der Aufgabe, die ihr zugemutet wurde, nicht gewachsen. Einige tausend Nazis – und solche, die sich gebärdeten, als seien sie welche – waren im Zeichen ihrer Aktion Widerstand zusammengezogen worden; ihre Plakatparole »Brandt an die Wand« wurde so ergänzt, daß der Gast aus Ostberlin sich nicht ignoriert zu fühlen brauchte. Er ließ sich im übrigen von einer Anzahl kommunistischer Parteigänger begrüßen. Das Auto, mit dem wir vom Bahnhof zum Schloßhotel fuhren, wurde tätlich angegriffen. Fanatisierte Jugendliche holten vor dem Hotel die DDR-Flagge herunter.

Eine Kranzniederlegung am Mahnmal für die Opfer des Faschismus mußte abgesetzt und abends nachgeholt werden. Als die Krawallmacher abgezogen waren, zeigte sich Kassel von seiner liebenswürdigen Seite. Aber die DDR nutzte die Äußerlichkeiten, um möglichst wenig zu den präsentierten Sachthemen sagen zu müssen. In gut formulierten 20 Punkten hatten wir Grundsätzliches und Praktisches – auch schon Vertragselemente – zusammengefügt und sie mit zwei Vorschlägen besonderer Art angereichert: Ständige Vertreter sollten ausgetauscht und beiderseitig die Mitgliedschaft in internationalen Organisationen angestrebt beziehungsweise wahrgenommen werden.

Anders als im Vieraugengespräch schlug Stoph am Verhandlungstisch einen ziemlich scharfen Ton an und blieb dabei: Zu einem Vertrag könne es überhaupt nur kommen, wenn dieser auf völkerrechtliche Grundlagen gestellt werde. Wie in Erfurt: Ob wir uns nicht jedenfalls auf gleichzeitigen Beitrittsantrag an die Vereinten Nationen verständigen könnten? »Mordhetze« gegen ihn habe die Vorbereitung von Kassel sehr belastet; tatsächlich war in rührender deutscher Einfalt die »Freistellung von Strafverfolgung« gegen ihn verfügt worden. Andererseits wollte er verhindern, daß praktische Fragen, besonders der Handel, Schaden litten. Stoph: »Es darf nicht der Ein-

Die beiden Deutschland und die alte Hauptstadt 229

druck aufkommen, Kassel bedeute den Abbruch unserer Beziehungen beziehungsweise Bemühungen. Vielleicht ist eine Denkpause ganz gut.« Nach Hause meldete er, wie uns sofort hinterbracht wurde, ich hätte die Denkpause angeregt. Öffentlich gab er die Deutung, wir brauchten Zeit, um auf bessere Gedanken zu kommen. So geht das mit Akzentverschiebungen und nicht nur, wenn kommunistische Gesprächspartner sie setzen.

Ein Teil der Unterhaltungen zu zweit hatte in Kassel im Freien stattgefunden. Gelegenheiten für Stoph, unbefangen aufzutreten; die Gewißheit, daß nicht mitgehört würde, schien ihn zu beflügeln. Über die Schlüsselrolle, die unseren Verhandlungen mit der Sowjetunion zukam, war er sich jetzt erst recht im klaren. Abends, vor dem Hinübergehen in den Sitzungssaal, wiederholte er noch einmal: Die Zusammenarbeit auf den Gebieten von Wirtschaft, Verkehr, Post dürfe keinen Schaden leiden. Er bedankte sich, daß die Kranzniederlegung doch noch möglich geworden sei und daß die Bevölkerung, anders als die Radaubrüder, eine betont freundliche Haltung gezeigt habe.

Während neue Abkommen mit der DDR erst 1971, nach Ulbrichts Ausscheiden aus operativen Befugnissen, zustande kamen, hatten die Botschafter der Vier Mächte – der sowjetische in der DDR, die der Westmächte in Bonn – Ende März 1970 mit jenen Berlin-Verhandlungen begonnen, für die wir uns seit geraumer Zeit verwendet hatten.

Noch 1968 als Außenminister hatte ich die Kollegen der drei westlichen Kontrollmächte für den Gedanken gewonnen, in Verhandlungen mit der Sowjetunion einzutreten und Verbesserungen in Berlin und für die Berliner herauszuholen. Unter anderem konnte ich den Kollegen berichten, daß Botschafter Abrassimow auf die Idee einer Globalerstattung für die Benutzung der Zufahrtswege nach Berlin positiv reagiert habe. Anläßlich der NATO-Ministerkonferenz in Washington, April 1969, vereinbarten die Außenminister, nachdem ich noch einmal gedrängt hatte, offizielle Sondierungen der Drei Mächte bei der Sowjetunion vorzubereiten. Einziges Thema: Verbesserung der Lage in und um Berlin. Die Botschafter in Moskau wurden im Juli 1969 vorstellig und legten der sowjetischen Regierung dar, die Bundesregierung sei zu Gesprächen mit der DDR über Verkehrsprobleme bereit und habe den Wunsch, die Lage in und um Berlin zu verbessern, besonders hinsichtlich des Zugangs. Ferner skizzierten sie die Bonner Kompromißbereitschaft – es war jene der Großen Koalition! –, die sowjetischen Beschwerden über gewisse Bundesaktivitäten in Berlin betreffend; Ende Februar 1969, vor Heinemanns Wahl, hatte Bundeskanzler Kiesinger dem sowjetischen Botschafter erklärt, wir seien zum Verzicht auf die Wahl des Bundespräsidenten in Berlin bereit, wenn sich die Sowjetunion im Gegenzug dafür verwende, den West-Berlinern den Besuch im Ostteil der Stadt zu ermöglichen. Gromyko antwortete am 10. Juli vor dem Obersten Sowjet und untermauerte seinerseits die grundsätzliche Bereitschaft der Sowjetunion, sich mit den »Kriegsalliierten« über die künftige Verhütung von »Komplikationen um West-Berlin« auszutauschen. Die Erkenntnis, daß der Moskauer Vertrag, genauer: seine Ratifizierung, ohne Berlin-Abkommen nicht zu haben sein würde, wirkte weitere Wunder.

Das Berlin-Abkommen auf den Weg zu bringen, half eine inoffizielle, aber höchst wirksame Dreiergruppe in Bonn: der in Berlin auch offiziell beteiligte amerikanische Botschafter Kenneth Rush, der sich auf das persönliche Vertrauen Nixons stützen konnte; der sowjetische Botschafter Valentin Falin; Egon Bahr, Staatssekretär im Kanzleramt. Henry Kissinger, der zu Bahr einen direkten Draht etabliert hatte und zweckmäßigerweise zu Botschafter Dobrynin in Washington Kontakt hielt, hat in seinen Memoiren über dieses interessante Stück Krisenmanagement eingehend Rechenschaft gegeben.

Voran aber kamen die Verhandlungen erst, als sich West und Ost verständigt hatten, Status- und Rechtsfragen auszuklammern; der sowjetische Entwurf vom März 1971 sprach denn auch nur vom »betreffenden Gebiet«.

Wir wollten den Zugang nach West-Berlin gesichert und die Bindung zum Bund bestätigt wissen; hierzu gehörte das Recht der Bundesregierung, West-Berlin und seine Bürger nach außen zu vertreten. Und wir wollten Besuchsrechte erwirken, für Ostberlin und darüber hinaus. Die DDR-Führung war – mindestens – darauf aus, ihre Souveränität über die Zufahrtswege durchzusetzen und Einrichtungen des Bundes aus Berlin hinauszudrängen; sie hat erheblich zurückstecken müssen. Die heikle Frage der Bindungen an den Bund beschäftigte die Diplomaten über Gebühr. Denn es waren zwei deutsche Übersetzungen angefertigt worden, eine Fassung West und eine Fassung Ost. Gegen einen offiziellen deutschen Text hatte sich der französische Botschafter mit der Begründung gewandt, die Deutschen seien nicht Vertragspartner. Je fünf Mitarbeiter der beiden deutschen Staaten – gemeinsam mit sprachkundigen Botschaftsräten der USA und der UdSSR – stellten neunzehn Abweichungen in der Übersetzung fest. Über die meisten einigte man sich. Offen aber blieb, ob das englische *ties* Bindungen oder Verbindungen bedeuten sollte.

Das Viermächteabkommen, im September 1971 paraphiert, markierte, auch wenn es erst sukzessive in Kraft treten konnte, einen bedeutenden Fortschritt: Der Verkehr von und nach Berlin entwickelte sich im wesentlichen störungsfrei, und die Besuchsmöglichkeiten gingen weit über das hinaus, was wir bei den Passierscheinregelungen erreicht hatten. Einen mir wichtigen Punkt habe ich noch in gewissermaßen letzter Minute klären können. Im Sommer 1971 wandte ich mich in einem handgeschriebenen Brief an Breschnew: Sein Botschafter möge in der Frage von Bundespässen für West-Berliner keine Schwierigkeiten mehr machen; die Nichtanerkennung solcher Pässe in Ländern des Ostblocks hatte mich während meiner Zeit als Bürgermeister besonders empört. Franzosen und Engländer waren erstaunt, als Abrassimow nachgab; die Amerikaner, die sich vergeblich bemüht hatten, waren von meinem Schritt unterrichtet und nicht erstaunt. Nach neuer Regelung mußte ein Bundespaß für West-Berliner, sei es für eine Reise nach Moskau oder nach Prag, mit Stempel »ausgestellt in Übereinstimmung mit dem Viermächteabkommen vom 3. 9. 1971« versehen sein.

In Berlin selbst ist der Erfolg zunächst wenig gewürdigt worden. Der Abschied von der Vorstellung einer Hauptstadt im Wartestand war nicht leicht. Statt darin bestätigt zu werden, mußte man hinnehmen, ausdrücklich nicht als »konstitutiver Teil« der Bundesrepublik gewertet zu werden. Die Einschränkung demonstrativer »Bundespräsenz« war allerdings nicht sonderlich belastend, sie wurde durch großzügige Bundeshilfe für die Kulturmetropole Berlin kompensiert.

Walter Ulbricht, der sich dem sowjetischen Drängen auf bessere

Beziehungen zur Bundesrepublik widersetzt hatte, mußte im Mai 1971 seinen Posten an der Spitze der Einheitspartei räumen. Ich bin ihm nie begegnet, aber mehr als einmal ist er mir, auch von östlichen Gesprächspartnern, als Besserwisser und Nervtöter geschildert worden. Bei aller Fremdheit hat mich seine Sturheit doch irgendwie beeindruckt, und ich meinte ihm zugute halten zu sollen, daß unter seiner Verantwortung – anders als in Prag und Budapest – keine Schauprozesse mit Todesurteilen über »Abweichler« stattfanden. Erich Honecker löste Ulbricht ab, nach dessen Tod im Sommer 1973 auch als Staatsratsvorsitzender.

Das Berlin-Abkommen der Vier Mächte war durch Vereinbarungen zwischen den beiden deutschen Seiten auszufüllen. Schon im Dezember 1971 kam es zum Transitabkommen, durch das nun endlich die Gebühren pauschaliert wurden; der Berliner Senat schloß ein Besuchsabkommen ab. Besondere Bedeutung erlangte der Verkehrsvertrag mit der DDR vom Mai 1972, dem Monat, in dem die Verträge von Moskau und Warschau den Bundestag passierten. Bevor der vorzeitig aufgelöste Bundestag im September auseinanderging, wurde der Verkehrsvertrag – ohne Gegenstimmen bei neun Enthaltungen – gebilligt.

In jenem Mai 1972 nahmen Nixon und Breschnew viel weiter reichende Vorhaben ins Visier. Im Juni unterschrieben die Vertreter der Vier Mächte in Berlin ihr Schlußprotokoll und beseitigten damit die letzten Hürden, so daß das Abkommen nunmehr ins Leben trat; die Sowjets hatten diesen letzten Akt so lange hinausgezögert, bis er mit der Ratifizierung der Verträge einherging. Ende des Jahres schlossen die beiden deutschen Staaten den Grundlagenvertrag, den im wesentlichen die Staatssekretäre Egon Bahr und Michael Kohl ausgehandelt hatten. In vieler Augen schien damit die Entspannung in Europa besiegelt. Wie einst die Blockade den Kalten Krieg symbolisiert hatte, läutete nun die Regelung des Nebeneinanders beider deutscher Staaten, aus dem ein Miteinander werden sollte, einen neuen Abschnitt in der europäischen Nachkriegsgeschichte ein. Was nicht hieß, daß Kälteeinbrüche ausbleiben würden.

Der Grundlagenvertrag regelte die Einrichtung Ständiger Vertretungen und erleichterte die Wahrnehmung humanitärer Aufgaben. Die Präambel wies hin auf die »unterschiedlichen Auffassungen zu grundsätzlichen Fragen«; ähnlich wie in Moskau wurde ein besonderer Brief überreicht – geboren aus der Hoffnung, daß spätere Generationen in einem Deutschland leben würden, an dessen politischer Ordnung die Deutschen in ihrer Gesamtheit mitwirken könnten.

Die Opposition bemängelte, wie es sich eingebürgert hatte, daß »zu hastig« verhandelt worden sei. Strauß veranlaßte die bayerische Staatsregierung, das Verfassungsgericht anzurufen. Es stellte die Vereinbarkeit mit dem Grundgesetz fest, wenn auch mit einer in Teilen verwunderlichen Begründung.

Die beiden Regierungen haben den Vertrag am 20. Juni 1973 in Kraft gesetzt. Tags darauf lagen beider Beitrittsanträge dem Sicherheitsrat der Vereinten Nationen vor. Anfang Juli kamen die Außenminister in Helsinki zusammen, um die gesamteuropäische Konferenz auf den Weg zu bringen. Was für die Menschen – und den nationalen Zusammenhalt! – besonders zu Buche schlug, waren die verbesserten Besuchsmöglichkeiten, von denen bald millionenfach Gebrauch gemacht wurde, wenn auch vor allem in west-östlicher Richtung.

Anfang der siebziger Jahre war gewiß nicht mehr zu erreichen, als wir erreicht haben. Die Mauer konnten wir nicht wegzaubern. Eine Lösung für das ganze Berlin hatte sich nicht finden lassen. Wäre der Versuch zum Scheitern verurteilt gewesen? Wie in einem Prozeß der sich neu zusammenfindenden Teile Europas die deutschen Fragen beantwortet werden würden, mußte ungewiß bleiben. Doch war für mich kein Zweifel daran, daß beide deutsche Staaten in der Pflicht stünden, Frieden und Ausgleich im Herzen Europas zu stärken. Ein solcher Dienst an Europa wäre eine späte Wiedergutmachung für das Unheil, das von deutschem Boden ausgegangen war. Eine Verantwortungsgemeinschaft gibt es auch in der Trennung, und es schien nicht mehr unmöglich, die Trennung erträglicher zu machen.

Anerkennung – Resignation oder Neubeginn?

Ich bin oft gefragt worden, ob es wirklich notwendig gewesen sei, die Spaltung Deutschlands und aus Siegerrecht erwachsene Grenzen anzuerkennen. Häufig waren solche Fragen nicht von dem Wunsch nach Aufklärung bestimmt, sondern von billiger Polemik oder streitsüchtiger Rechthaberei. Ich habe weder altes noch neues Unrecht anerkannt. Ich habe nicht weggeben können, was unser nicht mehr war. Deutlicher: was nicht schon längst verspielt worden war. Ich habe den abstrakten Gewaltverzicht auf die konkreten Tatsachen bezogen, die sich aus Hitlers Krieg ergeben hatten. Adenauer hatte erklärt, er lasse über vieles mit sich reden, wenn sich die Lage »der Menschen in der Zone« verbessere, und man müsse die Hallstein-Doktrin loszuwerden suchen, solange man dafür noch etwas bekomme. Fehlte da nicht nur die Konkretisierung?

Ich wollte, wir wollten, daß uns ein bitteres Erbe nicht hindere, die Zukunft zu gestalten. Deshalb mußten die Ergebnisse der Geschichte angenommen werden. Nicht um uns der Resignation hinzugeben, sondern um Ballast abzuwerfen, der uns daran hinderte, auf die friedliche Veränderung der Lage in Europa und Deutschland hinzuwirken. Meine Kritik war auch an die eigene Adresse gerichtet.

Alles Bemühen, uns verständlich zu machen, fruchtete nicht, jedenfalls nicht viel. Es wurde zur Jagd auf die »Verzichtpolitiker« geblasen. Kiesinger hatte 1967 das nicht freundlich gemeinte Wort von der »Anerkennungspartei« zunächst gegen einen Teil der Publizistik eingesetzt und dann auch gegen meine Partei gerichtet. Neonazis und solche, die es nicht sein wollten, demonstrierten in folgenden Jahren gegen Leute, denen sie landesverräterischen Verzicht oder unmoralische Hinnahme von Unrecht vorwarfen. Noch 1988 erhielt ich – vor einem Besuch bei Gorbatschow – Briefe, in denen gefragt wurde, ob ich *noch* etwas von Deutschland zu »verkaufen« beabsichtigte.

Gelegentlich wird die Auffassung vertreten, die DDR sei erst im Herbst 1987, als Erich Honecker in Bonn zu Gast war, regelrecht anerkannt worden. Wenn diese Theorie stimmte, wäre die innenpolitische Schlacht, die sich an meine Reise nach Erfurt, siebzehneinhalb Jahre zuvor, knüpfte, eine Phantomschlacht gewesen. Dabei war man auch im Herbst 1987 um protokollarische Spitzfindigkeiten noch nicht verlegen. Halb amüsiert, halb verblüfft sah ich zu, wie der Staatsratsvorsitzende mit leicht herabgestuftem militärischem Zeremoniell vor dem Kanzleramt empfangen wurde: Die Ehrenkompanie fiel etwas kleiner aus; nicht ihr Kommandeur, sondern dessen Stellvertreter tat Dienst; nur Hymnen, nicht Nationalhymnen wurden gespielt, was sich auf die Melodien nicht weiter auswirkte.

Den Regisseuren dieses Stücks mag zugute gehalten werden, daß das Erbe einer Zeit, in der das Protokoll die Politik ersetzte, sehr lange Schatten warf. In den Riten der Nichtanerkennung des anderen deutschen Staates hatte sich die Bundesrepublik zu lange verfangen, als daß die Befreiung auf einen Schlag hätte gelingen können. Ich hatte noch zu meiner Berliner Zeit erlebt, wie schwierig bis hoffnungslos es sein konnte, Ausländer in unsere Nichtanerkennungs-Philosophie einzuführen. Harold Wilson, nachdem er Premierminister geworden war, scherzte mit seinem Vergleich vom Besuch im Zoo: Er anerkenne den Elefanten doch nicht, wenn er ihn erkenne – dabei kam ihm die Doppelbedeutung des englischen *recognize* sehr zu Hilfe.

Ich habe, nicht zuletzt bei der parlamentarischen Behandlung der Ostverträge, unterstrichen, daß die Hinnahme eines gegebenen Zustandes in dem Willen, ihn zu verbessern, etwas entscheidend anderes sei als die von Schwüren begleitete Tatenlosigkeit. Im Vorfeld, so auf dem Dortmunder Parteitag der SPD, Frühsommer 1966, hatte ich zur doppelten Wahrhaftigkeit aufgerufen – gegenüber dem eigenen Volk, aber auch gegenüber ausländischen Partnern: »Keiner tut gut daran, mehr zu versprechen, als er geben kann.« In Moskau wie danach in Warschau und anderswo machten wir klar und ließen keinen Zweifel daran, daß wir es mit dem Verzicht auf Gewalt und mit unserem Beitrag zur europäischen Friedensordnung ernst meinten, aber weder daran dächten, im anderen Teil Deutschlands ein x-beliebiges Ausland zu erkennen, noch daran, ihm eine demokratische Qualität zuzusprechen, die ihm nicht eigen war. Aus unserer Sicht der Dinge konnte es erst recht nicht in Betracht kommen, alle Zufälligkeiten und Ungereimtheiten der Nachkriegslage – und des Kalten Krieges – mit einem Stempel der Endgültigkeit zu versehen. Ich gebe allerdings gern zu, daß es eines makabren Reizes nicht entbehrte, Marxisten beziehungsweise solche, die dafür gehalten werden wollten, mit anderen Konservativen um die Unveränderlichkeit gegebener Verhältnisse und Umstände wetteifern zu sehen.

Der Moskauer Vertrag hat weder einen Friedensvertrag präjudiziert noch die Rechte der Vier (!) Mächte untergraben. Daß erst das Auswärtige Amt das habe klären müssen, ist Unsinn; wir brauchten auch nicht erst darauf hingewiesen zu werden, daß die Unverletzlichkeit von Grenzen nicht unbedingt mit deren Endgültigkeit identisch sein muß. Konkret führte der Scharfsinn Egon Bahrs am weitesten, als er die Forderung nach völkerrechtlicher Anerkennung der DDR mit der Bereitschaft quittierte, ein Abkommen zu schließen, »das die zwischen Staaten übliche gleiche verbindliche Kraft haben wird wie andere Abkommen, die die BRD und die DDR mit dritten Ländern schließen«.

Aus guten Gründen – und mit dem Blick auf Millionen ostdeutscher Landsleute – habe ich im Dezember 1970 in Warschau mit besonderem Nachdruck betont, was wir anzuerkennen gedachten und was nicht. Der Vertrag bedeute nicht, sagte ich im Fernsehen, daß wir Unrecht legitimierten oder Gewalttaten rechtfertigten oder Vertreibungen guthießen. Uns schmerze das Verlorene, und ich würde darauf setzen, daß das leidgeprüfte polnische Volk unseren Schmerz respektiere. In Bonn wandte ich mich zusätzlich an die Vertriebenen und bat sie, den Blick in die Zukunft zu richten. Keiner von uns habe sich leichten Herzens damit abgefunden, daß ein Viertel des deutschen Territoriums – in den Grenzen vor den Hitlerschen Expansionen – verlorengegangen war, Gebiete, die in der preußisch-deutschen Geschichte, auch für die deutsche Kultur, so viel bedeutet hatten. Doch im Sinne der mir zugewachsenen Logik und immer noch einmal: »Man kann nicht weggeben, was einem nicht mehr gehört. Man kann nicht über etwas verfügen, über das die Geschichte verfügt hat.«

Marion Dönhoff, die Hamburger Publizistin aus ostpreußischem Adelsgeschlecht, schrieb nach jenem 7. Dezember 1970, der Vertrag lege den Kranz auf Preußens Grab – »aber das Grab existiert seit vielen Jahren«. Ich hatte die Gräfin wie den Danziger Günter Grass und den Ostpreußen Siegfried Lenz eingeladen, mit mir nach Warschau zu fahren. Sie rief mich an und bat um Verständnis, daß sie nicht mitfahren möge; es würde ihr zu schwer werden, und sie müsse ja nicht auch noch ja und amen sagen. Nahegegangen ist mir auch ein Geschenk, das Angehörige hartgeprüfter preußischer Geschlechter machten: In der Plastik einer Mahnerin drückte sich das Verlangen aus, daß die Schrecken der Vergangenheit sich nie wiederholen mögen.

Auch in der Goldenen Stadt, anläßlich der Unterzeichnung unseres Vertrages mit der Tschechoslowakei, hatte ich gesagt: Der Vertrag sanktioniere nicht geschehenes Unrecht; er bedeute also auch nicht, daß wir die Vertreibungen nachträglich legitimierten. Doch, so meine Hoffnung, »die Schuld von gestern, die nicht aus der Welt zu reden ist, wird nicht mächtig genug sein, unsere Völker vom Wagnis der Versöhnung abzuhalten«.

Nachdem das Verhältnis zur DDR – im Rahmen des Möglichen – geordnet und das Viermächteabkommen über Berlin unter Dach und Fach war, nahmen wir mit Ungarn und Bulgarien die diplomatischen Beziehungen auf, was in praktischer Hinsicht hieß, daß die Handelsvertretungen in Botschaften umgewandelt wurden. Der Kontakt zu Ungarn sollte sich als besonders fruchtbar erweisen; Janos Kadar und ich führten von Zeit zu Zeit einen vertrauensvollen informativen Meinungsaustausch. Ich meine, daß er – in der Zeit, bevor die großen Veränderungen im Osten einsetzten – einiges für sein Volk getan hat; jedenfalls hat er Schlimmeres abwenden können.

Mit dem bündnisfreien Jugoslawien hatte ich noch als Außenminister 1968 die herabgestuften Beziehungen wiederanheben und für den Austausch von Botschaften sorgen können; die Zusammenarbeit hatte sich auch in der Zwischenzeit nicht schlecht entwickelt. Tito traf ich in der Folge wiederholt, auf Brioni, in Dubrovnik und in Belgrad, einige Male auch in Bonn. Bei all seinen Eigenarten, die dem Feudalismus entlehnt schienen, habe ich ihn sehr geschätzt; nicht nur weil er mein Bemühen um Entspannung und Kooperation in Europa zu würdigen wußte. Tito verdiente hohen Respekt wegen der mutigen Kämpfe, die er hinter sich hatte – erst gegen die Okkupanten, dann gegen Stalins versuchte Gleichschaltung –, und wegen des energischen Bemühens, einen modernen Bundesstaat zu schaffen, der auch im Interesse der mediterranen Stabilität lag. Leider erfüllte sich die Sorge, daß der Mehrvölkerstaat es noch sehr schwer haben würde.

Ein ostpolitisches Nachhutgefecht besonderen Gewichts wurde mit der Aufnahme offizieller Beziehungen zur Volksrepublik China durchgestanden. Walter Scheel fuhr im Herbst 1972 nach Peking und machte unmißverständlich klar, entgegen manch anderem Rat: An Versuchen, die kommunistisch regierten Großmächte gegeneinander auszuspielen, gedächten wir uns nicht zu beteiligen. Ich wurde 1973 nach China eingeladen und hätte im Herbst 1974 reisen sollen; Helmut Schmidt fuhr ein Jahr später und erheiterte mich mit Grüßen vom Vorsitzenden Mao. Es sollte noch fast ein Jahrzehnt vergehen, bis ich – in anderer Eigenschaft – jenen bedeutenden Teil der Welt kennenlernte.

Nachdem der Rahmen gesetzt war, malte sich das Bild wie von selbst zu Ende: Mit der Mongolischen Volksrepublik wurden die diplomatischen Beziehungen – ohne eigene Botschaften – 1974 aufgenommen, mit Vietnam und Kuba kamen die abgebrochenen Beziehungen 1975 wieder in Gang. Daß Albanien lange ein Sonderfall blieb, hatte mit Ostpolitik nichts zu tun; Kontakte normalisierten sich erst 1987, als das Land sich auch im Innern zu normalisieren begann.

Erst die Einsicht in die wirkliche Lage einerseits, in die deutsche Verantwortung andererseits hatte uns zu jenem Realismus befähigt, der über den Ausgleich von Interessen hinausführte und unsere Mitverantwortung für Europa aus der Routine heraushob. Die Lehre, die vielen spät und manchen nie einging, besagte: Man muß von gegebenen Tatsachen ausgehen, wenn man diese verändern will; veränderte Realitäten nicht anzuerkennen, kann sich über den Tag hinaus nur leisten, wer von diesen nicht betroffen ist.

Im Dezember 1971 nahm ich in Oslo den Friedens-Nobelpreis entgegen – eine Anerkennung, die mir naheging. Ich sagte, daß eine Politik für den Frieden die wahre Realpolitik dieser Epoche sei: »Wenn in der Bilanz meiner Wirksamkeit stehen würde, ich hätte einem neuen Realitätssinn in Deutschland den Weg öffnen helfen, dann hätte sich eine große Hoffnung meines Lebens erfüllt.« Ich fügte hinzu: »Ein guter Deutscher weiß, daß er sich einer europäischen Bestimmung nicht versagen kann. Durch Europa kehrt Deutschland heim zu sich selbst und den aufbauenden Kräften seiner Geschichte. Unser Europa, aus der Erfahrung von Leiden und Scheitern geboren, ist der bindende Auftrag der Vernunft.«

Vom Wandel war auch die Rede, als ich, Ende September 1973, zur Generalversammlung der Vereinten Nationen in New York sprach. Ich sei nicht gekommen, sagte ich dort, um die UN als Klagemauer zu nutzen; vielmehr möchte ich die Aufnahme beider deutscher Staaten als eine Aufforderung deuten, »friedliche Koexistenz auf deutsch zu buchstabieren«. Vielleicht würde dies einmal als ein bedeutendes Experiment verstanden werden. »Sollte es gar gelingen, durch vertrauensbildende Schritte jene ungeheuerliche Verschwendung zu mindern, die das Ergebnis des Mißtrauens zwischen antagonistischen Systemen ist, dann würden wir damit ein historisches Beispiel gesetzt haben.«

Als im Sommer 1975 jene »Konferenz für Sicherheit und Zusammenarbeit in Europa« stattfand, der ich seit meinen ersten Tagen als Außenminister den Weg zu ebnen gesucht hatte – und für deren Tagungsort Helsinki ich mich aussprach, als die meisten dagegen waren –, zeichnete sich noch keineswegs eine in die Tiefe gehende Veränderung ab. Die parallel in Wien geführten Verhandlungen über den Abbau von Rüstungen in der Mitte Europas nahmen einen besonders unbefriedigenden Verlauf; sie wurden eine jahrelange diplomatisch-militärische Trockenübung. Auch in Helsinki blieb wieder vieles offen.

Besonders schwierig war die Verständigung über den sogenannten Korb drei gewesen, in dem menschliche Erleichterungen und Informationsaustausch verpackt waren. Ich hätte mir ein »schlankeres« Dokument gewünscht statt eines, in das so viel Auslegungsstreit schon eingewebt war. Einige der unvermeidlichen Federfuchser argumentierten, als ob Breschnew und Blockgenossen ihrer Selbstentmachtung zugestimmt hätten. Das hatten sie natürlich nicht, aber die Zusammenarbeit zwischen Ost und West machte Fortschritte.

Es blieb auch nicht ohne Belang, daß sich Bürgerrechtler und andere Dissidenten auf Helsinki berufen konnten. Dies hat nicht Systemunterschiede einebnen können, wohl aber Tabus abbauen helfen. So nahmen auch die Nachfolgekonferenzen einen nach und nach befriedigenden Verlauf, der erst fruchtbar wurde, zumal hinsichtlich der militärischen Sicherheitsprobleme, als sich aus veränderten Beziehungen zwischen den Westmächten neue Rahmendaten abschätzen ließen.

Wer gemeint hatte, der Helsinki-Prozeß sei nur dazu dagewesen, daß die Sowjetunion den Status quo in Europa festschreibe, hatte sich getäuscht und zog es mehr und mehr vor zu schweigen. In Wirklichkeit bereitete sich eine Phase widerspruchsvollen Wandels vor.

Europa war nicht mehr nur Nutznießer oder Leidtragender dessen, was im Großen zwischen West und Ost im Gange war. Der alte Kontinent begann, so zerrissen er war, sich selbst neu zu erkennen und das Weltgeschehen zu beeinflussen. Insofern setzte sich fort, was Anfang der siebziger Jahre von der deutschen Ostpolitik ausgegangen war.

Der große Charles und das kleine Europa

Wer die Frage nach Deutschland in Europa stellte, mußte wissen: Die Antwort führte an Frankreich nicht vorbei. Und nicht an dem Mann, der von sich sagte, er habe, fast unbekannt, Frankreich auf seine Schultern laden müssen. Man hat sein Wirken nach 1940 – von London und Algier aus – mit einem Leuchtturm verglichen, der während der langen Nacht des Hitlerkrieges nicht erlosch. Mich hat dieser auch als Konservativer aus allen Rahmen fallende Franzose beeindruckt, und ich habe bedauert, daß ich mich nicht mehr mit ihm auf europäische Politik habe versuchen können.

Anfang Februar 1968 war Bundespräsident Heinrich Lübke nach Paris gereist, um die alt-neue preußisch-deutsche Botschaft in der Rue de Lille einzuweihen. Mit ihm zwei Bundesminister, einer von ihnen – Herbert Wehner – in meiner Vertretung. De Gaulle, der zu dem festlichen Abend erschienen war, hatte das routinemäßig beschlagnahmte Gebäude zurückgegeben. Nicht nur im Finanzministerium wurde das Geschenk für reichlich teuer gehalten; eine neue Residenz hätte die Hälfte dessen gekostet, was die Wiederherstellung jenes Palais erforderte. Friedrich Wilhelm II. hatte es einst von Eugène Beauharnais, Napoleons Stiefsohn, erworben. Hier hatte auch Bismarck kurze Zeit residiert. Das Geld war nicht nutzlos verwendet, die Franzosen wußten das deutsche Geschichtsbewußtsein zu schätzen.

Doch an jenem Februarabend wurden keineswegs Reminiszenzen ausgetauscht. Denn eine Agenturmeldung hatte meine Kabinettskollegen aufgeschreckt; laut der sollte ich auf einer Veranstaltung im oberschwäbischen Ravensburg den französischen Staatspräsidenten für verrückt erklärt haben. Am nächsten Vormittag wurde den beiden Bundesministern und dem anwesenden Staatssekretär des Auswärtigen Amtes, die es allesamt versäumten, mich unverzüglich anzurufen, bedeutet, der Präsident sei höchst aufgebracht und lade sie zum Mittagessen für Lübke wieder aus. Der Bundespräsident meinte, sich das gefallen lassen zu müssen, und ging gleichwohl hin, in Begleitung des Botschafters und obwohl ihm gesagt worden war, daß ich mich nicht einmal andeutungsweise zu der unterstellten Beleidigung hätte hinreißen lassen.

Heinrich Lübke, dessen Fähigkeit zu angemessener Aufnahme und Reaktion geschwunden war, hätte wissen können, daß ich in jener Ravensburger Rede ausdrücklich von Unterwürfigkeit abgeraten hatte. Wörtlich: »Jedenfalls denke ich, ich bin mir mit dem Bundeskanzler darin einig, wenn wir in knapp zwei Wochen in Paris sind, dann darf nirgends der Eindruck aufkommen, als gelte für die deutsche Politik die Losung ›Feigheit vor dem Freund‹.« Begründung, auf die Europäische Wirtschaftsgemeinschaft und deren Erweiterung bezogen: »Für die deutsch-französische Zusammenarbeit gilt der Primat der Nachbarschaft. Freundschaftliche, vertrauensvolle Zusammenarbeit bedeutet eben gerade nicht, daß der eine dem anderen nach dem Munde redet [...]«

Was war passiert? Ich war mit Kiesinger zu einem Staatsbesuch in Rom gewesen. Wir hatten dort noch einmal über das französische Nein zum britischen EWG-Beitritt gesprochen. Die politischen Repräsentanten des italienischen »Verfassungsbogens« hatten uns begrüßt; daß unter ihnen Pietro Longo als Chef der PCI war, machte meinem damaligen Bundeskanzler noch weniger Kopfzerbrechen als mir, zumal wir uns außerhalb der deutschen Grenzen befanden. Von Rom war ich nach Süddeutschland geflogen, um an einem Parteitag meiner Freunde in Baden-Württemberg teilzunehmen. Meine nicht vorformulierte Rede beinhaltete in ihrem europapolitischen Teil, daß die Aussöhnung zwischen Franzosen und Deutschen und die daraus erwachsene Freundschaft inzwischen in den Herzen vieler Menschen auf beiden Seiten verankert seien. Die daraus abgeleitete Hoffnung: Die Verankerung sei schon so stark, »daß auch unvernünftige Regierungen nicht mehr in der Lage sein werden, daran etwas zu ändern«.

Ich hatte Hochachtung vor dem General und dachte nicht im Traum daran, über ihn zu reden wie der frühere amerikanische Außenminister Dean Acheson, der von dem »Narren in Paris« gesprochen hatte. Auch machte ich mir nicht die Auffassung eines versierten Diplomaten im eigenen Amt zu eigen, der in ihm eine Mischung aus Don Quijote und Parzival erblicken wollte. Für mich war und blieb der hochgeschossene Brigadier aus Nordfrankreich die Symbolfigur der Résistance. Es hatte sich wie von selbst ergeben, daß ich ihn – gleich seinen Gefährten aus schwerer Zeit – mit »Mon Général« anredete. Daß er gegen viel Widerstand den Kolonien die Selbständigkeit, auch den nordafrikanischen Departements die Unabhängigkeit gewährt hatte, konnte ihm nur zusätzliche Achtung einbringen.

Mein leicht kritischer Hinweis an jenem schwäbischen Samstagmorgen stützte sich auf Selbstverständliches: Wir würden bei den Pariser Konsultationen wie sonstwo unsere Meinung sagen und unsere Interessen vertreten. Auch im Abstand von mehr als zwanzig Jahren ist kaum zu erklären, wie daraus hat eine »Ravensburger Depesche« werden können. Nicht einmal ein mir übelwollender Journalist war am Werk. Vielmehr ein Nachrichtenmann, der nichts Böses im Schilde führte, mir sogar als nahestehend geschildert wurde. Vielleicht war er einfach nicht ausgeschlafen und schrieb nieder, was seiner Meinung nach hätte gesagt werden können.

Das Unglück wurde schlimmer, weil ich einen besorgten Anruf in meiner Wohnung nicht ernst nahm; ein befreundeter Pressemann hatte mich auf mögliche Wirkungen der falschen Nachricht hinweisen wollen. Nachdem ich endlich begriffen hatte, setzte ich alles in Bewegung; das war leichter gesagt als getan. Das lokale Parteibüro war nicht besetzt, der Mann mit dem Schlüssel nicht leicht zu finden, und dann brauchte es Stunden, bis das Band in Bonn, der authentische Text ausgeschrieben und nach Paris durchgegeben war. Die deprimierenden Reaktionen auf eine Mehrfachpanne waren nur noch abzumildern, nicht mehr wegzuwischen.

Als ich kurz danach mit Kiesinger zu den turnusmäßigen Konsultationen in Paris erschien, wollte man nicht mehr gern an die Aufgeregtheit erinnert werden. Bei der Begrüßung vor dem Mittagessen nahm ich den General fest ins Visier und fragte, ob er mir nachzufühlen vermöge, wie schwierig es sein könne, sich unschuldig zu wissen. Er verzog keine Miene, sondern suchte mich durch ausgesuchte Liebenswürdigkeit zu entwaffnen. Bei Tisch, zu seiner Linken, ließ er mich besonders gut bedienen.

Zum erstenmal war ich im Juni 1959 im Elysee-Palast gewesen. De Gaulle hatte mich auf deutsch begrüßt. Jeder von uns bediente sich, so auch bei allen späteren Unterhaltungen, seiner Muttersprache. Sein Dolmetscher, ein aus Berlin stammender Arzt, der im Widerstand gewesen war, machte die Gesprächsaufzeichnung und half, wenn wir ganz sicher gehen wollten, bei der Übersetzung einer »schwierigen« Formulierung. Der General-Präsident befragte mich mit betonter Freundlichkeit und doch in der Art eines Oberbefehlshabers, der Auskunft von einem Abschnittsdivisionär einholt:
– Was hat mir der Bürgermeister über den Stand der Dinge in Berlin zu sagen?
– Und wie geht es in der Bundesrepublik?
– Und was ist mit der Lage in Preußen?

Ich brauchte einen Augenblick, um zu begreifen, daß mit »Preußen« die DDR gemeint war. Ich machte eine relativierende Bemerkung, die freilich nur bewirkte, daß er bei nächster Gelegenheit von »Preußen und Sachsen« sprach. So sagte es ihm sein Verständnis von historischen Zusammenhängen. Von gesellschaftlichen Systemen und supranationalen Gruppierungen hielt er nichts, von Nationen und Staaten alles; die Sowjets blieben für ihn stets »die Russen«.

Schließlich wollte er wissen: Was macht die SPD? Diese vierte Frage hätte ich am wenigsten erwartet. Der Präsident merkte an, nach meinem knappen Bericht, für ihn zähle der Berliner Bürgermeister zu den Männern in Europa, von denen man noch hören werde. Im folgenden Jahr knüpfte er hier wieder an; ich hielt das in einem Vermerk so fest: »Er bezog sich auf Ausführungen, die er mir gegenüber 1959 über die Rolle verschiedener Persönlichkeiten in der weiteren europäischen Entwicklung machte.«

Einladungen in meine Stadt, die ich ihm im Laufe der Jahre mehrfach nahebrachte, wich er höflich, aber bestimmt aus. Zunächst, 1959, hatte er sein Zögern damit erklärt, daß er nicht über die Mittel der Amerikaner verfüge. Im Klartext: Er wollte nicht garantieren, was die westliche Führungsmacht vielleicht nicht halten würde. Ende jenes Jahres 1959 sagte er zu Harold Macmillan, dem britischen Premierminister, dem das Berliner Risiko sehr hoch erschien: »Sie wollen nicht für Berlin sterben, aber Sie können sicher sein, daß die Russen das ebensowenig wollen.« Einige Zeit später erklärte er mir, nicht überzeugend und mit entwaffnendem Zynismus: Er könne nicht kommen, »um nicht die Mauer anzuerkennen«. Bei den Amerikanern müsse man befürchten, sie ließen sich auf falsche Kompromisse ein. Im übrigen habe der Westen genügend Möglichkeiten, auf sowjetischen Druck in Berlin mit Gegendruck an anderer Stelle zu reagieren. Die Menschen in West-Berlin sollten nicht an Frankreich zweifeln, aber es sei nicht allein da und auch nicht die stärkste der westlichen Mächte – was natürlich keine Untertreibung war. Die Stellung Frankreichs zu Berlin, so 1963, stehe außer Zweifel. Seine Politik sei es, nichts aufzugeben, was die freie Welt besitze. Wenn es Chancen der Ermutigung und Erleichterung für die Menschen im Osten gebe, so sei er dafür aufgeschlossen. Die Gespräche der Amerikaner mit den Russen beunruhigten ihn, denn man müsse immer um die westlichen Positionen fürchten. Vor den Vereinten Nationen gelte es besonders auf der Hut zu sein, vor allem wegen der neutralen Staaten, denn die neigten dazu, eine für die Sowjetunion bequeme Haltung einzunehmen. Daraus folge: Keine Änderung des Status von Berlin, der noch weitere achtzehn Jahre dauern könne; dann werde sich zeigen, wo die Russen stünden. Mußte ein Regierender Bürgermeister diese Einlassungen als konstruktiv empfinden?

Im Verständnis Charles de Gaulles hatte der Osten nie aufgehört, zu Europa zu gehören. Doch erst in den letzten Jahren seiner Präsidentschaft suchte er daraus politische Konsequenzen zu ziehen; sie waren unlösbar mit jener Haltung verknüpft, die er den Vereinigten Staaten gegenüber einnahm. An den atomaren Schutz Europas durch die USA glaubte er nicht, dennoch wollte er keine Trennung von den USA. Die Selbständigkeit, die er anstrebte, war jedenfalls mit der Zugehörigkeit zur integrierten NATO nicht zu vereinbaren.

Als Frankreich – nicht ohne rechtzeitige Ankündigung – 1966 aus der gemeinsamen und integrierten Organisation für die westliche Verteidigung ausschied, die NATO ihr Hauptquartier in Fontainebleau ab- und in Brüssel wiederaufbaute und die französischen Truppen in Deutschland aus der Kommandostruktur des Bündnisses ausschieden, war der Präsident sich seiner Sache sicher: Die Bundesrepublik Deutschland würde weder den Willen noch die Möglichkeit zur Nachahmung haben. Die Forderung »Amerikaner raus aus Frankreich« ließ sich um so leichter vertreten, als er gewiß war, daß sie in Deutschland blieben. Kolportiert wurde seinerzeit die Fassung: »Amerikaner raus aus Europa, aber nicht aus Deutschland.«

Die französische Flotte im Mittelmeer hatte der General schon im Frühjahr 1959 dem NATO-Oberkommando entzogen. Voraufgegangen war 1958 sein Zusammenstoß mit Lauris Norstad, dem amerikanischen Oberkommandierenden für Europa, der ihm nicht sagen konnte, weil er nicht sagen durfte, wie viele amerikanische Nuklearwaffen wo in Frankreich stationiert seien. De Gaulle: Eine solche Antwort werde sich ein Führer Frankreichs nicht noch einmal anhören. Es kam hinzu, daß Präsident Eisenhower nicht dem Wunsch entsprechen und Frankreich neben Großbritannien in einer Art westlichen Triumvirats aufnehmen wollte; bald darauf, Dezember 1962, sagte Kennedy den Engländern Polaris-Raketen zu. Die Vorstellung des neuen Präsidenten, daß das Bündnis auf zwei Pfeilern ruhe, überzeugte die französische Staatsführung erst recht nicht. Denn wozu hatte es Frankreich – ohne überzeugende materielle Mittel – fertiggebracht, den Rang einer Großmacht honoris causa zu erlangen? Jetzt ging es um den Versuch, die Mittel der Bundesrepublik mit den eigenen zu bündeln und auf diese Weise den Führungsanspruch in Europa neu zu begründen.

Deutschland hätte daraus mehr machen können, als es gemacht hat. Es mußte allerdings wissen, was vom Partner zu erwarten war und was nicht. De Gaulle 1962 zu Außenminister Kreisky: »Wir haben Deutschland die Freundschaft Frankreichs gebracht, und das muß doch mindestens soviel wert sein wie die Wiedervereinigung.«

Zu Adenauer hatte er im Sommer 1960 unverblümt und undiplomatisch gesagt: Frankreichs Stellung in der NATO könne »in ihrer gegenwärtigen Form« nicht für längere Zeit fortdauern. Zu mir, wenig später: Man möge ihn nicht für töricht halten; selbstverständlich meine auch er, daß die Atlantische Allianz bestehenbleiben müsse; über Einzelheiten werde zu sprechen sein. Auf meinen Hinweis, viele von uns gefielen sich auch nicht in der Rolle von Satelliten oder als Speerspitze der USA: Er wisse die Lage Deutschlands zu würdigen. Dann, mit einem gewissen Sarkasmus: Es habe die Periode von Dulles gegeben; damals sei es westliche Politik gewesen, die Sowjetunion zu besiegen und danach die deutsche Frage zu lösen. Inzwischen scheine man bei uns die deutsche Frage dadurch lösen zu wollen, daß die Westmächte von Zeit zu Zeit in Moskau mit einer Petition vorstellig würden. Obwohl Frankreich mit einem vereinigten Deutschland keine besonders guten Erfahrungen gemacht habe, sei er für unsere nationale Einheit. Wir sollten jedoch wissen, daß es dafür keine Chancen gebe, wenn nicht die Grenzen gegenüber der Tschechoslowakei und Polen – gelegentlich fügte er noch Österreich hinzu! – anerkannt würden. Außerdem dürften wir keine atomare Bewaffnung anstreben. Den Ausdruck »Mitspracherecht« ließ er sich auf der Zunge zergehen und fragte, ob ein aufgeweckter Mensch ernsthaft meine, eine Nuklearmacht werde andere über ihre Atomwaffen mitbestimmen lassen.

Zu mir, 1963, auch: »Wenn wir Europa wollen, muß es dies auch sein und nicht Amerika plus einzelne europäische Staaten.« Im übrigen werde es entweder Krieg geben oder die Sowjetunion sich neuen Problemen gegenübersehen. Als Doktrin und als Regime sei der Kommunismus – in Rußland und Osteuropa – »viel weniger überzeugend als zu Stalins Zeiten«. Er habe die andere Seite wissen lassen, welche entscheidenden Fragen in eine Friedensregelung einbezogen werden müßten. Für ihn bleibe offen, ob die Deutschen hieran – er dachte an die Grenzen – wirklich interessiert seien; Frankreich könne zur Not auch mit einem geteilten Deutschland leben...

Sehr positiv wertete der französische Staatschef die Politik der kleinen Schritte, die ich in Berlin durchgesetzt hatte. Außenminister Couve de Murville sagte, seine Regierung habe diesem Vorgehen anfangs mit Reserve gegenübergestanden, doch bald festgestellt, daß die rechtlichen Positionen nicht geschmälert worden seien; es liege im allgemeinen Interesse, diese Politik erfolgreich fortzuführen.

Unter Unionspolitikern in München und Bonn hatte sich inzwischen eine Gruppierung herausgebildet, die sich als »gaullistisch« oder »europäisch« verstand – im Unterschied zu den in der Regierung (und in der SPD) dominierenden »Atlantikern«. Die Kontroverse ging doppelt an den Realitäten vorbei: Die deutschen »Gaullisten« übersahen oder wollten übersehen, daß der General ihren Träumen von einer europäischen Atomrüstung – oder einer Beteiligung an der französischen – nie und nimmer zu folgen gedachte. Auch übersahen sie, daß de Gaulle keinen übermäßigen deutschen Einfluß in der EWG wollte und daß er außerdem im Begriff stand, eine eigene Politik der Entspannung neu zu begründen, eine Politik, die einer deutschen Ostpolitik eher nutzen als schaden würde. Die Bonner »Atlantiker« wiederum rannten dem Phantom einer strategischen Sonderbeziehung zu den USA nach, für die alle Voraussetzungen fehlten. Sie nahmen auch nicht hinreichend davon Kenntnis, daß die Amerikaner der Einigung Europas nur Lippendienste leisteten. Der vermuteten Eigendynamik des westeuropäischen Zusammenschlusses blickte Washington alles andere als enthusiastisch entgegen; es sorgte sich wegen der stärkeren wirtschaftlichen Konkurrenz wie der wachsenden politischen Eigenständigkeit Europas.

Wie dürr und einfallslos die Bonner Politik geworden war, förderten die Konsultationsgespräche im Sommer 1964 besonders kraß zutage; den Widerspruch zwischen einem Freundschaftsvertrag, zu Beginn von Adenauers letztem Amtsjahr im Elysee unterzeichnet, und einem schroffen französischen Nein zur Erweiterung der EWG hatte man ohne viel Geschick vor sich hergeschoben. Der Präsident erschien mit allen wichtigen Mitgliedern seiner Regierung und war ziemlich enttäuscht, als seine Vorstellung von europäischer Selbständigkeit – einschließlich einer militärischen Komponente – verpuffte. Der Außenminister hatte keine Meinung, der Kanzler weder Verständnis noch Gespür. Erhard sprach seinen unter Kundigen zu peinlicher Berühmtheit gelangten Satz: »Dann wollen wir in der Tagesordnung fortfahren.«

In jenen Wochen, Frühjahr 1964, hatte ich vor einem New Yorker Publikum dargelegt, daß ich es weder für sinnvoll noch für gerecht hielte, de Gaulle für alle Schwierigkeiten der westlichen Welt verantwortlich zu machen. Manche seiner Entscheidungen seien nicht leicht zu verstehen, aber ich wolle mich nicht, schon gar nicht in den USA, über ihn beklagen. Wir hätten vielmehr Grund, uns der Tatsache bewußt zu werden, »daß de Gaulle mit Kühnheit und Eigenwilligkeit auf seine Weise das Undenkbare denkt und begonnen hat, daraus Folgerungen zu ziehen«. Das Gleichgewicht des Schreckens gebe einen Spielraum, die starren Fronten in Bewegung zu setzen. Der französische Präsident mache hiervon auf seine Weise Gebrauch, und manchmal fragte ich mich als Deutscher: »Warum eigentlich nur er?« Wenn wir Brücken von der Vergangenheit in die Zukunft schlügen, bräuchten wir ja nicht notwendigerweise die Gegenwart aus dem Auge zu verlieren.

Dieses »Warum nur er?« stieß auf ignorante Kritik und besorgte Fragen bei Freunden in Amerika und im eigenen Land. Mancherorts stellte sich auch das Mißverständnis ein, mir sei die innenpolitische Entwicklung in unserem Nachbarland gleichgültig. Dabei ging es mir durchaus nahe, wenn mich französische Freunde von links und aus der Mitte mit ihren Sorgen vertraut machten.

In einem Vortrag vor der Deutschen Gesellschaft für Auswärtige Politik erinnerte ich an die Binsenwahrheit, daß es in der politischen Wirklichkeit Dinge gibt, die weder durch ein einfaches Pro noch durch ein schlichtes Kontra zu erfassen sind. Man sage zu Recht, Bewegung an sich sei noch nichts Gutes, jedoch: »Bewegungslosigkeit an sich ist auch noch nichts Gutes. Vor allem dann nicht, wenn eine festgefrorene Eisdecke bricht und die Schollen sich in Bewegung setzen.« Nicht nur die Franzosen, auch die Engländer, auch andere und natürlich die Amerikaner – so meine Argumentation – machten von der relativen Bewegungsfreiheit auf ihre Weise Gebrauch: »Und was tun wir? Die Bundesrepublik darf nicht den Anschein erwecken, als habe sie keine eigenen Interessen und keinen eigenen Willen. Die Frage nach dem Nutzen der Bewegungsmöglichkeiten stellt sich also für die Bundesrepublik.« Und damit erschließe sich der Sinn der respektvollen oder auch freundschaftlichen Warnung, die hinter der Frage stecke: »Warum eigentlich nur er?«

Anfang 1965, als ich, im Vorfeld der Bundestagswahlen, wieder in Paris war und auch vor der Versammlung der WEU – jener Westeuropäischen Union, zu der auch Großbritannien gehörte – sprach, breitete de Gaulle seine Sorge darüber aus, daß die Europäer Opfer einer falschen amerikanischen Strategie würden; man leite mit konventionellen und sogenannten taktischen Atomwaffen eine »Strategie der flexiblen Abschreckung« ein – auf dem Rücken beider Teile

Deutschlands, wahrscheinlich auch Frankreichs, die die Leidtragenden wären. Notwendig sei in Wirklichkeit die amerikanische Entschlossenheit, den totalen Gegenschlag mit nuklearen Waffen zu führen. Wir müßten aber davon ausgehen, daß die Sowjetunion und die USA willens seien, keinen Krieg gegeneinander zu führen. Für den anderen Fall baue Frankreich seine eigene Nuklearverteidigung auf; der Beschluß war schon im Jahre 1956 unter dem sozialistischen Ministerpräsidenten Guy Mollet gefallen.

Als ich im Dezember 1966 das Auswärtige Amt übernahm, führte mich die erste Auslandsreise, die ich schon als Übergang zum europäischen Vorortverkehr empfand, nach Paris, wo der NATO-Rat zum letztenmal tagte. Die Beratungen waren von den französischen Entscheidungen überschattet, die die deutsche Zustimmung nicht finden konnten. Eine erste Konsequenz, die noch von der voraufgegangenen Bundesregierung vorbereitet worden war: Wir schlossen mit Paris ein Abkommen über die Stationierung französischer Truppen in Deutschland. Die Übereinkunft war schwierig; Einigkeit über die beiderseitigen Verteidigungsabsichten wurde stillschweigend vorausgesetzt. Aber ob dies nun zutraf oder nicht: Unzufriedenheit konnte nicht der einzige Maßstab unserer Orientierung sein. Wir mußten eine ernste Anstrengung machen – hierin stimmten Kiesinger und ich durchaus überein –, die deutsch-französischen Beziehungen zu entlasten und zu aktivieren. Sie hatten Schaden gelitten, ohne daß es dem Verhältnis zu Amerika zugute gekommen wäre – ganz im Gegenteil. Für uns enttäuschend und belastend war hinzugekommen, daß Frankreich seit dem Sommer 1965 eine Politik des leeren Stuhls im EWG-Ministerrat betrieb.

De Gaulle und seine Mitarbeiter hatten zur Kenntnis genommen, daß die deutsch-französischen Akzente in der Regierungserklärung der Großen Koalition deutlich gesetzt worden waren. Kiesinger hatte in Übereinstimmung mit mir gesagt: Die europäische Geographie und die europäische Geschichte bewirkten – unter den Bedingungen der Gegenwart – ein besonders hohes Maß an Übereinstimmung zwischen beiden Völkern und Ländern. Die Zusammenarbeit, die wir wünschten, richte sich gegen kein anderes Volk und Land; sie sei vielmehr Kristallisationspunkt unserer Politik, die sich die Einigung Europas zum Ziel gesetzt habe. Jenes Europa, das »mit einer

Stimme« spreche, wie von amerikanischen Staatsmännern gefordert, setze eine ständig wachsende Übereinstimmung der deutschen und der französischen Politik voraus. Auch um das Verhältnis zu den osteuropäischen Nachbarn zu bessern, sei eine deutsch-französische Zusammenarbeit auf möglichst vielen Gebieten von größtem Wert. Aus all diesen Gründen wünsche die Bundesregierung, die im Vertrag vom Januar 1963 enthaltenen Chancen zur Koordinierung der Politik so konkret wie möglich zu nutzen.

Indes verschwiegen wir nicht, daß beide Nationen auch in Zukunft unterschiedliche Interessen und Meinungen bekunden würden; Freundschaft bedeute nicht, daß man eigene Interessen vernachlässige oder daß man anderen nach dem Munde rede. So haben wir unserem französischen Nachbarn klarzumachen versucht, weshalb wir in der Frage der EWG-Erweiterung anders dachten. Und weshalb wir das Bündnis mit Amerika höher einstuften. Und doch sicher waren, daß Europa nicht gegen, sondern nur mit Frankreich und Deutschland gebaut werden könne. Die Aussöhnung zwischen beiden Völkern war zur Nachkriegsrealität geworden, vielleicht der wichtigsten, jedenfalls der erfreulichsten.

Couve de Murville beschäftigte, unter Berufung auf Kossygins jüngsten Besuch in Paris, all das, »was die Russen europäische Sicherheit nennen«, denn darin sah er das Problem der Zukunft Deutschlands beschlossen. Die sowjetische Seite habe ohne Widerspruch zur Kenntnis genommen, daß sich Frankreich für verbesserte Beziehungen zwischen Bonn und Moskau ebenso wie zu den mittel- und osteuropäischen Staaten einsetze. In Wirklichkeit wußte man gerade am Quai d'Orsay, daß im entspannungspolitischen Alleingang nicht viele Blumentöpfe zu gewinnen waren. Ich erläuterte, auf welche Weise wir die Fragen der deutschen Einheit zusammenzusetzen und in unsere friedenssichernde Politik einzubetten gedächten. Solange eine politische Lösung nicht gefunden sei, wollten wir uns darauf konzentrieren, die beiden Teile des deutschen Volkes so gut wie möglich zusammenzuhalten – durch Handel, kulturellen Austausch, Reiseerleichterungen –, und wären im übrigen froh, auf das Verständnis der Franzosen zählen zu können. Der ernste Versuch, dem deutsch-französischen Vertrag mehr politisches Leben einzuhauchen, solle gemacht werden. Couve reagierte positiv. Später bemerkte er zutreffend, daß ich mich von Kiesinger stark unterschieden hätte, »jedoch gleichermaßen bemüht um die deutsch-französischen Beziehungen«.

De Gaulle empfing mich auch in jenem Dezember 1966 zu einem Gespräch unter vier Augen. Ich erläuterte, warum jener ernste Versuch, der Arbeit im Sinne des deutsch-französischen Vertrags einen neuen Inhalt zu geben, in unserem Interesse liege. De Gaulle: Er freue sich, daß ich Außenminister geworden sei. Auch mit dem neuen Bundeskanzler hoffe er gut zusammenarbeiten zu können. Er hege keinerlei unfreundliche Gefühle gegen Ludwig Erhard, denn auch den schätze er; die Zusammenarbeit mit ihm sei »stets nach Möglichkeit praktiziert« worden. Unsere Regierungserklärung habe er interessant und sogar ermutigend gefunden. Nun müsse man sehen, was zu tun sei. Frankreich werde nichts tun, was unsere Lage schwieriger mache. Die Reichweite des Vertrages solle nicht übertrieben werden, in erster Linie handele es sich um ein Dokument des guten Willens und der Aussöhnung. Das bleibe wichtig. Die jeweiligen Absichten der beiden Seiten seien nicht sehr verschieden. Frankreich kenne den deutschen Wunsch nach Wiedervereinigung und erhebe dagegen nicht nur keine Einwände, sondern teile diesen Wunsch – aus freundschaftlichen Gefühlen für Deutschland und weil nur so die Kriegsfolgen endgültig überwunden werden könnten. Aber diesem Ziel unter den Bedingungen des Kalten Krieges näher zu kommen wäre nur möglich gewesen, wenn man gegen Rußland hätte Krieg führen wollen. Das aber habe niemand gewollt – »nicht einmal Deutschland, auch nicht Amerika«. Folglich habe die Position der Stärke niemals so stark sein können, daß aus ihr heraus die deutsche Einheit hätte zuwege gebracht werden können. Nun gelte es, einen anderen Weg zu suchen: »Wie Sie wissen, empfiehlt Frankreich den Weg der europäischen Entspannung.« Gerade in der deutschen Frage werde sich nichts bewegen, wenn die Beziehungen zwischen den europäischen Staaten nicht eine neue Grundlage erhielten. Natürlich müsse auch Frankreich Vorsicht walten lassen; Rußland, obwohl eine sehr große Macht, sei jedoch nicht weiter gegangen, als man ihm in Jalta zugestanden habe. Alles spreche gegen seine Angriffsabsicht. Rußlands Hauptsorge sei China; außerdem müsse es das eigene Land entwickeln, und dazu brauche es westliche Hilfe. Mit einem starken und totalitären Regime, wenn auch mit absinkender Ideologie, sei es auf seine Weise friedlich. Frankreich – das heißt, er, der im Juni 1966 in der Sowjetunion gewesen war – habe den Sowjets sein Ja zu einer Politik der deutsch-russischen Entspannung übermittelt. Natürlich setze dies voraus, daß Deutschland eine solche Politik wünsche und etwas für sie tue: »Ich habe Herrn Kossygin gesagt: Wenn Herr Brandt nach Moskau kommt – und sicher werden Sie nach Moskau gehen –, dann werden die Russen ihn doch gut empfangen?« Kossygin habe erwidert: »Nun ja, vielleicht.«

De Gaulle fuhr fort: Wenn Deutschland wolle, werde Frankreich – es habe damit sogar schon begonnen – ihm auf dem neuen Weg voranhelfen, vor allem in Moskau, und in der Politik der Entspannung nichts tun, was Deutschland schaden könnte. Auch in Rußland habe er erklärt, es gebe auf Dauer keine zwei deutschen Staaten, sondern *ein* deutsches Volk. Eines Tages würden es vielleicht auch die Russen erkennen. Jedenfalls liege die Anerkennung der DDR als Staat nicht in französischer Absicht. Die Auffassung in der Frage der deutschen Grenzen »im Osten und Süden« werde sich allerdings nicht ändern. Freund wolle es nur mit einem nichtimperialistischen Deutschland sein: »Es kann nicht Deutschlands Freund sein, wenn dieses wiederhaben wollte, was ihm durch den Krieg verlorengegangen ist.« Deutschland werde auch gar keine Möglichkeit haben, die Grenze zum Osten zu verschieben, »denn das Rußland von heute ist mit dem Rußland von damals nicht vergleichbar«. Durch Breschnews Brille sah das dann so aus: »Als de Gaulle außenpolitisch selbständig wurde, konnten sich unsere Beziehungen auf allen Gebieten verbessern.« Der General wiederholte, daß – wann immer die Bundesrepublik die praktischen Kontakte zu den Menschen in der sowjetisch besetzten Zone verbessern wolle – Frankreich derartige Versuche als »befriedigend für alle und besonders für die Deutschen selbst« betrachte. Weiter: »Vor allem aber kommt es darauf an, daß jeder seine Politik hat. Frankreich muß eine französische Politik haben, und es hat sie. Deutschland muß eine deutsche Politik haben, und es liegt an Deutschland, sie zu schaffen. Eine französische oder deutsche oder englische Politik, die amerikanische Politik wäre, würde keine gute Politik sein.« Dabei sei Frankreich in keiner Weise gegen Amerika, es sei Amerikas Freund. Nichts aber sei schlimmer für Europa als »eine amerikanische Hegemonie, unter der Europa erlischt und die die Europäer hindert, sie selbst zu sein«; die amerikanische Hegemonie verhindere den Glauben der Europäer an sich selbst.

Kein Zweifel also, daß de Gaulle auf mehr aus war als auf bloße Konfliktverhinderung und mit meinem Konzept vom »geregelten Nebeneinander« harmonierte, jenem Nebeneinander, aus dem ein Miteinander werden sollte. Der stolzeste aller stolzen Franzosen hielt die deutsche Frage für eine von historischer Qualität – vor den Völkern Europas »zu prüfen, zu regeln und zu garantieren«. Washington und Paris schienen sich insofern einig zu sein, als beide die europäische und die deutsche Einheit – in dieser Reihenfolge – in den Blick nahmen.

Ich habe nicht den Hinweis versäumt, daß sich den Deutschen die Dinge verwickelter darstellten als den Verantwortlichen in Paris und Washington, wenn ich auch beipflichtete, daß eine russische Aggression auch aus dem deutschen Kalkül ausscheide. Nachdem de Gaulle mehr als einmal auch von Österreich gesprochen hatte, sah ich mich regelrecht genötigt hinzuzufügen: Es gebe keinen Verantwortlichen in Deutschland, der erneut an einen Anschluß denke. De Gaulle meinte, was wir vorhätten, scheine ihm vernünftig, wenn auch etwas zu zaghaft, was die Veränderung der psychologischen Faktoren angehe.

Nach mehreren ausführlichen Gesprächen über die Jahre hin – mit dem General selbst wie mit seinen engsten Mitarbeitern – war ich nicht überrascht, mit der französischen Seite in den Fragen der Ostpolitik enges Einvernehmen zu erzielen. Deutlich hat sich mir jenes Bild von den Schatzgräbern eingeprägt, das de Gaulle bei seinem Bonn-Besuch im Sommer 1967, seinem vorletzten, so deutete: Er hoffe, Deutschland und Frankreich würden den Schatz gemeinsam heben. Jenen, der in einer Politik liege, die die Teilung Europas überwinde.

Adenauer war nun schon seit fünf Jahren nicht mehr dabei, doch das Bemühen um ein herausgehobenes Verhältnis zu Frankreich blieb lebendig. Es war eine pure Legende, die Leute glauben machen zu wollen, er und de Gaulle hätten geradezu aufeinander gewartet und beide zueinander gepaßt wie der linke Schuh zum rechten. In Wirklichkeit war ihnen nicht viel mehr gemeinsam als ein fortgeschrittenes Alter und eine konservative Grundhaltung; insoweit handelte es sich um ein Paar aus zwei rechten Schuhen. Doch das war nur die halbe Wahrheit. Der Franzose, der den Deutschen für provinziell hielt, wurzelte stärker in der Vergangenheit und blickte weiter in die Zukunft.

Auf seine ganz späten Tage räumte Adenauer ein, er traue nur (noch) de Gaulle zu, daß er Westeuropa einige. Dabei hatte der Bundeskanzler, als der General 1958 wieder das Ruder in Paris übernahm, auf Anhieb nicht begeistert, sondern mißtrauisch reagiert. Ihm mußte erheblich zugeredet werden, als de Gaulle ihn im September 1958 zu sich nach Hause ins lothringische Colombey-les-deux-Églises einlud; der Besuch ließ das Eis schmelzen und wurde ein Erfolg. So ahnungslos wie der biedere Ludwig Erhard war der »Alte« denn doch nicht. Als ich in jenem Mai 1958 den Vizekanzler – er vertrat Adenauer, ich war gerade Präsident des Bundesrats – auf dem Köln-Bonner Flugplatz traf, meinte Erhard allen naiven Ernstes, nun sei wohl in Frankreich die Stunde des Faschismus angebrochen. Das war grober Unfug, doch ohne Sorge war auch ich nicht. Ich fand sie bestätigt, als Freunde in Paris – gelegentlich empfand ich sogar eine Art Katakombenstimmung – klagten, de Gaulle sei drauf und dran, die innenpolitische Landschaft in eine Wüste zu verwandeln; gelegentlich wurde der Vergleich mit »Berlin Anfang 1933« bemüht.

Als der Krieg und seine Demütigungen zu Ende waren, hatte Frankreich mit sich selbst ins reine kommen müssen. Das gelang de Gaulle nur in Ansätzen, grollend zog er sich zurück. Als er Ende der 50er Jahre an die Macht zurückkehrte, nahm er es auf sich – und wer anders hätte dazu die Autorität gehabt? –, den Krieg in Algerien mit »Friedenslist« zu beenden. Daß er nicht einfach war, hatte sich schon während des Krieges herumgesprochen; Churchill stöhnte einmal, das lothringische sei das schwerste der ihm aufgebürdeten Kreuze gewesen. Roosevelt äußerte sich noch bissiger. Mitterrand erzählte mir, wie er ihn – in geheimer Mission aus dem französischen Untergrund via London nach Nordafrika gekommen – in seinem Hauptquartier aufgesucht habe; die erste, mißbilligende Frage habe gelautet, ob er mit einem englischen Flugzeug gekommen sei.

Der große Charles und das kleine Europa

Ich vermute, daß es de Gaulle – wie anderen und nicht nur konservativen Franzosen – Mühe gekostet hat, den Deutschen halbwegs unbefangen gegenüberzutreten; an dem Projekt von Zentralverwaltungen mit deutschen Staatssekretären hatte die französische Nachkriegsregierung noch weniger Gefallen als andere. Warum also hätte sich Paris für die Deutschen und ihre Einheit ereifern sollen? Wie anderen schwebte de Gaulle vor, das linke Rheinufer – auch nördlich des Elsaß – zur deutschen Westgrenze zu machen und die Ruhr unter »internationale« Kontrolle zu stellen. Er war, als es auf die Tagesordnung kam, gegen ein »supranationales« Europa und trug dazu bei, daß die Europäische Verteidigungsgemeinschaft, die EVG, am Veto der Pariser Kammer scheiterte. Seine Anhänger stimmten dort gegen die Wirtschaftsgemeinschaft, die EWG. Die ließ er dann doch gelten, als er an die Macht kam. Aber die Engländer wollte er nicht dabeihaben, sie waren ihm zu nahe bei den USA; außerdem bestand die Gefahr, daß sie Frankreich den westeuropäischen Führungsanspruch streitig machen könnten.

Schließlich schloß er mit Adenauer den Freundschaftsvertrag vom Januar 1963. Fünf Tage bevor im Elysee unterschrieben wurde, gab der General auf einer jener Pressekonferenzen, die Proklamationsveranstaltungen gleichkamen, seinen Einspruch gegen Großbritanniens Mitgliedschaft in der EWG erneut zu Protokoll. Adenauer störte es nicht. Als ihn sein Außenminister – es war Gerhard Schröder – wegen des *timing* einigermaßen irritiert aus Brüssel anrief, fragte er den, ob es ihm angenehmer gewesen wäre, de Gaulle hätte seine Erklärung *nach* der Unterzeichnung abgegeben! Ich war gerade in London und erlebte, zusätzlich zur gefaßten Bitterkeit der dortigen Regierung, das Entsetzen des deutschen Botschafters. Dessen Kollege in Paris, der langjährige Kanzlermitarbeiter Blankenhorn, nannte den Vertrag »ein Ereignis, das ich nur mit geteilten Gefühlen betrachten kann«. Es kam hinzu, daß die Bundesregierung es versäumt oder für nicht nötig gehalten hatte, den Vertrag abzusichern. Die Folge: Kennedy, nicht gut genug beraten, fragte den Bundeskanzler, ob er denn mit Paris lieber als mit Washington zu gehen gedenke.

Alle diplomatische Ungeschicklichkeit beschädigte die Aussöhnung nicht, und niemand in der Welt konnte behaupten, daß ihm daraus Schaden erwachse. Das neue Verhältnis zwischen den beiden Ländern, eine in den Herzen der nachwachsenden Generation verankerte Freundschaft, wurde zu einem Grundbestand europäischer Friedensordnung. De Gaulle hatte im September 1962, im Jahr vor dem Freundschaftsvertrag, der Bundesrepublik einen Besuch abgestattet, der sensationell verlief, und vom »großen deutschen Volk« gesprochen. Er war stürmisch gefeiert worden – fast so, als ob viele in ihm eine Art Ersatzführer erkennen und sich in ihren Hochrufen etwas von der Seele wälzen wollten. Zu mir bemerkte er, die Reise sei »emotionaler« verlaufen, als er es sich gedacht habe. Nach einem Essen, zu dem er in die Godesberger Redoute geladen hatte, bedankte er sich unter vier Augen für eine einfühlsame Erklärung, die ich vor dem Berliner Abgeordnetenhaus abgegeben hatte.

Im April 1963 hatten mich Berliner Kulturtage nach Paris geführt. Gemeinsam mit André Malraux eröffnete ich eine Watteau-Ausstellung im Louvre. Marlene Dietrich ließ es sich nicht nehmen, zu einem abendlichen Empfang zu kommen. Couve gab mir ein Essen, und zum erstenmal machte ich Georges Pompidou einen Besuch im Amtssitz des Premierministers. Der Präsident befand sich auf einer seiner Reisen durch die Provinz und ließ mich per Militärhubschrauber ins lothringische Saint-Dizier kommen. Dort hatte er in der Unterpräfektur Station gemacht. Edgard Pisani, damals Landwirtschaftsminister, war zugegen; wir befanden uns in seinem Wahlkreis. De Gaulle sagte, die Bonner Reaktionen auf den mit Adenauer geschlossenen Vertrag hätten ihn »etwas gestört«. Jetzt müsse man abwarten; wir sollten wissen, daß er der praktischen Zusammenarbeit noch mehr Bedeutung beimesse als den Buchstaben des Vertrages. Ich beschwor ihn, bei aller Würdigung seiner historischen Rolle, das deutsche Volk nicht in unnötige Konflikte zu bringen. Dies gelte besonders für das Verhältnis zu den Vereinigten Staaten, die für die Nachkriegsentwicklung von so entscheidender Bedeutung gewesen seien und es bleiben würden. Die Ratifizierung des Vertrages durch Bundestag und Bundesrat werde mit großer Mehrheit erfolgen; er möge Verständnis haben, wenn durch eine Präambel oder auf andere Weise klargestellt würde, daß wir die Beziehungen zum Atlantischen Bündnis im allgemeinen und zu den USA im besonderen sowie die Verpflichtungen, die die EWG mit sich bringe, nicht beeinträchtigt sehen wollten. So zu reden fiel mir schwer. Denn über die Vorbereitung und die parlamentarische Behandlung des deutsch-französischen Vertrages war ich alles andere als glücklich. De Gaulle blieb verärgert, Washington auch. Ein fahriges Verhalten mußte an der Seriosität der deutschen Außenpolitik Zweifel aufkommen lassen.

Im Bundesrat fiel mir als Ausschußvorsitzendem die Aufgabe zu, den deutsch-französischen Vertrag zur Ratifizierung zu empfehlen. In der Debatte nahm ich noch einmal das Wort: Unser Verhältnis zu den Vereinigten Staaten habe uns bisher in einen ernsten Gegensatz weder zu Frankreich noch zu Großbritannien gebracht; das müsse auch so bleiben. Bei aller Anerkennung von Mut und Kraft, die der General in neue Pläne stecke – »ob sie nun immer richtig sind oder nicht« –, bleibe es notwendig, den Zusammenhalt mit den Verbündeten zu stärken, die Europäische Gemeinschaft als umfassende Aufgabe zu sehen und das Angebot Präsident Kennedys, die atlantische Partnerschaft betreffend, endlich ernst zu nehmen und als große Chance zu begreifen. 1965 sagte mir de Gaulle: Er habe den Eindruck gehabt, daß er sich mit Adenauer über die Elemente einer gemeinsamen Politik einig gewesen sei. Die Präambel, mit der wir den Vertrag versehen hätten, habe aber das Vertragswerk weitgehend entwertet und das gemeinsame Handeln von anderen abhängig gemacht. Aus dem Vertrag sei eine mehr sentimentale denn politische Angelegenheit geworden. So war seine Bilanz des zwei Jahre zuvor eingegangenen Vertrages eher negativ als nur kritisch zu nennen. Allerdings zog er daraus keine Konsequenzen, die das Vertragswerk in Frage gestellt hätten. Die Presse möge sich mäßigen, meinte er; in Paris sei das weitgehend der Fall. Ich gab zu bedenken, daß man über unterschiedliche Vorstellungen – wie auf dem Gebiet der Verteidigungskonzeption – offen sprechen und zugleich in praktischen Bereichen enger zusammenarbeiten solle. Er antwortete, auf deutscher Seite habe man solche Möglichkeiten gerade nicht oder kaum wahrgenommen und sich in Rüstungsaufträgen fast völlig an die USA gehalten.

In all diesen Auseinandersetzungen ging es natürlich um mehr als Aufträge – obwohl die französische Regierung auch hinter solchen herblieb und sich nicht scheute, Diplomatie und Druck einzusetzen, um den Deutschen solche auf dritten Märkten abspenstig zu machen. De Gaulle und Männer seiner Generation, dies kam hinzu, trugen den Amerikanern wie den Engländern nach, sie hätten Frankreich nach dem Ersten Weltkrieg die Verwirklichung ihm zustehender Ansprüche vorenthalten. Jetzt ging es um die Führung in (West-) Europa. Die fiel Paris zu, wenn London auf Abstand gehalten würde; nach deutscher Führung war niemandem zumute. Deutsche Wirtschaftsinteressen schienen für eine Wirtschaftsgemeinschaft zu sprechen, in die britische Handelstradition und Welterfahrung einflössen. Für Leute meines Schlages kam hinzu, daß sie – über Großbritannien hinaus – auf sozialdemokratische und protestantische Regionen nicht verzichten mochten.

De Gaulle war noch im September 1968, später als üblich, zu Konsultationen in Bonn. Resignation lag über dieser Begegnung – wie über der letzten in Paris 1969. Die Exposés, mit denen der General die deutsch-französischen Treffen zusammenfaßte, ohne die Andeutung eines schriftlichen Konzepts, waren meisterhaft wie immer. Doch die Nachwirkungen der französischen Maikrise waren ihm deutlich anzumerken. Ich hatte den Vorabend jener Krise in einer fröhlichen Runde in Dijon verbracht; Couve und ich waren gerade zu Rittern eines burgundischen Weinordens geschlagen worden, als mein Kollege schleunigst nach Paris zurückgerufen wurde. Der General war noch nicht von einem Staatsbesuch in Rumänien zurück, als die Studentenrevolte ihren Lauf nahm, Streiks nach sich zog und an den Rand einer Revolution führte.

Am 29. Mai waren der Staatschef und seine Familie mit dem Hubschrauber nach Baden-Baden zu General Massu geflogen, dem befehlshabenden Haudegen aus Algerien, den er von dort abberufen und den ich noch als Bürgermeister kennengelernt hatte, nachdem er Chef der französischen Truppen in Deutschland geworden war. Das war mehr eine Kopflosigkeit als eine regelrechte Flucht. Als sein ihm stets ergebener Truppenchef, nicht zuvor unterrichtet, ihm in Baden-Baden gegenüberstand, meinte de Gaulle, nun sei alles futsch, die Kommunisten hätten alles blockiert: »Massu, tout est foutu. Les communistes ont tout bloqué. Alors je viens chez vous. Pour voir.« Dann stellte sich die Frage, ob er sich nach Straßburg begeben könne. Dann stimmte er zu, nach Colombey geflogen zu werden, und am nächsten Tag war er wieder in Paris. Ich halte die Version, de Gaulle habe putschen wollen, für falsch; er hatte schlicht die Nerven verloren. Massu später: Wenn der Präsident in Baden-Baden geblieben wäre, hätte dies eine Katastrophe bedeutet; es wäre ein Varennes gewesen – in Anspielung auf die Verhaftung des flüchtigen Ludwig XVI. während der Französischen Revolution.

Man stelle sich vor: de Gaulle ausgerechnet in einer Art deutschen Exils – nicht auszudenken. Das tragikomische Beiwerk: Der Chef der sowjetischen Militärmission in Baden-Baden teilte General Massu mit, Moskau betrachte die Aufrechterhaltung des Regimes mit Wohlwollen...

In Paris, wo die Kommunisten mehr abwiegelten als Revolution machten, hatten große konservative Gegendemonstrationen das Blatt wenden helfen. Es wurden Neuwahlen angekündigt. Premierminister Pompidou, den de Gaulle nicht mehr wollte, nachdem er das Regime durch Kaltblütigkeit gerettet hatte, wurde von Couve de Murville abgelöst, für diesen brillanten Staats-Techniker eine letzte kurze Station vor dem Ausscheiden aus der Regierung. Sein Nachfolger im Außenamt wurde der gaullistische Erzengel Michel Debré, mit dem ich, zu mancher Leute Überraschung, nicht schlecht ausgekommen bin. Die Volksabstimmung vom Frühjahr 1969 – mit den Themen Dezentralisierung und Reform des Senats – hatte de Gaulle offensichtlich in dem Gefühl angesetzt, daß die Zeit des Ausscheidens gekommen sei. Als das Ergebnis vorlag, fuhr er ohne ein Wort des Abschieds nach Colombey. Einer der letzten, die das europäische Kriegs- und Nachkriegsgeschehen mitgestaltet und ihren Völkern die nationale Selbstachtung bewahrt hatten, gab das Ruder aus der Hand. Uns hatte er daran erinnert, daß wir mehr als ein Nichts seien. Jenseits der Enttäuschung, die er uns und allen Europäern bereitete, hatte er die Utopie eines dauerhaft befriedeten Europa zu denken gewagt.

Man mochte ahnen, daß de Gaulle seinen Abschied von der Macht nicht lange überleben würde. Die Nachricht von seinem Tod im November 1970 berührte mich tief. Eine Erkrankung hielt mich davon ab, zur Trauerfeier zu fahren. Bei meinem nächsten Paris-Besuch, im Januar 1971, sagte ich: »Auf dem Wege hierher habe ich heute früh – unfern der Schlachtfelder unseliger Kriege – das Grab des Mannes aufgesucht, der sich wie kaum ein zweiter Staatsmann der schmerzlichen Erfahrungen unserer gemeinsamen Geschichte bewußt war und wohl gerade deswegen die Entwicklung des Verständnisses zwischen unseren Völkern zur Freundschaft hat mitprägen können.«

Zu dieser deutsch-französischen Konsultation war ich mit dem Zug gekommen. An einem düsteren Wintermorgen, es dämmerte gerade, stand ich an einem einfachen Grab in Colombey-les-deux-Églises. Jahre später führte der Weg auch zu dem großen Lothringer Kreuz, das außerhalb des Dorfes an den schwierigen Franzosen erinnert, der als Europäer so unverwechselbar zwischen Vergangenem und Zukünftigem stand. Und der mit seinen Empfindungen näher beim *ganzen* Europa war als diejenigen, die sich allzu rasch und dauerhaft in der Nachkriegslandschaft einrichten wollten.

IV. MACHTKÄMPFE

Wer wagt, gewinnt

Auch in der parlamentarischen Demokratie ist die große Mehrheit nicht immer von Vorteil und keine Garantie für erfolgreiche Arbeit. Ohnehin kann man sich die Konstellation, in der politische Verantwortung zu übernehmen ist, selten aussuchen. Meine Erfahrung ist: Weichen können auch bei hauchdünner Mehrheit neu gestellt werden.

Anfang Dezember 1966 – Ludwig Erhard war gescheitert – hatte eine Regierung ihr Amt angetreten, die von beiden großen Parteien getragen wurde. Jene Große Koalition war besser als ihr Ruf; meine ursprünglichen Vorbehalte hatte ich im Augenblick ihrer Bildung abgelegt. Sie ist mit einer – damals überschätzten – Rezession fertig geworden, hat innenpolitisch mehr recht als schlecht funktioniert und außenpolitisch Realismus und Einfallsreichtum den Weg bereitet. Doch Fiktionen und Illusionen wegzuräumen blieb ein unzumutbar mühsames Geschäft.

Inhaltlich hatte sich meine Partei auf die wichtigen Themen der Innen- und Außenpolitik gut vorbereitet. Personell waren wir dadurch geschwächt, daß Fritz Erler im Sterben lag. Ich hatte ein weniger ernstes Gesundheitsproblem und hatte mich an den Vorgesprächen nur am Rande beteiligt. Seit ich, eines frühen Herbstmorgens, die Fähigkeit zu atmen – das Roemheldsche Syndrom – verloren und den Abschied von dieser Welt erfahren hatte, war ich unendlich müde und jedenfalls ohne Ehrgeiz; beides, Kraft wie Ambition, kehrte um so langsamer zurück, als die Wunden, die der 65er Wahlkampf geschlagen hatte, noch nicht verheilt waren.

Eine Wiederholungskampagne, die – nicht weniger verletzend als vier Jahre zuvor – meinen Antinazismus unehrenhaft hinzustellen suchte, war mir zunehmend widerwärtig erschienen. Ein prominentes bayerisches, wenn auch weiter nördlich geborenes Mitglied des Bundestages hatte es fertiggebracht, meinen Namenswechsel mit dem Hitlers in Verbindung zu bringen, und der aufgeregte Erhard, der es in der Folge an Respekt nicht mangeln ließ, gemeint, mir vorwerfen zu sollen, daß ich in der ersten Nachkriegszeit »noch nicht einmal wieder deutscher Staatsbürger« gewesen sei.

Am Morgen nach der Wahl, die Erhard erwartungsgemäß gewonnen, die SPD aber nahe an die 40-Prozent-Marke herangeführt hatte, war ich, ohne jemanden ins Vertrauen zu ziehen, vor die Presse gegangen. Meine Mitteilung: Um das Amt des Bundeskanzlers würde ich mich nicht noch einmal bemühen. Dabei war von Bedeutung: Aufgrund verschiedener, meist hilfloser Schilderungen war ich zu dem Ergebnis gelangt, daß ich gerade den Anhängern in der sozialdemokratischen Diaspora nicht zumuten solle, sich gegen giftig-nationalistischen Druck erneut für mich ins Zeug zu legen; die meisten haben dann doch mehr als zwei weitere Jahrzehnte zu mir gehalten. Ich habe mich insoweit über mangelnde Unterstützung und Hilfsbereitschaft nicht zu beklagen gehabt. Aber der lange Weg von der Kanzlerkandidatur 1961 bis zum großen Erfolg 1972 war eben nicht schnurgerade, sondern steckte voller Versuchungen, abzubiegen und abzuirren. Es gab Momente des Schwankens und da und dort auch schwankende Gefährten.

Es ist bis auf den heutigen Tag kolportiert worden, wegen des Überangebots von Angriffen sei ich drauf und dran gewesen oder sei mir nahegelegt worden (»da man hier nichts mehr zu suchen habe«), der deutschen Politik den Rücken zu kehren und mich im Norden niederzulassen – dort, wo es mir während des Exils gutgegangen sei. Das hatte ich nicht vor, obwohl es keine Schande gewesen wäre. In entgegengesetzte Richtung zielten spätere Behauptungen von ein paar Sozialdemokraten, ich hätte 1965 Fritz Erler aus dem Vorsitz der Bundestagsfraktion verdrängen wollen und sei daran gehindert worden. Das war schon deshalb unsinnig, weil im eigenen und allgemeinen Urteil das Berliner Amt nächst dem des Bundeskanzlers und des Außenministers für das wichtigste galt.

Die Partei, deren erster Mann ich seit Anfang '64 auch in aller Form war und die mich gerade so gut wie einmütig wieder zum

Vorsitzenden gewählt hatte, erwartete, daß ich an dem Experiment des Bonner Mitregierens teilhätte. Gewiß, Parteifreunde, die mir noch näher standen als andere, hätten einer »Kleinen« Koalition – heißt: einer mit den Freien Demokraten, die Erhards Regierung auf konfuse Weise zu Fall gebracht hatten – den Vorzug gegeben; der Prozeß der außenpolitischen Kurskorrektur wäre ein wenig beschleunigt worden.

Daß es nicht ging, erfuhr ich in den »Sachgesprächen«; an einigen hatte ich teilnehmen können. Ein früherer Finanzminister gab allen Ernstes zu Protokoll, in einer Regierungserklärung dürfe das Wort Mitbestimmung nicht vorkommen. Und, von Inhalten abgesehen: Es hätte in der geheimen Kanzlerwahl nicht gereicht. Mein geschätzter Berliner FDP-Kollege William Borm hatte mir Gründe genannt und gefolgert: »Machen Sie es nicht.« Ich habe es drei Jahre später gemacht, und da war es immer noch nicht ohne Risiko.

1966 meinte ich, wenn ich schon dabei sein sollte, dann im Forschungsministerium. Ich würde es in den Dienst vernachlässigter Aufgaben stellen können und doch Zeit für die Partei behalten. Forschung hatte damals einen hohen Stellenwert; das Ministerium galt als das Zukunftsressort schlechthin. Doch in der engeren Parteiführung herrschte die Meinung vor, der Vorsitzende habe den »zweitwichtigsten Posten« zu übernehmen. Das war das klassischste aller klassischen Ministerien – das des Auswärtigen.

Ich habe mich im Auswärtigen Amt wohl gefühlt, war dort auch nicht schlecht gelitten. Zugang zu den Partnern in anderen Ländern fand ich leicht. Die Inhalte waren mir großenteils bekannt. Ärger gab es, als Kiesingers Zuarbeiter im Bundeskanzleramt meinten, sich als Vorgesetzte aufführen zu sollen. Diese Neigung nahm zu und wurde vom Bundeskanzler geduldet, je näher der 69er Wahltermin rückte, desto mehr. Kiesinger war überdies von einem Gefühl beschlichen, das ihm nun einmal nicht angenehm sein konnte; er ahnte, ich könne sein Nachfolger nicht nur werden wollen, sondern es tatsächlich werden. Ich habe gar nicht erst versucht, ihn vom Gegenteil zu überzeugen, allerdings einkalkuliert, daß andere Regierungsmitglieder ihm anderes bedeuteten. Daß er Kanzler bleiben solle, hörte Kiesinger nicht nur von seinen eigenen Parteifreunden.

Objektiv hatte es deutscher Wahrhaftigkeit gedient, daß an der

Spitze der Regierung ein »Mitläufer« und ein »Emigrant« zusammenwirkten. Aber umsonst war auch dieses Stück »Aussöhnung« nicht zu haben. Es mußte ein doppelter Preis entrichtet werden, denn die parlamentarische Demokratie geriet gleich von zwei Seiten unter Druck. »Links« trat eine Opposition hervor, die sich außerparlamentarisch nannte und die die Sozialdemokratie kurzfristig mehr schwächte als auf Trab brachte, vom »rechten« Rand her rückten in die Landtage Leute ein, die *Neo*nazis zu nennen ich wenig einleuchtend fand; ich vermochte an ihnen Neues nicht zu erkennen – außer daß sie glücklicherweise keine Chance hatten, sich die Macht anzueignen oder gar in sie gewählt zu werden. Das im Regierungsprogramm angekündigte Mehrheitswahlrecht kam nicht zustande; es hätte das Ende der Rechtsradikalen, aber auch der Parteiliberalen heraufbeschworen und neuen Gruppierungen wie den Grünen den Eintritt in das parlamentarische Leben unmöglich gemacht. In beiden großen Parteien, in der meinen noch mehr als in der anderen, waren erhebliche Bedenken geäußert worden. In den frühen Nachkriegsjahren hatte ich, aufgrund der Weimarer Erfahrungen, mit einer Reform des Wahlrechts geliebäugelt, ein Allheilmittel darin allerdings nie gesehen; ausländischer Anschauungsunterricht war nicht nur überzeugend.

Der Machtwechsel von 1969 war das Gebot der Stunde. Das Gros der Union hielt die gebotene Frontbegradigung in der Außen- und Deutschlandpolitik entweder für entbehrlich, ja schädlich oder meinte, sich ihr trotz besserer Einsicht entziehen zu können. Dies ging auf Kosten auch unserer inneren Glaubwürdigkeit; jenes intelligent-kritische Publikum durfte – damals ebenso wie später – mit der Mehrheit nicht verwechselt werden. Dessen Stimmungslage zu ignorieren konnte einer Partei nicht gut bekommen, die dem Fortschritt verpflichtet war.

Kiesinger zeigte sich außerstande, das Erdbeben, von der Neuwahl des Bundespräsidenten ausgelöst, zu überdenken oder gar zu verarbeiten. Diese Neuwahl hatten wir mit vereinten Kräften um einige Monate auf Anfang März '69 vorgezogen, weil die geistige Spannkraft Heinrich Lübkes in der zweiten Amtszeit doch erkennbar nachgelassen hatte. Die SPD hatte 1964 seine Wiederwahl unterstützt, wie es auch bei Theodor Heuss 1954 der Fall gewesen war.

Anders als der liberale Schriftsteller war Lübke von verblüffender Einfachheit im Denken, die der im Glauben entsprach. Dem Sauerländer, den Adenauer zum Landwirtschaftsminister gemacht hatte, war die Zusammenarbeit mit den Sozialdemokraten in der preußischen Landtagskoalition vor '33 in guter Erinnerung geblieben. In den Gedanken an eine Große Koalition hatte er sich geradezu verliebt. Schon 1961, nach dem Mauerbau, war er – wie auch ich – für ein Allparteien-Kabinett eingetreten; obwohl auch Vizekanzler Erhard, der auf diese Weise Adenauer vorzeitig zu beerben hoffte, hinter den Kulissen tätig war und mit Strauß wie Mende im Bunde stand, hatte das Unterfangen keine Chance. 1964, als ich mir von Wehner und auch Erler hatte einreden lassen, wir sollten Lübke nicht nur mittragen, sondern zu unserem eigenen Vorschlag machen – was unsere Wahlmänner aber hintertrieben –, habe ich bereits vorsichtig sondieren lassen, ob die Möglichkeit eines Zusammengehens mit den Freien Demokraten bestehe. Der damalige Fraktionsvorsitzende im Bundestag, Freiherr von Kühlmann-Stumm, besuchte mich an meinem Berliner Amtssitz, um mir in rührender Einfalt auseinanderzusetzen, es könne doch nicht im sozialdemokratischen Interesse liegen, einen Liberalen in das Amt des Staatsoberhauptes zu wählen!

Für die Wahl '69 hatte ich frühzeitig – zunächst gegenüber dem Kanzler und CDU-Vorsitzenden, dann auch öffentlich – das Interesse meiner Partei deutlich gemacht: Nach je zehn Jahren Heuss und Lübke sei es angemessen, daß nun ein Sozialdemokrat gewählt würde. An Kiesinger gewandt, regte ich an, Georg Leber, damals Verkehrs-, später Verteidigungsminister, zum gemeinsamen Kandidaten zu küren. Durch die Wahl dieses weit über die eigenen Reihen hinaus angesehenen Gewerkschaftsführers hätte die Integration der Arbeiterschaft in den demokratischen Staat eine symbolhafte Bestätigung erfahren können. Außerdem fand ich, Leber mitzutragen sollte der CDU nicht allzu schwer fallen; er war im Jahr zuvor Mitglied des Zentralkomitees der deutschen Katholiken geworden.

Kiesinger schien dem Vorschlag Geschmack abzugewinnen. Aber er setzte sich nicht durch, sah vielleicht auch nicht deutlich genug, daß seine Kanzlerschaft durch die gemeinsame Wahl eines Sozialdemokraten hätte stabilisiert werden können. Gerhard Schröder – der damalige Verteidigungs-, zuvor Außen- und Innenminister – war bei einem Teil der Parteiliberalen gut gelitten, konnte aber mit sozialdemokratischen Stimmen nicht rechnen. Zu allem Überfluß hatte er es sich in den Kopf gesetzt, den Schwarzen die knapp zwei Dutzend NPD-Wahlmänner einfangen zu sollen. Am 5. März zeigte sich, wie sie fast zum Zünglein an der Waage geworden wären.

Ein gemeinsamer, vom Koalitionspartner mitzutragender Kandidat war also nicht gefunden. So mußte mir an einem Wahlvorschlag liegen, der den Freien Demokraten zusagen würde. Dieser Vorschlag lautete: Gustav Heinemann, Mitglied meiner Regierungsmannschaft 1965 und Justizminister im Kabinett Kiesinger. Im Oktober '68 hoben ihn die Gremien meiner Partei auf den Schild, anschließend unterrichtete ich Walter Scheel, den Vorsitzenden der FDP. Er scherzte: »Sie haben es uns sehr schwer gemacht, nicht für Ihren Kandidaten zu stimmen.« Gustav Heinemann war zu einem Symbol liberaler Rechtsstaatlichkeit geworden. Im übrigen trete ich ihm auch postum nicht zu nahe, wenn ich bestätige, daß er seine Belange sehr unbefangen wahrgenommen und seine Kandidatur, eigenwillig, wie er war, betrieben hat. Er bat um einen Termin nicht im Amt, sondern im Parteihaus und wollte ohne Umschweife wissen: »Werde ich es nun oder nicht?« Kiesinger hätte Heinemann bei den FDP-Leuten ausstechen können, wenn er einen Namen ins Spiel gebracht hätte, der häufig fiel: Richard von Weizsäcker.

Der Jurist Heinemann kam aus der Wirtschaft. Während der Nazizeit hatte er in der Bekennenden Kirche seinen Mann gestanden, war nach dem Krieg zur CDU gestoßen und Oberbürgermeister von Essen geworden. Dem ersten Kabinett Adenauer hatte er als Innenminister angehört, bevor er aus Opposition gegen die Wiederbewaffnung zurücktrat. Der Versuch, mit einer eigenen »Gesamtdeutschen« Partei eine bundespolitische Plattform zu finden, scheiterte. 1957 schloß er sich der SPD an. Zum Bundespräsidenten wurde er erst im dritten Wahlgang gewählt – mit 512 gegen 506 Stimmen; es war das letzte Mal, daß der Bundespräsident in Berlin gewählt worden war. Ohne sich allzusehr vom Jubel seiner Wahlmänner (und -frauen) anstecken zu lassen, sprach er davon, daß »ein Stück Machtwechsel« stattgefunden habe. Man hat versucht, ihm dieses Wort im Munde umzudrehen – als ob er nicht vom Wechsel in den von der Verfassung vorgeschriebenen Formen gesprochen hätte.

Meine Zusammenarbeit mit dem Bundespräsidenten gestaltete sich vertrauensvoll und blieb frei von Reibungen. Er wollte gern mehr tun, als ihm das Amt erlaubte. Was er tat, war mehr, als er erkennen oder gar anerkennen wollte – durch sein schlichtes und wahrhaftiges Beispiel als Bürgerpräsident, als Mahner zum Ausgleich, auch als Hüter freiheitlicher Traditionen in der deutschen Geschichte. Walter Scheel und seine Kollegen in der neuen FDP-Führung hatten erhebliche Überzeugungsarbeit leisten müssen, um ihren Abgeordneten die Bedeutung der Wahl Heinemanns klarzumachen. Jetzt stellte sich die Frage nach den Folgen. Würde die Konstellation nach der nächsten Bundestagswahl unberührt bleiben? Scheel und ich sind in jener Zeit nur einmal zum Mittagessen zusammengetroffen; in einem Düsseldorfer Klub, Anfang Mai '69, wurden wir uns einig, eine Koalition im Herbst '69 jedenfalls nicht auszuschließen. Auch hielt ich nicht mit der Meinung hinter dem Berg, daß ich mir die Zusammenarbeit mit einem Außenminister Scheel gut vorstellen könne.

25. September 1969: Drei Tage vor der Wahl, in der Fernsehdiskussion der Spitzenkandidaten, wurde allen klar, so sie es nicht schon wußten, daß Scheel und ich die umstrittenen Fragen der Außenpolitik in zumindest ähnlicher Weise beantworteten. Auch in der Innenpolitik zeigten sich keine unüberbrückbaren Gegensätze. Ich stellte fest, so daß es jeder hören konnte: SPD und FDP seien näher beieinander als jede der beiden Parteien im Verhältnis zu CDU und CSU. Walter Scheel, auf ausdrückliches Befragen: Er sei dafür, daß wir koalierten, falls die Mandate reichten.

Falls die Mandate reichten! Nach den ersten Hochrechnungen konnte eine knappe absolute Mehrheit der Mandate für Kiesinger (und Strauß) nicht ausgeschlossen werden; Scheels Mannen schienen an der Fünfprozenthürde gescheitert zu sein. Im Kanzleramt wurde gefeiert. Die Junge Union kam mit Fackeln. Nixon gratulierte.

Es zeigte sich, daß die Freien Demokraten es doch schaffen würden, wenn auch knapp und mit weniger als sechs Prozent der Stimmen; sie waren von 9,5 auf 5,8 Punkte abgerutscht, und statt 49 verfügten sie nur noch über 30 Bundestagssitze. Die sozial-liberale Öffnung hatten sie mit einem Einbruch in ihre Klientel bezahlt. Würden sie nicht doch verlockenden Angeboten der Union erliegen, statt sich auf eine riskante Partie mit den Sozis einzulassen? Es wurde spannend, sehr spannend. Am Ende blieben die beiden Unionsparteien – mit 46 Prozent der Stimmen – die stärkste Bundestagsfraktion. Die SPD steigerte ihren Stimmenanteil von 39,3 auf 42,7 Prozent; die letzten drei Wahlen hatten uns um über zehn Punkte nach oben gebracht. Die Zahl unserer Direktmandate – 224 gegen 202 zuvor – lag zum erstenmal über der der Union. Die Besonderheit der Wahl: Die rechtsextreme NPD brachte es auf 4,3 Prozent, strauchelte damit aber an der bewährten Fünfprozenthürde der bundesrepublikanischen Wahlordnung. Die unter den Tisch gefallenen Stimmen kamen in der Mandatsverteilung den anderen Parteien zugute.

Im neuen Bundestag hatten SPD und FDP zusammen zwölf Mandate mehr als CDU/CSU und nur fünf mehr, als bei der Kanzlerwahl vonnöten waren. Konnte man darauf bauen? Durfte man davon ausgehen, daß die hauchdünne Mehrheit die vier Jahre einer Legislaturperiode durchhalten werde? Ich war dessen nicht sicher, hielt es aber für verantwortbar, das Wagnis einzugehen. Wie viele Hoffnungen hätten wir andernfalls enttäuscht! Vor allem: Ohne Not wollten wir nicht zurück auf die Bänke der Opposition. Denn was alles stand auf der Tagesordnung der deutschen Politik!

So wurde ich denn, am 21. Oktober '69, mit 251 gegen 235 – bei 5 Enthaltungen und 4 ungültigen Stimmen – zum vierten Bundeskanzler der Bundesrepublik Deutschland gewählt. 251, das waren nicht mehr als zwei »über den Durst«. Die fehlenden Stimmen gingen wohl mit an Sicherheit grenzender Wahrscheinlichkeit auf das Konto des neuen Koalitionspartners. Aber sicher darf man bei geheimen Abstimmungen nie sein, ich war es auch nicht. Konnte nicht aus der eigenen Fraktion eine Stimme fehlen? Konnte nicht eine, konnten nicht sogar zwei Stimmen aus der gegnerischen Fraktion gekommen sein, die ein paar weitere »Ausfälle« in der Koalition ausgeglichen hätten? Wie immer, ich war Regierungschef – im dritten Anlauf.

Wie tief reichte der Einschnitt? Fast vierzig Jahre waren seit jenem März 1930 vergangen, da der letzte sozialdemokratische Reichskanzler, Hermann Müller, zurückgetreten war. Der Wille, nicht nur in Städten und Ländern, sondern im Gesamtstaat unsere Regierungsfähigkeit nachzuweisen, hatte mich seit Kriegsende erfüllt. Durch die Fähigkeit zum Wechsel bestand die Bundesrepublik ihre demokratische Bewährungsprobe. Hierin, in der Fähigkeit zum friedlichen Wandel, lag auch für die demokratische Außenwelt die Bedeutung des Machtwechsels.

An jenem Wahlabend im September, auch noch in den Tagen danach, machten sich viel Unsicherheit und noch mehr Aufregung breit. Konnte es anders sein? Ich rief Walter Scheel im Laufe des Abends an und sagte, ich würde vor der Presse auf die simple Tatsache hinweisen, daß SPD und FDP mehr Mandate hätten als CDU und CSU. Scheel antwortete, beiläufig fast: »Ja, tun Sie das.« Der Mißerfolg seiner Partei hatte ihn ziemlich mitgenommen; konkrete Absprachen zu treffen war ihm unmöglich. Die Enttäuschung ging tief. Wir trafen uns erst am nächsten Tag.

Das Präsidium meiner Partei war auseinandergegangen, bevor sich die Lage geklärt hatte. Wehner und Schmidt konnten meinem Modell wenig oder nichts abgewinnen, beide hätten lieber jene Große Koalition weitergeführt, die Kiesinger, mindestens so sehr wie ich, bereits abgeschrieben hatte. Wehner schimpfte auf die liberale »Pendlerpartei«, während Alex Möller, »Genosse Generaldirektor«, der mein erster Finanzminister wurde und leider nicht lange durchhielt, noch in der Nacht mit FDP-Kollegen zur Sache zu sprechen begann. Auf seiner und meiner Linie lag auch Professor Karl Schiller, der Wirtschaftsminister, der mir schon im Berliner Senat auf seine ebenso eigenwillige wie brillante Art geholfen hatte. So auch Jüngere, die die Entscheidung mitzuprägen in der Lage waren, und – hinter den Kulissen – Gustav Heinemann. Am nächsten Tag drehten auch die Widersacher in der Parteiführung bei: Ich solle den sozial-liberalen Versuch machen. Daß ich mich nicht mehr aufhalten ließe, war allen klar.

Inzwischen war Kurt-Georg Kiesinger nervös und aktiv geworden. Noch am späten Abend hatte er seinen Protégé, Helmut Kohl, den jungen Ministerpräsidenten von Rheinland-Pfalz und präsumtiven Nachfolger im Vorsitz der Bundespartei, auf den befreundeten Hans-Dietrich Genscher, Geschäftsführer der FDP-Bundestagsfraktion und Scheels Stellvertreter im Parteivorsitz, angesetzt, um die Freien Demokraten durch extrem großzügige Angebote herüberzuziehen: mehr als eine Handvoll von Ministerien, ein Abkommen über »umfassende und langfristige Zusammenarbeit auf allen Ebenen«, keine die Liberalen gefährdende Wahlreform. Hatte nicht der Bundeskanzler damit gedroht – in kleinem Kreise, später dann auch öffentlich –, sie aus den Landtagen »herauszukatapultieren«? Aber auch an die eigenen Leute wurde gedacht: Der ungeliebte Fraktionsvorsitzende erhielt am Tage nach der Wahl Bescheid, er möge in meiner Nachfolge das Auswärtige Amt übernehmen. Rainer Barzel schrieb auf, daß er geantwortet habe: »Aber wir werden die Regierung verlieren, Herr Bundeskanzler.«

Kohl nahm aus seinen Sondierungsgesprächen den Eindruck mit, bei den Freien Demokraten reiche die Zahl der Gegner einer sozialliberalen Koalition, um meine Wahl zu verhindern. Als er 24 Stunden später – in der Nacht von Montag auf Dienstag – gemeinsam mit CDU-Generalsekretär Bruno Heck in Erich Mendes Godesberger Wohnung zehn FDP-Abgeordnete traf, für die die neue Koalition »noch keineswegs beschlossene Sache« war, fühlte er sich in seiner Einschätzung bestätigt. Am Dienstag erschien eine Verhandlungsdelegation der Freien Demokraten zu einem, immerhin, »Informationsgespräch« bei Kiesinger.

Die den Liberalen zugedachten Wohltaten im einzelnen: Mende zufolge seien der FDP dieselben Ressorts angeboten worden, die die SPD in der Großen Koalition innehatte, also neun; über das Auswärtige Amt wäre demnach gleich zweimal verfügt worden. In anderem Zusammenhang wurde von »einem halben Dutzend« Ministern gesprochen. »Umfassende und langfristige politische Zusammenarbeit« sollte Absprachen bis Ende der 70er Jahre, also für einen Zehnjahresabschnitt, umfassen und sich auf Bundestag, Landtage und sogar die kommunale Ebene beziehen. Um die FDP vor den Risiken der Fünfprozentklausel zu bewahren, kündigte die CDU die Bereitschaft an, drei sichere Wahlkreise abzutreten.

In einem eher vage formulierten Vorschlag, den Kiesinger Scheel am 3. Oktober übermittelte, war von Ressorts nicht die Rede. Aber da konnte der Kanzler Illusionen auch nicht mehr haben. An jenem Freitag war ich mit Scheel beim Bundespräsidenten, um ihm mitzuteilen: Wir seien uns in allem Wesentlichen über die Regierungsbildung einig. Die sozial-liberalen Koalitionsgespräche waren in meiner

Amtswohnung vorbereitet und in der Vertretung des Landes Nord-rhein-Westfalen geführt worden; in Düsseldorf arbeiteten Sozialde-mokraten und Freie Demokraten seit mehreren Jahren vertrauens-voll zusammen. Als der Bund besiegelt war, räumte Olof Palme ein: Er habe sich geirrt, als er behauptete, Brandt könne in jedem Land in Europa, außer seinem eigenen, zum Regierungschef gewählt wer-den. (Später meinte er dann, auf seine zuweilen spitzbübische Weise, er habe doch noch recht bekommen.)

Es war nicht Übermut, als ich sagte: Nun habe Hitler den Krieg endgültig verloren, ich würde mich als Kanzler nicht des besiegten, sondern eines befreiten Deutschland betrachten. Die Welt bekomme es mit einer nicht immer bequemen, aber loyalen Regierung zu tun. Ich hatte nicht das Gefühl, den Mund zu voll und mir zuviel vorzu-nehmen. Die friedenspolitische Erneuerung war von der Sache her ebenso geboten wie die Auflösung des Reformstaus. Ich wollte ein Kanzler innerer Erneuerung sein. Die Nachrede, die Innenpolitik vernachlässigt zu haben, habe ich immer als ungerecht empfunden.

Soll und Haben

Bei Adenauer hieß es: Keine Experimente. Die Parole kam dem Ru-hebedürfnis eines Volkes entgegen, das froh war, die Verirrungen der Nazizeit und des Krieges hinter sich zu haben, und fürs erste nicht zurückblicken mochte. Dem wirtschaftlichen Aufbau kam der Blick nach vorn zugute. Erst als die Parole sich verselbständigt hatte und die Nachkriegsgesellschaft wie unter einer Dunstglocke zu ersticken drohte, war Wandel angezeigt.

Ich sagte: Keine Angst vor Experimenten. Und: Wir schaffen das moderne Deutschland. Und: Wer morgen sicher leben will, muß heute für Reformen kämpfen. Das waren zuerst einmal wirkungs-volle Werbeslogans. Sie enthielten aber – im Unterschied zu den Formeln späterer Jahre – eine Philosophie; vor Reformen hatten sich die Bürger bisher eher gefürchtet; jetzt dämmerte es ihnen, daß auf Dauer Sicherheit ohne Reformen nicht zu haben war.

Man mag das Modernitäts-Pathos der späten sechziger Jahre belächeln; es war besser als die Fortschrittsangst ein Jahrzehnt danach. Wer den sozial-liberalen Aufbruch mitgestaltet hatte, konnte nicht begeistert sein, als eine reformorientierte und zukunftsoffene Politik von zwei Seiten her bedrängt wurde – von naivem Neokonservativismus ebenso wie von fundamentaler Fortschrittsverneinung. Daß nicht alles gut genug geplant war und manches sich anders entwickelte als gedacht, steht auf einem anderen Blatt. Vielleicht hatten wir uns – für den knappen Zeitraum einer Legislaturperiode – auch schlicht zuviel vorgenommen.

Was es bedeutet und wohin es führt, wenn Staat und Gesellschaft sich in einem beständigen Mauserungsprozeß befinden, hatte ich in Skandinavien erfahren; auch, daß materielle Not gebannt werden kann und es sinnvoll ist, die demokratische Idee über den gemeindlichen und staatlichen Rahmen hinaus auf weite gesellschaftliche Bereiche zu übertragen. Allerdings war ich nie der Auffassung, man solle alle Lebensgebiete formell und bürokratisch ›demokratisieren‹. Später dann haben die bizarren Blüten, die an manchen Universitäten wuchsen, gelehrt: Wo Demokratisierung auf dem Programm steht, darf nicht immer und von vornherein ein Wille zu Toleranz und Effizienz unterstellt werden. Doch der Kompaß war richtig eingestellt; es galt, einer wachsenden Zahl von Menschen Freiheit erfahrbar zu machen und dafür zu sorgen, daß die großen gesellschaftlichen Lebensbereiche von den Grundwerten der Demokratie durchdrungen würden.

Diese Sicht der Dinge war nicht ausschließlich sozialdemokratisch. Es gab gedankliche Verbindungen zu liberalen Vorstellungen, aber auch zu Elementen der katholischen Soziallehre und der evangelischen Sozialethik. Es gehört zu den bedauerlichen – objektiv unnötigen – Belastungen der deutschen Nachkriegszeit, daß Kräfte der Erneuerung nicht in stärkerem Maße über alte Parteigrenzen hinweg zusammengefunden haben. Daß die Anhänger der traditionell-bürgerlichen Parteien zu einer neuen Parteiform, der »ökumenischen« CDU/CSU, fanden, war nicht zu bedauern. Daß sich die patriarchalische, dabei keineswegs unsoziale Art Konrad Adenauers in der Union durchsetzte, war sehr wohl zu beklagen. Vielleicht hatte sein Erfolg in Nachkriegsdeutschland gerade damit zu tun?

Als der gröbste Wiederaufbau geleistet war und sich das Ruhebedürfnis zu verflüchtigen begann, drang eine überwiegend maßvolle Sozialdemokratie darauf, daß das – im Grundgesetz verankerte – Gebot der sozialen Gerechtigkeit zum Tragen komme und der »mündige Bürger« Leitbild werde. Eine Erwartung, die von namhaften Repräsentanten des geistigen Deutschland geteilt wurde und die zuerst in den Reformen des Rechtswesens ihren Niederschlag fand; sie waren während der Großen Koalition und unter Gustav Heinemanns strengem Regiment begonnen worden. Die Entrümpelung des zum Teil noch aus dem Kaiserreich rührenden Sexualstrafrechts hatte die Reformära eingeläutet. Daß nicht der Staat die gesellschaftliche Moral zu verordnen habe und das alte Lied von Schuld und Sühne verklungen sei, fand breiten Widerhall.

Muß es so sein, daß das Maß verlorengeht, wenn Bewegung in eine Gesellschaft kommt? Von der unruhig gewordenen studentischen Jugend und der wesentlich von ihr getragenen »Außerparlamentarischen Opposition« gingen Impulse aus, die allzuoft eher störend denn hilfreich wirkten; sie konnten nicht voranhelfen, als sie der Gesellschaft maßlose Programme aufnötigen wollten. Daß von einem Teil der Achtundsechziger mittelfristig gleichwohl stimulierende Wirkungen ausgegangen sind, bleibe unbestritten.

Ich habe die Studentenrevolte aufmerksam beobachtet, bin ihr auch mancherorts außerhalb der deutschen Grenzen begegnet: in Frankreich schon Anfang Mai 1968, dann in Belgrad, in den USA, auch in Rio, selbst auf Island. Mich bewegten die Ereignisse in Berlin: der Tod des Studenten Benno Ohnesorg während des Schah-Besuchs, Juni '67, das Attentat auf Rudi Dutschke, Ostern '68, der Tumult in Frankfurt im Herbst desselben Jahres, als dem senegalesischen Präsidenten Léopold Senghor der Friedenspreis des Deutschen Buchhandels verliehen wurde. Ich reagierte empört: Ich wollte nicht der Außenminister eines Landes sein, in dem es unmöglich werde, einen ausländischen Gast angemessen zu empfangen. Auch der 68er SPD-Parteitag ging nicht ohne Gerangel mit ungebetenen Gästen ab. Ein Jugendkongreß, zu dem ich Anfang '69 nach Godesberg eingeladen hatte, scheiterte an der Sturheit von Gruppen, die nicht hören, sondern stören wollten.

Der kritischen Jugend erst einmal zuzuhören war mein Rat an die Regierung, der ich angehörte, und an die Partei, deren Vorsitzender ich war. Der Erfolg war nicht durchschlagend. Im übrigen meinte ich durchaus nicht, daß es sich darum handele, jungen Leuten nach dem Munde zu reden. Mir ist ohne sonderliches Verdienst das Image zugewachsen, mich nicht abgekapselt zu haben, sondern gesprächsbereit und lernfähig geblieben zu sein. Dies mag sich von der vorherrschenden Ignoranz abgehoben haben, aber was die junge Generation, und zwar nicht ihren schlechtesten Teil, umtrieb, habe ich nicht gut genug verstanden, vielleicht auch nicht verstehen wollen; abgestandener Wortradikalismus machte den Zugang schwer. Immerhin sagte ich November '68, vor der UNESCO in Paris: »Niemand von uns sollte zu alt sein, diesen Fragen nachzugehen. Gar so verwunderlich ist es wohl nicht, wenn junge Menschen aufbegehren gegen das Mißverhältnis zwischen veralteten Strukturen und neuen Möglichkeiten. Wenn sie protestieren gegen den Widerspruch von Schein und Wirklichkeit. Wenn sie an einer Politik verzweifeln, die sich zwar Postulate setzt, sich jedoch bei Rechtsbrüchen, bei Gewaltanwendung, Unterdrückung und Blutvergießen als ohnmächtig erweist. Ich bin nicht dafür, jungen Menschen nach dem Mund zu reden. Ich bin gegen Konzessionen, wo es um Intoleranz und Gewalttätigkeiten geht. Hier gebieten es Verantwortung und Respekt vor denen, die nach uns kommen, nicht nachzugeben. Aber ich meine, wir dürfen uns nicht abriegeln. Zuhören ist nicht genug. Wir müssen uns der Herausforderung stellen mit der Bereitschaft, uns selbst in Frage zu stellen und hinzuzulernen.«

Welche alten Aufgaben liegengeblieben waren und angepackt werden mußten, hatte ich erkannt. Welche neuen Aufgaben sich stellten, wurde mir nur bedingt und allmählich klar; daß ich den gesellschaftlichen Leithammeln wenigstens ein Stück vorauseilte, bereitete manchen Ärger.

Die Umweltproblematik hatte ich in meinen ersten Bundestagswahlkampf – 1961 – einbezogen und damit die Pragmatiker aller Schattierungen amüsiert. Als ich vor der Bundestagswahl von der bislang fast völlig vernachlässigten Gemeinschaftsaufgabe Umweltschutz gesprochen hatte – gestützt auf amerikanische Unterlagen –, war mein Hauptargument, daß die Gesundheit von Millionen Menschen auf dem Spiel stehe. Reine Luft, reines Wasser, weniger Lärm dürften nicht papierene Forderungen bleiben.

Da ich Spitzenkandidat in Nordrhein-Westfalen war, lautete mein Schlußsatz, der Himmel über der Ruhr müsse wieder blau werden; das wurde banausenhaft ins Lächerliche gezogen. Die späte Wahrnehmung der großen ökologischen Gefährdungen bleibt schwer verständlich, obwohl wir in der Bundesrepublik einer Reihe unserer europäischen Nachbarn immer noch ein Stückchen voraus waren. Erst im Herbst '69 ist Umweltschutz, im Innenministerium angesiedelt, als eigenständige Aufgabe bestimmt worden; anschließend versuchte ich deutlich zu machen, daß es sich um ein innenpolitisches Thema von hoher Dringlichkeit handele.

Trotz der sich hinschleppenden und immer noch explosiven Mauerkrise kam 1962 der Kongreß »Deutsche Gemeinschaftsaufgaben« in Berlin zusammen; er lenkte die Aufmerksamkeit auf die vernachlässigte gemeinschaftliche Komponente unseres Wohlstandes – von der urbanen Infrastruktur über den Bildungsnotstand bis zum Gesundheitswesen. 1964 sah ich mich in den USA um; ich suchte Anregungen für den 65er Wahlkampf zu bekommen. Wissenschaftlicher Rat war zu Hause nicht schwer zu finden, doch in der Politik stand kundiger Rat nicht hoch genug im Kurs. Immerhin, der Club of Rome blieb nicht ohne Echo. Daß von Vorstellungen eines mechanischen Wachstums Abschied zu nehmen sei, ahnte man mehr, denn daß man's wußte. Schlüsse zu ziehen lag um so ferner, als erstens so sehr viel liegengeblieben war und zweitens eine Sozialdemokratie, die endlich an der Schwelle der Regierungsmacht stand, zuerst und vor allem ihren eigenen Anspruch einlösen wollte. Es war der Anspruch auf soziale Sicherheit.

Wir gingen 1966 und verstärkt 1969 daran, Menschen in die Gemeinschaft heimzuholen, die nicht eigenes Verschulden, sondern der Zufall des Lebens ausgegrenzt hatte. Wir ergriffen die Initiative zur Lohnfortzahlung im Krankheitsfall für die Arbeiter und sorgten dafür, daß erst in der Renten- und dann in der Krankenversicherung die engen Pflichtgrenzen überwunden wurden; viele Angestellte waren ohne verläßlichen und von den Arbeitgebern mitfinanzierten Sozialversicherungsschutz geblieben. Es hört sich technisch an – und doch: Die Chance zur Selbstbehauptung wäre ohne solche Teilreformen nur die Hälfte wert gewesen. Auch die Krankenversicherung für Landwirte gehört in diesen Zusammenhang.

Die Bruchstellen des Sozialstaates zu heilen war eines der vorrangigen Anliegen; mit der obligatorischen Unfallversicherung für Schüler und Studenten – ohne besonderen Verwaltungsaufwand und finanziell überschaubar – kamen wir dem Ziel ein kleines, mit neuen Regelungen für die Rehabilitation von Schwerbehinderten und Unfallverletzten ein großes Stück näher.

Eine neue Sozialpolitik zu beschwören und sich an der Gleichberechtigung vorbeizumogeln war unmöglich geworden. Das Thema stand auf der Tagesordnung und mußte auch und vor allem sozialpolitisch bewegt werden; andernfalls wäre die Gleichberechtigung eine Sache nur für die Wohlhabenden geworden. In Gang gesetzt wurden Mindestsätze für Frauen, die trotz langer Erwerbstätigkeit und wegen ihrer niedrigen Einkommen unzumutbar niedrige Renten erhielten, sowie die Gleichstellung für Kriegerwitwen.

Einen Einschnitt besonderer Art markierte das Rentengesetz von 1972; neben materiellen Verbesserungen brachte es die flexible Altersgrenze. Auch die Dynamisierung der Kriegsopferrenten hat sich als umsichtiger Schritt erwiesen. Mir war es seit langem beschämend vorgekommen, daß ausgerechnet die Opfer der Kriege sich hatten zu Demonstrationen zusammenfinden und die Anpassung ihrer Bezüge einklagen müssen.

Die sozialpolitischen Gesetze mußten über die Hürde des Bundesrats, und dort war eine der Bundesregierung entsprechende Mehrheit nicht leicht zu finden; in Baden-Württemberg bestand jedoch – bis zum Frühjahr '72 – eine Regierung der Großen Koalition, und die half uns sehr. Die sozialen Reformen blieben in Teilen unzulänglich, weil alles auf einmal nicht geht, weil die Mehrheiten nicht danach waren, weil das Geld im Übermaß auch damals nicht sprudelte. Doch als 1974/75, weltwirtschaftlich bedingt, die Arbeitslosigkeit nach oben schnellte, fiel immerhin ins Gewicht, daß das Netz der sozialen Sicherheit enger geknüpft worden war.

Oberflächliche Kritiker haben der sozial-liberalen Regierungspolitik anhängen wollen, wir hätten die Interessen der Wirtschaft vernachlässigt und dem Staat eine hohe Schuldenlast aufgebürdet. Beides ist abwegig und wird durch die Statistiken deutlich widerlegt; für eine objektive Würdigung bedarf es keines Gegenbeweises. Ich bin auch nie der Meinung gewesen, daß möglichst viel durch öffentliche Hände geregelt werden solle. Private Initiative in Gesellschaft und Wirtschaft verdient Ermutigung, nicht Gängelung.

Die Abhängigkeit vom internationalen Wirtschaftsgeschehen machte uns Anfang der siebziger Jahre schon erheblich zu schaffen. Die mangelnde Verantwortung der Vereinigten Staaten für die Weltwährung und die finanzpolitische Seite der weltwirtschaftlichen Zusammenarbeit bereiteten uns Sorgen; mit der Abkoppelung des Dollars vom Goldpreis, Sommer '71, waren wir ebensowenig einverstanden wie mit der Freigabe der Wechselkurse, Frühjahr '73. Am Ende jenes Jahres fiel die erste Ölpreis-Krise schwer ins Gewicht und löste Aufgeregtheit aus, wo es angemessener deutscher und europäischer Reaktion bedurft hätte.

In meiner ersten Regierungserklärung 1969 hatte ich gesagt, »mehr Demokratie wagen« zu wollen, und herausfordernd hinzugefügt, wir stünden nicht am Ende unserer Demokratie, sondern »wir fangen erst richtig an«. Die Parole weckte Bereitschaft zum Engagement und löste Widerspruch aus. Eine üble Kampagne – mit der Unterstellung, bei uns würde die Demokratie über Bord gehen – blieb von begrenzter Wirkung; in ihr wurden innen- und außenpolitische Einwände vermengt.

Wir hatten tatsächlich die Absicht, unsere Arbeit möglichst durchsichtig zu machen und dem Bedürfnis nach teilhabender Information entgegenzukommen. Mangel an Erfahrung bewirkte, daß das Gewicht vorausschauender Planung weit überschätzt wurde.

Wir gingen davon aus, daß Mitbestimmung und Mitverantwortung unserem Land von innen her Kraft zur Mobilität geben würden. Die Novellierung des Betriebsverfassungsgesetzes 1971 und anschließend des Personalvertretungsgesetzes befriedigte die Gewerkschaften nicht, sie erkannten jedoch den »großen Schritt nach vorn«. Auch die Mitbestimmung in den Aufsichtsräten der größeren Unternehmen – '74 beschlossen, erst '76 in Kraft getreten, nachdem Unternehmensverbände das Bundesverfassungsgericht bemüht hatten – ist hinter den gewerkschaftlichen Erwartungen zurückgeblieben. Es erwies sich als ernster Mangel, nicht klar genug ermittelt zu haben – zumal nach der überaus erfolgreichen Wahl im November '72 –, was mit einer gegebenen parlamentarischen Mehrheit zu erreichen war und was nicht.

Ich bedaure noch heute, daß ein Durchbruch hinsichtlich der Vermögensbildung in Arbeitnehmerhand nicht gelang. Zwei unterschiedliche Positionen im Gewerkschaftslager blockierten sich gegenseitig. Die eine fürchtete einen »Kleinkapitalismus« und damit eine Schwächung des kämpferischen Bewußtseins der Arbeiter und war vor allem in der IG Metall zu Hause; die Gegenposition vertrat die Gewerkschaft der Bauarbeiter. Die SPD ließ sich von diesem Konflikt lähmen und versäumte darüber jenen Schritt, den die schwedischen Sozialdemokraten mit ihren Arbeitnehmerfonds wagten. Das jahrzehntelange Engagement Philip Rosenthals, des sozialdemokratischen Unternehmers, lief ins Leere; wie oft und wie beschwörend hatte er die Mitbeteiligung der Arbeitnehmer »am Haben und Sagen« eingefordert.

Zur Verwirklichung von »mehr Demokratie« gehörten wesentliche Schritte, die der rechtlichen Gleichstellung der Frauen zugute kamen: Scheidungs- und Namensrecht, Versorgungsausgleich, Maßnahmen, die zu stärkerer weiblicher Repräsentation führen sollten. Mehr als ein weibliches Mitglied hatte auch ich nicht in der Regierung, doch zum erstenmal eine Parlamentarische Staatssekretärin im Kanzleramt und zwei beamtete Staatssekretärinnen. Tatsächlich war der gesellschaftliche Druck noch nicht weit genug gediehen, um mehr Frauen nach vorn zu bringen. Es mag »oben« ein Zeichen gesetzt werden, der Wandel muß dennoch von »unten« kommen.

Die Reform des Paragraphen 218 kam erst gegen Ende meiner zweiten Regierungszeit vom parlamentarischen Tisch. Auf meinen Wunsch hin war die Initiative dem Bundestag überlassen geblieben. Die letzte Parlamentsrede, die ich – mit betonter Behutsamkeit – als Bundeskanzler hielt, galt diesem Thema, das für parteipolitischen Streit denkbar wenig geeignet war und das, anders als 1974 gedacht, immer wieder neuen Streit entfachte. Welch ein Objekt für ideologische Schlachten!

Soziale Gerechtigkeit stand auf der Reformskala obenan, und sie war ohne die Reform des Bildungswesens nicht zu haben. Sie sollte Gleichheit in den Chancen herbeiführen und war nicht zwingend mit einer Umkehrung auch der Bildungsinhalte verbunden; in dem wilden Streit um die »Rahmenrichtlinien« versackten auch Impulse, die breite Zustimmung hätten finden können. Doch kein Zweifel, die Bildungsreform, die wir, zum Teil gemeinsam mit Politikern der FDP, Anfang der sechziger Jahre angestoßen hatten, veränderte das Gesicht unserer Gesellschaft. Die Zahl der höheren Bildungsabschlüsse schnellte nach oben, und die Zahl der Studenten sowie die Zahl der studierenden Arbeiterkinder verdreifachten sich von 1965 bis 1980. Daß es nicht gelang, die unterschiedlichen Reformimpulse zu bündeln und zu entschlacken, hatte Folgen, die uns über die Bildungspolitik hinaus zu schaffen machen sollten. Die Gegenbewegung konnte nur deshalb so mächtig werden, weil das reformerische Maß noch nicht gefunden war und manche von uns Quantität und Qualität nicht mehr in Beziehung zu setzen vermochten.

Das ungeteilte Bundesministerium für Bildung und Wissenschaft, das damals auch noch das Forschungsministerium umfaßte und von Professor Leussink und Klaus von Dohnanyi geführt wurde, war – innerhalb des reformpolitischen Rahmens – eine einflußreiche Behörde. Über eine Ergänzung des Grundgesetzes wurde dem Bund eine Zuständigkeit in der Bildungsplanung verschafft. Die Länder hätten die notwendigen Investitionen allein nicht aufbringen können; die Bildungsausgaben pro Kopf der Bevölkerung verfünffachten sich. Auf diese Weise gewann der Bund auch inhaltlichen Einfluß, der der Reform zugute kam oder auch nicht – je nach politischer Blickrichtung, die nicht immer eine parteipolitische sein mußte. Daß auf der Ebene der zuständigen Länder unter Verantwortung von Parteifreunden das Abitur ohne Deutsch gemacht werden konnte und Geschichte aus den Lehrplänen verschwand, will mir noch heute nicht gefallen.

Nicht wenige unserer Parteigänger, die die wirtschaftlichen Machtstrukturen gern umgekrempelt hätten, es sich aber nicht zutrauten, weil Widerstand aus mächtigen Lagern drohte und sie sich selbst überhoben hätten, setzten um so mehr auf gesellschaftliche Veränderung über das Bildungssystem. Es waren insoweit Ersatzhandlungen, die aufgeführt wurden; die jungen Abgeordneten des Jahres 1969, die sich zur Linken rechneten, strömten fast alle in den Bundestagsausschuß für Bildung und Wissenschaft.

Die Bildungsreform war kein perfektes Stück; sie wäre es auch dann nicht geworden, wenn die Regie hätte im Kanzleramt geführt werden können. Doch da die Bundesländer die wichtigsten Kompetenzen nun einmal behalten hatten und nicht einmal ein Mindestmaß an innerer Kohärenz zu bewerkstelligen war, sank der Rang der Bildungspolitik rapide. Wir hatten immerhin eine Richtung angegeben, Erfolgserlebnisse jedoch nicht bescheren können. Das war im Bauwesen anders. Das Beispiel mag zeigen, welch verschiedene Welten die Reformpolitik prägten. Mit besonderem Stolz denke ich an das Städtebauförderungsgesetz von 1971. Es hat geschichtliches Erbe wahren und vielen unserer Städte den Weg in die Zukunft öffnen helfen.

Meine Anregung vom Saarbrücker Parteitag, Frühjahr '70, zu einem quantifizierten Reformkonzept zu gelangen, hat nicht weit getragen. Mir lag daran, daß wir uns über den Preis Klarheit verschafften, den Reformpolitik nun einmal fordert, und uns den Grundsatz zu eigen machten, daß über einen bestimmten öffentlichen Anteil am Sozialprodukt nicht mehrfach verfügt werden kann. Und daß es gut ist zu wissen, welche Folgen mit welcher Umverteilung oder Steuerbelastung verbunden sind. Es zeigte sich, daß man – zumal in einer Zeit großer weltwirtschaftlicher Unsicherheit – ein mittelfristiges Programm nicht im vorhinein finanziell zu sichern vermag. Jüngere Kritiker mit älterem Rückenwind mahnten, nicht in den »Sachzwängen« zu verharren; sie sparten allerdings auch nicht mit dem Griff in die dogmatische Mottenkiste. Es gelang nicht gut genug, unser Mandat richtig und laut zu messen und der Opposition, die unablässig den Ruin des Staates an die Wand malte, damit den Wind aus den Segeln zu nehmen. Soll und Haben klafften zu weit auseinander. Bei Landtagswahlen mußten wir empfindliche Rückschläge hinnehmen.

Hatten die Unsicherheit und die Auseinandersetzung zwischen denen, die rechneten, und denen, die rascher voranwollten, damit zu tun, daß am Horizont neue Herausforderungen und neue Einsichten schimmerten? Die Zeit, in der man es sich leisten konnte, sich die Zukunft als einfache Verlängerung von Entwicklungslinien der Vergangenheit vorzustellen, ging zu Ende, ohne daß man sich dessen bewußt gewesen wäre. Die Frage nach der Qualität wirtschaftlichen Wachstums und die verdrängte Ahnung, daß einem modernen Industriestaat wie der Bundesrepublik Deutschland eigene Gesetze innewohnen, standen im Raum, noch ehe der erste Schwung der Reformära verflogen war.

In der Summe wurde von der neuen Regierung mehr erwartet, als sie zu leisten vermochte. Und die Regierung war nicht frei von der Versuchung, sich zuviel auf einmal vorzunehmen. Einige Mitstreiter meinten, der guten Sache zu dienen, wenn sie jede Art von technischer Anpassung als Reform ausgaben. Oder wenn sie Wunschlisten für Programme hielten. Vor falschen Prognosen waren wir nicht hinreichend auf der Hut. Mit heftigem innenpolitischem Widerstand hätten wir es aber auch ohne Schwächen zu tun bekommen.

Und die Bilanz? Sie scheint mir so ausgewogen wie die Erinnerung an die Reformjahre. Besonders gern denke ich daran, wie sich das geistige Deutschland für das dreifache Bemühen um Friedenssicherung, lebendige Demokratie und gesellschaftliche Erneuerung engagierte. Eine besondere Rolle spielte – an der Spitze einer beträchtlichen Zahl von Schriftstellern und bildenden Künstlern – Günter Grass. Er hatte mich schon im Wahlkampf 1961 zu einer Reihe von Veranstaltungen begleitet. Später begründete er eigene Wählerinitiativen und brachte vermutlich auch Stimmen, jedenfalls aber Farbe ins politische Geschäft. Städtebauer, Theaterleute, Naturwissenschaftler, Pädagogen stellten ihren Rat zur Verfügung und meldeten sich öffentlich zu Wort. Grass selbst, Heinrich Böll, Walter Jens, Max Frisch sprachen auf Parteitagen. Mein früh verstorbener Freund Leo Bauer, jener Exkommunist, der so wertvolle ostpolitische Kontakte geknüpft hatte, war meisterhaft befähigt, diskrete Diskussionsrunden zu arrangieren. Sie boten Möglichkeiten der Korrektur und hilfreiche Anregungen.

Von Grass stammt das Bild, daß die Schnecke den Fortschritt symbolisiere. Das konnte niemand von den Stühlen reißen und war doch eine sehr willkommene reformistische Wegbegleitung. Im Laufe der Jahre habe ich mit der Schnecke zunehmend weniger anfangen können: In welche Richtung kriecht sie? Und weiß ich, wer sie zertritt? Jedenfalls war immer noch einmal zu lernen, daß es zwangsläufigen Fortschritt nicht gibt. Und daß zum geschichtlichen Prozeß Rückschläge wie Sprünge gehören. Springen kann die Schnecke nun mal nicht.

Daß es gelang, ein unverkrampftes Gespräch mit beiden Kirchen zustande zu bringen und die Grauzonen des taktischen Umgangs einzuengen, hat mich gefreut; dabei will ich nicht den Eindruck erwecken, ich sei der Promotor dieser Gespräche gewesen. In protestantischer Tradition wurzelnd und einem zwangsstaatstreuen Luthertum grollend, in Skandinavien und Berlin in der Nähe zu den Evangelischen, von denen ich mich auch durch meinen Agnostizismus nicht trennen ließ, fiel es mir nicht schwer, an einem partnerschaftlichen Verhältnis zu den Kirchen und Glaubensgemeinschaften mitzubauen. Die Vorstellung, daß ein politisches Programm als Religionsersatz diene, war mir allerdings ebenso fremd wie die Unterstellung, eine Partei könne als ganze christlich sein.

Und die dunkle Seite in der Erinnerung? Der Bundesrepublik blieb, wie vielen anderen Staaten, die Bedrohung durch unterschiedliche Formen von Terrorismus nicht erspart. Diese scheußliche Bedrohung machte das Regieren nicht leichter und das Reformieren erst recht nicht. Von außerhalb organisierte Anschläge – wie der auf die israelische Mannschaft während der Münchener Olympischen Spiele – waren schmerzhaft und empörend. Flugzeugentführungen – wie jene, durch die Überlebende des Münchener Anschlags herausgepreßt wurden – stellten eine bisher unbekannte Herausforderung dar. Die gebotene Verbindung von Standvermögen und Flexibilität zu knüpfen wurde immer schwieriger. Bis an die Grenze der Verzweiflung brachte mich das Abgleiten einiger kleiner Gruppen aus dem »linken« Spektrum in zerstörerische Nichtpolitik; die Bedrückung war um so größer, als in einem intellektuellen Umfeld den Ursachen nachgespürt, aber der Trennungsstrich nicht gezogen wurde. Daß es einiges Böse auch von Rechtsaußen gab, hat mich gleichermaßen bekümmert, allerdings weniger gewundert.

Der demokratische Staat mußte konsequent durchgreifen, dazu gab und gibt es keine Alternative. Aber ich nahm mir auch vor, hysterischen Reaktionen zu widerstehen und den Rechtsstaat so wenig wie irgend möglich beschädigen zu lassen. Das Leben der Bürger und die Grundlagen des Gemeinwesens zu schützen ist eine Verpflichtung, die sich nicht zur Disposition stellen läßt. Die Ursachen von Fehlentwicklungen herauszufinden bleibt gleichwohl eine wichtige Aufgabe. Und die Demokratie darf denen den Weg nicht abschneiden, die gemeinschaftsschädlichen Irrsinn hinter sich gebracht haben.

Ich habe erfahren, wie geplante Anschläge und in Aussicht genommene Entführungen das eigene Leben und das einer Familie verändern können. Und wie es einen selbst verfremden kann, wenn man zu großen Versammlungen nur noch hinter schußfestem Glas sprechen darf. Die zuständige Behörde hat mir berichtet, meine Appelle hätten dazu beigetragen, der ersten Generation der sich selbst so nennenden Rote-Armee-Fraktion den Nährboden zu entziehen. Jenen Nährboden, der aus diffuser Sympathie geformt war. Aber was half es, wenn er sich immer wieder neu formte...

Non olet

Unsere Frontbegradigung in Richtung Osten bedeutete einen Einschnitt. Und doch blieb die auswärtige Politik in hohem Maße durch Kontinuität gekennzeichnet. Wie hätte es anders sein sollen? Ich änderte weder meine Überzeugungen, noch verbrannte ich, als vom Auswärtigen Amt ins Palais Schaumburg umgezogen wurde, meine Akten. Aber die neue Bonner Opposition, auf ihre Rolle unzulänglich vorbereitet, mochte nicht davon lassen, die Außenpolitik zum Schlachtfeld der Innenpolitik zu machen. Jede Opposition ist dieser Versuchung ausgesetzt, und die deutsche Sozialdemokratie war ihr im ersten Jahrzehnt der Bundesrepublik auch erlegen. Im konkreten Fall kam hinzu, daß die Fragen der deutschen Teilung und ihrer möglichen Überwindung immer auch aufgerufen waren, wenn von dem Verhältnis zu den Siegermächten im allgemeinen und den Ost-West-Beziehungen im besonderen die Rede war.

Die Auseinandersetzung um die Verträge wurde unangenehmer, als ich erwartet hatte. Es hing nicht nur damit zusammen, daß sich die Führung der Union und nicht wenige ihrer Anhänger in die Vorstellung hineingelebt hatten, sie stellten die geborene Regierungspartei dar; man schien außerdem zu glauben, sie verfügten in der Außen- und Deutschlandpolitik über den Stein der Weisen. Aus dem Ringen um die Verträge erwuchs der Kampf um den Sturz der Regierung.

Gerhard Schröder, mein Vorgänger im Auswärtigen Amt und nunmehriger Vorsitzender des Auswärtigen Bundestagsausschusses,

machte – auch öffentlich – keinen Hehl daraus, daß es sich eben-
hierum handelte. Er schrieb zu Beginn des Jahres '72: Das Nein zu
den Verträgen unterstreiche »eine notwendige innenpolitische Haltung«. Dabei hatte er im Jahr zuvor, als er auf Erkundungsbesuch in
Moskau weilte, eine durchaus gemäßigte Haltung eingenommen und
mir in seinem Bericht den Eindruck vermittelt, er und eine Reihe
von Parteifreunden würden uns bei der Ratifizierung keine Steine in
den Weg legen. Damit sprach er allerdings nicht für jene Christdemokraten, denen es ohne die Insignien der Macht so gar nicht gelingen wollte, Wunsch und Wirklichkeit in Einklang zu bringen. Ich
habe es bedauert, daß auch Gerhard Schröder dem vermeintlichen
Parteiinteresse Vorrang einräumte und sich seiner besseren Einsicht
versagte.

Es ging dann überhaupt nicht mehr um die Sache. Weshalb auch
ein noch stärkeres Bemühen um Gemeinsamkeit ergebnislos geblieben wäre. Für die Realisierung der deutschen Ostpolitik stand nicht
unbegrenzt Zeit zur Verfügung. Ich war mir klar darüber, daß Wichtiges auch mit knapper Mehrheit vorangebracht werden könne und
daß das Risiko des Scheiterns nicht um jeden Preis zu scheuen sei.

Auch in der kritischen Rückschau sehe ich nicht, wie die Opposition noch besser hätte unterrichtet werden sollen. Und wenn, es
hätte nichts gefruchtet. Ich hatte es – neben aufrechten und seriösen
Kollegen – mit Kräften zu tun, die nicht ernsthaft ins Vertrauen gezogen werden wollten. Und nicht darauf verzichten mochten, in heftige, nicht selten bösartige Polemik umzusetzen, was sie in vertraulicher Unterrichtung erfahren hatten.

Fast alles, was die Opponenten ins Feld führten, war abwegig und
nicht einmal an den Haaren herbeigezogen. Wir standen nicht gegen, sondern für das Atlantische Bündnis, zumal – die Entwicklung
bestätigte es – wir nur mit den Verbündeten Entspannung in Europa
bewirken und den Frieden sichern konnten. Wir standen nicht gegen, sondern für enge Beziehungen zu den USA. Nicht gegen, sondern für die westeuropäische Einigung und für die enge vertragliche
Bindung an Frankreich, der der Charakter der Unverbrüchlichkeit
verliehen werden sollte. Wir standen für das Recht auf Selbstbestimmung und für das illusionslose Bemühen um Zusammenarbeit trotz
systembedingter grundlegender Unterschiede. Und wir standen für

Partnerschaft mit den Entwicklungsländern wie für die verstärkte Mitarbeit in internationalen Organisationen. Was angekündigt war, wollten und durften wir nicht auf die lange Bank schieben.

Ende Oktober '69, drei Tage nach dem Antritt meiner Regierung, werteten wir die Mark gegenüber dem Dollar auf; darüber hatte Karl Schiller während des Wahlkampfes intelligent und wirksam, wenn auch über die meisten Köpfe hinweg, mit Strauß gestritten. Ende November unterzeichneten wir den liegengebliebenen Nichtverbreitungsvertrag. Anfang Dezember verhalf ich, gemeinsam mit Georges Pompidou, im Juni '69 zum Nachfolger de Gaulles gewählt, der Haager Gipfelkonferenz zum Erfolg; die EG sollte um Großbritannien erweitert werden und auf eine Wirtschafts- und Währungsunion zusteuern. War es nicht genug? War es zuviel? Jedenfalls half alles nichts, als die Ratifizierung der Ostverträge eingeleitet wurde.

Die Opposition hatte im Bundesrat eine Stimme mehr als die Länder, die die Bundesregierung unterstützten; also gab die Länderkammer eine negative Stellungnahme zur Ratifizierung ab. Im Bundestag fand die sogenannte Erste Lesung der Verträge von Moskau und Warschau Ende Februar '72 statt. In der Debatte warnte ich vor Euphorie, wandte mich zugleich dagegen, gegensätzliche Überlegungen und Positionen zu verwischen oder zu vermischen. Aber die Annahme sei absurd, so fügte ich hinzu, »daß die Führer des westlichen Bündnisses, an ihrer Spitze der Präsident der Vereinigten Staaten, eine Politik betreiben und unterstützen würden, die zielbewußt eine Schwächung des westlichen Bündnisses bewirkten«. Heute könnten wir noch zu den Schrittmachern einer neuen Politik gehören, morgen würden wir bestenfalls den Nachzüglern zugezählt werden. Wenn wir den Westen zu schwächen gedächten, würde dies den Verbündeten nicht entgehen, und sie würden es sagen. Dumm seien sie nicht – »jedenfalls nicht alle zusammen dümmer als die Opposition im Deutschen Bundestag«.

Die knappe Regierungsmehrheit geriet unmittelbar nach jener Ratifizierungsdebatte ins Wanken, doch nicht etwa weil in der Sache neue Argumente vorgebracht worden wären. Verändert hatte sich die Lage dadurch, daß die CDU, gleich nach Ostern '72, einen großen Erfolg in den baden-württembergischen Landtagswahlen landete und die Sozialdemokraten an der Stuttgarter Regierung nun nicht mehr beteiligt waren. Daraufhin wurde im Kreis um Rainer Barzel – abgestimmt mit dem CSU-Vorsitzenden Franz Josef Strauß – beschlossen, sich auf den Weg des konstruktiven Mißtrauensvotums zu begeben, das heißt: Barzel für das Amt des Bundeskanzlers vorzuschlagen und darauf zu setzen, daß sich einige Abgeordnete mitsamt ihrer Stimme aus der Koalition herausbrechen ließen.

Nachdem die CDU bei allen Landtagswahlen zugelegt hatte, war Barzel im Oktober '71 anstelle von Kiesinger zum Parteivorsitzenden gewählt und – mit Zustimmung der bayerischen CSU – als Kanzlerkandidat benannt worden; man hoffte, ihm werde es eher als Kiesinger und zumal Strauß gelingen, die FDP herüberzuziehen.

Nun war es kein Geheimnis: In beiden Koalitionsparteien und besonders in der FDP gab es Zweifler oder – wenn man so will – unsichere Kantonisten. Drei dieser Kollegen, darunter der frühere Vorsitzende Erich Mende, waren schon im Herbst '70 ins Lager der Union übergeschwenkt, im Herbst '71 auch ein Berliner Abgeordneter – ohne volles Stimmrecht, im konkreten Fall auch ohne hinreichende Zurechnungsfähigkeit. Die Frage also stellte sich, auf welche Weise auf welche Abgeordnete einzuwirken und ihre Stimme zu gewinnen sei. Es hieß, unter den führenden CDU-Leuten hätten Hans Katzer von den Sozialausschüssen, Arbeitsminister in der Großen Koalition, und Richard von Weizsäcker, der spätere Bundespräsident, von diesem Weg abgeraten; die Nachdenklichen machten geltend, daß sich »mit einer Stimme Mehrheit« nicht werde regieren lassen.

Ein legitimer Meinungsstreit glitt ab – in eine schreckliche Stimmungsmache, die angereichert wurde durch den intensiven Versuch, Mandatsträger abzuwerben. Geld war im Spiel, nicht erst '72. Geld war auch schon nach der 69er Wahl umgelaufen – nach dem römischen Motto, daß es nicht stinke: *Non olet.* Zur Rechtfertigung diente der Vorwurf der Verzichtpolitik und des Ausverkaufs deutscher Interessen. Und immer wieder und immer wieder noch einmal hieß es, wir würden aus dem Westen ausscheren wollen und arbeiteten dem Kommunismus in die Hände.

In Wirklichkeit gingen unsere West-Loyalität und unser Sinn für die Kräfteverhältnisse so weit, daß wir zur vietnamesischen Tragödie schwiegen, obwohl es an besserer Einsicht nicht mangelte und obwohl die Schere im Kopf zu Lasten unserer Glaubwürdigkeit ging. Unsere neuen Gesprächspartner im Osten kannten unser Problem und meinten, sich großzügig geben zu sollen. Am Tag nach der Vertragsunterzeichnung in Moskau, August '70, sagte mir Kossygin zu dem entworfenen Kommuniqué: »Ihre Freunde werden zufrieden sein: Wir haben keine Unterwassersteine hineinlegt, obwohl wir es hätten tun können. Man hätte über Vietnam etwas sagen können...«

Ein Teil der Kampagne gegen meine Regierung lief mit Mitteln, die hart an der Grenze oder jenseits der Legalität lagen. Beamte wurden verleitet, vertrauliche oder sogar geheime Dokumente preiszugeben, damit die Polemik angeheizt werde. Ein Verfahren, das schon im Monat nach dem Regierungswechsel '69 eingesetzt hatte. Entwürfe, wie solche zum Vertrag mit der Sowjetunion, wurden auf dem offenen Markt gehandelt – mit dem Ergebnis, daß bestimmte weitere Zugeständnisse nahezu unmöglich wurden. Das Auswärtige Amt zählte in den ersten 18 Monaten meiner Regierung nicht weniger als 54 Fälle von Geheimnisverrat, begangen von Leuten, die »Ausverkauf deutscher Interessen« unterstellten.

Daß sich pflichtvergessene Beamte als »Widerständler« wähnten und eine gräßliche Kampagne fütterten und daß selbsternannte Ehrenmänner mit parlamentarischem Mandat meinten, sich eigenmächtig über staatspolitische Vertraulichkeit hinwegsetzen zu dürfen, hat mich mehr erregt, als es in der Rückschau angemessen erscheint. Aber mir wollte nicht in den Kopf, wozu sich Leute hinreißen ließen, die nicht laut genug auf die Staatsräson pochen konnten. Ermittlungen zuständiger Stellen verliefen routinemäßig und im Sande. Es kam vor, daß vermeintliche Täter und Zeugen ins Spiel gebracht wurden, die längst gestorben waren. Auch amerikanische Quellen wurden bemüht, ohne sachliche Rechtfertigung.

Eifrige – wo nicht eifernde – Abgesandte der Opposition, verbiesterte Funktionäre von Vertriebenenverbänden, auch vorgebliche Wahrer vaterländischer Interessen machten sich in Washington und anderen Hauptstädten zu schaffen; die einen und anderen Vorstöße ließen sich anschließend wieder einfangen, anders als die Giftpfeile, die aus der Presse, auch der kolorierten, des eigenen Landes abgeschossen wurden.

Der hochbegabte und überaus erfolgreiche Verleger Axel Springer aus Hamburg war mir, auch meiner Partei, während der ersten Nachkriegszeit eher freundlich zugetan. Adenauer lehnte er ab; daß die deutsche Einheit in den Kanzlerhänden nicht gut aufgehoben sei, war sein fester Glaube. Berlin fühlte er sich sehr nahe, und er untermauerte seine Verbundenheit, indem er sich, geschäftlich und privat, in der Stadt niederließ. Hätte es nach den Wahlen 1961 eine Chance gegeben, er wäre nicht abgeneigt gewesen, sich in einem Kabinett Brandt der gesamtdeutschen Belange anzunehmen. Er traute sich zu, den Russen ihr Interesse an einer Lösung der deutschen Frage klarzumachen. Als er Anfang '58 mit Hans Zehrer, Chefredakteur der *Welt*, von einer Moskau-Reise – sie war mit mir vorbesprochen – zurückkam, war er sehr enttäuscht; man hatte ihn mit einem vorfabrizierten Chruschtschow-Interview abgespeist.

Unser freundlicher Kontakt litt Schaden, als er mich im Rathaus Schöneberg bedrängte, einem regionalen Verleger-Fernsehen zuzustimmen; er sah West-Berlin als Büchsenöffner für den Bund. Mir erschien es unzumutbar, den Berliner Sonderstatus auf diese Weise in Anspruch nehmen zu wollen; außerdem hatte meine Partei überhaupt Bedenken gegen privates Fernsehen. Der Bruch wurde durch unterschiedliche Meinungen zur Ostpolitik verhärtet. Nachdem er begriffen hatte, daß die Sowjetunion so ohne weiteres nicht zu bekehren war, schwenkte Springer um – auf frontale Gegnerschaft. Die war mit dem ostpolitischen Ansatz nicht vereinbar.

Presseorgane drückten auf die öffentliche Meinung, geldstarke Kreise auf die Freien Demokraten. Ihrer Führung wurde nahegebracht, sie könne nicht mit Industriespenden rechnen, wenn sie mit den Sozis zusammengingen, dann: zusammenblieben. Schon in den Wochen vor der Regierungsbildung im Herbst '69 war von »Versorgungsangeboten an Überläufer«, Abwerbungskontakten, Beraterverträgen und Spendenzusagen die Rede. Ein FDP-Kollege bestätigte, es gebe »finanzielle Angebote der CDU/CSU an einzelne Abgeordnete der FDP«.

Für Walter Scheel stellte sich die Frage, ob seine Partei überleben werde. In den Bundestag war sie '69 nur mit knapper Not gekommen. In einigen Landtagswahlen – Saar, Niedersachsen – unterlag sie. In Nordrhein-Westfalen schaffte sie es im Frühsommer '70 nur knapp. Am Abend jener Wahl war Scheel bei mir: erleichtert, nachdenklich, nicht sicher, ob die FDP noch eine Aufgabe habe. Man redete offen davon, wer, beim Auseinanderfall, zu welcher der beiden großen Parteien gehen werde; Scheel selbst würde parteilos geworden sein. Das Gewitter zog ab; Ende '70, bei der Hessen-Wahl, konnten die Parteiliberalen mit gut zehn Prozent ein Zwischenhoch verzeichnen.

Josef Ertl zum Landwirtschaftsminister zu machen, hatte ich vorgeschlagen, um auch den »rechten« Flügel der FDP am Kabinettstisch zu haben; die Anregung stammte von einem »linken« Freidemokraten. Der bayerische Minister war höchst überrascht, in mir einen Regierungschef zu finden, der nicht nur die bäuerlichen Interessen wahrte, sondern der sich nationalpolitischer Belange viel energischer annahm, als er es je erwartet hatte. Er stellte anheim, ich möge die FDP-Rechten einladen und offen mit ihnen sprechen. Darauf konnte ich mich, an Walter Scheel vorbei, nicht einlassen. Wahrscheinlich hätte es an der bald eintretenden Erosion nichts geändert, aber den Versuch wäre es wert gewesen.

Als notorisch galt, daß die drei Abgeordneten, die sich 1970 der CDU beziehungsweise CSU anschlossen – außer Mende noch Starke und Zoglmann –, schon bei der Kanzlerwahl nicht für mich gestimmt hatten; im Fall Kühlmann-Stumm gab es Zweifel. Am Abend der Landtagswahl in Baden-Württemberg, Frühjahr '72, wurde der unmittelbar bevorstehende Parteiwechsel eines niedersächsischen FDP-Abgeordneten angezeigt; in seinem Namen verlautete, daß er gegen die Ostpolitik *nicht* sei. So hat er es mir auch in einem Vieraugengespräch bestätigt, das wir am 28. April – vor der Abstimmung über den Kanzlerhaushalt – in meinem Büro führten. Bauer Helms bat allerdings, mit Tränen in den Augen, um mein Verständnis dafür, daß er mit der Opposition stimme; er könne nicht anders – »wegen des Hofes«.

Tags zuvor und noch bevor abgestimmt wurde, ob Rainer Barzel mich ablösen würde, teilte Scheel mit: Kühlmann-Stumm und Wirtschaftsberater Gerhard Kienbaum, früherer Wirtschaftsminister von Nordrhein-Westfalen, würden gegen mich stimmen, wir hätten also verloren. Scheels pessimistische Stimmung verflüchtigte sich nicht, in der Debatte, die dem Mißtrauensvotum am 27. April voraufging, wählte er von seinen beiden Redeentwürfen den schärferen; der Text stammte von Karl-Hermann Flach, Chefredakteur der *Frankfurter Rundschau,* nachmals Generalsekretär der FDP. Die Rede war sehr bitter und spitzte die Frage zu, was es denn – in solchen Zusammenhängen – mit dem Gewissen auf sich habe.

Mit den beiden Herren habe ich gesprochen. Der Freiherr blieb verschlossen; sein Kollege erhielt das – nutzlose – Zugeständnis, daß seine Streichungsvorschläge zum Haushalt, immerhin eine Milliarde, berücksichtigt würden. In der Abstimmung über den Kanzlerhaushalt am 28. April 1972 enthielt sich Kühlmann-Stumm der Stimme, Kienbaum war abwesend.

Von den stimmberechtigten SPD-Abgeordneten war Herbert Hupka, Vorsitzender der Landsmannschaft Schlesien, im Januar '72 zur CDU übergetreten. Sein Mandat auf der Landesliste von Nordrhein-Westfalen war ihm nur zugesprochen worden, weil ich mich für ihn verwandt hatte; meinen Argumenten zur Sache blieb er unzugänglich.

Bevor ich auf einige Ostertage nach Sardinien flog, hatte ich Scheel geschrieben: »Freund Barzel scheint wegen eines Mißtrauensvotums sehr zu zögern, denn er muß ja damit rechnen, daß ihn einige der eigenen hereinlegen könnten.« Eine innere Stimme signalisierte mir, ohne bestimmte Hinweise und trotz Scheels Pessimismus, daß Barzel kein Erfolg beschieden sein würde. Der damalige Schatzmeister meiner Partei, Alfred Nau, der mutige Antinazi, der mein uneingeschränktes Vertrauen besaß und der entgegen seinem »Image« keineswegs nur mit der Parteikasse, sondern auch mit vielfältigen politischen Kontakten, vor allem in die Wirtschaft hinein, befaßt war, hatte mir beiläufig gesagt, er glaube, daß alles gutgehen werde. Ich hatte und habe keinen Grund, dem eine geheimnisvolle Bedeutung zuzumessen.

In der Abstimmung über das »konstruktive Mißtrauensvotum« – am 27. April 1972 – scheiterte Barzel tatsächlich. Er hatte mit 250 Stimmen gerechnet, hätte 249 gebraucht und bekam 247.

Eine oberflächliche Erklärung der Abstimmung besagte: Drei Abgeordnete der FDP hätten für Barzel gestimmt, also müßten mindestens zwei Unions-Abgeordnete gegen ihn gestimmt haben. Die Wirklichkeit sah komplizierter aus, aber es ist nie gelungen, sie voll zu rekonstruieren. Es gab, aus welchen Gründen immer, auch kein überentwickeltes Interesse an voller Aufklärung. Dr. Barzel schrieb in seinen Erinnerungen 1978, es hätten »drei Stimmen aus dem eigenen Lager« gefehlt. Und er wisse nicht, warum zwei Stimmkarten mit Bleistift besonders gekennzeichnet gewesen seien; ich wußte und weiß es erst recht nicht.

Barzel versicherte, er habe keinen »Überläufer« – weder direkt noch indirekt – »herübergeholt«. Ein versierter Zeitgeschichtler hielt es für erwiesen, daß der Oppositionsführer »aus den eigenen Reihen verraten« worden sei. Dem damaligen Geschäftsführer der SPD-Fraktion und engsten Vertrauten des Fraktionsvorsitzenden Wehner, Karl Wienand, wird die Version zugeschrieben, die Union habe fünf Abgeordnete zum Überlaufen veranlaßt und einen von ihnen zurückgeholt, zusätzlich sei ihm gelungen, vier Unions-Abgeordnete heimlich anzuwerben. Wehner selbst beschränkte sich – Januar '80 – auf den knappen Hinweis, er kenne »zwei Leute, die das wirklich bewerkstelligt haben, der eine bin ich, der andere ist nicht mehr im Parlament«.

Meine Kenntnis von unkeuschen »Angeboten« beschränkte sich zunächst auf die Berichte von FDP-Kollegen, Herbst '69; dann auf die Geständnisse des Wilhelm Helms; allenfalls noch darauf, daß ich Dr. Günther Müller, der sich mit den Münchener Sozialdemokraten überworfen hatte, ein frei werdendes Nürnberger Mandat in Aussicht stellte. Daraus wurde nichts, und er hat es sich in der CSU gutgehen lassen.

Wichtiger war, was mir 1972 zu Ohren kam, in Andeutungen auch verschiedentlich berichtet wurde, aber keine nachwirkende Aufmerksamkeit fand. Im April, nicht lange vor dem mißlungenen Kanzlersturz, waren zwei pfälzische SPD-Abgeordnete – Dr. Bardens, Ludwigshafen und Pfarrer Kaffka, Frankenthal – im Kanzleramt, um über Machenschaften einer regionalen Firma zu berichten: Auf einem Schloßgut in Österreich sei kürzlich konkret über »Aufkäufe« verhandelt worden; mehrere FDP-Abgeordnete hätten teilgenommen. Als Initiator wurde der Vorsitzende der CSU genannt. Ist dem je widersprochen worden?

Im Sommer '73 behauptete ein württembergischer Abgeordneter der CDU, Julius Steiner, er habe von Wienand 50 000 Mark dafür erhalten, daß er Barzel nicht wähle. Dieser Abgeordnete war eher zwielichtig denn glaubwürdig; er bezichtigte sich auch einer Tätigkeit als Ostagent. Beweise, die keine waren, lösten ein gewaltiges Geschrei aus. Wer an den substantiierten Nachrichten über Bestechungen »von rechts« kaum Abstoß genommen hatte, schrie nun besonders laut. Noch mehr wunderten mich jene linksliberalen »Nahesteher«, die den moralischen Zeigefinger nicht hoch genug bekommen konnten und so taten, als hätten sie sich oder ich mir aus diesem Anlaß etwas vorzuwerfen.

Ein parlamentarischer Untersuchungsausschuß hat nichts zutage gefördert. Mit Sicherheit war die Unterstellung falsch, der damalige Chef des Kanzleramts, Horst Ehmke, habe 50 000 Mark aus der Staatskasse zweckentfremdet. Aber die Regierung, die sich im Herbst '72 so fabelhaft behauptet hatte, wirkte belastet. So können Erfindungen und unbewiesene Behauptungen durchaus dazu beitragen, ein politisches Klima zu vergiften.

Franz Josef Strauß, eine der großen Begabungen aus der Kriegsgeneration, hat mancherlei dubiose Aktivitäten in Gang gesetzt oder geduldet. Sein Einfluß hätte weiter gereicht, wären ihm stärkere Sicherungen eingebaut gewesen. Während langer Jahre stolperte er immer wieder über selbsterrichtete Hindernisse, auch über seinen ungezügelten Machtwillen; er stellte sich vor, aus der Krise heraus nach der Krone greifen zu können. Doch die Krise kam nicht, und die Krone hing zu hoch. Er verfing sich in der Rolle des Poltergeists – landespolitisch effizient, weltpolitisch ambitioniert. Es kostete mich keine Überwindung, ihn aufzusuchen und ihm 1985 zu seinem 70. Geburtstag zu gratulieren. Strauß teilte, wie kein zweiter, das Publikum in Freund und Feind; diese riß er hin, jene stieß er ab. Ich war weder sein Freund noch sein Feind.

Wir waren nahezu gleichaltrig. Auch er kam nicht aus der Oberschicht, aber die prägenden Einflüsse waren sehr unterschiedlich. Wir lernten einander kennen, gut sogar, als wir beide zu den jungen Mitgliedern des Ersten Bundestages gehörten. Im Unterschied zu mir übte er direkten Einfluß aus. Wie die Macht in der neuen Bundesrepublik strukturiert würde, darüber gedachte er ein Wörtchen mitzureden. Der 34jährige Generalsekretär der bayerischen CSU hatte sein Gewicht in die Waagschale geworfen, als der Gedanke an

eine Große Koalition verworfen und Adenauer der Auftrag zu einer
die Bundesregierung tragenden Gruppierung rechts von der Sozialdemokratie erteilt wurde; es darf daran erinnert werden, daß auch
Kurt Schumacher, dem SPD-Chef jener Anfangsjahre, daran gelegen
war, die Geister zu scheiden. Der vor Selbstbewußtsein strotzende,
dabei gesellige junge Abgeordnete aus Bayern avancierte rasch; 1955
nahm ihn Adenauer ins Kabinett, schon ein Jahr später wurde er
Verteidigungsminister. Eine Vielzahl von Affären schien ihm nichts
anhaben zu können.

Ich hätte Grund gehabt, mit ihm nichts mehr zu tun haben zu
wollen. Vor den Bundestagswahlen '61 hielt er seine Hand über diejenigen, die, um es vorsichtig zu sagen, mich mit einer Flut von Veröffentlichungen zu verleumden suchten; von ihm stammte nicht nur
die rasche Einstufung politisch Andersdenkender als »Werkzeug
Moskaus«, sondern auch die ehrabschneiderische Frage: »Was haben Sie in den zwölf Jahren draußen gemacht?« Und doch suchte ich
ihn kurz nach der Wahl auf, um ihm den Gedanken einer Allparteien-Regierung, mindestens aber einer breit verankerten Außenpolitik nahezubringen. Seine eigenen Gedanken kreisten schon um die
Adenauer-Nachfolge, mit Ludwig Erhard als Zwischenglied. Die
Rechnung ging nicht auf, 1962 mußte er wegen unmöglichen Verhaltens in einer als Landesverrat aufgezogenen Operation gegen den
Spiegel zurücktreten. Mich hat beeindruckt, wie ernsthaft er sich in
der Folge vernachlässigter innenpolitischer Themen annahm. Daß er
sich außenpolitisch als eine Art deutscher Gaullist aufführte, hat
mich nicht sonderlich gestört; ich habe es nie ganz ernst genommen.

Ende '66 landeten wir, in der Großen Koalition, auf derselben Re-
gierungsbank; zwei Jahre zuvor hatte ich meiner Partei noch geloben
müssen, daß ebendies nicht in Frage komme. Strauß wurde ein guter
Finanzminister; mich auf dem auswärtigen Feld zu behindern, versuchte er gar nicht erst. Sein Zusammenspiel mit Wirtschaftsminister Karl Schiller – »Plisch und Plum« – klappte hervorragend, bis
sich beide wegen der Aufwertung der D-Mark zerstritten. Daß er
den entscheidenden Zugriff auf die CDU verpaßte, hat er nie verkraftet. Als er 1980 gemeinsamer Kanzlerkandidat der Unionsparteien wurde, blieb das Ergebnis deutlich hinter seinen Erwartungen
zurück. Nicht nur die Konstellation, auch sein Naturell hinderten

ihn, Bundeskanzler zu werden. Doch kein Zweifel, an der Modernisierung Bayerns hatte er einen maßgeblichen Anteil. Sein demagogisches Talent kam richtig zur Entfaltung, als er, an die Adresse Helmut Schmidts gerichtet, die Bonner Zustände – Sonthofen! – zum »Saustall« erklärte und seinen Leuten empfahl, alles noch schlimmer werden zu lassen. Sein Krisenschwur verfing ebensowenig wie die Drohung – Kreuth! –, die CSU bundesweit zur vierten Partei zu machen. Da er wissen mußte, daß die CDU sich sodann in Bayern etablieren würde, wetzte er ein Messer, dem die Klinge fehlte.

Ein Schlüsselsatz zu Straußens politischer Orientierung findet sich in seinem letzten schriftlichen Zeugnis. Über Helmut Schmidts *Menschen und Mächte* äußerte er, beide hätten den Krieg als Oberleutnant der Reserve überstanden, und die Erfahrungen an der Ostfront seien »bestimmend geworden sowohl für die Festigkeit, mit der wir in den Verhandlungen mit der sowjetischen Führung die deutschen Interessen vertraten, wie auch für das leidenschaftliche Eintreten für den Frieden in der Welt«. Daraus wurden Stammtischweisheiten auf gehobener Ebene, wie die These vom sowjetischen Expansionsdrang als einer konstanten Größe. Der Ost-West-Gegensatz geriet zur fixen Idee und wurde dem geschichtlichen Wandel entzogen. Strauß war, wie so oft, hinter seine eigenen Einsichten weit zurückgefallen.

Wählerisch war er in der Bestimmung weder seiner Reiseziele noch seiner Partner. Er pries General Pinochet wie Präsident Botha. Nicht zuletzt die kommunistischen Führer übten eine magische Anziehungskraft auf ihn aus, in Bukarest wie in Tirana wie in Peking und in näher gelegenen Hauptstädten. In China war er noch zu Maos Zeiten ein gern gesehener Gast; er traf sich mit konservativen Politikern des Westens in der Hoffnung, einen großen und potentiell mächtigen Verbündeten gegen »die Russen« gefunden zu haben. Gleichzeitig war er enttäuscht, daß ihm die sowjetische Führung die kalte Schulter zeigte. Noch Ende der sechziger Jahre hatte er sich um eine Einladung nach Moskau bemüht. Anfang der siebziger Jahre nahm ich ihn bei der sowjetischen Führung vor falschen Einschätzungen und ungerechtfertigten Vorwürfen in Schutz. Breschnew traf er in Bonn. Schließlich gelang ihm, Jahresende '87, doch noch der Sprung in den Kreml; Gorbatschow empfing ihn. Botschafter Dobrynin, zu jenem Zeitpunkt für die internationalen Beziehungen der KPdSU verantwortlich, hatte in Bonn Rat eingeholt. Was hätte ich dagegen haben sollen? Als ich drei Monate später selbst mit Gorbatschow zusammentraf, fragte er mich: »Wird es eine Große Koalition bei Ihnen geben?« Ich antwortete: »Ihr Freund Strauß scheint der Idee Geschmack abzugewinnen. Ich selbst habe Zweifel.«

Strauß hatte keine Alternative zu unserer Vertragspolitik, und er hat diese auch nicht entscheidend behindert. Mit der einen Ausnahme, daß er den Freistaat Bayern veranlaßte, wegen des Grundlagenvertrages, also das Verhältnis zur DDR betreffend, das Bundesverfassungsgericht anzurufen. Die Operation schlug im wesentlichen fehl. Zum Entsetzen eines Teils seiner Parteifreunde bemühte sich der CSU-Vorsitzende in den letzten Jahren nicht nur um ein entspanntes Verhältnis zu Erich Honecker, sondern war auch bei einem Bankenkredit für die DDR behilflich. Was ihm nicht mehr gelang, war der Treff mit Fidel Castro; ihn zu vermitteln, hatte er den spanischen Regierungschef noch ausersehen können. Nein, ein Dutzendmensch war er ganz und gar nicht. Eher ein Motor mit zu schwacher Bremse. Eine seltsame Mischung von Herrscher und Rebell. Ein unruhiger Geist mit weiter Bandbreite zwischen schlimmem Vorurteil und bemerkenswertem Durchblick. Ohne ihn wäre die deutsche Politik langweiliger gewesen.

Zwei Auslandstermine, ein Zeichen: Wenige Tage nach Straußens Moskau-Besuch war Honecker – Januar '88 – in Paris. Beide, ohne Vergleich im übrigen, meinten, zu lange gewartet haben zu müssen. Ohne unsere Ostpolitik wäre der eine nicht im Kreml, der andere nicht im Elysee empfangen worden. Beiden Herren, die sich schätzen lernten, war das durchaus bewußt. Es hatte lange gedauert, aber die Dinge bewegten sich eben doch.

Das Erhabene und das Lächerliche

Am 28. April 1972 blieb der Kanzlerhaushalt bei Stimmengleichheit – 247:247 – auf der Strecke. Am Abend bat ich die Spitzen von Opposition und Koalition in den Kanzlerbungalow; es mußte beratschlagt werden, wie weiter zu verfahren sei. Von der CDU/CSU waren beteiligt: Barzel, Strauß, Schröder, Stücklen. Von der SPD: Wehner, Schmidt, Schiller, Ehmke. Von den Freien Demokraten: Scheel, Genscher, Mischnick. Der Abend wurde lang. Eine Reihe ähnlicher Zusammenkünfte folgte binnen der folgenden vierzehn Tage. Mit dem Budget hielten wir uns nicht lange auf; auch Oppositionspolitiker, zumal als Länderchef, wissen, daß der Staat einen Haushalt braucht. Im übrigen sehen Finanzminister es nicht ungern, wenn sie den Haushalt vorläufig, also restriktiv, führen.

Worauf es ankam? Daß sich die Zustimmung zu den Ostverträgen nicht verzögere. Ich wies pflichtgemäß darauf hin, daß der internationale Entspannungsfahrplan keinen Aufschub dulde. Die Alliierten hätten dies deutlich gemacht; Nixon wünsche unsere Ratifizierung vor seinem Moskau-Besuch. Und Pompidou hatte, wie ich wußte, Barzel gesagt, es entstehe eine ernste Lage, sollten die Verträge abgelehnt werden. Worauf es sonst ankam? Daß eine Verständigung über vorgezogene Neuwahlen erzielt würde. Rainer Barzel hatte darin »die sympathischste Lösung« gesehen, doch ein gesteigertes Interesse, daß sie in die Wege geleitet würde, nicht erkennen lassen. Fraktionsübergreifend machte sich die Unzufriedenheit jener Abgeordneten bemerkbar, die nicht wiederkehren würden und ihren Pensionsanspruch bei vorzeitiger Auflösung gefährdet sahen. Zu allem Überfluß deuteten die Freien Demokraten unüberhörbar an, sie seien weder organisatorisch noch finanziell auf ganz rasche Wahlen vorbereitet. Erst unmittelbar vor der Sommerpause gab Walter Scheel mir grünes Licht. Ich konnte den Fahrplan verkünden: Neuwahlen im November, nach selbst herbeigeführter Abwahl des Bundeskanzlers im September und Auflösung des Parlaments durch den Bundespräsidenten. Das Verfahren war kompliziert, bislang nicht erprobt, doch mit der Verfassung zu vereinbaren. Helmut Kohl hat es ein zweites Mal angewendet, nachdem er im Herbst '82 zum Bundeskanzler gewählt worden war.

Um die Verträge über die Bühne und die Opposition wenigstens zur Stimmenthaltung zu bringen, wurde eine Entschließung in Aussicht genommen, die in Verbindung mit der Zweiten Lesung der Ratifizierungsgesetze dem Bundestag unterbreitet und möglichst einheitlich angenommen werden sollte. Wir boten seitens der Regierung Formulierungshilfe an, die angenommen wurde. Und taten ein übriges, indem wir der Opposition bestätigten, einige ihrer Hinweise seien bereits während der Vertragsverhandlungen aufgegriffen worden. Dem Oppositionsführer ging es um dreierlei: Erstens wollte er der sowjetischen Seite – noch einmal – nahegebracht wissen, wie wir zur EWG und deren Weiterentwicklung stünden und daß von Moskau Bereitschaft zur Zusammenarbeit erwartet werde. Ich sah hierin kein Problem; Breschnew hatte auf seine hölzerne, aber doch unmißverständliche Art bekräftigt: »Wir wissen, daß die EWG eine Realität ist.« Was auch hätte ich lieber getan, als unser europäisches Engagement vor dem Bundestag immer noch einmal zu untermauern. Inzwischen hatte ich mich hierüber auch mit Professor Walter Hallstein ausgesprochen, dem ersten Präsidenten der Brüsseler Kommission, der CDU-Abgeordneter war.

Zweitens lag Barzel und seinen Kollegen daran, das Selbstbestimmungsrecht erneut hervorzuheben. Ich verwies auf unseren »Brief zur deutschen Einheit«, in Moskau übergeben, und auf die sowjetische Zusage, die einschlägigen Ausführungen Gromykos vor dem Obersten Sowjet zu notifizieren. Drittens ging es um Reisemöglichkeiten und andere Erleichterungen für die Menschen im geteilten Deutschland. Das hatte nur indirekt mit dem Moskauer Vertrag zu tun. Aber wo hätte da die Meinungsverschiedenheit liegen sollen? Wir waren bemüht, in den Verhandlungen mit der DDR möglichst viel herauszuholen; durch das Berlin-Abkommen war nützliche Vorarbeit geleistet worden.

Der Abend des 28. April war nicht nur von Sachlichkeit oder gar Harmonie geprägt. Gerhard Schröder, der frühere Innen-, Außen- und Verteidigungsminister, sagte kein Wort. Rainer Barzel meinte beisteuern zu sollen, daß die Alliierten unserer Politik mit eher lauwarmem Interesse begegneten. Strauß griff nur gelegentlich in die Diskussion ein; mein bestimmter Eindruck war: Ernste Schwierigkeiten wollte er nicht bereiten; die Verträge von der Tagesordnung der deutschen Politik zu schaffen war sein inneres Interesse, das er hinter äußerer Angriffssucht verbarg. Eine mittlere Explosion drohte, als Helmut Schmidt das Zusammenspiel zwischen Opposition und beamteten Indiskretins zur Sprache brachte und Strauß eine Retourkutsche fuhr; er warf Ehmke vor, den BND zu mißbrauchen. Das war nicht nur ungerechtfertigt, sondern hätte eine substantiierte und sehr harte Gegenäußerung herausfordern können. Im Protokoll hieß es lakonisch: »Da die Diskussion unangenehm zu werden drohte, beschloß man, zunächst einmal abendzuessen. Während des Essens gab es spitze Bemerkungen hin und her; die Atmosphäre lockerte sich aber wieder auf.« Beide Seiten berieten sodann getrennt. Abschließend stellte ich fest: Die Opposition meine, die Regierung sei in Bedrängnis. Die Regierung selbst sehe das so nicht. Sie habe sicher erhebliche Schwierigkeiten, aber mit den Verträgen werde sie stehen oder fallen und im Falle eines negativen Votums den Weg zu den Wählern suchen.

Zwei Tage später, am 1. Mai, besuchte mich, ohne jegliche Publizität, Oppositionsführer Rainer Barzel in meiner Amtswohnung. Er machte mir einen erstaunlichen Vorschlag: Ob ich mich nicht – mit den Stimmen der Union – zum Bundespräsidenten wählen lassen wolle? Er könne dann – mit den Stimmen der SPD – Bundeskanzler einer auf breiter Basis zu bildenden Regierung werden. Heinemann werde sich gewiß von der Notwendigkeit vorzeitigen Ausscheidens überzeugen lassen. Ob das nicht ein fairer Ausweg sei und eine Chance, nationale Verantwortung gemeinsam wahrzunehmen?

Ich habe hierin weder einen Ausweg noch eine Chance sehen können. Meine Partei würde sich, so antwortete ich, auf ein solches Arrangement nicht einlassen; überdies nehme die Glaubwürdigkeit aller Beteiligten Schaden. Rainer Barzel meinte, aus der Erinnerung heraus, mir den Ausspruch unterstellen zu sollen: Ich könne meinen Stuhl doch nicht zugunsten eines Kollegen räumen, »den seine eigene Fraktion nicht geschlossen wählt«. Ich widerspreche, auf diese Weise Salz in eine offene Wunde geschüttet zu haben. Barzel begab sich anschließend zu Helmut Schmidt, mit dem ihn seit der gemeinsamen Zeit als Fraktionsvorsitzende ein gutes Verhältnis verband.

Der Erste Mai 1972 war grandios. Am Vormittag sprach ich in Dortmund – wo sonst! – vor 100 000 Menschen, laut Polizeiangabe. Gemeinsam mit Stahlwerkern war ich in den Westfalenpark marschiert. Im Lande gingen die Wogen der Diskussion ungewöhnlich hoch. Schon am Tage des gescheiterten Mißtrauensvotums hatten mich nicht enden wollende Zeichen der Sympathie erreicht. Kein politisches Thema wühlte die Menschen so sehr auf. Daß es in Bonn nicht mit rechten Dingen zugehe und versucht werde, den Bundeskanzler mit verwerflichen Mitteln aus dem Amt zu befördern, war das vorherrschende Gefühl. Gefragt wurde auch, ob es angehe, beim Wechsel der Fronten das Mandat mitzunehmen. Ich habe den Ärger der Kritiker begreifen können, mir ihre Konsequenz jedoch aus grundsätzlichen Erwägungen nicht zu eigen gemacht.

Zwischen Mittwoch, dem 3. Mai, und Samstag, dem 13. Mai, jagte ein interfraktionelles Gespräch das andere. Sie alle kreisten darum, was in einer gemeinsamen Entschließung stehen und anderen Regierungen zur Kenntnis gebracht werden solle: vor allem, daß ein Modus vivendi kein Ersatz für einen Friedensvertrag sei. Was die Opposition herausfinden wollte: ob die Regierung der Sowjetunion eine interpretierende Entschließung des Bundestages widerspruchslos entgegennehmen werde. Ein Begehren, das in einer Groteske endete: Der Botschafter der UdSSR saß zeitweilig an einem interfraktionellen Tisch, an den er nicht gehörte und an dem er Antworten gab, die jeder vorher kannte. Ich hatte dringend davor gewarnt, den Botschafter in eine Lage zu bringen, in der er meinen mußte, im Verhältnis zwischen Regierung und Opposition eine Rolle zu haben. Valentin Falin war ein tüchtiger Diplomat und hielt an der These fest, daß der Vertrag vom August '70 nur aus sich selbst zu verstehen sei und die mittlerweile weitgehend ausgehandelte Entschließung nichts Unbekanntes enthalte. Nach einer quälenden Konsultation hielt er fest: Er werde die Entschließung entgegennehmen, nicht aber erklären, *daß* er sie entgegennehme, weil dies eine weitergehende diplomatische Bedeutung hätte. Er werde erklären, daß er sie an seine Regierung weiterleite. Außerdem habe er nicht gesagt, daß es keinen Widerspruch gebe, sondern daß er erwarte, es werde keinen geben ... Am Ende dieses gespenstischen Vorgangs betonte der Oppositionsführer noch einmal, auch er wolle nicht, daß die Verträge scheiterten.

Der gemeinsamen Entschließung war ihre fragwürdige Vorgeschichte anzumerken. Weder hielt sie lange vor, noch hinderte sie Strauß, der in Bonn mitformulierte, im heimischen Bayern auf vollen Gegenkurs zu gehen. Von mir wußte man, daß ich einen die Verträge entwertenden Kompromiß ablehnte; der mit Ach und Krach zustande gekommene Text, so sagte ich, gehe »bis an die Grenze dessen, was ich noch vertreten kann«.

Die Allparteien-Resolution sicherte also die deutschen »Rechtspositionen« und wurde in Moskau zur Kenntnis genommen. Hätte der Opposition – oder doch großen Teilen von ihr – die Zustimmung zu den Verträgen nicht leichtfallen müssen? Die Rechnung ging nicht auf. Damit die Fraktion der Unionsparteien nicht auseinanderfalle, verständigte sich deren Führung – nach heftiger Diskussion – auf Stimmenthaltung; Funktionäre der Vertriebenenverbände sollten dagegen stimmen dürfen. Barzel, flankiert von Richard von Weizsäcker, wollte mit eigener Begründung zustimmen. Strauß und einige CDU-Rechte forderten das glatte Nein. Zu einer Art Mittelgruppe gehörten Gerhard Schröder, Erhard, auch der nicht nur von Kiesinger favorisierte Helmut Kohl, der Barzel in Partei und Fraktion beerben sollte. Am 17. Mai 1972 passierte der Moskauer Vertrag den Deutschen Bundestag – 248 gegen 10 Stimmen bei 238 Enthaltungen. Der Warschauer Vertrag ging bei 231 Enthaltungen mit 248 gegen 17 Stimmen durch.

Ein halbes Jahr nach den November-Wahlen trat Rainer Barzel zurück. Fraktionsvorsitzender wurde der langjährige Staatssekretär und spätere Bundespräsident Karl Carstens. Helmut Kohl übernahm die Partei. Die Anpassung an die außenpolitischen Realitäten zögerte sich um Jahre hinaus. Und die Unionsparteien gerieten sogar noch in Gefahr, sich jenem Prozeß gesamteuropäischer Zusammenarbeit entgegenzustellen, der nach der finnischen Hauptstadt benannt wurde. Versuche, die Zeit anzuhalten, treiben immer auch drollige Blüten, so auch hier und nicht nur durch die bayerischen Übertreibungen. Im Zentralkomitee der deutschen Katholiken wurde dem Vatikan, wegen dessen Haltung zur DDR, eine unheilvolle Ostpolitik vorgeworfen; im zuständigen Arbeitskreis hieß es, »der Papst und Willy Brandt machten den gleichen Grundfehler«. Ich vermute, das wurde in Rom nicht tragischer genommen als im Kanzleramt.

Die Flurbereinigung, für eine neue Koalition mit der FDP unabdingbar, blieb einstweilen aus. Barzel deutete, unter vorsichtiger Berufung auf die FDP-Führung, schon 1972 an, bei Zustimmung zu den Verträgen falle die »Klammer der bestehenden Koalition« weg. Oder war statt »Klammer« sogar von »Fessel« die Rede? Es war ja auch nicht so, als sei jeder führende Freidemokrat zu jeder Zeit ein führender Ostpolitiker gewesen.

Vom Außenminister wurde erwartet, daß er sich von meiner Politik zumindest in Nuancen unterscheide. Vom »Verfassungsminister« wurde nicht erwartet, daß er Rechtsbedenken auch dann geltend machte, wenn sie sehr weit her geholt waren. Als ich, Herbst '70, grippekrank im Bett lag, veranlaßten Kollegen beider Koalitionsparteien, daß eine Kabinettssitzung bei mir zu Hause abgehalten wurde; die Sorge, daß unsere Rechtsposition beim Warschauer Vertrag Schaden leiden könne, ließ ihnen keine Ruhe. 1972 waren die Reformimpulse des Freiburger Parteitages – Oktober '71 – verflogen und die Interessen des Wirtschaftsflügels wieder vorherrschend. Daß es dennoch fast ein Jahrzehnt dauerte, bis der neue Machtwechsel Gestalt annahm, war der Unbeweglichkeit der Union zuzuschreiben. Erst als sie über ihren ostpolitischen Schatten sprang, konnte die FDP sich neu orientieren.

Noch länger zu zögern hätte nicht nur außenpolitische Scherben angehäuft, sondern auch innenpolitische Schäden angerichtet. Die Enttäuschungen waren ohnehin groß und die Gratwanderungen schwierig; der Extremistenerlaß vom Januar '72 diene der Illustration. Seine Handhabung wurde einem Stück des absurden Theaters entlehnt. War er deshalb von vornherein ein Fehler? Ist immer ein Fehler, was sich anders entwickelt als gedacht? Daß im Zeichen einer hart umkämpften äußeren Politik die inneren Frontlinien nicht verwischt werden durften, war eine naheliegende Einsicht; daß die Öffnung gegenüber dem Osten keine Öffnung gegenüber dem Kommunismus im Gefolge haben würde, mußte – ob es einem gefiel oder nicht – noch einmal und noch einmal betont werden, bis schließlich Worte nicht mehr reichten. Der Extremistenerlaß ist ohne die Ostpolitik und die Schlacht, die um sie geführt wurde, nicht zu verstehen.

Vor diesem Hintergrund meinten die Innenminister der Länder und deren Regierungschefs, dem »Marsch durch die Institutionen«, von der radikalen Studentenopposition verkündet, begegnen zu müssen. Es sollte stärker auf die Verfassungstreue von Angehörigen des Öffentlichen Dienstes geachtet werden. Vom Prinzip her nichts Neues, vielmehr eine Frage, wie geltendes Recht angewendet würde. Aus der Initiative der sozialdemokratischen Innensenatoren von Hamburg und Berlin entstand ein gemeinsamer Text der Länderchefs: »Grundsätze über die Mitgliedschaft in extremen Organisationen«. Dem schloß ich mich an, als die Ministerpräsidenten am 28. Januar 1972 im Kanzleramt tagten. Von einer »Federführung« war keine Rede. Der Mitverantwortung wich ich nicht aus.

Neues Recht wurde durch jene »Grundsätze« vom Januar '72 nicht gesetzt. Vielmehr sollte das bestehende Beamtenrechtsrahmengesetz konkretisiert, die Überprüfungs- und Einstellungspraxis vereinheitlicht werden. Der entsprechende Runderlaß enthielt inhaltlich nichts Neues. Neu war die Regelanfrage beim Verfassungsschutz, die in einigen Ländern mehr als in anderen von ziemlicher Verwirrung der Geister zeugte. Daß der Erlaß fast nur gegen »links«, kaum gegen »rechts« in Anspruch genommen wurde, entsprang dem besonderen Klima in der Bundesrepublik.

Zu den Mißverständnissen über »Berufsverbote« trug die Eigenart des deutschen Beamtenbegriffs nicht wenig bei. Daß für Lehrer, Postler und Eisenbahner gelten soll, was für Bedienstete in sicherheitsrelevanten Bereichen erforderlich ist, war schwer verständlich zu machen. François Mitterrand konnte ich 1976 nur mit Mühe davon abhalten, einem »Komitee zur Verteidigung der bürgerlichen und beruflichen Rechte in der BRD« noch mehr Lautstärke zu geben, als es schon hatte.

Die Haltung meiner Partei und meine eigene waren nicht frei von taktischen Erwägungen. Im Unionslager liebäugelte man mit dem Gedanken einer Grundgesetzergänzung, die wir für unvernünftig hielten. Wir waren auch bestrebt, CSU und CDU davon abzuhalten, das Bundesverfassungsgericht anzurufen; die DKP sollte verboten beziehungsweise zur Nachfolgeorganisation der verbotenen KPD erklärt werden. Wir wären – nach den Veränderungen in Griechenland, Portugal, Spanien – das einzige Land in unserem Teil der Welt geworden, das sich den Luxus einer legalen kommunistischen Partei nicht meinte leisten zu können.

Ich kann nicht bestätigen, daß aus der Regierung oder aus der Führung meiner Partei irgendwer gegengehalten hätte. Es war auch nicht so, daß wir das Thema noch wichtiger als andere genommen hätten. Auch Gustav Heinemann suchte mich mit seinen ernsten Bedenken erst auf, als er und ich nicht mehr im Amt waren. Ich habe dann mancherlei Unterstützung gefunden, als es galt, der Schnüffelei und Einschüchterung einen Riegel vorzuschieben; kritischen jungen

Leuten müsse, so meinte ich, anders als mit Mißtrauen begegnet werden. Ich war dafür, daß sich Sozialdemokraten deutlich genug von Kommunisten abgrenzten und sich nicht auf dubiose »Aktionsgemeinschaften« einließen. Abwegig erschien es mir, politische Auseinandersetzungen mit Hilfe von Polizei und Staatsanwälten führen zu wollen. Dies galt auch für unabhängig-revolutionäre Gruppen, die vor, während und nach der 68er Bewegung entstanden waren. Meine Partei widersprach denen, die Menschen wegen formaler Mitgliedschaften oder Kandidaturen maßregeln wollten; allein das konkrete Verhalten, nämlich aktives Bekämpfen der Verfassung, rechtfertige den Ausschluß vom Öffentlichen Dienst.

Ein Sieg zerrinnt

Der November '72 bescherte der sozial-liberalen Koalition, der Sozialdemokratischen Partei und mir selbst einen rauschenden Wahlerfolg. Trotz des Gezerres um den vorgezogenen Termin. Trotz der Beunruhigung, die von Terrorakten ausging. Trotz der Extratouren führender Mitglieder meiner Partei, die einen gefährlichen Linksruck befürchteten. Oder nicht verschmerzten, daß sie – wie im Falle des langjährigen Bezirksvorsitzenden von Hannover – einer regionalen Bastion verlustig gingen. Oder übersahen, daß auch die Gesetze innerparteilicher Demokratie Bestandsgarantien nicht einschlossen.

An jenem 19. November kam die SPD – bei einer Wahlbeteiligung von über 91 Prozent – auf 45,8, bei den Erststimmen sogar auf über 49 Prozent; wir hatten mehr als drei Millionen Stimmen hinzugewonnen. Die Freien Demokraten gingen mit 8,4 Prozent durchs Ziel und brauchten für geraume Zeit um ihre parlamentarische Existenz nicht mehr zu bangen. Die Unionsparteien fielen auf 44,9 Prozent zurück und stellten zum erstenmal in der Geschichte der Bundesrepublik nicht mehr die stärkste Fraktion. Sie blieben eine respektable Opposition.

Der Kampf um die Verträge hatte die Wahl entschieden. Doch nicht nur darum war gestritten worden. Ohne überzeugende Wirtschafts- und Sozialpolitik wäre auch die Ostpolitik nur die Hälfte wert gewesen. Den Rest hatte der oppositionelle Herausforderer besorgt: Rainer Barzel zog nicht. Daß die Regierung in politisch ruhiges und parlamentarisch sicheres Fahrwasser hineinsteuern würde, wer hätte daran zweifeln mögen?

Schwächer waren die Sozialdemokraten unter meiner Führung nicht geworden, sondern über vier Bundestagswahlen hinweg von gut 32 auf nahezu 46 Prozent angewachsen; die Zahl der Mitglieder hatte sich von 650000 auf eine runde Million hinaufbewegt. Ich wußte, daß man solche Zahlen nicht überbewerten darf. Und mußte doch lernen, daß es auch in den eigenen Reihen Leute gibt, die länger andauernden sowie durchschlagenden Erfolg übelnehmen und kaum verzeihen. Oder sollte ich sagen: gerade in den eigenen Reihen? Der deutschen Sozialdemokratie ist eine Tradition angeboren, in der der Mißerfolg moralisch in Ordnung geht und der Maßstab des Erfolges einen anrüchigen Beigeschmack hat. Als ich 1987 Abschied von der Parteiführung nahm, mahnte ich aus gutem Grund: »Wir sollten Erfolgreichen unter uns den Erfolg nicht übelnehmen.« Ich geriet nach dem Sieg unter Druck, nicht als wir verloren, sondern als und weil wir gewonnen hatten. Und mit der Gabe, hart – hart gegen Menschen – zu sein, bin ich nun einmal nicht gesegnet.

Im Wahlkampf hatte ich gesagt, und es wurde plakatiert: »Deutsche. Wir können stolz sein auf unser Land«; der Ausruf, ebenso zutreffend wie ungewöhnlich, spielte auf die wirtschaftliche Entfaltung der Bundesrepublik an und darauf, daß wir zum weltweit geachteten Motor einer zukunftweisenden Friedenspolitik geworden waren. Auf dem Dortmunder Wahl-Parteitag hatte ich eine neue – soziale und freiheitliche – Mitte beschworen und für Toleranz wie Bereitschaft zum Mitleiden geworben. Ich hatte meinen Parteigängern *nicht* geraten, übermütig zu werden oder durcheinandergeraten zu lassen, was seine Ordnung behalten mußte.

Dabei hätten die im Wahlkampf nur mühsam überspielten Schwierigkeiten mit ebenso fähigen wie schwierigen Kabinettsprimadonnen mir zu denken geben sollen; Alex Möller war ohne Not als Finanzminister zurückgetreten, ein Jahr später hatte Karl Schiller, der »Superminister«, nicht nur das Kabinett, sondern zeitweise auch die Partei verlassen. Nun ging es auf der »linken« Seite zur Sache. Als ob wir allein die Mehrheit gehabt hätten, nicht weiterhin auf einen prestige- und ämterbewußten Koalitionspartner angewiesen gewesen wären und nicht auch sonst mit dem Wählerauftrag in Konflikt geraten mußten, kam der Eindruck auf, das eine oder andere zwangswirtschaftliche Experiment sei zu machen. Ich warnte vor selbstzerstörerischen und eigenbrötlerischen Tendenzen. In einem Brief aus dem Krankenhaus an die sozialdemokratischen Abgeordneten und Kabinettsmitglieder bat ich eindringlich, unser Konto nicht zu überziehen.

In die Obhut der Universitätsklinik war ich geraten, weil ich seit einiger Zeit unter Halsbeschwerden litt, mir auch das Reden immer schwerer wurde. Ich hatte dem Arzt versprochen, mich sofort nach der Wahl einem Eingriff zu unterziehen. Professor Becker entfernte eine Geschwulst, die er als »an der Grenze zur Bösartigkeit« beschrieb. Die kleine Operation war von einem technischen Malheur begleitet, so daß ich – es selbst wahrnehmend – zu ersticken drohte. Ich durfte weder sprechen noch Besuch empfangen, noch rauchen; der abrupte Entzug machte mir zu schaffen. Hinweise, die Bildung der neuen Regierung betreffend, gab ich schriftlich. Mit ebenso unerwünschten wie unangenehmen Folgen.

Ich schickte über den Chef des Kanzleramts einen längeren Vermerk an den Fraktionsvorsitzenden der SPD, zugleich zur Unterrichtung meines zweiten Stellvertreters im Parteivorsitz. Der Vermerk, so hieß es später, sei verlegt worden, zwischendurch in einer dicken Aktentasche verschwunden. Eine Rückkoppelung der Gespräche, die in meiner Abwesenheit mit dem Koalitionspartner geführt wurden, gab es nicht. Die Weichen wurden in zweierlei Hinsicht anders gestellt, als es meinen Vorstellungen entsprach.

Zum einen ging es um das Kanzleramt, das zu schwächen weder freundlich noch vernünftig war und möglich nur, weil ich selbst meinen Teil beitrug. Im voraufgegangenen Sommer hatte ich Helmut Schmidt telefonisch aus der Türkei zurückgebeten, um ihm nach Schillers Rücktritt die Doppelverantwortung für die Ressorts Finanzen und Wirtschaft anzutragen; er sagte ja und wünschte, als Beigabe gleichsam, daß Professor Ehmke nach der Wahl abgelöst würde. Er war Chef des Bundeskanzleramts, seine intellektuelle Fähigkeit nirgends bestritten. Doch die Ressortchefs hielten ihn für eigenmächtig. Ich entsprach Schmidts Wunsch, und Ehmke übernahm ohne Groll das wichtige Forschungsministerium. Ich hätte mich, nach diesem Wahlausgang, an die einmal gegebene Zusage besser nicht gehalten und Ehmke belassen, wo er hingehörte – in die Zentrale.

Ehmkes Abgang folgte ein weiterer, der ebenso unzweckmäßig war; der Sprecher der Bundesregierung, Conrad Ahlers, hatte sich in den Bundestag wählen lassen. Beiden, Ehmke wie Ahlers, war die gleiche Art eigen, Können mit unkonventionellem Vorgehen zu verbinden. Sein Stellvertreter, der zum Chef des Presseamts aufrückte, brachte gute Voraussetzungen mit; doch da Rüdiger von Wechmar dem Koalitionspartner zuzurechnen war, kreideten mir Parteifreunde an, ich hätte eine Schlüsselposition preisgegeben.

Zum anderen kam die regierungsinterne Balance durch Abmachungen ins Rutschen, die während meiner Krankheit getroffen wurden und die zu korrigieren über meine geschwächte Konstitution ging. Ich hatte Walter Scheel vor der Wahl zugesagt, daß die Freien Demokraten künftig auch auf wirtschaftspolitischem Feld vertreten sein sollten; eine Zusage, die nach dem Wahlerfolg um so eher einzulösen sein sollte. Aber ich hatte nie daran gedacht, den Freien Demokraten zusätzlich zu den klassischen Ressorts des Auswärtigen und des Innern sowie dem für Landwirtschaft auch noch das Wirtschafts- oder Finanzministerium zu überlassen. Die Personalunion an der Spitze von Wirtschaft und Finanzen war auf Dauer nicht vernünftig; auch ein noch so befähigter Superminister mußte überfordert sein. Als sich Helmut Schmidt mit den Freien Demokraten über die Ressortverteilung vorverständigte, ging er davon aus, daß Hans-Dietrich Genscher das Wirtschaftsministerium übernehme. Damit wäre ich einverstanden gewesen, vorausgesetzt, daß das Innenressort einen sozialdemokratischen Chef bekäme und der Anspruch der FDP durch ein anderes, viertes Ressort kompensiert würde.

Es stellte sich heraus, daß die FDP sowohl das Wirtschaftsressort neu besetzen als auch mit größter Selbstverständlichkeit das Innenministerium behalten wollte. Ich legte Mitte Dezember vor meiner Fraktion dar, daß ich den Kollegen von der anderen Partei ein weiteres Ministerium zugesagt hätte, nicht aber noch ein »klassisches« Ressort. Tatsächlich entsandte der Koalitionspartner noch ein fünftes Mitglied ins Kabinett, aber das stand auf einem anderen Blatt und erwies sich als zweckmäßig; beide Partner der Koalition waren im Kabinett fortan durch ein Mitglied ohne besonderen Geschäftsbereich vertreten: den FDP-Reformer Werner Maihofer und Egon Bahr. Jenseits des konkreten Vorgangs, der einen Autoritätsschwund anzeigte, hat mich die Erfahrung gelehrt, daß in einer über mehrere Legislaturperioden gehenden Koalitionsregierung ressortbezogene »Erbhöfe« nicht entstehen sollten.

Meine zweite Wahl zum Bundeskanzler, Mitte Dezember '72, warf keine Probleme auf. Ich erhielt 269 Stimmen gegen 233, eine Stimme war ungültig. Man ging davon aus, daß zwei Abgeordnete der Koalition mich nicht gewählt hatten. Oder ein paar mehr, falls mir der eine oder andere aus den Reihen der Opposition seine Stimme gegeben haben sollte. Es war nicht auszuschließen. Doch angesichts des klaren Kräfteverhältnisses im Bundestag lohnte es nicht, sich hierüber den Kopf zu zerbrechen.

Meine Regierungserklärung vom Januar '73 setzte einige neue Akzente, konnte aber die Malaise, die im Dezember deutlich geworden war, nicht überspielen. Statt dessen mußte ich zur Kenntnis nehmen, daß sich meine ungewöhnlich harmonische Zusammenarbeit mit Walter Scheel dem Ende zuneigte. Den ersten Hinweis erhielt ich im Januar '73, als wir gemeinsam von Fuerteventura nach Bonn zurückflogen. Auf jener noch kaum vom Massentourismus erfaßten kanarischen Insel hatte ich das Jahresende verbracht, und die Scheels kamen die letzten Tage zu Besuch. Wir berieten, unbeschwert, die Schwerpunkte, die die Regierungsarbeit in der neuen Legislaturperiode erhalten sollte. Während des Fluges bedeutete mir »Sir Walter« – wie ich ihn nannte–, er erwäge eine Kandidatur für das Amt des Bundespräsidenten, wenn auch wohl noch nicht für '74; noch war offen, ob Gustav Heinemann für eine zweite Amtsperiode zur Verfügung stehen wollte oder nicht.

Im Sommer '73 hörte man den FDP-Vorsitzenden und Außenminister laut darüber nachdenken, ob und wie sich die Gemeinsamkeiten einer Koalition »verbrauchten«. Im Herbst teilte er den beiden Fraktionsvorsitzenden – Wehner und Mischnick – mit, er sei zu dem Ergebnis gekommen, man solle *mir* die Präsidentschaft antragen; wenn ich nicht wolle, werde er sich zur Verfügung stellen. Daß Heinemann aufhören würde, stand inzwischen fest. Niemand, auch ich nicht, vermochte ihn umzustimmen; es sollte sich leider bestätigen, daß er seinen Gesundheitszustand realistisch eingeschätzt hatte. Walter Scheel gab seine längst nicht mehr geheime Absicht zu kandidieren Mitte Dezember bekannt. Auf dem Rückflug von der Vertragsunterzeichnung in Prag, 13. Dezember, hatte er mir mitgeteilt, seine Freunde würden ihn vorschlagen. Dem Bundesminister des Auswärtigen war es gelungen, weithin gute Kontakte zu knüpfen; der sowjetischen Seite wurde signalisiert, die FDP werde in jeder Regierung der kommenden Jahre die Außenpolitik führen; es sei ratsam, sich hierauf einzustellen.

Mit anderen Worten: Ich hätte Bundespräsident werden können. Aber ich hielt mich mit meinen sechzig Jahren nicht für alt und im Vorsitz meiner Partei nicht für abkömmlich genug, um in das hohe repräsentative Amt überzuwechseln. Entgegenstehenden Rat habe ich als nicht nur freundschaftlich empfunden. Herbert Wehner Anfang '74: »Bundespräsident hat er ja nicht werden wollen.«

Das Verhältnis zu Wehner war nicht einfacher geworden. Die Zugehörigkeit zur Bundesregierung, als Minister für Gesamtdeutsche Fragen, hatte ihm, der – vergangenheitsbedingt – Anerkennung suchte, viel bedeutet. Vermutlich empfand er es, vom staatspolitischen Rang her, als Rückstufung, was ich als Auszeichnung und Vertrauensbeweis ansah; der Fraktionsvorsitz war für mich – neben dem Amt des Kanzlers – die politisch schwergewichtigste Funktion. Ich hatte an eine kollegial-kritische Begleitung gedacht, nicht an die durch Krankheit verzerrte Gegnerschaft eines Weggefährten; er fand in mir nicht die Figur, die er, Launen und Eingebungen folgend, verschieben konnte. Im Frühjahr '73 erklärte er Schmidt und mir, während einer Wochenend-Besprechung in Münstereifel, ohne jede Vorwarnung und in der ihm eigenen knappen Art, daß er auf dem bevorstehenden Hannoverschen Parteitag für den stellvertretenden Parteivorsitz, den er seit fünfzehn Jahren innehatte, nicht mehr zu kandidieren gedenke. Er war nicht umzustimmen, und die Absicht einer gewollten Distanznahme war nicht zu verkennen. Jedenfalls waren Schwierigkeiten zu erwarten.

Seine Kritik an Tempo und Form unserer Ostpolitik äußerte sich weniger konkret als heftig. Sie kam fast empört zum Ausdruck, als er

Ende Mai Erich Honecker am Wandlitzsee einen Besuch abstattete, der in der Öffentlichkeit als sensationell empfunden wurde und über den er dem gerade tagenden Parteivorstand einen eigenartig angestrengten Bericht gab. Von der Absicht des Besuchs, dem sich FDP-Fraktionschef Mischnick teilweise anschloß, hatte er mich erst kurz zuvor unterrichtet. Daß die beiden sich aus der Zeit kannten, in der in Honeckers saarländischer Heimat für und gegen den Anschluß an das Dritte Reich gestritten wurde, wußte ich. So sah ich zu größerer Unruhe keinen Grund. Als beunruhigend aber mußte ich Wehners Verhalten im Herbst jenes Jahres während der Reise einer Bundestagsdelegation in die Sowjetunion empfinden. Seine Schimpfereien begannen damit, daß die Regierung nichts tue, um die Verträge mit Leben zu erfüllen; es fehle ein Kopf. Ausfälligkeiten folgten. Einer der mitreisenden Abgeordneten fühlte sich durch eine »unerträgliche Sudelsprache« geniert. Der Betroffene, einige Jahre später in einem Interview: »Solche Äußerungen habe ich doch nicht gemacht.« Der Delegation gehörten neben dem Fraktionsvorsitzenden der SPD und der Präsidentin Frau Renger an: Mischnick für die FDP, Stücklen und Weizsäcker für die CDU/CSU.

Die Ausbrüche, von begleitenden Journalisten entsprechend transportiert, spiegelten den fortschreitenden Diabetes in Verbindung mit der seelischen Last, die ein Moskau-Aufenthalt – nach allem, was er dort während seines Exils erlebt hatte – für ihn bedeuten mußte. Wehner traf Boris Ponomarjow wieder, jenen Mann, mit dem er (wie Tito) im Komintern-Apparat gesessen hatte und der nun die Internationale Abteilung in der Zentrale der KPdSU leitete. Es ist nicht auszuschließen, daß bei dieser Gelegenheit »Informationen« übermittelt wurden, die ein Abgesandter des einschlägigen DDR-Apparats nach Moskau gebracht hatte. In Berlin hatte Botschafter Abrassimow noch ziemlich gehässig über Wehner gesprochen. Führende deutsche Kommunisten griffen ihn, wie nicht anders zu erwarten, heftig an. Das alles änderte sich schlagartig, als Ulbricht ausgeschieden und Honecker Chef geworden war.

Zu meiner Überraschung, doch ohne es besonders wichtig zu nehmen, solidarisierte sich der Parteivorstand – bei elf zu zehn Stimmen – mit Wehner, als dieser aus Moskau zurückgekehrt war. Ich hatte mich an jener Abstimmung nicht beteiligt und nicht einmal veranlaßt, daß Kabinettsmitglieder mit Einschluß des Finanzministers sich verhielten, wie sie sich hätten verhalten müssen. Bald danach bat ich den Fraktionsvorsitzenden zu einer Aussprache. Nach einigem Rotwein meinte er: »Laß es uns noch mal versuchen.« Im folgenden März – nachdem Helmut Schmidt mir gesagt hatte, ihm schwebe die Rückkehr in den Fraktionsvorsitz vor – klagte Wehner, ich wolle ihn loswerden.

Im Laufe des Jahres '73 wurde erkennbar, daß Getreue, an deren Unterstützung mir liegen mußte, auf Distanz gingen. Der eine beklagte eine »allseits lähmende Selbstgefälligkeit«. Ein anderer befand, die haltsuchende Hand »rutsche zu oft ins Leere«. Helmut Schmidt bemängelte, die Innenpolitik werde vernachlässigt, und wiederholte seinen Vorwurf, die SPD werde zu einer »Nenni-Partei«. Ich habe die mündlich wie brieflich vorgebrachte Vermutung, die SPD sei dabei, sich in »eine solche vom Typus Pietro Nennis« zu verwandeln, nicht leicht verstanden. Allein die Bedingungen in der Bundesrepublik und in Italien waren nicht zu vergleichen, von anderem abgesehen.

Der spätere Bundeskanzler, zeitweilig durch eine Schilddrüsenerkrankung beeinträchtigt, hatte 1969 das Verteidigungsministerium ohne Begeisterung übernommen und es dann mit Bravour geleitet. Daß er sich von seinem Etat nichts abhandeln ließ, hatte den Rücktritt Alex Möllers ausgelöst. Daß er Karl Schiller entblätterte, hatte dessen Entfremdung vom übrigen Kabinett beschleunigt. Seine Warnung vor »Reformhochstimmung« war nicht sonderlich hilfreich, sein Selbstbewußtsein alles andere als unterentwickelt. Vielleicht plagte ihn die Sorge, die Chance der Spitzenverantwortung könne an ihm vorbeiziehen.

Ein ausgewiesener Zeithistoriker hat das Verhältnis mehrerer Kabinettsmitglieder untereinander und zum Kanzler in dem Satz zusammengefaßt, sie hätten »lieber gegeneinander als für ihn« gearbeitet. Dieses Urteil hat Gewicht. Starke Persönlichkeiten sind eines, kollegiale Rücksichtnahmen etwas anderes. Teamgeist breitet sich unter lauter Langeweilern nun mal leichter aus.

Ähnlich lagen die Dinge im Kreise der engsten Mitarbeiter, die mir in der zweiten Amtsperiode zur Seite standen und mich unterstützen sollten. Wissen, auch Erfahrung waren vorhanden, doch ge-

lang es nicht, daraus eine arbeitende Einheit zu machen. Reibungsverluste waren an der Tagesordnung und nahmen zu. Ich stimme jenen Kritikern zu, die mir – wenn auch zuweilen kraß – ins Stamm-
buch schrieben, Personalpolitik gehöre nicht zu meinen stärksten
Seiten.

Weder gerecht noch sachlich geboten war jene andere zum Klischee geratende Kritik, ich hätte die Innenpolitik hintangestellt. Ich
habe umgekehrt erfahren, wie sehr es an Unterstützung fehlte, als
Ende '73 der Ölschock verkraftet werden mußte. Die Preiserhöhungen, von außen erzwungen, waren ohne Maß, die Maßnahmen, die
die Europäische Wirtschaftsgemeinschaft und diese gemeinsam mit
den Amerikanern einleitete, unzulänglich. Wir steckten schon seit
einigen Jahren, vor allem seit den Washingtoner Währungsentschei-
dungen vom Sommer '71, in weltwirtschaftlichen Turbulenzen; das
Wachstum stagnierte, die Arbeitslosigkeit stieg, das Preisniveau
ebenfalls. Wie hätte man klarmachen sollen, daß die Ursachen jenseits der Grenzen lagen? Der Verteilungskampf wurde härter. Spontane Arbeitsniederlegungen, der Bundesrepublik eher fremd, zeigten
es an.

Die ökonomische Ölkrise war dem politischen Nahost-Konflikt
entwachsen, der sich im Jom-Kippur-Krieg entlud. Mir wurde unterstellt, nicht hinreichend israelfreundlich zu sein. Das lag weit neben der Wahrheit und beeinträchtigte doch meine Stellung als Regierungschef.

Zu Hause kreuzten und bündelten sich vier Strömungen, die zu
einem breiten Strom anschwollen und die brüchigen Dämme über-
schwemmten. Ein Energiesicherungsgesetz passierte, in beschleu-
nigtem Verfahren, die gesetzgebenden Körperschaften, doch von einer Orientierung hin zu alternativen Energieträgern war noch keine
Rede. Das probeweise Sonntagsfahrverbot sollte die Pflicht, Energie
zu sparen, herausstreichen; es wurde nicht unfreundlich aufgenommen. Doch das war's denn auch schon. Der Vorschlag eines Tempo-
limits scheiterte am resoluten Einspruch der parteiliberalen Kollegen. Und die mächtige Front derer, die sonst auf Amerika schworen,
fand ein zustimmendes Publikumsecho, als nach »freier Fahrt für
freie Bürger« gerufen wurde.

In den Führungsetagen der Wirtschaft machte sich eine wehleidige Stimmung breit; von Zupacken oder Ärmelaufkrempeln war keine Rede. Einer, der für die Ruhrindustrie sprach, wollte uns allen Ernstes weismachen, während seiner vierzigjährigen Tätigkeit im Montanbereich sei die Lage noch nie so düster gewesen. Ich mußte ihn bitten, die Jahrzehnte mit Einschluß von Weltwirtschaftskrise, Diktatur und Krieg doch einmal in Ruhe zu überdenken.

Eine kleine Gruppe qualifizierter Techniker bereitete erhebliche Schwierigkeiten: die Fluglotsen verliehen ihrer Forderung nach besseren Gehalts- und Arbeitsbedingungen durch einen monatelangen Bummelstreik Nachdruck. Sie verärgerten die Fluggäste und führten die Regierung als handlungsunfähig vor. Die Forderungen der Lotsen enthielten mehr als einen berechtigten Kern, und der Regierung hätte ein Stück mehr Flexibilität gut zu Gesicht gestanden. Aber die widerstreitenden Interessen waren nicht auf einen Nenner zu bringen, der autoritätsuntergrabende Eindruck blieb.

Schließlich geriet ich mit Gewerkschaftsführern aneinander, dem ÖTV-Vorsitzenden Kluncker vorneweg, die die Beschäftigten im Öffentlichen Dienst zu vertreten hatten. Sie hielten ihre überzogenen Forderungen vom Herbst '73 aufrecht und ließen Hinweise auf die neuen wirtschaftlichen Daten nicht gelten, als zu Beginn des neuen Jahres die Tarifverhandlungen begannen: 15 Prozent Lohnerhöhung und zusätzliches Urlaubsgeld. Es versteht sich, daß kein Arbeitgeber der öffentlichen Hand einfach übernehmen kann, was von den Gewerkschaften gefordert wird. Es versteht sich auch, daß zwischen einem sozialdemokratischen Arbeitgeber und der Gewerkschaft ein Spannungsverhältnis besonderer Art entsteht. Jetzt allerdings handelte es sich um alles sonst, nur nicht um ein Spannungsverhältnis. Ich war überzeugt – und hatte den Sachverstand auf meiner Seite–, daß eine zweistellige Lohnerhöhung von Übel sein würde. Der Finanzminister teilte diese Haltung, hielt sich dann aber eher zurück und entschwand zu einer Konferenz nach Washington. Bundespräsident Heinemann riet, fest zu bleiben; ich möge nicht zögern, mit meinem Rücktritt zu drohen. Das wäre richtig gewesen, denn Sozialdemokraten haben noch mehr als andere zu zeigen, daß sie mit dem Geld der Steuerzahler umzugehen wissen.

Die strengen Vorsätze gingen über Bord, als am 11. Februar angekündigt und allgemein bewußt wurde, daß der Bund zwar eine übergeordnete Verantwortung trug, aber tatsächlich nicht der maßgebliche Partner war. Die Verantwortlichen für Länder und Gemeinden fanden, daß sie den Konflikt nicht durchstehen könnten. Der Frankfurter Oberbürgermeister beschwor mich, im eigenen Namen und in dem seiner Kollegen, der Bund möge sich nicht querlegen; es gelang ihm, mich über Telefon während einer Kabinettssitzung zu erreichen, was so noch nie passiert war. Die Vorstellung von nicht abgeholten Mülltonnen schreckte die ängstlichen Stadtväter noch mehr als die Aussicht auf stillstehende Verkehrsmittel. Wir sollten einer Lohnerhöhung von 11 Prozent – plus einigen Extras – zustimmen und taten es. Der damit verbundene Ansehensverlust war mir bewußt und fiel doch noch dramatischer aus als erwartet. Was die Ankündigung meines Rücktritts bewirkt hätte, ließ sich nicht ausrechnen. Das Verhältnis zu treuen Anhängern und wichtigen Partnern im gewerkschaftlichen Bereich wäre belastet worden; aber das war es nun sowieso. Die ökonomische Einsicht, die politische Verantwortung und die persönliche Selbstachtung hätten die Ankündigung des Rücktritts gebieten müssen.

Anfang März '74 brach die SPD in den Hamburger Bürgerschaftswahlen ein; ihr Stimmenanteil sank von über 55 auf knapp 45 Prozent; kommunale Einbußen in Schleswig-Holstein und Hessen kamen hinzu. Daß das Wählerverhalten in den großen Städten großen Schwankungen ausgesetzt sein würde, ahnte noch niemand; entsprechend dramatisch war die Reaktion. Führende Hamburger Politiker brachten es fertig, lokale Unzulänglichkeiten zu überspielen und alle Schuld auf Bonn zu schieben. Der Finanzminister und Hamburger Abgeordnete Schmidt wetterte im Parteivorstand und öffentlich gegen Unglaubwürdigkeit, Führungsschwäche und Zerstrittenheit. In der Tat führten sich die Jungsozialisten auf, als seien sie eine Partei in oder neben der Partei. Die Ungereimtheiten, die sie vertraten, waren beträchtlich. Der Lärm, den sie machten, stand in umgekehrtem Verhältnis zu ihrem Einfluß. Weshalb ich ihnen dann nicht stärker entgegengetreten bin? Erstens, weil ich mich der eigenen Jugend erinnerte und wußte, daß Aufmüpfigkeit nicht das Schlimmste sein muß. Und zweitens versprach ich mir nichts Gutes davon, wenn nicht in meiner Partei die verwaltende Routine immer wieder, auch auf unbequeme Weise, herausgefordert würde.

Mit anderen Worten: Die Erosion schritt fort. Mein sechzigster Geburtstag im Dezember '73 war – bei allen Freundlichkeiten, die mir zuteil wurden – von mancherlei Betrachtung über das »rissige Denkmal« begleitet. Blätter, die mir viel Wohlwollen geschenkt hatten, gingen mehr auf Abstand, als mir gerecht erscheinen konnte. Die Luft, die ich atmete, war dünn geworden. Auch die Auslandskontakte schienen darunter zu leiden. Als ich im April '74 zu den Trauerfeierlichkeiten für Georges Pompidou in Paris war, stieß ich nicht auf übermäßiges Gesprächsinteresse. Ob diejenigen recht hatten, die mir anzusehen meinten, daß ich die sogenannte Macht nicht mehr behaglich fand oder mich gar abwandte? Ich kann es nicht rundweg in Abrede stellen.

Ich widerspreche der billigen Lesart, meine Zeit als Regierungschef wäre ohnehin abgelaufen gewesen; die Geschichte mit dem Spion, der aus dem Hinterzimmer kam, hätte mir nur den Rest gegeben. Das ist einfach, aber nicht richtig. Ich meine, daß ich die Kraft hätte finden können, die Widerwärtigkeiten, die dem großen Wahlerfolg folgten, zu überwinden und in der Innen- wie in der Außenpolitik neue Seiten aufzuschlagen. Und wie schnell auch ändern sich die Launen und die Stimmungen...

V. ABLÄUFE

Das Geschehen...

Mittwoch, 24. April '74: Ich kam mittags mit dem Regierungsflugzeug aus Kairo, hatte mit Sadat beraten, in den Tagen zuvor mit Boumedienne in Algier.

Auf dem Köln-Bonner Flughafen warteten Genscher und Grabert, Innenminister und Chef des Kanzleramts; schon auf Abstand war ihnen anzusehen, daß sie mir etwas Besonderes zu sagen hätten. In der Tat: Herr Guillaume, einer meiner Referenten, war frühmorgens in seiner Wohnung festgenommen worden – unter dem dringenden Verdacht der Spionage, seine Frau mit ihm. Günter Guillaume hatte sich als »Bürger der DDR und ihr Offizier« offenbart und denen, die ihn überführten, durch die Selbstanzeige das Geschäft einigermaßen erleichtert. Was die Fahnder gerichtsverwertbar parat hatten, ließ zu wünschen übrig.

Die Nachricht war ein Hammer, wenn auch nicht einer, der mich hätte betäuben können. Ich wußte, daß seit nahezu einem Jahr ein – wie ich meinte: vager – Verdacht gegen den Mann bestand, der für mich Partei- und Gewerkschaftskontakte wahrnahm, Termine vorbereitete, mich auf Reisen »in die Provinz« begleitete. Ich hatte die Mutmaßung nicht ernst genommen und meine Menschenkenntnis – nicht zum erstenmal – überfordert gesehen. Auch hatte ich es nicht für wahrscheinlich gehalten, daß die Verantwortlichen im anderen deutschen Staat einen über Jahre als konservativen Sozialdemokraten getarnten Agenten auf mich ansetzen würden, während ich mich gegen sehr viel Widerstand mühte, die zwischenstaatlichen Beziehungen zu entkrampfen. Meine Gutgläubigkeit war durch besondere Eigenschaften genährt worden: Er gab sich nicht als eigentlich politischer Gesprächspartner, sondern als zuverlässiger Adjutant; er war kein geistiges Gegenüber, wohl aber ein tüchtiger und ordnungsliebender Techniker. Ich hielt ihn, wie ich den Chef der Behörde hatte wissen lassen, weder gern noch lange in meiner Nähe.

Daß seine Entlarvung das Ende meiner Kanzlerschaft bedeuten würde, ich wußte es nicht und ahnte es nicht einmal. Gewiß, auf kritische Fragen mußte ich gefaßt sein – von der Presse, von der Opposition. Aber damit sei fertig zu werden, dachte ich. Und ich kann auch fünfzehn Jahre danach nicht denen kopfnickend helfen, die ihr Gewissen mit der Ausrede zu beruhigen suchten, ich wäre ohnehin nicht mehr lange Regierungschef geblieben. Diese Version wird dadurch nicht richtiger, daß sie sich Interessenten aus mehr als einer Partei in mehr als einem deutschen Staat zu eigen gemacht haben.

Die Vernunft hätte geboten, daß ich mich nach meiner Rückkehr aus Nordafrika auf den akuten Spionagefall konzentrierte, alle Fakten auf den Tisch bringen ließe, alle nicht zwingenden Termine absagte. Statt dessen ging alles seinen gewohnten Gang: Am Tag der Rückkehr Fahrt ins Adenauer-Haus, um Kiesinger zum 70. Geburtstag zu gratulieren. Davor und danach Arbeit am Schreibtisch, anschließend ein Koalitionsgespräch zum Bodenrecht. Donnerstag zur Eröffnung der Messe nach Hannover. Freitag früh im Bundestag Aktuelle Stunde zum »Fall«, ein vorbereiteter Beitrag in der Debatte zur Reform des Paragraphen 218. Nachmittags Zusammenkunft mit den Regierungsmitgliedern meiner Partei, unter anderem wegen eines Revirements, das ich vorgesehen hatte. Abends beim schwedischen Botschafter, wo ich einen Freund aus Stockholmer Tagen traf, den Schriftsteller Eyvind Johnson; im selben Jahr noch sollte ihm der Nobelpreis für Literatur verliehen werden. Am Wochenende Vorbereitung von Reden, die am 1. Mai in Hamburg und danach an einigen anderen Orten zu halten waren.

Daß ich mich während der Aktuellen Stunde ohne Vorbereitung äußere, spricht nicht dafür, daß ich mich unter gefährlichem Druck gefühlt hätte. Daß ich zu einem wichtigen Punkt eine unrichtige Auskunft gebe, die auch nicht gleich korrigiert wird, zeigt nicht nur, wie einen das Gedächtnis im Stich lassen, sondern auch, wie peinlich sich eine unzulängliche bürokratische Begleitung auswirken kann. Ich beginne mit dem Stoßseufzer, es gebe Zeitabschnitte, »da möchte man meinen, daß einem nichts erspart bleibt«. Und füge

Das Geschehen ...

hinzu, ich sei nicht, wie auch sonst kein Bundeskanzler, zuständig für die Sicherheitsüberprüfung von Mitarbeitern. Und, subjektiv korrekt, doch in der Wirkung fatal, da mir Guillaumes Anwesenheit an meinem Urlaubsort im zurückliegenden Sommer völlig entfallen ist: Der Agent sei von mir nicht mit Geheimakten befaßt worden, dies habe nicht zu seinen Aufgaben gehört. Schließlich geraten in meiner kurzen Stellungnahme noch zwei Sätze mißverständlich durcheinander. In dem einen spreche ich von der Feindseligkeit des SED-Staates, im anderen von menschlicher Enttäuschung. Bald danach wird mir angekreidet, ich hätte Illusionen in Richtung Osten bestätigt. In Wirklichkeit war ich erschrocken über das offenbar gewordene Ausmaß an Verstellung und mißbrauchtem Vertrauen.

Ich hatte schlicht verdrängt, war auch nicht gleich darauf aufmerksam gemacht worden, daß im Juli '73, als er mich für das Kanzlerbüro in Norwegen betreute, mehrere vertrauliche und sogar verschlüsselte Texte durch Guillaumes Hände gegangen waren. Er holte Vorgänge von der Fernschreibstelle, die der BND in der Nähe eingerichtet hatte, und brachte zurück, was bearbeitet worden war. Im Bonner Amt war er mit klassifizierten Vorgängen nicht befaßt, obwohl der Verfassungsschutz 1970, immerhin nach zweimaliger Überprüfung, festgestellt hatte, es lägen keine Erkenntnisse vor, die einer Ermächtigung zum Umgang mit Verschlußsachen »bis einschließlich Streng Geheim« entgegenstünden. Nachdem die Unterlagen der Registratur durchgesehen worden waren, bestätigte mir der Chef des Kanzleramts einige Tage später: Nur zwei vertrauliche Vorgänge, als läppisch zu bezeichnen, seien über Guillaume gegangen.

Bei den Norwegen-Vorgängen scheint es sich um vier vertrauliche und zwölf geheime Fernschreiben gehandelt zu haben, mit Berichten über Gespräche, die der Außen- und der Verteidigungsminister in Washington geführt hatten. Die Phantasie trieb Blüten, als von einem höchst vertraulichen Brief die Rede war, den mir Präsident Nixon geschickt hatte. Ich durfte damals nicht sagen, was ich heute sage: Ich hielt die Angelegenheit nur vom Prinzip her für ernst, ansonsten aber für nicht gravierend. Ein früher Hinweis darauf, daß der Inhalt schon bald Gegenstand öffentlicher Erörterungen geworden war, hätte ausgesehen, als wolle ich die Leckage bagatellisieren. Das wäre weder objektiv noch subjektiv gerechtfertigt gewesen.

Die Bedeutung dessen, was mir aus Washington auf den Tisch gekommen war, wurde von den zur Sache nicht informierten Medien stark übertrieben. Es handelte vor allem vom Ärger über Michel Jobert, Pompidous Außenminister, der Ende Juni Washington besucht und sich in Fragen einer gemeinsamen amerikanisch-europäischen Deklaration als wenig botmäßig erwiesen hatte. Ein Geheimnis war das nicht. Auch über das Kräfteverhältnis zwischen NATO und Warschauer Pakt hätte man sich durch aufmerksames Pressestudium gleichermaßen informieren können.

Der Agent und seine Behörde – oder in umgekehrter Reihenfolge – rankten sich in ihren späteren Veröffentlichungen an der Vorstellung hoch, daß sie gewaltig fündig geworden seien, mit weitreichender Bedeutung für die »sozialistische Staatengemeinschaft« und selbstverständlich für den Frieden: »Als politischer Aufklärer wollte ich mithelfen, unsere Friedenspolitik zu aktivieren. Eine andere Aufgabe ist mir auch nie übertragen worden [...].« Eigenlob und Prahlerei gehören zur Branche.

Tatsächlich schien sich Guillaumes Berichterstattung im wesentlichen in sozialdemokratischem Parteiklatsch erschöpft zu haben. Doch nach relativierenden Betrachtungen, die womöglich als bagatellisierend hätten mißverstanden werden können, war mir nicht zumute. Außerdem wurden rasch aufgeregte bis hysterische Reaktionen geweckt, ohne daß andere Absichten als solche der Sensationsmache zu erkennen gewesen wären. Daß die parlamentarische Opposition nicht passiv blieb, lag auf der Hand. Daß mancherorts latente Vorurteile aufbrachen, konnte nicht überraschen. Besorgniserregend war die dreiste Unbekümmertheit, mit der einige Sicherheitsbürokraten von eigenen Unzulänglichkeiten abzulenken suchten. Sie kümmerten sich mehr um das Sensationsbedürfnis eines nichtkundigen Publikums als um die Fehler und Pannen in ihren Geschäftsbereichen.

Wenn ein gravierender Verdacht vorlag, hätte der Agent nicht in meiner unmittelbaren Nähe belassen werden dürfen und hätte man ihn in eine andere, gut zu observierende Stelle verschieben oder sogar befördern müssen. Statt den Kanzler zu schützen, machte man ihn zum »Agent provocateur des Geheimdienstes seines eigenen Landes«. Jener französische Beobachter, von dem diese Kennzeichnung stammt, hat es »ein Zeichen von Leichtgläubigkeit« genannt, daß ich dem Rat, Guillaume bei mir zu belassen, ohne weiteres gefolgt bin; der Rat war mir vom zuständigen Minister übermittelt worden. Den viel weiter reichenden Verdacht, gerichtet gegen die Leitung des Verfassungsschutzes, ich sei in eine Falle gelockt worden, habe ich mir nicht zu eigen gemacht.

Tatsache ist immerhin: Guillaume wurde weder bei einem seiner Treffs in der Bundesrepublik überführt noch – Sommer '73 in Norwegen oder Herbst '73 in Südfrankreich – überhaupt beobachtet. Tatsache ist weiter: Beamte der vernehmenden Behörde machten, als sich Guillaume nach seiner Festnahme nicht erklären wollte, einen Ersatz-Kriegsschauplatz auf; man nahm sich mein Privatleben vor und ließ es zur Karikatur werden. Überforderte Sicherheitsleute, unter ihnen politische Widersacher und seltsame Tugendwächter, produzierten ein Machwerk, das sich verselbständigte und dem gegenüber ich mich rat- und machtlos fühlte.

Am Nachmittag jenes 26. April, an dem die Aktuelle Stunde im Bundestag stattgefunden hatte, scherzten Helmut Schmidt und ich – im Anschluß an die Zusammenkunft mit unseren Kabinettskollegen – darüber, daß ermittelnde Beamte hinter Guillaumes Sekretärinnen-Bekanntschaften her seien. Wir wußten nicht, was noch über uns kommen würde. Immerhin hatte ich geahnt und gesagt, vielleicht würden wir es mit einem »Naturereignis« zu tun bekommen. Also scheine ich schon nicht mehr sicher gewesen zu sein, ob die Turbulenz heil zu überstehen sei. In einer nächtlichen Diskussion, ein paar Tage später, ließ ich die Befürchtung anklingen, in anstehenden wichtigen Ostgesprächen – die Moskauer hatten wegen eines Treffens mit Honecker vorgefühlt – befangen zu sein.

Banalitäten des eigenen Wohlbefindens schieben sich störend ins Bild: An jenem Freitagabend, von den Schweden kommend, muß ich mit einer Magengeschichte, die ich mir am Nil eingehandelt habe, ins Bett. Nach dem Wochenende bin ich beim Zahnarzt, zwei Backenzähne werden gezogen. Klaus Harpprecht fragt, als es vorbei ist: »Wie sich wohl alles entwickelt hätte ohne Zahnweh und bei Sonnenschein?«

Etwas angeschlagen fliege ich am 30. April – im Anschluß an eine, meine letzte, Kabinettssitzung – zu einer Kundgebung nach Saarbrücken, abends weiter nach Hamburg. Inzwischen schwirren die Gerüchte. Mir wird zugetragen: Guillaume habe gesagt, es sei nicht seine Aufgabe gewesen, über mein Privatleben zu berichten. In der Presse finden sich, offensichtlich lanciert, lüsterne Andeutungen. Vor dem Flug nach Saarbrücken erscheint der Justizminister, besorgt, zu einer kurzen Unterredung: Andeutungsweise habe er aus der Bundesanwaltschaft gehört, Guillaume könne mir »Mädchen zugeführt« haben. Ich sage Gerhard Jahn, dies sei lächerlich, und er möge der zuständigen Stelle mitteilen, ich ließe mir wegen solcher Gerüchte keine zusätzlichen grauen Haare wachsen. Später mache ich mir Vorwürfe, daß ich nicht mit der Faust auf den Tisch geschlagen und verlangt habe, diesem Unfug sofort ein Ende zu bereiten. Ob es noch genutzt hätte?

Am 1. Mai, beim Frühstück im Hotel Atlantik, ruft mich der Innenminister an. Sein Mitarbeiter sei unterwegs mit einem Schriftstück, dessen Inhalt unverzüglich zu erwägen er mir rate. Nach meiner Rede nehme ich, in einem Zimmer des Gewerkschaftshauses, Kenntnis von einem – verschlossen überbrachten und wieder zurückgegebenen – Vermerk, der vom Präsidenten des Bundeskriminalamtes stammt: Aus der Befragung hätten sich Aufschlüsse über intim genannte Bekanntschaften während meiner »politischen Reisen« ergeben; einige – tatsächliche oder vermutete – »Bekanntschaften« waren registriert.

Was also war auf Papier geraten? Ein Produkt blühender Phantasie. Erstens eine klebrige Mischung von Vorgängen, die teils beobachtet und teils unterstellt worden waren; zweitens ging es um eine liebe Freundin, mit der ich mich seit Jahren und ohne die Spur von Geheimniskrämerei getroffen und die alles andere als verdient hatte, sicherheitspolizeilich »erfaßt« zu werden. Der Frau eines guten Freundes wurde ohne Sinn und Verstand ein »Verhältnis« mit mir angedichtet. Ein abendliches Interview in Kopenhagen – wo Guillaume nicht war – erhielt das Falschbild einer Affäre angeklebt. Eine skandinavische Journalistin beschwerte sich noch Jahre später, daß ihr etwas nachgesagt werde, was ihr entgangen sei. Eine Publizistin, der ein liegengelassenes Collier angedichtet wurde, brachte brieflich zu Papier: Sie habe damals »nie geschrieben über die tagelangen und hanebüchenen Verhöre durch die Polizei, die mehr hinter Ihnen her war als hinter dem Spion«. Was übrigblieb, hätte mich, wenn es mit rechten Dingen zugegangen wäre, auch nicht ins Zwielicht bringen können. Aus Pariser Kabinettskreisen hörte ich, es hätte dort allenfalls Gelächter ausgelöst.

Warum verschweigen, daß mich die Hamburger Lektüre einigermaßen schockierte? Der Innenminister riet mir telefonisch: Ich möge den Generalbundesanwalt – Siegfried Buback, wenige Jahre später einem Terroranschlag zum Opfer gefallen, war gerade ernannt worden – anrufen und ihm helfen, »die Dinge richtig einzuordnen«. Das fand ich denn doch zuviel und wies darauf hin, daß ich mich überhaupt nicht zu einem derartigen Schriftstück zu äußern gedächte; strafbare Handlungen könne ich nicht andeutungsweise erkennen, und Guillaume verfüge nicht über ein Wissen, das mich belasten könne. Ich telefonierte mit dem Justizminister und schlug vor, daß wir uns am kommenden Montag – falls erforderlich auch Ende der Woche – zu dritt träfen. Ich nahm diese Seite der Sache weiterhin nicht über Gebühr wichtig. Oder brachte ich es nicht über mich, in eigener Sache energisch zu werden?

Den Nachmittag und den Abend des 1. Mai verbrachte ich in angenehmer Runde auf Helgoland. Dort sagte mir jener Sicherheitsbeamte, der mich seit der Zeit im Auswärtigen Amt begleitete, wegen weiterer Befragungen sei er nach Bonn zurückbeordert worden. Eine gute Woche später, als ich schon zurückgetreten war, schrieb er mir, ihm sei im Zuge der Vernehmungen Beugehaft in Aussicht gestellt worden, und er erwäge, Strafantrag zu stellen. Er und seine Kollegen seien »zu Aussagen gezwungen worden, deren Sinn wir bis heute nicht begriffen haben«. Am Abend des Tages, an dem ich die Segel gestrichen hatte, gestand mir der Beamte mit Tränen in den Augen, er habe den Eindruck gewonnen, schon »vorher« sei beschwerendes Material gegen mich zusammengetragen worden.

Wenige Wochen zuvor hatte ich mich in der Landespolizeischule Niedersachsen bei »den Herren der Sicherungsgruppe Bonn« bedankt, »die im Laufe der Jahre sehr viel mühsame Arbeit auf sich nahmen«. Einige Wochen später, als ich nicht mehr im Amt war, ließ mir der Präsident des Bundeskriminalamtes sagen, er habe nicht übersehen, was sich entwickeln werde; es sei viel geschwätzt worden. Geschwätz gab es auch über Selbstmordgedanken. Dies war eine beträchtliche Überzeichnung der Tatsache, daß ich sehr deprimiert war.

Der 2. Mai war jener Tag, an dem die Vorkommandos der Ständigen Vertretungen in den beiden deutschen Staaten ihre Arbeit aufnahmen. Und es war jener Tag, an dem mich die »Köln« der Bundesmarine von Helgoland zurück ans Festland brachte; ich hatte verschiedene Veranstaltungen von Wilhelmshaven bis Nordhorn hinter mich zu bringen. Überall fand ich starke Zustimmung, wenn es hieß: »Ich lasse mich dadurch, daß man mir eine Laus in den Pelz setzt, nicht von einer insgesamt richtigen, weil notwendigen Politik abbringen.«

Am folgenden Tag nimmt die normale Arbeit im Kanzleramt ihren Lauf. Helmut Schmidt berichtet über Schwierigkeiten, die er bei der Aufstellung des neuen Haushalts und bei der Steuerreform erwartet; unter vier Augen sage ich, er möge nicht überrascht sein, wenn die Kanzlerschaft rasch auf ihn zukomme. Ich empfange den Präsidenten des Bundesrechnungshofes, unterzeichne das Gesetz über den Finanzausgleich zwischen Bund und Ländern. Mein letzter ausländischer Besucher: Mario Soares, der im Begriff steht, aus dem Exil nach Lissabon zurückzukehren; die »Revolution der Nelken« hat begonnen.

Am gleichen Tag nehmen die Chefs der beiden Behörden, die während der Observation nicht hatten zusammenfinden können, die Geschicke des Vaterlandes in ihre Hände. Der tüchtige Präsident des Wiesbadener Kriminalamts sucht den für tüchtig gehaltenen Präsidenten des Verfassungsschutzes in Bonn auf und trägt ihm seinen Bericht vor; er handelt von ebenjenem Klatsch, der in den Vernehmungen der letzten Tage zusammengetragen worden ist. Nollau schreibt auf, wenn Guillaume in der Hauptverhandlung von »peinlichen Details« rede, seien Bundesrepublik und Bundesregierung »blamiert bis auf die Knochen«; sage er aber nichts, habe die DDR-Regierung »ein Mittel, jedes Kabinett Brandt und die SPD zu demütigen«. Einer späteren Darstellung zufolge hatte Nollau ein Jahr zuvor die einschlägige Frage des Leiters der Sicherungsgruppe mit Nein beantwortet. Die Frage hieß: »Geht uns das Privatleben unserer Schützlinge etwas an?«

Nollau kannte ich, seit er – noch Rechtsanwalt in Dresden – mich

Das Geschehen... 323

1948 in Berlin besucht hatte. Er erinnerte sich falsch, als er meinte, ich hätte ihm damals einen Verbindungsmann der SPD auf den Hals geschickt; mit dem Ostbüro des Parteivorstands hatte ich nur insoweit etwas zu tun, als ich gelegentlich anspruchsvollere Gesprächspartner vermitteln half. Nollau flüchtete zwei Jahre später nach Berlin und landete beim Verfassungsschutz. Ich hörte nichts mehr von ihm und wußte nur, daß er von seinem Dresdner Landsmann Herbert Wehner gefördert wurde. Nach des Expräsidenten Tagebuch vom 3. Mai 1974: Er und sein Kollege seien zu dem Schluß gekommen, »jemand müsse den Bundeskanzler drängen, zurückzutreten«. Da müsse einer mit politischer und moralischer Autorität her, er werde Herbert Wehner unterrichten. Das tat er dann auch. Und die Kunde ging, der Fraktionsvorsitzende habe mich in die Zange genommen und zum Rücktritt veranlaßt. Begründung: Ich sei erpreßbar.

So war es nicht. Wir trafen uns am 4. Mai in Münstereifel. Der Anlaß: Dorthin hatte ich über das Wochenende Gewerkschaftsführer geladen, um wirtschaftspolitische Fragen zu erörtern. Als ich mit Wehner spreche und die Informationen und Gerüchte aus den letzten Tagen kommentiere, spricht er von einer »besonders schmerzlichen Nachricht«, die er zu überbringen gehabt hätte, wäre ich nicht selbst auf die Sache zu sprechen gekommen. Mir bleibt unklar, was er meint; er macht nebulose Andeutungen über einen längeren Bericht, Einzelheiten habe er sich nicht gemerkt. Zwei Tage später, während eines Koalitionsgesprächs in Bonn, sagt er wieder, er habe »Namen und Einzelheiten bewußt vergessen«, und platzt dann doch mit einem besonders abwegigen weiblichen Namen heraus. Wie immer ich mich entscheiden würde, er trage meinen Entschluß mit; später: er habe »uneingeschränkte Treue für jede denkbare Entwicklung« bekundet. Tags darauf, als wir – noch in Münstereifel – in einem Kreis zu sechst sprechen, hält er sich sehr zurück; neben Wehner, Schmidt und mir waren Schatzmeister Nau, Geschäftsführer Holger Börner und Staatssekretär Ravens beteiligt. Helmut Schmidt widerspricht heftig meinem inzwischen gereiften Entschluß zum Rücktritt. Zwei der engeren Mitarbeiter haben zuvor versucht, mich umzustimmen. Alle Beteiligten betonen, Parteivorsitzender müsse ich bleiben.

Am Sonntagabend, nachdem ich wieder in Bonn bin, schreibe ich mein – am Montag nicht mehr umformuliertes – Rücktrittsgesuch an den Bundespräsidenten. Ich zeige es Walter Scheel, der meint, das müßte sich auf einer Backe absitzen lassen. Egon Bahr rät, ich solle mich erneut vergewissern, wie es um die Rückendeckung bestellt sei. Am 6. Mai jagen sich die Sitzungen und Besprechungen. Abends überbringt der Chef des Kanzleramts Gustav Heinemann meinen Brief; er hält sich in Hamburg auf. Die FDP-Kollegen raten noch einmal und deutlich vom Rücktritt ab. Vorher ist, als letzter Besucher, Siegfried Buback bei mir gewesen, zusammen mit dem Justizminister. Ich bringe mein Erstaunen über die ermittelnden Organe zum Ausdruck und das meinem Privatleben zugewandte Interesse. Es werde offensichtlich Unsinniges zusammengebraut. Guillaume verfüge nicht über mich betreffende Informationen, die die Interessen des Staates berührten. Buback meint, Feststellungen zum privaten Bereich seien angezeigt gewesen; man müsse herausfinden, ob sich Guillaumes Vertrauensbruch oder Verrat auch hierauf erstreckt habe. Dann: Er werde veranlassen, daß die Befragung der Beamten aufhöre. Ende Mai sollte mir der Justizminister, nun Hans-Jochen Vogel, mitteilen, Geheimnisverrat werde für »diesen Bereich« nicht mehr konstruiert; er habe den Generalbundesanwalt ersucht, entsprechend zu verfahren. Noch Jahre später wurde einem Fernsehjournalisten, der einen Film über den Fall Guillaume plante, ein Schriftstück in die Hände gespielt, das längst hätte dem Reißwolf überantwortet sein müssen.

Meinen Rücktritt begründete ich, im Brief an den Bundespräsidenten, mit »Fahrlässigkeiten im Zusammenhang mit der Agentenaffäre Guillaume«, für die ich die politische Verantwortung übernähme. Im Brief an den nun amtierenden Vizekanzler Scheel fügte ich vor »Verantwortung« in Klammern hinzu: »natürlich auch die persönliche«. Den Begriff der Fahrlässigkeit wollte ich nicht juristisch verstanden wissen; ich fand, auch wer auf falsche Ratschläge eingegangen sei, habe sich fahrlässig verhalten. Ich dachte mir, einer müsse Konsequenzen ziehen, und sagte vor der Bundestagsfraktion am Morgen des 7. Mai, mein Amtsverzicht geschehe »aus der Erfahrung des Amtes, aus meinem Verständnis für die ungeschriebenen Regeln der Demokratie und um meine persönliche und politische Integrität nicht zerstören zu lassen« – in dieser Reihenfolge. Dabei hatte ich nicht überhört, daß Bundesminister Ehmke und Kanzleramtschef Grabert anboten, ihre Ämter zur Verfügung zu stellen, falls mir dies richtig erscheine. Mich hat die Frage meiner persönlichen Verantwortung gequält, mehr, als es meine engeren Mitarbeiter für gerechtfertigt hielten, und mehr, als ich es in der Rückschau für gerechtfertigt halte.

Es fehlte nicht an Zeichen von Sympathie und Betroffenheit. Ich war mitgenommen und fragte mich: Würde ich eine solche Kampagne verwinden können? Über das eigene Mißgeschick hinaus: Würde die Erfahrung bedacht werden, wie leicht ein Verfassungsorgan fast komplottartig auszuhebeln war, wenn Sicherheitsintriganten mit dem Blick durchs Schlüsselloch spielten und hysterische Reaktionen auslösten? Es sei angefügt, daß ausländische Kollegen mich wissen ließen, sie hätten für diese Art von Provokation und Reaktion keinerlei Verständnis.

Ohne der strafrechtlichen Ahndung vorzugreifen, rief die Regierung ein Gremium zusammen und erbat eine gutachtliche Äußerung. Theodor Eschenburg, der Vorsitzende, teilte mit, nach dem Grundgesetz sei der Bundeskanzler der in erster Linie politisch Verantwortliche; dessen Rücktritt – durch die Affäre vermutlich eher veranlaßt als verursacht – sei jedoch nicht notwendig gewesen. Die Demission »wegen dieses Vorfalls, der auf Pannen und Betriebsstörungen mittleren Ranges beruhte«, habe außerhalb des Erwartungshorizonts der öffentlichen Meinung und der Bevölkerung gelegen.

Mußte ich zurücktreten? Nein, zwingend war der Rücktritt nicht, auch wenn der Schritt mir damals unausweichlich erschien. Ich nahm die politische Verantwortung ernst, vielleicht zu wörtlich. Tatsächlich nahm ich viel mehr auf mich, als ich zu verantworten hatte. Die Schwierigkeiten in und mit der Regierung hatten seit Jahresbeginn '73 zugenommen und meine Position, gewiß auch mein Durchhaltevermögen geschwächt. Die Vermutung spricht dafür, daß ich mich vor einem anderen Hintergrund weniger passiv verhalten hätte. Die Lage brauchte jedenfalls einen Bundeskanzler, der sich seiner Aufgabe ohne Einschränkung widmen konnte. Daß mich die Macht ekelte, wie Günter Grass im *Butt* mutmaßte, kann ich nicht bestätigen. Doch zugegeben sei, daß die Intrigen mich mitnahmen, und es wäre auch verwunderlich gewesen, wenn mich die Last, die auf der Familie lag, nicht beschwert hätte. Egon Bahr meinte: Es sei sinnlos gewesen, mich umstimmen zu wollen. Ich hätte mich entweder definitiv vorentschieden oder nicht die Kraft gehabt, den Konflikt auszutragen. Beides ist richtig, und ich füge hinzu: In der physischen und psychischen Verfassung späterer Jahre wäre ich nicht zurückgetreten, sondern hätte da aufgeräumt, wo aufzuräumen war.

Viel ist über den Einfluß gerätselt worden, der in jenen Maitagen von Herbert Wehner ausgegangen ist. In der Woche nach meinem Rücktritt stellte ich – in einem Brief an die Mitglieder unserer Partei – fest: An der Behauptung, Wehner habe mich aus dem Amt gedrängt, sei »kein Wort wahr«. Ich wollte die Partei vor Schaden bewahren und war in jenen Augenblicken zu sehr mit mir selbst beschäftigt, als daß ich·Verantwortung hätte abwälzen mögen. Dabei war ich nicht einmal so überrascht, wie ich es hätte sein sollen, als wenige Tage nach dem Rücktritt Tito in Bonn war und mich rundheraus fragte: »Was hat Wehner hiermit zu tun?« Die Formulierung im Brief an die Partei hat späteren Spekulationen ohnehin nicht vorzubeugen vermocht. Zumal auch oberflächlichen Beobachtern nicht verborgen bleiben konnte, daß wir längst nicht mehr als Freunde erschienen, so wir es je gewesen waren.

Vor der Bundestagsfraktion hatte Wehner am 7. Mai – ich war noch beim Bundespräsidenten – über jene drei Tage berichtet, die der Demission voraufgegangen waren. Alle Beteiligten – in beiden Koalitionsparteien – hätten die Meinung vertreten, »daß die Erwägung Willy Brandts von ihnen nicht nur bedauert, sondern dringend ihm angeraten wurde, sie nicht zu vollziehen«. Von Journalisten, »auch von gutgläubigen Menschen«, werde gesagt: »Da muß doch jemand dran gedreht haben, der Brandt hat hintenrum umbringen wollen.« Es sei zu erwarten, »daß die Hetzkampagne, gegen die sich Willy Brandt seit Beginn seines politischen Lebensweges durchzusetzen hatte, auf übelste Weise fortgesetzt wird und schon beginnt«. Als ich den Saal betrat, bekundete der Vorsitzende »Respekt vor der Entscheidung« und – einigen zu überschwenglich – »Liebe zur Persönlichkeit und zur Politik Willy Brandts«. Jahre später noch – Anfang 1980 – erklärte er: »Ich habe nichts für notwendig gehalten [...] Ich habe erklärt, es gibt keine Notwendigkeit dafür, daß der Bundeskanzler Willy Brandt dafür, was als Fahrlässigkeit bezeichnet worden ist, zurücktritt.« Vielmehr hätte ein Staatssekretär gehen sollen. Weiter: »Ich bin auch heute noch, auch wenn er nicht mehr Kanzler ist, bei allem, was er mich hat entgelten lassen, aus seinem Verständnis heraus, loyal zu Brandt.«

»Was er mich hat entgelten lassen« – ein Schlüsselsatz, der Herbert Wehner als den ewig Gekränkten und Enttäuschten erkennen läßt, den, der sich zurückgesetzt oder schlecht behandelt fühlt; so wollte er auch in Zeiten gesehen werden, in denen er viel Macht ausübte. Er war mißtrauisch und wurde nie los, was er in Moskauer Kominterntagen erlebt und was ihn in den Bruch mit der Kommunistischen Partei getrieben hatte – das Gefühl der permanenten Bedrohung. Zusätzlich zu seiner sozial motivierten Leidenschaft, seinen organisatorischen Gaben und taktischen Fähigkeiten war ihm ein brennender Ehrgeiz eigen; daß ihm der Weg an die Spitze unserer Partei versperrt war, konnte er nicht für gerecht halten. Schon 1952, am Rande des Dortmunder Parteitags, hatte er darüber das Gespräch gesucht; Kurt Schumacher war gerade gestorben. Wehner mag bewußt gewesen sein, daß Schumacher ihn sehr gefördert und es doch für unmöglich gehalten hatte, daß ihm je die Führung der Partei anvertraut würde. Er suchte Ersatz in dem Bestreben, die zu steuern, die an der Spitze standen. Erich Ollenhauer, Vorsitzender von 1952 bis zu seinem Tod Ende 1963, hat einiges ausstehen müssen.

Nachdem wir uns – er in Bonn, ich in Berlin – miteinander arrangiert hatten, bekam das Verhältnis zwischen Wehner und mir einen ersten erheblichen Knacks, als wir im Herbst ’61 gemeinsam mit dem Nachtzug nach Lübeck fuhren; dort hielt ich, eine Tradition begründend, am Samstagnachmittag die Abschlußkundgebung vor der Bundestagswahl. Wehner, nach etwas Rotspon und auf den Vorsitzenden Ollenhauer bezogen: »Der muß weg. Du mußt es machen.« Ich widersprach nicht heftig, eher gedehnt, denn ich war verstört und erschrocken über den Ton, der einer Partei wie der unseren fremd und nicht würdig war. Die Nachfolge im Parteivorsitz konnte, so fand ich, nicht putschartig geregelt werden. Und warum auch? Ich hatte zu Erich Ollenhauer ein kameradschaftliches Verhältnis gewonnen; der Erneuerung der Partei legte er keine Steine in den Weg, im Gegenteil; er war der Garant dafür, daß die »alte« Partei den Weg an die Macht mitging. Wehner merkte sich meine Reaktion, die eines Zauderers und Schwächlings. Und ich merkte mir seinen Vorstoß, den eines Mannes, der die Figuren und die Politik nach Belieben verschiebt.

Das Vertrauensverhältnis hielt sich in Grenzen. Über seine Sondierungen in Sachen Große Koalition unterrichtete er mich 1962 nicht; Ollenhauer mußte dies nachholen. Den unrealistischen Deutschlandplan zog er ebenso unvermittelt zurück, wie er ihn 1959 eingebracht hatte. Er hielt sich bis in die Stunden vor Eröffnung des Godesberger Parteitags sein Votum offen und schwenkte – von einem Augenblick zum anderen – um, als der Zug mit dem neuen Programm abfuhr; sich dann an dessen Spitze zu stellen, verstand er meisterhaft. Seine berühmte Rede zur Außenpolitik, Juni '60, hielt er, ohne daß Ollenhauer und Erler, die seine Mitredner waren, auch nur eine Ahnung gehabt hätten, was er sagen würde. Es machte ihm Spaß, schlecht über andere Sozialdemokraten zu reden, wenn er mit CDU-Prominenz oder – noch lieber – Bischöfen beisammen war. Heinrich Krone hielt in seinem Tagebuch 1966, noch vor der Großen Koalition, fest: »Hart steht Wehner gegen Brandt, er sagte mir das ganz offen, der in Berlin eine Politik hin zu Moskau betreibe, die schlechthin gefährlich sei. Hier gehe er mit Schröder Hand in Hand. Wehner hat recht.« Während der Großen Koalition pflegte er den Kanzler und spottete über mich; Kiesinger zufolge »unflätigst«.

Es wäre ungerecht, einen Mann wie Wehner allein in dem Spiegel zu sehen, den er bot, als ihn die körperlichen Krankheiten plagten und er seiner Seelenqualen nicht mehr Herr wurde. Was über die Jahre hin in Balance gehalten worden war, wenn auch mit erkennbarer Anstrengung, geriet zunehmend außer Kontrolle und drohte ihn zu zerreißen. Hilfsbereitschaft und Herrschsucht wechselten immer rascher einander ab, der Ton wurde schneidend scharf, er brüllte mehr, denn daß er redete, die Sprache rutschte ins Zotige ab. Immer öfter und bald unablässig berief er sich auf die Pflicht, die er zu erfüllen habe. Daß die Neurosen ihm noch mehr als anderen über den Durchschnitt hinausragenden Politikern zu schaffen machten, darf mehr als vermutet werden. Das Duo Wehner-Nollau hat sich in der Guillaume-Affäre weder als effektiv noch als hilfreich erweisen können. Nollau hatte Wehner als Vorgesetzten betrachtet und ihn immer schon über Vorgänge unterrichtet, von denen man mich verschonte. Auch seine eigenen DDR-Kontakte hatte Wehner mir nicht zur Kenntnis gebracht.

Als Wehner Ende Mai '73 von seinem DDR-Besuch und dem Tête-à-Tête mit Honecker zurück war, hatte sich Nollau sofort zu ihm auf den Heiderhof begeben; auch schon vor dessen Abreise dort gewesen zu sein, bestritt er heftig. Nollau berichtete, der eigenen Darstellung gemäß, man sei nun hinter dem jahrelang gesuchten Spitzel in der SPD her, dessen Vor- und Nachname mit G. beginne. Diesen Spitzel betreffend waren Kontakte schon mit Erich Ollenhauer und Fritz Erler aufgenommen worden; auch 1973/74 noch hielt der Verfassungsschutz in ebendieser Angelegenheit Verbindung mit Büros des Parteivorstands.

Auch Briefe und Nachrichten, die in den Tagen um meinen Rücktritt aus Ostberlin eingingen, wurden mir vorenthalten. Nollau hielt in seinem veröffentlichten Tagebuch unter dem Datum des 3. Mai 1974 fest, daß er Wehner nachmittags in dessen Wohnung aufgesucht habe. Der habe ihn zu seinem Wagen begleitet und im Gehen bemerkt: »In der Bibliothek sitzt Honeckers Bote, eine Vertrauensperson aus Ost-Berlin. Er hat mir erklärt, er habe heute früh noch mit Honecker gesprochen und solle mir ausrichten, er, Honecker, habe nicht gewußt, daß im Bundeskanzleramt ein Spion sitze. Der Minister für Staatssicherheit habe ihm, Honecker, versichert, Guillaume sei ›abgeschaltet‹ worden, als er in die Funktion bei Brandt gekommen sei.« Nollau brauche ihm nicht zu sagen, was er von solchen Erklärungen halte.

Ostberlin war in jenen Tagen besonders eifrig um Sprachregelungen bemüht. Eine Einladung an meinen Nachfolger bemühte man sich auf den Weg zu bringen, noch bevor ich meinen Platz geräumt hatte.

... und das Schweigen

Helmut Schmidt war zu meinem innerparteilichen Herausforderer geworden. Doch auf die Haltung, die er in den Tagen vor und nach meinem Rücktritt einnahm, ist nicht die Andeutung eines Schattens gefallen. Er glaubte, sich in Münstereifel »schlecht benommen« zu haben und »einmal etwas heftig geworden« zu sein und sich dafür entschuldigen zu sollen. Tatsächlich hatte er geäußert, es sei eine Überreaktion, wenn ein Regierungschef wegen »läppischer« Geschichten die Segel streiche, und mich dringend gebeten, meine Haltung noch einmal zu überdenken. Jedenfalls müsse ich Parteivorsitzender bleiben: »Du kannst die Partei zusammenhalten, ich nicht.«

Als am 6. Mai insoweit alles klar war, gab ich ihm im Palais Schaumburg, in das er bald einziehen würde – vorübergehend jedenfalls, bis das neue Kanzleramt fertig sein würde –, einen freundschaftlichen Rat: Er möge sich nicht äußern, als habe er einen Bruchladen übernommen. Die Reaktion ließ nicht auf sich warten. Drei Tage später, in seiner Diktion, vor unserem Parteirat: Die Firma Bundesrepublik Deutschland befinde sich nicht etwa am Rande der roten Zahlen; wir seien »eine völlig gesunde Firma, eine der allergesündesten Unternehmungen, die an der Weltwirtschaft beteiligt sind«. Tatsächlich: Unsere Schulden hatten '73 gut 57 Milliarden DM betragen; sie stiegen auf 341 Milliarden '83 und fast 500 Milliarden '89.

Daß er als Kabinettsmitglied dem Bundeskanzler das Leben leichtgemacht hätte, wäre eine die Wahrheit dehnende Feststellung. Alex Möller, der Finanzminister, war im Mai '71 zurückgetreten, weil er sich mit dem Verteidigungsminister nicht zu einigen vermochte. Karl Schiller, der Wirtschafts- und Finanzminister, war im Frühsommer '72 auch deshalb ausgeschieden, weil die Dauerkontroverse mit Helmut Schmidt groteske Formen annahm. Als ich ihn zum Nachfolger und neuen Superminister berief, hatte ich ihn – inoffiziell – als Nummer zwei der sozialdemokratischen Kabinettsmannschaft benannt. Es wurde verstanden, wie es gemeint war – als Vorentscheidung zur etwaigen Nachfolge. Auch wenn der große Wahlsieg dazwischen lag und insoweit die Karten hätten neu gemischt werden können, jetzt nicht in der Logik der Dinge zu bleiben wäre ohne Vernunft und ohne Sinn gewesen. Ich nominierte also den Nachfolger und war zufrieden, daß Helmut Schmidt von den zuständigen Gremien unserer Partei einmütig bestätigt wurde.

Die Meinungsverschiedenheiten, die wir hatten, waren zu einem wesentlichen Teil durch unterschiedliche Temperamente bedingt; hätten wir sie tragisch genommen, wäre die Zusammenarbeit über Gebühr und ohne Not belastet worden. Wir verstanden uns – jeder sich selbst und jeder den anderen – als deutsche Patrioten in europäischer Verantwortung und haben einander den Respekt nie versagt, auch dann nicht, wenn wir wirklich verschiedener Meinung waren. Wir hatten immer das Gefühl, gemeinsam eine Menge bewirken zu können – für unser Land und für unsere Partei. Der deutschen Sozialdemokratie hatten wir uns aus recht unterschiedlichen Richtungen verschrieben. Wir blieben ihr auf unterschiedliche Weise verbunden – doch mit der gleichen inneren Verpflichtung. Daß wir zusammen, in jahrzehntelanger Weggemeinschaft, tatsächlich eine Menge bewirkt haben, für unser Land und für unsere Partei, daran habe ich erinnert, als die SPD ihr 125jähriges Bestehen feierte. Wir haben einander daran erinnert, als wir uns, Dezember 1988, wechselseitig zum runden beziehungsweise halbrunden Geburtstag gratulierten.

Mit der Guillaume-Affäre hatte Schmidt nichts zu tun gehabt. Es blieb ihm freilich nicht erspart, Honecker ein Jahr später auf den Fall anzusprechen. Beide begegneten sich, Sommer '75, anläßlich der gesamteuropäischen Konferenz in Helsinki. Der Aufhellung konnte nicht gedient werden. Im übrigen mußten die Verantwortlichen in beiden deutschen Staaten ein gemeinsames Interesse haben, die praktische Zusammenarbeit weiterzuentwickeln. In der Folge hat Ostberlin die Bundesregierung wiederholt ersucht, den verurteilten Spion vorzeitig aus der Haft zu entlassen. Erst '81 wurde Guillaume abgeschoben.

Selbst bin ich verschiedentlich – zuerst durch den Chef des Kanzleramts im Mai '76, dann einige Male auch durch den Leiter der Ständigen Vertretung der DDR in Bonn – mit der möglichen Einbeziehung Guillaumes in einen Gefangenenaustausch befaßt worden. Ich habe mich gleichbleibend auf den Standpunkt gestellt, daß ich keine persönlichen Rechnungen zu begleichen hätte, eine Initiative

in dieser Angelegenheit von mir allerdings nicht erwartet werden
könne; ich hinderte die Bundesregierung nicht, das zu tun, was sie
für sachlich geboten und rechtlich zulässig halte. Von dieser Haltung
bin ich auch nicht abgewichen, als von Zeit zu Zeit Presseveröffent-
lichungen erschienen, gespickt mit übler Nachrede. An solcher hat
es auch sonst nicht gefehlt. Bei den einschlägigen deutschen und alliierten Diensten luden Überläufer Märchen darüber ab, daß ich –
schon als Bürgermeister, dann als Bundeskanzler – geheime Besuche
in Ostberlin und Moskau gemacht hätte. Mitarbeiter eines großen
Verlagshauses brüsteten sich in Kollegenkreisen mit Unterlagen darüber, daß ich mit Breschnew über den Austritt aus der NATO gesprochen hätte; man hatte den Vorwurf des Landesverrats für den
Fall bereit, daß ich »den Kopf zu weit herausstecke«...

Als der Spion entlarvt und ich zurückgetreten war, beschäftigte
das Publikum, verständlicherweise, die Frage, wie der Hilfsreferent
im Januar '70 im Kanzleramt untergekommen war. Ob es sich am
Ende um einen Routinevorgang gehandelt habe? Nein, Routine war
nicht im Spiel, Rücksicht auf die innersozialdemokratische Konstellation aber sehr wohl. Herbert Ehrenberg, seines Zeichens Leiter
der Wirtschafts- und Sozialpolitischen Abteilung im Kanzleramt, bevor er Staatssekretär und Bundesminister wurde, hatte ihn angefor-
dert – als Hilfsreferenten für die »Verbindung zu Gewerkschaften
und Verbänden«. In Ehrenbergs Augen hatte sich Günter Guillaume als »zuverlässiger Rechter« qualifiziert. Noch in der '69er
Kampagne war er der erfolgreiche Wahlkreisbeauftragte von Bundesminister Leber gewesen; in ihm wie in dessen Parlamentarischem
Staatssekretär, dem späteren Bundesgeschäftsführer und Hessischen
Ministerpräsidenten Holger Börner, hatte er weitere Befürworter.
Den meisten der Beteiligten war hinterher allerdings nicht mehr gegenwärtig, wie sehr sie sich engagiert hatten. Mir selbst war Guillaume nicht sonderlich sympathisch, wurde es auch nicht, als er seine
organisatorischen Aufgaben zur Zufriedenheit löste. Im Herbst '72
hatte ich Bedenken, ihn aufrücken zu lassen, nicht weil ich Verdacht
gehegt hätte, sondern weil ich ihn für beschränkt hielt. Die Mischung von Servilität und Kumpelhaftigkeit ging mir auf die Nerven,
doch machte ich daraus kein Aufheben. Daß er vor allem den Terminkalender korrekt und zuverlässig überwachte, war wichtiger.

Nach der Sommerpause '72 wechselte er in meine Nähe. Der frühere Essener Parteisekretär und spätere Oberbürgermeister Peter Reuschenbach kandidierte für den Bundestag und hatte sich sehr dafür eingesetzt, durch Guillaume erst vertreten und danach ersetzt zu werden. Der fiel durch äußerliche Korrektheit und knappe Antworten auf. Als in Frankfurt ein neuer Vorsitzender gewählt wurde und ich wissen wollte, was von ihm zu halten sei, kam es blitzschnell und unterkühlt: »Das will ich Ihnen sagen, das is'n Kommunist.«

Die Guillaumes waren 1956 als vermeintliche Flüchtlinge über West-Berlin nach Frankfurt gekommen. Im folgenden Jahr trat er in die SPD ein, schaffte '64 den Sprung zum Geschäftsführer des Unterbezirks und '68 der Fraktion in der Stadtverordnetenversammlung, in die er im gleichen Jahr gewählt wurde. Deren Vorsitzender Gerhard Weck war ein sächsischer Flüchtling, der während des größten Teils der Nazizeit und danach noch einmal jahrelang bei der »Staatssicherheit« gesessen hatte. Er wurde Guillaumes besorgter Förderer; der Tod bewahrte ihn vor der bösen Enttäuschung. Frau Guillaume war in der Wiesbadener Staatskanzlei untergekommen.

Von einem geistreichen Franzosen stammt der Satz, bei der Hinrichtung seien die Details unwichtig. Im vorliegenden Fall aber mögen die Einzelheiten von Belang sein. So förderte der Untersuchungsausschuß des Bundestages zutage, daß Guillaume schludrig überprüft worden ist. Verdachtsmomente hatte mehr als eine Behörde registriert, aber nicht ausgewertet; sie rührten aus den Jahren '54 und '55 und bevor er in die Bundesrepublik übergesiedelt war. Der BND-Präsident, General Wessel, hatte eine eingehende Hintergrundprüfung empfohlen und angeregt, ihn bei einer anderen Dienststelle unterzubringen. Der Rat blieb unberücksichtigt.

Horst Ehmke als Behördenchef führte, wie ich später erfuhr, eine scharfe Befragung durch, und der Verfassungsschutz erteilte, nach zwei Überprüfungen, seine Unbedenklichkeitsbescheinigung für Verschlußsachen »bis einschließlich Streng Geheim«. Nicht bekannt war mir, daß Ende '69 Egon Bahr, der Ehmke vertrat, auf ein mögliches Sicherheitsrisiko hingewiesen und dies aktenkundig gemacht hatte. Weil ich mich '73 an den Rat hielt, möglichst niemanden einzuweihen, sagte ich weder Bahr noch Ehmke ein Wort; sie hätten mich problembewußter gemacht.

Irgendwann 1970 oder '71 bemerkte einer, vermutlich Ehmke, daß nach dem Lebenslauf des »von drüben« gekommenen Guillaume gefragt worden sei. Ich erinnerte mich an viele Fälle, die ich in Berlin erlebt hatte, und dachte: So sei es eben immer wieder, gegen Flüchtlinge aus der DDR würden Verdachtsmomente vorgebracht, von denen meistens nichts übrigblieb. Als Reuschenbach '72 ausschied und Guillaume bereitstand, habe ich eher beiläufig nachgefragt, ob da nicht etwas gewesen sei, was man sich noch einmal anzuschauen habe. Reaktion aus meinem Amt: Alles sei in Ordnung; es komme immer wieder vor, daß gegen Landsleute aus der DDR unhaltbare Vorwürfe erhoben würden. Schließlich habe sich der Mann in Frankfurt bewährt.

Des Verfassungsschutz-Präsidenten wunderliches Verhalten in der Zeit zwischen Mai '73 und April '74 wurde vom Untersuchungsausschuß des Bundestages kritisch unter die Lupe genommen. Der Befund: Die Informationen, die der Verfassungsschutz an das Innenministerium reichte, waren unzulänglich und fehlende Sorgfalt und Gedankenlosigkeit Merkmale des Nollauschen Amtes. Der der CDU zugehörige Berichterstatter Gerster sprach von schwerer, ja gröblicher Pflichtverletzung; Nollau habe sich als Leiter des Verfassungsschutzes disqualifiziert. Das war hart und doch nicht nur von parteipolitischer Nebenabsicht getragen. Ein Kreis von Mitarbeitern des Bundesamtes für Verfassungsschutz hatte mir schon am Tag nach meinem Rücktritt geschrieben: »Nicht Sie, sondern andere sind verantwortlich. Ihnen Anerkennung und Dank.«

Ich verfügte über jahrzehntelange parlamentarische Erfahrung und mußte nicht erst davon überzeugt werden, daß es Untersuchungsausschüssen selten gelingt, die Wahrheit konkret zu machen. Entweder stehen die Motive der Parteien und von deren Repräsentanten einander entgegen, oder sie überlagern sich. Im vorliegenden Fall war das Interesse, den Innenminister zu schonen, allseitig: Die einen, zu denen ich, nun aber erst recht der neue Bundeskanzler zählte, wollten Genscher, den Koalitionspartner, nicht beschädigen, die anderen, an deren Spitze – neben Strauß – Helmut Kohl gerückt war, Genscher, den künftigen Bundesgenossen, nicht verprellen.

Was war voraufgegangen? Am 29. Mai '73 kam der Innenminister, im Anschluß an ein Koalitionsgespräch, zu mir: Ob sich in meiner

Nähe ein Mitarbeiter mit französisch klingendem Namen befinde? Ich nenne den Namen Guillaume, seine Funktion und frage, wieso. Ja, Nollau sei bei ihm gewesen und bitte um Zustimmung zur Observation. Es gebe Unklarheiten aus den 50er Jahren und – längst zurückliegende – Funksprüche, aus denen Verdacht geschöpft werden könnte. G. solle in seiner bisherigen Tätigkeit weiterbeschäftigt werden. Der Observation stimme ich selbstverständlich zu und erkundige mich, ob der Rat, ihn unverändert zu beschäftigen, auch für meinen bevorstehenden Urlaub gelte. G. war – die beiden Persönlichen Referenten standen aus guten persönlichen Gründen nicht zur Verfügung – eingeteilt, mich im Juli nach Norwegen zu begleiten; Frau und Sohn sollte er mitnehmen dürfen.

Anderntags, am 30. Mai, war der Innenminister erneut bei mir und meldete, wie ich annehmen mußte, nach Kontakt mit Nollau: Auch hinsichtlich der Urlaubsbegleitung solle sich nichts ändern. Genscher meinte später, es habe sich um eine Befürchtung, noch nicht um einen Verdacht gehandelt. Selbst nahm ich die Warnung nicht ernst und fand, für derlei Angelegenheiten gebe es schließlich Dienste und Ämter. Die zuständige Leitung aber nahm sich des Vorgangs an, als schreibe man das Drehbuch für einen drittklassigen Spionageroman.

Nollau war, wie er zugegeben hat, überhaupt dagegen, »den Bundeskanzler schon in diesem Zeitpunkt zu informieren«. Nachträglich polemisierte er sogar, daß ich den Leiter des Kanzlerbüros, am 29. oder 30. Mai, und den Chef des Kanzleramts, am 4. Juni, nach dessen Urlaub, vertraulich unterrichtet hatte. Er selbst hielt es für angezeigt, die Angelegenheit mit Personen außerhalb der Regierung zu erörtern.

Ich habe die beiden Herren in eigener Verantwortung ins Bild gesetzt und dabei mehr als einen zusätzlichen Fehler gemacht. Ich hätte Nollau oder Genscher bitten sollen, alle sich aus ihrem Hinweis ergebenden Fragen mit dem Chef des Kanzleramts zu besprechen und – natürlich auch – den Sicherheitsbeauftragten des Amtes einzubeziehen. Die Frage der Übermittlung vertraulicher beziehungsweise geheimer Telegramme während der Urlaubszeit hätte so oder so erörtert werden müssen. Es sei denn, die beobachtende Behörde wollte aus ihren Gründen hieran ausdrücklich nichts ändern.

Meine Sorge mußte das nicht sein; und daß mir hieraus ein Strick gedreht werden sollte, konnte ich nicht wissen.

Man hatte mir nahegelegt, an G.s Tätigkeit nichts zu ändern. Aber Nollau und seine Mitarbeiter wußten gar nicht, was er im Kanzleramt tat. Sie hatten, wie sich im Untersuchungsausschuß herausstellte, nicht einmal festgestellt, daß G. mit seiner Familie von Frankfurt nach Bonn umgezogen war. Laut Nollau gingen sie noch Ende Mai '73 davon aus, G. sei in der Wirtschaftsabteilung tätig: »Sein Aufstieg ins Büro des Regierungschefs [...] war uns vom Kanzleramt nicht mitgeteilt worden.« Dabei hätte es keiner geheimen Recherche, sondern eines Telefonanrufs bedurft, um herauszufinden, daß G. durch Hausanordnung vom 30. November 1972 dem Büro des Bundeskanzlers zugeteilt worden war – für die zuvor von Reuschenbach wahrgenommenen Aufgaben. Der oberste Verfassungsschützer und der Innenminister gingen davon aus, daß ein Referent mit G.s Aufgabengebiet – und mit berechtigtem Zugang zu Geheimakten – mit »Regierungsangelegenheiten« in keiner Weise befaßt würde. Und zwar auch dann nicht, wenn er als einziger Referent den Bundeskanzler in den Urlaub begleitete.

Norwegen also. Präsident Nollau wollte – seinen Erklärungen vor dem Untersuchungsausschuß und späteren Veröffentlichungen zufolge – erst Anfang Juli der Zeitung entnommen haben, daß ich mich in Urlaub begeben hätte; aus dem Kanzleramt sei keine Mitteilung eingegangen. Er beschloß – bürokratischer Schlendrian oder was? –, die Observation einzustellen; es sei unwahrscheinlich gewesen, »daß sich Guillaume mit einem Kurier des DDR-Dienstes im einsamen norwegischen Gebirge treffen würde«. Er meinte, sich ein Bild von der Gegend um Hamar machen zu dürfen, wie es ihm beliebte. Von Sachkenntnis war es nicht getrübt. Das Bundesamt hätte die Möglichkeit und auch die Pflicht gehabt, sich über diese simplen Tatbestände, auch über die Verwendung von G. im einzelnen zu erkundigen. Nachdem ich meine Zustimmung zur Observation einmal gegeben hatte, mußten über das Kanzleramt – dessen Chef, den Leiter des Kanzlerbüros oder den Sicherheitsbeauftragten des Amtes – entsprechende Erkundigungen eingeholt werden. Warum gab der Präsident des Verfassungsschutzes vor, von der Norwegen-Reise erst nach deren Beginn erfahren zu haben? Immerhin hatte mir der

... und das Schweigen 337

Innenminister dessen Rat, den Urlaub betreffend – »Nichts ändern«! –, am 30. Mai überbracht, und Kanzleramtschef Grabert am 5. Juni bei Genscher nochmals nachgefragt. War die Übersicht verlorengegangen? Sollte Unvermögen überspielt werden? Oder was? Und warum begnügte sich das Amt mit der vagen, vom Innenminister übermittelten Auskunft, G. sei mit »Regierungsangelegenheiten« nicht befaßt? Woraus wurde geschlossen, auch während des Norwegen-Aufenthalts werde sich seine Tätigkeit lediglich auf »Parteiangelegenheiten« beschränken? Es lag offen zutage, daß der den Bundeskanzler begleitende Referent die Verbindung zwischen ihm, dem Amt und der Partei in allen anfallenden Angelegenheiten zu halten habe. Und hatte ich nicht ausdrücklich nachgefragt, ob auch insoweit die Empfehlung gelte, nichts zu ändern? Wenn die Nollau-Behörde sich hierüber nicht im klaren gewesen wäre, hätte sie Erkundigungen einziehen müssen. Es mag ja sein, daß die Observation sie überforderte; aber gerade dann wäre pflichtgemäßes Ermessen geboten gewesen, mit dem Kanzleramt Verbindung aufzunehmen und die generelle Empfehlung – daß nichts geändert werde – zu überprüfen. Nollaus Amt versank in Untätigkeit und hüllte sich in Schweigen.

Ich bin allerdings davon ausgegangen, in Norwegen werde observiert. Und wenn man schon nicht die Sicherungsgruppe über jeweils einen ihrer Beamten um Amtshilfe angehen wollte, was hätte nähergelegen, als den BND einzuschalten? Dessen Mitarbeiter bedienten die Fernschreibstelle in unmittelbarer Nähe. Der Untersuchungsausschuß hielt fest: Die vom BND abgeordneten »Fernschreiber« hätten angewiesen werden können, den Kurierdienst (zu und von meinem Haus) zusätzlich zur Ver- und Entschlüsselung zu übernehmen.

Ich habe dann nicht mehr von der Sache gehört. Hin und wieder befragte ich Staatssekretär Grabert, der in schöner Regelmäßigkeit antwortete: Neues liege nicht vor. Die Funkstille währt bis zu jenem 1. März 1974, an dem Genscher in Begleitung von Nollau bei mir erscheint und mitteilt: Der Verdacht habe sich so erhärtet, daß Abgabe an die Bundesanwaltschaft empfohlen werde. Ich stimme zu; skeptisch bleibe ich auch jetzt und werde darin durch einen Irrtum Nollaus bestärkt, der sagt, in einem der entschlüsselten – alten – Funksprüche sei von zwei Kindern Guillaumes die Rede. Ich weise darauf hin, er habe meines Wissens nur einen Sohn. Tatsächlich wurde im Funkspruch zum »zweiten Mann« gratuliert; damit war die Geburt des Sohnes – in den fünfziger Jahren! – gemeint. In der ersten Aprilhälfte '74 scheint G. noch einen Abstecher nach Südfrankreich unternommen zu haben. Nollau berichtet, er habe die französischen Kollegen um Beobachtung gebeten. Die eine Version: Es ist nichts geschehen, was hätte beobachtet werden können. Die andere Version: Guillaume hat gemerkt, daß er observiert wurde. Der Chef der französischen Spionageabwehr soll, so Nollau, das erstemal von dem Fall Guillaume erfahren haben, »als ich ihn im April '74 von dessen bevorstehender Frankreichreise unterrichtete«. Ein gut informierter französischer Journalist wies indes darauf hin, der französische Geheimdienst habe über G. besser als der deutsche Bescheid gewußt – »seltsamerweise«.

Daß G. mich im Oktober '73 nach Südfrankreich begleitet hatte, schien Nollaus Dienst völlig entgangen zu sein; dem französischen Dienst war, falls er – aus Bonn ja nicht vorgewarnt – überhaupt davon wußte, die Spur verlorengegangen. Ich erholte mich einige Tage an der Côte d'Azur und genoß die Nähe von Renate und Klaus Harpprecht; der Verleger Claude Gallimard hatte mir sein Haus zur Verfügung gestellt. Die amtliche Begleitung oblag dem stellvertretenden Leiter des Kanzlerbüros. G. hatte erfolgreich gebettelt, man möge ihn doch auch reisen lassen. In seinem Rechtfertigungsbuch stellt er sich als »Reisemarschall« dar. Tatsächlich nahm er Resturlaub, reiste alleine an und wandte sich wegen seiner Reisekosten an den Schatzmeister der Partei. Das deutsche Amt verfuhr nach der Devise: Zwar nicht alles lassen, wie es war, aber möglichst wenig ändern. Seinem Chef war nicht einmal klar, daß G. in den gleichen Tagen wie ich nach La Croix-Valmer gefahren war.

In G.s Schrift von 1988 heißt es, er habe während der '73er Oktobertage das Picasso-Museum in Vallauris besucht und sich mit einem »hohen Mann« aus seinem Dienst getroffen. Der habe ihm nahegelegt, sich abzusetzen, solange der Rückzug noch offen sei. Was er nicht berichtet und wovon der Chef der deutschen Gegenspionage offensichtlich nichts erfuhr: G. hatte sich in derselben »Rotonde« eingemietet, in der auch Sicherheitsbeamte wohnten. Eines Abends, nachdem einiges getrunken worden und Guillaume auf seinem Bett

... und das Schweigen   339

eingeschlafen war, fiel ihm ein Notizbuch aus der Tasche. Es wurde
ihm von einem Sicherheitsbeamten behutsam wieder in die Tasche
gesteckt. Er blinzelte und lallte, man mag es kaum für möglich halten:»Ihr Schweine, mich kriegt ihr doch nicht.« Meldung wurde
darüber meines Wissens nicht erstattet, und mir berichtete man es
auch erst wesentlich später.

Als Nollau mir am 1. März 1974 in Genschers Gegenwart Meldung gemacht und von konkreten Anhaltspunkten gesprochen hatte,
fügte er hinzu: In zwei bis drei Wochen werde die Verhaftung erfolgen. Als die drei Wochen vergangen waren, machten mein Büroleiter
und ich einen Spaziergang im Park des Kanzleramts, und einer von
uns beiden sagte:»Es ist nichts erfolgt, vielleicht ist an der Geschichte doch nichts dran.« »Vielleicht« im Sinne von »hoffentlich«,
nur: Wem sollte man dies nach der Verhaftung verständlich machen
wollen? Zumal in Konkurrenz mit all der Demagogie, die sich breit-
machte?

Wer verfolgte welche Interessen? Nollau wollte von seiner Unzu-
länglichkeit ablenken und war enttäuscht, daß sein »Erfolg« nicht
mehr gewürdigt wurde. Genscher, der die Dienstaufsicht über den
Verfassungsschutz gehabt hatte, setzte alles daran, unbeschädigt zu
bleiben. Ich hatte kein Interesse, meiner Partei und der Regierung
die Arbeit zu erschweren. Helmut Schmidt war auf seine Aufgabe
konzentriert; immerhin sorgte er binnen kurzem dafür, daß Nollau
in den Ruhestand geschickt wurde. Das Innenministerium ließ ihm
alsdann Auslauf für schriftliches Allerlei. Wehner und andere sugge-
rierten in mehr oder weniger vertraulichen Unterrichtungen, mein
Rücktritt sei auch ohne den Fall G. nur eine Frage der Zeit gewesen.
Aus Moskau wurde die Ostberliner Lesart übermittelt: In Wirklichkeit hätte ich wegen innerparteilicher Gegensätze und Konflikte mit
den Gewerkschaften den Stuhl geräumt.

Wo ist die Verantwortung dafür festzumachen, wie der Fall G. ge-
handhabt wurde? Ich zweifle nicht daran, daß bei einigen der Beteiligten politisch und persönlich bedingte Böswilligkeit hineingespielt
hat. Doch sie konnte erst hineinspielen, weil auf einem entscheidenden Gebiet der inneren Sicherheit Trägheit und Unfähigkeit einen
folgenschweren Bund gestiftet hatten.

Das Oberlandesgericht Düsseldorf verurteilte G. – im Dezember

'75 – zu dreizehn Jahren Gefängnis. Er saß sieben Jahre ab. Im selben Jahr '75 hatte die Bundesanwaltschaft gegen mich eine Vorermittlung im Zusammenhang mit der »Weitergabe geheimhaltungsbedürftiger Erkenntnisse durch Guillaume« eingeleitet, ebenfalls gegen Genscher, Grabert, Büroleiter Wilke und Nollau. Weil ein strafrechtlicher Vorwurf nicht zutraf, wurden keine Ermittlungsverfahren eingeleitet.

Während des Prozesses in Düsseldorf warf der Richter die Frage auf, ob ich – gegebenenfalls unter Ausschluß der Öffentlichkeit – Auskunft geben wolle, was mir Breschnew zum Fall G. gesagt habe. Ich teilte wahrheitsgemäß mit, daß ich Sachdienliches nicht beisteuern könne. Als ich Breschnew im Sommer '75 in Moskau sah, mußte dieser sich erst einen Ruck geben, bevor er einige wenige Sätze herausbrachte: Es tue ihm leid, doch seine Seite habe nichts damit zu tun; auch er habe Enttäuschungen erlebt. Aus dem Kreis derer, die ihm nahe waren, hieß es: Er sei »zornig aufgebracht« gewesen, als man ihn im Frühjahr '74 unterrichtet habe. Ich meinte nicht, diese Äußerung grundsätzlich verstehen zu sollen.

Zehn Jahre später – zum erstenmal seit Erfurt habe ich meinen Fuß auf DDR-Boden gesetzt – treffe ich Erich Honecker. Das Gespräch hat aktuelle Inhalte, doch bin ich auf eine Bemerkung in eigener Sache gefaßt. Und richtig. Der Staatsratsvorsitzende legt eine Pause ein, setzt eine feierliche Miene auf und holt tief Luft, während ich in mich hineinlache: Solche Geschichten erfahre auch ich erst aus der Zeitung. »Ein Wort« möchte er hinzufügen dürfen: Er sei damals Vorsitzender des Verteidigungsrats gewesen und habe, als es passiert sei, »unsere Leute« sehr getadelt. Durch seine Hand sei übrigens nie ein NATO-Dokument gegangen, und hätte er davon gewußt, würde er gesagt haben: »Weg mit dem Mann!« Wie immer das einzuordnen war, es führte aus dem Verwirrspiel heraus, das ein Zwischenträger unter Berufung oder gar auf Veranlassung von Honecker aufzuführen gesucht hatte: »Es waren nicht wir, sondern die Russen.« Derlei Redensarten waren zwischenzeitlich bis Moskau gedrungen und hatten dort ziemliche Verärgerung ausgelöst.

Als G.s Memoiren – gesäubert, geschönt und abgesegnet von Markus Wolf, dem ausgeschiedenen Leiter der Hauptabteilung Aufklärung im Ministerium für Staatssicherheit – Ende '88 im Militärverlag der DDR erschienen und in der Bundesrepublik auszugsweise abgedruckt wurden, schossen die Spekulationen ins Kraut. Eine Intrige gegen Honecker? Wer wollte sich, anderthalb Jahrzehnte später, auf wessen Kosten reinwaschen? Und zu welchem Zweck? Daß Mischa Wolf, der einstige Guillaume-Vorgesetzte, die Verantwortung Honecker zuzuschieben suchte, war eine durchaus bedenkenswerte Version. Ich ließ die DDR-Führung wissen, daß ich einigermaßen befremdet sei. Und siehe da, die Reaktion war prompt. Der Staatsratsvorsitzende bedauerte – die DDR-Führung sei ebenfalls befremdet – und teilte mit: Die zuständigen Stellen seien angewiesen, die wenigen ausgelieferten Exemplare einzuziehen und die Gesamtauflage zu vernichten. Er tat ein übriges und ließ mir ein Exemplar zukommen – aus seinem persönlichen Besitz, wie es hieß.

Zusammenhalt

Leicht war die Zeit nicht, die dem Rücktritt folgte. Wie hätte ich es anders erwarten können! Die Last blieb schwer, doch wer sie zu tragen nicht bereit ist, sollte dem politischen Geschäft entsagen. Der Entscheidungsdruck wich, Zeitgewinn war kaum zu verzeichnen. Ich lebte etwas unbeschwerter, wenn auch vorerst nicht frei von Skrupeln und Fragen, die sich noch leichter stellten als beantworteten.

Wer half, daß der Übergang glimpflich ablief? Und ohne Bitternis? Einige wenige persönliche Freunde und einige führende Kirchenmänner. Wesens war davon nicht zu machen, weil ich derartigen Exhibitionismus nicht mochte und nicht mag. Aber gefreut habe ich mich, als ich wenige Tage nach dem Rücktritt in Berlin war und Bischof Scharf in einem guten Gespräch mit einem verständnisvollen Zuspruch half; wir kannten uns seit Jahren, und ich wußte mich in Bonn wie zuvor in Berlin ermutigend begleitet durch den Rat der Evangelischen Kirche in Deutschland. Der Protestantismus hatte das einstige Bündnis von Thron und Altar verkraftet und die Auseinandersetzung mit der brutalen Diktatur bestanden, und nun erschien die deutsche Sozialdemokratie – auf ihren oberen Etagen sogar überzogen – als die überwiegend evangelische Partei. Ich konnte nichts dagegen haben; meine hansestädtische Herkunft und meine Berührung mit dem skandinavischen Luthertum hatten mich protestantisch geprägt, aber gegen jeden missionarischen Eifer gewappnet. Für die »Fortsetzung von Kirchentagen mit anderen Mitteln« hatte und habe ich nichts übrig.

Das Verhältnis zur katholischen Seite zu entkrampfen war viel schwieriger. Es mußte sein, um der Demokratie, also auch der Parteiendemokratie willen. Im Laufe der Jahre wurden eine ganze Reihe nicht nur formaler Gesprächskontakte geknüpft. Kardinal Döpfner hatte mir noch während unserer gemeinsamen Zeit in Berlin gesagt, zwischen seiner Kirche und meiner Partei deute sich eine Brücke an, aber begehbar müsse sie erst noch werden. Als wir uns in München wiedersahen, hatten uns die beiderseitigen Erfahrungen sehr viel näher gebracht; er schilderte mir seinen aufmüpfigen Priesternachwuchs und fügte hinzu: »Nicht viel anders als Sie und Ihre Jusos!« Nach meinem Rücktritt brachte mir der Kardinal – zugleich im Namen seiner »Mitbrüder im Bischofsamt« – seine »Anteilnahme an der erlittenen menschlichen Enttäuschung« zum Ausdruck; das ging einigen zu weit, und es wurde bekanntgegeben, der Brief sei mit den übrigen Bischöfen nicht abgesprochen gewesen.

Ich konnte mich nun mehr um die Partei kümmern, fuhr zu regionalen Konferenzen, mühte mich um den Zusammenhalt auseinandertreibender Kräfte, suchte neue Initiativen anzuregen. Nicht zuletzt stand ich dafür, daß dem Bundeskanzler der Rücken freigehalten werde. Nichts hat mir ferner gelegen, als mit meinem Nachfolger zu konkurrieren. Ich wußte: Entweder ist man Regierungschef, oder man ist es nicht. Eine Gegenposition aufzubauen hätte meinem Naturell und meiner Erfahrung widersprochen. Ich wußte aber auch, wie wichtig die Bindung an die Partei ist, in die hineinzuhören sich gerade dann lohnt, wenn einen das Herauszuhörende mehr überrascht denn überzeugt. Ich wußte erst recht, daß ihr Blick sich nicht zu weit von den Realitäten abwenden dürfe, daß Befehle aber schwerlich zu erteilen waren.

Im Vorsitz der SPD blieb Helmut Schmidt einer meiner beiden Stellvertreter, bis 1982. Der andere Stellvertreter war von 1973 bis '75 der erfolgreiche nordrhein-westfälische Ministerpräsident Heinz

Kühn, danach bis '79 der erfahrene und mit mir befreundete Bremer Bürgermeister Hans Koschnick; während jener Jahre standen also drei Hansestädter an der Spitze der deutschen Sozialdemokraten. Die Trennung zwischen dem leitenden Regierungsamt und der Parteiführung widerspricht der angelsächsischen, auch der skandinavischen Tradition. Ich selbst behielt den Parteivorsitz bei, als ich in die Regierung ging und als ich Bundeskanzler wurde; in Berlin hatte ich der Personalunion zugestimmt, um Reibungsverluste vermeiden zu helfen. Doch ich habe nie gemeint, daß es in dieser formalen Frage eine allgemein gültige Rezeptur gebe. Es hängt von der Situation ab und von den Personen. Was sich heute empfiehlt, kann morgen unzweckmäßig sein.

Im gegebenen Fall hatte Helmut Schmidt ausdrücklich gebeten, daß ich den Parteivorsitz nicht abgäbe. In der Folge sagte er anderen und mir, es sei hilfreich, daß er sich nicht auch noch um die Partei und deren »Kindergärten« zu kümmern habe. Im Laufe der Jahre konnten gelegentliche Meinungsverschiedenheiten nicht ausbleiben; sie waren auch in der jeweiligen Verantwortung angelegt. Als seine Kanzlerschaft im Herbst '82 zu Ende ging, schien Helmut Schmidt vorübergehend zu meinen, es hätte anders kommen können, wäre er Parteivorsitzender gewesen. Mir schrieb er damals in begrüßenswerter Offenheit und ohne jede persönliche Schärfe, er halte es rückblickend für einen Fehler, nicht den Parteivorsitz übernommen beziehungsweise angestrebt zu haben.

Ich antwortete ebenso offen und ebenso unbeschwert: »In Wirklichkeit mußt Du selbst wissen, daß Du ohne mich kaum länger, sondern wohl eher kürzer und vielleicht mit weniger Erfolg im Amt gewesen wärst.« Ich zog Bilanz und fügte hinzu, »daß ich mich – wie es angesichts realer Gefahren des Auseinanderdriftens die Pflicht des Vorsitzenden ist – um den Zusammenhalt unserer Partei bemüht und mich zugleich dafür eingesetzt habe, daß der Bundeskanzler angemessen unterstützt wurde«. Weiter: Dies gelte auch für Situationen, die mir einiges abverlangt und gelegentlich die Grenze meiner Selbstachtung berührt hätten. Ich hätte dazu beigetragen, »daß es auf den Parteitagen zu einigen schwierigen Gegenständen Mehrheiten gegeben hat, die Du als Regierungschef für unentbehrlich gehalten hattest«. Das Verhältnis zum Koalitionspartner bezog ich ein.

Helmut Schmidt war besonders wenig damit einverstanden, daß ich gewähren ließ, was er als »jungsozialistische Arroganz«, »quasitheologische Besserwisserei in der Außen- und Sicherheitspolitik« oder »ökonomischen Unfug« empfand – und was es in Teilen auch war. In diese Reihe gehörte für ihn »Opportunismus gegenüber der gegenwärtigen dritten Wiederkehr einer bürgerlich-deutschen Jugendbewegung, gekennzeichnet von idealistischem, realitätsfeindlichem Romantizismus«. Das war bedenkenswert, aber noch nicht die Antwort auf die Frage, ob die heraufziehende Partei der Grünen so schnell so groß werden und der Sozialdemokratie so viele junge Leute abspenstig machen mußte.

Die eine Sicht der Dinge war von der Sorge getragen, die Parteilinke – oder was man dafür hielt – könne den Grünen »opportunistisch den Rang ablaufen« wollen. In der anderen Sicht sollte die Angst vor der Kernenergie ernst genommen und dem Unbehagen an sozial und ökologisch ungezügeltem Wachstum nachgespürt werden. Ich wollte jedenfalls eine Generation verstehen lernen, die unter dem Motto aufgewachsen war, daß alles gehe, und erfahren mußte, um welchen Irrglauben es sich handelte. Nirgends stand geschrieben, daß die der Umwelt- und Friedensbewegung entwachsende »konkrete Unwillensbildung« in eine eigene Partei münden mußte. Ich wollte möglichst viele der unruhigen, auch träumerischen jungen Leute in der Sozialdemokratie angesiedelt wissen und auf diese Weise verhindern, was vielleicht nicht zu verhindern war – ihre eigene parlamentarische Vertretung. Und gewiß wollte ich auch bewirken, daß innerhalb der SPD ihr Realitätssinn eher geschärft würde als außerhalb.

A propos Realitätssinn: Ich erzeugte großen Lärm, als ich am Abend einer hessischen Landtagswahl, September '82, die Fernsehrunde der Parteivorsitzenden mit dem nüchternen Hinweis aufmunterte, daß eine »Mehrheit diesseits der Union« zu verzeichnen sei. Bis zum Überdruß haben nicht nur politische Wortverdreher, sondern auch journalistische Faulpelze und falsche Freunde gegen etwas polemisiert, was nicht gesagt worden war. Ich hätte von einer linken Mehrheit, einer »Mehrheit links von der Union« gesprochen. In Wirklichkeit hatte ich gesagt: »Es gibt an diesem Abend der hessischen Wahl die Mehrheit diesseits der Union.« Und hinzugefügt, es

Zusammenhalt 345

handle sich um eine »schwierige« Mehrheit, aber nicht auf seiten der Herren Kohl und Genscher, die mit mir am Tisch saßen. Der kurz zuvor neu gewählte Bundeskanzler stattete mir Dank dafür ab, daß ich im Klartext das Konzept einer anderen Republik auf den Tisch gelegt hätte. Was lag zugrunde? CDU und FDP hatten die Mehrheit verpaßt. Sie meinten gleichwohl, aus dem Wahlergebnis einen Auftrag zur Regierungsübernahme ableiten zu können. Eine Mehrheit stellten sie aber nur, wenn man die Mandate, die die grüne Partei erzielt hatte, außenvor ließ. Dies konnte nicht statthaft sein. Nachdem sich CDU und FDP verweigerten, versuchten die Sozialdemokraten in Wiesbaden eine Zusammenarbeit mit den Grünen. Jenes Experiment trug nicht lange und nicht weit, aber die Parlamentarisierung bisher abseits stehender Kräfte in der Bundesrepublik hat jener Herbst '82 gewiß befördert.

In der Rede vor der Bundestagsfraktion, 7. Mai 1974, hatte ich unsere Pflicht gegenüber der Europäischen Gemeinschaft hervorgehoben. Unsere Verantwortung angesichts der Tatsache, daß die Zeiten weltwirtschaftlicher Bedrängnis lange nicht vorbei seien und die Entwicklung der Energie- und Rohstoffpreise uns noch schwer zu schaffen machen würde. Unser Engagement, im Geiste des Grundgesetzes für den Ausbau des demokratischen und sozialen Bundesstaates zu wirken, bleibe unvermindert gefordert. Noch bevor ich aus dem Regierungsgeschäft ausgestiegen war, hatte ich große Versammlungen beschworen: »Laßt euer Land nicht von der Angst regieren!« Nichts davon war zwischen Helmut Schmidt und mir strittig. Nur in der Frage, wie der jungen Generation und ihren neuen Fragen zu begegnen sei, kamen wir über ein *agree to disagree* nicht hinaus.

Es sei unbestreitbar, so hielt ein umsichtiger Kommentator später fest, »daß Brandt es weder sich noch seinen Leuten je erlaubte, es gegenüber seinem Nachfolger an der angemessenen politischen Loyalität fehlen zu lassen«; dies sei mehr als einmal bis an die Grenze dessen gegangen, »was er eigentlich sich und seiner Partei meinte zumuten zu können«. Ein anderer schrieb: »Unter keinem anderen Vorsitzenden wäre die SPD der Regierungspolitik so weit gefolgt, ohne zu rebellieren oder zu zerbrechen.« Hans-Dietrich Genscher, noch FDP-Vorsitzender, bestätigte aus seiner Sicht: Ich hätte korrekt darauf geachtet, meinem Nachfolger im Amt des Bundeskanzlers nicht ins Gehege zu kommen, soweit es die Regierungsangelegenheiten anging: »Manche haben ihm das als mangelnde Unterstützung Helmut Schmidts ausgelegt.«

Der während vieler Jahre einen großen Apparat zur Verfügung hatte, mußte erst lernen, den »nur« mit dem Parlamentsmandat verbundenen Parteivorsitz zu handhaben. Aus einer Amtswohnung zieht man um in eine Behausung ohne Geister, die von Amts wegen dienstbar sind, und richtet sich ein in einem Büro, das bis dahin nur zusätzlich in Anspruch genommen wurde. Informationen, die einem Regierungschef zur Verfügung standen, kommen nicht mehr automatisch auf den Tisch. Doch zu beklagen hatte ich mich auch insoweit nicht. Über Regierungsgeschäfte war ich durch eher häufige als seltene Sitzungen unterrichtet. Über wichtige außenpolitische Vorgänge hielt mich der Bundeskanzler auch durch Aufzeichnungen auf dem laufenden; wann immer ich darum bat, erhielt ich Informationen des Auswärtigen Amts. Geheimberichte vermißte ich nicht; ich hatte gelernt, daß die aufmerksame Lektüre einiger ausländischer Zeitungen, zusätzlich zu solchen des eigenen Landes, mehr bringt als das meiste, was amtlicherseits »geheim« gestempelt wird. Außerdem veröffentlichen wissenschaftliche Institute sehr viel mehr, als die meisten Politiker wahrnehmen mögen.

Meine Aufmerksamkeit und ein nicht geringer Teil meiner Arbeit galten weiterhin den europäischen Dingen. Daß ich 1979, anläßlich der ersten Direktwahlen, ins Europäische Parlament einzog – als Listenführer meiner Partei –, hatte ebendamit zu tun. Mit der Vorstellung, erst die Zuständigkeiten dieser Versammlung zu erweitern und dann deren Zusammensetzung durch Volkswahl zu ermitteln, war ich angetreten. Die als Ministerrat agierenden Regierungschefs entschieden anders und bestimmten nicht einmal einen eindeutigen Sitz des Parlaments; es pendelte zwischen drei Städten – Straßburg, Luxemburg, Brüssel – und gestattete sich sehr viel Leerlauf. Die gleichzeitige Zugehörigkeit zu den Parlamenten in Bonn und in Straßburg machte auf Dauer nicht viel Sinn, und 1982 legte ich mein Mandat im Europäischen Parlament nieder. Auf Abstand habe ich mich darüber gefreut, daß meine dortigen Kollegen doch, wenn auch langsam, Terrain zu gewinnen wußten.

Natürlich – wie sollte es anders sein? – blieben mir die Ost-West-Beziehungen besonders wichtig, jenes Verhältnis, von dem noch kaum jemand ahnte, wie sehr es bald wieder in den Mittelpunkt des Interesses rücken würde. Unter Gerald Ford, der Nixon abgelöst hatte und wegen seiner Umgänglichkeit gut gelitten war, blieb – im Zeichen eines vermeintlichen Realismus – das Wort *détente* erst einmal auf der Strecke. Bonn paßte sich dem Zeitgeist an und proklamierte »realistische« Entspannungspolitik, als ob eine wirklichkeitsfremde abzulösen gewesen wäre. Ich habe mich dadurch sowenig getroffen gefühlt wie durch spätere Klagen über die visionäre Euphorie, welche unsereins mit der Ostpolitik verbunden haben sollte. Die mit dem besonders kurzen Atem werden ohnehin leicht eingeholt.

Als Bundespräsident Richard von Weizsäcker aus Anlaß meines 75. Geburtstages Weggefährten zu Tisch gebeten hatte, war manch einer über eine Bemerkung François Mitterrands erstaunt; er sprach darüber, daß wir in den siebziger Jahren viel mehr über die westeuropäische Gemeinschaft und deren Einigung gesprochen hätten als über gesamteuropäische Perspektiven. Kann es verwundern, daß uns die Diktaturen südeuropäischer Nachbarn in besonderer Weise am Herzen lagen? Diese schickten sich an, aus der Diktatur herauszuwachsen.

In Griechenland hatte ich einigen Verfolgten – über unsere Botschaft auch Familien von Eingekerkerten – Hilfe bieten können. Hilfe, die mir zu hoch angerechnet wurde, als ich das Land im Frühsommer '75 besuchte; sechs Jahre zuvor, als ich, aus der Türkei kommend, einen Zwischenstopp in Athen hatte, war ich demonstrativ an Bord geblieben. Ich legte im Westen und dort, wo man dem Westen zugehörig sein wollte, strenge Maßstäbe an. Zu Andreas Papandreou, der bald eine Rolle spielen sollte, habe ich eine engere Verbindung nie gefunden. Er tat sich schwer mit der europäischen Sozialdemokratie, und ich mußte respektieren, daß er einen Zugang nun einmal nicht finden wollte.

Anders in Spanien. Dem jungen Anwalt Felipe Gonzalez, der 1974 auf einer Konferenz – in Frankreich – die Führung der traditionsreichen PSOE übernommen hatte, fühlte ich mich vom ersten Augenblick an verbunden und zugetan; unter seiner ebenso umsichtigen wie mutigen Führung hat Spanien einen faszinierenden Weg in die Moderne zurückgelegt. Im Herbst '74 noch kam er »illegal« nach Lissabon, um sich mit mir zu beraten. Als er wegen subversiver Tätigkeiten vor Gericht gestellt wurde, bat ich Gerhard Jahn, den früheren Justizminister, um die Prozeßbeobachtung; das Verfahren wurde unterbrochen und später eingestellt. Im folgenden Jahr verweigerte man Felipe einen regulären Paß, als er zum SPD-Parteitag nach Mannheim kommen wollte. Wieso war er, wenn auch mit einem Tag Verspätung, dann doch da? Ich hatte den zupackenden Botschafter der Bundesrepublik in Madrid angerufen und ihn gebeten, sich sofort mit Juan Carlos in Verbindung zu setzen, der – Franco lebte noch – in die Funktionen des Staatsoberhauptes hineinwuchs. Das Ergebnis: Juan Carlos wies jenen General, der als Innenminister amtierte, an, den Paß sofort ausstellen zu lassen. Mit dem König bin ich von Zeit zu Zeit zusammengetroffen, aus besonders kritischem Anlaß rief er auch bei mir an. Für die spanische Demokratie wurde der Monarch zum Glücksfall.

Es ist gelegentlich gemäkelt worden, daß Parteien und Stiftungen aus der Bundesrepublik verwandten Gruppierungen auf der Iberischen Halbinsel bescheidene Hilfen haben zukommen lassen. Mich hat diese Kritik immer aufgebracht. Auch materielle Zuwendung habe ich als wünschens- und lobenswert empfunden. Ich bin noch heute stolz darauf, daß unter meiner Führung die SPD der spanischen Demokratie nicht nur mit schönen Worten auf die Beine geholfen hat. Im übrigen hat unser Jahrhundert – bis lange nach dem Zweiten Weltkrieg – an einem Überangebot europäischer Solidarität wahrlich nicht gelitten.

Der Widersacher der portugiesischen Diktatur, Mario Soares, hatte seine Partei, Frühjahr '73, in Münstereifel neu begründet. Sie spielte eine wichtige Rolle, als jene jüngeren Offiziere, die 1974 den Umsturz getragen hatten, mit den Kräften der politischen Demokratie nicht zusammenfinden mochten. Im Herbst jenes Jahres erlebte ich in Lissabon, wie die Nelken, in deren Zeichen der Umsturz gestanden hatte, verblühten; die KP-Führung war drauf und dran, die Macht an sich zu reißen und der eben gewonnenen Demokratie den Garaus zu machen.

Weil die Gesinnungsfreunde eindringlich an mich appellierten und Erfahrung wie Verstand mich alarmierten, stufte ich die portugiesische Entwicklung als besorgniserregend ein. Sie konnte den fälligen Wandel in Spanien gefahrvoll belasten und sogar eine internationale Krise heraufbeschwören. Ich hielt eine sowjetische Fehlkalkulation für denkbar, zumal von amerikanischer Seite höchst zweifelhafte Signale ausgesandt wurden. Außenminister Kissinger befürchtete ein Bündnis zwischen sozialrevolutionären Offizieren und gemäßigt auftretenden Kommunisten und folgerte, Italien und andere Länder könnten sich Illusionen mit gefährlichen Auswirkungen hingeben. Am Horizont sah er eine Entwicklung heraufziehen, in deren Verlauf ganz Südeuropa »marxistisch« werde. Als ich im März '75 in Washington war, begleitete er mich zu Präsident Ford. Ich trug meine Sorge vor und bat um hilfreiche Offenheit. Zur selben Zeit ersuchte ich die Präsidenten von Mexiko und Venezuela, ein klärendes Wort an die sowjetische Adresse zu richten. Sie taten es gern und sofort, für sie hatte die spanische Perspektive besonderes Gewicht.

Im Frühsommer '75 reiste ich selbst nach Moskau und warnte Breschnew vor einer verhängnisvollen Fehleinschätzung der Lage im europäischen Süden. Ich überbrachte ihm einen Brief von Mario Soares und versuchte auszumalen, wie schwer die sowjetische Führung die Ost-West-Beziehungen belasten würde, wenn sie glaube, an der Westküste der Iberischen Halbinsel Fuß fassen zu können. In diesem Fall war es leichter, den Russen zum Nachdenken zu bewegen, als den maßgebenden Berater in Washington von seiner fixen Idee abzubringen. Im Sommer jenes Jahres, am Rande der Helsinki-Konferenz, war – Bruno Kreisky berichtete es mir – im Kreis um den amerikanischen Außenminister erneut davon die Rede, daß alles Mühen um die portugiesische Demokratie vergeblich sei und Soares als eine Art Kerenski betrachtet werden müsse. Auf einer Stockholmer Konferenz befreundeter Regierungschefs und Parteiführer regte ich ein Komitee zur Verteidigung der Demokratie in Portugal an und übernahm dessen Vorsitz. Ohne diese internationale Absicherung wäre der Lissaboner Putschversuch, November '75, nicht so leicht verpufft.

Ich war nicht begeistert, als mir – ich war noch Bundeskanzler – die Präsidentschaft der Sozialistischen Internationale angetragen wurde; jener lockere Zusammenschluß sozialdemokratischer Parteien, der auf einen Pariser Kongreß im Jahre 1889 zurückging, war 1951 in Frankfurt wiedergegründet worden. Mein Eindruck, den ich in der einen und anderen Konferenz gewonnen hatte, war nicht der beste, und ich zweifelte daran, daß innerhalb jenes traditionellen Rahmens viel zu bewegen sei. Ich hielt lange dafür, daß sich die SPD auf die wichtigen Bereiche europäischer Zusammenarbeit konzentrierte und zusätzlich, ohne ideologische Scheuklappen, Kontakte mit politisch verwandten Formationen in anderen Teilen der Welt wahrnahm. Die umfängliche und eindrucksvolle internationale Beteiligung an unserem Mannheimer Parteitag war Ausdruck jenes Strebens. Im folgenden Jahr, Mai '76, half ich, eine Konferenz in Caracas zustande zu bringen; europäische Sozialdemokraten berieten mit sehr unterschiedlichen Vertretern demokratischer Parteien aus Lateinamerika und der Karibik.

Inzwischen hatten mich Bruno Kreisky und Olof Palme überredet, mich nicht zu versagen und die SI-Präsidentschaft zu übernehmen; ich möge den »Traditionsklub« aufmöbeln und den Eurozentrismus überwinden. Wir trafen uns dann und wann in freundschaftlicher Verbundenheit und beredeten die Dinge dieser Welt, ohne Termindruck und ohne Protokollzwang. Zu dritt hatten wir 1975 ein Büchlein mit Briefen und Gesprächsniederschriften herausgebracht und zurückliegende Erfahrungen ebenso weitergegeben wie mutmaßliche Entwicklungen skizziert; eine internationale Zusammenarbeit, die diese Bezeichnung verdiente, war eine unserer Folgerungen. Wir drei standen großen und einflußreichen Parteien vor, und wir waren Freunde, die alles besprechen und vieles bewirken konnten. Zum Präsidenten wählte mich unsere internationale Gemeinschaft auf einem Kongreß, der im Herbst '76 stattfand, im Genfer Gebäude der Internationalen Arbeitsorganisation. Die neuen Verpflichtungen haben mir mehr Freude als Ärger bereitet.

Robert McNamara hatte ich kennengelernt, als er Kennedys Verteidigungsminister war. Seit dem Herbst '68 führte er die Weltbank. Er schickte mir, Jahreswende 1976/77, einen Boten und ließ fragen, ob ich mich bereitfände, eine unabhängige internationale Kommission zusammenzubringen und zu leiten, die der Entwicklungspolitik neue Impulse verleihen und Empfehlungen zu Papier bringen würde. Ich habe mich zunächst bedeckt gehalten, weil ich andere Bemühungen nicht stören und in vielen Vorgesprächen herausfinden wollte, was drin ist und was nicht. Daß ich schließlich ja sagte, habe ich nicht bereut. Die Sache war wichtig genug. Das Echo allerdings spiegelte nicht viel mehr als ein oberflächliches Interesse. Die Unabhängige Kommission für internationale Entwicklungsfragen konstituierte sich, Dezember '77, auf Schloß Gymnich, von freundlichem Zuspruch des Bundespräsidenten und des Bundeskanzlers begleitet. Nach zweijährigen und nicht nur fruchtbaren Beratungen erschien der Bericht Ende '79. Beide Aufgaben, sowohl die in der Internationale wie die in der Kommission, lösten ein regelrechtes Reisefieber aus; von einem Kongreß im kanadischen Vancouver kehrte ich, Herbst '78, mit einem verschleppten Herzinfarkt zurück. Hernach geriet das Leben in geordnetere Bahnen.

Innenpolitisch war die Lage – diesseits der Erregung, die der Terrorismus auslöste – durch Stabilität gekennzeichnet; die aktuellen Probleme, die sich der Bundesregierung stellten, waren Folgen weltwirtschaftlicher Verwerfungen. Die Menschen in den meisten anderen, auch europäischen Ländern hätten gern mit den Bundesdeutschen getauscht. Die sozial-liberale Regierung und die sie hauptsächlich tragenden Sozialdemokraten behaupteten sich nicht schlecht. In den Bundestagswahlen 1976 war die SPD, verglichen mit '72, um über eine Million Stimmen zurückgegangen, während CDU und CSU, zum erstenmal mit Helmut Kohl als Kanzlerkandidaten, ihr zweitbestes Ergebnis – nächst dem Adenauerschen Triumph von 1957 – erzielten. 1980 versuchte sich Franz Josef Strauß, um Kohl zu verhindern und sich selbst zu beweisen; er polarisierte die öffentliche Meinung und begünstigte auf diese Weise die FDP. Die Sozialdemokraten verbesserten sich um ein paar Punkte hinter dem Komma, von 42,6 auf 42,9 Prozent der Stimmen.

Beide Wahlkämpfe – doch nicht nur diese und nicht nur in Deutschland – enttäuschten, weil extrem vereinfacht wurde, was umstritten war. Mit enormem Aufwand raufte man über »Freiheit statt Sozialismus« und erweckte den Eindruck, als sei die Bundesrepublik ernsthaft durch das Gespenst des »Antiamerikanismus« bedroht. Ich schlug, im Eifer des Gefechts und weil ich selbst sehr viel eingesteckt hatte, ebenfalls über die Stränge, so, als ich der Union –

auf dem Mannheimer Parteitag 1975 – vorhielt, sie sei in ihrem gegebenen Zustand nicht regierungsfähig und werde »zu einem Sicherheitsrisiko für unser Land«. Mir wurde zu recht entgegengehalten, daß ich diesen Begriff aus der Verteidigungspolitik nicht hätte verwenden sollen. Doch der eigentliche Tenor meiner Ausführungen konnte zu ernsthaften Mißverständnissen keinen Anlaß geben: Ich wetterte gegen Verantwortungslosigkeit, Demagogie, krassen Egoismus. Auch zögerte ich nicht einzuräumen, daß die Veränderungen in der Welt mehr Fragen stellten, als wir Antwort zu geben in der Lage seien. Dabei gebe ich zu, daß es mir selbst leichter gefallen ist, neuen Themen nachzuspüren, als hart genug an den Antworten zu bleiben.

Die These von der Unregierbarkeit moderner Industriegesellschaften, die ein zeitweise lebhaftes Echo erfuhr, zeigte an, wie brüchig der Boden geworden war, auf dem wir agierten. Der Sozialdemokratie mußte es schwerfallen, sich auf den Wandel einzustellen; daß sich, im Zuge technologischer Umwälzungen, das soziale Gefüge neu ordnete, war nicht auf den ersten und nicht einmal auf den zweiten Blick zu erfassen. Es gab, am Ende der siebziger und zu Beginn der achtziger Jahre, Augenblicke, in denen ich selbst zweifelte, ob es richtig sei, der Partei unbedingt ihre Ränder erhalten zu sollen. Wo der traditionelle Kompaß verlorengeht, kann Desorientierung nicht ausbleiben; doch die Voraussage baldiger Spaltung – so die von Wehner zu Jahresbeginn '81 – bestätigte sich nicht. Daß mir vorgehalten wurde, zu nachdenklich und zu nachsichtig zu sein, hat mich immer viel weniger beschäftigt, als es den Anschein haben mochte. Denn was wäre die Alternative gewesen? Ein früher Verlust von Regierungsverantwortung und jedenfalls eine erhebliche Erschütterung der deutschen Demokratie. Meine Anstrengung – intellektuell und emotional –, die Partei zusammenzuhalten, hatte ihren Preis. Aber alles auf einmal ist nicht zu haben.

Händedruck zwischen Kanzler und Außenminister 1966 nach der Ernennung des Kabinetts durch Bundespräsident Heinrich Lübke; von links Käthe Strobel, Heinrich Lübke, Bundeskanzler Kurt-Georg Kiesinger, Hermann Höcherl, Außenminister Willy Brandt, Karl Schiller, Bruno Heck und Georg Leber

Im Namen der

Bundesrepublik Deutschland

ernenne ich

auf Grund des Artikels 63 Absatz 2 des Grundgesetzes
für die Bundesrepublik Deutschland

Herrn

Willy Brandt

zum Bundeskanzler

Bonn, den   21. Oktober 1969

Der Bundespräsident

Bundespräsident Gustav Heinemann und Willy Brandt nach dessen Ernennung zum Bundeskanzler 1969

Das Kabinett Brandt. Vorstellung vor der Villa Hammerschmidt am 21. Oktober 1969. 1. Reihe: Gerhard Jahn, Käthe Strobel, Bundespräsident Gustav Heinemann, Bundeskanzler Willy Brandt, Walter Scheel, Karl Schiller, Georg Leber; 2. Reihe: Helmut Schmidt, Alex Möller, Erhard Eppler, Hans-Dietrich Genscher, Walter Arendt; 3. Reihe: Egon Franke, Lauritz Lauritzen, Hans Leussink, Horst Ehmke, Josef Ertl

Mit Herbert Wehner 1969

Im Hotel »Erfurter Hof« 1970, die Menge beruhigend
Mit Leonid Breschnew nach der Unterzeichnung des Moskauer Vertrages 1970

Der Kniefall von Warschau
Konstruktives Mißtrauensvotum 1972. Rainer Barzel gratuliert

DET NORSKE STORTINGS NOBELKOMITÉ

HAR OVERENSSTEMMENDE MED REGLENE I DET AV

ALFRED NOBEL

DEN 27. NOVEMBER 1895 OPPRETTEDE TESTAMENTE TILDELT

WILLY BRANDT

NOBELS FREDSPRIS FOR 1971

OSLO, 10. DESEMBER 1971

Mit Wernher von Braun
in der Präsidentenmaschine
»Airforce One«

Mit Walter Scheel auf Fuerteventura,
Anfang 1973

Mit Günter Guillaume

Nach der Rücktritts-
erklärung vor der Fraktion,
Mai 1974

BUNDESREPUBLIK DEUTSCHLAND
DER BUNDESKANZLER

den 6. Mai 1974

Sehr geehrter Herr Bundespräsident!

Ich übernehme die politische Verantwortung für Fahrlässigkeiten im Zusammenhang mit der Agentenaffäre Guillaume und erkläre meinen Rücktritt vom Amt des Bundeskanzlers.

Gleichzeitig bitte ich darum, diesen Rücktritt unmittelbar wirksam werden zu lassen und meinen Stellvertreter Bundesminister Scheel, mit der Wahrnehmung der Aufgaben des Bundeskanzlers zu beauftragen, bis ein Nachfolger gewählt ist.

Mit ergebenen Grüßen
Ihr

Handschriftliche Rücktrittserklärung an den Bundespräsidenten

Mit Josip Broz Tito 1975

Mit Helmut Schmidt 1982

Treffen der Sozialistischen Internationale in Madrid 1980. Von links: Shimon Peres, Willy Brandt, Bruno Kreisky, der spanische König Juan Carlos, Felipe Gonzalez, Königin Sofia, Joop den Uyl, Trygve Bratteli

Mit Indira Gandhi in Neu-Delhi, Sommer 1984

Mit Bruno Kreisky
und Olof Palme
anläßlich von Willy Brandts
70. Geburtstag in Bonn

Mit Fidel Castro in Havanna,
Oktober 1984

Mit George Bush in Washington 1985
Mit Deng Xiaoping in Peking 1984

Mit Michail Gorbatschow auf dem Bonner Bahnhof 1989

Ende gut, alles gut

In der Rückschau nimmt sich der Streit um die nuklearen Mittelstreckenraketen in Europa wie eine Groteske aus. Und doch birgt er ein Lehrstück in sich: Wie verwickelte Dinge mit einfachen, hier wie dort gar demagogisch vereinfachten Formeln noch verwickelter werden. Für Helmut Schmidt und seine Regierung hatte der Streit – nicht nur international – schwere Belastungen heraufbeschworen. Die Haltung der Verbündeten war nicht klar. Im eigenen Land fühlten sich nicht geringe Teile der Öffentlichkeit überfordert. Die Friedensbewegung fand massenhaften Zustrom. In den Diskussionen der eigenen Partei gingen die Wogen hoch.

Die Sowjetunion hatte durch die Installierung ihrer dreiköpfigen Raketen mit 5000 Kilometer Reichweite – im Westen SS 20 genannt – in einem wichtigen Bereich ein gefährliches Stadium von Überrüstung erreicht; dies war weithin unbestritten. Daß die Amerikaner nicht nackt dastanden, wurde von einigen stärker betont als von anderen. Wie der Westen reagieren sollte und ob Nachrüstung, zumal auf deutschem Boden, das Problem regeln würde, war in beiden Regierungsparteien umstritten, doch die stärksten Bedenken fanden außerhalb der Parteien ihren Boden. In den frühen achtziger Jahren erlebten wir in der Bundesrepublik, im Zeichen des Aufbegehrens gegen das Wettrüsten, die größten Kundgebungen der Nachkriegszeit. Ich fand und sagte es auch, junge Deutsche in großer Zahl seien schon für Schlechteres auf die Straße gegangen denn für den Frieden. Ihnen wurde Weltfremdheit vorgeworfen, weil sie es schwierig fanden, den Argumenten überkommener militärpolitischer Logik zu folgen. Ihr Engagement war nicht vorwiegend von pazifistischen Prinzipien bestimmt und erst recht nicht von östlicher Propaganda beeinflußt. Die Bewegung kollidierte mit einer Koalition, von der kaum einer glaubte, daß sie die nächsten Wahlen überstehen werde.

Im Herbst '81 habe ich – unter anderem durch ein Gespräch mit Außenminister Haig im State Department – versucht, auch die amerikanische Regierung davon zu überzeugen, daß es ein Fehler sei, »die Friedensbewegung als antiamerikanisch, neutralistisch oder gegen die eigene Regierung gerichtet zu betrachten«. Vorher hatte ich schon Breschnew vor dem Irrtum gewarnt, das Aufbegehren einer großen Zahl vor allem junger Menschen etwa als prokommunistische Bewegung zu werten.

Die Regierung Schmidt-Genscher ist im Herbst '82 nicht daran zerbrochen, daß die eigene Partei den Bundeskanzler in der Auseinandersetzung um die Raketen im Stich gelassen hätte. Tatsächlich meinte die Führung der Freien Demokraten zu wissen, daß in der nächsten Runde die sozial-liberale Mehrheit und damit die Teilhabe an einer SPD-geführten Regierung dahin sein würden. Es war überaus schwierig geworden, sich über den Bundeshaushalt zu verständigen und Maßnahmen zwecks Eindämmung der Arbeitslosigkeit zu beschließen. Die Koalitionsgespräche gerieten zu Provinzpossen; die Versteckspielerei war quälend. Auch Strauß und seine Gefolgsleute, die ein Interesse daran hatten, Gegensätze zwischen Schmidt und seiner Partei zu kultivieren, manchmal auch zu erfinden, haben keinen Zweifel daran gelassen, daß die sozial-liberale Koalition 1982 an der Wirtschafts- und Sozialpolitik scheiterte.

Noch abwegiger als die Klitterung des innenpolitischen Geschehens war die Mutmaßung, die westliche Nachrüstung habe der Sowjetunion eine neue Führung beschert. Gewiß bedurfte man dort, aus mehr als einem Grund, einer neuen Führung. Aber daß Michail Gorbatschows Weg an die Spitze – Anfang '85 – das Produkt eines NATO-Beschlusses vom Dezember '79 gewesen sei, blieb eine wenig seriöse Annahme. Als der neue Generalsekretär im Amt war, verfügte die Sowjetunion – so die allgemeine Ansicht – über 350 SS 20, zwei Drittel davon auf Europa gerichtet, für Gorbatschow von Beginn an eher eine Bürde denn eine Garantie der Sicherheit. Also stritt er dafür, daß abgebrochene Verhandlungen wiederaufgenommen würden. In dem amerikanischen Präsidenten Reagan fand er einen Partner, der beweglich genug war, seinerseits das Steuer herumzureißen und sicherheitspolitisches Neuland zu betreten. Der Abbau der landgestützten Mittelstreckenraketen in Europa wurde schon deshalb hoch veranschlagt, weil er außerhalb aller Erwartungen lag. Mit Bonner Regierungs- und Brüsseler NATO-Entscheidungen hatte die Übereinkunft wenig zu tun.

Helmut Schmidt hatte Grund und recht, wenn er wegen der sowjetischen – potentiell offensiven – Rüstung im allgemeinen und der neuen Raketen im besonderen besorgt war. Er setzte auf Verhandlungen, die möglichst hohe Stabilität auf möglichst niedrigem Rüstungsniveau bewirken sollten. So entsprach es der Politik, die wir gemeinsam mit Fritz Erler und anderen in den sechziger Jahren entwickelt hatten. Ihn ärgerte und kränkte es, daß seine Besorgnisse in Washington nicht ernst genommen wurden, als Jimmy Carter Gerald Ford im Weißen Haus abgelöst hatte. Carters Sicherheitsprofessor »Zbig« Brzezinski und der selbstbewußte Regierungschef aus Bonn paßten nicht zueinander und gaben sich keine Mühe, es zu verheimlichen. Daß der Verdruß schließlich bei Null enden würde, glaubte auch unter denen, die das Ziel vorgaben, kaum jemand. Schmidt und ich sprachen beide davon, unabhängig voneinander. So auch einige seiner und meiner britischen Freunde. So auch François Mitterrand, bevor er Präsident wurde: »Weder SS 20 noch Pershing II.« Der große Kommunikator in den USA erzielte den historischen Durchbruch, als er seinem Instinkt und dem Rat seiner Frau mehr vertraute als den Experten, die mit Fakten und Vorurteilen beladen waren.

Ich hegte allerdings große Bedenken, daß in unserer Zeit ein deutscher Regierungschef zu hoch greife, wenn er sich in einer strategischen Ost-West-Frage die Führung zutraute. Es war zu vermuten, daß deutsche Wegweisung alles andere als erbeten sein würde. Zumal auf einem Gebiet, das die Großmächte – auch jene ehrenhalber – Eindringlingen zu versperren gedachten. Es ging, im Gegenzug, um amerikanische Nuklearwaffen, die im Falle des Falles Ziele in der Sowjetunion würden erreichen können, vom Boden der Bundesrepublik aus und in wenigen Minuten. Die technischen Eigenheiten der neuen Waffen erhielten eine politisch-emotionale Dimension und mußten, in der russischen Sicht der Dinge, die Operation dramatisieren; Moskau empfand die Pershing II, verglichen mit dem abzulösenden Gerät, als wesentlich stärkere Bedrohung. Und manch ein Deutscher, in Erinnerung an den vorigen Krieg, ebenfalls.

Es stellten sich bei dem einen und anderen von uns weitere Fragen: Wohin würde es führen, wenn man die Gleichgewichtsphilosophie regional auffächerte und – verwässerte? Was meinte das eurostrategische Gleichgewicht, von dem die Rede war? Würde nicht, wider Willen, jenen Kreisen in den USA Entgegenkommen signalisiert, die – um das Risiko einer weltweiten Konfrontation und eigenen

Zerstörtwerdens zu mindern – einen Atomkrieg, wenn er sich denn schon nicht vermeiden lasse, in Europa führbar zu machen suchten? Würde nicht andererseits die Gefahr politischer Erpressung durch neue Waffen stark übertrieben? Die Krisen um und in Berlin hatten wir durchgestanden, weil der politische Wille stärker war als die materielle Gegenmacht.

Hier lag der springende Punkt: Der eine nahm die Rolle der Waffen und der sie begleitenden Denkmodelle wichtiger als der andere. Und der eine gab sich, zumal wo es um militärische Angelegenheiten ging, von seiner Sache überzeugt, während der andere ernste Zweifel nicht verbarg. Ich zählte überkommene geopolitische Vorstellungen im allgemeinen und Gewißheiten über einen fortwährenden russisch-sowjetischen Expansionsdrang im besonderen nicht in die Reihe ewig unverrückbarer Größen. Der Einmarsch der Roten Armee nach Afghanistan in jenem Dezember '79, in dem die NATO ihren Doppelbeschluß gefaßt hatte, schien allerdings den Pessimisten recht zu geben. Gewiß, der Beschluß, nach Süden auszugreifen, war nicht zuerst dem Ost-West-Konflikt entsprungen, aber schwerwiegend und Sorgen bereitend war er in jedem Fall.

Nein, von geopolitischer Vereinfachung hielt ich nichts. Noch in der Zeit als Bundeskanzler, danach verstärkt, hatte ich die Logik von Abschreckung und sich hochschaukelndem Gleichgewicht so logisch nicht mehr finden können. Das Wettrüsten würde nicht zum Stillstand kommen und die Gefahr einer großen Katastrophe immer wahrscheinlicher werden – nach enormer Ressourcenvergeudung. Was sollte daran logisch sein?

Amerikaner und Sowjets hatten die sogenannten eurostrategischen Waffensysteme – die der beiden Weltmächte wie die Nuklearstreitkräfte der Franzosen und Briten – ausgeklammert, als sie 1972 in Moskau das erste Abkommen zur Begrenzung strategischer Rüstung (SALT I) unterzeichneten; »strategisch« hier immer auf die interkontinentalen Zerstörungsmaschinen bezogen. Die Frage der beiseite gelassenen Raketen tauchte wieder auf, als Präsident Ford und Außenminister Kissinger Ende '74 mit Breschnew und Gromyko in Wladiwostok zusammentrafen und Grundzüge eines SALT-II-Abkommens entwickelten. Als Ford im Juli '75 nach Bonn kam, teilte er dem Bundeskanzler mit: Man habe sich im fernen Sibirien weitgehend geeinigt, nur nicht über die Zukunft der eurostrategischen Waffensysteme. Der Präsident aber sagte dem deutschen Verbündeten zu, sich ernsthaft um die Einbeziehung der sowjetischen Mittelstreckenwaffen in die SALT-II-Gespräche zu bemühen. Der Bundeskanzler hatte Breschnew schon im Herbst '74 gesagt, ihn beunruhigten die Konzeption und der Ausbau der SS 20. Der Generalsekretär hatte mit dem Hinweis auf die Überlegenheit der amerikanischen Luftstreitkräfte geantwortet.

Für Helmut Schmidt kam – nach dem SALT-II-Durchbruch – eine andere Erwägung hinzu: Das einstige amerikanische Übergewicht bei den interkontinentalen Waffen, das das Defizit bei den eurostrategischen Raketen ausgeglichen hatte, war nun dahin. Der Bundeskanzler hatte im übrigen nicht damit gerechnet, daß Ford-Nachfolger Carter, Ende 1976 gewählt, und sein Sicherheitsberater den deutschen Argumenten und Warnungen so wenig Beachtung schenken würden. Carter mochte eine qualitativ neue Gefahr nicht erkennen, eine auf die SS 20 antwortende Nachrüstung hielt er für militärisch überflüssig und den amerikanischen Interessen abträglich und befürchtete negative Auswirkungen auf den Prozeß der strategischen Rüstungskontrolle. Auch mit seinem Hinweis, daß die auf deutsche Ziele programmierten Raketen in Länder über Europa hinaus umgelenkt werden könnten, machte der Kanzler keinen Eindruck. Professor Brzezinski ließ ihn – mindestens zweimal – abfahren: Der Deutsche befasse sich mit Angelegenheiten, die den Regierungschef eines nichtnuklearen Landes nichts angingen. Washingtoner Spötter konstruierten einen Vergleich mit dem Senator John F. Kennedy, der, als er Präsident werden wollte, eine amerikanische Raketenlücke erfand, von der sich erst später herausstellte, daß es sie nicht gab. Doch was immer die Spötter sagen mochten: Daß es eine Grauzone im sowjetisch-amerikanischen Waffenarsenal gab, über die weder bei SALT verhandelt wurde noch bei MBFR, den Wiener Bemühungen um Truppenabbau, verhandelt werden sollte, konnte niemanden befriedigen, dem die Sicherheit in Europa ein ernstes Anliegen war.

Außenminister Cyrus Vance, dem Establishment der Ostküste zuzurechnen und deutschen Amerikafreunden zugänglich, legte im Abstand einiger Jahre offen: Washington habe gehofft, ohne Publizität die Dinge erörtern und eine Studie anfertigen zu können, die nuklearen Erfordernisse der NATO über die siebziger Jahre hinaus betreffend; nach der »Schmidt speech« sei das nicht mehr möglich gewesen. Damit hatte er jene Londoner Rede vom Oktober '77 bezeichnet, in der die mangelnde Parität auf »dem taktisch-nuklearen und konventionellen Sektor« thematisiert worden war.

Es ging noch ein Jahr ins Land, bis Carter zu einer Viererrunde eigener Art einlud. Anfang Januar '79 traf er sich mit dem französischen Staatspräsidenten, dem englischen Premierminister und dem deutschen Bundeskanzler auf Guadeloupe. Nachdem Washington im Sommer '78 auf die »Modernisierung« eingeschwenkt und die einschlägige Industrie motiviert worden war, pflichtete der US-Präsident jetzt Erwägungen bei, die er vorher nie hatte gelten lassen wollen. Er teilte mit, daß die USA »Ausgleichswaffen« zu stationieren bereit seien. Callaghan riet, der Sowjetunion zunächst Verhandlungen anzubieten. Giscard schlug vor, die Russen wissen zu lassen, daß amerikanische Waffen stationiert würden, falls Verhandlungen in angemessenem Zeitraum ein Ergebnis nicht herbeiführten. Der Vorschlag wurde beifällig aufgenommen.

Der deutsche Bundeskanzler bestand aus gutem Grund darauf, daß vor einer Stationierung ein gemeinsamer Beschluß der NATO stehen müsse und daß die in Frage stehenden Waffen unter alleiniger Kontrolle der Vereinigten Staaten blieben; auf keinen Fall dürfe ausschließlich in der Bundesrepublik stationiert werden.

Der NATO-Rat beschloß Mitte Dezember '79 in Brüssel. Das Modell der Viererkonferenz von Guadeloupe fand keine Nachahmung. Washington gereichten die Widersprüche zwischen technischen Möglichkeiten und politischen Vorhaben nicht zur Ehre. Auch tönten jene ein wenig zu laut, die weniger ein Gegengewicht zu den SS 20 im Sinn hatten und auf deutschem Boden zusätzliche Optionen schaffen wollten. Trotz Guadeloupe hatte Carter die SS 20 nicht zu einem Thema gemacht, als er im Juni '79 – sechs Monate nach dem Vierertreffen – in Wien war, um SALT II zu unterschreiben. Im Kanzleramt meinte man zu wissen, der Mann aus Georgia habe es Breschnew gegenüber zu nicht mehr als einer Bemerkung im Fahrstuhl gebracht.

Im Dezember '79 also fiel der sogenannte Doppelbeschluß: 108

Pershing II und 464 Cruise Missiles – die für besonders ausgereift geltenden neuen Pershings ausschließlich in der Bundesrepublik – sollten stationiert werden, falls nicht binnen vier Jahren die der Sowjetunion angebotenen Verhandlungen zu einem Ergebnis geführt hätten. Nicht zuletzt von deutscher Seite wurde schon früh angeregt, ob nicht, wenn überhaupt, dann vorzugsweise seegestützt stationiert werden solle; diese Möglichkeit wurde als zu teuer und zu wenig genau verworfen.

Daß die Verantwortlichen in Bonn und Washington nicht gut aufeinander zu sprechen waren, teilte sich der Welt in vielfältiger Indiskretion mit. Der Expräsident kreidete dem Exkanzler auch noch nachträglich an, daß das Raketenthema von ihm erfunden worden sei; eine Diskussion – Venedig, Juni '80 – schilderte er als die unerfreulichste, die er je mit einer führenden ausländischen Persönlichkeit geführt habe.

Helmut Schmidt war mit dem Doppelbeschluß – Verhandlungen und gegebenenfalls Nachrüstung – nicht unzufrieden. Der Beschluß seiner Partei, Dezember '79, hinsichtlich einer auflösenden Bedingung – Verzicht auf Stationierung, wenn Verhandlungen Fortschritt erwarten ließen – bereitete ihm keine Schwierigkeiten. Er rechnete damit, daß in den achtziger Jahren ein »Säbelrasseln mit Mittelstreckenraketen« heraufziehe; ihn bekümmerte die Aussicht, daß »Breschnew und seine Equipe« aus biologischen Gründen dann nicht mehr im Amt sein würden. Bei allen sonstigen Unterschieden: Vom Generalsekretär in Moskau meinte er besser verstanden zu werden als vom Mann im Weißen Haus. Die Formeln, die bei Breschnews Besuch in der Bundesrepublik 1978 – ich selbst sah ihn in Bonn und bei den Schmidts in Hamburg – herauskamen, waren allerdings unverbindlich geblieben: Es sei »wichtig, daß niemand militärische Überlegenheit« anstrebe und daß »annähernde Gleichheit und Parität« erreicht werde. Beide Seiten hatten sich immerhin einem gemeinsamen Kartenvergleich zugewandt.

Helmut Schmidt besuchte Moskau ein halbes Jahr nachdem der Doppelbeschluß gefaßt worden war. Die sowjetische Führung revidierte ihren überstürzt gefaßten Beschluß, der auf ein glattes Nein zu Verhandlungen hinausgelaufen war. Jetzt stimmten die Sowjets zu, sich mit den Amerikanern an einen Tisch zu setzen. Dazu hatte ich ihnen geraten, noch bevor die NATO entschieden hatte, und Mitte November '79 – mit ausdrücklicher Zustimmung des Bundeskanzlers – an Breschnew geschrieben. Meine Sorge vor einer neuen Umdrehung der Rüstungsschraube verhehlte ich nicht und drang darauf, daß die Zeit von drei bis vier Jahren genutzt werde, die das westliche Bündnis für Verhandlungen gelassen hatte. Mein Eindruck: In Moskau hatte in dieser Hinsicht der Generalstab das Sagen. Den Informationen, die mich gelegentlich aus dem Zentralkomitee erreichten, war zu entnehmen, daß Moskau sich in eine neue Konfrontation nicht hineinziehen lassen und die Entspannung nicht zerstören helfen wolle. Was auch immer von Mitteilungen dieser Art zu halten war, bemerkenswert schien mir das Interesse, das dahinterstand.

Seit dem Spätjahr '80 waren Moskau und Washington insoweit wieder im Gespräch. Vor der Sommerpause '81, als ich nach sechsjähriger Pause in der Sowjetunion war und eine ermutigende Diskussion am Weltwirtschaftlichen Institut der Akademie der Wissenschaften führte, traf ich Breschnew in einem beklagenswerten Zustand an. Es bereitete ihm Mühe, Texte auch nur zu verlesen, sowohl in der Verhandlung als auch bei Tisch. Beim Essen stocherte er nur in einem Vorgericht herum. Ganz lebendig wurde er wieder, als er mich im Gästehaus auf den Leninhügeln abholte und mich zum Flugplatz brachte. Vorher, bei einem harten Getränk, das ihm die Ärzte längst verboten hatten, waren wir noch einmal bei den Raketen angelangt: Was ich mir unter Null wirklich vorstellte? Wo er sich auf dem Wege dorthin mit den Amerikanern treffen könne? Ob ich meinte, daß es mit diesem Präsidenten überhaupt eine Möglichkeit der Verständigung gebe? Für Reagan legte Boris Ponomarjow, schon seit Stalins Zeiten in der internationalen Arbeit der KPdSU, ein gutes Wort ein: Er habe ihn in Sacramento, als er noch Gouverneur war, an der Spitze einer Delegation des Obersten Sowjets besucht; sie hätten von seiner Offenheit und Bescheidenheit einen guten Eindruck mitgenommen.

In Breschnews Tischrede vom 30. Juni 1981 hieß es, die UdSSR sei bereit, »die Dislozierung ihrer Mittelstreckenraketen im europäischen Teil unseres Landes an dem Tag zum Halten zu bringen, da die Verhandlungen über das Wesen der Sache beginnen«, und unter der Voraussetzung, daß die USA entsprechend verführen. Aus meiner

Antwort: »Ich habe Ihnen gesagt und will es hier bekräftigen: Wir sind für Verhandlungen mit dem Ziel, Nachrüstungen überflüssig zu machen, indem Vorrüstungen korrigiert werden.«

Vor meiner Reise, Anfang Mai '81, hatte ich – undatiert – ein Schriftstück aus dem Zentralkomitee erhalten, in dem von einem Schatten die Rede war, der deswegen auf »die sowjetisch-westdeutschen Beziehungen« geworfen werde, weil es um Raketen gehe, die sowjetisches Territorium erreichen und »einen Krieg gegen die Sowjetunion provozieren« könnten. Meine Replik im Kreml: Es sei verständlich, daß sich die Sowjetunion durch die neuen Waffen bedroht fühle. Aber wir fühlten uns durch die SS 20 gefährdet. Die beiderseitigen Bedrohungen müßten auf dem Weg über baldige Verhandlungen abgebaut werden.

Das Eis konnte nicht gebrochen werden – auf beiden Seiten nicht, noch nicht. Auch in Bonn waren Kleingeister am Werk. Ein überanstrengter Sprecher der Regierung glaubte seinem Chef einen Gefallen zu tun, indem er mich schulmeisterte; das half weder der Sache noch der Regierung.

Die amerikanisch-sowjetischen Verhandlungen, die – endlich – im November '81 in Genf begannen, deuteten lange nicht auf einen positiven Verlauf hin. Die Sowjets waren schwer beweglich, die Amerikaner kamen übers Propagandistische kaum hinaus. Man nahm weithin an, Reagan habe »Null« in der sicheren Erwartung vorgeschlagen, daß die Sowjets eh nicht drauf eingehen würden. Anfang März '82 hörte ich von Breschnew, die Sowjetunion sei gegen eine Null-Lösung; ich antwortete Mitte des Monats, weshalb ich den amerikanischen Vorschlag für geeignet hielt, die Verhandlungen voranzubringen.

Im Juli '82 unternahmen die Delegationsleiter ihren berühmten »Waldspaziergang«, faßten einen Kompromiß ins Auge und – wurden von ihrer jeweiligen Kommandozentrale zurückgepfiffen; der deutsche Bundeskanzler war, was ihn erbittern mußte, nicht einmal gehörig unterrichtet, geschweige denn konsultiert worden. Genf war, was diesen Verhandlungsgegenstand betraf, zum Scheitern verurteilt. Breschnews todkranker Nachfolger Andropow, an den Gorbatschow anknüpfen sollte, kam zu spät, als er im Herbst '82 Bewegung in die Sache zu bringen suchte; sein Vorschlag zielte auf ein

»Gleichgewicht« im Verhältnis zu den britisch-französischen Potentialen. Daß er sich und seinen Militärs mehr noch nicht zutraute, mußte zur Kenntnis genommen werden. Im September 1983 noch hatte Andropow mir von Gegenmaßnahmen geschrieben, die ergriffen würden, wenn sich die Bundesrepublik »in einen Brückenkopf für die Aufstellung amerikanischer Erstschlag-Raketen verwandelt«. Ich antwortete, unter dem Datum des 22. September 1983, und sah mich genötigt, ihn daran zu erinnern – »Beginnen Sie damit!« –, daß die Sowjetunion das Ihre tun möge: »Nichts könnte dem Bemühen um die Verhinderung neuer amerikanischer Raketen bessere Aussicht auf Erfolg geben als ein solcher dramatischer und einseitiger Schritt der Sowjetunion, der einseitig auch eingestellt werden kann, wenn amerikanische Raketen dennoch stationiert werden. Dies ist ein Beitrag, den die Sowjetunion leisten kann, niemand sonst. Ich weiß, wie schwer es fällt, aber er würde die Sicherheitsinteressen Ihres Landes voll wahren.« Daß wir uns zu diesen Fragen nicht nur Washington, sondern auch Moskau gegenüber äußerten, sei »gewiß etwas, was es ohne die Beziehungen, die sich auf der Grundlage des Moskauer Vertrages entwickelt haben, nicht geben würde«.

Die Nachrüstung lief an, wie es das westliche Bündnis beschlossen hatte. Am 22. November 1983 begann die Stationierung der Pershing II, tags darauf verließen die Sowjets den Verhandlungstisch in Genf. Resolutionen, Proteste, Sitzblockaden verpufften, und der Westen mußte zusehen, wie im westlichen Vorfeld der Sowjetunion erneut »taktische« Atomwaffen kürzerer Reichweite stationiert wurden; sie sollten in einer gegebenen Situation die Raketenbasen in der Bundesrepublik ausschalten.

Zu Beginn des Jahres '85 erst nahmen die Außenminister der nuklearen Weltmächte den Gesprächsfaden wieder auf und brachten das heikle Thema erneut auf den Tisch. Im April, unmittelbar nachdem er die Führung übernommen hat, kündigt Gorbatschow an, in der Stationierung innezuhalten. Im Herbst '86 verpassen er und Reagan – auf dem als sensationell empfundenen Gipfel von Reykjavik – den Durchbruch nur knapp. Eine Vereinbarung scheint eine Frage der Zeit zu sein, nicht des Prinzips. Ende '87 wird das INF-Abkommen in Washington unterzeichnet.

Ich hatte immer noch einmal – auch mit weitsichtigen Freunden in den USA – an die simple Wahrheit erinnert, daß geredet werden müsse, wenn sich die Instrumente der Zerstörung nicht selbständig machen sollten. Unter die Hardliner gerechnet zu werden, konnte ich nicht erwarten. Aber woher der Ruf kam, ich sei der Gegenspieler Helmut Schmidts in der Raketenfrage gewesen, ist mir ein Rätsel geblieben. Hätte man Strauß gesagt, würde ich nicht widersprechen, denn er bekannte in aller Offenheit, daß er den Verhandlungteil des Doppelbeschlusses für einen Geburtsfehler halte.

Helmut Schmidt hat rückblickend gemutmaßt, gewisse Sozialdemokraten hätten die Weltmächte mit zweierlei Maß gemessen und die Bundesrepublik als bloßen Brückenkopf amerikanischer Interessenwahrung in Europa dargestellt. Ich habe mich dadurch nicht getroffen gefühlt. Auch nicht durch einen Ausspruch, den Giscard d'Estaing von seinem Freund Helmut schon gehört haben wollte, als es, 1977, um die Neutronenwaffe ging: »Willy Brandt setzte wie immer alle Hebel gegen mich in Bewegung.«

So sieht dann die verballhornte Variante der Lesart aus, laut der Sozialdemokraten ihren eigenen Kanzler im Stich gelassen hätten. Eine falsche Lesart wird aber nicht richtiger, indem sie in neue Auflagen geht. Im übrigen müßte auch der frühere französische Staatspräsident verstehen: Keine vierzehn Tage wäre ein Sozialdemokrat Regierungschef geblieben, hätte ich als Parteivorsitzender ihn für untragbar gehalten. In Wirklichkeit war es dann auch so, daß Helmut Schmidt und ich auf den beiden insoweit entscheidenden Parteitagen – Berlin, Dezember '79, München, März '82 – nicht gegeneinander standen, sondern an einem Strang zogen. Dem Kanzler wäre, gerade hinsichtlich der äußeren Sicherheit, die Mehrheit versagt geblieben, hätte ich sie ihm nicht sichern helfen. Gewiß schätzten wir die Lage nicht auf Punkt und Komma gleich ein, gewiß setzten wir nicht uniforme Akzente. Doch in Berlin '79 kämpfte Helmut Schmidt nicht nur für das Konzept des Doppelbeschlusses, über das noch im selben Monat in Brüssel befunden werden sollte. Er würdigte auch die gewichtigen Zwischenergebnisse der Entspannungspolitik. Und ich konnte anschließend hervorheben, daß der Brüsseler Beschluß durch die Initiative des deutschen Bundeskanzlers nicht nur einen Verteidigungs-, sondern auch einen Verhandlungteil enthalte. Was immer an schwieriger Zwischenentscheidung unvermeidlich geworden sei, so meine Argumentation, die Grundentscheidung für den Abbau von Spannungen werde nicht berührt. Keiner von uns wolle einen Rückfall in die Scheinwelt vermeintlicher Stärke oder in die sterilen Unsicherheiten des Kalten Krieges. Die Menschheit sei in Gefahr, sich zu Tode zu rüsten; deshalb sei es so wichtig, zu einer militärischen Balance auf möglichst niedrigem Niveau zu gelangen.

Grund zur Begeisterung gab es nicht, für mich noch weniger als für andere. Doch ich wußte, daß es töricht gewesen wäre, hätte sich die Partei in den Verhandlungsmechanismus im westlichen Bündnis einschalten oder Funktionen übernehmen wollen, die der Regierung zustanden. Aber Erwartungen zu formulieren, die man auch Bedingungen nennen konnte, schien mir angemessen. Und ich meine auch im Rückblick: Wir hatten ein gutes Recht, darauf zu bestehen, daß SALT II ratifiziert werde; daß konsequent ein erstes Zwischenabkommen bei MBFR in Wien zustande komme; daß die Genfer Verhandlungen zügig geführt würden.

In München, April '82, fand ich die Zustimmung des Parteitages für die Marschroute, alles Menschenmögliche zu tun, damit die Genfer Verhandlungen Erfolg brächten. Der Appell schloß den Rat ein, alles zu unterlassen, was einen solchen Erfolg gefährden könnte. Jetzt gehe es nicht darum, den Doppelbeschluß neu aufzuwerfen und der sowjetischen Seite ein Alibi zu liefern, sich einer ernsten Auseinandersetzung zu entziehen: »Wenn nicht verhandelt wird, haben wir schon verloren.«

Um dies ganz klar zu machen, hieß es im Entwurf meiner Münchener Rede: »Niemand hat unser Ja zur Stationierung auf deutschem Boden in der Tasche. Ich sage ausdrücklich auch dies: Niemand hat mein Ja.« Helmut Schmidt – wir tauschten bei solchen Gelegenheiten unsere Texte aus – schrieb hierzu an den Rand meines Entwurfs: »Ich bitte hierzu um Vortrag bei Dir.« Ergebnis: Ich ließ mir die beiden Sätze abhandeln, von denen der Kanzler meinte, sie würden ihm das Geschäft unnötig erschweren. Beschlossen wurde mit großer Mehrheit. Der Kanzler setzte einen Boten in Bewegung, der Genscher taufrisch unterrichtete. Aber der und seine Gefährten waren längst entschlossen und seit einem Jahr vorbereitet, den Konflikt innenpolitisch auszutragen, was vor allem hieß: wirtschafts- und sozialpolitisch, aber nicht nur.

In den Partnerwechsel der Freien Demokraten spielte eine Angelegenheit hinein, die selten unter diesem Zeichen gewürdigt worden ist – die Parteienfinanzierung. In diverse Spendenaffären waren alle Parteien, auf die eine oder andere Weise, verstrickt. Die Heuchelei, genährt von alten deutschen Ressentiments gegen »die« Parteien, trieb finstere Blüten, und die Ungerechtigkeit, die einem Mann wie dem Schatzmeister Alfred Nau widerfahren ist, empört mich noch heute. Die demokratische Vernunft hätte, wo es um die Nichtversteuerung von Spenden ging, für die Bereinigung durch Selbstanzeige gesprochen – verbunden mit der Einstellung der Verfahren, soweit Bestechung oder persönliche Bereicherung nicht stattgefunden hatte. Diesen unpopulären Schritt zu gehen, weigerten sich die Gremien unserer Partei und unserer Fraktion, gegen meinen und einiger weniger Freunde Rat, im Dezember '81. Es wog schwer, daß die beiden Justizminister, Vogel wie Schmude, mit ihren starken Argumenten dringend abrieten, aber nicht nur sie. In einem Koalitionsgespräch am 25. November 1981 hörten die FDP-Kollegen aus dem Munde des Bundeskanzlers, weder er selbst noch ein anderes Kabinettsmitglied würden ein Amnestiegesetz unterschreiben. Eine klare Aussage, aus der eine klare Konsequenz gezogen wurde. Tatsächlich habe ich die Koalition als einer der letzten aufgegeben, noch bis in den September '82 hinein gab ich ihr Überlebenschancen. Den »Verrats«-Vorwurf an die freidemokratische Adresse habe ich übrigens damals nicht aufgenommen und später auch nicht.

Nach dem Kanzlerwechsel vom Oktober '82 wurde dennoch, in der FDP und sonstwo, an der Legende gestrickt, Sozialdemokraten – im Bündnis mit anderen bösen »Linken« – hätten Helmut Schmidt wegen des Doppelbeschlusses die Gefolgschaft versagt. Die falsche Frontstellung beherrschte Anfang '83 die vorgezogenen Wahlen zum Bundestag. Wir blieben dabei: Die sowjetischen Raketen sollten soweit abgebaut werden, daß amerikanische Raketen nicht aufgestellt zu werden brauchten: Wir wollten nicht von Raketen bedroht sein, die andere vom Osten auf uns richteten. Wir wollten auch nicht, daß andere von unserem Boden aus mit Raketen bedroht würden. Die Konsequenz zog die Partei nach der Wahl. Sie widersprach der voreiligen Nachrüstung und drängte durchaus im Sinne des Doppelbeschlusses auf seriöse Verhandlungen.

Unmittelbar bevor wir zu unserem Wahlparteitag, Januar '83, nach Dortmund fuhren, waren wir Zeuge eines bemerkenswerten Vorgangs geworden. Oder handelte es sich um einen Rückfall in jene Jahre, in denen Gleichberechtigung ausgelegt werden konnte, als hätten über Deutschland alle anderen, nur nicht die Deutschen selbst, zu bestimmen? François Mitterrand war eingeladen, eine Rede vor dem Bundestag zu halten. Er nutzte den Auftritt zu einer ungewöhnlich übers Ziel hinausschießenden Kritik an Nachrüstungszweiflern im allgemeinen und deutscher Friedensbewegung im besonderen. Mich wunderte der Auftritt auch deshalb, weil der Gastredner mir bei einem Besuch im Elysee, nur wenige Monate zuvor, gesagt hatte: An meiner Stelle würde er die Zweifel verstehen, die einen Deutschen umtrieben, aber er sei nun einmal Präsident der Französischen Republik. Oder sagte er sogar: »Wenn ich Deutscher wäre...«? Einer seiner Gefolgsleute, für den er nichts konnte, gab in einer Runde, in der er deutscher Neigungen niemand verdächtigte, die Weisheit von sich: Was immer sonst man von den Pershings halten möge, sie hätten den Vorteil, »uns die deutsche Frage für die nächsten fünfundzwanzig Jahre vom Hals zu halten«. Wer sein Verständnis von Sozialismus mit solider gaullistischer Tradition versöhnt hatte, konnte nicht ahnen, daß einem geprüften Freund Frankreichs ziemlich viel zugemutet wurde.

Die eigentlichen Entscheidungen fielen weder in Bonn noch in Paris. Ich gehörte zu der großen Mehrheit von Parteitagsdelegierten in Köln, die – vor dem Hintergrund Genfer Spiegelfechtereien – gegen die Aufstellung der Pershing II und der Cruise Missiles stimmten. Meine Überzeugung: daß es einen kürzeren Weg gebe, um Rüstungskontrolle und Rüstungsabbau zu erreichen. Mein Rat: »Wir müssen die andere Seite beim Wort nehmen und dürfen uns nicht selbst immer neue Hindernisse in den Weg legen.« Kurz zuvor hatte ich im Bonner Hofgarten auf einer Kundgebung der Friedensbewegung gesprochen und nicht die Zustimmung jenes Teils erfahren, der nur Reden gegen Westmächte, NATO und Bundeswehr hören wollte. Da war man bei mir an der falschen Adresse. Und insoweit konnte mich das Pfeifkonzert einer lautstarken Minderheit nicht stören.

Auf jener großen Bonner Kundgebung bestätigte ich: »Die Bundeswehr, als Armee im demokratischen Staat, hat den Auftrag, den

Frieden sichern zu helfen. Ihre Angehörigen haben, wie wir anderen, ein vitales Interesse daran, daß nicht der Vernichtung preisgegeben wird, was wir gemeinsam sichern wollen.« Meine Hauptsorge galt der Vermutung, mächtige Leute hätten sich »in ihren Dickkopf gesetzt, das Aufstellen von Pershing II sei wichtiger als das Wegbringen von SS 20«. Dazu durften wir nicht ja, sondern mußten wir nein sagen.

Andropow schrieb mir unter dem 30. November 1983, nun sehe sich seine Seite »gezwungen, Maßnahmen zur Neutralisierung der Kriegsgefahr zu ergreifen«. Bei Konstantin Tschernenko, dem unmittelbaren, kurzfristigen Vorgänger Gorbatschows, las es sich Ende März '84 schon so: »Wichtig ist, die Atmosphäre des internationalen Vertrauens wiederherzustellen.« Die Zeichen, daß über eine neue Phase von Entspannung nachgedacht wurde, mehrten sich. Aber noch ahnte kaum jemand, daß es ausgerechnet die Mittelstreckenraketen in Europa sein würden, die abzuschaffen und zu vernichten sich die beiden nuklearen Supermächte ein paar Jahre später vornehmen sollten.

Ein fröhlicher Abschied

Im Sommer '86 kündigte ich beiläufig an, ich würde auf dem Nürnberger Parteitag zum letztenmal für den Vorsitz kandidieren. Ich hatte dieses Amt nahezu ein Vierteljahrhundert inne. Meine Partei war im Laufe dieser Zeit wesentlich stärker geworden, ihr Gewicht in der deutschen Politik gewachsen. Mehr als sechzehn Jahre hatte sie Regierungsverantwortung in Bonn getragen, sah sich nun allerdings neuen Anfechtungen ausgesetzt. Nach Feierabend war mir nicht zumute, aber noch weniger als zuvor behagten mir die Routine des parteipolitischen Betriebs und dessen intellektuelle Anspruchslosigkeit. Wer nichts mehr werden will und das meiste schon gesehen hat, mag mit der gängigen Wichtigtuerei nicht mehr konkurrieren. Und mancherlei Details kommen einem mit zunehmendem Alter eben noch weniger wichtig vor als in jüngeren Jahren. Ich bestreite, daß dies mit mangelndem Pflichtgefühl zu tun hat. Es gibt keine Pflicht, sich selbst den Spaß zu verderben und anderen vorzugaukeln, als mache Spaß, was nur noch Gewohnheit ist.

Ich hätte wissen können, daß es wenig sinnvoll ist, einen Rücktritt zwei Jahre im voraus anzukündigen. Es gilt die Lebensregel, so was sage man nicht, so was tue man. Wer sie außer Kraft setzt, riskiert, daß das eigene Fell verteilt ist, noch bevor man es entbehren kann. Nicht nur die Nachfolge wird hundertfach hin- und hergewendet, sondern auch die Gunst der Gelegenheit genutzt, unbeglichene Rechnungen zu präsentieren oder dem Abdankenden in die Schuhe zu schieben, was man nicht gern in den eigenen hat.

Die Wahlen zum Bundestag, Januar '87, gingen für beide großen Parteien unbefriedigend aus. Helmut Kohl steckte seine Schlappe weg, denn er konnte weiterregieren. Die SPD blieb bei 37 Prozent hängen und erreichte nicht einmal das enttäuschende Ergebnis der Wahl zuvor. Der Mißerfolg wog um so schwerer, als die absolute Mehrheit zum Wahlziel erklärt worden war. Und die Enttäuschung verblaßte nicht deshalb schneller, weil weder die Medien noch die eigenen Anhänger die Vorgabe für erreichbar gehalten hatten. Nun wird Parteien selten übelgenommen, wenn sie sich mit pausbäckigem Optimismus darstellen. Gleichwohl tut sich eine Volkspartei keinen Gefallen, wenn sie tut, als könne sie den Gesetzen des Wählerverhaltens entkommen. Oder wenn sie sich dem Verdacht aussetzt, mit einem maximalistischen Wahlziel nicht nur Fragen nach möglichen Koalitionspartnern, sondern auch nach politischen Inhalten ausweichen zu wollen. Schließlich weckt die Vorstellung von absoluten Mehrheiten – zumal im Gesamtstaat – nicht nur Sympathien; mancher Wähler fürchtet, sie könnten zu Übermut verleiten.

Apropos politische Inhalte: Mit dem Schwur auf die absolute Mehrheit ging der auf »die« Mitte einher. Daß sich nicht an den Rändern orientieren kann und nicht einmal an Minderheiten, wer Wahlen gewinnen will, ist eine Banalität. Doch ist die Mehrheit in der Mitte zu finden? Möchte man nicht fragen, wieviel Engel auf der Nadelspitze Platz haben? Aus Harmoniesucht oder aus Harmlosigkeit oder beidem wird gern vergessen, daß das Wählervolk wissen und jedenfalls ahnen muß, wofür man steht und wogegen.

Johannes Rau, Ministerpräsident des größten Bundeslandes, war von der Parteiführung insgesamt gebeten worden, die Kanzlerkandi-

Ein fröhlicher Abschied

datur zu übernehmen; ich hatte ihn ausdrücklich ermutigt. Er verfügte in Nordrhein-Westfalen über eine absolute Mehrheit wie an der Saar Oskar Lafontaine, der neue Ministerpräsident, dessen Stern gerade erst aufging. Beide hatten, vor unterschiedlichem Hintergrund, die Partei der Grünen aus ihren Landtagen, Frühjahr '85, heraushalten können. Aber wo stand geschrieben, daß in Bonn möglich sein sollte, was in Düsseldorf und Saarbrücken möglich war? Daß die Grünen auf Bundesebene erstens aus dem Parlament nicht herauszuhalten sein würden und zweitens in ihrem gegebenen Zustand als Koalitionspartner nicht ernsthaft in Betracht kämen, war vielleicht in manchen Parteikreisen umstritten, nicht aber in der Führung. Aber erst einige Tage nach der Wahl verständigten wir uns darauf, den Schwarzen Peter künftig nicht untereinander zu verteilen, sondern die Klingen mit denen zu kreuzen, mit denen sie zu kreuzen sind: den politischen Gegnern. Nun endlich galt: Zusammengegangen wird, wenn hinreichende Gemeinsamkeiten gegeben sind und wenigstens ein Teil der eigenen Forderungen verwirklicht werden kann. Erst auf dem Weg über die Rathäuser entkrampfte sich die innerparteiliche Diskussion zunehmend; wer wo Oberbürgermeister blieb oder würde und mit wem sich kommunalpolitisch halbwegs vernünftig zusammenarbeiten ließe, bestimmte sich, landauf, landab, nach sehr praktischen Gesichtspunkten.

Einige Experten, die von Wahlkämpfen noch mehr als andere zu verstehen meinten, mochten nicht einräumen, daß sie sich auf eine wacklige Mehrheitsstrategie eingelassen hatten. Aber warum auch sollte es hinterher anders sein als vorher: Wer der eigenen Sache nicht sicher ist, entzieht sich gern der Nachfrage. Was also lag näher, als die Enttäuschung jene Parteispitze vergelten zu lassen, die ohnehin bald neu zu besetzen sein würde? Ich hatte – vielleicht überflüssig, doch gewiß nicht falsch – im Spätsommer '86 dem Mitarbeiter eines wichtigen Wochenblattes gegenüber anklingen lassen, 43 Prozent wären ein schönes Ergebnis, zumal als Ausgangspunkt für einen Wahlkampf, der noch gar nicht begonnen hatte. Gemessen an den 37 Prozent, die herauskamen, wären sie nicht tatsächlich ein schöner Erfolg gewesen? Ich gebe zu: Wer sich, aus welchen Gründen auch immer, in die absolute Mehrheit verrannt hatte, mußte seine prognostischen Fähigkeiten bezweifelt sehen; zugleich aber sahen und ergriffen einige Strategen auf der mittleren Ebene die Chance, einen Sündenbock ausgemacht zu haben. Einen Sündenbock für den wahrscheinlichen Fall, daß sich die absolute Mehrheit als Luftschloß erwies. Als es soweit war, bestätigte sich die alte Spruchweisheit: Der Sieg hat viele Väter, die Niederlage ist ein Waisenkind.

Die Auseinandersetzung um Inhalt und Form des Wahlkampfes und der Auslegungsstreit über das Resultat waren noch nicht verklungen, als mir eine Personalentscheidung anzeigte, daß die Vertrauensbasis – was die gehobenen Etagen der Partei anging – erschüttert war. Zu besetzen war das Amt eines Sprechers des Parteivorstands. Im Kreis der engeren Parteiführung stand nicht in Frage, daß eine Sprecherin engagiert werden sollte.

Ich hatte mich mit Nachdruck dafür eingesetzt und sogar einen gewissen Druck ausgeübt, um die eher marginale Beteiligung von Frauen an Parteiämtern und parlamentarischen Mandaten zu überwinden. Die SPD, die nach dem Ersten Weltkrieg das Frauenwahlrecht durchsetzte, hatte sich mit der Gleichstellung – auch in den eigenen Reihen – viel Zeit gelassen. Ich griff zum Brecheisen, als allgemeine Appelle nicht fruchteten, und erreichte auf dem Berliner Parteitag '79, daß die Zahl der Mitglieder des Parteivorstands heraufgesetzt wurde, andernfalls es keine nennenswerte weibliche Repräsentanz in diesem Führungsgremium gegeben hätte. Zuvor, in den ersten Direktwahlen zum Europäischen Parlament, hatte ich meine Listenführung davon abhängig gemacht, daß eine Anzahl von Frauen sichere Listenplätze erhielten. Als ich 1986 wesentlich weiter reichende Vorschläge unterstützte, amüsierte mich der Zorn aufgebrachter männlicher Kollegen. Ein paar Jahre später war er komplett verraucht. Auf dem Hamburger Parteitag '77 gab es weniger als zehn Prozent, in Münster '88 schon mehr als ein Drittel weibliche Delegierte. Der »Quotenregelung« zugunsten weiblicher Kandidaturen hätte es kaum noch bedurft. Im Frühjahr '87 jedenfalls kam es mir darauf an, gerade den Sprecherposten mit einer Frau zu besetzen; gutes Aussehen sollte kein Hinderungsgrund sein.

Ich hörte keinen Widerspruch, als ich befand, daß die künftige Sprecherin nicht unbedingt schon Parteimitglied sein müsse; vielleicht, so dachte ich, könnte eine nicht mit Betriebsblindheit geschlagene, intelligente Person sogar eine besondere Fähigkeit entwickeln,

Ein fröhlicher Abschied

einer breiten Öffentlichkeit unsere Innen- und gerade auch Außenpolitik nahezubringen. Wer auch immer den Posten bekleidet, er oder sie soll nicht in die Partei hineinwirken, sondern diese nach außen vertreten. Im engeren Kreis wurde es nicht einmal als Hinderungsgrund gesehen, jedenfalls redete keiner davon, daß meine Kandidatin die Tochter nichtdeutscher Eltern war; die in Deutschland geborene Griechin war in Bonn zur Schule gegangen und hatte hier ihren Doktorhut erworben. Als der Vorschlag bekannt wurde, setzte in Teilen der Partei und besonders heftig in den Reihen der Abgeordneten ein Sturm der Entrüstung ein. Das Unbehagen über die mangelnde Parteinähe der Kandidatin konnte ich zur Not noch verstehen, doch mancherorts verbreitete sich Mief, wo Stallgeruch noch gutgetan hätte. Gar nicht verständlich war mir, daß Sozialdemokratinnen, die sonst die Gleichberechtigung bemühten, im konkreten Fall wenig Interesse zeigten oder sogar widerborstig wurden. Für vorgeschoben hielt ich das Argument mangelnder journalistischer Erfahrung; es wurde in einer Ecke vorgebracht, in der man sich darauf verstand, publizistischen Gegenwind zu erzeugen, ohne viel nach dem politischen Gegner zu fragen. Daß an einigen Stellen die Gelegenheit gesehen und genutzt wurde, mir ein Bein zu stellen, war leicht zu erkennen und noch leichter zu verschmerzen. Getroffen hat mich allerdings, daß sich fremdenfeindliche Briefe – auch aus der eigenen Partei und deren Umfeld – auf meinem Schreibtisch häuften; dabei hat man mir nicht einmal alle gezeigt.

Hätte ich insistiert, wäre ich mit meinem Vorschlag durchgekommen. Doch ich insistierte nicht, und der gedankenreiche Bundesgeschäftsführer Peter Glotz riet mir, das Handtuch zu werfen; er schied dann mit mir aus.

Daß die Decke des Vertrauens sehr dünn geworden war, konnte, durfte und wollte ich nicht übersehen. Am 23. März teilte ich dem Parteivorstand mit: Ich gedächte, meinen Abschied zu nehmen, und bäte, den Vorsitzenden der Bundestagsfraktion, Dr. Hans-Jochen Vogel, zu meinem Nachfolger und Oskar Lafontaine – neben Johannes Rau – als neuen Stellvertreter zu bestellen. Überrascht war niemand. Ich fühlte mich in meinen Vorschlägen durch eine lange Aussprache bestätigt, die ich am voraufgegangenen Wochenende mit jüngeren Parteiführern gehabt hatte.

Dem Vorstand sagte ich, mein Abschied sei geboten, wenn mir aus nicht einmal vitalem Anlaß soviel Unverständnis begegne. Manches, was ich bei der Gelegenheit zu lesen und zu hören bekommen hätte, sei für mich erschreckend gewesen; wir seien schon mal weiter gewesen. Ich fügte hinzu: »Wenn etwas nicht mehr trägt, das lange getragen hat, wenn aus einer Personalfrage eine Haupt- und Staatsaffäre wird und eine einflußreiche Minderheit von Mandatsträgern ausschert, dann ist es in meinem Dienstalter an der Zeit, die Seite umzuschlagen.«

Es gibt Schlimmeres, als einem anderen Platz zu machen, zumal wenn man weiß, daß eine jüngere Führungsgruppe auf dem Sprung steht und nachrücken wird. Und wenn man auch noch eine programmatische Erneuerung hat anstoßen können. Heinrich Albertz, mein Stellvertreter, dann Nachfolger im Schöneberger Rathaus, hat zutreffend geschrieben (und sachkundig bestätigt, es gelte auch für Kirchenleitungen): Der jeweilige Erste habe es nie ganz leicht; er sei von den anderen abhängig und diese von ihm. »Einer sägt immer an seinem Stuhl, meistens mehrere; es ist schwierig, offen miteinander umzugehen.« Das läßt sich so ergänzen: Wenn Leute an deinem Stuhl sägen, überzeuge oder zwinge sie, damit aufzuhören; und mach Schluß, wenn dir das nicht mehr gelingt und du nicht mal mehr Lust hast, sie zu überzeugen oder zu zwingen. Der Brief von Heinrich Albertz verleitete mich zu einem Eingeständnis: Die Lust war sehr allmählich geschwunden, vermutlich seit dem Verlust der sozialdemokratischen Regierungsverantwortung. Die Partei bei der Stange zu halten war eine große Herausforderung. Als diese nicht mehr bestand, ließen Spannung und Spaß nach. Es brauchte einige Zeit, eine Zeit des Übergangs, bis aus der Ahnung Gewißheit wurde: Die Partei aus der unvermeidlichen Phase der Selbstfindung heraus und aufs neue an die Macht zu führen, brauchte es jüngere Kräfte. Es galt um so eher, als die Parteienlandschaft im Umbruch begriffen war und jugendliche Unbefangenheit, auch Beweglichkeit gefragt sein mußten.

In jenen Jahren, als sich die Grünen verselbständigten und der SPD und ihrem Vorsitzenden das Leben schwermachten, hatte ich nie einen Zweifel daran, daß es nur eine Frage der Zeit sei und der anderen großen Volkspartei Ähnliches oder Unangenehmeres ins

Ein fröhlicher Abschied

Haus stehen würde. Nirgends stand geschrieben, auch im Grundgesetz nicht, daß die Bundesrepublik bis ans Ende ihrer Tage mit einem Zweieinhalb-Parteien-System zu leben habe. Eine Gefährdung der Demokratie vermochte ich nicht in der Auflockerung des Systems zu erkennen, sondern in der hysterischen Reaktion darauf. Ohne Selbstbewußtsein hat keine Demokratie Bestand. Daß es in der Bundesrepublik doch so gefestigt nicht sein könnte, wie vier Jahrzehnte lang zu glauben war, bleibt meine Sorge.

Die formelle Verabschiedung ging auf einem außerordentlichen Parteitag, Mitte Juni '87, in der Bonner Beethovenhalle vor sich. Die Versammelten sparten nicht mit Blumen, auch nicht im übertragenen Sinne des Wortes. Meine Abschiedsrede wurde, auch von einer breiteren Öffentlichkeit, überaus freundlich aufgenommen. Ich wurde Ehrenvorsitzender und gelobte mir noch mehr als den anderen, davon sehr behutsamen Gebrauch zu machen. Ich blickte nicht im Zorn zurück, sondern dankbar für viele schöne Jahre, und ich blickte guten Mutes und fröhlichen Herzens voraus. Der Abschied war mir leichtgefallen.

Müßiggang war auch hernach nicht zu genießen, wollte auch nicht genossen sein. Die vielen Zeichen der Verbundenheit, auch der Ratsuche, die mich, weit über die Reihen der Parteigänger hinaus, erreichten, taten mir wohl. Einladungen kamen in Hülle und Fülle, kleine und große, von nah und fern und in der mißverständlichen Annahme, ich brauchte Zeitvertreib. Ohne größere Rücksichtnahmen auswählen zu können, empfand ich als ein Lebensgefühl bisher unbekannter Art. Warum nicht zugeben, daß ich mich freute, wenn mir Zeitgenossen, bekannte und unbekannte, Schriften schickten, die ich schwerlich selbst gefunden hätte, Erinnerungen an die Jahre des Naziterrors, an das Exil und den Berliner Widerstand, an die schlimmen Auseinandersetzungen mit den Kommunisten. Und warum nicht auch zugeben, daß es mich rührte, wenn ich Briefe bekam oder man mir Zettel zusteckte, auf einem Marktplatz, in einem Lokal, auch im Flugzeug, in denen einfache Menschen, nicht zuletzt Landsleute aus der DDR und Neubürger unterschiedlichster Nationalität, auszudrücken suchten, daß sie mich verstanden hatten und mich nicht vergessen wollten. Es gibt kaum ein schöneres Geschenk als den in die Worte gekleideten Gruß: »Dank für alles, was Sie für uns getan.«

VI. PRINZIP ZUKUNFT

Nord-Süd-Passagen

Zu Beginn des Jahres 1980 erschien – in mehr als zwanzig Sprachen – jener Bericht, den ich verantwortete: *North-South: A Program for Survival,* deutsch: »Das Überleben sichern. Gemeinsame Interessen der Industrie- und Entwicklungsländer«. Sein Zweck: der dahinsiechenden Diskussion über Nord-Süd-Fragen neue Impulse zu vermitteln. Das ist bis zu einem gewissen Grad gelungen, wenn auch die gebotene politische Umsetzung auf sich warten ließ.

Die Mühe hat sich gelohnt. Nicht nur weil es eine Bereicherung war, Persönlichkeiten aus anderen Teilen der Welt kennen und ihre Art, zu denken und zu reagieren, verstehen zu lernen. Mir hat diese Auseinandersetzung geholfen, die große soziale Frage des ausgehenden 20. Jahrhunderts zu begreifen. Von der Antwort hängt auch ab, ob und wie die Menschheit überlebt.

Häufig sind es Zwangsläufigkeiten, manchmal Zufälle, die unser Handeln bestimmen. Es lag nahe, daß ich mit den Fragen der Friedenssicherung und der europäischen Einigung befaßt bleiben würde. Nord-Süd ersetzte nichts und beschäftigte mich zusätzlich. Schließlich war mir das Thema, bevor ich den Kommissionsvorsitz übernahm, nicht etwa ein Buch mit sieben Siegeln gewesen. Die neue Dimension hatte sich mir angedeutet, als ich im skandinavischen Exil über die Nachkriegspolitik diskutierte und schrieb. Ost-West würde von Nord-Süd überlagert werden, vermutete ich 1962 in Harvard. Ein knappes Jahrzehnt später, als mir der Friedens-Nobelpreis zugesprochen wurde: Eine vergiftete und hungernde Menschheit werde mit unserer Art von Friedensordnung nicht zufrieden sein. Im selben Jahr, an der Yale University: Die Menschheit müsse die Kraft entwickeln und der Fähigkeit zur Selbstvernichtung widerstehen. In New York, nachdem wir 1973 Mitglied der Vereinten Nationen geworden waren: Wo Hunger herrsche, sei auf die Dauer kein Friede, wer den Krieg ächten wolle, müsse auch den Hunger ächten.

Seit vielen Jahren hatte sich mir die extreme Armut nicht nur, doch besonders kraß im Afrika südlich der Sahara und auf dem indischen Subkontinent, sondern auch in den Elendsquartieren am Rande lateinamerikanischer Städte auf die Seele gelegt.

Es wäre keine Schande zuzugeben, daß ich während der Jahre eigener Regierungsverantwortung noch nicht übermäßig problembewußt war. Tatsächlich mußte ich mich außenpolitisch auf das Anstehende und Vorrangige konzentrieren; andernfalls hätte ich mich ostpolitisch nicht durchsetzen können. Immerhin ist der Rang der Nord-Süd-Politik seinerzeit angehoben worden; ein Mann wie Erhard Eppler hat dazu wesentlich beigetragen.

Verwirrung gab es der neuen Begriffe wegen: Wieso »Dritte Welt«? Es machte die Sache nicht einfacher, wenn man erklärte, das Wort habe ein französischer Skribent dem Dritten Stand nachempfunden. Und wieso »Süden«? Als mich ein früherer Präsident der Schweizerischen Eidgenossenschaft im Sommer 1978 fragte, was mich so häufig nach Genf führe, und ich ihm sagte, dort sitze das Sekretariat meiner Nord-Süd-Kommission, quittierte er die Erklärung mit einem verständnisvollen: »Ja, ja, immer die Italiener...«

Dem damaligen Präsidenten der Weltbank war es um neue Anregungen zur Entwicklungspolitik gegangen. Ich wollte ein Stück weiter greifen und dargelegt sehen, daß nicht nur Solidarität mit den armen Völkern – durch Nächstenliebe, Gerechtigkeitssinn oder wie immer motiviert – gefragt sei. Es liege, so rechnete ich mir aus, in unserem eigenen Interesse, das Elend in anderen Teilen der Welt überwinden zu helfen. Daß ein Ausgleich zwischen Nord und Süd auch mit Frieden zu tun hat, bedurfte keiner eigenen Erklärung.

Tatsächlich hofften Initiatoren, Mitglieder und Mitarbeiter der Kommission, daß ost-westliche Erfahrungen Nutzen für eine neue Nord-Süd-Politik stiften könnten. Hatten wir nicht gelernt, wie vertrauensbildende Zusammenarbeit den Charakter eines Konflikts verändern kann? Die Kommission, die sich im Dezember 1977 in Bonn zusammenfand, wollte Regierungen von Industrie- und Entwicklungsländern nahebringen, daß sie im beid- oder allseitigen Interesse

Nord-Süd-Passagen

aufeinander zugehen müßten. Daß die Verzahnung von Interessen deren Deckungsgleichheit bedeute, unterstellte niemand. Eine richtige Einsicht war eines, der Irrglaube, Handlungsanweisungen folgten mehr oder weniger zwangsläufig auf dem Fuße, durchaus etwas anderes. Ich habe mich aber auch nicht durch den Vorwurf lähmen lassen, auf Ablenkung und Abwiegelung auszusein.

Unterschiedliche Überzeugungen zu übertünchen, hätte ich für unredlich, reale Interessenkonflikte zu verbergen, für töricht gehalten. Die Arbeitshypothese: Auf mittlere Sicht würden sich in Nord und Süd manche Interessen kreuzen und ein rascheres Tempo der Entwicklung im Süden auch den Menschen im Norden zugute kommen. Die Entwicklungsländer könnten ihrerseits, so meine Argumentation, am wirtschaftlichen Wohlergehen der Industrieländer nicht uninteressiert sein, andernfalls würde es um die Bereitschaft, einen vernünftigen Ressourcentransfer in die Wege zu leiten, schlecht bestellt sein. Das sollte, so fand ich, leicht einzusehen sein.

Apropos Ressourcen: Als ich Robert McNamara wissen ließ, daß ich die Kommission übernehmen wolle, äußerte ich eine – sofort akzeptierte – Bedingung: Sie sollte auch im Verhältnis zur Weltbank unabhängig sein. Darin lag ein wichtiger Unterschied zu der nur mit zwei Vertretern aus Entwicklungsländern besetzten Gruppe, die sich 1969 unter dem Vorsitz des kanadischen Friedens-Nobelpreisträgers Lester Pearson geäußert hatte. Die Mittel, die wir für die Tagungen und vor allem für das Sekretariat brauchten, stifteten – ohne Auflagen – einige Regierungen, allen voran jene der Niederlande.

Es war nicht einfach, die Kommission – mit 21 Mitgliedern, drei von ihnen ex officio – zusammenzubringen, und noch weniger einfach, den Kollegen aus den Entwicklungsländern die Befürchtung zu nehmen, sie könnten an die Wand gedrückt werden. Tatsächlich haben wir niemals abgestimmt, sondern uns auf jenen gemeinsamen Nenner geeinigt, den ich meistens zu finden suchte, wo mir ein Vorsitz anvertraut wurde. Doch nicht nur Gegensätze zwischen Nord und Süd erschwerten die Konsensbildung; mindestens ebensosehr fielen die politischen Standorte der Mitglieder ins Gewicht. So saß der konservative Expremier Edward Heath neben dem Sozialdemokraten Olof Palme, die sich immerhin im Ja zu einer aktiven Beschäftigungspolitik nahe waren; ein langjähriger kanadischer Gewerkschaftsführer stritt mit einem »Banker« und Handelsminister der Nixon-Administration; Eduardo Frei, der christdemokratische Expräsident Chiles, geriet mit »Radikalen« aus Algerien und Tansania aneinander. Unter den Mitgliedern aus der Dritten Welt spielten der Inder L. K. Iha, Gouverneur und früherer Zentralbankpräsident, und Sir Shridat Ramphal, der aus Guyana stammende Generalsekretär des Commonwealth, eine herausgehobene Rolle. Eine große Verlegerin aus Washington gehörte ebenso zu unserem Kreis wie eine »Bankerin« aus Kuala Lumpur. Pierre Mendès-France konnte, seines ernsten Gesundheitszustandes halber, nur an unserer ersten Arbeitssitzung teilnehmen; an seine Stelle trat Edgard Pisani, den ich kannte, seit er Landwirtschaftsminister unter de Gaulle war.

Und Mitglieder aus kommunistisch regierten Staaten? Die Zeit war noch nicht reif. Es fanden jedoch Arbeitsgespräche in Peking wie in Moskau statt, und ich sorgte selbst dafür, daß die osteuropäischen Regierungen einschließlich jener der DDR auf dem laufenden gehalten wurden. In nachfolgenden Kommissionen, die unter Vorsitz von Olof Palme, Abrüstung, und Gro Harlem Brundtland, Umwelt, ans Werk gingen, war »der Osten« dann schon vertreten.

Das internationale Echo auf den Brandt-Bericht und seine Empfehlungen war beträchtlich, der Niederschlag in praktischem Regierungshandeln eher bescheiden. 1980 wurde die europäische Öffentlichkeit Zeuge eines besonders lebhaften Interesses in Großbritannien, ähnlich in den Niederlanden; hingegen kamen die deutsche wie die französische Regierung über süßsauren Lippendienst nicht hinaus. In Venedig nahm der Weltwirtschaftsgipfel Notiz von unseren Empfehlungen und versprach leichtsinnigerweise, ihnen im einzelnen nachzugehen. Doch Washington war durch die Geiselnahme von Teheran gelähmt und versteckte sich hinter dem Einmarsch in Afghanistan, der als Moskauer Entspannungskiller herhielt. In der Generalversammlung der Vereinten Nationen wurde der Bericht in mehr als drei Dutzend Reden gewürdigt, im wesentlichen von Delegierten der »Habenichtse«, die endlich mehr Entgegenkommen erwarteten. Im Internationalen Währungsfonds und in der Weltbank fanden unsere Vorschläge viel Aufmerksamkeit, aber wenig Gegenliebe.

Niemand darf von unabhängigen Kommissionen – auch unter

Nord-Süd-Passagen

günstigeren Zeitumständen – erwarten, daß sie das Verhalten von Regierungen unmittelbar korrigieren. Eher können sie die Meinungsbildung beeinflussen und Kräfte ermutigen, die in einer nächsten oder übernächsten Runde auf Regierungshandeln einzuwirken vermögen. So ging es mit dem Palme-Bericht 1982, der das Konzept der Gemeinsamen Sicherheit begründete, und mit der Kommission der norwegischen Ministerpräsidentin, die 1987 – auf ein Mandat der UN-Generalversammlung gestützt – unter dem Titel *Our Common Future* weit ausholte und Umwelt- und Entwicklungsproblematik zusammenband. Inzwischen machte sich eine Süd-Süd-Kommission unter Vorsitz von Julius Nyerere daran, aus der Sicht der Entwicklungsländer Neues in die internationale Debatte einzuführen.

Der Einfluß des Brandt-Berichts auf die internationale Debatte gründete sich nicht so sehr auf die Formulierung der Einzelvorschläge, sondern auf die neue Sichtweise. Wir sagten: Es gehe nicht mehr allein um Entwicklungshilfe der Industriestaaten, auch wenn diese wichtig bleibe, sondern um die Bedingungen gemeinsamen Überlebens; nicht um anerkennenswerte Akte der Wohltätigkeit, sondern um strukturelle Veränderungen mit dem Ziel, daß die Entwicklungsländer künftig auf eigenen Füßen stehen könnten. Dabei mußte mit mancherlei falschen Vorstellungen in der Dritten Welt aufgeräumt werden. Die Kommission hat sich pauschale, auch maximalistische Forderungen nach einer »Neuen Weltwirtschaftsordnung« nicht zu eigen gemacht; sie beschäftigten 1974/75 auch die Vereinten Nationen – ganz so, als könnten Resolutionen im New Yorker Glaspalast in weltrevolutionäre Konsequenzen münden.

Es galt, eine höchst gefährliche Zeitbombe zu entschärfen, nicht mehr, nicht weniger. Es galt, den extremen Gegensatz zwischen Nord und Süd auf dem Wege über fair ausgehandelte Maßnahmen abzubauen. Deshalb haben meine Kollegen und ich uns für eine Kombination von kleineren Schritten, etwa verbessertem Zufluß von Mitteln, und grundlegenden Reformen, etwa zweckgebundenen internationalen Abgaben, entschieden. Alle Vermutungen sprachen dafür, daß sich gebotener Wandel nicht mit einem Paukenschlag vollziehen würde. Mein reformistisches Credo lautete denn auch: den weiten Horizont im Blick haben, doch die unmittelbaren Ziele so niedrig hängen, daß man ihnen tatsächlich näher kommt.

Mit dem Hauptbericht verbanden wir ein »Sofortprogramm 1980–85«, das weder Ersatz für längerfristige Veränderungen sein noch in Widerspruch zu diesen stehen sollte. Wir meinten, Sofortmaßnahmen auf dem Energie- und Nahrungsmittelsektor seien geboten, sollte die Weltwirtschaft nicht schweren Schaden leiden.

Eine gewisse Chance zeichnete sich ab, als – unserem Vorschlag gemäß – ein Nord-Süd-Gipfel für den Herbst 1981 ins Auge gefaßt wurde; in der Sache trug das Unterfangen nicht weit. Ich hatte mich sehr für gelegentliche Treffen auf hoher Ebene eingesetzt, damit in einem begrenzten Kreis von Staats- oder Regierungschefs einmal ernsthaft diskutiert und mögliche Kompromisse angepeilt werden könnten; kein Staat sollte für einen anderen mitentscheiden dürfen. Meine Skepsis gegenüber Mammutkonferenzen war groß, jedenfalls größer als die mancher auf die Vereinten Nationen fixierter Kollegen. Ich fand, daß sich einander ähnliche Staaten zusammentun und ihre Interessen gemeinsam geltend machen sollten. Doch stimmten wir darin überein, daß ein überschaubarer Gipfel mit Regierungschefs aus Nord und Süd – und »erhoffter Teilnahme des Ostens und Chinas« – den internationalen Entscheidungsprozeß voranbringen könne. Wir meinten, die Teilnehmerzahl müsse klein genug gehalten werden, um Fortschritte in der Sache zu ermöglichen, und groß genug, um repräsentativ und aussagekräftig zu sein.

Nach mühsamen Vorerörterungen fand ein erstes Treffen zwischen Vertretern von 22 Staaten im Oktober 1981 im mexikanischen Cancun statt; Bruno Kreisky hatte sich bereit erklärt, gemeinsam mit dem Präsidenten Mexikos den Vorsitz zu übernehmen. Entgegen anderen Erwartungen und Ratschlägen entschloß sich auch Ronald Reagan, der neugewählte Präsident der USA, zur Teilnahme. Die Sowjets erschienen nicht, hatten aber – ich habe mich im Sommer 1981 in Moskau davon überzeugt – die Einladung ernsthaft beraten. Die Chinesen ließen sich durch ihren Präsidenten vertreten, der allerdings wortkarg blieb. Von den Industrieländern nahmen teil: Bundesrepublik Deutschland, Frankreich, Großbritannien, Japan, Kanada, Österreich, Schweden, USA; von den Entwicklungsländern: Algerien, Bangladesch, Brasilien, China, Elfenbeinküste, Guyana, Indien, Jugoslawien, Mexiko, Nigeria, Philippinen, Saudiarabien, Tansania, Venezuela; schließlich war der UNO-Generalsekretär mit

Nord-Süd-Passagen

von der Partie. Die europäische Vertretung litt sehr darunter, daß aus gesundheitlichen Gründen weder der deutsche noch der österreichische Kanzler nach Cancún reisen konnten. Selbst nahm ich die Einladung, die mir die mexikanische Seite ad personam ausgesprochen hatte, nicht an, weil aus den Reihen der Blockfreien – Algerien, Jugoslawien – protokollarische Bedenken geltend gemacht wurden.

Präsident Reagan dankte mir nach dem Gipfel für den Beitrag meiner Kommission. Er unterstrich die Bedeutung der Entwicklungshilfe für viele Länder und betonte zugleich, daß privaten Investitionen größeres Gewicht zukommen solle; im Internationalen Währungsfonds und in der Weltbank seien Bemühungen im Gange, die verfügbaren Mittel wirksamer zu nutzen. Das klang alles nicht unfreundlich, verkannte dennoch ein Kernproblem: Gerade für die ärmsten Länder existierte und existiert die Alternative zwischen privaten Investitionen und öffentlichen Hilfen nicht. Wie im Dogmenkonflikt um Markt und Plan besteht im Streit um die Finanzierung die Gefahr, sich über falsche Alternativen zu zerstreiten: Mehr privat oder mehr öffentlich? Mehr multilaterale oder mehr bilaterale Kooperation? Man braucht beides, das eine wie das andere.

Die Empfehlungen der Kommission zeichneten sich nicht durch Radikalismus aus, schon gar nicht, wo sie Währung und Finanzen betrafen. Sie wurden gleichwohl als unbequem empfunden. Was in der Natur der Sache lag: Wir schlugen neue Sonderziehungsrechte bei den internationalen Institutionen in Washington vor und verlangten, daß die Länder der Dritten Welt bei der Mittelverteilung bevorzugt würden; nur so sei eine langfristige wirtschaftliche und soziale Entwicklung zu sichern.

Der Internationale Währungsfonds – schon damals wegen harter Auflagen umstritten – sollte gegenüber den Entwicklungsländern »eine unangemessene oder übertriebene Gängelung ihrer Volkswirtschaften« vermeiden und keine »übermäßig deflationären Maßnahmen als Standardmuster für die Anpassungspolitik« vorschreiben. An IWF und Weltbank richteten wir gleichermaßen die Forderung, die Entwicklungsländer an Management und Entscheidungen stärker zu beteiligen. In einem Ergänzungsbericht, Anfang 1983 erschienen, wurden die Vorschläge aktualisiert und wiederholt. So drangen wir erneut darauf, das Kapital der Weltbank zu erhöhen – was in bescheidenerem Umfang auch geschah – und die *gearing ratio,* das Verhältnis zwischen Eigenkapital und Ausleihvolumen, von 1:1 auf 1:2 anzuheben.

Jener zweite Bericht – »Hilfe in der Weltkrise« – war unter dem Eindruck der Schuldenkrise entstanden. Sie hatte 1982 zuerst Mexiko erfaßt und ließ in den folgenden Jahren kaum ein Land auf dem lateinamerikanischen Subkontinent aus, überschattete aber auch die Entwicklung in anderen Teilen der Welt. Daß sich bei horrenden Schuldendiensten die Demokratie nur mühsam behaupten und noch mühsamer entfalten konnte, hätte nicht überraschen dürfen. Wessen Schuld waren die Schulden? Daß kapitalkräftige Kreise der betroffenen Länder ein Mindestmaß an nationaler Verantwortung vermissen ließen und sich das Ausmaß privater Kapitalflucht in mehr als einem Fall mit der Staatsverschuldung die Waage hielt und hält, sollte niemand in Abrede stellen wollen.

Warum vor Mißständen in Entwicklungsländern die Augen verschließen? Oder nicht offen darüber sprechen, welche Verhaltensweisen zu ändern seien? Vorhaltungen dieser Art sind freilich nur dann von Nutzen, wenn sie weder heuchlerisch noch besserwisserisch gemacht werden. Verschwendung und Korruption, Unterdrückung und Gewalt sind vielerorts in der Welt anzutreffen und werden es noch lange bleiben. Weshalb man mit der Arbeit an verbesserten internationalen Beziehungen nicht warten sollte, bis diese und andere Übel aus der Welt sind. In der Einleitung zum Bericht meiner Kommission schrieb ich: »Wir sollten offen miteinander sprechen über den Machtmißbrauch durch Eliten, den Ausbruch von Fanatismus, das millionenfache Elend von Flüchtlingen. Oder andere Verletzungen von Menschenrechten, die im Widerspruch stehen zu Gerechtigkeit und Solidarität, sei es im eigenen Land oder bei anderen.«

Der Brandt-Bericht handelte nicht nur von Finanzierungsfragen und war keineswegs von »plattem Keynesianismus« getragen, wie uns Kritiker vorwarfen. Aber selbstverständlich konnten wir nicht so tun, als spiele Geld keine Rolle. In beiden Berichten wurde daher das sogenannte 0,7-Prozent-Ziel bekräftigt: Entsprechend dem Beschluß der UN-Vollversammlung vom Oktober 1970, dem sich nur die USA entzogen, sollten die Industrieländer mindestens 0,7 Pro-

Nord-Süd-Passagen

zent ihres Bruttosozialprodukts für öffentliche Entwicklungshilfe zur Verfügung stellen; die Skandinavier und die Niederländer hielten sich daran, sonst wurden allenfalls Annäherungswerte erzielt. Die Empfehlungen waren fast zu detailliert und haben doch an Aktualität nichts eingebüßt. Wir beschrieben, wie öffentliche Mittel für Finanztransfers längerfristig aufzubringen seien; wie ein internationales System progressiver Besteuerung zu errichten sei, an dem sich die osteuropäischen Staaten und die Entwicklungsländer – mit Ausnahme der ärmsten – beteiligten; wie Mittel »automatisch« aufgebracht werden könnten, nämlich durch bescheidene internationale Abgaben, sei es auf die Herstellung oder den Export von Waffen, sei es auf den Gemeinbesitz der Menschheit, im besonderen die Meeresschätze.

Die einkommenden Gelder sollten in ein neues, sich auf universale Mitgliedschaft stützendes Institut – einen »World Development Fund« – fließen und hier kanalisiert werden. Der Vorschlag zielte nicht darauf ab, die Bretton-Woods-Institutionen, also IWF und Weltbank, zu ersetzen; der »WDF« sollte sie ergänzen, die Kreditgewährung auf bestimmte Programme – das *policy lending* – lenken und den Kreditstrom von Geschäftsbanken und aus anderen privaten Quellen keineswegs mindern. Wir waren der Meinung, daß es vielfältiger Finanzierung bedürfe, um Energiequellen wie Bodenschätze in Entwicklungsländern zu erforschen. Die vorgeschlagene »Energie-Agentur« – angelehnt an die Weltbank – war die einzige neue Organisation, von der wir meinten, daß sie sofort geschaffen werden müsse.

Die Industrieländer waren und blieben an sicherer Versorgung mit Erdöl interessiert. Die Entwicklungsländer beunruhigten von jeher die Unwägbarkeiten der Rohstoffmärkte insgesamt. Auch die Kommission meinte, die Entwicklungsländer seien an Verarbeitung, Absatz und Verteilung stärker zu beteiligen. Und die Stabilisierung der Rohstoffpreise? Seit 1973 hatte UNCTAD, die Handels- und Entwicklungsorganisation der UNO, an einem »integrierten« Programm gearbeitet, das über einen gemeinsamen Fonds finanziert werden sollte. Wir unterstützten die Bemühungen um internationale Abkommen und argumentierten: Wer Interesse an berechenbarer und gesicherter Rohstoffversorgung habe, könne nicht gegen stabile

Preise sein, schon wegen der Investitionen nicht, die nötig seien, um Bodenschätze zu erschließen. Was haben die Menschen davon, wenn sie für einen importierten Traktor oder einen »harten« Dollar mit immer größeren Mengen Kaffee oder Kupfer bezahlen müssen? Wir waren uns bewußt, daß Rohstoffabkommen und Erlösstabilisierung keine Allheilmittel sind, wohl aber ein Schritt auf dem Weg, die Entwicklungsländer zu gleichwertigen Handelspartnern zu machen. Deshalb wandten wir uns gegen protektionistische Neigungen im Norden und plädierten dafür, daß dem Süden die Märkte der Industrieländer offenstünden. Nur dann würden die Entwicklungsländer ihrerseits kaufen und Kredite bezahlen können.

Und die transnationalen Unternehmen, die eine zentrale Rolle beim Welthandel und für die Nord-Süd-Beziehungen im allgemeinen spielen? Wir wollten die »Multis« mit wirksamen Gesetzen und internationalen Verhaltensrichtlinien an wettbewerbshemmenden Geschäftspraktiken hindern und gleichzeitig den Technologietransfer positiv und zu vernünftigen Preisen beeinflussen. Vor diesem Hintergrund bestätigten wir die nationalen Verfügungsrechte über die natürlichen Ressourcen eines Landes, hielten jedoch dafür, daß im Falle von Verstaatlichungen angemessen und wirksam entschädigt werde; entsprechende Grundsätze sollten in die nationale Gesetzgebung Eingang finden, internationale Schlichtungsmechanismen zunehmend in Anwendung kommen.

Waren die Vorschläge in den Wind geschrieben? Hatten wir uns verrechnet, was die Chancen ihrer Realisierung anlangte? Oder gewisse Faktoren, so die Bevölkerungsexplosion, nicht hinreichend gewichtet? Jedenfalls verbesserten sich die Nord-Süd-Beziehungen nicht, in den achtziger Jahren verschlechterten sie sich sogar noch. Und die These von einer zunehmenden gegenseitigen Abhängigkeit bestätigte sich nicht. Statistisch betrachtet, hat sich die ökonomische Verflechtung der Industrie- mit den Entwicklungsländern keineswegs verstärkt; im Gegenteil, beide haben sich noch weiter voneinander entfernt, und es hat sich gezeigt, daß es »die Entwicklungsländer« immer weniger gibt.

Während in einigen Teilen der Welt – zumal in Südostasien – beachtliche Fortschritte erreicht wurden, erlebten andere schreckliche Knappheit und Rückschläge, in der Landwirtschaft ebenso wie in der Industrialisierung. Dringende Reformen im Gesundheits- und Erziehungsbereich blieben auf der Strecke, weil die Finanzierungsengpässe immer enger wurden. In vielen Ländern – zumal in Afrika – ist der Lebensstandard breiter Kreise drastisch gefallen, obwohl es den Menschen vor der Krise auch nicht gerade gutgegangen war.

Es kennzeichnete die achtziger Jahre, daß alle Bemühungen um einen konstruktiven Nord-Süd-Dialog scheiterten oder ins Leere liefen. Sogenannte Globalverhandlungen unter dem Dach der Vereinten Nationen versickerten im Nichts. Der erwähnte Nord-Süd-Gipfel 1981 in Cancun blieb eine folgenlose Episode. Nur wenige herausragende Dritte-Welt-Länder waren in der Lage, in bilateralen Verhandlungen Konzessionen herauszuholen. Dagegen mußte die große Mehrheit der Entwicklungsländer hinnehmen, daß sie die internationalen Spielregeln nicht beeinflussen konnte und sich diese eher noch zu ihrem Nachteil verschärften. Auf den Märkten der Industrieländer wurden neue Zugangsbarrieren errichtet; der Protektionismus nahm zu, der Rohstofferlös ab – aufgrund von Produktsubstitution und Verbrauchseinsparungen –, und die Qualitätsstandards für Industriegüter konnten nur weit fortgeschrittene Länder erfüllen.

Ende der achtziger Jahre lebten mindestens 800 Millionen Menschen in absoluter Armut. In den meisten Ländern Afrikas war das Realeinkommen nicht höher als zwei Jahrzehnte zuvor. Dort, aber auch in anderen Teilen der Welt starben Millionen Menschen an Hunger und Unterernährung.

Lateinamerika, einst als der »kommende« Kontinent gepriesen, verfing sich in den Fesseln einer schweren Entwicklungskrise. Die düsteren Perspektiven für Afrika und weite Teile Lateinamerikas, auch die Karibischen Inseln, wurden nicht dadurch heller, daß man ihnen bunte Kataloge mit asiatischen »Erfolgsrezepten« anbot. Der grandiose Aufstieg einiger asiatischer Staaten ist nicht hoch genug zu veranschlagen, aber er erfaßte nicht einmal diesen riesigen Kontinent und ließ die lateinamerikanische Misere nur noch düsterer aussehen. »Ohne Brot keine Demokratie« bleibt auch anderswo eine Binsenwahrheit. Aber in Buenos Aires sagte mir Präsident Alfonsin freiheraus: »Heute kommt ihr mit Blumen, hoffentlich kommt ihr nicht bald wieder und legt Kränze aufs Grab der argentinischen Demokratie.« Einige Tage später, in Cartagena, der Präsident von Kolumbien: »Hunger, Arbeitslosigkeit, Analphabetismus sind die objektiven Agenten der Subversion.« Das Staatsoberhaupt von Peru zur Schuldenlast: »Wir werden ohne Narkose operiert; man will uns die Schmerzen spüren lassen.« Zwei Jahre später, als ich wieder dort war, hatte bewaffneter Kampf in die Straßen von Lima Einzug gehalten. Noch einmal dreißig Monate danach, Anfang des Jahres 1989, kurz nach der Amtseinführung von Carlos Andres Perez, der nach gesetzlich vorgeschriebener Frist wieder Präsident geworden war, lösten in Venezuela die in Preiserhöhungen mündenden Auflagen der Gläubiger blutige Unruhen aus.

Die bittere Lehre der achtziger Jahre: Wer sich Chancen sachlicher Zusammenarbeit entgehen läßt und wer weltweit einem vermeidbaren Gegeneinander – Ost gegen West, Nord gegen Süd – Raum gibt, der bleibt hinter den Erfordernissen dieser Zeit weit zurück. Isolierte Diskussionen über Teilaspekte – Schulden oder Rohstoffe, Nahrungsmittel oder Geburtenraten, zerstörte Böden oder abgeholzte Wälder – führen allein nicht weiter. Also kam und kommt es auf die Interdependenzen und die Gesamtschau an.

Ich habe mich – nicht nur in der Kommission – darum bemüht, daß die Zusammenhänge zwischen Hunger und Krieg, Rüstung und Rückschritt ins Bewußtsein gerieten. Die Geschichte hatte uns gelehrt, wie Kriege Hunger nach sich ziehen. Weniger bewußt war, daß Massenarmut in Chaos enden kann. Wo Hunger herrscht, kann Friede nicht Bestand haben. Wer den Krieg ächten will, muß auch die Massenarmut bannen. Satte Menschen sind nicht notwendigerweise frei, hungernde Völker sind es in jedem Falle nicht.

Im Januar 1984 tagten Olof Palmes Abrüstungs- und meine Nord-Süd-Kommission gemeinsam in Rom. Sie stellten die enge Beziehung zwischen Sicherheit und Entwicklung fest: Angesichts wirtschaftlichen Drucks und sozialer Krise könnte die politische Instabilität in Ländern der Dritten Welt zunehmen und andere Mächte hineinziehen. Nationale Sicherheit lasse sich nicht mehr allein durch militärische Macht aufrechterhalten. »Sicherheit muß sich auf die Anerkennung gemeinsamer Interessen und den Respekt vor gemeinsamen Institutionen gründen.«

Als Außenminister hatte ich, über den europäischen Bereich hinaus, von sich abzeichnenden gemeinsamen Interessen gesprochen,

Nord-Süd-Passagen

als Bundeskanzler für ein Gleichgewicht der Sicherheit – statt eines der bloßen Abschreckung – geworben und eine Übereinkunft der Interessen anvisiert. Seither hat sich – und so sind eben doch nicht nur Rückschritte zu vermelden – die Einsicht durchgesetzt, daß die Reihe globaler gemeinsamer Interessen länger wird und die Systeme überwölbt; sie reicht von der Sicherung des Weltfriedens und der Überwindung des Welthungers über die Bewältigung der Bevölkerungsexplosion und die Gewähr der Energieversorgung bis zur Bewahrung der natürlichen Umwelt. Von einem neuen Weltbewußtsein zu sprechen klingt nicht mehr übertrieben. Wobei man sich vor der Annahme zu hüten hat, daß ein objektiv gemeinsames Interesse notwendigerweise gleiche Wahrnehmung und gleiche Schlußfolgerung nach sich ziehe.

Vor sowjetischen Wissenschaftlern – mit weniger verstopften Ohren als seinerzeit an der Parteispitze üblich – habe ich im Frühsommer 1981 auseinandergesetzt, warum es höchste Zeit sei, sich systemunabhängigen und systemüberwölbenden Herausforderungen zu stellen. Es wurde ein lohnendes Thema in Budapest wie in Ottawa und sogar in Ostberlin. Ich erfuhr oder fand bestätigt, daß erst krisenhafte Entwicklungen Bewußtseinswandel schaffen und Kräfte freisetzen können, allerdings auch nicht immer zum Besseren.

Wenn auch noch kaum erkannt wurde, welche institutionellen Vorkehrungen notwendig sein würden, die Einsicht, daß wir in eine Weltgesellschaft gegenseitiger Abhängigkeiten hineinwachsen, stieß weder in Ost noch in West auf Widerspruch. Gerade deshalb bleibt bedrückend, daß die achtziger Jahre verlorene Jahre waren, daß zweiseitige Verhandlungen Fortschritte im Bereich multilateraler Zusammenarbeit kaum ermöglichten und die dringend gebotene regionale Koordination behinderten.

1988 regte ich, einer alten Absprache mit Indira Gandhi folgend, ein »Cancun II« an, wo immer ein solches Treffen stattfinden möge und in welcher Zusammensetzung auch immer; gemeinsam mit »Sonny« Ramphal unternahm ich Vorstöße bei Bush und Gorbatschow und anderen Staatslenkern. Ein neuerlicher Nord-Süd-Gipfel schien wünschenswert, nicht um Entscheidungen zu treffen, sondern um wichtige Verhandlungen an anderer Stelle in Gang zu bringen oder zu beschleunigen. An der Bereitschaft der UdSSR, Mitverantwortung zu tragen, ist kein Zweifel mehr; im Kreml werden Nord-Süd-Beziehungen nicht länger als West-Süd-Angelegenheit angesehen.

Auf der europäischen und internationalen Tagesordnung steht eine Nord-Süd-Politik, die nicht so leicht versandet. Mancherorts wird in der entwicklungspolitischen Debatte auf Empfehlungen zurückgegriffen, die meine Kommission 1980 veröffentlicht und Anfang 1983 durch ihren Zusatzbericht ergänzt hat.

Hat sich die Mühe um Nord-Süd gelohnt? Selbst wenn der entwicklungspolitischen Bibliothek nur ein paar kleine Bände hinzugefügt worden wären – ich wies darauf hin, der Menschheit sei schon Schlimmeres widerfahren, und beantworte die Frage mit Ja. Im übrigen ist es einfacher, ein Buch allein zu schreiben als in einem Kollektiv mit zwei Dutzend anderen. Doch das ist auch sonst die unvermeidliche Last programmatischer Arbeiten, in denen sich viele wiederfinden wollen und sollen.

Die systemübergreifenden existentiellen Bedrohungen werden verstanden. Doch alle Wahrscheinlichkeit spricht dafür, daß die Gefahren, die das Leben von Millionen Menschen und die Existenz der Menschheit insgesamt bedrohen, nicht so bald gebannt sein werden. Immerhin zeichnen sich für menschliches Wohlergehen Chancen ab, die vor wenigen Jahren als utopisch oder spinnerhaft eingestuft worden wären. Die Wissenschaft kann freilich auch in Zukunft kein Paradies herbeizaubern. In technischer und organisatorischer Hinsicht ist es immerhin denkbar geworden, auch eine weiter wachsende Weltbevölkerung zu ernähren. Aber was würde es nutzen, wenn Klimaveränderungen alles überkommene Kalkül zunichte machten?

Gleichwohl, die Bereitschaft vieler Staaten, mit Einschluß der Weltmächte, zu sachlicher Zusammenarbeit zu gelangen, ist gewachsen und läßt hoffen. Die Verirrungen des Kalten Krieges haben Chancen zugeschüttet. Doch nun zeichnet sich in der groß genannten Politik der großen Mächte, und nicht nur dieser, wenn auch nicht unumkehrbar, manch tiefgreifende Veränderung ab. Aber ohne energisches Engagement auf allen Ebenen, von der lokalen bis zur internationalen, wird sich lange nichts an dem unwürdigen Zustand ändern, daß Hunderte von Millionen Mitmenschen in einer Welt leiden, in der nicht alle reich, aber alle satt werden könnten.

Das beschädigte Paradies

Kaum war der Krieg zu Ende, da regte sich die Bereitschaft zu humanitärer Hilfe, auch in Ländern, die selbst schwer gelitten hatten, vor allem in den Vereinigten Staaten. Vieltausendfach haben Familien und Vereine, Kirchengemeinden und Stiftungen, Gewerkschaften und Firmen mitmenschlichen Beistand geleistet. Viele einzelne Flüchtlinge hatten die Chance zum Überleben gefunden. Als regierungsamtlich der Marshall-Plan für den europäischen Wiederaufbau entwickelt wurde und die »Feindstaaten« nicht außenvor blieben, war gewiß auch amerikanisches Eigeninteresse im Spiel; nach aller Erfahrung muß eine solche Beigabe das Schlechteste nicht sein.

Das »Peace Corps«, zu Beginn von Kennedys Präsidentschaft gegründet, und zahlreiche nichtstaatliche Organisationen haben mehr als symbolische Verbundenheit mit den Armen und Benachteiligten dieser Welt bekundet. Finanziell fiel die Entwicklungshilfe aus dem reichsten Land der Welt auch ins Gewicht, wenngleich sie hinter dem international vereinbarten Anteil am Bruttosozialprodukt zurückblieb – weit mehr als die der Europäer. In den achtziger Jahren, vor dem Hintergrund der Schuldenkrise, flossen mehr Mittel in die USA zurück, als von dort neu zur Verfügung gestellt wurden. Die amerikanische Neigung, die Vereinten Nationen zu vernachlässigen, sich aus Gremien der »multilateralen« Zusammenarbeit zurückzuziehen und sich auf Arrangements zu konzentrieren, die man selbst bestimmen konnte, tat ein übriges und tauchte Washington in ein unfreundliches Licht. Wenn das Vertrauen in die eigene Stärke überhandnimmt und Enttäuschung über Partner in anderen Teilen der Welt hineinspielt, können Reaktionen, die nur schwer nachzuvollziehen sind, nicht ausbleiben. Auf den Gebieten von Rüstungskontrolle und -abbau regierte lange Zeit ein Maß an Unsicherheit, das der Welt nicht zum Heil gereicht hat. Wandel griff Platz, als Ronald Reagan in Michail Gorbatschow einen Partner fand, der zum Umdenken zwang.

George Bush fand, die Eindämmung des Wettrüstens betreffend, wichtige Zwischenergebnisse vor, als er sein Amt antrat. Die Beziehungen zur anderen nuklearen Weltmacht waren fortan von beidseitigem gutem Willen geprägt und einige der regionalen Konflikte im Begriff, entschärft zu werden. Daß ausgerechnet der konservative Populist aus Kalifornien, in seiner zweiten Amtsperiode, instinktsicher genug war, Bälle eines unorthodoxen Parteisekretärs aufzunehmen, gehörte zu den willkommenen Überraschungen der späten achtziger Jahre. Als die Entspannung zu verkümmern drohte, wurde sie durch ein erstes Abrüstungsabkommen, das diesen Namen verdiente, unterfüttert und neu belebt.

Während ich alle Präsidenten seit Franklin D. Roosevelt – Truman erst, als er nicht mehr im Amt war – kennengelernt und gute Gespräche mit ihnen gehabt hatte, ließ sich Reagan von einem seriösen Termin abraten; es war zu ertragen und minderte nicht meinen Respekt vor einem Präsidenten, der ausgezogen war, »das Reich des Bösen« zu besiegen, und sich mit seinem russischen Gegenüber in der Sicherung des Friedens zusammenfand. Daß er auf anderen Gebieten in alten Vorurteilen steckenblieb, steht auf einem anderen Blatt.

Mit nach vorn weisenden Nord-Süd-Vorschlägen war im offiziellen Washington jener Jahre nicht zu landen. Was ich von US-Operationen gegen »Mächte« in Zentralamerika oder in der Karibik hielt, sprach ich aus und handelte mir dafür schlechte Noten ein. 1981 – ich hatte in New York zu tun – ließ mich Alexander Haig ins State Department kommen. Hauptthema: Nicaragua. Vier Jahre später, in einem durchaus angenehmen und sachlichen Gespräch bei Vizepräsident George Bush, das Hauptthema immer noch: Nicaragua. Während ich im Senat zu Washington und in wichtigen gesellschaftlichen Gruppen – zu Recht – als »alter Freund der Vereinigten Staaten« galt, hatten mich ultrarechte Ideologen und übereifrige Büchsenspanner auf ihre schwarze Liste plaziert. Was weder Außenminister George Shultz hinderte, mich mit Informationen zu versorgen, noch Paul Nitze beeindruckte; er orientierte mich, wann immer möglich, über die schwierigen Verhandlungen in Genf. Im Kontakt mit Mitgliedern des Kongresses blieb das Gesprächsklima ungetrübt – wenn deutsch-amerikanische Dinge anstanden und besonders, wenn das Ost-West-Verhältnis und dessen rüstungspolitische Komponenten zu beratschlagen waren.

Ich habe mich von Zeit zu Zeit darum bemüht, Moskauer Fehleinschätzungen entgegenzuwirken. So schrieb ich im Februar 1980 an

Generalsekretär Breschnew; ich suchte ihn zu bewegen, dem afghanischen Abenteuer ein Ende zu setzen, und riet ihm, auch sonst Hindernisse auf dem Entspannungsweg beiseite zu räumen. Es war die Zeit, in der die demütigende Geiselaffäre in Teheran mit der Empörung über den Coup von Kabul zusammenfiel. Meine besonderen Hinweise: Präsident Carter habe mir gesagt, daß er auf die Gelegenheit warte, zu Gesprächen zurückzufinden und den Prozeß der Entspannung fortsetzen zu können; auf meine Frage, ob er es der Sowjetunion schwer- oder leichtmachen wolle, habe er geantwortet: leicht. Er wolle die Beziehungen zur Sowjetunion verbessern und diese weder in Verlegenheit bringen noch kränken. Ich selbst würde nichts überinterpretieren, aber meinte, daß es über diese Antwort nachzudenken lohne.

Beide Seiten wurden über die Ergebnisse einer Konferenz unterrichtet, die – auf Einladung Bruno Kreiskys und unter meinem Vorsitz – Anfang Februar 1980 in Wien stattgefunden hatte und an der die Vorsitzenden von 28 sozialdemokratischen Parteien beteiligt waren. Ich stellte jene Faktoren heraus, die die internationale Lage belasteten: Zusätzlich zu den Vorgängen in Afghanistan und im Iran drohten sich die Nichtratifizierung des SALT-II-Vertrages und die Last des nuklearen Mittelstreckenarsenals über die Entspannung zu senken und ihr den letzten Rest von Leben auszuhauchen. »Wir haben Kritik geübt und unsere warnende Stimme erhoben, wo wir dies für geboten hielten«, so schrieb ich und ergänzte: »Aber wir haben vor allem auch unserer tiefen Sorge darüber Ausdruck gegeben, daß die Errungenschaften der Entspannung gefährdet werden könnten, denn – so befürchteten wir – eine Rückkehr zum Kalten Krieg würde die Welt an den Rand einer Katastrophe bringen. Wir haben uns in der Überzeugung bestätigt gesehen, daß es zur Entspannung keine vernünftige Alternative gibt.« Die in Wien Versammelten – und das mag als Beispiel für eine Vielzahl gleichgerichteter Bemühungen gelten – hatten vereinbart, »alle ihre Möglichkeiten zu Kontakten zu nutzen, um eine Politik für die Fortsetzung der Entspannung, für die Verbesserung der Beziehungen zwischen den USA und der UdSSR und für die Erreichung konkreter Resultate bei den Verhandlungen über Rüstungskontrolle und Abrüstung zu fördern und zu unterstützen«.

Ich bin viele Male in den Vereinigten Staaten gewesen, habe mich dort immer wohl gefühlt und bin immer mit Anregungen zurückgekommen. Als Berliner Bürgermeister war ich in besonderem Maße auf amerikanische Unterstützung angewiesen. In meiner Bonner Verantwortung maß ich der Freundschaft zu den USA einen sehr hohen Rang zu, und das nicht, jedenfalls nicht nur, weil wir in der Bundesrepublik Deutschland den Amerikanern für so vieles zu danken hatten. Als mich Richard Nixon Anfang 1970, in farbenfrohem Rahmen, im Garten des Weißen Hauses als Bundeskanzler empfing, konnte ich ohne den leisesten Zweifel erklären: Das Bekenntnis zur engen Partnerschaft entspringe dem Wunsch und dem Auftrag meiner Mitbürger. Um so mehr empörte es mich, als in den folgenden Jahren einer gräßlichen Mode gehuldigt und die Keule des Antiamerikanismus im bundesdeutschen Parteienstreit geschwungen wurde. Was bei Adenauer noch Grund und jedenfalls Format gehabt haben mag – auch wenn es auf eine Goldwaage schon damals nicht paßte –, wurde durch wiederkäuende Epigonen zum puren Ärgernis.

Dieses Jahrhundert wird als das amerikanische in die Geschichte eingehen. Zu diesem Urteil mußte auch kommen, wer – wie ich – den Vereinigten Staaten ein noch höheres Maß an konstruktiver Führungskraft zugetraut hätte. Sie hatten zwei Weltkriege entschieden, den zweiten noch nachdrücklicher als den ersten und ohne sich erneut in die Isolierung zurückzuziehen. Die Wirtschaftshilfe, die uns wie vielen anderen zugute kam, war nicht allein aus Nächstenliebe geboren, aber vernünftig war sie, und Wunder wirkte sie auch. Wir in Deutschland – genauer: in den Westzonen, aus denen die Bundesrepublik wurde – sahen uns eifrig umworben und fanden den Wiederaufbau erleichtert, die kritische Aufarbeitung dessen, was geschehen, entsprechend erschwert. Wir hatten an der Last des Kalten Krieges zu tragen und uns in den neuen Machtverhältnissen zurechtzufinden – es hätte Schlimmeres geben können. Wir hatten aus der gegebenen Lage das Bestmögliche zu machen. Alles andere wäre lebensfremd gewesen.

Das Verhältnis zur Welt, auch zu den Vereinigten Staaten, veränderte sich rasch. Wir standen wieder auf eigenen Beinen und formulierten eigene Interessen. Noch 1958, anläßlich meines ersten USA-Besuchs als Bürgermeister, bewegte ich mich in der Rolle dessen, der

Das beschädigte Paradies 393

der Siegermacht aufwartete. Die Presse fragte mich im Waldorf Astoria, wie ich zu der Anregung George Kennans stünde, die Streitkräfte in Europa auseinanderzurücken; statt einer Antwort biß ich mir auf die Zunge. Nur ein Jahrzehnt später, als Außenminister, habe ich nicht gezögert, das Konzept der Entspannung auch drüben – gegen Hardliner und Hysteriker aller Art – zu vertreten. Nach noch einmal zehn Jahren hing der atlantische Haussegen schief, weil man sich in Bonn ein eigenes – abweichendes – Urteil zutraute, was der westlichen Sicherheit frommte. Es änderten sich die Zeiten. Es änderten sich nicht die Grundlagen des Verhältnisses. Wie ernst die Differenzen bisweilen auch gewesen sein mögen, der Bundesrepublik hatte sich die amerikanische Mit-Vaterschaft zu tief eingeprägt, als daß die Bindungen zu kappen gewesen wären.

Ein Land der unbegrenzten Möglichkeiten waren die Vereinigten Staaten längst nicht mehr, aber Vitalität und Beweglichkeit sind nicht erloschen. Ich habe nie nur *ein* Amerika wahrgenommen: neben der imponierenden Kraft von Wirtschaft, Wissenschaft, Militär immer auch bittere Armut; neben fabelhaftem Fortschritt immer auch finstere Reaktion; neben dem Einfluß der Ostküste und ihres weiß-protestantischen Establishments, der dominierend blieb, der Aufstieg des Westens und des Südens. Welch unverbrauchte Energien entfalteten sich hier! Da war das Amerika, in dem die Nachkommen afrikanischer Sklaven aus ihrer Absperrung herausdrängten und ihr Gewicht einzusetzen begannen. Ein Amerika, in dem sich wacher Geist durch großes Geld niemals unterkriegen ließ und wo *compassion* – tätiges Mitempfinden – durch noch so krasses Gewinnstreben nicht unterzupflügen war. Das andere Amerika – das der Bürgerrechte und der sozialen Bewegungen – blieb immer präsent.

Amerika – das waren immer auch die begabten, lange unterschätzten Kanadier im Norden und die zahlreichen, unruhig-drängenden Latinos im anderen Teil des Doppelkontinents. Gewiß, nicht wenige unter den amerikanischen Freunden beschwerte die Sorge, ob ihr großes Land fähig sein werde, rasch genug die Antennen auszufahren und beizeiten jene neuen Probleme wahrzunehmen, die die Welt an den Rand des Abgrunds treiben könnten. Ich wußte: Ohne Amerika wird es nicht zu schaffen sein.

Was einem deutschen Emigranten in Skandinavien die Vereinigten

Staaten waren, hatte ich vor fünfzig Jahren dargestellt und die Erwartungen ausgedrückt, die ich mit ihrer Nachkriegsrolle verband; Amerika war mir Inbegriff von Freiheit und Demokratie geworden, lange bevor ich den Berliner Prüfstand bestieg. Meinen Fuß setzte ich erstmals Anfang 1954 auf amerikanischen Boden und lernte sogleich New York und Washington kennen, New Orleans und Chicago, Texas und Kalifornien. Zusammen mit drei befreundeten Kollegen – Carlo Schmid, Fritz Erler, Günter Klein – war ich einer Einladung der amerikanischen Regierung gefolgt; sie investierte einiges Geld, damit sich eine beträchtliche Zahl derer, die in Europa Verantwortung trugen oder vor sich hatten, ein eigenes Bild machten von dem gewaltigen Land, mit der Vielfalt seiner regionalen Einheiten und den weitgefächerten Vorstellungen seiner Menschen, also von weit mehr, als gemeinhin die Amtsstuben zu bieten haben.

Ich gestehe gern, daß mich Banalitäten bei jenem ersten Besuch am stärksten beeindruckten. Aus der Luft mehr noch als mit der Eisenbahn und im Auto zu erleben, daß es sich um einen Kontinent handelt; daß dessen Ressourcen bei weitem nicht erschlossen, geschweige denn erschöpft sind; viele Menschen zu treffen, die einem überwiegend freundlich und hilfsbereit begegnen, eine wißbegierige Naivität nicht verbergend. Dabei rasch registrieren könnend, daß unser alter Kontinent Reiz und Wert behielt, europäischer Hochmut aber fehl am Platze war. Der Durchschnittsamerikaner – »Wer ist jetzt Kaiser in Deutschland?« – weiß nicht viel über unseren Teil der Welt. Wissen die Menschen bei uns zulande mehr über die USA?

Mein Buchwissen reichte nicht weit. Wie wenig die politischen Strukturen an europäische Maßstäbe anzulegen waren, vermittelte erst das Erlebnis vieler Reisen. Tief beeindruckt und immer aufs neue fasziniert hat mich der Wandel, der die Beziehungen zwischen den schwarzen Amerikanern und der Mehrheit ihrer hellhäutigen Landsleute erfaßte und jedenfalls zu staatsbürgerlicher Gleichstellung führte. Zu einer eindrücklichen, ja aufwühlenden Lehre wurde die Art, in der sich die Amerikaner mit dem Vietnam-Krieg auseinandersetzten und die schmerzlichen Erfahrungen zu verarbeiten suchten.

Daß nicht nur die Parteienlandschaft, sondern auch der Parteienbegriff in einer eigenen Tradition wurzelt, war noch am ehesten zu

Das beschädigte Paradies 395

verstehen. Zwischen einem europäischen Sozialdemokraten und einem amerikanischen Demokraten ließen sich gesellschaftspolitische Brücken schlagen; sobald aber internationale Fragen berührt wurden, frappierten die Nähe zu einem liberalen Republikaner und die Fremdheit, mit der man einem konservativen Demokraten, zumal aus den Südstaaten, gegenübersteht. Die beiden großen Parteien – die eine mit dem Esel, die andere mit dem Elefanten im Wappen – haben eine spezifisch nordamerikanische Tradition begründet; sie sind breitangelegte Bündnisse und über keinen europäischen Leisten zu schlagen.

Europäische, vor allem deutsche und skandinavische Sozialdemokraten, die es nach Amerika verschlug, hinterließen eine Menge Spuren, nicht nur im Mittleren Westen. Völlig verwischt worden sind sie nie, doch das Erbe, das diese Auswanderer über den Teich geschleppt hatten, ließ sich nicht verpflanzen; die gesellschaftlichen Verhältnisse »drüben« waren durch zuviel Mobilität geprägt. Das »andere Amerika« lebt in einer Vielzahl von Gruppen und Gruppierungen; die einen kümmern sich um Bürgerrechte und die Belange Zukurzgekommener, die anderen scharen sich in Universitäten und Kirchen um die Banner des Fortschritts. So äußerlich einem der Kirchgang erscheint, den viele Amerikaner Sonntag für Sonntag absolvieren, so ermutigend sind jene Impulse mitmenschlicher Verantwortung, die in den Gemeinden artikuliert werden. Meine erste Versammlung mit amerikanischen Sozialdemokraten hielt auch ich auf dem Boden einer New Yorker Kirche.

Die Gewerkschaften haben über wichtige Wegstrecken, zumal in den Jahren nach dem Zweiten Weltkrieg, auch außenpolitisch Wirkung gezeigt und sich nicht zuletzt in Deutschland um die Wiedererrichtung und Festigung demokratischer Strukturen bemüht. Jüdische Organisationen, über den gewerkschaftlichen Bereich und über New York hinaus, haben sich um deutsche Gegner des Naziregimes und den demokratischen Neubeginn nach dem Krieg in einer Weise gekümmert, die nur beschämen konnte; ihre angemessene Würdigung steht noch immer aus. Seltsamerweise haben die Deutschamerikaner an solchen Hilfsleistungen kaum Anteil gehabt. Wenn sie sich überhaupt politisch artikulierten, dann jedenfalls nicht in progressiver Weise. Als Ernst Reuter – inmitten der Blockade, März 1949 –

von seiner Reise in die USA zurückkam, sagte er: »Brandt, wenn Sie heutzutage Nazis treffen wollen, müssen Sie nach Chicago reisen.« Dabei meinte er nicht Nazis im buchstäblichen Sinn, sondern jenen deutschnationalen Typ, dem schon Bismarck zu fortschrittlich war.

1961, als ich John F. Kennedy meinen ersten Besuch im Weißen Haus gemacht hatte, verabschiedete er mich mit guten Wünschen für das abendliche Beisammensein; die »Americans for Democratic Action«, die ich treffen wollte, nannte er »meine liberalen Freunde«. Es sprach Martin Luther King, und er ließ uns teilhaben an seinem Traum von einem Amerika, das die Rassentrennung hinter sich gebracht haben würde; er folgte bald meiner Einladung nach Berlin. Die Hauptperson an jenem Abend war gleichwohl Hubert Humphrey, der aufgeschlossene und redegewandte Senator aus Minnesota, Exbürgermeister von Minneapolis, wurzelnd in den Traditionen der Bauern- und Arbeiterpartei seiner Region. Wir kannten uns, auch von einem 1959er Besuch in Berlin, nachdem er lange mit Chruschtschow konferiert hatte. Gemeinsam mit Walter Reuther, dem kraftvoll-modernen Gewerkschaftsführer schwäbischer Herkunft, hatte ich ihn auf einigen der Sommertreffs erlebt, zu denen Tage Erlander, der schwedische Nachkriegspremier und Vorgänger Olof Palmes, nach Harpsund einlud.

Hubert hatte sich 1960, materiell hoffnungslos unterlegen, um die Präsidentschaftsnominierung beworben. Nach Kennedys gewaltsamem Tod übertrug ihm Johnson die Vizepräsidentschaft. Am Abend der Beisetzungsfeierlichkeiten waren wir – ein Kreis guter Freunde – in der schwedischen Botschaft versammelt und ließen uns von der optimistischen Meinung anstecken, daß die Lücke bald geschlossen und alles gut weitergehen werde. Das tat es dann nicht. Hubert Humphrey wäre 1968 statt Richard Nixon – es stand 42,7 zu 43,4 Prozent – zum Präsidenten der USA gewählt worden, hätte der Wahlkampf einige Tage länger gedauert und, vor allem, hätte er die von Amts wegen gebotene Loyalität nicht so sehr übertrieben und Distanz zu Präsident Johnsons Vietnam-Kurs geübt. 1977 erlag Hubert Humphrey dem Krebsleiden, das ihn schon niederdrückte, als wir uns – mit Kissinger und anderen – zum letztenmal in der deutschen Botschaft zum Abendessen trafen. Er hielt mir die Freundschaftsrede, die ich ihm schuldig bleiben mußte.

Die Vietnam-Tragödie, die Amerikas Glaubwürdigkeit wie sein inneres Gleichgewicht erschütterte und die junge Generation im eigenen Land wie in weiten Teilen der Welt lautstark aufbegehren ließ, hatte unter Präsident Kennedy angefangen. Ich habe die Auswirkungen lange nicht erkannt und sie dann beiseite zu schieben gesucht. Es besteht – wie ich später aus vertraulichen Mitteilungen seiner Mitarbeiter schließen konnte – Grund zu der Vermutung, daß der junge Präsident das Debakel nicht hätte zur Katastrophe werden lassen und zum Rückzug entschlossen war. Charles de Gaulle, dem bittere französische Erfahrung in den Knochen steckte, hatte ihn – 1961 in Paris – gewarnt: Sei eine Nation einmal erwacht, und entfalteten sich ihre sozialrevolutionären Energien, könne keine Macht der Welt ihr mehr fremden Willen aufzwingen. »Sie werden mit jedem Schritt tiefer in einem militärischen und politischen Sumpf versinken.«

Lyndon B. Johnson, der sich vom chinesischen noch mehr als vom sowjetischen »Weltkommunismus« herausgefordert sah, wollte nichts als den Sieg. Die Zahl der amerikanischen Soldaten, die bei seinem Amtsantritt in Indochina stationiert waren, schnellte nach oben: 14 000 bei seinem Amtsantritt, Ende 1966 eine viertel, Mitte 1968 eine halbe Million. Der Texaner, der ein mehr als durchschnittliches Politikerleben hinter sich hatte, war weit überfordert. Als ich im Frühjahr 1965, gemeinsam mit Fritz Erler, bei ihm war, mochte er sich von den hereingereichten Agenturmeldungen überhaupt nicht lösen, sondern redete zusammenhanglos über Hubschrauber, gefallene Vietcongs, befreite Dörfer. Ein andermal mischten sich in derlei Statistiken Gallup-Zahlen, die zeigen sollten, daß Robert Kennedy ihm nicht das Wasser reiche. Im Februar 1966 wurde ich Zeuge einer New Yorker Veranstaltung, auf der er seine Politik als alternativlos darstellte; auf den umliegenden Straßen aber wurde vieltausendfach und laut bekundet, daß zahlreiche Amerikaner dies anders sahen. Bobby Kennedy demonstrierte an jenem Abend noch Loyalität gegenüber Johnson. Wäre er selbst Präsident geworden, er hätte die Kraft gefunden, dem kräftezehrenden und demoralisierenden Krieg ein Ende zu setzen. Er wurde – wie Martin Luther King – im Frühjahr 1968 umgebracht.

An die Dominotheorie – fällt heute Saigon, dann morgen ganz Asien und übermorgen Europa – habe ich nie geglaubt. Also auch nicht daran, daß Berlin in Vietnam verteidigt werde. Doch gleichgültig blieb mir nicht, ob die Vereinigten Staaten in einem anderen Teil der Welt als »Papiertiger« – in Maos Verständnis – vorgeführt würden. Ich hielt uns Deutsche freilich nicht für berufen, als weltpolitischer Lehrmeister oder gar Sittenrichter hervorzutreten; auch fand ich es nicht opportun, der amerikanischen Regierung auf einem Gebiet in die Parade zu fahren, das sie für vital erklärte. Die Folge: Ich schluckte tiefe Zweifel herunter und hielt den Mund, wo es gegolten hätte, einerseits vernehmlich zu widersprechen, andererseits unterdrückte Sympathie nach außen zu kehren. Ähnlich hatte es sich im Falle Algerien verhalten. In Paris reagierte nicht nur die Rechte, sondern auch die demokratische Linke allergisch, wenn von deutscher Seite den Verfechtern der Selbstbestimmung Sympathie bekundet wurde. Es ist eben zweierlei, ob man den Antikolonialismus in ein Programm schreibt und ob man sich auch daran hält.

Die rebellischen jungen Leute im eigenen Land und vielerorts in Europa und vorher schon in Amerika, die sich durch Vietnam auf den Plan gerufen fühlten, sahen kein Zeichen, daß ich ihre Empfindungen besser verstand als die Art, in der sie sie artikulierten. Auch im Vorstand meiner Partei brauchte man viel Zeit, bevor besorgte Kritik behutsam formuliert wurde. Als ich dem Außenministerkollegen in Washington schrieb, kam eine wenig verständnisvolle Antwort zurück. Auch mächtige Freunde nicht im Stich zu lassen, wenn sie ernste Probleme haben, ist eine Sache, sich mit ihnen nicht zu solidarisieren, wenn sie eine falsche Politik verfolgen, eine andere. Im Frühjahr 1967 hatte ich unsere Asien-Botschafter in Tokio versammelt, und da gab es überhaupt keinen Zweifel: Eine Identifizierung mit dem Krieg in Vietnam könne nicht in Betracht kommen. Die bundesdeutsche Politik, so wurde aufgeschrieben, sollte ihre begrenzten Möglichkeiten nutzen und auf eine friedliche Lösung hinwirken, vor allem dadurch, daß wirtschaftliche Zusammenarbeit in den Dienst einer Konsolidierung gestellt würde. In diesem Sinne äußerten sich auch maßgebende Japaner, mit denen ich das Thema erörterte.

Ich habe nicht geahnt, daß der amerikanische Aderlaß durch Vietnam noch viele Jahre andauern würde. Als ich zur Jahreswende 1971/72 in Florida mit Nixon zusammentraf, vermittelte er mir seine

Das beschädigte Paradies

Überzeugung, über den Berg zu sein: Südvietnam verfüge inzwischen über eine der besten Armeen Asiens, es werde sich behaupten; Nordvietnam habe keine Kraft mehr, offensive Aktionen gegen den Süden zu führen, die Zahl der amerikanischen Gefallenen sei auf ein Minimum zurückgegangen. Jüngste Bombenangriffe auf Nordvietnam hätten eine vorbeugende Funktion gehabt und sollten nicht dramatisiert werden. Ratschläge Dritter, ärgerlich genug, waren nicht erwünscht.

Bevor im Januar 1973 – durch Henry Kissinger in Paris – der Waffenstillstand mit Nordvietnam geschlossen wurde, hatte Nixon die Zahl der amerikanischen Soldaten auf 50 000 zurückgeführt. Das tatsächliche Kriegsende, weitere zwei Jahre später, sah dann doch ganz anders aus, als man es sich vorgestellt hatte. In Südvietnam vollzog sich ein veritabler Zusammenbruch, militärisch wie politisch. Welch ein Trauma für eine Weltmacht, die einen opferreichen regionalen Krieg verlor und nicht verstand, warum sie ihn begonnen hatte! In der rücksichtslosen, peinigenden und quälerischen Selbstprüfung der Amerikaner habe ich einen Ausdruck von Schwäche nie sehen mögen. Meine Mutmaßung sollte sich bestätigen: Sie war Zeichen von Stärke.

Die Dominotheorie schien wiederaufzuleben, als schweres Geschütz gegen bescheidene revolutionäre Bewegungen in der eigenen Hemisphäre aufgefahren wurde. Ich halte es – heute noch mehr als in früheren Zeiten – für erwiesen, daß Fidel Castro es nicht auf einen Bruch mit den USA abgesehen hatte; die Berichte aus Havanna waren im Weißen Haus nicht hinreichend beachtet worden. Chruschtschow suchte Kennedy noch in Wien, Sommer 1961, nahezubringen, daß Castro kein Kommunist sei, daß aber Wirtschaftssanktionen ihn dazu machen könnten. Obwohl Zentralamerika, mit Ausnahme Mexikos, für die Sicherheit der Vereinigten Staaten nicht ins Gewicht fällt, reagierten sie auf die Revolution in Nicaragua und auf die Untergrundkämpfe in El Salvador, als sei große Gefahr im Verzuge; auch führende europäische Politiker ließen sich einreden, der sowjetische Einfluß dehne sich real und bedrohlich aus. Gleichzeitig führten im Umkreis Präsident Reagans Leute das Wort, die friedliche Lösungen geradezu verhinderten. Wiederum aufgrund eigenen Erlebens: Im Herbst 1984 wäre es am Rande einer Konferenz in Rio de

Janeiro fast zu einem Abkommen über Nicaragua gekommen. Der sandinistische Comandante Bayardo Arce hatte zugestimmt, und der Weg zu Wahlen, an denen auch der nichtmilitärische Widerstand hätte teilnehmen sollen, schien frei. Arturo Cruz, der Vertreter jener Opposition, wollte ebenfalls zustimmen, wurde aber von seinen US-amerikanischen Beratern zurückgepfiffen. Der venezolanische Expräsident Carlos Andres Perez, seit Anfang 1989 ein zweites Mal an der Spitze seines Landes, und der deutsche »trouble-shooter« Hans-Jürgen Wischnewski, die sich große Mühe um die Verständigung gemacht hatten, waren enttäuscht und empört, und nicht sie allein.

Die Zweifel an der eigenen Weltmachtrolle reichten weit. Weiter noch aber zielte das Ringen um den Rassenkonflikt und seine Überwindung. Das Thema war mir schon deshalb nahe, weil Professor Myrdal, mein guter Freund während der schwedischen Kriegsjahre, gerade seine große Arbeit über »Das Amerikanische Dilemma« abgeschlossen hatte; sie war von der Carnegie-Stiftung in Auftrag gegeben worden. Bei meinem ersten USA-Besuch erlebte ich krasse Beispiele von Apartheid. In New York besuchte ich den zur kleinen Partei der Sozialisten gehörenden Gewerkschaftsvorsitzenden der Schlafwagenschaffner. Das war so ungefähr das Höchste, was an gesellschaftlicher Repräsentanz des schwarzen Amerika anzutreffen war; die Berufssparte war »Negern« vorbehalten. Im Süden besuchte ich eine schwarze Hochschule – so etwas gab es immerhin, aber in völliger Isolierung. Ich erlebte die Verkehrsmittel, in denen Farbige von Weißen getrennt zu sitzen hatten, und Restaurants, Hotels, andere Einrichtungen, die diskret, aber unmißverständlich darauf aufmerksam machten, wessen Besuch unerwünscht war. Auch Klubs, die Juden zu meiden hatten, gab es noch.

Das war 1954. Weniger als ein Jahrzehnt später zeigte das schwarze Amerika, begleitet von beherzten Bürgerrechtlern aus den Reihen der zahlenmäßigen Mehrheit, Mut und Macht. Seine Diskriminierung gedachte es nicht länger hinzunehmen. Eine aufgeschlossene Administration in Washington zog mit. Robert Kennedy, der Justizminister, setzte bewaffnete Macht ein, um Kindern aus schwarzen Familien Transport und Zugang zu gemischten Schulen zu erzwingen. Seinen Schreibtisch hatte er mit dem Helm eines verletzten Nationalgardisten bestückt. Ich konnte meine frühere Vermutung,

Das beschädigte Paradies

einige der mehrheitlich schwarzen Südstaaten würden sich schließlich aus dem Staatsverband der USA lösen, zu den Akten legen. Eine knappe Generation später hatten schwarze Bürgermeister einige der großen Städte erobert. Man war Zeuge einer großen und großartigen, nicht sonderlich blutigen Revolution geworden.

Dann kam Jesse Jackson, der als junger Mann zum Kreis um Martin Luther King gehört hatte und dessen Charisma er geerbt zu haben schien. Präsidentschaftskandidat konnte er noch nicht werden, aber im Wahlkampf 1988 spielte er eine Rolle, die niemand mehr ignorierte. Ich kannte und schätzte ihn von Begegnungen in der Bundesrepublik. Während der 1988er Kampagne erlebte ich in den USA, wie sehr er über die Rolle eines Sprechers der farbigen Minderheit hinausgewachsen war. Sein Programm vernachlässigte nicht die Ambitionen derer, die auf dem Weg zu voller Gleichstellung weiter voranwollten. Doch es reichte weit hinein in zentrale Bereiche neuer sozialer Verantwortung und wird weiterwirken.

Man sprach von der »Regenbogenkoalition« und brachte damit auch die fortschreitende »Lateinamerikanisierung« auf den Begriff. Zuwanderer aus dem Süden des Kontinents und aus der Karibik verändern das Gesicht der Vereinigten Staaten. Nicht nur im Süden und im Westen, dort einhergehend mit einem starken asiatischen Anteil, auch in New York ist Spanisch zur Umgangssprache geworden. Ein Europäer mit meinem Werdegang konnte, wenn er an die Exzesse eines mörderischen Rassismus dachte, vor der neuerlichen Umwälzung nur den Hut ziehen. Noch einmal hatte Amerika es besser.

Verwunderlich wäre es gewesen, hätte der missionarische Zug, der den Vereinigten Staaten eingewebt ist und den sie vielfach kultiviert haben, die Politik nicht mit allerlei Überraschungseffekten versehen; daß manche Wege, die sie ging und geht, so schwer nachvollziehbar sind, hat mit ebendiesem Hang zur Weltverbesserung zu tun. Verwunderlich wäre es auch gewesen, hätte ein so reicher und mächtiger Staat sich nicht von einer gewissen Arroganz der Macht heimsuchen lassen. Ich greife ein Wort des ehrwürdigen William Fulbright auf, dessen Verdienste nicht nur aus dem langjährigen Vorsitz im Senatsausschuß für Auswärtige Angelegenheiten rührten, sondern auch aus seinen Initiativen, die dem Studentenaustausch Leben einhauchten.

Ich nenne einen Namen und meine zugleich eine Reihe anderer; nicht immer ist man sich bewußt, daß Mitglieder des Kongresses auf die zwischenstaatlichen und internationalen Beziehungen stärker einwirken als manche Angehörige der Administration.

Zum Missionarischen gehört die nicht erst in jüngster Zeit ans Licht getretene Neigung, die Welt in Gut und Böse zu teilen, den Kommunismus – oder was man dafür hält – mit dem unwandelbar Bösen gleichzusetzen, den Begriff der Freien Welt eigenwillig auszulegen und im übrigen den *American way of life* auch dort anzupreisen, wohin er nicht paßt. Die oft vereinfachende Sicht der Dinge hat zu mancherlei Irrungen und Wirrungen geführt: Pétain-Leute, Franco und Salazar, putschende griechische Obristen, sie alle mußten als honorige Repräsentanten westlicher Werte herhalten. Gleich nach dem Krieg wurden sogar Gestapoleute in den Dienst einschlägiger Dienste gestellt, weil man sich Nützliches im Kampf gegen den neuen Hauptfeind versprach. Präsident Marcos durfte sich als »Leuchtturm der Demokratie« rühmen, mittelamerikanische Tyrannen wurden zumal dann gestützt, wenn sie ihre Killerkommandos auch in den Dienst ausländischer Kapitalinteressen stellten. Aufbegehrende Politiker der Dritten Welt wurden unbesehen als gefährlich-revolutionäre Widersacher hingestellt. Und so weiter und so fort.

Auch die gute Tradition der Menschenrechte geriet immer mal wieder in die Hände doppelzüngiger oder opportunistischer Eiferer; leere Symbolik trat an die Stelle illusionslosen Bemühens. Doch wichtiger blieb, daß der ursprüngliche moralische Antrieb nicht verschüttet wurde und sich immer wieder in Amerika selbst schonungslose Kritiker zu Wort meldeten. Immer wieder brechen die Antriebskräfte einer großen Nation durch, die ihren Bürgern und der Welt noch viel zu geben haben wird.

Stalins zweiter Tod

Was sich in der Sowjetunion tat und was von ihr ausging, hat mein politisches Leben in starkem Maße beeinflußt: in der Jugend erst hohe Erwartungen, dann bittere Enttäuschung. Die Stalinschen Verbrechen – zu »Entartungen« heruntergestuft – werden überspielt durch den Respekt vor Leid und Leistung der Völker. In Berlin bin ich hineingestellt in die Abwehr eines Machtanspruchs, der über alles hinausreicht, was die Partner der Anti-Hitler-Koalition verbunden hatte. Einsicht in neue weltpolitische Gegebenheiten, nicht erst in Bonner Amtsstuben gewonnen, machte mich zu jenem Bundeskanzler, der sich vornahm, der Aussöhnung mit unseren westlichen Nachbarn möglichst gute Beziehungen mit den östlichen Nachbarn hinzuzufügen. Ohne oder gar gegen die Sowjetunion ging das nicht. Auch nicht durch das Warten auf Personen, die einem sympathischer als andere waren.

Von einem leitenden Parteisekretär namens Gorbatschow habe ich noch in Breschnews Endzeit nichts gewußt. Dann erfuhr ich eher beiläufig, daß er von Andropow gefördert worden sei, jenem auf Erneuerung drängenden früheren Geheimdienstchef, der gesundheitlich hart angeschlagen war, als er das Generalsekretärsamt übernahm. Gorbatschow lud mich ein, ihn im Frühjahr 1985, wenige Wochen nach seiner Wahl in Moskau, zu besuchen; ein halbes Dutzend interessierter und kundiger Parteifreunde begleiteten mich. Beim nächsten Treffen, 1988, war ich nicht mehr Vorsitzender der SPD, aber an sinnvollem Gesprächsstoff mangelte es nicht.

Am 5. April 1988 begrüßte mich Gorbatschow im Katharinensaal des Großen Kremlpalastes; hier hatte ich mit Kossygin den deutsch-sowjetischen Vertrag unterschrieben. Neben Egon Bahr, kundig in Sicherheitsfragen, begleitete mich der frühere niederländische Entwicklungsminister Jan Pronk; sein internationales Renommee war beträchtlich. Als ich ihn vorstellte, bekannte der Generalsekretär, damit kämen wir zu einem seiner Lieblingsthemen: »Nach der nuklearen Gefahr steht, an zweiter Stelle, die Gefahr sozialer Explosionen in der Dritten Welt.«

Bald zählten Gorbatschows intelligente Berater die Entwicklungsfragen – nächst der Friedensgefährdung und den Umweltlasten – zu jenen Menschheitsaufgaben, die sie dem sonst Streitigen überordneten. Einer der Reform-Professoren: Was der Klassenkampf nütze, wenn die Menschheit untergehe... Dieser Einsicht wurde die Erkenntnis hinzugefügt, daß die Geschichte offen sei. Wer hätte da noch die These vertreten wollen, das System in der Sowjetunion sei, im Gegensatz zu rechten Diktaturen, unwandelbar?

In seinem 1987 erschienenen Buch *Perestroika – Die zweite russische Revolution* hatte er sich ausdrücklich auch auf den Bericht meiner Kommission bezogen. Hieran knüpfte er im Gespräch an: »Wir haben viel übernommen, was von Sozialdemokraten und der Sozialistischen Internationale entwickelt wurde, auch von dem, was die Brandt- und Palme-Kommissionen erarbeitet haben.« Jetzt, im Gespräch: Meine Erfahrungen seien präsent. Ob wir nicht unsererseits auch hervorheben könnten, wo die Meinungen nahe beieinander lägen?

Man mochte einwenden, da sei Taktik im Spiel, und bezweifeln, ob wirklich nichts mehr umstritten sei, was überlebenswichtig geworden war. Hierüber miteinander zu sprechen, hatte ich im Sommer 1981 am Institut für Weltwirtschaft und internationale Beziehungen angeregt: daß die Menschheit eine gemeinsame Zukunft haben werde oder keine; daß es nicht allein die Mittel der Massenvernichtung zu zähmen, sondern auch die Hungerbomben zu entschärfen und die schlimmen Gefährdungen der natürlichen Umwelt abzuwenden gelte. Tatsächlich war manche Ahnung noch in der Endzeit Breschnews gedämmert und insoweit nicht jedes Verdammungsurteil über ihn gerechtfertigt; von ihm stammte auch noch der Satz, die Kriegsgefahr müsse »Hand in Hand mit den USA« bekämpft werden.

Ich kann nicht behaupten, daß ich die Chance gehabt hätte, die Sowjetunion annähernd so gut kennenzulernen wie die USA. Neben wiederholten Aufenthalten in der Hauptstadt habe ich nicht mehr aufzuweisen als ein bißchen Leningrad und Krim, jenseits des Urals nur Nowosibirsk, im Süden Usbekistan. (Nachdem ich dort in eine Nationaltracht gekleidet worden war und der *Spiegel* daraus ein Titelbild gemacht hatte, rief mich Kreisky an und fragte: »Wieso verkleidest du dich neuerdings als böhmische Köchin?«)

Als ich Michail Sergejewitsch Gorbatschow im Mai 1985 zum erstenmal besuchte, war er gerade zwei Monate im Amt. Wer fühlte sich seither nicht berufen, Äußerungen zu tun? Wie tüchtig er sei oder wie gefährlich, welchen Charme er entfalte oder wieviel Verschlagenheit in ihm stecke; der Preis für die am wenigsten sachkundige und sachdienliche Einschätzung der Person fiel einem deutschen Regierungschef zu. Besonders dumm war die Annahme, die neue Führung sei infolge westlicher Härte an die Macht gekommen. Nicht weniger töricht war der Wunsch, sie dürfe, wenn sie sich mit einem modernen Programm der Öffnung und der Umgestaltung durchsetze, keinen Erfolg haben, weil sie sonst noch gefährlicher wäre. Noch einmal fiel das Wort vom »Kaputtrüsten«. Es war Reagans historisches Verdienst, daß er es sich nicht zu eigen machte.

Ich habe in Gorbatschow, schon während jenes ersten Treffens 1985, einen ungewöhnlich kompetenten, problembewußten, zielstrebigen und zugleich geschmeidigen Gesprächspartner kennengelernt. Der ewige Streit um die Rolle der Persönlichkeit in der Geschichte erhielt einen neuen und besonders kräftigen Farbtupfer. Eingeweihte zweifelten nicht daran, daß sich in seiner Art zu argumentieren manches niederschlug, was seine Frau und er, über die Jahre hin, gedanklich durchgespielt hatten. Doch auch Kenner der sowjetischen Szene ahnten nicht, wie tief der Einschnitt sein würde – nach innen und nach außen.

Der neue außenpolitische Kurs war durch seriöse Verhandlungsbereitschaft gekennzeichnet und erstreckte sich auf die Begrenzung nuklearer wie konventioneller Rüstung. Dem außereuropäischen Expansionskurs wurde ebenso abgeschworen wie der Breschnew-Doktrin, die 1968 in Prag so schrecklichen Niederschlag gefunden und die osteuropäische Luft so sehr beschwert hatte. Die ebenso erfreuliche Kehrseite umfaßte die Bereitschaft, regionale Konflikte in anderen Teilen der Welt regeln zu helfen, so im Golf und im südlichen Afrika, in Kambodscha und in Zentralamerika. In einem Vieraugengespräch während des Kreml-Besuchs im Mai 1985 fragte ich Gorbatschow, ob er sich tatsächlich bald aus Afghanistan zu verabschieden gedenke. Seine Antwort: »Ja, wenn uns die Amerikaner herauslassen.«

Er las niemals präparierte Texte vor, hatte die vorbereiteten Papiere durchgearbeitet und sich einige Notizen gemacht; er konnte zuhören und das Thema wechseln. Gromyko griff, solange er noch dabei war, niemals von sich aus in das Gespräch ein und machte den Mund nur auf, wenn er gefragt wurde. Die militärische Sicherheit stand von Anfang an im Vordergrund aller außenpolitischen Erwägungen und wurde als grundlegend begriffen. Dabei konnte von gründlich verbesserten Beziehungen zu den Amerikanern zunächst keine Rede sein. Die sowjetische Lesart: Man sei auf dem schlechtesten Stand der Beziehungen zu den USA angelangt. Militärische Konfrontation aber erschwere nicht nur den Dialog, sondern auch den Handel. Ausgerechnet der Leiter der Internationalen Abteilung beim ZK der KPdSU, Boris Ponomarjow – er war seit Kominternzeiten dabei –, deutete bessere Zeiten an: Vielleicht wolle sich der Generalsekretär dazu noch nicht äußern, aber wenn sich die Führer der beiden Weltmächte träfen und erklärten, daß sie einen Dritten Weltkrieg nicht wollten, könne ein wichtiges Signal darin beschlossen liegen. Im November 1986, beim Zweiergipfel in Reykjavik, wurde tatsächlich festgehalten, daß ein Atomkrieg nicht gewonnen werden könne und nicht geführt werden dürfe.

Gorbatschow noch ein halbes Jahr zuvor: Die Sowjetunion habe »kein Vertrauen zu dieser Administration«. In Genf seien die Verhandlungen – Januar 1985 – wieder in Gang gekommen, aber irgendein positives Ergebnis zeichne sich nicht ab; im Gegenteil, es bestätigten sich die schlimmen Voraussagen. »Die Welt ist mehr als die USA, deshalb haben wir in neue Verhandlungen eingewilligt. Aber wer von uns einen politischen Striptease erwartet, der muß wissen, das machen wir nicht. Wir sind für ernsthafte Politik und nicht für Spielereien.« Als ich dies hörte, waren die Vorbereitungen für ein Treffen mit Reagan im Gange; es fand in Genf im November 1985 statt.

Ich hatte gefragt, ob die Sowjetunion nicht gut beraten wäre, wenn sie sich zu einem kühnen Schritt einseitiger Rüstungsbegrenzung entschließe. Er antwortete, in einer angespannten Lage seien einseitige Maßnahmen kein kühner, sondern ein unbedachter Schritt, der den Weltfrieden gefährde. Er berief sich auf Andropow, der gesagt habe, die Sowjetunion sei nicht naiv und könne einseitige Schritte nicht tun. Später überprüfte man auch diese Haltung und gestand sich selbstkritisch ein, daß Möglichkeiten, Spannungen ab-

Stalins zweiter Tod

zubauen, vernachlässigt worden seien. Dadurch sei man über Gebühr und ohne Not auf den Weg des Wettrüstens geraten, das die eigene Wirtschaft überfordert habe. Gorbatschow ließ sich von seinen eigenen Gedanken weitertreiben und meinte bald, die Beziehungen zwischen den Staaten sollten »entideologisiert« werden.

In seinen Reden und Veröffentlichungen knüpfte die neue sowjetische Nummer eins deutlich an Gedankengänge an, die Palme und ich mit unseren Kommissionen und die wir gleichzeitig oder auch früher schon mit unseren Freunden aus aller Herren Ländern erarbeitet hatten. Vor allem: Abbau der Konfrontation, vernünftige Begrenzung der militärischen Mittel, Freisetzung von Ressourcen für Rettung gefährdeten Lebens und produktive Zwecke.

Vom »Europäischen Haus« war 1985 in Moskau noch kaum – oder noch nicht wieder – die Rede. Gorbatschow hielt sich noch mit Polemik auf: »Die amerikanische Administration will die Spaltung Europas überwinden. Was wird unter jener Spaltung Europas verstanden? Wenn es bedeutet, die Militärblöcke durch Zusammenarbeit zu überwinden, sind wir dafür. Wenn es bedeutet, Osteuropa zu schlucken und die sozialistischen Ordnungen abzuschaffen, sind wir dagegen und werden es nicht zulassen. Solche Pläne könnten sogar auf einen Krieg hinauslaufen.«

Ist Gorbatschow deutschfreundlich? Seit meiner ersten Begegnung, 1985, meine ich: eher ja. Die einschlägige Tradition, in der er steht, wurde in seiner Zeit mit neuem Leben erfüllt. Der Sowjetführer jedenfalls in unserem Gespräch 1985: »Unsere Haltung zum deutschen Volk ist klar. Der Beitrag des deutschen Volkes zu Kultur und Zivilisation, seine Literatur und seine technischen Errungenschaften werden gewürdigt. Das hat die Sowjetunion selbst damals so gesehen, als die Faschisten kurz vor Moskau standen. Wir haben das Volk und den Faschismus nicht miteinander verwechselt.« Die antideutsche Karte war – durchaus nicht selbstverständlich – schon im Zusammenhang mit dem Moskauer Vertrag aus dem Spiel genommen worden. Damit hatte eines der Bindemittel im Ostblock aufgehört zu wirken. Indes, alte Ressentiments zu wecken oder gar zu schüren, zumal in Paris, blieb auch für sowjetische Spitzenpolitiker eine Versuchung, der sie nicht immer widerstehen mochten.

Bei der 1988er Begegnung hatte ich darum gebeten, die mit der

Perestroika verbundenen Vorstellungen näher zu erläutern. Seiner Antwort stellte er ein ebenso verblüffendes wie offenes Eingeständnis voran: Es sei schwierig, die Losung »Mehr Demokratie, mehr Sozialismus« mit Inhalt zu füllen. Das administrative Kommandosystem der Vergangenheit habe nicht funktioniert, sondern sich gegen die Menschen und die Arbeitskollektive gekehrt. Es gehe darum, Potentiale in der Gesellschaft freizusetzen und überlieferte Stereotypen über Bord zu werfen. Das klang einleuchtender als die trotzige Forderung: »Es wird keine Lösungen außerhalb des Sozialismus geben, kein Auswechseln unserer geistigen Fahne. Wir sind im Sozialismus geboren und leben darin, haben nichts anderes kennengelernt.« Der Sozialismus – dem er also doch noch unterstellte, es gebe ihn losgelöst von Grundbedingungen persönlicher und politischer Freiheit – solle von all dem befreit werden, was ihn deformiert habe. Nach dem Ende Stalins habe Chruschtschow viel angepackt, doch »er ging oft nur den halben Weg«. Unter Breschnew sei nichts wirklich vorangekommen, deshalb gehe es jetzt um Demokratisierung durch »Teilnahme der gesamten Bevölkerung«. Zentraler Punkt der Perestroika sei, »unser Denken umzustrukturieren«, was bekanntlich leichter gesagt als getan ist.

Er räumte ein, und das war Stalins zweiter Tod nicht allein: Sozialismus funktioniere ohne Demokratie nun einmal nicht. Er sagte damit nicht, daß die neue Führung sich mit dem Gedanken an mehr als eine Partei befreunden wolle; statt dessen: Demokratie sei im Rahmen *der* Partei zu verwirklichen, die die Macht der gesellschaftlichen Organisation zu teilen habe. Er versprach seinen Landsleuten und suchte den Funktionären klarzumachen, daß wissenschaftliche Forschung keiner Beschränkung mehr unterliegen solle. Fragen der Theorie könnten und dürften durch Verordnungen nicht gelöst werden. »Notwendig ist ein freier Wettbewerb der Geister.«

Der erste Mann in Moskau hielt sich betont zurück, wo Reaktionen auf unterschiedliche Entwicklungen im »Block« erwartet wurden. Illusionen ließ er nicht viel Raum. Daß dem Pluralismus – sogar solchem, der das Parteimonopol in Frage stellte – an der Peripherie mehr Freiraum geschaffen werden sollte, mochte er nicht ausdrücklich bestätigen. Hingegen ließ er deutlich genug das Interesse erkennen, auf dem ohnehin kräftezehrenden Weg des eigenen Landes nicht auch noch vom »Block« beschwert zu werden. Später hieß es: »Sollen die sich selbst zurechtfinden, wir halten uns da heraus.« Ich hatte nicht den Eindruck, man sei sich über die Dynamik, die die Lockerung der Zügel freisetzen würde, auch nur andeutungsweise im klaren. Die Geschichte läßt sich nun einmal nicht kanalisieren. Aber wie hätte man das ausgerechnet in Moskau wissen sollen?

Wer stand hinter Michail Sergejewitsch Gorbatschow, und wer war gegen ihn? Die Konstellation hatte sich auch drei bis vier Jahre nach seinem Amtsantritt noch kaum verändert. Seine Hauptstützen: Intellektuelle, Wissenschaftler und Künstler, jüngere und reformbewußte Leute aus dem Parteiapparat und den staatlichen Verwaltungen. Die große Masse der »Werktätigen« verhielt sich abwartend bis murrend, zumal die Versorgungslage eher schlechter denn besser und der Kampf gegen Alkoholmißbrauch – objektiv geboten – nicht als hilfreich empfunden wurde. Die Armeeführung meinte es ernst, als sie Loyalität demonstrierte; sie verfolgte ein eigenes Interesse an wirtschaftlicher Erneuerung. Breschnew hatte noch ein paar Wochen vor seinem Tod wichtige Repräsentanten der Streitkräfte zusammenrufen lassen und ihnen mitgeteilt, daß die steigenden Militärausgaben mit den realen wirtschaftlichen Daten in Konflikt gerieten. Ob der KGB, jener für die staatliche Sicherheit zuständige Apparat, die seinem Exchef Juri Andropow gezollte Achtung auf Gorbatschow übertrug oder auf Distanz ging, verschloß sich dem Beobachter. Wer auch wollte außerhalb der Sowjetunion wissen, was innerhalb lauter Rätsel aufgab?

Da er so sehr viel über Bord gehen lassen mußte und wollte, suchte Gorbatschow um so dringlicher einen Fels, an dem er sein Boot festmachen konnte. Wer sollte es anders sein als Lenin, der Bannerträger der russischen Bolschewiki und Stammvater der Sowjetunion? Er knüpfte an »den Alten« Wladimir Iljitsch an, an dessen Neue Ökonomische Politik, die den Kriegskommunismus hatte ablösen sollen, und dessen Warnungen vor Stalin, die lange verheimlicht worden waren. Was Wunder, daß »der Alte« für mancherlei Banalitäten herhielt: daß es zwischen allgemeinen und konkreten Fragen zu unterscheiden gelte; daß die richtige Politik die prinzipielle sei; daß man Kommunist nur werde, wenn man den ganzen Reichtum der Vergangenheit aufnehme; daß man sich mit den Gegnern beschäftigen müsse, weil dadurch Schwächen der eigenen Position um so deutlicher würden...

Kluge Leute, an denen es auch in der Sowjetunion nicht mangelt, werden kaum einsehen, warum dem Nachdenken und Hinterfragen an jenem Fels Einhalt geboten wird. Auch Lenins Denken und Tun werden auf Dauer nicht tabuisiert, aus kritischer Würdigung nicht ausgeklammert werden können. Wo immer eine demokratische Öffnung betrieben wird, versagen die alten Steuerungsmechanismen; auch in der Sowjetunion mißlang der ursprüngliche Versuch, Perestroika auf Wirtschaftsbelebung einerseits und Abbau von eklatanter Zwangsherrschaft andererseits zu begrenzen. Während die innere Dynamik des Demokratisierungsprozesses schwer einzuschätzen blieb, gab die Versorgungsmisere regelrechte Rätsel auf.

Es war schwer zu verstehen, daß die sowjetische Landwirtschaft auch siebzig Jahre nach Ende der Zarenherrschaft in einem beklagenswerten Zustand steckte; daß 30 Prozent und mehr der Ernteerträge verlorengingen, bevor sie die Verbraucher erreichten; daß es so lange dauerte, bis sich Einsichten umsetzten. Keine moderne Ökonomie kommt ohne wirtschaftliche Rechnungsführung und ohne lebendige Marktimpulse aus sowie ohne die Chance, Gewinn zu machen. Gorbatschow sprach mit Leidenschaft von der schwierigen Aufgabe, einen Teil der 18 Millionen Staatsangestellten abzuziehen und produktiven Tätigkeiten zuzuführen. Er verhehlte nicht den Unwillen und den Widerwillen, der sich in den Reihen der Bürokratie verbreitet. Mir war nicht klar, ob und wie dieser Widerstand zu überwinden sein würde. Aber ich zweifelte keinen Augenblick daran, daß den Reformen und dem Reformer jeder mögliche Erfolg zu wünschen sei.

Welch bewegender Augenblick, als ich im April 1988, kaum war ich angekommen, hörte, nun sei auch Karl Radek rehabilitiert worden, jener polnische Kommunist mit partiell deutscher Vergangenheit, der in einem der Stalinschen Prozesse ohne Todesurteil davongekommen war und dann in einem Lager zugrunde ging.

Welch bewegender Augenblick auch, zu hören, daß 6000 unter Verschluß gehaltene Bücher den Historikern wieder zur Verfügung stünden. Ich fand es, nicht zuletzt der Familien wegen, in hohem Maße begrüßenswert, daß die Ehre der Terroropfer amtlich wiederhergestellt und schonungslos offengelegt wurde, was deutsche und andere Exilierte unter Stalins Regime erlitten hatten. Aber ich vermochte nicht den wahrheitssuchenden Eifer nachzuvollziehen, mit dem geprüft wurde, ob ein Mann wie der Altbolschewik Nikolai Bucharin, von Lenin als »Liebling der Partei« apostrophiert, in dem einen Jahr weniger geirrt habe als in einem anderen. Warum nicht dies alles den Historikern überlassen? Warum erneut in eine Sackgasse rennen? Wenn die Partei weiterhin entscheiden will, was die Geschichte zu bestätigen und was sie zu verwerfen habe, ist der Weg zur Demokratie noch sehr weit. Gorbatschow hatte 1987 – weit über Chruschtschow hinausgehend – jene »wirklichen Verbrechen« registriert, denen Tausende von Sowjetbürgern zum Opfer gefallen waren. Die Schuld Stalins und seiner Umgebung sei riesig und unverzeihlich – »das, Genossen, ist die bittere Wahrheit«. Die bittere Wahrheit ist meistens eine solche, die nicht alle hören mögen. Aber für die Moral in der Sowjetunion – und in den mit ihr verbundenen Ländern – kann das, was von der neuen Moskauer Führung ausgegangen ist, kaum hoch genug eingeschätzt werden.

Ein Vieraugengespräch während des Besuchs im Mai 1985 hat sich mir eingeprägt – wegen der Offenheit, in der Gorbatschow auf Fragen reagierte, die »humanitär« zu nennen man sich angewöhnt hatte. Ich sagte, diesmal hätte ich drei Aktendeckel voller Petita. Er nickte. Ich sagte, in der ersten Mappe seien die Fälle von Deutschstämmigen, die Familienzusammenführung beantragt hätten; immer schon war einigen Begehren stattgegeben worden. Er nickte. Mappe zwei, sagte ich, enthalte Fälle von sowjetischen Bürgern, die in Bedrängnis geraten seien und bei uns Dissidenten hießen. Er nickte. Mappe drei, sagte ich, enthalte jüdische Ausreisewünsche; Verwandte bei uns und in Israel, auch aus der Sowjetunion selbst hätten Briefe geschrieben. Als ich derlei Angelegenheiten zuletzt in Moskau vorzubringen gewagt hatte, war ich ziemlich abgebürstet worden. Breschnew 1981: »Ich weiß, was Sie alles sind, aber nun versuchen Sie mir nicht einzureden, Sie seien auch noch Nahum Goldmann nachgefolgt und Präsident des Jüdischen Weltkongresses geworden.« Anders Gorbatschow: »Wer ist Ihr Beauftragter, der diese Dinge mit dem von mir Benannten morgen vormittag besprechen kann?« So geschah es, und Mitarbeiter konnten manchen schwierigen menschenrechtlichen Fall klären helfen, bevor sich die Lage allgemein zum Besseren verändert hatte.

Wer mag heute noch den Einschnitt ermessen, den es bedeutete, als Opfer der Willkür auf freien Fuß gesetzt wurden; als man Andrej Sacharow in seiner Moskauer Wohnung besuchen konnte; als Rechtssicherheit, auch Freiheit der Meinung und des Glaubens Boden gewannen; als sogar Wahlen stattfanden, wie unzulänglich sie sich auch darstellen mochten; als über die Dimension des Terrors und die Akkumulation der Lügen, weit über ein normales Fassungsvermögen hinausreichend und auch von mir lange unterschätzt, offen geredet werden konnte. Es gehörte zu den guten Zeichen von Normalisierung, was mir ein honoriger Skribent 1988 erzählte. Seine erwachsene Tochter hatte ihn gefragt: »Vater, du mußt doch einiges von den Verbrechen erfahren haben, über die jetzt so viel berichtet wird. Weshalb hast du davon nie zu mir gesprochen?« Ich hielt nichts von oberflächlichen Vergleichen. Doch kamen einem solche Fragen nicht bekannt vor?

Vielerorts ragten Enden hervor, Enden, die nicht zusammenpaßten. Aber nicht am Reißbrett gewinnen Revolutionen Gestalt, sondern in den Herzen und Hirnen widerspruchsvoller Menschen. Die bringen es fertig, Mißmanagement auch dann noch zu ertragen, wenn seine Absurdität offen zutage liegt, und Unterdrückung nationaler Ausprägung hinzunehmen, wenn der Zorn schon sehr weit reicht. Doch dann plötzlich wird ein peripheres Ereignis zu dem Tropfen, der das Faß zum Überlaufen bringt, und es entladen sich ungeheure Spannungen, von denen kaum einer ahnt, warum und wie lange sie aufgestaut waren. Als Kaukasien rebellierte und auch anderswo die Völkerschaften aufeinanderschlugen, überraschte mich der Generalsekretär mit der nüchternen Feststellung, er habe ein ernstes Problem lieber auf dem Tisch als unter demselben. Zweifellos sei es geboten, den nationalen Kulturen in der Sowjetunion größeren Freiraum zu gewähren. Es lag nahe, daß in Deutschland und Skandinavien die zugleich selbstbewußten und selbstbeherrschten Manifestationen im Baltikum besonderes Interesse fanden. Die Sowjetunion wird europäischer, und doch führt nichts an der Einsicht vorbei, daß schon zur Jahrtausendwende die nichtrussischen Nationalitäten – jedenfalls zahlenmäßig – dominieren werden. Fragen über Fragen, ohne deren Beantwortung das »Europäische Haus« nicht zu bauen sein wird.

Gorbatschow hat mir gegenüber Wert auf die Feststellung gelegt, daß die Perestroika einen qualitativen Sprung auch in der auswärtigen Politik bedeute. Einiges davon hat man gesehen. Jemand wie George Kennan, der intime Kenner amerikanisch-russischer Beziehungen, war bereit, den Scheck gegenzuzeichnen: Der »morbide Radikalismus der stalinistischen Unterdrückung« gehöre der Vergangenheit an, und die zwischenstaatliche Zusammenarbeit könne wesentlich erleichtert werden. Ich wünschte, der Princeton-Professor hätte recht.

Maos düsterer Schatten

Arrogante Europäer und Amerikaner können gar nicht oft genug daran erinnert werden, daß die meisten Menschen in Asien leben; zur Jahrtausendwende sollen es 3,6 von 6,1 Milliarden sein. Ebenfalls um das Jahr 2000 werden 50 Prozent des weltweiten Bruttosozialprodukts im ostasiatisch-pazifischen Raum erwirtschaftet werden. Obwohl ich mit der Planung meiner Asien-Reisen Pech hatte und mehrere absagen mußte, hat sich mir durch eigene Anschauung eingeprägt, daß Wandel nicht überall das gleiche ist und Asien sein Gesicht in atemberaubendem Tempo verändert.

Ich hege keine Minderwertigkeitsgefühle, und es amüsiert mich eher, wenn amerikanische Eiferer damit drohen, daß die USA ihre Sympathien vom Atlantik in den Pazifik verlagern könnten. Liebestransfer zu den tüchtigeren Asiaten? Das ist nicht recht ernst zu nehmen. Einige Spieler sahen sich in ihrer chinesischen Karte schon getäuscht, aber vernachlässigen zu wollen, was sich im Mittleren und im Fernen Osten tut, wäre auch unvernünftig. Also gilt es zur Kenntnis zu nehmen, daß – nach allem, was sich jetzt abzeichnet – China und Indien in der Mitte des nächsten Jahrhunderts je anderthalb Milliarden Einwohner haben werden. Oder, anders gefaßt, in jedem der beiden Länder werden ungefähr so viele Menschen leben wie Anfang dieses Jahrhunderts auf der ganzen Welt. Indien wie

China ist es in den letzten zwei Jahrzehnten gelungen, eine industrielle Basis zu schaffen und die Produktion von Lebensmitteln wesentlich zu steigern. Ob sich die Erträge im Laufe einiger Jahrzehnte noch einmal verdoppeln lassen? Einer der gelehrtesten Männer der Welt, Jerome Wiesner, Erfinder des Radars und langjähriger Direktor des Massachusetts Institute of Technology, entwaffnete mich 1988 mit der resignativen Einsicht: Er habe für alle Probleme der Welt eine Lösung im Kopf, nur nicht für das Bevölkerungswachstum.

Nicht allein auf Asien bezogen, sondern global betrachtet: Das explosive Wachstum der Weltbevölkerung – seit meiner Schulzeit hat sie sich verdreifacht – schlägt besonders in der südlichen Hemisphäre zu Buche, dort, wo viele der Menschen kaum oder nicht genug zu essen haben. Ich kann nicht beurteilen, ob Kenner der Materie recht haben und 11 oder 12 Milliarden Bewohner das Ende der Erde heraufbeschwören. Was wir wissen, lädt nicht zu sicherem Urteil ein. Das reproduktive Verhalten in den unterschiedlichen Kulturkreisen entzieht sich einer schlichten Betrachtungsweise.

Wie käme ich dazu, den geistigen Führern großer Glaubensgemeinschaften Vorhaltungen zu machen? Aber fragen darf man, was die Berufung auf das Jenseits gilt, wenn die Menschheit im Diesseits bedroht ist. Oft habe ich mich durch manch gutes Wort sowohl von protestantischer Seite wie auch aus dem Lager des Katholizismus ermutigt gefühlt. So auch durch Johannes Paul II., der in Rom zu meinen Kollegen und mir von den notwendigen Verbindungen zwischen Entwicklung und Abrüstung »und zwischen den Lösungen der Nord-Süd-Fragen und der Ost-West-Probleme« sprach; sein Vorvorgänger, Paul VI., hatte Entwicklung schon »ein anderes Wort für Frieden« genannt. In diese Art von Verantwortung fügt sich die welt- und zukunftsfremde Verteufelung empfängnisverhütenden Verhaltens nicht ein. Familienplanung gehört zu den ordnenden und unausweichlichen Elementen im Überlebenskampf der Menschheit.

Im überwiegend nichtchristlichen Asien war man stets weniger zimperlich als auf anderen Kontinenten. In China und zeitweilig in Indien haben die Verantwortlichen mit zum Teil drakonischen Maßnahmen das Bevölkerungswachstum abgebremst. Wem diese zu weit gehen, dem ist erst recht nicht erlaubt, das Problem opportunistisch oder fundamental-ideologisch anzugehen.

Maos düsterer Schatten

An Ort und Stelle habe ich nicht viel von Asien gesehen und seine Vitalität wie seine Not weniger erlebt denn erahnt. Abgesehen von Japan und Indien, die ich auch später besuchte, lernte ich Pakistan, Birma, Sri Lanka kennen, als ich noch in Berliner Angelegenheiten unterwegs war. Den Iran sah ich zu Zeiten des Schahs; als Bundeskanzler hatte man mir diese Mission vor allem wegen der Ölzufuhr nahegelegt. Chinesischen Boden betrat ich erst 1984. Mit anderen Ländern, so Indonesien und den Philippinen, Korea und Vietnam, wurde ich durch führende Repräsentanten vertraut, die ich in Deutschland oder an dritten Orten traf.

Zum eindrucksvollen Beispiel, was der Wille zur Modernisierung zu vollbringen vermag, wenn innere und äußere Antriebskräfte einander ergänzen, wurde Japan. Obwohl – oder gerade weil? – der Zweite Weltkrieg so schwer auf ihnen lastet, verkörpern die Japaner, fast mehr noch als die Deutschen, den Inbegriff des »Wirtschaftswunders«. Wer hätte 1949, anders als im Traum, daran gedacht, daß vierzig Jahre später alle Welt nach Frankfurt und mehr noch nach Tokio pilgern und um Mittel und Führung buhlen würde, damit die Wirtschaftsprobleme der Welt, insbesondere die Schuldenkrise der Dritten Welt, nicht vollends aus dem Ruder liefen?

Und wer hätte geahnt, daß sich aus Disziplin, Arbeitseifer und Kopierkunst, die zum japanischen Erbe gehören, im Laufe weniger Jahrzehnte technologische und organisatorische Spitzenleistungen formen ließen? Ich habe diese gewaltigen Veränderungen, die das fernöstliche Inselreich unter den Handelsnationen ganz nach vorn brachten, während meiner Besuche eindrücklich in Augenschein nehmen können. Spät erst sind mir, bei allen Unterschieden, wichtige Parallelen zur deutschen Industrieentwicklung im vorigen Jahrhundert aufgegangen: billige Arbeitskraft und lohnende Patente aus dem westlichen Ausland. Nach dem Zweiten Weltkrieg haben die Japaner einen anderen Vorteil zu nutzen verstanden: Für militärische Zwecke verschwendeten sie wenig bis nichts. Die Mär, daß Militärtechnik Wirtschaftswachstum befördere, haben sie überzeugend widerlegt. Es wurde energisch und effektiv in zivile Technologie investiert.

Die Experten, zu denen ich nicht gehöre, rätseln, warum allem Wandel zum Trotz die Bürokratie im japanischen Staatswesen so lange so dominierend und so effizient geblieben und warum die Bestechung von Trägern politischer Verantwortung dort so enorm verbreitet ist. Korruption gibt es auch sonstwo, unter den geschichtlich und gesellschaftlich abweichenden Bedingungen Chinas und Indiens ebenso wie in Amerika und Europa. Und mit Bürokratien schlagen sich russische und afrikanische Erneuerer noch mehr als andere herum, Bürokratien allerdings, die mit dem Attribut der Effizienz nicht zu versehen sind. Der Vergleich also erhellt den japanischen Fall nicht. Ist es denkbar, daß die Demokratie des fernöstlichen Inselreichs immer noch eher formaler Natur ist und in Verbindung mit der Tüchtigkeit seiner Bewohner so eigenwillige Blüten treibt? Auch in dem halben Jahrhundert, das seit dem Kriegsende bald vergangen sein wird, sind demokratische Strukturen und Kontrollmechanismen noch kaum geschaffen worden.

In Gesprächen mit Ausländern, auch in Verhandlungen, tragen die Japaner ein bisher unbekanntes Selbstbewußtsein zur Schau. Ob amtlich oder privat: Daß sich Japaner – Töchter Nippons waren ohnehin nicht dabei – an Diskussionen beteiligten, gehörte bisher zu den großen Ausnahmen. Sie hörten zu, stellten Fragen, fragten nach, sagten, ob sie dafür seien oder dagegen, allerdings erst, wenn sie darum gebeten wurden. Besonders gern, weil nuancenreich und ergiebig, erinnere ich mich der Gespräche mit dem Außenminister Takeo Miki, der kurze Zeit auch Regierungschef war und ein angenehmer Partner übers Offizielle hinaus. Er erkundigte sich nach meinen Erfahrungen mit der Großen Koalition und ließ durchblicken, warum. Sein Anlauf, Japan politisch zu modernisieren, blieb stekken. Auch in der sozialdemokratischen Parteiengemeinschaft fand ich in jenem Teil der Welt Kollegen, deren gedanklicher Reichtum bemerkenswert war und der erst jetzt, in der Reaktion auf schlimme Verfehlungen, zu tragen beginnt.

Gegenstand großer Bewunderung wie ausgedehnten Studiums sind längst nicht mehr die Japaner, sondern jene asiatischen Wirtschaftswunderkinder, die die Amerikaner *the four dragons,* die »vier Drachen«, nennen und wir »die jungen Tiger«: Südkorea und Taiwan, Hongkong und Singapur, mit Abstand gefolgt von Malaysia und Thailand. Sie alle sind von chinesischem Arbeitsethos erfüllt. Sie alle lassen sich von dem japanischen Beispiel anspornen und zu neuen wirtschaftlichen Ufern tragen. Daß nichts so erfolgreich ist wie der Erfolg, demonstrieren sie ebenso, wie sie lehren, daß Fortschritt und Freiheit nicht unbedingt im Gleichgewicht marschieren. Trotz aller Rückschläge aber ermutigt gerade die koreanische Entwicklung; marktwirtschaftliche Dynamik fordert zu politischer Demokratie denn doch heraus. Man braucht nicht bis in den Südosten Asiens zu blicken, um zu lernen, daß auf Dauer das eine ohne das andere nicht zu haben ist.

Die Schwerpunkte von Weltwirtschaft und Weltpolitik verlagern sich. Sollte ein Europäer darob Sorgenfalten zur Schau tragen? Ich meine, nein und nochmals nein. Was sollte bedenklich daran sein, daß der asiatisch-pazifische Teil der Welt auf neue Weise wichtig geworden ist und der Alten Welt vorführt, daß sie keinen Rechtsanspruch auf Erfolg hat? Was sollte irritierend daran sein, daß in Tokio, Delhi, wohl auch in Peking und einigen anderen Zentren weltpolitisches Geschehen stärker als je zuvor mitbestimmt wird? Eher bedauernswert kommen mir jene Amerikaner vor, die in den achtziger Jahren ihre asiatische Faszination hinter europäischer Enttäuschung meinten verstecken zu müssen; die Europäer seien »sklerotisch« und schlicht zu vergessen, so konnte man es hören und lesen. Auch Japaner und Vertreter der *four dragons* sahen Europa zu Beginn des Jahrzehnts in ähnlichem Blickwinkel. Erst die große Perspektive des gemeinsamen Binnenmarktes belehrte sie und die Amerikaner mit ihnen eines Besseren. Plötzlich war dem alten Europa neue Schwungkraft zugewachsen. So rasch ändern sich die Zeiten und die Urteile.

Ob aus der (West-) Europäischen Gemeinschaft eine »Vierte Weltmacht« wird, ist nicht sicher, aber möglich. Zu Nixons Zeiten – das heißt: als die Amerikaner China wiederentdeckten – war vom geostrategischen Ausgleich zwischen den Großen Drei die Rede. Nixons rechte Hand fügte das Bild von den fünf Fingern hinzu; Westeuropa und Japan also sollten nach dem Willen Kissingers im Kreis der Weltmächte mit von der Partie sein. Doch die Geschichte ging weiter: Europa nur noch eindimensional zu sehen war voreilig. Indien und Lateinamerika, Brasilien im besonderen, außer acht zu lassen zeugte nicht von Weitsicht. Der starre Blick auf die geopolitische Rivalität, in der sich die Atommächte verfangen und mit der sie um die »Armenhäuser der Dritten Welt« ringen würden, zeugte von Realitätsferne – ein klassisches Beispiel fehlgeleiteter Interessenpolitik.

Beide Supermächte erkannten spät, daß die Ära der Bipolarität zu Ende gegangen war und neue Gravitationszentren Mitsprache in einer multipolaren Welt beanspruchten. Etwa Indien, das ich in erster Linie durch Jawaharlal Nehru kennengelernt hatte, einen der großen Männer dieses Jahrhunderts. Ein direkter Kontakt war schon vor dem Krieg geknüpft worden, als er in Berlin weilte, einen Abstecher ins republikanische Spanien machte und nach Prag fuhr, um den Opfern des Münchener Abkommens seine Verbundenheit an Ort und Stelle zu bekunden. Der Intellektuelle aus ranghoher, gutsituierter Hindufamilie war mit seinen Sympathien weit links gelandet, bis er merkte, daß nicht viel davon auf heimischen Boden paßte. Während des Krieges war ich von seiner eigenwilligen Nacherzählung der Weltgeschichte – in Form von Briefen an seine Tochter – angetan und hatte sie für einen schwedischen Verlag beurteilt. Dort war zu lernen, daß man die Welt nicht nur »eurozentrisch« sehen dürfe und wieviel Gewicht den uns fremden östlichen Religionen zukomme.

Als ich 1959 in Delhi war, gab mir der Regierungschef ein Essen in kleinem Kreis, an dem Tochter Indira teilnahm; sie hatte in jenem Jahr schon den Vorsitz der Kongreßpartei inne, hielt sich aber in der Konversation zurück, es sei denn, der Vater fragte sie. Nehru zeigte besorgtes Interesse an den deutschen Dingen. So auch, als ich ihn ein Jahr später im Haus seiner Schwester traf; sie vertrat Indien in London und besuchte mich in Berlin. Ob es nicht eine Lösung für Berlin als Ganzes gebe? Wie wir uns den künftigen militärischen Status Deutschlands dächten? Wir erörterten europäische Fragen und andere Gefahren für den Weltfrieden. Als ich ihm nach dem Bau der Berliner Mauer geschrieben hatte, stand in seiner Antwort: Ihn bewege, mehr als juristische Positionen, die menschliche Seite unseres Problems. »Wir dürfen nicht aufhören, uns um den Abbau von Spannungen zu bemühen.«

Im Frühjahr 1984, zwanzig Jahre nach Nehrus Tod, war ich zu Gast bei seiner Tochter, der Ministerpräsidentin Indira Gandhi; diesmal saßen Sohn Radjiv und Schwiegertochter Sonja mit am Tisch und verhielten sich ebenso zurückhaltend wie seinerzeit die Mutter. Wenige Monate später sollte dieser (erste) Sohn die Regierungsgeschäfte übernehmen. Die Mutter wurde am Tor jenes Gartens umgebracht, in dem wir des längeren über Nord-Süd und Ost-West diskutiert hatten; die Kameras des britischen Fernsehens liefen mit. Sie war weniger herrisch, als ich erwartet, dafür in der Sache drängender, als ich in Erinnerung hatte. Sie hatte Bonn besucht, als ich im Amt war; auch als Außenminister hatte ich sie in Deutschland getroffen. Ende 1977 – ich kam aus Tokio von einer Konferenz der Sozialistischen Internationale – erlebte ich sie in Delhi in der ihr ungewohnten Rolle einer Oppositionspolitikerin. Der Botschafter hatte, um nicht bei der amtierenden Regierung anzuecken, darauf verzichtet, sie zum Empfang einzuladen. Ich ließ dies unverzüglich nachholen und handelte mir dafür heftige Klagen über die Schlechtigkeit der Welt im allgemeinen und ihrer innenpolitischen Widersacher im besonderen ein.

Unter denen waren einige, die meinten, auf Veranlassung der Regierungchefin eingesperrt worden zu sein; ich hatte mich, wie auch sonst, für politische Gefangene eingesetzt. In einem Brief, im August 1976 an Tito geschrieben, weil dieser eine Rolle bei den Blockfreien spielte, hielt ich, eher verwundert denn empört, fest: Meine Freunde Kreisky und Palme und ich selbst hätten uns wegen dieser Interventionen den Zorn von Frau Gandhi zugezogen.

Beim Treffen im Juni 1984 ging es ihr vor allem um die Frage, ob in die erstarrten weltpolitischen Fronten Bewegung gebracht werden könne. »Wann werden die Europäer bereit sein und mit wichtigen Kräften aus den Reihen der Blockfreien Gemeinsames unternehmen? Warum nicht miteinander auf die Supermächte drücken, damit die Themen Wettrüsten und Weltwirtschaft auf einen Nenner gebracht werden?« Das traf sich durchaus mit eigenen Überlegungen.

Ich unterstützte die Bemühungen der »Vier-Kontinente-Initiative«, zu der sich im Frühjahr 1984 die Regierungschefs von Schweden, Indien und Griechenland mit den Präsidenten von Mexiko, Argentinien und Tansania zusammengefunden hatten. Mit ihnen war ich der Meinung, der Friede sei zu wichtig, um ihn allein dem Weißen Haus und dem Kreml anzuvertrauen. Damals ging es, auch in meinen Gesprächen mit Indira Gandhi, um die aktuelle Frage, ob im

Bereich der Nuklearwaffen zunächst ein Stationierungsstopp *(freeze)* erreicht und Verhandlungen über geschmälerte Arsenale auf diese Weise gefördert werden könnten. Auch waren wir uns darin einig, daß den Zusammenhängen zwischen dem Abbau von Spannungen und dem Ausbau von Kooperation größere Aufmerksamkeit gewidmet werden müsse.

Frau Gandhi war im März 1983 mit dem Vorsitz der an Mitgliedern immer größer gewordenen, inhaltlich aber eher ausgedünnten Bewegung der Blockfreien betraut worden. Sie meinte, ähnlich wie ich selbst, ein neues Gipfeltreffen ansteuern zu sollen, zwecks Erörterung auch jener wirtschaftlichen Fragen, die die Entwicklungsländer brennend interessierten. Für eine solide inhaltliche Vorbereitung erteilte sie noch die Aufträge. Ihre Autorität ließ sich nicht übertragen und fehlte den Blockfreien, die – sofern sie nicht für eine Hilfstruppe des Kommunismus gehalten wurden – in den westlichen Hauptstädten auf eine Mischung von Hochmut und Langeweile stießen.

Der Generalsekretär der chinesischen KP, Hu Yaobang, hatte mir in Peking in jenem Frühsommer 1984 ein paar knappe Wünsche an die indische Adresse auf den Weg gegeben: Peking hoffe, daß sich die Beziehungen »weiter verbessern« würden; dazu werde beitragen, wenn Indien auf »subhegemonistische« Neigungen gegenüber seinen Nachbarn verzichte. Frau Gandhi blieb skeptisch: »Und was machen die?« Immerhin, es zeichnete sich ab, daß die Chinesen Erfolg haben würden. Erfolg mit drei Forderungen, von denen sie verbesserte Beziehungen zur Sowjetunion abhängig machten: weniger Truppen an der gemeinsamen Grenze, Ende der Besetzung Afghanistans durch die Russen und Kambodschas durch die Vietnamesen. Indien hatte hiervon keinen erkennbaren Nachteil.

Unter Radjiv Gandhi hat Indien seine Ambitionen als regionale Ordnungsmacht nicht zurückgeschraubt. Weiterhin und trotz großer Fortschritte in der Versorgung lasten riesige innere Probleme auf dem Land: separatistische Bewegungen, die Bedrängnis von annähernd 250 Millionen Menschen, die unter dem Existenzminimum leben, die Folgen viel zu langer Abschottung gegenüber westlicher Technologie.

Hu Yaobang hieß jener quirlige, durchaus humorvolle Reformkommunist, der 1987 wegen zuviel »Liberalität« abgesetzt wurde und dessen Tod im Frühjahr 1989 jene Pekinger Studentendemonstrationen auslöste, die so grausam niedergeschlagen wurden. Die jungen Leute, die weniger Zwang und mehr Demokratie forderten, wollten Hus postume Rehabilitierung. Er war seiner Partei um einiges voraus gewesen: Im Frühsommer 1986, anläßlich seines Bonn-Besuchs, hatte ich sehr angeregte Gespräche mit ihm geführt; der im Politbüro für Grundsatzfragen zuständige Hu Qili war schon im November 1985 in die Bundesrepublik gekommen. Seine Aufgeschlossenheit büßte er, als die tatsächlichen Machthaber 1989 die Demokratiebewegung erstickten. Mit anderen chinesischen Würdenträgern traf ich zusammen, wenn diese wegen verbesserter zwischenstaatlicher Beziehungen vorsprachen.

Mit vierzehn hatte Hu Yaobang an Maos Großem Marsch teilgenommen und hernach das Auf und Ab im Leben eines kommunistischen Funktionärs kennengelernt. In Peking erläuterte mir der Generalsekretär seine Politik der Öffnung und der wirtschaftlichen Reform. Erfolge, zumal im Bereich der Versorgung mit Lebensmitteln, waren unverkennbar, wenn auch in den großen Städten die Wohnungsnot ein erschreckendes Bild abgab. Sonst bot sich das kommunistische Land nicht mehr nur in Grau oder Blau dar, sondern voller Farb- und Klangtöne. Intellektuelle vertrauten einem an, was sie unter dem Regime der »Viererbande« hatten durchmachen müssen. Hinter vorgehaltener Hand war bei der einen und anderen Gelegenheit von politischen Gefangenen die Rede, von dem Verlangen nach Menschenrechten, dem Ringen um demokratische Teilhabe. Während einer Autofahrt wunderte ich mich über Schüsse, die aus einem Stadion herüberhallten – ein besonders diskreter Begleiter gab mir »ganz im Vertrauen« zu verstehen, es handle sich »nur« um Kriminelle...

Mir ist zu Unrecht nachgesagt worden, ich hätte die Beziehungen zu China mit Rücksicht auf die zur Sowjetunion vernachlässigt. So einfach lagen die Dinge nicht. Vielmehr wollte ich zu keiner Zeit denen folgen, die Vorteile für Europa und Deutschland zu erzielen meinten, wenn sie die »chinesische Karte« spielten oder Vorzüge des Maoismus gegenüber dem Leninismus hervorkehrten. Außerdem waren mir die Exzesse der Kulturrevolution rundum zuwider und hallten lange nach. Weshalb – bei uns wie in Amerika – an China eine kürzere menschenrechtliche Elle als an andere gelegt wurde, habe ich nie begriffen.

In Bonn herrschten noch zu Adenauers und Maos Zeiten ebenso rührende wie erschreckende Vorstellungen darüber, wie Gegensätze zwischen den beiden kommunistisch regierten Großmächten zu deutschem Nutzen ausgeschlachtet werden könnten. Wohlgefällig schmunzelnd berichtete der »Alte vom Rhein« über die Stoßseufzer, die Chruschtschow – 1955 in Moskau – in Richtung *seines* Ostens von sich gegeben habe; bedeutungsvoll fügte er hinzu: »Schon gibt es 600 Millionen (!) Chinesen. Die werden die Russen schon davon überzeugen, daß sie mit dem Westen zur Verständigung kommen müssen.« Im Dezember 1960 erklärte Adenauer in Bonn: Seines Erachtens werde sich Kennedy, der im folgenden Monat die Präsidentschaft antreten sollte, alsbald mit der China-Frage zu beschäftigen haben; Amerika müsse sich entscheiden, ob es mit China oder mit Rußland gehen wolle. Auch auf deutlich geäußerte Zweifel hin blieb er bei dem Entweder-Oder. De Gaulle ließ, sehr viel mehr um die Ecke herum, verlauten: Schwierigkeiten zwischen China und den USA brauchten Europa nicht zum Nachteil auszuschlagen.

Daß sich aus dem sowjetisch-chinesischen Konflikt Honig saugen ließe, hielt ich für eine abwegige Annahme. Bei der ersten Lesung der Ostverträge, Februar 1971, warnte ich vor der Hoffnung auf Wunderwaffen: »Auch China ist keine.« Doch wehrte ich mich, wenn vorgeschrieben werden sollte, wie die zwischenstaatlichen Beziehungen zu regeln und wie unsere normalen Interessen wahrzunehmen seien. Unter diesem Aspekt – und auch, weil die exportierende Wirtschaft darum bat – hatte Ludwig Erhard 1964 eine gewisse Formalisierung des Verhältnisses zu China angestrebt, sich dabei die amerikanische Mißbilligung zuziehend.

Es gehörte zu den Notwendigkeiten bundesdeutscher Politik, sowohl die USA als auch Japan und Indien zu informieren, als der Zeitpunkt gekommen war und wir offizielle Beziehungen zu China aufzunehmen gedachten. Geradezu eine Informationspflicht bestand gegenüber der Sowjetunion und den osteuropäischen Staaten, mit denen wir unser Verhältnis zu normalisieren im Begriff waren. Wir durften um nichts in der Welt den Eindruck aufkommen lassen, als gelüste uns nach der Rolle derer, die von Spannungen profitierten. Scheuklappen mußte man sich deshalb noch lange nicht anlegen. Auf der Konferenz unserer Asien-Botschafter 1967 in Tokio war unter meinem Vorsitz festgehalten worden, daß die Volksrepublik China kein weißer Fleck auf unserer politischen Landkarte bleiben könne; in unserem Interesse liege vielmehr, »daß China sich selbständig entwickelt und zur Zusammenarbeit in der Völkerfamilie gebracht wird«. Aber so wichtig China für die weitere weltpolitische Entwicklung auch sein werde, so sicher sei, »daß eine Regelung der europäischen und damit auch der deutschen Frage nicht ohne und gegen die Sowjetunion zustande gebracht werden kann«. Auch vor dem NATO-Rat riet ich 1969 davon ab, auf die Karte eines andauernden, unveränderten sowjetisch-chinesischen Konflikts zu setzen.

Meine sowjetischen Gesprächspartner in den sechziger Jahren schüttelten sich vor Entsetzen über die Kulturrevolution. Abrassimow, Botschafter in der DDR, appellierte 1966 an gemeinsame Werte europäischer Kultur. Zarapkin, sein Kollege in Bonn, suchte Verständnis dafür zu wecken, daß die Moskowiter des Fernen Ostens wegen gern ihren europäischen Rücken frei hätten. Auch Tito, der bald darauf späten Wunschvorstellungen in Richtung China erlag, sprach von seiner großen Sorge, daß die Pekinger Führung einen Weltkrieg in ihr Kalkül ziehe. Die Hoffnungen Ben Gurions, des israelischen Regierungschefs, lagen nahe bei denen Adenauers. Während des *working funeral* für den ersten Bundeskanzler bedeutete er mir, ihn interessiere nur noch, was aus der EG werde und – was aus China.

Chruschtschow schäumte, wie wir freilich erst später erfuhren, über Maos »asiatische Schläue, Treulosigkeit, Rache und Betrug«; es sei »unmöglich, diese Chinesen festzunageln«. Bei Breschnew, in Oreanda, September 1971, klang's nicht anders, nur ausführlicher: Es sei »für einen Europäer« sehr schwer, die Chinesen zu verstehen. Der Kreml-Chef wörtlich: »Wir beide wissen, die Wände hier sind weiß; käme ein Chinese, würde er steif und fest behaupten, sie seien schwarz.« Die chinesische Politik sei »zutiefst antisowjetisch, chauvinistisch und nationalistisch«; er sagte wohl auch noch: »blutrünstig«. Ein Zar hätte in einer solchen Situation den Krieg erklärt. Er sei hingegen bestrebt, die Beziehungen zu verbessern; eine militärische Gefahr werde China in nächster Zeit nicht darstellen.

Mir war an der Darlegung des sowjetischen Standpunktes um so mehr gelegen, als Nixon kurz zuvor – im Sommer 1971 – einen Peking-Besuch angekündigt hatte. Breschnew: Er habe nichts gegen anderer Staaten Beziehungen zu den Chinesen. Wenn Nixon dorthin gehe, werde er es nicht leicht haben. Der amerikanische Präsident hatte mir in jenem Frühsommer gesagt, er verstehe völlig, daß das Verhältnis zu den Sowjets für uns Priorität habe; das würde er auch so machen. Damit es keine Mißverständnisse gebe: »Das große Spiel für uns ist das mit den Sowjets.« Ich hatte ihm zu verstehen gegeben, daß mir die Weltkarte geläufig sei und ich mich weder durch linke noch durch rechte Maoisten zum Spiel mit falschen Karten verleiten ließe. Wenn sich die Frage der Normalisierung stelle, würden wir Moskau wie Washington – selbstverständlich auch Indien und Japan – rechtzeitig unterrichten.

Unsere Beziehungen waren im Oktober 1972 durch Scheels Peking-Reise in Ordnung gebracht worden. Als Breschnew im folgenden Frühjahr in Bonn war, ließ ihn eine nervöse Neugier immer noch – während eines kleinen Spaziergangs, mit nur einem Dolmetscher dabei – fragen, ob ich einen Besuch bei Mao vorhätte. Der stand noch nicht, dann nicht mehr auf meinem Programm. Doch wußte ich um die Bedeutung Chinas nicht nur im allgemeinen und auf längere Sicht, sondern auch situationsbezogen: Die Volksrepublik mischte seit Ende 1971 in den Vereinten Nationen mit und saß im Sicherheitsrat. Sie machte sich auch in Ostberlin und anderswo im Warschauer Pakt zu schaffen, und zwar mit der deutlichen Tendenz, die Verbesserung unserer Beziehungen zur Sowjetunion zu hintertreiben.

Während meines 1984er Besuchs erläuterte mir Hu Yaobang Chinas Interesse am Weltfrieden und – anders als zu Maos Zeiten – an einer »Äquidistanz« zu Washington und Moskau. Das Interesse an Europa und dessen Streben nach Einigung war immens, so auch jenes an der europäischen Sozialdemokratie. Eine Normalisierung im Verhältnis zu Moskau deutete sich an. Die Rückkehr des reichen Hongkong in die Volksrepublik war soeben mit den Engländern ausgehandelt worden. Zu dem noch gerade verfemten Taiwan bahnten sich kulturelle, ökonomische und touristische Kontakte an.

Im Staatsgästehaus traf ich mich mit Deng Xiaoping, dem kurzge-

wachsenen, energiegeladenen, aber sich nicht mehr klar artikulieren-
den Mann, der die Richtlinien der Politik bestimmte; offiziell
rangierte er als Vorsitzender der Beraterkommission beim ZK und
hatte den Vorsitz im mächtigen Militärkomitee inne. Ich zitiere aus
dem Gespräch bei Tisch, wo von Geschirr aus der Kaiserzeit geges-
sen wurde:

»Ich bin beauftragt, Ihnen zu Ehren ein Essen zu geben. [...] Ich
bin schon achtzig Jahre alt. Mein Kopf funktioniert nicht mehr so
gut. Aber Adenauer war auch schon ziemlich alt, als er Kanzler
wurde.«

»Ihr Besuch bei uns ist zu kurz. Sie müssen öfter kommen,
schauen Sie genauer auf Ihren Terminkalender. [...] Sie sind uns
jederzeit willkommen. [...] Nur durch einen Besuch fängt man an,
China kennenzulernen. Ich möchte, daß Sie China gut kennenler-
nen.«

»In französischen Fabriken habe ich den Weg zum Kommunismus
gefunden. 1926 bin ich von Paris nach Frankfurt und über Berlin
nach Moskau gefahren. In Berlin war ich eine Woche. Es war alles
sehr ordentlich, allerdings habe ich die Pariser Cafés vermißt.«

»China ist noch relativ rückständig. Unsere Probleme sind Tech-
nologie und Fachkräfte. Wir schaffen das nicht aus eigener Kraft.
Mit Abkapselung kann man sich nicht entwickeln. Deshalb unsere
Politik der Öffnung nach außen.«

»Wir haben viele alte Genossen, und viele von ihnen sind seit
Jahrzehnten dabei. Als Übergangssystem haben wir die Beraterkommission geschaffen. Doch die älteren Funktionäre machen den jüngeren Platz. Gleichzeitig stellen wir ihnen unsere Weisheit zur Verfügung. [...] Es geht darum, durch die Weitergabe von Weisheit und
Erfahrung den kommenden Generationen Sicherheit und Stabilität
zu vermitteln.«

Schließlich, nachdem ich gesagt hatte, es sei doch wohl zutreffend,
daß China nicht als Karte benutzt werden und diese selbst nicht zu
Lasten anderer spielen wolle: »Es gibt immer noch Kartenspieler in
der Welt. Unsere Nachwelt wird lernen, was daran stimmt und was
nicht.«

Wer hätte sich bei solchen Gelegenheiten nicht bewußt machen
wollen, daß manches Heutige nur vor dem Hintergrund alter Glau-

bens- und Denksysteme zu begreifen ist, Anfang 1988, bei einem Kongreß in Madrid, wurde ein älterer Herr, der aus China angereist war, freundschaftlich examiniert: Ob nicht schon in der nächsten Generation mit erheblich gewachsenem Wohlstand gerechnet werden könne? Die Antwort: »Doch, doch, in hundert Jahren werden wir einen gewissen Fortschritt erzielt haben.«

Bevor mich Deng zum Essen bat, hatte er die Rede auf ein Gespräch zwischen Adenauer und Churchill gebracht, in dem die Hunnen vorkamen. Damit seien doch wohl die Chinesen gemeint gewesen? Ich lenkte ab, wies auf die hohen Erwartungen hin, die der »Alte« an eine hilfreiche Rolle Chinas geknüpft habe; wenige Jahre später wäre mir zum Thema Hunnen Aktuelleres eingefallen. Auf kürzere Sicht setzten sich nicht die Studenten und Arbeiter durch, die den Rücktritt des mörderischen Greises forderten. Noch einmal verbreitete jener Mann Terror und Schrecken, von dem sich die Welt ein so romantisches Bild zurechtgemacht hatte. Noch einmal setzte er in die Tat um, was er nie anders gesehen hatte und nun als die erzieherische Funktion von Hinrichtungen bezeichnete. Die Welt wandte sich mit Grausen ab.

Olof Palme und die Sache mit der Sicherheit

Es war am späten Abend des 28. Februar 1986. Ich war in Lübeck, wo ich am nächsten Vormittag zur Bürgerschaftswahl sprechen sollte. Aus Stockholm kam übers Telefon die unfaßliche Nachricht, Olof sei erschossen worden, auf offener Straße, als er mit seiner Frau von einer Kinovorstellung nach Hause gehen wollte. Wer es tat, daran rätselte man noch Jahre später herum. Was wir verloren hatten, blieb vielen bewußt, weit über die Grenzen seines Landes und über die Reihen der ihm politisch Nahestehenden hinaus. Mir war, als sei ein lieber jüngerer Bruder gegangen.

Schweden hatte einen Spitzenpolitiker von hohem internationalem Rang verloren. Eine nach Frieden und Gerechtigkeit dürstende Welt war um einen ihrer großen Mahner ärmer geworden. In meinem ersten, eher unbeholfenen Kommentar hieß es, daß ich den Verlust eines engen Freundes beklagte, mit dem ich erst Tage zuvor übers Telefon beraten hätte, welche Schritte wir uns zutrauten, um dem Wettrüsten ein Ende zu bereiten. »Wir haben miteinander vieles versucht, was es nun ohne ihn, aber in seinem Sinne weiterzuführen gilt.«

Vierzehn Tage später, als wir – mit hochrangiger und zahlreicher internationaler Beteiligung aus Nord und Süd, West und Ost – an seiner Bahre im Stockholmer Stadshus Abschied nahmen, mochte ich ihn nicht nur einen »Staatsmann« nennen. Das wäre zu eng gewesen und hätte weder seine visionäre Kraft noch seine außergewöhnliche Integrität eingeschlossen. Hatten nicht gerade die vergangenen beiden Wochen gezeigt, wie sehr junge Leute, weit über Schwedens Grenzen hinaus, empfanden, was Palme zu einem so ungewöhnlichen und so unabhängigen politischen Führer machte? Ich gedachte des großen Jungen, der er geblieben war mit seinen bald sechzig Jahren: »Er war rastlos tätig und hatte doch nie Mühe, sich den Weitblick zu erhalten und die kulturelle Dimension nicht zu kurz kommen zu lassen. Er konnte zuhören, nicht nur reden, und es machte ihm keine Mühe, mit uns zu lachen.«

Als ich in Stockholm lebte, ging er – aus der schwedischen Oberschicht stammend, die Mutter aus deutsch-baltischem Adel – noch zur Schule. Unsere Freundschaft nahm ihren Anfang in der Mitte der 50er Jahre; Tage Erlander hatte ihn zu seinem Persönlichen Sekretär gemacht. Bald wurde er jüngstes Mitglied des Reichstags, dann der Regierung. 1969, als Erlander nicht mehr mochte, folgte ihm Palme nach, an der Spitze von Regierung und Partei. Sechs Jahre lang, von 1976 bis 1982, mußte er sich in die für einen schwedischen Sozialdemokraten ungewohnte Rolle des Oppositionsführers bequemen.

Sein Augenmerk galt in hohem Maße der Vollbeschäftigung und jenem Wohlfahrtsstaat, der soziale Sicherheit und hohen Bildungsstandard gewährleistet. Er fühlte sich der sehr besonderen Tradition der nordischen Sozialdemokraten verpflichtet und war stolz, wenn das schwedische Modell europäische oder weltweite Beachtung oder gar Nachahmung fand. Einer seiner überzeugten Fürsprecher blieb Bruno Kreisky, der die prägenden Einflüsse seiner schwedischen Emigration niemals leugnete. Die Väter und Mütter des »Volksheims« nahmen, beim Abwägen aller Vor- und Nachteile, bürokratische Belastungen in Kauf und setzten darauf, daß die Segnungen sie mehr als wettmachten.

Im Ausland fiel Olof Palme auf, als er – schon Minister und nicht nur in den Stockholmer Straßen, sondern auch übers amerikanische Fernsehen – laut und vernehmlich gegen den Vietnam-Krieg protestierte. Richard Nixon ließ seinen Botschafter aus Stockholm abberufen. Henry Kissinger, der mich bei einem Abendessen in Washington auf die Trübung der zwischenstaatlichen Beziehungen ansprach, war eher überrascht, aber nicht undankbar, als ich ihn aufklärte, wie sehr der Schwede ein Produkt seiner Studienjahre in den USA sei; seine Reaktion war die der jüngeren Amerikaner. Er war auch sonst nicht auf den Mund gefallen, sondern führte eine scharfe Sprache gegen das Franco-Regime in Spanien; für dessen Opfer sammelte er Spenden in den Straßen seiner Hauptstadt. Mit all der Leidenschaft, die in ihm steckte, begehrte er gegen jene Machthaber auf, die den Prager Frühling niederwalzen ließen. Für die internationale Gemeinschaft der Sozialdemokraten nahm er sich der Sorgen des südlichen Afrikas an; in der Ablehnung der Apartheid war er einer der Schärfsten und ohne jede Kompromißbereitschaft. Managua besuchte er 1984 als erster und einziger westlicher Regierungschef. Sein Kommentar, als wir im Kreise internationaler Freunde in Slangerup, der Schule der dänischen Metallarbeiter, berieten: Erstens, der Repräsentant eines nicht so großen Landes habe besonders strenge Maßstäbe anzulegen, wenn Grundsätze des Völkerrechts angetastet würden. Zweitens: »Wer aufrechten Herzens ist, kann nicht zulassen, daß das antisomozistische Nikaragua untergeht.«

Früher als andere sprach er aus, daß im Nahen Osten neues großes Unglück bevorstehe, wenn nicht ein Ausgleich zwischen Israelis und Palästinensern gefunden werde. 1974 traf er den PLO-Chef in Algerien; im Jahr darauf, bei einer Parteiführerkonferenz in Berlin, wurde er von unseren israelischen Freunden – Golda Meir und Yigal Allon – hart angegangen, weil, wie sie sagten, er sich mit Terroristen nicht hätte einlassen dürfen. Vom Fenster aus, wo er der Diskussion folgte, streckte er plötzlich den Oberkörper vor, brachte die Hand mit dem Zeigefinger in Position, um bestimmt, doch nicht unfreundlich dazwischenzufragen: »Und was warst du, Yigal?« (Er spielte auf

Olof Palme und die Sache mit der Sicherheit

dessen Aktivitäten gegen die britische Protektoratsmacht an, bevor der Staat Israel gegründet wurde.) Zu Beginn der iranischen Revolution baten wir ihn, der noch nicht wieder Regierungschef war, sich in Teheran zu orientieren. Ende 1980 gab ihm der Generalsekretär der Vereinten Nationen den hoffnungslosen Auftrag, im Golfkrieg zu vermitteln. Die Zeit war noch nicht reif, noch lange nicht, und so konzentrierte er sich – durchaus typisch – darauf, daß mindestens eine Anzahl Kinder aus Gefangenenlagern in ihre Heimat zurückgebracht würden. Im übrigen blieb es auch Olof Palme nicht erspart, in die Widersprüche dieser Welt verwickelt zu werden.

1981 setzte er alles daran, daß der iranische Außenminister, Sadigh Ghotbzadeh, zu einer Tagung unserer Internationale nach Oslo kommen konnte. Wir gaben uns Mühe, seinen für iranische Verhältnisse gemäßigten Vorstellungen zu folgen. Einige Monate später ließ der Iraner mich auf Umwegen wissen, er könne nicht mehr kommen, auch nicht reden. Bald darauf war er hingerichtet.

In Kuwait habe ich 1982 selbst erfahren, wie Palme, ruhelos und gefährdet, über die nahe Frontlinie hinweg pendelte. Das war anläßlich einer Sitzung der Nord-Süd-Kommission, in der er sich auf besondere Weise engagierte. Er verlangte von den Vertretern der Industrieländer mehr Konzessionsbereitschaft, damit – wie er den US-Banker Peter Peterson ermahnte – das Motto unseres Berichts nicht lauten werde: *People of the world, unite to save Chase Manhattan Bank*. Sein Schweden zeichnete sich – wie die anderen skandinavischen Länder und die Niederlande – durch überdurchschnittliche Entwicklungshilfe aus; unser Sofortprogramm trug in wesentlichen Teilen die Handschrift des schwedischen Freundes.

Als der Bericht meiner Kommission vorlag, zögerte er nicht und berief die seine. Deren Bericht antwortete 1982 auf die Frage nach gemeinsamer Sicherheit im Nuklearzeitalter. Der Kern seiner Gruppe bestand, neben Palme selbst, aus dem früheren amerikanischen Außenminister Cyrus Vance, dem sowjetischen Institutsleiter Giorgi Arbatow und Egon Bahr, der unsere ost- und sicherheitspolitischen Erfahrungen einbrachte. Von östlicher Seite war Jozef Cyrankiewicz, der ehemalige polnische Ministerpräsident, beteiligt; aus meiner Kommission arbeiteten der japanische Botschafter Haruki Mori und Commonwealth-Generalsekretär Ramphal mit. Neben weiteren Persönlichkeiten aus der Dritten Welt stellten namhafte europäische Sozialdemokraten ihre Kenntnisse in den Dienst des Unternehmens: die Norwegerin Gro Harlem Brundtland, der Niederländer Joop den Uyl, der Engländer David Owen, der allerdings, nach bitterer Fehde, aus der Labour Party ausscheiden sollte.

Ich war über den Fortgang der Beratungen gut unterrichtet und teilte die Schlußfolgerungen: gemeinsame Sicherheit als unausweichliche politische Aufgabe im Nuklearzeitalter und Sicherheitspartnerschaft als militärisches Konzept, das schrittweise die Strategie der nuklearen Abschreckung ablösen sollte; Abschreckung droht mit der Vernichtung dessen, was es zu verteidigen gilt, und hat deshalb zunehmend an Glaubwürdigkeit verloren. Ein neues Verständnis von Sicherheit mußte zugleich bedeuten, legitimen Interessen der Entwicklungsländer Rechnung zu tragen und bisher durch Rüstung gebundene Ressourcen für humanitäre und produktive Zwecke freizusetzen. Doch stellte sich rasch heraus: Reden und Schreiben sind leichter als noch so bescheidenes Tun.

Der Palme-Bericht enthielt den fruchtbaren Gedanken eines atomwaffenfreien Korridors, den die für die westliche Sicherheit Verantwortlichen nicht aufnahmen und der doch ein neues Denken im Bereich der Verteidigung fördern half. In der Kommission war der Amerikaner nachdrücklich dafür gewesen, während der sowjetische Vertreter seinen Vorbehalt zu Protokoll gegeben hatte. In Fachgesprächen mit Vertretern der DDR wurden hieraus interessante Anregungen entwickelt – für eine mitteleuropäische Zone mit verminderter Rüstung und ohne chemische Waffen. In solchen Unterredungen zeigte sich, daß die Vertreter »der anderen Seite« gedankenreicher und aufgeschlossener waren, als man ihnen zugetraut hatte; ihnen war bewußt, daß die Existenz der Menschen auf beiden Seiten auf dem Spiel steht.

Meine Haltung zu den militärischen Dingen spiegelte den Wandel der Problemstellungen von den dreißiger zu den achtziger Jahren. Aufgewachsen in antimilitaristischer Tradition, hatte ich rasch gelernt, daß der nazistischen Herausforderung weder mit radikalen Sprüchen noch mit gefalteten Händen beizukommen war; gleichwohl blieb zu bedenken, daß Kriege in den Köpfen von Menschen begannen. Nach 1945 wurde uns Deutschen – anders als zunächst gedacht und gewünscht – die Chance, ohne Kriegsgerät auszukommen, nicht gewährt. Ich war bei denen, die sich vor den Konsequenzen nicht drückten. Das hieß: Ja sagen zum westlichen Bündnis und zur Bundeswehr. Aber auch: Ja sagen zu jeder vernünftigen Form von Kontrolle der Rüstungen.

1960 in Hannover, bei meiner Nominierung zum Kanzlerkandidaten, hatte ich bekundet, für unsere Verteidigungspolitik werde Bündnistreue oberste Richtschnur sein. Im übrigen trügen wir der Tatsache Rechnung, daß Bewaffnung und Abrüstung zwei Seiten ein und desselben Themas bildeten; Sicherheit sei nun einmal nicht teilbar. Ich meinte, wir würden uns daran gewöhnen müssen, im Gleichgewicht des Schreckens zu leben und für diesen Zustand neue politische Spielregeln zu entwickeln. Das Problem sei, den Status quo militärisch zu fixieren, um Bewegungsfreiheit zu gewinnen und ihn politisch zu überwinden.

Ähnlich im Oktober 1969, in meiner ersten Erklärung als Bundeskanzler: »Welche der beiden Seiten der Sicherheitspolitik wir auch betrachten, ob es sich um unseren ernsten und nachhaltigen Versuch zur gleichzeitigen und gleichwertigen Rüstungsbegrenzung und Rüstungskontrolle handelt oder um die Gewährleistung ausreichender Verteidigung der Bundesrepublik Deutschland – unter beiden Aspekten begreift die Bundesregierung ihre Sicherheitspolitik als Politik des Gleichgewichts und der Friedenssicherung.« Das westliche Bündnis sei defensiv, und unser Beitrag sei es auch. Zusammen mit den Verbündeten werde sich die Regierung konsequent für den Abbau der militärischen Konfrontation in Europa einsetzen. Auf die Doppelbegründung – Verteidigungsbereitschaft und Entspannung –, die der Harmel-Bericht Ende 1967 dem westlichen Bündnis geliefert hatte, wurde ebenso Bezug genommen wie auf die geplante Konferenz von Helsinki, die wir positiv beurteilten, als viele andere sich noch in unfruchtbarem Pessimismus ergingen.

Das amerikanische Atomwaffenmonopol hatte nur wenige Jahre vorgehalten. Die Sowjets, mit hängender Zunge, zogen erst nach, dann überholten sie auf manchen Gebieten die Amerikaner. Eine prinzipiell neue Lage entstand und wurde nicht gleich und längst nicht überall verstanden. Man war geneigt, das Hohelied der Bombe zu singen. Hatte sie nicht, für unseren Teil der Welt, eine unerwartet lange Friedensperiode möglich gemacht? Aber, so war nachzufragen, konnten die immer gewaltiger angehäuften Zerstörungsmittel sich nicht eines Tages verselbständigen? Und wuchs nicht, bedingt dadurch, daß Nuklearwaffen auf das »taktische« Niveau heruntergeholt wurden, das Risiko einer Fehlkalkulation mit unvorstellbaren Konsequenzen? Amerikanische und sowjetische Wissenschaftler begegneten einander in der Überzeugung, daß der bei weitem größte Teil der Kernwaffen auf beiden Seiten beseitigt werden könnte, ohne daß die relative Stabilität gefährdet wäre.

Auf der einen Seite also, in Europa und im Verhältnis zwischen den nuklearen Weltmächten, Jahrzehnte ohne Krieg. Auf der anderen Seite kaum noch überschaubare Gefahren: die in großer Zahl verstreuten, später weitgehend wieder eingesammelten »Gefechtsfeldwaffen« und die ebenfalls nur schwer zu berechnenden großen Trägersysteme mit einer Vielzahl von Sprengköpfen, dazu die see- und luftgestützten Waffensysteme. Meinen Freunden und mir waren die neuen Risiken, auf die alte Formeln nicht mehr paßten, schon bewußt, als ich mich im Dezember 1971 in der Universitätsaula zu Oslo für den Friedens-Nobelpreis bedankte: »Unter der Drohung der Selbstvernichtung der Menschheit ist die Koexistenz zur Frage der Existenz überhaupt geworden. Koexistenz wurde nicht zu einer unter mehreren akzeptierten Möglichkeiten, sondern zur einzigen Chance zu überleben.«

Als die siebziger Jahre zu Ende gegangen waren, ohne Katastrophe, aber auch – trotz Ostpolitik, Helsinki und Obergrenzen für die interkontinentalen Zerstörungsmaschinen – ohne prinzipielle Veränderung im Ost-West-Konflikt und mit vielen »kleinen« Kriegen in der Dritten Welt, spitzte ich meine Argumentation zu: Niemals zuvor habe das Überleben der Menschheit im ganzen in Frage gestanden. Die Welt sei in Gefahr, sich zu Tode zu rüsten. »Wir rennen immer schneller auf einen Abgrund zu, das heißt: Einige rennen und ziehen alle anderen mit.«

Ich war sehr besorgt, denn Entspannung drohte sich im Übergang von den siebziger zu den achtziger Jahren in Nichts aufzulösen. Dabei war dem SALT-Abkommen vom Mai 1972 – mit einer Begrenzung strategischer Nuklearraketen – noch die eine und andere Übereinkunft gefolgt, die geeignet gewesen wäre, einer Friedensordnung

Olof Palme und die Sache mit der Sicherheit

den Weg zu ebnen. Dazu zählte, während Breschnews USA-Besuch im Juni 1976, die Vereinbarung über Konsultationen, mit deren Hilfe eine Eskalation lokaler Konflikte verhindert werden sollte. Dazu zählten im Ansatz die Wiener MBFR-Verhandlungen, die ohne Vorgaben der Chefs geführt wurden und über eine langwierige, bald auch langweilige diplomatische Übung mit begrenztem Datenaustausch nicht hinausgelangten. Das Wettrüsten florierte. Die sowjetischen SS-20-Raketen waren nur ein Ausschnitt aus dem Gesamtbild, allerdings ein für Westeuropa besonders beunruhigender. Die Sowjetunion fühlte sich durch Präsident Reagans lautstark angepriesene »Weltraumverteidigung« alarmiert, von der man auch im Westen nicht recht überzeugt war. Afghanistan und Polen bewirkten, da anspruchsvolle Betrachtung nicht gefragt war, Rückfälle in finstere Zeiten des Kalten Krieges.

Ich nahm Kritik, gelegentlich auch Verdächtigung dafür in Kauf, daß ich anderer Leute gedankliche Kurzschlüsse nicht mitmachen mochte. Statt dessen habe ich mancherorts in der Welt versucht, der Mäßigung und der Verhandlungsbereitschaft das Wort zu reden. So am Sitz der Vereinten Nationen, auch bei einem Hearing auf dem Capitol Hill in Washington, bei einer Konferenz »meiner« Internationale 1978 in Finnland, an der zum erstenmal Vertreter der Sowjetunion wie der Vereinigten Staaten teilnahmen, sowie einer folgenden 1985 in Wien, zu der auch die Chinesen und die Inder – diese zugleich für die Blockfreien – erschienen waren. Ich unterstützte die Forderung nach einem Atomteststopp und andere Initiativen der Vier-Kontinente-Gruppe; Palmes letzte Unterschrift steht unter einem Dokument dieser Friedensinitiative von sechs Staats- und Regierungschefs. In der Sozialistischen Internationale wurden diese Fragen von einem Abrüstungsausschuß bearbeitet, dem der Finne Kalevi Sorsa vorsaß. Er war wie ich Parteivorsitzender, Außenminister und Regierungschef, bevor er, anders als ich, Parlamentspräsident wurde. Eines Finnen kundiges und erregungsfreies Urteil wiegt schwer.

Im September 1987 war ich vom Institut für Friedensforschung (SIPRI) eingeladen, im Stockholmer Reichstag eine Vortragsreihe zu eröffnen, die dem Gedenken an Olof Palme gewidmet war. Der Zufall wollte es, daß wenige Tage zuvor das erste tatsächliche Abrü-

434 Prinzip Zukunft

stungsabkommen zwischen den beiden nuklearen Weltmächten Gewißheit geworden war: Ronald Reagan und Michail Gorbatschow
hatten sich über die Eliminierung der Mittelstreckenraketen verständigt. Die Bedeutung dieses Schrittes konnte, so mein erster Punkt,
nicht hoch genug veranschlagt werden, wenngleich insgesamt nur
wenige Prozent des nuklearen Zerstörungspotentials berührt waren.

Die Sowjetunion hatte ein enormes konventionelles Übergewicht
angehäuft; daß sie nun das Prinzip konventioneller Stabilität auf nied-
rigerer Stufe akzeptierte, bezeichnete ich zweitens als großen Fortschritt. Die Aussicht auf erfolgversprechende Verhandlungen in
Wien war eröffnet. Doch mit einfachen Anschlußverhandlungen
über Kurzstreckenraketen – Atomwaffen mit weniger als 500 Kilometer Reichweite – zu rechnen erwies sich als zu optimistisch.

Drittens konstatierte ich, daß das Konzept der gemeinsamen Sicherheit, jenes große und vernünftige Angebot des Palme-Berichts,
blockübergreifend und auch in konservativen Regierungskreisen
ernst genommen werde. Ich verwies auf den Besuch, den Erich Honecker gerade in der Bundesrepublik gemacht hatte. »1970, als ich
den Kontakt zur DDR aufnahm, trafen die dort Verantwortlichen
und ich uns immerhin schon in dem Bekenntnis, von deutschem Boden solle nie wieder Krieg ausgehen. Inzwischen wird darüber beraten, was man miteinander – und jeder in seinem Außenbereich – tun
kann, um den Frieden in Europa und in der Welt sicherer machen zu
helfen. Und ehedem tödlich zerstrittene Parteien stellen in aller Regel fest: Das Ringen zwischen den Ideologien (oder was man so nennt)
läßt sich zivilisieren, es ist dem Friedensinteresse unterzuordnen.«

Viertens wies ich darauf hin: Die Genfer Verhandlungen – in diesem Fall nicht die der nuklearen Weltmächte, sondern die jenes größeren Ausschusses, der seit 1960 im Auftrag der Vereinten Nationen
tätig ist – hatten nahe an eine weltweite Ächtung chemischer Waffen
herangeführt. Aus nur zu gutem Grund betonte ich, daß sich »erheblich verzögernde Komplikationen« einstellen könnten und gerade deshalb regionale Projekte – wie jenes einer chemiewaffenfreien
Zone in Europa – nicht zu den Akten gelegt werden dürften. Im übrigen könnten sich jene vertrauensbildenden Maßnahmen als sinnvoll erweisen, die 1986 auf der Stockholmer Konferenz – im Rahmen
des Helsinki-Prozesses – zum Thema Verifikation erarbeitet und ge-

meinsam empfohlen worden waren und Militärspionage überflüssig machten, soweit sie die Aufklärungssatelliten nicht ohnehin schon ersetzt hatten.

Die Logik sprach fünftens dafür, daß ein weniger verkrampftes Verhältnis zwischen den Weltmächten sich auf mehrere der sogenannten regionalen Konflikte entlastend auswirken werde: »Ich kann gewiß nicht dazu raten, sich allzu hochgespannten Erwartungen hinzugeben. Doch wir sollten auch wissen, daß blasierter Negativismus noch nie Bedeutendes auf den Weg gebracht hat.«

Meine Erfahrung hatte mich gelehrt, daß man am ehesten weiterkommt, wenn Bestehendes nicht ignoriert wird, weil es einem mißfällt, sondern man es zur Kenntnis nimmt und danach trachtet, es zum Besseren zu wenden. Unter dem politischen Mantel der Kontinuität läßt sich manches auch substantiell verändern. Das hatten wir seinerzeit mit unserer Ostpolitik versucht und bewiesen. Ist die Kälte erst überwunden, braucht man den dicken Mantel nicht mehr. Und die Kälte wurde überwunden, auch wenn die beiden Bündnisse, NATO und Warschauer Pakt, unentbehrliche Faktoren der Stabilität blieben, unentbehrlich für die Schritte hin zu einem Frieden in Europa, der gefestigt ist und nach menschlichem Ermessen nicht mehr zerbrechen kann. Es läßt sich auf sehr unterschiedliche Weise zum Ausdruck bringen, daß dieser Realität mehr und mehr Rechnung getragen wird. Nicht die Änderung der europäischen Landkarte stand auf der Tagesordnung, sondern die Anerkennung von Grenzen, damit diese ihren trennenden Charakter verlören und Menschen miteinander verbinden könnten. Erfüllte Träume, die von Vergangenheit handeln? Nein. Doch kann auf diese Weise zusammengefügt werden, was nun einmal zusammengehört.

Gemeinsame Sicherheit für Europa durch strukturelle Nichtangriffsfähigkeit – die Geschichte eröffnet uns eine große Möglichkeit. Was wenige Jahre zuvor Utopie war, ist in den Bereich des Wirklichen gerückt: eine gewisse Entmilitarisierung des Ost-West-Konflikts, der Ersatz militärischer Konfrontation durch friedlichen Wettstreit und vorteilhafte Zusammenarbeit, vor allem, aber nicht allein auf dem Gebiet von Wirtschaft und Umweltschutz. Ein neuer Abschnitt im Buch der europäischen Geschichte würde so aufgeschlagen.

Auch dann blieben die Unterschiede – wenn schon nicht mehr der Ideologien und der Systeme, so doch jedenfalls der Mächte. Es blieben auch die Unterschiede im Geschmack und in der Fähigkeit der Besitzer, sich in den eigenen Räumen im »europäischen Haus« einzurichten. Aber daraus erwachsende Konflikte wären dem einen Gesetz des Überlebens untergeordnet, das gemeinsame Sicherheit einschließt. Welch ein Beitrag, den Europa für die Welt leisten könnte! Wie würden wir uns helfen und welche Kräfte freimachen zur Bewältigung jener großen Gefahren, die die Menschheit bedrohen!

Als Ronald Reagan im Jahr 1989 sein Amt an George Bush abgab, konnten beachtliche Zwischenergebnisse auf dem Weg zur Eindämmung des Wettrüstens abgehakt werden. Über die kontrollierte Abschaffung der Mittelstreckenraketen hinaus wird in Genf über eine fünfzigprozentige Reduzierung der »strategischen« Nuklearwaffen verhandelt. Während die Bemühungen um ein weltweites Verbot chemischer Waffen steckengeblieben sind, nehmen die Wiener Beratungen über konventionelles Gleichgewicht einen erfolgversprechenden Fortgang. Ein Abkommen über Beschränkung und Kontrolle von Atomtests liegt wieder auf dem Tisch. An mehreren Punkten der Welt deutet sich eine Lösung böser Konflikte an. Es wächst die Einsicht, daß sich die großen Herausforderungen unserer Zeit nur noch weltweit bewältigen lassen.

Macht und Mythos

Vorsitzender – »Präsident« – des weit über Europa hinausreichenden Zusammenschlusses sozialdemokratischer Parteien zu werden, hatte ich nicht betrieben, aber auch nicht verhindert. Jedenfalls trat ich das Amt im Herbst 1976 mit einiger Freude an und dem festen Willen, den Eurozentrismus einer Organisation zu überwinden, die traditionell den Namen »Sozialistische Internationale« trägt und deren Mythos immer schon größer war als deren Macht. Mir stand nicht nur zur Seite, wer mich zu dem Amt überredet hatte, sondern auch, wer neu dabei war. Léopold Senghor hatte farbenfrohe Volksmusikanten aus dem Senegal mitgebracht, die sich für die Aufnahme ihrer Partei bedankten. Carlos Andres Perez, der venezolanische Präsident, kam, um sein eigenes Interesse und das der Acción Democrática darzutun. Freunde aus dem Nahen Osten und aus dem südlichen Afrika bekundeten, daß sie unser verstärktes Engagement für ihre Region erwarteten.

Auf jenem Genfer Kongreß, am Sitz der Internationalen Arbeitsorganisation, benannte ich Ost-West, Nord-Süd und die Menschenrechte als Hauptfelder unserer Anstrengungen; Umwelt als überregionale Kategorie kam bald hinzu. Um den Problembereich Rüstungskontrolle und Abrüstung kümmerte sich während dieser Jahre federführend Kalevi Sorsa, der finnische Freund und besondere Kenner der Moskauer Szenerie. Weltwirtschaftliche Fragen lagen seit 1983 in der Obhut von Michael Manley; er war, als ich ihn zwanzig Jahre zuvor kennenlernte, Oppositionsführer auf Jamaika, dann Premierminister, der er nun wieder ist. Der Umwelt- und der Menschenrechtsfrage nahmen sich die Schweden einerseits und die Österreicher andererseits an. Besondere Bedeutung kam einigen Regionalkomitees zu, so – immer und immer wieder – dem »Bund« der Parteien in der Europäischen Gemeinschaft.

In welchem Ausschuß, Komitee, Plenum auch immer mit Mehrheit Beschlüsse zu fassen, die für die einzelnen Parteien bindend sein würden, stand nirgendwo auf der Tagesordnung. Für eine sozialdemokratische Arbeitsgemeinschaft unabhängiger nationaler Parteien konnte und kann es sich allein darum handeln, Erfahrungen auszutauschen und zu vergleichen, Meinungen zusammenzufassen und auf internationale, auch nationale Entscheidungsprozesse einzuwirken. Eine Superpartei hatte und hat niemand im Sinn, eine Weltexekutive schon gar nicht. Der Wert der Diskussionen jedoch, die abseits der Konferenztische stattfinden und in dem lockeren Rahmen unserer Internationale Brauch geworden sind, kann nicht hoch genug veranschlagt und gar nicht wichtig genug genommen werden. Auf diese Weise ist schon mancher Konflikt eingegrenzt, manch neuer Gedanke bewegt, manch ausschlaggebende Unterstützung abgesprochen und manch neue Freundschaft begründet worden. Das wird bei den internationalen Zusammenkünften der Christdemokraten und der Liberalen nicht viel anders sein; diese räumen ein, daß der internationale Gedanke bei den Sozialisten früher und nachhaltiger als bei ihnen Verankerung gefunden hat. Daß er in der praktischen Politik nicht immer hinreichend zum Tragen kam, steht auf einem anderen Blatt.

Die Internationale, deren Vorsitz man mir anvertraute, war 1951 in Frankfurt gegründet worden. Zunächst hatten die Parteien mehrerer Länder, in denen die Nazis den deutschen Namen mißbraucht hatten, Bedenken geäußert, daß die Deutschen so rasche Aufnahme in die internationale Gemeinschaft finden sollten. Wer hätte nicht verstehen mögen, daß zwischen Sozialdemokraten und anderen Deutschen nicht groß unterschieden wurde? Die alte Internationale – die Zweite, 1889 in Paris gegründet, zum Unterschied von der Ersten, die 1864 Karl Marx auf die Beine gebracht hatte – wurde wiederbelebt, als der Kalte Krieg schon in voller Blüte stand. Was bedeutete: Die aus- oder gleichgeschalteten sozialdemokratischen Parteien aus dem sowjetisch kontrollierten Europa waren in Frankfurt schon nicht mehr dabei.

Der Zufall wollte, daß ich als Neunjähriger – ich war mit einer Kindergruppe des Arbeitersportvereins Lübeck unterwegs – miterlebte, wie »die Zweite« im Mai 1923 wieder ins Leben trat. Ort des Geschehens: das Hamburger Gewerkschaftshaus am Besenbinderhof, in dessen Sitzungssaal wir Knirpse immerhin unsere Nasen hineinstecken durften. Ich bildete mir nachhaltig ein, dort den Franzosen Léon Blum, den Dänen Thorvald Stauning, den Schweden Hjalmar Branting, den Belgier Émile Vandervelde wahrgenommen zu haben und auf diese Weise mit der guten alten Zeit der europäischen Arbeiterbewegung verbunden gewesen zu sein. Hatte ich nicht auch die deutschen Parteitheoretiker Kautsky und Bernstein gesehen? Auch den Österreicher Friedrich Adler? Der hatte, aus Kriegsgegnerschaft, einen Ministerpräsidenten erschossen, war bei Kriegsende begnadigt worden und wurde nun in Hamburg zum Generalsekretär gewählt; er blieb es bis 1940, bis die Internationale im Dunkel versank.

Während meiner Exiljahre war ich, in Paris und anderswo, an verschiedenen internationalen Zusammenkünften linkssozialistischer Prägung beteiligt und in Stockholm, während des Krieges, in jenem Kreis engagiert, den man, ein wenig ehrgeizig, die »Kleine Internationale« nannte. Sie arbeitete nahezu im verborgenen und machte doch von sich reden. Eines Tages schlug sich sogar ein Sympathi-

Macht und Mythos 439

sant, der zur japanischen Botschaft in Berlin gehörte, zu uns durch;
er suchte Schutz in einem Stockholmer Krankenhaus, doch dem Geheimdienst seines Landes gelang es trotzdem, ihn zurück und in den
sicheren Tod zu locken. Die gedanklichen Spuren des Stockholmer
Diskussionszirkels führten weit in die Nachkriegszeit hinein.

In den sechziger Jahren – zumal nachdem ich den Vorsitz meiner
Partei übernommen hatte – wohnte ich zwar einigen Sitzungen der
Internationale bei, in London und Zürich, Brüssel und Amsterdam,
doch daß ich mit Begeisterung bei der Sache gewesen wäre, könnte
ich guten Gewissens nicht behaupten. Die Sorge, daß wirklichkeitsfremde Redereien die Kreise der SPD stören könnten, wog schwer.
Daß ich mich 1966, auf einem Kongreß in Stockholm, neben Guy
Mollet, Harold Wilson und Tage Erlander zum Vizepräsidenten
wählen ließ, hatte auch mit dem Bestreben zu tun, die Dinge auf einen vernünftigen Weg bringen zu helfen.

Tatsächlich habe ich in den Jahren, die folgten, den Jahren der
deutschen Ostpolitik, Abbitte geleistet; auf den größeren Zusammenkünften der Internationale – Eastbourne 1968, Helsinki 1971,
Wien 1972 – habe ich sehr viel Verständnis und noch mehr Unterstützung, nicht nur deklamatorischer Art, erfahren. Jener 1966er
Kongreß ist mir auch deshalb in Erinnerung geblieben, weil erstmals
afrikanische Delegationen mit von der Partie waren.

Dem Genfer Kongreß, auf dem ich gewählt wurde, war 1976 in
Caracas eine große lateinamerikanische Konferenz mit europäischer
Beteiligung voraufgegangen. Ende 1977 folgte eine Parteiführerkonferenz in der japanischen Hauptstadt, im Herbst 1978 ein Kongreß
im westkanadischen Vancouver. In den folgenden Jahren tagte die
Internationale schon in Tansania und in Botswana, in Santo Do-
mingo und Rio de Janeiro. 1980 stieg – von amerikanischen Freunden organisiert – eine Konferenz eigener Prägung in Washington.
Dort, in Moskau und in Delhi kam auch unser Abrüstungsausschuß
zusammen. Es dauerte nicht lange, und in Lateinamerika und der
Karibik hatte die Internationale bald ebensoviel Mitgliedsparteien
wie in Europa, wenn auch Beständigkeit und innerer Zusammenhalt
noch wesentlich zu wünschen übrigließen. Wichtiger noch: Wir
konnten in mehr als einem Land unseren Beitrag leisten, daß demokratisch legitimierte Regierungen an die Stelle von Militärdiktaturen

traten. Von demokratischer Stabilität konnte deshalb noch lange nicht die Rede sein. Wie sollte es auch, wenn die Demokratie weder ökonomisch noch sozial abgesichert war. Wo sich die Diktaturen behaupteten, konnten wir doch wenigstens verfolgten Demokraten – aus Chile, auch aus Paraguay – Schutz und Hilfe bieten.

In Nordafrika hatte die Sozialistische Internationale traditionell gute Kontakte, die auszubauen vor allem im ägyptischen und tunesischen Interesse lag. Südlich der Sahara fanden wir nur mühsam Anknüpfungspunkte und mußten uns um spezifische, der Region gemäße Formen von Zusammenarbeit bemühen. Mißverständnisse waren trotzdem nicht leicht auszuräumen. Im Frühjahr 1977 mußte ich Tito brieflich aufklären: »Der Eindruck, der bei einigen Ihrer Mitarbeiter entstanden zu sein scheint, als wollten wir eine Art sozialdemokratische Mission entfalten, ist abwegig [...]«; im besonderen würden wir »stets zu berücksichtigen suchen, ein wie wichtiger weltpolitischer Faktor die Blockfreiheit geworden ist [...]!«

Die japanischen Sozialisten, die nach 1945 den Regierungschef stellten, aber in mindestens zwei Parteien organisiert waren, hatten schon vor dem Ersten Weltkrieg Anschluß an die Internationale gesucht. Sonstige asiatische Verbindungen beschränkten sich auf die Labour Party in Australien wie in Neuseeland. Bewegungen eigenen Charakters hatten sich in Indien und Indonesien herausgebildet, auch auf den Philippinen und in Sri Lanka, in Indochina und Korea, in Birma, Malaysia und Singapur, schließlich in den neuen Staaten der ozeanischen Inselwelt. In Asien liegt eine der großen Aufgaben für die neunziger Jahre.

Die Zusammenarbeit auf der Parteienebene hat mich in der Überzeugung bestärkt, daß in der Lösung internationaler Fragen dem Regionalprinzip ein größeres Gewicht zukommen muß. Die Arbeit der Vereinten Nationen hatte durch den Kalten Krieg Schaden leiden müssen. Doch für einen Umschlagplatz von Informationen, Meinungen, Ideen waren die UN immer gut gewesen, auch vor dem Hintergrund weltpolitischer Spannungen. Und als sich das Verhältnis zwischen den Weltmächten entspannte, gewannen sie neues Profil. Daß der Generalsekretär mit Aussicht auf Erfolg friedensbewahrende Operationen auf den Weg brachte, wäre ohne grünes Licht aus Moskau und Washington nicht denkbar gewesen.

Die Sozialistische Internationale und ihre Repräsentanten wurden wiederholt bemüht, um Frieden stiften zu helfen; ihre Verbindungen reichten mancherorts weiter als die der UN, so in Zypern und der Westsahara, in Eritrea und Kambodscha; auch aus Korea erging ein Ruf an die SI. Tiefe Gräben zuschütten zu helfen, traut man uns eher zu als irgend jemandem sonst. Doch was ist das alles im Vergleich zu jenen drei Weltgegenden, in denen wir Herzblut und Prestige investierten.

Erstens, Zentralamerika. Die Länder zwischen Mexiko und dem Südkontinent wie die der Karibik haben uns Jahre in Atem gehalten. Wir schätzten andere nicht gering, schon gar nicht die leidgeprüften Salvadoraner, wenn wir – seit einer Konferenz in Lissabon 1978 – unsere Aufmerksamkeit in besonderem Maße Nikaragua zuwandten; es hatte sich eines ungewöhnlichen Mangels an nordamerikanischer Einsicht zu erwehren. Dabei ließ ich keinen Zweifel daran, daß bei weitem nicht alles, was sich in der Verantwortung der sandinistischen Kommandanten vollzog, mit unserem Beifall rechnen konnte. Aber wir opponierten nachdrücklich dagegen, jenes kleine Land, das das Joch der Somoza-Diktatur abgeschüttelt hatte, durch Druck, Drohung und Aggression niederzumachen. Warum sollte ihm die Chance verwehrt werden, über seine Zukunft selbst zu bestimmen? Um ebendahin zu kommen, unterstützten wir erst die Bemühungen der sogenannten Contadora-Gruppe und dann den Friedensplan des sozialdemokratischen Präsidenten von Costa Rica, Oscar Arias; ich war zugegen, als ihm 1987 der Friedens-Nobelpreis verliehen wurde.

Meine Solidarität mit den Zentralamerikanern habe ich bei vielen Anlässen zum Ausdruck gebracht. So auch mit einem emotionsgeladenen Besuch im Herbst 1984 in Managua. Ich verbrachte lange Stunden mit acht der Comandantes – der neunte war auf Reisen – und überzeugte mich von ihrem unbändigen Willen zu nationaler Erneuerung ebenso wie von ihrer fast andalusischen Todesbereitschaft. Im übrigen lautete mein Fazit: »Wenn die alle Marxisten-Leninisten sind, bin ich ein Ameisenbär.« Versuche, auf die Regierung der USA mäßigend einzuwirken, blieben ohne Erfolg. Während ich in der Region war, versuchte auch die salvadoranische Opposition, mich für einen Vermittlungsversuch zu gewinnen. Es fanden Gespräche statt, doch die Zeichen der Zeit standen noch nicht auf Frieden.

Fidel Castro lag an einem ausführlichen Meinungsaustausch, und er hatte mich mit einer kubanischen Maschine aus Managua abholen lassen. Der alternde Revolutionsführer – mit mittlerweile schütterem Haar und graumeliertem Bart – gab sich liebenswürdig und mitteilungsbedürftig; er redete an die sieben Stunden. Zwischendurch fragte er, wie es mit einem Kaffee wäre; ich fand, dies sei eine gute Idee, und dabei blieb es. Er redete und redete und holte immer weiter aus. Stolz war er auf das kubanische Bildungs- und Gesundheitswesen und darauf, daß kubanische Lehrer und Ärzte mancherorts Entwicklungshilfe leisteten. Zugleich schien ihm bewußt zu sein, daß die Zeitumstände nicht für den Export von Revolutionsmodellen sprachen. »Ein zweites Kuba wird es nicht geben.«

Unverkennbar war sein Interesse, durch die Wirrnisse in Zentralamerika nicht über Gebühr in Anspruch genommen zu werden. Diese Länder müßten, so sagte er, ihren eigenen Weg gehen. Er wußte – noch vor Gorbatschow – von dem sowjetischen Interesse, sich von kostenträchtigen Verpflichtungen in seinem Teil der Welt eher zu entlasten, als in neue einzusteigen. Den in Nikaragua führenden Männern hatte ich schon geraten, die Landkarte nicht aus dem Auge zu verlieren; einer von ihnen sagte mir kurze Zeit später, Perestroika bedeute nichts Gutes. Dem kubanischen Chef wurde nachgesagt, ihm behage Glasnost noch weniger. Tatsächlich täuschte er sich nicht mehr darin, daß er das militärische Engagement in Afrika, das er im übrigen lebhaft zu rechtfertigen suchte, abzuwickeln haben würde. Auch sonst rührte sich mehr, als die Öffentlichkeit wissen konnte. Aus Brasilien hatte mir ein hoher kirchlicher Würdenträger eine Botschaft für Castro aufgetragen. Von den Amerikanern war ich gebeten worden, dem Schicksal von Gefangenen nachzugehen; einige »Fälle« trug ich im eigenen Gepäck.

In seinem Denken war Castro ganz und gar auf die USA fixiert. Ohne deren Zurückweisung wäre er kaum der geworden, der er war. Von den Zehntausenden, die, wie Castro und ich, zur Baseballweltmeisterschaft ins Stadion gekommen waren, wurde der aus den USA stammende internationale Verbandspräsident lebhafter begrüßt als irgendeiner sonst. Daß ich mit Castro auf Brüderschaft angestoßen hätte, ist im übrigen eine polemische Erfindung gewesen.

Zweitens, Südafrika. Zunächst als Berliner Bürgermeister, dann als Außenminister und Bundeskanzler, anschließend aufgrund meines internationalen Engagements habe ich nach und nach zahlreiche afrikanische Staaten besucht. Ich habe noch Haile Selassie in Addis Abeba und Jomo Kenyatta in Nairobi kennengelernt; mit letzterem war ich, lange bevor Kenia ein selbständiger Staat geworden war, Ende der 30er Jahre auf einer Konferenz in Paris zusammengetroffen. Von Algerien bis Nigeria erlebte ich die rasche und meist radikale Ablösung von Führungspersonen, die während des Ringens um die Entkolonialisierung an die Spitze ihres Staates gelangt waren. Zu den Ausnahmen gehörten Julius Nyerere in Tansania, Kenneth Kaunda in Sambia, dann auch Robert Mugabe in Simbabwe; zu ihnen allen und den Präsidenten von Angola und Mosambik knüpfte sich ein engerer Kontakt schon deshalb, weil wir die »Frontstaaten« im Kampf gegen die Apartheid in Südafrika und für die Unabhängigkeit Namibias unterstützten. Die Zusammenarbeit mit den Befreiungsbewegungen ANC (African National Congress) und SWAPO verstand sich von selbst. Die Arbeit der Internationale für das südliche Afrika wurde von Olof Palme koordiniert. Ihm folgten Joop den Uyl und, nach dessen Tod, Wim Kok von der holländischen Partei der Arbeit.

Man erwartete wirksame Maßnahmen, die die Regierung in Pretoria zur Abkehr von der Rassenherrschaft bewegen sollten. Ich habe lange daran gezweifelt, ob wirtschaftliche Sanktionen das geeignete Mittel seien. Die drängenden Appelle derer, die für die Mehrheit der südafrikanischen Bevökerung sprachen, waren jedoch nicht zu überhören; sie wurden von »weißen« Südafrikanern, auch aus der Wirtschaft, unterstützt. Meinen Besuch in Johannesburg und Kapstadt, Frühjahr 1986, machte ich im Anschluß an eine Konferenz der Sozialistischen Internationale in Gaborone, der Hauptstadt von Botswana; die »Frontstaaten« waren dort durch Präsident Kaunda vertreten.

Ich traf mit liberalen »Weißen« und mit einer ganzen Reihe von Vertretern der Mehrheit zusammen, auch mit Winnie Mandela, auch mit Männern der Kirchen, auch der zersplitterten, aber rasch wachsenden Gewerkschaften. Eingeleitete Reformen erschienen mir nicht unerheblich, aber den Betroffenen, auf die es ankam, als »zu wenig und zu spät«. Allan Boesak, der couragierte reformierte Geistliche:

»Apartheid ist eine Verletzung der Menschenwürde, und über meine Menschenwürde kann ich nicht verhandeln.« Vor meiner Reise hatte mir der Botschafter Südafrikas ein Gespräch mit Präsident Pieter Willem Botha nahegelegt, das ich nicht ablehnte, aber an die Erwartung band, daß mir ein Besuch bei Nelson Mandela in Pollmoor ermöglicht werde; er saß schon damals 24 Jahre hinter Gittern. Ich sollte an Ort und Stelle Bescheid erhalten.

Am 21. April 1986, vormittags 11 Uhr, erschien ich bei Präsident Botha in Kapstadt. Mein Bundestagskollege Günter Verheugen, der mich begleitete, wunderte sich, daß ich nicht nach den massiven Unfreundlichkeiten der ersten zehn Minuten gegangen sei. Aber mich interessierte, wieviel – in diesem Fall: wieviel burische Borniertheit – sich in einer Stunde unterbringen ließ. In etwa so:

»Wie kommen Sie dazu, die Schwarzen bei uns für unterdrückt zu halten? Sie sprechen in Unkenntnis der Tatsachen; auch haben Sie mit den falschen Vertretern der Schwarzen gesprochen. Was Sie erklärt haben, bedeutet Einmischung in südafrikanische Angelegenheiten.«

»Ich glaube, Sie sind Sozialist. Schauen Sie sich mal an, wie es um den Sozialismus in den schwarzafrikanischen Staaten bestellt ist. Einen Großteil ihrer Waren exportieren sie via Südafrika, und nicht wenige ihrer Arbeiter schicken sie zu uns.«

»Die Vorstellung von einer weißen Minderheit und einer schwarzen Mehrheit entspricht nicht der Wirklichkeit. Eine häßliche Agitation des Auslands stellt die Apartheid als Rassismus dar, und Sie sind daran beteiligt, daß wir unfair behandelt werden. Aber merken Sie sich: Wir haben dreihundert Jahre Verfolgung überlebt, und wir werden auch weitere dreihundert Jahre überleben.«

»Ihr Gesuch um ein Zusammentreffen mit dem Kommunisten und gefährlichen Terroristen Nelson Mandela muß ich ablehnen. Der Mann ist seinerzeit rechtskräftig verurteilt worden, er kann jetzt nicht dauernd ausländischen Besuch bekommen. Ja, ich bin bereit, ihn zu entlassen und das Verbot seines ANC aufzuheben, wenn er der Gewalt entsagt. Solange sie dies ablehnen, werde ich die Kriminellen schlagen und immer wieder schlagen.«

»Im übrigen ist es falsch zu behaupten, daß ich mit den Schwarzen nicht reden wolle. Die Zusammenarbeit mit den schwarzen Homelands zeigt das Gegenteil. Warum erkennt der Westen dies nicht an? Luxemburg gilt doch auch als souverän.«

»In Namibia gibt es Schwierigkeiten nur, weil die Sowjetunion und Ostdeutschland ihre Einflußsphäre in Afrika vergrößern wollen.«

Es war eine reichliche Stunde voller Frostigkeit, Intransigenz und Selbstgerechtigkeit. Damit ließ sich beim besten Willen nichts anfangen. Ich fand Palme in seinem Urteil bestätigt, daß die Apartheid im Kern nicht zu reformieren ist, sondern beseitigt werden muß.

Drittens, Nahost. Kaum ein Thema hat während meiner Zeit die Gremien der Internationale so oft beschäftigt und so sehr belastet wie das spannungsgeladene Verhältnis zwischen Israel und seinen arabischen Nachbarn. Die lebendige Anteilnahme rührte aus der Rolle, die die israelische Sozialdemokratie traditionell in unserer Gemeinschaft spielte, auch aus einem Gefühl der Mitverantwortung für jenen Teil der europäischen Judenheit, der der Vernichtung entkommen war und sich nun dem Aufbau einer nationalen Heimstatt widmete. In der Mitte der siebziger Jahre leitete Bruno Kreisky drei Missionen, die über die Information an Ort und Stelle hinaus Wege des Ausgleichs und eine haltbare Friedensordnung ausmachen und um das künftige Verhältnis zwischen Israelis und Palästinensern nicht herumführen sollten. Die Leitung eines Nahost-Komitees ging über Mario Soares auf den findigen Hans-Jürgen Wischnewski über, der sich auch bei der Suche nach einem Frieden in Zentralamerika Verdienste erwarb.

Welch eine Spannung lag zwischen Vision und Realität! Sie wurde mir in krasser Weise bewußt, als ich, auf Einladung des österreichischen Bundeskanzlers, im Frühjahr 1978 einer langen Diskussion zwischen Präsident Sadat und Shimon Peres, dem ersten Mann der in die Opposition geratenen israelischen Arbeiterpartei, beiwohnte. Man hatte das Bild einer Region vor Augen, in der kriegerisch gebundene Kräfte zu produktiven Zwecken freigesetzt und Wüstenländereien in blühende Gärten verwandelt würden. Ein Jahr später, im Juli 1979, hatte Kreisky den PLO-Vorsitzenden, Arafat, nach Wien eingeladen und mich hinzugebeten. Wir gewannen den Eindruck, daß er – schon damals – bereit war, über einen Frieden zu verhandeln, einen Frieden, der die gesicherte Existenz des Staates Israel einschloß. Wir ernteten, nicht nur seitens unserer Freunde in Tel Aviv und Jerusalem, ziemlich viel Kritik, weil wir uns auf eine solche Begegnung eingelassen hatten. Doch die Erfahrung sollte auch hier zeigen: In aller Regel ist es nicht von Vorteil, ungelöste Probleme zu lange vor sich herzuschieben.

Im Herbst 1963 hatte mir der ägyptische Präsident Nasser, dem ich ansonsten mit Zurückhaltung begegnete, anvertraut, er würde gern jenen Offizier – inzwischen Diplomat – sprechen, dem er im Krieg 1948 gegenübergestanden habe. Ich gab die Meldung nach Israel weiter, blieb aber ohne Echo. Die Nichtreaktion, um fragwürdigen Zeitgewinn zu erzielen, war jener großmütterlich-liebenswerten Frau zuzuschreiben, die in der Nachfolge des prophetenhaften Ben Gurion an der Spitze Israels stand und auch die den jungen Staat maßgeblich tragende Arbeiterpartei führte.

Golda Meir, die »eiserne« Großmutter, war – nach allem, was ihr Volk durchgemacht hatte – voller Mißtrauen gegenüber gutgemeinten Ratschlägen. Wer kannte die Nachbarn besser als sie? Wer wollte sie, die sie Botschafterin in Moskau gewesen war, davon überzeugen, daß für eine Regelung im Nahen Osten neben den Vereinigten Staaten auch die Sowjetunion eine Rolle spielen würde? Wer wollte ihr weismachen, daß es sich nicht lohne, auf Zeitgewinn zu setzen? Es gab Weggefährten, wie den Außenminister Abba Eban, die weniger einfach dachten, aber wenig zu sagen hatten oder gar, wie Nahum Goldmann, der Präsident des Jüdischen Weltkongresses, an den Rand des Geschehens gerieten. Noch in seinen letzten Lebensjahren bemühte er sich, Pierre Mendès-France, den früheren französischen Regierungschef jüdischer Herkunft, und mich für einen Dialog zwischen israelischen und palästinensischen Intellektuellen zu gewinnen. Es blieb beim Versuch.

Im Mai 1971, als die Parteiführer der SI in Helsinki tagten, bedrängte mich Golda Meir mit der ziemlich verwirrenden Frage: »Was geht das die Sechs an?« Sie meinte den Entschluß der noch auf die sechs Gründungsmitglieder begrenzten EWG, in einen europäisch-arabischen Dialog einzutreten; gegen den war aus anderen als den israelischen Gründen auch das offizielle Washington. Die Ministerpräsidentin, halb trotzig, halb resignierend: »Israel hat keine Freunde mehr, doch es wird notfalls bis zum letzten Mann kämpfen.« Ein Jahr später, in Wien, war sie wesentlich milder gestimmt. Und im Juni 1973 wußte sie zu schätzen, daß ich als erster amtierender Bundeskanzler ihr Land besuchte. (Adenauer hatte israelischen Boden betreten, als er nicht mehr im Amt war; meinen ersten Besuch hatte ich im Herbst 1960 als Präsident des Deutschen Städtetages gemacht.) Sie würdigte meine Haltung »in der dunkelsten Stunde der Menschheit« und erklärte bei einem Essen, das ich im Hotel David gab: »Jawohl, wir sind zum Kompromiß bereit in allem und jedem, mit der einzigen Ausnahme unserer Existenz und unserer Lebensrechte in diesem Land und in diesem Gebiet.«

Mich überkam das Gefühl, als seien wir ganz nahe beieinander, und emotional waren wir es wohl auch. Aber in unserer Einschätzung der Lage und der Gefahr waren wir ein gutes Stück voneinander entfernt. Sie, in ihrem Arbeitszimmer, wenige Monate vor der neuen militärischen Konfrontation, die der Jom-Kippur-Krieg genannt werden sollte: »Die Aktionsmöglichkeiten der Palästinenser werden schwächer, und die Flüchtlingsfrage verliert allmählich an Bedeutung.« Meinen Hinweis – ein noch frisches Gespräch mit Nixon im Ohr – auf die Ungewißheiten der Faktoren Zeit, Zahl und Öl nahm sie nicht wohlgefällig auf. Dabei war mit Händen zu greifen, daß keine der beiden Weltmächte ein Interesse daran hatte, sich um des Nahen Ostens willen in einen großen Konflikt hineinziehen zu lassen; schon die Sues-Krise 1956 hatte ebendieses Bestreben gekennzeichnet. Und daß die arabisch-islamischen Förderländer entschlossen waren, das Öl als Druckmittel einzusetzen, konnte ebenfalls nicht übersehen werden. Golda Meir, die aus ihren Gründen auch unserer Ostpolitik skeptisch gegenüberstand, ein letztes Mal: »Israels Problem ist es, daß es letzten Endes immer allein steht.«

Nach dem Jom-Kippur-Krieg rief sie mich an und bat um eine Parteiführerbesprechung, die Mitte November in London stattfand und die zu leiten ich Harold Wilson gebeten hatte. Golda war tief niedergeschlagen; einem ihrer Mitarbeiter legte sie später in den Mund, in den Kehlen der europäischen Sozialdemokraten habe man Öl gespürt. Mir ersparte sie weitere Vorwürfe, obwohl mir der Nahost-Konflikt eine schwere Kontroverse mit den Amerikanern beschert hatte. Sie wußte, daß die Bundesregierung hilfreich war, wo sie es ohne Schädigung eigener Interessen sein konnte. Sie wird auch verstanden haben, daß ich nicht – ebenso wie Adenauer 1956 – hinnehmen konnte, wenn von amerikanischer Seite versucht wurde, über unser Gebiet zu verfügen, als sei es Territorium der USA.

Anläßlich des Wiener Treffens mit Arafat hatte ich Issam Sartawi kennengelernt, einen in Amerika ausgebildeten Arzt und brillanten Intellektuellen, der sich im palästinensischen Exil vom Terroristen zum Verständigungsfanatiker gewandelt hatte. Ich habe ihn wenige Male getroffen, französische und israelische Freunde sahen ihn öfter. Einem Teil seiner eigenen Leute galt er als Verräter. Von einem der verblendeten Extremisten wurde er im April 1983 im portugiesischen Albufeira erschossen – in der Vorhalle jenes Hotels, in dem ich gerade die Abschlußsitzung des Kongresses der Internationale leitete. Am Abend vorher noch hatte ich Sartawi auf einem Empfang getroffen, und mit ihm über bessere Zeiten gescherzt. Jetzt stand ich an seinem Leichnam und war zutiefst betroffen.

Ich fürchte, die Verirrungen durch weltanschaulichen und politischen Fundamentalismus werden der Menschheit noch erheblich zu schaffen machen. Den hieraus entspringenden Gewalttätigkeiten nachzugeben kann das würdige Zusammenleben der Menschen nur nachhaltig beschädigen. Überleben und Entwicklung erfordern zivilisierte Formen der Auseinandersetzung. Glaubensgemeinschaften werden ihrem Dienst an den Menschen untreu, wo sie Mord und Totschlag Raum gewähren. Die durch mich repräsentierte Internationale war und ist sich mit jener der Christlichen Demokraten und der Liberalen einig im Ringen um die Menschenrechte und in der strikten Ablehnung von Terrorismus.

VII. BAUPLÄNE

Offene Türen

Ich weiß nicht mehr, wie oft ich mich über die peinlichen bis empörenden Unzulänglichkeiten der EG geärgert habe, doch ich weiß sehr wohl, daß ich mich vom Königsgedanken der Einigung nie habe abbringen lassen. Und nun, im Übergang zu den neunziger Jahren, steht die Gemeinschaft vor einem qualitativen Sprung. Zur Jahreswende 1992/93 wird der Binnenmarkt für die zwölf Mitgliedsstaaten und 320 Millionen Menschen stehen und die Währungsunion – mit zwanzigjähriger Verspätung – Gestalt anzunehmen beginnen. Die Steuer- und Sozialgesetze müssen, allem Gezerre zum Trotz, einander angeglichen werden. Ob die Europäische Union, über die Koordinierung der Außenpolitik weit hinausreichend, dem Binnenmarkt die Krone aufsetzen wird? Und Vorrang erlangt vor neuen Beitrittsverhandlungen, die sich für die Jahre nach 1992 abzeichnen? Ob man für die Organisation der westeuropäischen Sicherheit einen gemeinsamen Rahmen findet? Und zugleich konkret – und wohl auch erfolgversprechender denn in früheren Jahren – wesentliche Elemente einer gesamteuropäischen Friedensordnung zusammenfügt? Vor bald vier Jahrzehnten scheiterte der Versuch, eine Europäische Verteidigungsgemeinschaft zu begründen.

Das Büchlein, das ich während des Winters 1939/40 im Exil geschrieben hatte und das, neben Wichtigerem, der Besetzung Norwegens zum Opfer gefallen war, trug den Titel: »Die Kriegsziele der Großmächte und das neue Europa«. Nein, ich mußte nach dem Krieg Europa nicht erst entdecken. Doch unter welchen Bedingungen war in der Nachkriegszeit Europapolitik zu gestalten? Sie hatte nicht viel gemein mit den Vorstellungen, die man sich an seinem Exilantenschreibtisch zusammengereimt hatte. Mit einer Ausnahme:

Beizeiten erkannt zu haben, daß dem künftigen Verhältnis zwischen Deutschland und Frankreich eine Schlüsselrolle zufallen würde, war weder Hellseherei noch Wunschdenken entsprungen.

Daß Europa, in welcher räumlichen Ausdehnung auch immer, nur gedeihen könne, wenn Deutschland und Frankreich zukunftsorientiert miteinander umgingen, gehörte zu meinen frühen Grundeinsichten. Eine gute Tradition, die nicht zuletzt in der deutschen Sozialdemokratie verankert war, hatte mich früh auf den Weg deutschfranzösischer Aussöhnung und Freundschaft gewiesen; die Vereinigten Staaten von Europa waren 1925 auf einem Heidelberger Parteitag in den Rang einer Programmforderung erhoben worden. Meiner Partei die antieuropäische Schelle umhängen zu wollen war zu keiner Zeit gerecht. Wenn auch zugegeben sei, daß in der Frühzeit der Bundesrepublik das Bemühen um berechtigte gesamtdeutsche Interessen nicht immer überzeugend dem europäischen Bestreben entgegengestellt wurde.

Zu Beginn des Zweiten Weltkriegs hatte ich weder England, wie wir Großbritannien nannten, noch Rußland, wie wir sagten, wenn wir die Sowjetunion meinten, zu jenem Europa gezählt, das uns Charles de Gaulle anpries: »Vom Atlantik bis zum Ural«. Wohl aber hatte ich die Staaten westlich der Sowjetunion immer dazugerechnet. Daß sie bei Kriegsende unter dominierenden sowjetischen Einfluß geraten würden, ahnten nur wenige. Doch daß Mitte der achtziger Jahre so deutlich, wie es Gorbatschow tat, die Zugehörigkeit Rußlands zum »Gemeinsamen Europäischen Haus« proklamiert werden würde, hätte niemand vorauszusagen gewußt.

Was Großbritannien betraf, so fand ich mich im Einklang mit führenden Engländern, die die künftige Rolle ihres Landes als eine sehr besondere verstanden. Winston Churchill plädierte in seiner berühmten Züricher Rede vom September 1946 nachdrücklich für die Einigung des Kontinents, sah aber das Vereinigte Königreich nicht als dessen Teil. Vielmehr meinte er, »Großbritannien, das britische Commonwealth, das mächtige Amerika und, wie ich hoffe, auch die Sowjetunion« sollten »dem neuen Europa als wohlwollende Freunde gegenüberstehen«. Daß Frankreich dem deutschen Nachbarn schon im Jahr nach der Gründung der Bundesrepublik einen engen wirtschaftlichen Bund – mit Kohle und Stahl als Anfangsposten – andienen würde, wurde weithin unterschätzt, und das nicht nur in London.

Den Engländern – wer hätte sie angesichts ihrer Geschichte nicht verstehen mögen? – fiel es schwer, von ihrer übermächtigen Rolle in der Welt Abschied zu nehmen und sich mit einem partnerschaftlichen Platz in Europa anzufreunden. Der Gedanke, nationale Souveränität auf gemeinschaftliche Institutionen zu übertragen, mußte ihnen noch fremder sein als anderen. Der Ärmelkanal trennte im englischen Bewußtsein mehr als das große Wasser, über das man nach Amerika gelangt. Ein so aufgeschlossener, mir freundschaftlich verbundener Mann wie der allzu früh verstorbene Labour-Führer Hugh Gaitskell begrüßte mich noch 1962 allen Ernstes als »*our friend from overseas*«... Es sollte sich für beide Seiten als Nachteil erweisen, daß die Kluft nur langsam und nur unter großer Mühsal überwunden werden konnte. Die Engländer selbst zahlten einen hohen Preis: Die Modernisierung ihrer Volkswirtschaft verzögerte sich um Jahre.

Dabei kann auch im Rückblick nicht vergessen werden, wie sehr die französische Staatsführung Großbritannien auf Abstand zu halten gedachte; Paris wollte sich seinen Führungsanspruch nun einmal durch London nicht streitig machen lassen. Und der General im Elysee steckte ja auch selbst voller Argwohn, wo es sich um supranationale Einrichtungen handelte. »Vaterlandslose Gebilde« und »vaterlandslose Gesellen«, verkündete er und verkannte dabei, daß in der Zeit seines Deutschland-Besuchs 1962 die politische Führung in Westeuropa auf der Straße lag und er sie hätte übernehmen können. War es norddeutsch-skandinavische Reserve gegenüber den Franzosen, daß ich ein so früher und so entschiedener Parteigänger britischer Teilhabe am Prozeß der westeuropäischen Einigung wurde? Gewiß; doch in mir war auch lebendig geblieben, was »die Engländer« leisteten und litten, als auf dem Kontinent die Lichter ausgegangen waren. Meine Überzeugung, wie ich sie als Bundeskanzler äußerte, als mir Premierminister Harold Wilson einen festlichen Empfang gab: Wir bedürften der schöpferischen Impulse und der weltweiten Erfahrungen Großbritanniens, »die ein wesentlicher Teil jenes europäischen Erbes sind, das der Welt noch viel zu geben hat«.

De Gaulle sprach, auch zu mir, wiederholt davon, daß es lächerlich sei, der Realität der europäischen Nationen entfliehen zu wollen; an seiner Formel vom »Europa der Vaterländer« nahm ich keinen Anstoß. Er hielt es für möglich, daß sich im Laufe der Zeit eine Entwicklung hin zu einer Konföderation – einem Staatenbund, nicht Bundesstaat – abzeichnen werde. Eine Zitadelle solle die EWG nicht werden; Großbritannien, die skandinavischen Staaten, Spanien könnten durchaus dazustoßen. Couve de Murville, der in Traditionen wurzelnde Außenminister, hatte schon 1963 durchblicken lassen, daß das schroffe Nein zum britischen Beitritt nicht seiner Empfehlung zuzuschreiben sei. Er war konziliant, aber vor allem doch der Diener seines Präsidenten.

In meiner Außenministerzeit platzten, Paris gegenüber, meine Kollegen Nichtfranzosen fast vor Ungeduld. Der baumlange Holländer Joseph Luns, später Generalsekretär der NATO, war mit seinem belgischen und seinem luxemburgischen Kollegen – Überzeugung und Interessenlage geboten es – für die Gemeinschaft und deren Erweiterung. In Italien wechselten die Minister rascher als anderswo, aber die Willensbekundung war auch dort eindeutig und konstant; die hohen Beamten sorgten dafür, daß die Aktenlage dem entsprach. Ich fühlte mich nicht sonderlich wohl, daß wir fünf uns hin und wieder in halbgeheimen Zirkeln zusammenfanden. Wie sonst hätten wir uns abstimmen sollen, wie auf die Geste eines leeren Stuhls oder auf ein bombastisches Veto halbwegs vernünftig reagieren?

Die Rumpf-Gemeinschaft konnte unter den gegebenen Umständen große Sprünge nicht machen. Leerlauf dehnte sich aus. Die überoptimistische Erwartung derer, die einen raschen oder gar automatischen Übergang von wirtschaftlicher zu politischer Integration erwarteten, konnte ohnehin nur enttäuscht werden. Als ich zum erstenmal die Bundesrepublik im Brüsseler Ministerrat vertrat, versuchte ich von der Zoll- und Agrarunion zur eigentlichen Wirtschaftsunion vorzustoßen. Das war im April '67, ein Vierteljahrhundert vor dem 1. Januar '93, jenem Tag, an dem der Binnenmarkt ins Leben treten soll. Ich drang darauf, die Behörden von Montanunion, Euratom und EWG zusammenzufassen – zur EG. Sie wurde auf einer Gipfelkonferenz in Rom, Ende Mai '67, abgesegnet.

Der britische Beitritt blieb auch dort in der Schwebe. Harold Wilson, Prime Minister seit Ende '64, und sein exzentrischer Außenminister George Brown hatten eine werbende Rundreise unternommen und dabei den irrigen Eindruck gewonnen, es bedürfe nur eines deutschen Machtworts, um den General zur Vernunft zu bringen. Der war von den neuen Drängeleien nicht angetan. Auch nicht davon, daß ich mich für wohlwollende Prüfung der Beitrittsbegehren aus Irland, Dänemark, Norwegen sowie eines »besonderen Schreibens« der schwedischen Regierung verwendete. Die Vorgänge wurden, ohne französischen Einspruch, an die Brüsseler Kommission überwiesen. Doch bevor über deren Bericht beraten werden konnte, hatte de Gaulle auf einer Pressekonferenz den Ausgang schon wieder vorweggenommen: Paris werde nicht zustimmen.

Die Engländer waren auch nicht die Geschicktesten. Als ich den ebenso intelligenten wie sprunghaften George Brown auf dem Lande besuchte, eröffnete er mir, ich müsse die Engländer hereinbringen, damit sie sich an die Spitze setzen könnten. (Wörtlich: *»Willy, you must get us in, so we can take the lead.«*) Das war nun, milde gesagt, ein Mißverständnis, denn wir waren für die Regeln des Vertrages und nicht dafür, den einen überzogenen Führungsanspruch durch einen anderen ersetzt zu bekommen. Es hat dann doch nur noch zwei Jahre gedauert, bis Georges Pompidou und ich uns über die Erweiterung der Gemeinschaft verständigten. Schwierigkeiten mit England waren damit längst nicht behoben. Erst mit dem räsonnablen James Callaghan, dann mit der streitbaren Mrs. Thatcher mußte nachverhandelt werden. Kein Zeitplan, den Ausbau der EG betreffend, war einzuhalten, und das ließ sich nicht allein den »Neuen« anlasten. Das Wunder – wenn man es denn eines nennen will – war, daß die Gemeinschaft über alle ihre Krisen hinweggekommen ist; die von 1974 war besonders ernst.

Ein reichlich schludriger Biograph behauptete, ich hätte Präsident Pompidou Ende '69 die Zustimmung zum britischen EG-Beitritt »abgerungen«. Abzuringen war da nichts mehr. Der Franzose hatte seine eigenen Gründe, den Engländern die Tür zu öffnen. Diese Gründe zu nennen, nahm ich ihm auf der Gipfelkonferenz im Haager Ridderzaal Anfang Dezember '69 ab: »Wer befürchtet, daß sich das wirtschaftliche Gewicht der Bundesrepublik Deutschland zum Nachteil der Ausgewogenheit innerhalb der Gemeinschaft auswirken könnte, der sollte auch deswegen für die Erweiterung sein.«

Pompidou und ich hatten die Angelegenheit im Schriftwechsel und mit Hilfe tüchtiger Mitarbeiter vorgeklärt. Am Abend des ersten Sitzungstages, nach dem Essen, zu dem die Königin geladen hatte, setzten wir im Zweiergespräch den Punkt aufs i. Der Präsident wollte bestätigt haben, daß die besondere deutsch-französische Zusammenarbeit durch die Erweiterung keinen Schaden nehme. Das konnte ich guten Gewissens zusagen, denn es entsprach meiner Überzeugung. Er wollte zusätzliche Gewißheit haben, daß die Agrarfinanzierung gesichert bleibe. Mir war bewußt, welche innenpolitische Bedeutung sie für Frankreich hatte und daß sie zwischen Adenauer und de Gaulle Geschäftsgrundlage gewesen war. Ich sicherte weiteren Geldfluß in die EG-Kassen zu, verlor die Existenzsicherung der eigenen Landwirte nicht aus dem Auge, bestand aber darauf, daß die Agrarmarktordnungen revidiert und die durch Überschüsse verursachten Ausgaben drastisch reduziert würden. Die gravierenden Fehlentwicklungen der folgenden Jahre haben sich durch diesen Vorbehalt nicht einmal eindämmen lassen.

In Den Haag stimmten wir überein, daß es mit der Zollunion nicht sein Bewenden haben dürfe. Die Organe der Gemeinschaft – Ministerrat und Kommission – wurden beauftragt, bis Ende 1970 (!) einen Stufenplan für den Aufbau der Wirtschafts- und Währungsunion vorzulegen. Im Januar 1971 (!) in Paris, bei einer der regelmäßigen deutsch-französischen Konsultationen, erzielte ich mit Pompidou grundsätzliches Einvernehmen, die Nationalbanken in eine Art europäische Zentralbank überzuführen – in etwa einem Jahrzehnt...

Einer, der sich durch keinen Rückschlag entmutigen ließ, sondern – mehr hinter den Kulissen als vom Rednerpult aus – immer wieder Anregungen gab, wie die europäischen Dinge vorangebracht werden könnten, war Jean Monnet. Jener so durch und durch typische Franzose – er entstammte einer mittleren Cognac-Dynastie, war aber mit dem Angelsächsischen sehr vertraut – hatte den Schuman-Plan entworfen und 1952 selbst die erste Präsidentschaft der Montanunion übernommen. Unter de Gaulle war er nach Kriegsende Chef der Planbehörde geworden, aber die beiden konnten nicht miteinander. Der Präsident zieh ihn – wie ungerecht! – eines Mangels an Patriotismus. Es ist gut, daß diesem noblen Mann – in beiden

Weltkriegen war er daran beteiligt, die wirtschaftlichen Anstrengungen der Alliierten zusammenzuführen, in der Zwischenkriegszeit diente er dem Generalsekretär des Völkerbundes – jedenfalls postum Gerechtigkeit widerfahren ist; Mitterrand sorgte dafür, daß er seinen Platz im Panthéon fand. Nicht ohne Beklemmung denke ich an Pariser Gelegenheiten, bei denen man, um nicht im Elysee anzuecken, sich unter dem Siegel der Verschwiegenheit mit ihm treffen mußte.

Monnet war reich an Gedanken. Doch er scheute sich nicht, immer wieder die annähernd gleiche, beschwörende Rede zu halten; insoweit habe ich ihn dann und wann mit Golda Meir verglichen. Zu lernen war von ihm nicht nur Inhaltliches, sondern auch Prozedurales: »*to re-arrange the scene*«, war einer seiner nicht seltenen Regiehinweise; dieselben Möbel, anders angeordnet, können tatsächlich ein neues Bild ergeben. Als er mich zum erstenmal in Berlin besuchte, waren wir durchaus nicht gleich auf einer Linie. Er hielt den britischen Beitritt für verfrüht, und die Skandinavier waren ihm fremd. Andererseits stimmten wir früh darin überein, daß sich über kurz oder lang die Frage nach geordneten Beziehungen zu den osteuropäischen Staaten stellen werde. Er hatte mich für sein »Aktionskomitee« – für die Vereinigten Staaten von Europa – gewonnen, in dem führende Repräsentanten von Parteien und Gewerkschaften versammelt waren; auf deutscher Seite spielten Herbert Wehner und der Metallarbeiter-Chef Otto Brenner eine besonders aktive Rolle. Von Monnet und seinem Komitee sind immer wieder Anstöße ausgegangen, wenn die Arbeit an der Einigung zu erlahmen oder sich zu verheddern drohte.

Eine Initiative zielte darauf ab, der Gemeinschaft durch ein Gremium der Regierungschefs eine politische Spitze zu verpassen und den Einfluß der sich befehdenden Ministerialbürokratien zu bremsen. Ich tat mein möglichstes, damit im Dezember '73 in Kopenhagen ein »Präsidentschaftstreffen« zustande kam; in der Folge nahm es die Bezeichnung »Europäischer Rat« an. Die Rolle der Brüsseler Kommission ist dadurch nicht gemindert, die des Europäischen Parlaments wenigstens etwas angehoben worden. Doch blieben die demokratische Verankerung und Kontrolle der Gemeinschaftsarbeit unterentwickelt und in hohem Maße unbefriedigend.

Es wäre, nicht nur aus der Sicht eines kundigen Mahners wie Jean Monnet, geboten gewesen, zu Beginn der siebziger Jahre anzupak- ken, was Ende der achtziger Jahre endlich voranzukommen schien: den Einstieg in die Wirtschafts- und Währungsunion. Im Zusam- menwirken zwischen Georges Pompidou, Edward Heath, dem im Juni '70 die Führung der britischen Regierung zugefallen war und der diese bis '74 behielt, hätte die Möglichkeit entscheidender Durchbrüche gegeben sein sollen. Aber die Verhältnisse, sie waren nicht so. Selbst mußte ich erfahren, wie auch ein Bundeskanzler an die Leine mächtiger Fachressorts gelegt werden kann – was im übri- gen nicht ausschließt, daß sich Fachminister (und deren tüchtige Staatssekretäre) später als Blumen an den Hut stecken, was sie zuvor weggepflückt haben.

Auf der Haager Gipfelkonferenz hatte ich ein wichtiges Angebot gemacht: Die Bundesregierung, die es an der Bereitschaft zu wäh- rungspolitischer Solidarität schon bisher nicht habe fehlen lassen, biete bei der Schaffung eines Europäischen Reservefonds ihren vol- len Kooperationswillen an. Sobald die notwendigen Voraussetzun- gen geschaffen seien, wollten wir an der Errichtung eines solchen In- struments gemeinsamer Politik und an der Bestimmung der Modali- täten mitwirken. Wir seien dann bereit, einen Teil unserer Wäh- rungsbestände in den europäischen Fonds überzuführen – »zur ge- meinsamen Verwaltung mit den Reserven, die unsere Partner nach entsprechendem Anteil darin deponieren würden«. Daß wir hiermit eine Politik zur Vermeidung inflationärer Gefahren zu verbinden ge- dachten, war für keinen unserer Partner eine Überraschung.

Auf dem Pariser Gipfel vom Oktober '72 – neben Heath waren dort erstmals auch die Ministerpräsidenten Dänemarks und Irlands anwesend – mußte ich in der Frage des Währungsfonds einen Rück- zieher machen: Eine Übertragung nationaler Reserven könne die Bundesrepublik zunächst nicht vorsehen. Der retardierende Einfluß des Finanzministeriums und der Bundesbank war stark und er- zwang, daß ich mich in der Entwicklungspolitik der Gemeinschaft und in der Ausstattung des Regionalfonds viel zurückhaltender ein- ließ, als es meiner Einsicht in die Notwendigkeiten entsprach. In Pa- ris stand im übrigen, auch durch uns Deutsche angeregt, das Sozial- thema auf der Tagesordnung; andere meinten, es erst sehr viel später entdecken zu sollen. Ich legte damals ein Memorandum zur europäischen Sozialunion auf den Tisch: Den Menschen müsse klar werden, was die Gemeinschaft für ihre Arbeits- und Lebensbedingungen bedeute und bedeuten könne. Sozialer Fortschritt dürfe nicht als bloßes Anhängsel des wirtschaftlichen Wachstums verstanden werden. »Wenn wir eine europäische Perspektive der Gesellschaftspolitik entwickeln, wird es vielen Bürgern unserer Staaten auch leichter werden, sich mit der Gemeinschaft zu identifizieren.«

Aber immer wieder verdrängte die Währungsfrage alle anderen Themen; sie beherrschte auch meinen Briefwechsel mit Pompidou. Über die Ungereimtheiten amerikanischer Finanz- und Währungspolitik äußerten sich die Franzosen unbefangener, als wir es für ratsam oder angemessen hielten; daß sie die im ganzen erfolgreichere Entfaltung der deutschen Volkswirtschaft mit Anflügen von Neid begleiteten, beschwerte mich nicht über Gebühr. Im Frühjahr '73 waren wir, durch eine britische Initiative, ganz nahe an einen Punkt gekommen, von dem aus der Durchbruch zur Währungsunion hätte gelingen können. Heath erschien in Bonn, beunruhigt, wie wir selbst, durch einen starken, spekulativ bedingten Dollarzufluß. Ob wir uns, über den Tag hinaus, zur Gemeinsamkeit durchringen könnten? Meine Antwort: Wir seien bereit und würden für eine europäische Lösung, die mit einem gemeinsamen »Floating« beginnen müßte, einen hohen Preis zahlen. Vielstündige Beratungen schlossen sich an, gemeinsam mit einigen wenigen Experten und zwischen diesen allein. Dann stellte sich heraus, daß das Wenn und Aber der Fachleute schwerer wog als der politische Wille der Briten. Ich mochte mich des Eindrucks nicht erwehren, daß unseren Finanzern – mit Einschluß der Bundesbank – ein Stein vom Herzen fiel. Allerdings wären sie bereit gewesen, ein weites Stück neuen Weges zu gehen und – in puncto Summe, Zins und Laufzeit – eine Stützungsaktion von bis dahin unbekanntem Ausmaß möglich zu machen; Reserven hätten zusammengelegt und über die Parität des britischen Pfundes eine Verständigung erzielt werden müssen. Der Versuch scheiterte. Als Pompidou im Juni '73 in Bonn war, blieb nur noch festzustellen, daß die Krise von Dollar, Pfund und Lira Fortschritte auf dem Weg zur Wirtschafts- und Währungsunion zunächst nicht zulasse.

Die Annäherung an ein gemeinsames System – beginnend mit einer »Währungsschlange«, an der sich England und Italien nicht beteiligten und aus der sich auch Frankreich zwischenzeitlich verabschiedete – blieb unglaublich mühsam. Und doch war die positive Wirkung, vor allem durch zunehmende Preisstabilität, unübersehbar. Mein Nachfolger im Amt des Bundeskanzlers, Helmut Schmidt, hat sich, auch über die Zeit der eigenen Regierungsverantwortung hinaus, um diese Schiene der europäischen Einigung besondere Verdienste erworben. Ich habe mit ihm auch darin übereingestimmt, daß es die Gemeinschaft nicht schwäche, wenn auf bestimmten Gebieten und für gewisse Zeiten nicht allen Mitgliedsländern das gleiche Integrationstempo zugemutet würde.

Die räumliche Ausdehnung der Gemeinschaft steht inzwischen auf einer neuen Tagesordnung. Als die Gemeinschaft in einer ersten Runde ausgriff, hatte ich mich stark engagiert und es nicht bedauert. Mit einer Ausnahme: Als Bundeskanzler nahm ich an einer Osloer Kundgebung teil, die der Volksabstimmung über den norwegischen Beitritt vorausging. Als wir am Abend jener Kundgebung im Gästehaus der Regierung zusammensaßen, erstaunte mich der Bericht eines Freundes, der gerade von einer Reise in die nördlichen Landesteile zurückgekehrt war. Wieviel emotionaler Widerwille kam da zum Vorschein! Ob man im Gemeinsamen Markt zum Weintrinken gezwungen werde, hätten die Alkoholgegner gefragt. Ob der Papst die Stellung der lutherischen Kirche aushebeln wolle? Ob die Mädchen des Landes dunkelhaarigen Südländern ausgeliefert sein würden? Und schließlich sei es auch noch nicht lange her, seit man die Gestapo im Lande gehabt habe. Ob, mit anderen Worten, ein kleines Volk seine Eigenart werde bewahren können, wenn es in einem großen überstaatlichen Verband aufgehe? Ich muß hinzufügen, daß die EG-Behörden ihre Verhandlungen mit den Norwegern nicht mit sonderlichem Einfühlungsvermögen geführt hatten. Wer wußte schon in Brüssel Bescheid über die traditionellen Gegebenheiten der norwegischen Fischerei und über die Bedingungen, unter denen am Polarkreis Landwirtschaft betrieben wird? Die Norweger lehnten, wenn auch nicht in Oslo, den Beitritt mehrheitlich ab.

Die dänische Volksabstimmung erbrachte ein positives Ergebnis. Dennoch dauerte die EG-Skepsis eines beträchtlichen Teils der Bevölkerung an. Auch die amtliche dänische Politik blieb reserviert, wenn Aktivitäten und Zielsetzungen der Gemeinschaft gefragt waren, die über den wirtschaftlichen Bereich hinausreichten. Nicht zuletzt die Engländer legten Wert darauf, daß sich die außenpolitische Koordinierung auf zwischenstaatlicher Ebene, nicht auf jener der Gemeinschaft vollzog. Die EPZ, die Europäische Politische Zusammenarbeit, nahm gleichwohl eine vorteilhafte Entwicklung. Die Auswärtigen Ämter schalteten sich kurz, im deutsch-französischen Fall bis hin zum regelmäßigen Austausch von Beamten. In puncto Vereinte Nationen, im Helsinki-Prozeß und wenn es irgendwo in der Welt kriselte, berieten die EG-Staaten über eine gemeinsame Haltung. Schon 1973 wäre es im übrigen möglich gewesen, ein permanentes Politisches Sekretariat auf die Beine zu stellen – vorausgesetzt, man hätte sich über dessen Sitz geeinigt. Die Franzosen bestanden auf Paris, die meisten anderen waren für Brüssel.

Die Vereinigten Staaten, im Prinzip für die europäische Einigung, taten sich schwer, gemeinsame Stellungnahmen hinzunehmen, wenn diese von der eigenen Marschroute abwichen. Zur Zeit von Nixon und Kissinger wurde die untaugliche Lesart präsentiert, die Amerikaner hätten globale, die Europäer regionale Interessen. Wir hielten dagegen, daß wir auf weltpolitische Mitsprache nicht zu verzichten gedächten. In der Reaktion auf Washingtoner Zumutungen wichen Bonn und Paris nicht selten voneinander ab: Wir fühlten uns in der Schuld der Amerikaner und wußten um das Gewicht, das die USA bei der künftigen Gestaltung des Ost-West-Verhältnisses behalten würden. Die Franzosen ließen sich nicht gern daran erinnern, daß gerade auch sie der amerikanischen Hilfe bedürftig gewesen waren. Ein so besonnener Mann wie Präsident Pompidou muckte immer wieder auf, wenn er die Neigung der Amerikaner verspürte, in Europa mitregieren oder gar vormundschaftliche Ansprüche erheben zu wollen. Besonders krasse Worte fand er, wenn Europa zugemutet wurde, »daß es durch eigene Defizite das militärische, politische und wirtschaftliche Vorgehen der Amerikaner finanziere«; schon mein Verlangen nach einem »organischen Dialog« mit den Amerikanern ging Paris zu weit. Edward Heath und ich wußten zu verhindern, daß wir uns gegen Paris ausspielen ließen, und prompt erhielten wir bittere Briefe aus dem Weißen Haus – mir gegenüber noch etwas vorwurfsvoller formuliert als an die Adresse des britischen Kollegen.

In der Folge und als die Gemeinschaft eine Wachtumskrise nach der anderen überwand, richtete sich die amerikanische Aufmerksamkeit auf die eigenen Wirtschaftsinteressen und darauf, daß sie nicht durch westeuropäischen Protektionismus beeinträchtigt würden. Das war legitim, wenn auch gelegentlich, wie in solchen Fällen üblich, unterschiedliche Maßstäbe angelegt wurden. Als der gemeinsame Binnenmarkt endlich auf die Tagesordnung kam, beschworen die Amerikaner übertrieben aufgeregt die Gefahren einer »Festung Europa«. Ich habe Freunden jenseits des Atlantik nahezubringen versucht, daß unser Eigeninteresse für einen möglichst freien Welthandel spreche, und gefunden, daß dies aus der Sicht der deutschen, exportorientierten Wirtschaft besonders einleuchtend sei. Ich habe auch auf die Tatsache hingewiesen, daß sich zahlreiche amerikanische Unternehmen in den Ländern der Gemeinschaft bestens eingerichtet hätten. Multinationale Gesellschaften haben in den letzten Jahrzehnten eigene Strukturen entwickelt, Strukturen, die mit den früher üblichen Wirtschaftsverbindungen von Land zu Land nicht mehr zu vergleichen sind. Diese Seite der Medaille hat sich freilich erst ansatzweise ins Bewußtsein der politisch Agierenden eingeprägt.

In den achtziger Jahren stellte sich zunehmend die Frage, wohin sich die EG eines Tages ausdehnen werde, nachdem die Süderweiterung nicht nur besser verlaufen war, als die Skeptiker vermutet hatten, sondern sich als eine regelrechte Erfolgsgeschichte entpuppte. Spanien und mit gewissem Abstand auch Portugal erfuhren eine beeindruckende wirtschaftliche Belebung. Ernste Begleiterscheinungen, vor allem Probleme der sozialen Anpassung, ließen sich nicht vermeiden und sind keine Besonderheit einer EG-Mitgliedschaft. Griechenland hatte unverkennbare, doch nur unzulänglich genutzte Vorteile von der Mitgliedschaft. Diese war, so hatte ich mich nach dem Sturz der Militärdiktatur an Ort und Stelle überzeugt, in erster Linie angestrebt worden, um die neue Demokratie sichern zu helfen.

Die Türkei drang darauf, ihr Assoziationsabkommen mit der Gemeinschaft durch Vollmitgliedschaft abzulösen. Aber die Folgen, die die Freizügigkeit zeitigen würde, waren unübersehbar, und so sprach die Vernunft dafür, die Entscheidung aufzuschieben. Die Inselstaaten Malta und Zypern waren der Gemeinschaft assoziiert, so auch mehrere Anrainerstaaten des Mittelmeers, mit Einschluß Israels. Die Zusammenarbeit mit der mediterranen Region auszubauen erscheint logisch, ihr wird und muß auf der Tagesordnung der Gemeinschaft ein herausgehobener Platz zukommen.

Mit den mehr als fünfzig Ländern der AKP-Gruppe – einst von den europäischen Kolonialmächten abhängigen Gebieten in Afrika, der Karibik und dem Pazifik – hat »Brüssel« ein System entwickelt, das eine gewisse Stabilisierung von Exporterlösen ermöglichte. Die Erwartungen der Partner konnten bei weitem nicht erfüllt, aber immerhin positive Akzente einer entwicklungspolitischen Zusammenarbeit gesetzt werden, die über diese besondere Ländergruppe hinausreichte. Regionale Initiativen kamen hinzu, so gegenüber den ASEAN-Staaten und den Ländern Zentralamerikas. Es waren Initiativen, die westlichen Interessen gerade auch dann entsprachen, wenn Washington die Dinge anders sah.

Es bleibt die Frage: Was wird aus den übriggebliebenen Ländern der Europäischen Freihandelszone (EFTA)? Österreich hat im Frühsommer '89 sein Beitrittsgesuch eingereicht, es allerdings an die Voraussetzung geknüpft, daß seine Neutralität nicht tangiert werde. Schweden gab zu erkennen, daß es wirtschaftlich so eng wie möglich mit dem Gemeinsamen Markt verbunden sein, aber seine Bündnisfreiheit in keiner Weise zur Disposition gestellt sehen möchte. Dies gilt erst recht für Finnland. Island, der NATO zugehörig, stellt einen Sonderfall dar. Und Norwegen? Es sieht aus, als stehe das einstige Nein nicht mehr und als suchten die Norweger nach einem Weg, der nun auch ihnen die Mitgliedschaft in der Europäischen Gemeinschaft ebnet. Hindernisse, die sich aus dem Status ergeben könnten, gibt es ohnehin nicht. Norwegen gehört seit der ersten Stunde zur NATO.

Mit der COMECON-Gruppe und einzelnen ihrer Mitgliedsstaaten hat die EG in den achtziger Jahren Rahmenabkommen geschlossen, die mancherlei Möglichkeiten in sich bergen. Doch fühle ich mich überfordert, wenn ich sagen sollte, ob sich die EG zu einem gesamteuropäischen Gebilde ausweiten wird. Die größere Wahrscheinlichkeit spricht für eine unterschiedliche Dichte im Verhältnis zur Gemeinschaft, wenn auch – über mancherlei Unebenheiten hinweg – mit der Tendenz zu einem viel höheren Maß an europäischer Gemeinsamkeit, als dies noch in den frühen achtziger Jahren für denkbar gehalten wurde.

Tapetenwechsel

Ein Bewußtseinswandel, der die geistig regsamen Schichten besonders erfaßte und bis in die höheren Ränge der regierenden Parteien reichte, hatte in »Osteuropa« lange vor Gorbatschow begonnen; Ankündigungen und Anstöße, von Moskau ausgehend, haben dem in den Ländern zwischen Deutschland und Rußland ohnehin ungleichzeitigen Wandel ungleichmäßige Schubkraft verliehen und Wirkung auch dort gezeigt, wo man sich von dem Perestroika-Wirbel gestört fühlte oder – wie der Politbüro-Ideologe Hager in Ostberlin – fragte, ob denn die eigenen Tapeten gewechselt werden müßten, wenn der große Nachbar dies zu tun für richtig halte. Es war ein vielschichtiger Prozeß, der sich Bahn brach. Der Drang nach demokratischer Entscheidung, nach gesellschaftlicher Vielfalt und wirtschaftlichem Gewinn hatte sich vielfach Ausdruck verschafft, bevor das Wort Erneuerung in der Sowjetunion großgeschrieben wurde. Und von mehr Unabhängigkeit und von neuen Formen gleichberechtigter Zusammenarbeit war die Rede gewesen, bevor an der Moskwa europäische Baupläne entworfen wurden.

Auf dem Weg zu neuer Klärung der Begriffe war und bleibt viel Schutt wegzuräumen. Zum Beispiel: Seit die ungarische Rebellion vom Oktober '56 genannt werden durfte, was sie war und was nicht – nämlich ein Volksaufstand und keine Konterrevolution –, galt es, mindestens der Papierform nach, die Ehre derer wiederherzustellen, die besonders schlimmen Justizmorden zum Opfer gefallen waren. Doch wenn in Budapest *nicht* faschistische Ungeheuer ihr Unwesen getrieben und das Volk verführt hatten, wieso sollten dann die Ostberliner Massendemonstrationen vom Juni '53 nicht als das gewürdigt werden, was sie wirklich darstellten? Zunächst nämlich Proteste aus den Reihen der Arbeiterschaft gegen Normendruck und elende

Lebensverhältnisse. Dann, von einer Stunde zur anderen den Inhalt erweiternd und auf viele Städte und Industriereviere übergreifend, das Verlangen nach Selbstbestimmung in allgemeinen, freien Wahlen im besonderen. Bis die Panzer rollten.

Das Stück deutscher und deutsch-sowjetischer Nachkriegsgeschichte, das vom Juni '53 handelt, steht zur Korrektur an. Allerdings, Schauprozesse gegen Abweichler aus den eigenen Reihen, mit entsprechenden Aufträgen an den Scharfrichter, hätte die Führung der Einheitspartei nicht auch noch zu annullieren. Ulbricht, was immer man sonst von ihm halten mochte, hat sich jenem Ansinnen des sowjetischen Apparats entzogen und ist den Beispielen vom Balkan, aus Prag und Budapest nicht gefolgt. Gelegentlich fiel es diesem deutschen Kommunisten, der jede sowjetische Wendung nachvollzogen hatte, sogar ein, die besondere Lage Deutschlands ins Feld zu führen. Und er verzichtete wohl auch nicht auf den Hinweis, daß die führenden Kader der KPD nicht nur durch die Hitlerschen Verfolgungen, sondern auch durch die Stalinschen Säuberungen schwer dezimiert worden seien.

Von Anfang an gab es – aus historischen Gründen und aufgrund gefächerter Interessen der Hegemonialmacht und voneinander abweichender Interessen der jeweiligen Partei- und Staatsapparate – gravierende Unterschiede zwischen den der Sowjetunion vorgelagerten Ländern. Die dominierende Rolle der sowjetischen Besatzungs- und/oder Kontrollmacht hat mancherorts einen falschen Eindruck erweckt. Und die eher bombastischen Texte des Warschauer Paktes sind jahrelang ernster genommen worden, als sie es bei kritischer Würdigung ihres Zustandekommens verdient gehabt hätten. Beim RGW – Rat für gegenseitige Wirtschaftshilfe, COMECON, wie man im Westen sagt – war das Risiko der Überschätzung geringer.

Wie hätte es mir und meiner Generation leichtfallen können, den Bereich des Warschauer Paktes mit dem Begriff Osteuropa gleichzusetzen? Auf der Schule hatten wir damit eher den Balkan bezeichnet. Nach der Teilung des Kontinents bürgerte es sich allerdings rasch ein, den gesamten Raum zwischen Ostsee und Adria so zu nennen. Amerikanische und andere Simplifikateure fanden es nicht schwierig, Weimar und Dresden, Prag und Preßburg und ein wenig weiter in russischer Richtung gelegene Zentren europäischer Kultur dem »Osten« zuzuschlagen. Kein Wunder, daß jenes versunken geglaubte Mitteleuropa schließlich neue Konturen erhalten hat, wenn sie auch nicht immer und nicht überall hinreichend scharf gezeichnet werden.

Im Sommer '47 hatte ich einige Tage in Prag verbracht und über ein aktives, nahezu brodelndes Interesse gestaunt, das die Tschechen mit ihrem eigenen Nachkriegsstaat verband. Ein halbes Jahr später war jene Lebendigkeit wie abgestorben, und es herrschte die robuste Uniformiertheit, die der Staatsstreich über das Land gelegt hatte. Den Kommunisten war es nicht genug gewesen, stärkste Partei zu sein, sie wollten allein das Sagen haben. Daß sie sich für die Vertreibungsexzesse zu Lasten der sudetendeutschen Volksteile hatten mobilisieren lassen, selbst davon hatte die Bevölkerung keinen Vorteil. Auch in Polen, in Ungarn, auf dem Balkan verschachtelten sich die Leidensgeschichten der einen mit denen der anderen; es war wie ein Film, der rückwärts lief. Die Kommunisten hatten mit ihren Völkern gelitten, sich durch viel Opferbereitschaft ausgezeichnet; danach warfen sie sich zu Herren über Tod und Leben auf und verfolgten jene, um deren Mitarbeit sie noch vor kurzem geworben hatten. In ihren eigenen Reihen eröffneten sie wahnwitzige Hexenjagden. Doch das Schicksal der Völker erschöpft sich nicht in ihren Niederlagen, zu denen gerade geistige und moralische Verwüstung gehören.

Die Völker fanden wieder zu sich. Die Veränderungen im europäischen Osten reichten tief und konnten doch erst mit einigem Verzug und nicht immer klar genug wahrgenommen werden. Das kulturelle und religiöse Erbe, nie ganz verschüttet, kam wieder zum Vorschein und überragte bald alles andere sonst. Das neu erstarkte nationale Selbstwertgefühl wirkte um so eindrucksvoller, als es aus der Unsicherheit und der Hilflosigkeit der östlichen Großmacht herauszuwachsen schien. Die Sowjetunion, so das allgemeine Empfinden, hatte in ihrem westlichen Vorfeld erheblich mehr geschluckt, als zu verdauen sie imstande war. Die Attraktivität der westlichen Lebenswirklichkeit, wenn auch überhöht, tat ein übriges. Und mehr noch: Das Bewußtsein, den Menschen in Europa-West verbunden zu sein, war in den Völkern zwischen Deutschland und Rußland lebendig, noch bevor der Wettlauf um Reden und Bilder, das »Gemeinsame Haus« betreffend, einsetzte.

Daß die Europäisierung Europas – zumal im Empfinden und Denken vieler Menschen im »Osten« – Fortschritte machen werde, habe ich in Berlin gespürt und zur Zeit der Ostpolitik gehofft. Wie daraus in absehbarer Zeit ein Stück Realität werden könnte, wurde – gewiß nicht nur für mich – noch in den siebziger Jahren zu einem wichtigen Thema. Wann immer einer von mir den anderen Teil Europas erklärt haben wollte, der Hinweis auf den Unterschied zwischen der Landkarte und dem Relief blieb ihm nicht erspart. In den Jahren nach 1945 hatte noch ein zweifarbiger Strich ausgereicht; Grenzveränderungen, hier und da gestrichelt, waren eingetragen, politische Einebnungen hatten nach keiner besonderen Farbe verlangt. Was sich, in den letzten Jahren sichtbar, veränderte, ließ sich nicht mehr angemessen auf einer zweifarbigen Landkarte darstellen, sondern eher auf einer Reliefkarte, die mit Höhen und Tiefen einen Eindruck von lebendiger Geschichte vermittelt.

1985 war das Jahr, in dem Gorbatschow das Amt des Generalsekretärs übernahm; das des Staatspräsidenten folgte. Mit ihm zogen Leute in die Schaltstellen ein, die in einigem Abstand zur Oktoberrevolution groß geworden waren. Ohne direkten Zusammenhang mit dem Führungswechsel im Kreml, sondern durchweg aus Altersgründen hatte sich in den meisten Ostblockstaaten, nicht in Polen, personeller Wandel angedeutet. Mein Eindruck: Der neue Mann in Moskau wollte lieber Zeit gewinnen als rasch mit einer Reihe von neuen Gesichtern bekanntgemacht werden. Meine Schlußfolgerung: Die alten Führungen blieben länger, als sie selbst gerechnet hatten. Für Gorbatschow ging es um mehr denn um etwas jüngere oder ältere Gesichter. Er war darauf aus, sich im Verhältnis zum eigenen Paktsystem – und erst recht zu einigen kostspieligen Engagements in anderen Teilen der Welt – militärisch und finanziell zu entlasten; Gründe der politischen Strategie und der volkswirtschaftlichen Gesamtrechnung ergänzten einander.

In Ostberlin – wo ich '85 formvollendet wahrgenommen wurde – hätte es sich nicht gehört, Erich Honecker nach seinem Nachfolger zu fragen. Aber ihm war natürlich nicht verborgen geblieben, daß man auf der obersten Etage der DDR, wenn auch hinter vorgehaltener Hand, darüber tuschelte, wer anstelle des Mannes, der einmal von der Saar gekommen war, Generalsekretär der SED werden sollte; die Namen sind sämtlich aus der Diskussion verschwunden. Daß er Staatsratsvorsitzender bleiben werde, und zwar nicht nur pro forma, galt als ausgemacht. Aber gerade in der DDR ging es nicht allein um die Nummer eins. Eine erhebliche Überalterung kennzeichnete die führenden Gremien; ihre Mitglieder hatten ihre prägenden Erfahrungen allesamt in der Zwischenkriegszeit und im Überlebenskampf vor 1945 gewonnen. Was macht man in einer solchen »Notlage«? Man verweist auf einen kommenden Parteitag, der sich ganz nach Bedarf verschieben oder auch vorziehen läßt.

Als Honecker 1987 seinen immer wieder hinausgezögerten Besuch in der Bundesrepublik abwickelte, feierte er einen kleinen Triumph über jene Russen, die den Ausflug an den Rhein immer wieder hintertrieben hatten. Und er fand seine Linie aus den frühen achtziger Jahren bestätigt, sich verschlechternde Beziehungen zwischen den Weltmächten nicht unbedingt und ohne Not auf das Verhältnis zwischen den beiden deutschen Staaten durchschlagen zu lassen. Die Haltung Gorbatschow gegenüber war von distanzierter Freundlichkeit und ohne jede Unterwürfigkeit. Honecker hatte es schon mit anderen Führern im Kreml zu tun gehabt und verfügte, wenn er sie nutzen wollte, zur Moskauer Zentrale über Informationsdrähte, die nicht auf das Generalsekretariat beschränkt waren. Mich ließ er, wohl wissend, daß ich in der sowjetischen Hauptstadt gerade die nicht sonderlich populäre Antialkohol-Kampagne beobachtet hatte, fragen: »Wir gehen doch wohl weiter den *deutschen* Weg?« Durch meine eher scherzhafte Antwort hatte ich nicht bewirken wollen, daß zum Mittagessen – zum »Frühstück« im Sinne des Protokolls – vorweg Wodka serviert werde. Aber so geschah es, und der Hintersinn lag darin, daß die Landsleute ein westdeutsches Produkt aufgetrieben hatte, dessen Markenname mit dem des sowjetischen Generalsekretärs korrespondiert.

In Budapest fühlte sich Janos Kadar durch die Veränderungen »bei den Russen« bestätigt, aber er sah darin keine Aufforderung, das persönliche Engagement zeitlich zu verlängern. Er war müde geworden und zufrieden, daß er unter sehr schwierigen Verhältnissen Schlimmeres für sein Volk hatte verhindern können. Seinem Wunsch, in den Ruhestand zu treten, wurde nicht entsprochen, und dabei spielte der Rat der »sowjetischen Freunde« sicherlich nicht die geringste Rolle. Die Umstände, unter denen ihm im Frühjahr '89, wenige Monate vor seinem Tod, seine Restfunktionen abhanden kamen, erschienen mir weder angemessen noch würdig. Ich habe dies so zum Ausdruck gebracht, daß es auch im neuen Budapest verstanden wurde.

Kadar ist derjenige unter den Ostblock-Führern, denen ich über alle Routine hinweg am nächsten gekommen bin. Er und ihm zugetane Mitglieder einer Führung, die noch nicht durch Sturheit deformiert war, haben uns mit orientierenden Hinweisen geholfen, als solche noch nicht leicht zu erlangen waren. Dabei übersahen sie nicht den eigenen, ungarischen Vorteil. Kadar ließ die Menschen reisen und reden; zu einem bestimmten Zeitpunkt war er der einzige Parteiführer im Block, der sich hätte zur Wahl stellen können. Seine Sehnsucht war, daß Europa wieder zusammenwachse und die Spaltung, nämlich die der Arbeiterbewegung, eines Tages überwunden werde. In seinem Amtszimmer hing jenes Bild, das Mao in Moskau zeigt, zusammen mit den Führern der »Weltbewegung«, und er ließ es auch hängen, als die Moskowiter darüber die Nase rümpften. Für mich eindrucksvoller, im Gästehaus außerhalb der Stadt, Frühjahr '78, in einem langen abendlichen Vieraugengespräch: »Müssen wir eigentlich die Schlachten von 1914 oder 1917 immer noch einmal schlagen? Sind es nicht ganz andere Fragen, denen sich Sozialisten heute zu stellen und künftig zu stellen haben werden?« Wer wollte dem vom Ansatz her widersprechen? Doch aller resignativen Lebensweisheit zum Trotz, von klaren Gedanken über einen demokratischen Sozialismus blieb er weit entfernt, anders als einige seiner Mitarbeiter und – konsequenter – mehrere aus der Nachfolgergeneration.

Anfang der fünfziger Jahre war Kadar – wie Gomulka in Polen – unter der Anschuldigung des Titoismus eingesperrt und auch gefoltert worden. Darüber hat er nie zu mir gesprochen, wohl aber zu erkennen gegeben, was ihn bis zuletzt bedrückte – das Schicksal, das die Partei 1949 ihrem Kronprinzen, dem Innenminister Laszlo Rajk, bereitet hatte. Rajk sollte »der Sache« durch ein Falschgeständnis helfen und danach unter veränderter Identität woanders weiterleben können. Statt dessen wurde er gehängt. Daß ein knappes Jahrzehnt später Kadar – und nicht die sowjetische Seite – die Zusage freien

Geleits an Imre Nagy und seine Kameraden, die in der jugo-slawischen Botschaft Zuflucht gesucht hatten, gebrochen habe, er-scheint nicht überzeugend. Daß er 1956 ein Arrangement mit der Besatzungsmacht für geboten hielt, dazu stand er als Ungar und als Kommunist – in dieser Reihenfolge.

In Prag machte Gustav Husak, als ich ihm in jenem Jahr '85 Visite machte, nicht einmal den Versuch, seine körperliche Hinfälligkeit zu verbergen; um eine Nachfolge schien er fast zu bitten. Als ihm diese im Amt des Generalsekretärs endlich zuteil wurde, war ein Signal zur Erneuerung daraus nicht zu entnehmen. Das einst so goldene Prag mochte sich neuen Glanz nicht zulegen. Es blieb grau und roch säuerlich, wie seit Jahren.

Die herrschende Partei brachte weder die Kraft auf, die auf das stalinistische Konto gehenden Verbrechen beim Namen zu nennen, noch vermochte sie die verderbliche Fehleinschätzung des Prager Frühlings zu korrigieren, geschweige denn die »Konterrevolution« zu verurteilen, die den vom Volk getragenen Reformkommunisten angehängt worden war. Die Leidtragenden jenes Frühlings, Intellek-tuelle vor allem, sammelten sich im Zeichen einer »Charta 77« zu überwiegend lautlosem, aber zähem Widerstand. Der herrschende Apparat konnte mit dem Trauma von '68 nicht fertig werden und mit den Ideen der Charta auch nicht.

Auch Todor Schiwkow in Sofia – länger im Amt als alle anderen, nämlich seit 1955 – zeigte keinerlei Scheu, über die erwartete Ablö-sung zu sprechen: Es habe sich in seinem Land viel voranbewegt (was sich leicht feststellen ließ, nicht nur in manchen Anzeichen poli-tischer Offenheit, sondern vor allem in beachtlichen technologischen Fortschritten), aber nun sei frisches Blut vonnöten. Dies änderte dann doch nichts daran, daß er blieb und seine vorzeitig ins Gerede gekommenen Nachfolger politisch überlebte.

Bukarest hatte ich im Jahre '85 nicht besucht. Daß der dortige Führer sich eher einmauern denn öffnen würde, war auch auf Ab-stand leicht festzustellen. Schon als ich im Frühsommer '78 aus der bulgarischen in die rumänische Hauptstadt gekommen war, hatte mich das Gefühl beschlichen, aus einem halbwegs angenehmen Klima in das eines schwer erträglichen Byzantinismus geraten zu sein. Dabei war ich durchaus nicht voreingenommen, sondern aufgrund voraufgegangener Selbständigkeit eher freundlich gestimmt. Aber wenn das Wort vom Personenkult (einschließlich derer, die bei Tisch zuhören und applaudieren durften) irgendwo seine Berechtigung hatte, so in Ceausescus Rumänien. Der Mann an der Spitze hielt es in der Folge nicht einmal mehr für geboten, Briefe zu beantworten, die ihm wegen der rücksichtslos antieuropäischen Behandlung von Minderheiten oder wegen des Kontaktverbots für frühere Würdenträger, zum Beispiel Außenminister, geschrieben worden waren. Daß sich die Bukarester Verirrungen nicht auf der Höhe europäischer Einsicht befanden, war nirgends zu bestreiten. Ist es ein Trost zu wissen, daß sich *government by neurosis* auch in kommunistischer Verkleidung als eine Sackgasse erweist? Mit wieviel Leid ist sie gepflastert, und wie beschwerlich wird die Umkehr sein!

Gorbatschow zögerte nicht und signalisierte, daß die Interessen der Sowjetunion etwas mehr als einen Tapetenwechsel ihrer Nachbarn ertrügen. Gewiß konnte er nicht wollen, daß die Frage nach dem Austritt aus dem Warschauer Pakt irgendwo ernsthaft gestellt würde. Aber er wies es von sich, zu drohen; was man die Breschnew-Doktrin nannte und was 1968 durch den Einmarsch in die Tschechoslowakei traurige weltpolitische Berühmtheit erlangt hatte, sollte der Vergangenheit angehören. Jetzt strichen führende Russen jenes positive Beispiel heraus, das von Finnland gesetzt worden war. Der Generalsekretär in Moskau hatte jedenfalls nichts dagegen, daß seine europäischen Nachbarn ihre Beziehungen zum Westen so produktiv wie möglich gestalteten, sich auch um enge Zusammenarbeit mit Organisationen bemühten, die ursprünglich gegen den (kommunistischen) Osten konzipiert waren; wenn sich auf diese Weise Vorurteile, auch zugunsten der Sowjetunion, abbauen ließen, um so besser. Daß aus den Teilhabern am Warschauer Pakt stärker als zuvor eigenständige Vorschläge zu Fragen der europäischen Sicherheit auf die Tische kämen, brauchte aus neuer Moskauer Sicht ebenfalls nicht zu schaden. Im Gegenteil, es konnte Eis brechen helfen, so es solches noch zu brechen gab.

Honecker und seine wahrlich nicht vor Jugendfrische strotzende Führungsriege in Ostberlin waren ökonomisch relativ erfolgreich – in ihrem Bereich unter den Bedingungen ihres Ordnungssystems und allemal im Vergleich zu »den Russen«, über die es dann auch hieß, die sollten »sich mal wieder melden, wenn sie unser Niveau erreicht haben«. Die Lieferungen aus der DDR waren relevant. Noch arroganter, auf eine unangenehm »preußische« Art, äußerte man sich über die »polnische Wirtschaft«. Als jedoch, noch kurz vor Gorbatschow, die Kremlführung umschaltete und die Isolierung der Bundesrepublik betrieb und als, auch unter Gorbatschow, Moskauer Positionskämpfe die Lage verunklarten, stellte Honecker mit seinen Mannen sich stur und ließ die Ampel stehen, wo die stehen sollte: auf zuverlässig entspannungstreu. Die nackten Überlebensinteressen der Deutschen in Ost und West wogen so schwer, daß die in beiden Deutschland Regierenden – bei allem, was sonst trennte – Übereinstimmung artikulierten: Ein etwaiger neuer Kalter Krieg sollte nicht zu Lasten der Menschen diesseits und jenseits der Trennungslinie gehen und schon gar nicht in eine militärische Konfrontation münden. Das innere Verharren in dogmatischen Positionen hinderte die »ostdeutsche« Seite nicht, ihre eigene äußere Interessenlage zu definieren und sich gelegentlich auch dort problembewußt zu zeigen, wo es »den Russen« anders lieber gewesen wäre.

Waren es im übrigen nur die generationsmäßigen Besonderheiten der DDR-Führungsriege, die sie hinderte, sich mit der eigenen Geschichte und Vorstellungswelt kritisch auseinanderzusetzen? Und zu Absurditäten wie jener Achse Ostberlin–Bukarest führten, deren einzige Ratio in dem trotzigen Bekenntnis lag, Gorbatschow und seinen Leuten zu zeigen, »daß wir auch noch da sind«? Nein, die Ursachen liegen tiefer und rühren an das Dasein eines Staatswesens ohne eigene Identität. Wo auch die nationale Zusammengehörigkeit innere Einheit nicht stiften kann, was bleibt da noch? Der Grat zwischen brutaler Machtausübung und deutscher Selbstbehauptung ist zu schmal, als daß ihn auch eine jüngere Führung längere Zeit begehen könnte.

Man sprach von Ungarn und Polen als den »fortschrittlicheren«, auf dem Wege zu Öffnung und Demokratisierung weiter als andere vorangekommenen Ostblockländern. Eine solch besondere Zuordnung ist zu vertreten; Vergleiche im übrigen sind nicht angezeigt. In Ungarn und Polen war seit Jahr und Tag kulturelle Vielfalt erprobt und geübt und die Forderung nach politischem Pluralismus nicht allein von außen und von unten, sondern auch durch einen ins Gewicht fallenden Teil der Führung dringlich gemacht worden. Mit durchaus typischen Abweichungen: In Ungarn dominierte eine reformkommunistische Kraft und beförderte, allen leninistischen Aufschriften zum Trotz, ein Mehrparteiensystem; die Möglichkeit zurückzutreten, wenn es die Wähler so wollten, wurde eingerechnet. In Polen brach sich eine Entwicklung Bahn, die weder am »Runden Tisch« zwischen Regierung und Opposition vorherbestimmt wurde noch Vorstellungen derer entsprach, die »Solidarnosc« repräsentierten.

»Solidarität« als unverbrauchte und aus jedem herkömmlichen Rahmen fallende Gewerkschaft, das ließ sich begreifen. Als eine Bewegung, in der Intellektuelle und Arbeiter zusammengingen und der Rückendeckung durch die Kirche sicher waren, auch das ließ sich nachvollziehen. Polen war eben wieder Polen geworden. Daß die Arme jener Kirche lang und gelenkig genug waren, um fast alles zu segnen, was dabeisein wollte, verstand sich nicht von selbst. Und trotzdem: Wer nichts von Spontaneität ahnt und nichts von ihren anarchosyndikalistischen und linkskommunistischen Auslegern (oder Vorläufern) und ihren korporatistischen Geneigtheiten weiß, möge gar nicht erst auf den Gedanken kommen, »Solidarnosc« verstehen zu wollen. Mrs. Thatcher wunderte sich über den Tag hinaus, als ihr an der polnischen Ostseeküste die Genugtuung zuteil und von simplen »trade unionists« gehuldigt wurde. Aber auch das war »Solidarnosc«, bevor sie selbst in staatliche Verantwortung hineinwuchs: die sehr viele und sehr verschiedene Kräfte umfassende Opposition gegen das herrschende Regime.

Kern der Sache und Feststellung von epochaler Bedeutung: Sozialismus ohne Demokratie ist widersinnig und funktioniert nicht einmal. Die Einsicht reicht weiter als das Zugeständnis, daß weder eine Partei auf die Wahrheit noch eine Klasse auf den Fortschritt ein Monopol besitzt. Und tiefer als das Bekenntnis, daß die Ausgänge jenes Prozesses, den wir Geschichte nennen, offen sind.

Es ging ja auch nicht nur und vielleicht nicht einmal zuerst um den »Überbau«. Die Erfahrung hatte gezeigt, daß strukturelle Veränderungen – mit mehr Freiheiten für Produzenten wie Konsumenten – erforderlich seien, um die immer mehr bergab führenden Planwirtschaften modernen Erfordernissen anzupassen, wenn denn noch etwas anzupassen war. Die abgehobenen Planungsbehörden hatten mit dem technologischen Wandel nicht andeutungsweise Schritt halten können, und sie standen der Kreativität und der persönlichen Initiative weithin im Wege. So erfuhr man beweiskräftig, daß es zwar schwierig ist, soziale Gerechtigkeit unter den Bedingungen der Marktwirtschaft zu verwirklichen, daß sie aber ohne sie erst recht unerreichbar bleibt.

Einem Mann wie Wojciech Jaruzelski mußte man davon nicht erst erzählen; er wußte es. Es war an einem Sonntagvormittag im Dezember '85. Ich hielt mich in Warschau auf, um gemeinsam mit den polnischen Gastgebern der Unterzeichnung unseres Vertrages vor fünfzehn Jahren zu gedenken. Einem unvergeßlichen Chopin-Konzert im Geburtshaus des Komponisten folgte ein überaus angenehmes und anregendes Essen in einem der früheren Radziwillschen Schlösser; Jaruzelskis Frau Barbara, an der Warschauer Universität Germanistik lehrend, spricht ein perfektes Deutsch und ist in der vergangenen wie der gegenwärtigen deutschen Literatur zu Hause. Der General, Patriot bis in die Fingerspitzen und sich der Tragik bewußt, daß ihm Wind unter den Flügeln fehlte:

»Sie haben gesagt, und dies freut uns, daß Europa Polen brauche. Fügen Sie, bitte, noch hinzu, daß der Friede ein stabiles Polen braucht.«

»Die Polen haben es gern, bewundert zu werden, ob sie draußen oder drinnen kämpfen oder leiden... Aber, verstehen Sie, bitte: Wir möchten endlich ein normales Volk werden.«

»Ein Staat ohne Demokratie kann nur zeitweise stark sein; langfristig kann er nur stark sein, wenn er demokratisch ist.«

»Ich will einer Versöhnung nicht im Wege stehen.«

Der Mann war komplizierter, als die meisten seiner Widersacher ahnten: nicht nur ein gut ausgewiesener Offizier und Manager in Sachen Militär, auch nicht nur kulturbewußt und in europäischer Tradition wurzelnd, auch nicht die Andeutung von servil gegenüber dem großen Nachbarn im Osten. »Uns ist es in Sibirien auch nicht nur gutgegangen« – so seine Worte.

1981 hatte ich Breschnew gefragt, was er von Jaruzelski und von der Lage in Polen halte. Er zeigte zuerst auf den armen, schrecklichen Parteipapst Suslow. Der schüttelte sich vor Unbehagen, war er

Tapetenwechsel   473

doch verdonnert worden, zum bevorstehenden polnischen Parteitag
zu fahren. Den wußte er erkennbar nicht zu beeinflussen; er starb
bald darauf. Breschnew tags darauf im Auto über Jaruzelski: »Wir
kennen ihn, er war lange Verteidigungsminister. Ein anderer, den
wir noch besser kennen, kriegt wohl keine Mehrheit.« Jener andere
war Stefan Olszowski.

Daß die Partei völlig abgewirtschaftet hatte, teilte sich der sowjetischen Führung erst mit beträchtlicher Verspätung mit. Im Dezember '80 hatte die militärische Führung in Moskau noch für eine Intervention plädiert, aber nicht die politische Zustimmung – vor allem
nicht die Breschnews – gefunden. Der Ausweg: eine Notstandsdik-
tatur, nach dem Wortlaut der polnischen Verfassung mit dem Titel
»Kriegsrecht« belegt. Der Selbstbetrug eines Teils der bisherigen
Führung: Er könne sich aus dem Morast befreien, indem er sich an
die Rockschöße des Generals hänge. Ergebnis: Jaruzelski wurde zur
verhaßten Figur nicht nur bei den eigenen Landsleuten, sondern
auch in weiten Kreisen des Auslands; selbst in der Sozialistischen Internationale ließ sich kaum noch differenziert argumentieren, und
der deutsche Bundeskanzler wurde in Washington wie in Paris ungerecht angegangen. Magerer Trost: Man konnte Sturköpfe in Moskau, Ostberlin oder Prag fragen, ob sie ahnten, wie viele Male sich
Lenin in seinem Sarkophag umdrehen würde, wenn er erführe, was
heutzutage einen kommunistischen Staat in Europa kennzeichne –
»ein General an der Spitze und eine Kirche, deren Einfluß über den
der Partei weit hinausreicht«.

Für einen deutschen Sozialdemokraten war es, und dies gilt nicht
nur für Polen, oftmals schwer, mit den Regierenden angemessen umzugehen und doch dem Mißverständnis zu entgehen, man halte das
Ringen demokratischer Oppositionen für politische Folklore. Gewiß, ich habe Andrej Sacharow erst im Frühjahr '88 in seiner Moskauer Wohnung besuchen dürfen, aber – in diesem wie in anderen
Fällen – durch eine Vielzahl von Hinweisen dazu beitragen können, daß er aus der Verbannung zurückkehrte. Ich habe 1985 den
»offiziellen« Besuch in Warschau nicht mit einem Abstecher nach
Danzig verbinden können, wohin mich Lech Walesa eingeladen
hatte, doch mit einer Reihe seiner Mitarbeiter ausführlich beraten.
Mit Jaruzelski sprach ich lange über die Reisemöglichkeiten jenes

Professors Bromislaw Geremek, der 1989 Fraktionsvorsitzender der
»Solidarnosc« im Sejm werden sollte; der General kam noch kurz
vor meiner Abreise ins Gästehaus, um mich mit abstrusen Einwänden seines Sicherheitsapparats vertraut zu machen. Jahre zuvor hatte
ich mich während langer Gespräche mit Generalsekretär Edward
Gierek für Adam Michnik verwendet, dessen rastlos-freiheitlicher
Geist ihn mit den Oberen immer wieder in (auch freiheitsraubende)
Konflikte geraten ließ. Was der gute Gierek wohl gedacht haben
mag, als Michnik erstens Chefredakteur der oppositionellen Tageszeitung in Warschau wurde und zweitens auch noch eine Einladung
nach Moskau erhielt, um dort seine eigenwilligen Thesen zu verbreiten?

Den traurigen Spitzenplatz in puncto Kleinlichkeit und Schikane
behielten die tschechischen Apparatschiks. Zu meinen guten Bekannten, obwohl ich ihn nie getroffen hatte, gehörte Jiri Hajek, Außenminister während der Dubcek-Ära, einer jener linken Sozialdemokraten, die sich nach dem Krieg der KP angeschlossen hatten. Er
kannte mich besser als ich ihn, denn er saß im KZ Fuhlsbüttel zusammen mit einem meiner engen norwegischen Freunde, dem Journalisten und späteren Staatssekretär Olav Brunvand. Hajek gehörte
zu den Initiatoren der »Charta 77«. Man ließ es ihn vergelten, auch
dadurch, daß dem Sohn das Studium verwehrt werden sollte. Husak
versprach mir in die Hand, die Sache in Ordnung zu bringen. Doch
noch einmal wollte die Staatssicherheit zeigen, daß sie mehr zu sagen
habe als der Staatspräsident. Schließlich und nach manchen Mühen
konnte der junge Hajek doch nach Oslo ausreisen und studieren.
Den Vater sah ich zum erstenmal in meinem Leben, als ich, Juni '89,
in Stockholm weilte und er von dort zurück nach Prag reiste. Noch
Anfang jenes Jahres hatte er nicht an dem Bonner Essen teilnehmen
dürfen, das Bundespräsident von Weizsäcker anläßlich meines 75.
Geburtstages gab.

Das Verhältnis zu alten und neuen (und wiederentstehenden) Parteien im anderen Teil Europas beansprucht viel Aufmerksamkeit.
Die nach vorn weisenden Fragen zu beantworten erfordert Klugheit
und Mut. Doch ohne die saubere Aufarbeitung der Vergangenheit
ist nichts getan; das geht auch und gerade an die Adresse der SED.
Wer will im übrigen wissen, wie sich bis zur Jahrtausendwende die

Dinge im sogenannten Osteuropa gestalten werden? Wie eng bleiben die Länder oder einzelne von ihnen mit der Sowjetunion verbunden? Wie entwicklungsfähig sind auf kürzere Sicht die Beziehungen zum Europa der Gemeinschaft? Ich habe die Antworten nicht, wohl aber erscheint mir einleuchtend, daß nichts mehr sein wird, wie es in Stalins Schatten war.

Eckpfeiler

Mit seiner phantasievollen Inanspruchnahme Europas als eines »Gemeinsamen Hauses« hat Michail Gorbatschow beträchtlichen Erfolg gehabt. Im Westen noch mehr als im eigenen Land. Dabei war das Bild *so* neu nicht, und das Pathos, mit dem es angepriesen wurde, übertraf nicht selten die konzeptionelle Klarheit. Als ich vor gut zwanzig Jahren – von Außenminister zu Außenminister – Andrej Gromyko zum erstenmal in New York traf, meinte auch er schon darauf hinweisen zu müssen, daß wir uns »unter einem gemeinsamen europäischen Dach« befänden. Oder befinden sollten? Jüngeren Datums ist der selbstbewußte Hinweis eines bedeutenden russischen Clowns: Es bereite ihm keine Schwierigkeiten, Angehörige von zwanzig Nationen in seinem Haus unterzubringen. Das war weniger sensationell als sympathisch und gewiß hilfreich gemeint.

Das Bild vom »Gemeinsamen Haus« suggeriert, daß dessen Bewohner verträglich miteinander umzugehen hätten. Und daß sie miteinander viel für ihr Wohlergehen tun könnten, statt sich, wie Generationen zuvor, das Leben zur Hölle zu machen – nicht in einer gemeinsamen Behausung, aber doch auf gemeinsamem Gelände. Im übrigen soll ja auch ein gemeinsames Dach die Menschen nicht nur zu Freundlichkeiten anstiften. Gleichviel, bevor ein Haus errichtet wird, ist zu klären: Wie weit reicht jenes Gelände? Doch wohl kaum bis Wladiwostok? Wo sollen Pfeiler eingerammt, wo Zäune angebracht werden? Und wie bleibt Amerika mit Europa verbunden?

Bis weit in die Zeit nach dem Zweiten Weltkrieg stritten sich die beiden halbeuropäischen Weltmächte um die Verfügungsgewalt über Europa, während Verwalter, Mieter und Untermieter ihre Not hatten, sich Etagen, Wohnungen und Zimmer zuzuteilen und deren Ausstattung zu regeln. Wie sollte ein »Europäisches Haus« genannt werden dürfen, wenn dessen Ordnung nicht jene bestimmen, die dort wohnen und groß geworden sind? Die Chance, die sich uns Anfang der siebziger Jahre bot, war begrenzt. Sie handelte davon, daß Europa an dem Bemühen um Entspannung zwischen den Weltmächten teilhabe und nicht etwa abgekoppelt werde. Ein »Gemeinsames Haus« in den Blick zu nehmen hätte uns bei weitem überfordert. Es ging um halbwegs geordnete – »zivilisierte« – Nachbarschaft zwischen zerstrittenen Parteien und ihren Hintersassen, nicht mehr, aber auch nicht weniger.

In einem nächsten Schritt galt es, so die Rahmenbedingungen es zuließen und Beteiligte sich nicht querlegten, Elemente guter Nachbarschaft zusammenzufügen. Dabei hatten wir sehr wohl vor Augen, daß das kommunistische System nicht ewig währen würde und eines Tages überflüssige Zäune und hinfällige Sperren im Gelände abgebaut werden könnten. Ich hatte es angedeutet, als ich 1960 zum Kanzlerkandidaten nominiert wurde, hernach nicht mehr. Es hätte allzu blauäugig ausgesehen.

Wer auch hätte wissen können, ob und wann sich, angesichts des Gegensatzes nicht nur zwischen Machtblöcken, sondern eben auch zwischen Gesellschaftssystemen, das Thema eines »Gemeinsamen Hauses« stellen würde? Daß mit gemeinsamen Tischen im Freien auch schon einiges gewonnen wäre, dessen konnte man allerdings sicher sein. Was durch die kleinen Schritte, die Vertragspolitik und den gesamteuropäischen Ansatz von Helsinki erreicht wurde, blieb immer noch hinter den Erwartungen vieler Beteiligter zurück. Und doch sind auch die bescheidenen Veränderungen den Europäern nicht übel bekommen. Ließ es sich nicht besonders augenfällig an vermehrten Reisemöglichkeiten zwischen den beiden deutschen Staaten ablesen?

Wir, in unserem Teil Europas, taten jedenfalls gut daran, es nicht den Weltmächten allein zu überlassen, unter welchen Vorzeichen und in welchen Abschnitten der Ost-West-Konflikt entmilitarisiert würde und auch sonst seinen Charakter änderte. Es waren unsere eigenen Angelegenheiten, und die handelten von Bodengewinn für sachliche Kooperation und menschliche Erleichterung. Wirklichkeitssinn legte damals und legt heute die Vermutung nahe, daß die Teile Europas weder in einem nebulösen Ganzen aufzulösen noch in perfektionistische Baupläne einzufügen sind, sondern daß in einem im einzelnen nicht berechenbaren Prozeß die Teile – als Teile, Staaten, Gemeinschaften – in ein neues und vermutlich produktives Verhältnis zueinander gelangen.

In das Bild vom »Gemeinsamen Haus« fügte sich die Wunschvorstellung, daß Hausfriedensbruch nicht stattfinden oder, so er doch geübt werde, zu ahnden sei. Es lud zu hoffnungsreichen oder bedrückenden, in jedem Fall übertriebenen Erwartungen darüber ein, was uns der Wandel im Osten bescheren werde. Es meldeten sich nicht nur die Herolde rascher Beglückung zu Wort, es traten auch die trainierten Unglücksboten auf den Plan, die die Gefahren erfolgreicher Reformen im bisherigen Ostblock beschworen. Das war Unsinn in mehr als einer Hinsicht. In jedem Fall sprach und spricht die Wahrscheinlichkeit dafür, daß die Sowjetunion eine große und damit potentiell gefährliche Militärmacht bleibt, und das auch dann, wenn sie von Unruhen anhaltend erschüttert würde und der Problemdruck noch zunähme. Man muß nicht sehr weit in die Geschichte zurückblicken, um zu lernen, daß innere Erschütterung sich nicht immer in äußerer Friedfertigkeit spiegelt.

Die Sowjetunion steht für eine jetzt überschaubare Zeit unter dem maßgeblichen Einfluß *einer* Partei, auch wenn dieser ein Stück greifbarer Erneuerung gelingen und sie kommunistisch nur noch dem Namen nach sein sollte. Die irritierenden Einseitigkeiten, die das russische Denken schon lange vor Lenin geprägt haben, werden lange nicht – wenn überhaupt jemals – aufgehoben sein. Mit anderen Worten: Eine Demokratie westlichen Zuschnitts wird sich in der Sowjetunion so schnell nicht etablieren, und dessen sollte jeder, der an einem »Europäischen Haus« mitbauen will, eingedenk sein.

Gleichwohl wäre es töricht, jene historische Zäsur zu ignorieren, die mit dem Namen Gorbatschow verbunden ist. Ich bin sicher, daß nicht unangefochten bleibt, was eingeleitet ist. Und hoffe, daß nicht untergepflügt wird, was erreicht ist. Im übrigen: Auch wenn die Teilung Europas und der Welt – machtpolitisch, ideologisch, ökonomisch – *ohne* größere Modifikation andauerte, würde die objektive Notwendigkeit friedlicher Koexistenz ebenso gegeben sein. Die Welt, wie sie geworden ist an der Schwelle zu einem neuen Jahrhundert, läßt kaum noch Raum für die Illusion absoluter und definitiver Lösungen. Die Organisation und der Ausbau Europas haben sich mir zu keiner Zeit als ein starres Schema dargestellt, nie als ein Entweder-Oder, sondern stets als ein wandlungsfähiger, sehr in sich verschachtelter Stufenplan. Ich habe es nie geschätzt, wenn so getan wurde, als stehe ein noch so wichtiger Teil für das Ganze. Gleich zu Beginn meiner Kanzlerschaft stellte ich klar: Die Außenpolitik meiner Regierung sei in erster Linie europäisch. Doch das bedeutete mehr als nur westeuropäisch – »sie versucht, auch gesamteuropäisch orientiert zu sein«.

Nach einem Jahr im Kanzleramt, Anfang November '70, legte ich vor dem Bundestag meine europapolitischen Ziele »für dieses Jahrzehnt« dar. Alte Bekannte marschierten auf: Erweiterung der EG um die beitrittswilligen Staaten; Errichtung der Wirtschafts- und Währungsunion; westeuropäische diplomatische Zusammenarbeit mit der Zielrichtung einer Politischen Union; Partnerschaft mit Amerika, um auch auf diese Weise weltpolitische Verantwortung zu übernehmen. Dem fügte ich als fünftes, aber nicht am wenigsten wichtiges Element hinzu: »Nicht zuletzt den jeweils gegebenen Möglichkeiten der Kommunikation und Kooperation mit den Staaten Osteuropas nachzugehen und sie im allseitigen Interesse zu nutzen.«

Jene Linie der auswärtigen Politik hatte ich in der Nobelpreis-Rede, Dezember '71, skizziert. Sie war von Thomas Mann einst vorgegeben worden. »Deutschlands Rückkehr nach Europa, seine Versöhnung mit ihm, seine freie [...] Einführung in ein europäisches Friedenssystem« hatte der Dichter noch vor Kriegsende beschworen. Durch Europa kehre Deutschland heim zu sich selbst und den aufbauenden Kräften seiner Geschichte, sagte ich in Oslo und ergänzte: Aus der Erfahrung von Leiden und Scheitern geboren, sei dies der bindende Auftrag der Vernunft. Europa habe seine Zukunft nicht hinter sich. Zusätzlich zum Zusammenschluß im Westen gebe es Chancen für eine europäische Partnerschaft für den Frieden – »wenn ich nicht wüßte, welche praktischen und ideellen Hindernisse noch zu überwinden sind, würde ich hier sogar von einem europäischen Friedensbund sprechen«.

»Für ein größeres Europa«, so das Motto, setzte ich mich im April '72 auf einem Kongreß in Nordrhein-Westfalen ein. In Anwesenheit Jean Monnets beschwor ich das soziale Europa und stellte fest, auch dies sei für uns kein neues Thema mehr. »Monnet und sein Aktionskomitee haben bereits vor einem Jahrzehnt die Bildung eines Kooperationsausschusses zwischen der Gemeinschaft und den osteuropäischen Staaten vorgeschlagen. Ich habe mich selbst dieser Aufgabe gewidmet, als ich noch Berliner Bürgermeister war. Inzwischen scheint die politische Entwicklung, auch wenn man sich von Illusionen freihält, eher dafür zu sprechen, daß frühere Überlegungen auf die Möglichkeit ihrer Verwirklichung abgeklopft werden könnten.«

Der westeuropäische Zusammenschluß einerseits und die Kooperation zwischen West- und Osteuropa andererseits stünden nicht im Widerspruch zueinander, sondern ergänzten sich. »Die westeuropäische Einigung wird nicht beeinträchtigt, wenn die gesamteuropäische Zusammenarbeit Fortschritte macht; ebensowenig werden die gesamteuropäische Sicherheit und Zusammenarbeit beeinträchtigt, wenn die westeuropäische Einigung voranschreitet. Die erweiterte Gemeinschaft formiert sich nicht als Block gegen den Osten, sondern sie kann – auch durch die Stärkung der sozialen Komponente – zu einem wesentlichen Bauelement einer europäischen Friedensordnung werden.«

Und weiter, an gleicher Stelle, in jenem Jahr 1972: »Die Sowjetunion und die osteuropäischen Staaten beginnen zunehmend, die Realität des Gemeinsamen Marktes zur Kenntnis zu nehmen und von ihr auszugehen. Das eigene Interesse spricht dafür, denn wie kann eine Ausweitung der wirtschaftlichen und wissenschaftlich-technologischen Beziehungen zwischen Ost- und Westeuropa ohne die Gemeinschaft als den weithin zuständigen Partner erreicht werden?« Unsere Ost-West-Politik sei »ein Bestandteil der sich langsam herausbildenden Ost-West-Politik des westlichen Europa, überdies abgestimmt in der Atlantischen Allianz« – dies zugleich verstanden »in der beiderseitigen und wechselseitigen Bedeutung für die dauerhafte Organisierung des Friedens in unserem Teil der Welt«.

Wenn es irgendwo eine ungebrochene Kontinuität meines politischen Denkens und Tuns gegeben hat, so auf diesem Gebiet. Dies hinderte böswillige und arg voreingenommene Kritiker dann doch nicht daran, mir gegen alle Vernunft Ostlastigkeit anzudichten; auch der eine und andere professorale Zeitgeschichtler unterstellte modegerecht, meine Entspannungspolitik habe einer soliden Westbindung ermangelt. Ebendiese Vorwürfe waren Gegenstand einer längeren Auseinandersetzung mit dem CSU-Vorsitzenden Strauß im Bundestag, kurz vor meinem Rücktritt vom Regierungsamt: Die Organisation der europäischen Einigung bleibe – erstens – unser geschichtlicher Auftrag; Versuche jedoch, eine solche Einigung gegen Amerika schaffen zu wollen, würden meine Zustimmung nicht finden. Ausgleich und Freundschaft mit den französischen Nachbarn blieben – zweitens – das Kernstück des europäischen Einigungswerkes. »Eine Wahl zwischen Washington und Paris wollen und werden wir uns dabei nicht aufzwingen lassen.« Das Bemühen um Entspannung und Kooperation zwischen den Staaten in Ost und West stehe – drittens – nicht im Gegensatz zur atlantischen Zusammenarbeit und zur westeuropäischen Einigung; »im Gegenteil, unsere Ostpolitik – oder das, was man so nennt – hat im Westen begonnen und wird immer im Westen verankert bleiben«. Wir sähen die westliche Einigung als gute Voraussetzung für die allmähliche Entwicklung einer gesamteuropäischen Zusammenarbeit, und ich fügte hinzu: Aus europäischer Sicht sei es nicht geboten, dem amerikanisch-sowjetischen Dialog mit Mißtrauen oder gar mit Feindseligkeit zu begegnen. Wörtlich: »Gewiß, die Europäer müssen aufpassen, daß ihre aktuellen und künftigen Interessen gewahrt bleiben, aber sie müssen auch achtgeben, daß sie selbst und andere nicht durch mißverständlichen europäischen Eifer zu unvernünftigen Aktivitäten gedrängt werden.« Das Ideal von übermorgen dürfe nicht zur Entschuldigung werden, die Mühsal des Tages zu ignorieren. Ich lehnte es ab, »die Politik der westlichen Partnerschaft und Einigung in Frontstellung zu bringen zum Bemühen um Kooperation zwischen Ost und West oder sich von der zunehmend bedrückenden Problematik im Nord-Süd-Verhältnis abzukapseln«. Dies dürfe nicht die Zeit der schrecklichen Vereinfacher sein, »auch nicht die Zeit derer, die Gefangene der Vergangenheit sind, ohne sich dessen bewußt zu sein«.

Mit anderen Worten: Der westeuropäischen Einigung kam in meinem Verständnis ein eigener, herausgehobener Rang zu; sie war jedoch nicht dazu da, Entwicklungen zu erschweren, die dem gesamten Kontinent zum Vorteil gereichten. Zusammenarbeit auf praktischen Feldern zwischen Staaten in Ost und West hatte ihren eigenen Wert und konnte sogar mehr Sicherheit herauführen. Die Landschaft veränderte sich vorteilhaft, weil teils Washington und Moskau ihre beiderseitigen Interessen neu bewerteten und teils die europäischen Partner auf beiden Seiten des Eisernen Vorhangs die Lage neu einschätzten. Gemeinsame Sicherheit begann ins Praktisch-Politische übersetzt zu werden. So wurde nicht mehr nur allgemein, sondern auch ganz konkret darüber gesprochen, auf welch niedrigeres Niveau die militärischen Potentiale zurückgeführt werden könnten.

Diese Entwicklung setzte sich in der ersten Hälfte der achtziger Jahre gegen Tendenzen durch, die weitere und neue Konfrontation befürchten ließen. Als ein entscheidender Durchbruch, von den meisten nicht gleich als ein solcher erkannt, erwies sich – als Teil des Helsinki-Prozesses – die Stockholmer Konferenz über vertrauensbildende Maßnahmen; im Herbst '86 wurde hier eine weitreichende Verständigung zum Thema Verifikation erzielt. Das vereinbarte System einer Luft- und Landüberwachung begann Anfang '87 zu funktionieren, und zusätzlich mußte die Bewegung von größeren Verbänden Monate im voraus angekündigt werden. In Wien traten 1989 die Verhandlungen über konventionelle Stabilität – teils zwischen den Angehörigen der beiden Allianzen, teils unter Mitwirkung aller europäischen Staaten – in ein erfolgversprechendes Stadium. Wenn die künftigen Höchstgrenzen für Panzer und Truppen, Artillerie und Flugzeuge ausgehandelt und anschließend auch »taktische« Atomwaffen einbezogen sind, haben wir es mit dem Kernstück einer neuen Struktur europäischer Sicherheit zu tun. Die Teilnehmer werden sich durch Inspektion an Ort und Stelle wie durch geeignete Registrierung vergewissern, daß eingehalten wird, was vereinbart wurde.

Ein solches System begrenzter Rüstung führt die Allianzen nicht an ihr Ende. Die Auflösung der Bündnisse voreilig auf die Tagesordnung setzen zu wollen ist und bleibt wirklichkeitsfremd. Daß sie ihren Charakter ändern, wenn sie für die neue europäische Struktur die Funktion einer Schutzglocke übernehmen, ist und bleibt wünschenswert. Der überragende Einfluß, den die Vereinigten Staaten und die Sowjetunion seit dem Zweiten Weltkrieg auf Europa ausüben, wird weiter zurückgehen. Beide Weltmächte werden mit dem Schicksal des Kontinents auf vielfache Weise verbunden bleiben und doch die Europäisierung Europas nicht aufhalten. Eine blockübergreifende Organisation europäischer Sicherheit läßt sich schwer vorstellen, ohne daß die »halbeuropäischen« großen Mächte einbezogen sind. So war es bei dem Mitte der siebziger Jahre von Helsinki ausgehenden Prozeß, so bei den Wiener Verhandlungen. Und so sah es mit zunehmender Klarheit auch die Führung der Sowjetunion; die nordamerikanische Präsenz in Europa als einen »wesentlichen Faktor des friedlichen Zusammenlebens« zu bezeichnen wäre Moskau früher nicht eingefallen.

Nicht beantwortet ist hiermit die Frage nach der künftigen Organisation militärischer Sicherheit für das westliche Europa und die sich – wie rasch? – zur Politischen Union entwickelnde EG. Das Thema angemessener westeuropäischer Mit- und Eigenverantwortung ist nicht spannender, aber auch nicht weniger wichtig geworden, seit Präsident Kennedy vor 25 Jahren der NATO eine Zweisäulenstruktur – hier Nordamerika, da Westeuropa – anempfahl. Versuche, sich in diese Richtung zu bewegen, trugen nicht weit, weder innerhalb der NATO mit einer »Eurogroup« noch außerhalb mit jener Westeuropäischen Union, die einst dazu geschaffen worden war, einer unerwünschten Entwicklung Deutschlands zusätzliche Zügel anzulegen. Ohne Antwort blieb im besonderen die Frage nach dem Kernwaffenpotential Frankreichs und Großbritanniens und seiner Rolle im europäischen Zusammenhang. Die deutsche Politik zeigte sich gut beraten, nicht die Hand nach etwas auszustrecken, was – von der Sinnfrage abgesehen – ohnehin nicht zu haben war.

Perfektionisten sind immer noch und immer wieder geneigt, sich die weitere Entwicklung Europas entweder als eine den gesamten Kontinent umfassende EG oder als ein neues Gebilde gesamteuropäischer Strukturen vorzustellen. Die Geschichte kennt selten ein Entweder-Oder. Ich halte beides für abwegig und rechne statt dessen mit einer erheblichen Bandbreite unterschiedlicher Grade von Zusammenarbeit. Sicher ist, daß unter dem Dach der EG dereinst mehr Europäer leben werden, als heute hier ihren Lebensraum finden. Wahrscheinlich ist, daß die eine oder andere neue Mitgliedschaft realisiert wird, nicht aber eine regelrechte Osterweiterung; ein Vergleich mit der Süderweiterung, die sich allen seinerzeitigen Unkenrufen zum Trotz als beträchtlicher Erfolg erwiesen hat, ist nicht angezeigt, auch und gerade wegen der bestehenden NATO-Zugehörigkeiten.

Wegen der NATO-Mitgliedschaft teilte ich, nach dem Übergang zur Demokratie, die Bedenken meiner spanischen Gesinnungsfreunde. Die Jugoslawen befürchteten, unter sowjetischen Druck zu geraten, wenn in einem anderen Teil des mediterranen Bereichs veränderte strategische Fakten gesetzt würden. Auch von einer Aufnahme Syriens in den Warschauer Pakt war damals die Rede. Die Lage änderte sich, und Felipe Gonzalez setzte den Beitritt nicht nur zur EG, sondern auch zum Atlantischen Bündnis durch – ohne Vollintegration und unter auch sonst für sein Land vorteilhaften Bedingungen.

Die Wahrscheinlichkeit spricht im übrigen für eine gefächerte, unterschiedlich intensive Zusammenarbeit zwischen der EG und den östlichen Staaten mit Einschluß der Sowjetunion; diese werden kritisch-hilfreiche Begleitung auf ihrem Wege gut gebrauchen können. Einem Wege auch, auf dem sie zu verantwortlichen Partnern wichtiger internationaler Organisationen werden.

Ich schließe nicht aus, daß die eine oder andere neue blockübergreifende Institution für Europa als Ganzes ins Leben tritt. Wenn die EG ihre Umweltpolitik zu einem Angebot macht, an dem andere teilhaben können, ist dies sinnvoll und höchst begrüßenswert. Und wenn Nachbarländer sich gemeinsam jener Schutzmaßnahmen annehmen, die nur noch grenzüberschreitend eingeleitet werden können, erledigt sich das Blockdenken fast von selbst. Eine effektive, mit Mitteln und Vollmachten ausgestattete gesamteuropäische Umweltbehörde käme keinen Tag zu früh; ein explosiv gewachsenes Umweltbewußtsein mag helfen, daß nicht noch mehr Zeit vergeht.

Über die Bekämpfung der neuen gesellschaftlichen Gefahren hinaus: Es wäre eine lohnende Aufgabe, wenn Ost und West sich gemeinsam daranmachten, den weltweiten Gegensatz zwischen

Nord und Süd zu überwinden. Eine über die traditionelle Entwicklungshilfe hinausreichende Anstrengung würde dem Ansehen Europas gut bekommen – nicht nur in anderen Teilen der Welt, auch in der eigenen nachwachsenden Generation. Diese fühlt sich durch mancherlei Form konkreter europäischer Zusammenarbeit, ob staatlich oder ob nicht, stärker angesprochen als durch offizielle Texte und Manifestationen.

Die Schlußakte von Helsinki und die Empfehlungen der Nachfolgekonferenzen enthalten viel Stoff, nicht nur für gemeinsame Papiere, auch, wenn man will, für Konventionen, also verbindliches europäisches Recht, auch, wenn man will, für gemeinsames Tun. Im Rahmen des Straßburger Europarats – 23 Mitglieder mit Finnland, das 1989 vom assoziierten zum Vollmitglied wurde – sind seit 1949 weit über einhundert Konventionen zu überwiegend rechtlichen, technischen und kulturellen Gegenständen verabschiedet worden. Jener zum Schutz der Menschenrechte kam dabei die herausragende Rolle zu.

Ich habe es immer als prinzipiell bedeutsam empfunden, daß, hierauf gestützt, sowohl dem griechischen Obristenregime wie der türkischen Militärherrschaft bedeutet werden konnte: Europa kann nur noch mit den Menschenrechten gesehen werden, und wer dazugehören will, hat sich daran zu halten. Nachdem sich das östliche dem westlichen Verständnis angenähert hatte, konnte es niemanden überraschen, daß sich – was immer daraus werden mag – mehrere der östlichen Staaten um Zusammenarbeit mit dem Europarat bemühten. Der war nun von seiner Verankerung in den Menschenrechten und von seiner Bürger Anspruch auf die Menschenrechte überhaupt nicht zu trennen. Gemessen an dem, was sein kann, ist diese Aufwertung von Straßburg wenig; gemessen an dem, was war, scheint die Geschichte Sprünge gemacht zu haben.

Risse

Die nazistischen und nachnazistischen Vertreibungen haben Europa ärmer gemacht. Ein demokratisches Volksgruppenrecht hätte den gesicherten Grund legen können, auf dem sich die vielfältigen nationalen und kulturellen Kräfte zum eigenen und allgemeinen Wohl entfalteten. Wo nun der mehr oder weniger zentralistische Nationalstaat gegenüber gemeinschaftlichen europäischen Strukturen zurücktritt, werden die Regionen mehr Eigengewicht gewinnen. Bedeutsame Veränderungen sind insoweit vor allem in Spanien, aber auch in Frankreich in Gang gekommen.

In der Sowjetunion ist es offensichtlich nicht damit getan, regionale Zuständigkeiten zu stärken. Zusätzlich zur ökonomischen hat die nationale Frage einen vorrangigen Platz auf der Tagesordnung dringend anstehender Veränderungen erlangt. Mit Scheinföderalismus lassen sich die nichtrussischen Völker kaum mehr abspeisen – in der Ungewißheit kommender Jahre womöglich der schwierigste Faktor.

Auf dem Balkan, zumal in Rumänien, werden nationale Minderheiten fortdauernd unterdrückt. Und in Jugoslawien schien, nach Titos Tod, die bundesstaatliche Verfassung noch einmal herausgefordert zu werden. Es lag und liegt in keinem vernünftigen europäischen Interesse, wenn die föderative Republik ernste Gefahr liefe auseinanderzufallen. Die Freunde jenes Landes, zu denen ich mich zähle, konnten nur raten, die erforderlichen ökonomischen und demokratischen Reformen nicht auf die lange Bank zu schieben; die intensive Teilnahme an fortgeschrittener europäischer Zusammenarbeit könnte manches erleichtern helfen.

Als führendes Mitglied der Blockfreien-Bewegung mag Jugoslawien sich gelegentlich übernommen haben; im ganzen sind von ihm, über Europa hinaus, konstruktive Einflüsse ausgegangen. Es gilt auf unterschiedliche, aber eindrucksvolle Weise für die bündnisfreien Demokratien in ihrer Gesamtheit: Schweizer und Österreicher, Schweden und Finnen haben durch ihr Verhalten in europäischen und internationalen Zusammenhängen ein Klischee aus der Frühzeit des Kalten Krieges weggeräumt: Historisch bedingte Neutralität wird nicht mehr als amoralische Standpunktlosigkeit abgewertet.

Wenn Risse oder gar Sprünge im europäischen Gefüge ausgemacht wurden, war jedoch immer wieder und immer noch einmal von den Deutschen die Rede. Was mochte aus dem Verhältnis zwischen ihren beiden Staaten werden? Würden diese, wie es lange aussah, so sehr in den einander gegenüberstehenden Blöcken aufgehen, daß sich die Frage nach einer engeren gemeinsamen Zukunft erledigte? Oder könnte, im Zuge eines sich wandelnden Ost-West-Verhältnisses, doch ein gemeinsames Dach, staatlich oder nicht, möglich werden? Würden die Deutschen überhaupt wollen, allen Schwierigkeiten und – aus westlicher Sicht – Unbequemlichkeiten zum Trotz? Und die Nachbarn auch dann Wohlwollen bekunden, wenn mehr als allgemeine Erklärungen gefragt wären? Etwa gar die Zustimmung dazu, daß ein zentraleuropäischer Staat entstünde, der von der Zahl der Menschen, der Wirtschaftskraft, dem sonstigen Potential her dominierte? Oder würde die alte Furcht bereits durch das neue Vertrauen überlagert werden? Vertrauen, das aus neuen europäischen Strukturen erwüchse?

Viele meiner Landsleute – auch viele derer, die für sie das Wort führen – entfliehen Fragen dieser Art nur zu gern. Sie stellen sich lieber vor, es gebe erstens eine Art Naturrecht auf *einen* Staat pro Volk, und es hätten sich zweitens die Westmächte gegenüber der Bundesrepublik verpflichtet, den Deutschen zur Wiedererlangung der staatlichen Einheit zu verhelfen, jener Einheit, die Bismarck 1871 durchgesetzt hatte und die im Gefolge des Zweiten Weltkrieges zerbrochen war.

Hatten nicht, so fragten auch Leute, die es besser wissen mußten, Amerikaner, Russen und Engländer auf der Potsdamer Konferenz im Sommer '45 – und diese drei gemeinsam mit den Franzosen durch den Alliierten Kontrollrat – signalisiert, daß sie das Gebiet des Deutschen Reichs einzuengen, nicht aber dauerhaft zu zerstückeln gedächten? Deutschland sollte, so hieß es, »in den Kreis der zivilisierten Nationen zurückkehren« können und inzwischen als wirtschaftliche Einheit behandelt werden. Und machte nicht im dritten Jahr nach Kriegsende, als die siegreiche Koalition zerfallen war und die staatliche Reorganisation der Westzonen in Auftrag gegeben wurde, das Wort vom Provisorium die Runde? Ließ sich nicht aus dem Vorspann zum Grundgesetz der Bundesrepublik Deutschland folgern, es müsse im Laufe der folgenden Jahre lediglich wieder zusammengefügt werden, was durch den Zerfall der siegreichen Kriegskoalition tief voneinander getrennt worden war?

Das mußte nicht immer so bleiben, doch man tat sich – bis hin zu den Trägern herausgehobener politischer Verantwortung – schwer, dieses Grundelement europäischer Geschichte in den Blick zu nehmen: Wie Deutschland staatlich verfaßt war, darüber entschieden immer auch – direkt oder indirekt – seine Nachbarn, von denen es nicht wenige hat. Auch in einer nächsten Runde werden über ihre wie immer geartete nationalpolitische Zukunft die Deutschen nicht allein entscheiden. Auch nicht nur die Hauptsiegermächte des Zweiten Weltkrieges.

Die andere Seite der Medaille: Die Perversion des deutschen Nationalismus, im Bewußtsein der Nachbarvölker und großer Teile der übrigen Welt präsent, muß sie für alle Zeiten ausschließen, daß sich nicht auf Zerstörung angelegte nationalrevolutionäre Energien ansammeln und gegebenenfalls – ohne daß eine Obrigkeit ausdrücklich dazu auffordert – sich entladen? Die Vermutung spräche dafür, daß der Ort des Geschehens jener Teil des gespaltenen Deutschland wäre, in dem die Menschen weniger saturiert sind als in dem anderen. Warum, mit welchem Recht und aufgrund welcher Erfahrung ausschließen, daß eines Tages in Leipzig und Dresden, in Magdeburg und Schwerin – und in Ostberlin – nicht Hunderte, sondern Hunderttausende auf den Beinen sind und ihre staatsbürgerlichen Rechte einfordern? Einschließlich des Rechts, von einem Teil Deutschlands in den anderen überzusiedeln? Sie brächten nicht nur die Russen, sondern auch die Alliierten – von wegen vorbehaltener Rechte für Deutschland als Ganzes – in einige Verlegenheit. Und nähmen vielleicht nicht einmal entscheidende Rücksicht auf jenen Typus selbstgefälliger Landsleute im Westen, der alles lieber täte, als mit denen zu teilen, die bei Kriegsende das kürzere Los gezogen hatten.

Was die Siegermächte angeht: Mitglieder der sowjetischen Führung haben mir gegenüber zu keinem Zeitpunkt versucht, mich mit Angeboten oder auch nur Andeutungen in Richtung Einheit zu locken. Sie haben es mit Allgemeinheiten über den Wandel als

Wesenselement der Geschichte genug sein lassen und den Gedanken weit, weit von sich gewiesen, über kurz oder lang die weit vorgeschobene Zone ihres unmittelbaren Einflusses in Europa zurückzunehmen. Gorbatschow und seine Leute blieben im Unverbindlichen stecken, als sie in Bonn nach Perspektiven ihrer Deutschlandpolitik gefragt wurden. In Paris lächelte man einander zu, und die Herren Staatschefs erinnerten daran, daß es schließlich die bekannten Verantwortlichkeiten der Vier Mächte gebe. Zu den auf Sicht bedeutsamen Veränderungen gehört demgegenüber, daß die neuen Führungsschichten im östlichen Europa – auch in Polen! – nicht mehr unbedingt fanden, daß nur der eingefrorene Status quo in Deutschland dem eigenen Interesse entspreche.

Was die Vereinigten Staaten angeht: Als sie unserer Vertragspolitik den Segen gaben, machte Washington intern keinen Hehl daraus, daß es damit nicht die Erwartung verbinde, auf diese oder ähnliche Weise der sogenannten Wiedervereinigung näher zu kommen. Jenseits des Atlantik war man am stärksten geneigt, die Teilung des Kontinents für ein epochales Ereignis zu halten und von den »Winden der Veränderung«, die Kennedy beschworen hatte, nicht viel zu erwarten. Wozu auch die Dinge komplizierter machen, als sie ohnehin waren? Richard Nixon schmeichelte uns immerhin mit dem Satz, der Schlüssel für Europa liege in Deutschland. Im Sommer '71 sagte er mir: »Europa wird Zeit brauchen, aber die Deutschen werden eine größere Rolle in der Welt spielen für den Rest des Jahrhunderts.« Als ich Ende der achtziger Jahre Vorträge an mehreren amerikanischen Universitäten hielt, konnte ich – von Kalifornien bis Neuengland – sicher sein, nach der »re-unification« und deren Zeitpunkt gefragt zu werden. (Und, Anschlußfrage: Ob dann endlich die amerikanischen Soldaten heimkehren könnten?)

Harold Wilson und Edward Heath verstanden es beide, die Besorgnisse der britischen Politik sehr diskret zum Ausdruck zu bringen. Nicht viel anders als ihre Kollegen in Paris waren die Verwalter diplomatischen Erbes in London zum einen durch ein schlechtes Gewissen, zum anderen durch eine vage Hoffnung beeinflußt. Man hatte 1939 den Polen ebensowenig helfen können wie den Tschechoslowaken ein Jahr zuvor. Den kleineren Teil

Deutschlands jetzt in einem wie immer sich entwickelnden Osteuropa aufgehen zu lassen, mußte aus ihrer Sicht nicht die schlechteste aller denkbaren Perspektiven sein.

In Frankreich galt von Charles de Gaulle bis François Mitterrand ohne viel Unterschied die Regel, an die Gefahr deutscher Gesamtstaatlichkeit immer zu denken, aber möglichst wenig in die Verlegenheit zu kommen, darüber reden zu müssen. Ein so kluger Mann wie Jean Monnet meinte allen Ernstes, aus der westeuropäischen Integration könne für die Bundesrepublikaner ein ordentlicher Ersatz werden für nicht wiederzuerlangende nationale Einheit. Indes, die Bundesrepublik blieb in der öffentlichen Meinung nicht frei von dem Verdacht, sie könne der EG im allgemeinen, der Währungsunion im besonderen, die Latte so hoch legen, daß sie sich »freie Hand im Osten« erhalte.

Georges Pompidou, der vorsichtig wägende Sohn der Auvergne, im Sommer '73: Auch eine nichtbewaffnete Neutralisierung Mitteleuropas – »und alles, was dazu führen kann« – müsse Frankreich in hohem Maße beunruhigen. Aber, schon zwei Jahre zuvor: »Der Tag wird kommen, an dem sich der Osten entschließt, den Weg einer Liberalisierung einzuschlagen.« Deshalb, so hatte es schon bei de Gaulle geheißen, dürfe sich der Westen nicht wie ein unveränderlicher Block darstellen. In dem testamentähnlichen Gespräch in Bonn, Juni '73, meinte Staatspräsident Pompidou: Frankreich werde applaudieren, sollte die DDR aufhören, kommunistisch zu sein, und daraufhin die Wiedervereinigung nahe rücken. Aber das sei doch eben ganz unwahrscheinlich. Was also dann? Meine behutsam ausgemalte Perspektive, den nationalen Zusammenhalt im andauernden Zustand der Teilung betreffend, konnte in Paris nicht überzeugen. War es doch erst zwei Jahre her, daß der Präsident sich für einen Augenblick hatte einreden lassen, ich hätte mich mit Breschnew auf der Krim verständigt, das westliche Bündnis zu verlassen. Daß das purer Unsinn war, sahen auch die Franzosen bald ein, doch daß die Deutschen der Weltpresse die Schlagzeilen lieferten, war in der Sicht der Pariser »classe politique« auch schon eine Zumutung. Die westlichen Alliierten hatten unser ostpolitisches Interesse von Anfang an mit einer Mischung aus Verständnis und Skepsis begleitet; in Paris allerdings war und blieb der kritische Blick immer schärfer als der einvernehmliche.

Mitterrand hatte mich im Frühsommer '87, als ich vom Vorsitz meiner Partei zurückgetreten war, zum Essen eingeladen und mich mit der Frage überrascht, ob nicht doch die Wiedervereinigung auf der Rangliste deutscher Interessen an erster Stelle stehe. Ich korrigierte ihn nach dem aktuellen Stand, gleichsam ein Beruhigungsmittel verabreichend. Was, nicht die nationale, sondern die ökologische Frage rangiere bei uns weit oben? Das sei dann doch wohl typisch deutscher »romanticisme«. So schwer kann es sein, sich von Nachbar zu Nachbar – und in diesem Fall außerdem: von Freund zu Freund – verständlich zu machen. Auch die Friedensbewegung war von französischen Partnern gründlich mißverstanden worden – als wirklichkeitsfremder »pacifisme«, leisetreterisch dazu. Doch das Verhältnis zwischen den feindlichen – und dabei so disziplinierten – deutschen Brüdern zu erklären war fast ein Ding der Unmöglichkeit.

Mitterrand wunderte sich sehr, als wir Anfang '81, zu Beginn jener Präsidentschaftskampagne, die ihn im Mai desselben Jahres ins Elysee führte, in einem »ostdeutschen« Hotel zusammentrafen und ihm ein selbstgefälliger Erster Sekretär zumutete, mit dem DDR-Sozialismus stehe alles zum allerbesten. Der sehr französische Sozialistenchef staunte noch mehr, als er die besondere Behandlung zur Kenntnis nahm, die mir die DDR-Behörden angedeihen ließen. Während er mit einem meiner Mitarbeiter jenen Ort im Thüringischen besuchte, von dem aus sich der Kriegsgefangene 1940 selbständig gemacht hatte, war ich mit dem Wagen aus Berlin zu unserem Treffpunkt am Hermsdorfer Kreuz gekommen – auf einer komplett geräumten Autobahn, eine besondere Art von Kontaktsperre. Als wir den Grenzübergang ins Fränkische passierten, registrierte der Franzose mit leichter Verwunderung, wie zuvorkommend ich behandelt und uns salutiert wurde. »Wie soll man«, mag er sich gefragt haben, »aus diesen Deutschen schlau werden?«

Mitterrand hatte mir bei einer unserer ersten Begegnungen, Anfang der siebziger Jahre, in dichterischen Wendungen von seiner zweimaligen Flucht als Kriegsgefangener erzählt. Wir machten aus, daß wir die Strecke, die er zusammen mit einem Priester-Kameraden zu Fuß zurückgelegt hatte, bevor sie im Schwäbischen gefaßt wurden, einmal mit dem Wagen abfahren würden. Kurz danach war er Präsident der Französischen Republik. Sieben Jahre zuvor hatte er noch ein knappes Nachsehen gehabt – mit 49,3 Prozent der Stimmen; Bitterkeit (und ein wenig Neigung, sich zu revanchieren) waren nicht zu überhören, wenn er hierüber sprach. Er blieb überzeugt, daß deutsche Elogen für seinen Gegenspieler Giscard d'Estaing ihn um den Erfolg gebracht hätten. 1975, ein Jahr nach dieser Niederlage, wollte mir Premierminister Chirac bei einem Essen, das Helmut Schmidt den Franzosen in Hamburg gab, weismachen, Mitterrand garantiere mit seiner Leichtgläubigkeit den Sieg des Kommunismus in Frankreich. Auch in sozialdemokratischen Kreisen war man besorgt und ungläubig, als anläßlich einer Parteiführerkonferenz in Helsingör Mitterrand versicherte, die von ihm geführte Partei werde die KP kleinkriegen, nicht umgekehrt; an Selbstvertrauen fehlte es dem Mann vom satten Lande nicht. Danach Harald Wilson zum deutschen Bundeskanzler: »Und der sagt das nicht nur, er glaubt es sogar.«

Bei den anderen Partnern der Europäischen Gemeinschaft hielt sich die Sympathie für den enger werdenden Bund zwischen Bonn und Paris in Grenzen. Die Engländer hinderten sich selbst während einer Reihe von Jahren daran, eine maßgebendere Rolle zu spielen; in deutschen Dingen gewannen sie allerdings den Ruf großer Korrektheit. Den Beneluxen war ein funktionierendes deutsch-französisches Verhältnis lieber als das Gegenteil. Spanier und Portugiesen hielten darauf, nicht übertrieben von Frankreich abhängig zu erscheinen. Zu den treuesten Weggefährten der Deutschen zählten, in Bonn nicht immer gewürdigt, die oft wechselnden, aber im ganzen erstaunlich erfolgreichen Repräsentanten der italienischen Politik: de Gasperi und Pietro Nenni, Aldo Moro, Andreotti und Craxi – auch Enrico Berlinguer. Es war der Sozialdemokrat Giuseppe Saragat, der als Staatspräsident Auschwitz besuchte und leise konstatierte: »Das haben die Nazis, das hat nicht das deutsche Volk getan...«

Die Deutschen hatten mehr Freunde, als sie wahrnehmen oder wahrhaben wollten, auch als es bisweilen den Anschein hatte. Aber mit dem vermeintlichen Rechtsstandpunkt, das Reich habe, noch dazu in den Grenzen von 1937, zu existieren nie aufgehört, waren keine Blumentöpfe zu gewinnen. Wohlwollenserklärungen für eine abstrakte »Wiedervereinigung« waren leicht zu erlangen, doch die (neuen) Verbündeten der Bundesrepublik ließen es insoweit mit Lippendienst genug sein. Alles andere wäre auch, vor dem Hintergrund des Geschehenen, verwunderlich gewesen.

Deutlicher als die Deutschen selbst erkannten die Nachbarn: Die Frage nach der deutschen Zukunft ist, so unweigerlich sie sich im Zuge europäischen Zusammenwirkens stellen mag, weder zeitgemäß noch opportun und hat bis auf weiteres ohne Antwort zu bleiben. Das blutleere »Wieder« überzeugt heute und in der Zukunft noch weniger, als es in der Vergangenheit überzeugt hat. Die weltpolitische Konstellation und die kontinentale Wirklichkeit laden zu simpler Anknüpfung auch weiterhin nicht ein. Und wer auch wollte glauben, eines Tages vollziehe sich der Anschluß der DDR an die Bundesrepublik, und das sei's dann?

Gewiß, die Geschichte ist offen, und sie hält Gutes und weniger Gutes bereit; aber zu ausdrücklichem Realitätsverlust lädt sie nun einmal nicht ein.

Ich finde heute zusätzliche Bestätigung für eine Politik, die den Grenzen das extrem Trennende nehmen, die nationale Substanz wahren und einer europäischen Friedensordnung den Weg ebnen wollte. Ich bin von der Teilung ausgegangen und nehme es als Erfolg, daß die improvisierten Formen der Zusammenarbeit zwischen Bonn und Ostberlin lange währen und weit reichen. Habe ich deshalb vom Recht auf Selbstbestimmung gelassen? Nein und nochmals nein. Es ist in der Charta der Vereinten Nationen verankert und prinzipiell nicht teilbar, zwischen den Völkern nicht und innerhalb eines Volkes auch nicht. Und was auch wäre die westliche Gemeinschaft, ohne daß sie gerade dieses Recht verkörperte? Bei allem Verständnis für nachbarliche Ängste muß es erlaubt bleiben, auch daran zu erinnern.

Der Grundlagenvertrag zwischen beiden deutschen Staaten – mit dem bekannten Dissens in der nationalen Frage abgeschlossen – hat sich bewährt. Durch die Verkehrsabkommen sind mancherlei Dinge des Alltags erleichtert worden. Der innerdeutsche Handel und die praktische Zusammenarbeit auf einer Vielzahl von Gebieten haben der einen noch mehr als der anderen Seite Nutzen gebracht. Die Bundesrepublik läßt sich so manche Regelung etwas kosten; sie kann und will es sich leisten. Vielleicht auch, um ein schlechtes Gewissen zu beruhigen, daß es einem soviel besser geht?

Die einst heiß umstrittene Politik der kleinen Schritte ist Inhalt eines parteiübergreifenden Verhaltens geworden. Und als sich Franz Josef Strauß gegen Ende seines Lebens für einen DDR-Sonderkredit verwandte, wurde er nicht von denen kritisiert, mit denen er so lange im Streit gelegen hatte; vielmehr trennten sich von ihm Leute, die meinten, es einer besonders rechten Gesinnung schuldig zu sein.

Der Vorteil der innerdeutschen Regelungen für die DDR, und zwar nicht nur für deren Machthaber, war leicht abzulesen. Daß die Regierung einen zunächst gedrosselten, dann nicht nur in Richtung West-Ost anwachsenden Besucherverkehr ermöglichte, war mehr, als man zunächst hatte erwarten dürfen. Und doch, oben wurde der Druck ein wenig gelockert, und unten wollte und will man mehr. Viel mehr. Der Wunsch eines erheblichen Teils der DDR-Bürger, in die Bundesrepublik überzusiedeln (und sich dort zur Person oder zur Familie »wiedervereinigen« zu können), ließ und läßt sich nicht befriedigen und nicht einmal beiseite schieben. Wo zwei ausgereist sind, rücken sofort zehn neue Antragsteller nach.

Die DDR-Führung hält sich auf ihre staatlich-ökonomische Politik viel zugute und darauf, daß sie erfolgreicher sei als andere im Ostblock. Aber die Nachteile bürokratisch-zentralistischer Planung treten auch hier ans Licht. Und die unter dem Signum der Einheitspartei firmierenden Kommunisten bleiben ohne Antennen für kritische Regungen der Bürger. Die kommen nicht zu Wort und fühlen sich in kein staatliches Geschehen einbezogen. Lediglich Teile der protestantischen Kirchen haben ein winziges Stück Dialogbereitschaft übernehmen können, die aufzubringen Staat und Partei nicht willens, auch nicht fähig sind.

Ich habe mehr als einmal die krankhafte Scheu der DDR-Sicherheitsgewaltigen vor Reaktionen der Bürger erlebt. Seit Erfurt waren viele Jahre vergangen, aber auf das Risiko nicht verordneter Ansammlungen und Demonstrationen mochte man sich auch weiterhin nicht einlassen. 1985, als ich mit viel Mühe und einiger Hartnäckigkeit einen Abstecher nach Weimar durchgesetzt hatte, wurden die vielen Menschen, die sich zu meiner Begrüßung eingefunden hatten, ziemlich rabiat und in Minutenschnelle verjagt. Drei Jahre später platzten ein Vortrag, den ich auf kirchlichem Boden in Ostberlin – Thema: der Nord-Süd-Gegensatz – hätte halten, und ein Programm fürs Fernsehen, das ich in dem mir seit Kindesbeinen vertrauten Rostock hätte machen sollen.

Die Einheitspartei mühte sich, nicht ganz ohne Erfolg und durchaus nicht zum Entzücken der polnischen wie der tschechoslowakischen Nachbarn, preußisch-deutsche Traditionen wachzurufen. Es fügt sich ins Bild, daß die Gruppe um Honecker in gedanklicher und gefühlsmäßiger Nähe zu einem »gesamtdeutschen« Widerstand gegen Hitler lebt. Der Staatsratsvorsitzende zu mir, 1985 während einer Fahrt durch Ostberlin: »Wohin hatte es Sie verschlagen, als ich hier vor ziemlich genau fünfzig Jahren hochgegangen bin?«

Eine nationale Identität für die DDR hat daraus nicht erwachsen können; die Formel vom »sozialistischen Staat deutscher Nation« blieb und bleibt blutleer. Der Westen ist erfolgreich, seine Anziehungskraft ungebrochen, und die Sprache trennt nicht. Die Bürger haben mit denen der Bundesrepublik mehr gemeinsam, als unsere elektronischen Medien ihnen bieten.

Es war nicht selbstverständlich, daß die DDR-Oberen es vorteilhaft fanden, die Überrüstung in der Mitte Europas abzubauen. Im wesentlichen ging es um sozialdemokratische Anregungen, die im Vorfeld der Wiener Verhandlungen einen inoffiziellen, aber inhaltsreichen Sicherheitsdialog zwischen den beiden Deutschland in Gang hielten. Hier ist, bei Weiterbestehen der Systemunterschiede, ein Stück objektiver Gemeinsamkeit deutlich geworden, das über Wirtschaft und Kultur hinausreicht.

Weniger ergiebig war der Versuch westlicher Sozialdemokraten und östlicher Kommunisten, den Streit um nicht zu vereinbarende Positionen zivilisierter als in der Vergangenheit auszutragen. Der richtige und wichtige Kern, daß auch die weltanschauliche Auseinandersetzung dem Friedensgebot unterzuordnen sei, wurde rasch herausgefunden und fand immerhin in das Denken von Exdogmatikern Eingang. Daß die Deutschen nicht für jede Art eines stellvertretenden Konflikts zur Verfügung zu stehen bräuchten, kam als praktische Erwägung hinzu. Doch über den Streit zwischen Sozialdemokratie und Kommunismus – und wie lange war es mehr und anderes als ein Streit! – hat die Geschichte entschieden. Er lohnt nicht mehr, wenn auch Widerspruch gegen den hilflosen Hochmut von Ideologen angezeigt bleibt.

In der Bundesrepublik wird über das Spannungsverhältnis zwischen europäischer Einigung und deutscher Einheit nicht viel gesprochen, weder gründlich noch öffentlich. Dahinter steckt nicht nur Ratlosigkeit, sondern auch Scheu vor veränderten Daten und Perspektiven. Die einfachen Formeln der ersten Nachkriegsjahrzehnte tragen nicht mehr, und neue sind nicht in Sicht.

Im Prozeß des europäischen Wandels stellt sich den Deutschen die alte Frage auf neue Weise: Ist Einheit nur unter staatlichem Dach denkbar, oder können die Teilstaaten, so es sie denn weiter geben sollte, auch auf andere Weise in ein engeres Verhältnis zueinander treten? Zumal wenn der Systemunterschied so abgebaut wäre, daß er keine ins Gewicht fallende Rolle mehr spielte? Und wenn der eine Teil nicht weniger zu Europa gehörte als der andere?

Wer wollte von vornherein jene Form bestimmen, in der nationale Gemeinsamkeit ihren Ausdruck findet, wenn diese nicht mehr durch Machtinteresse anderer oder durch den Gegensatz der Systeme blockiert würde?

Und Berlin? Und die Mauer? Die Stadt wird leben, und die Mauer wird fallen. Aber eine isolierte Berlin-Lösung, eine, die nicht mit weiterreichenden Veränderungen in Europa und zwischen den Teilen Deutschlands einhergeht, ist immer illusionär gewesen und im Laufe der Jahre nicht wahrscheinlicher geworden.

Bald wird sich Berlin ebenso lange in seiner Sonderlage befinden, wie es dem Kaiserreich, und länger, als es der Weimarer Republik und dem Dritten Reich als Hauptstadt gedient hat. Anders, als nicht nur Pessimisten befürchteten, erlag es weder dem äußeren Druck, noch wurde es durch innere Unzulänglichkeiten aufgezehrt. Wäre Reuter und mir – im Anschluß an die Blockade oder nach dem 17. Juni 1953 – dies vorausgesagt worden, wir hätten ungläubig den Kopf geschüttelt. Unsere Perspektive des Abwehrkampfes reichte über einige wenige Jahre nicht hinaus.

Inzwischen sind die beiden Teile der alten Hauptstadt weniger weit voneinander entfernt, als sie es vor drei oder zwei Jahrzehnten waren. West-Berlin ist im Westen verankert und sucht vernünftiger-weise nach Aufgaben, die für beide (oder alle) Teile Europas Sinn machen. Baupläne sind auch in Berlin wichtig. Man muß nur wis-sen, daß sich das Leben ganz überwiegend nicht nach den Plänen richtet. In Berlin nicht. Und anderswo auch nicht.

Doch dies ist sicher: Die Bausteine der Nachkriegsordnung wer-den nicht dort liegenbleiben, wohin sie im Durcheinander jener Jahre geraten sind. Gewiß werden sie sich nicht wieder so zusam-menfügen, wie sie einst waren. Ich weiß nicht, welche Rolle Frie-densverträge noch spielen und ob sie neue Normalität setzen oder eher den Status quo festschreiben würden. Die Risse, die Europa durchziehen, wird Deutschland am schwersten zuschütten können und es doch versuchen müssen. Warum sollte für Deutschland schlecht sein, was für Europa gut ist?

Was für Europa als Ganzes gilt, gilt erst recht für seine Mitte.

Freiräume

Das Jahrhundert des großen Auf und Ab ist nicht zu Ende, das Jahr-hundert, das es in sich hatte und sehr gemischte Gefühle hinterläßt. Wer, wie ich, 1913 geboren wurde, kann sich über einen Mangel an schlimmer Erfahrung und bitterer Enttäuschung nicht beklagen. Doch hat es nicht auch ermutigende Beweise bereitgehalten? Den Menschen ist die Fähigkeit gegeben, sich zu befreien aus Elend und Not. Den Menschen ist auch die Fähigkeit gegeben, sich aufzuleh-nen gegen Unterdrückung und Zwangsherrschaft. Dabei über-schätze ich nicht die Möglichkeit der Völker, die Fehler derer zu kor-rigieren, die mit Verstand zu regieren verpflichtet wären.

Einen deutschen Europäer meiner Generation und Gesinnung er-füllt mit Freude, daß dieser Teil der Welt seine Zukunft nicht hinter sich hat und das schöne Wagnis eines Bundes freier Völker eingegangen ist, und mit Erleichterung, daß die Deutschen den Sturz in den Abgrund überlebt haben und nicht dauerhaft zu Schaden gekommen sind. Im größeren Teil ihres Landes erhielten und nutzten sie die großartige Chance, sich in produktiver Zusammenarbeit neu zu bewähren.

Aus der Geschichte lernen? So ein Volk es tut, geht es ohne Schmerz nicht ab. Aber wieviel Boden ist zu gewinnen! Boden, auf dem es Unglück überwindet und sich in Würde wiederfindet. Wichtig bleibt dennoch, die Erinnerung zu wahren und nicht zu vergessen. Individuelle Schuld zu leugnen und kollektive Verantwortung zu verdrängen, hieße es nicht, nachfolgenden Generationen mehr aufzuladen, als sie gerechterweise zu tragen haben?

Als ich zur Schule kam, lag das Ende des Ersten Weltkriegs wenig mehr als ein Jahr zurück. Die doppelte Hoffnung, daß die Europäer die Katastrophe beherzigen und die Deutschen der Demokratie Freiraum geben würden, erwies sich als trügerisch. Mit Zwanzig, als ich außer Landes war, hatte ich jenes Erlebnis hinter mir, das nie mehr auslöschbar war. Es handelte von der Machteroberung derer, die das mörderische Naziregime errichteten. Und vom Scheitern derer, die zusahen, wie die Republik von Weimar verendete. Wo die Zivilcourage keine Heimstatt hat, reicht die Freiheit nicht weit. Und wo die Freiheit nicht beizeiten verteidigt wird, ist sie nur um den Preis schrecklich großer Opfer zurückzugewinnen. Hierin liegt die Lehre des Jahrhunderts.

Ich hatte das Glück, schon in früher Jugend Europa zu entdecken. Doch sah ich wenig, was von kraftvoller Gegenwehr gegen die Mächte der Finsternis gezeugt hätte, auch nichts von solidem Fortschritt in Freiheit. Die Verbrechen des Stalinismus, lange unterschätzt, trugen zur Ernüchterung bei. Daß der von Hitler gewollte Krieg nicht zu gewinnen sein würde, stand auf einem anderen Blatt. Der europäische Norden, wo ich Zuflucht gefunden hatte, vermittelte mir das Bild von nicht nur äußerlicher, sondern im Volk verankerter Kultur und Demokratie. Das Gefühl der Dankbarkeit, die ich Skandinavien schulde, hat sich mir tief eingeprägt.

Als der Zweite Weltkrieg zu Ende ging, hatte ich die Dreißig hinter mir. Ich kehrte in das zerstörte Deutschland heim, wurde Mitglied des Bundestages, hatte mich in Berlin zu bewähren. Tiefe und Dauer der Spaltung des Kontinents und des eigenen Landes unterschätzte ich. Nicht die künftige Macht europäischer Demokratie. Nicht die Kraft der Vereinigten Staaten. In der Bundesrepublik verständigten sich, mancher Rückwärtsgewandtheit zum Trotz, die maßgebenden politischen Parteien auf Ordnungselemente, die den demokratischen Traditionen des Westens entsprungen waren. Der Verfassungskonsens hielt und war mit Kleingeld nicht zu bezahlen.

Mit Fünfzig stand ich am Beginn jenes Mühens, das der menschenfeindlichen Trennung mit kleinen Schritten begegnen sollte. Konkrete deutsche Beiträge waren gefordert, um friedensgefährdende Spannungen abbauen zu helfen. Sogar die Umwandlung des bösartigen Konflikts, Kalter Krieg genannt, trauten wir uns zu, in gedanklicher Nähe zu Gleichgesinnten in Europa und Amerika. Daß es an der Zeit sei, Gesamteuropa in den Blick zu nehmen, gehörte zu meinen weniger beachteten Hinweisen vor fünfundzwanzig Jahren.

Von Albert Einstein stammt der Satz, daß die Atombombe alles verändert habe, nur das Denken der Menschen nicht. Mein Denken war in der Konfrontation, der sich Berlin ausgesetzt sah, nicht unberührt geblieben. Und führte doch in die Einsicht, daß im Zeitalter der Bombe die Zukunft nur noch durch gemeinsame Friedenssicherung zu gewährleisten sei.

Als der Arbeiterjunge von der Wasserkante die Fünfundsechzig erreicht hatte, war er seit geraumer Zeit Vorsitzender der Sozialdemokratischen Partei, war Mitglied und Chef der Bundesregierung gewesen, hatte neuerdings auch die Präsidentschaft im internationalen Zusammenschluß sozialdemokratischer Parteien übernommen. Ich blieb aktiv in Angelegenheiten, die Europa über den Westen hinaus angingen, und mochte mich nicht der Aufforderung entziehen, mich mehr als zuvor um die Beziehungen zwischen den reichen und den armen Völkern zu kümmern.

Wollte ich die gewaltigen Veränderungen auch nur auflisten, denen Deutschland und die Welt seit meiner Jugend ausgesetzt waren, ich bräuchte ein eigenes Buch. Daß formale Bildung nicht mehr das Vorrecht einer schmalen Schicht und es um die materiellen Lebensbedingungen der breiten Schichten nicht mehr schlecht bestellt ist, kann einen, der von ganz unten kommt, nur mit Stolz erfüllen. Die meisten der heutigen Staaten gab es vor einer Generation noch nicht, und die Gewichte der Staatenwelt haben sich grundlegend verschoben. Viele der technischen Errungenschaften, die uns heute selbstverständlich sind, entstammen den letzten Jahrzehnten. Die wissenschaftlich-technische Revolution schreitet fort. Aber Weisheit und Moral bleiben hinter dieser Art von Fortschritt zurück.

Auf meine alten Tage freue ich mich über den meßbaren Gewinn für Menschenrechte und staatsbürgerliche Freiheiten. Erst in der Mitte Europas. Dann im Süden, den kleinmütige Klugschreiber noch vor anderthalb Jahrzehnten abgeschrieben hatten. Und nun auch im östlichen Teil, den manche Status-quo-Strategen voreilig der Sowjetunion zuschlagen wollten. Auch in anderen Teilen der Welt – nicht zuletzt in Lateinamerika, in wichtigen Teilen Asiens, ansatzweise in Afrika – lebt die Idee, daß das Volk sich selbst regieren soll. Das alles bleibt nicht unangefochten, und ein naiver Optimismus meiner jungen Jahre will nirgends mehr wachsen. Das Wissen um den Menschen, wozu er fähig ist und sich mißbrauchen läßt, wer wollte es noch auslöschen? Und dennoch: Worauf ich erst gesetzt und was ich dann voranzubringen suchte, manches davon beginnt erfolgversprechende Gestalt anzunehmen.

Zu sinnvollem politischem Wirken gehört, daß Prioritäten gesetzt werden. Als ich im Frühsommer 1987 den Parteivorsitz weitergab, stellte ich selbst die Frage, was mir neben dem Frieden wichtiger sei als alles andere, und antwortete: Freiheit. Ich buchstabierte sie durch: Freiheit des Gewissens und der Meinung. Freiheit von Not und von Furcht. Ohne Brot und mit Geheimpolizei keine Demokratie. Ohne Pluralismus und mit Monopolanspruch auch nicht. Ich füge hinzu: Glück verordnen wollen heißt die Freiheit ersticken.

In die Tradition der Arbeiterbewegung und in die Gedankenwelt der europäischen Sozialdemokratie bin ich ohne eigenes Verdienst hineingeboren worden. Deren Schwächen, zumal auf deutschem Boden, erfuhr ich ebenso wie deren Größe. Die Bereitschaft zu leiden überlagerte die Entschlossenheit zu kämpfen. Der autoritäre Kommunismus hat sich als opfervoller Irrweg erwiesen, gepflastert mit wirtschaftlich-sozialem Versagen.

Bürgerliche Freiheiten und soziale Gerechtigkeit sind immer aufs neue gegeneinander abzuwägen. Freiheitlich ist ein Sozialstaat nur, wenn er die Gefahr bürokratischer Wucherung bannt, sich von vorausschauender Planung nicht einschnüren läßt und eigenverantwortliches Engagement großschreibt. Auf die Freiräume kommt es an.

Deutschland wird ohne starke Sozialdemokratie nicht auskommen. Ihr ethischer Impuls ist nicht verbraucht. Die europäische Linke wird sozial-demokratisch sein oder ihres gestaltenden Einflusses entbehren. Parteinamen spielen dabei eine nur untergeordnete Rolle. Wenn verschiedene weltanschauliche Ströme zusammenfließen, mögen sie zusätzliche Kraft bedeuten.

Politiker, die Dogmen huldigen oder ihren Platz auf einem Podest staatsmännischer Unfehlbarkeit beanspruchen, verdienen kein Vertrauen. Rechthaberei und störrisches Beharren im Irrtum fügen sich nicht zu ehrlichem Umgang mit Nachbarn und Mitbürgern. Und Mißtrauen ist angezeigt, wenn unbewiesene Sachzwänge oder vorgeschobene nationale Interessen oder geostrategische Konstanten ins Feld geführt werden, um alles zu lassen, wie es ist, und nichts kritisch zu hinterfragen. Auch unter demokratischen Vorzeichen lauert die Dummheit und läßt sich die Gemeinheit mobilisieren.

Ohne Geduld geht nichts. Aber zornig kann man werden, wenn einleuchtende Erkenntnisse nicht oder nur unendlich langsam in angemessene Politik umgesetzt und darüber öffentliche Mittel vergeudet werden. Das gilt nicht zuletzt für Fragen, die grenzüberschreitend sind oder die Menschheit insgesamt betreffen. Seit Jahr und Tag ist notorisch, daß unsere Erde das vorausberechenbare Wachstum der Bevölkerung, die Erschöpfung der natürlichen Ressourcen und die Auszehrung der Umwelt nicht lange erträgt. Wir leben seit geraumer Zeit auf Kosten kommender Generationen. Und bräuchten politische Führungen mit Mut und Willenskraft, jene Aufgaben anzugehen, die deutlich über den Tag hinausführen. Den zwangsläufigen und den geraden Weg zu rationalem Handeln und humanem Fortschritt gibt es nicht. Ihm nahe zu kommen bleibt die der Demokratie innewohnende Möglichkeit.

Die Gefahr, daß die Menschheit sich selbst zerstört, ist auch dann nicht gebannt, wenn der Atomkrieg ausbleibt. Der Einfluß des einzelnen auf existentielle Bedrohungen bleibt begrenzt. Doch wir haben erfahren, daß unser Land nicht ohne Gewicht ist und Europa erst recht nicht. Zur Summe meines Lebens gehört im übrigen, daß es Ausweglosigkeit nicht gibt.

Mitgetan zu haben, daß der deutsche Name, der Begriff des Friedens und die Aussicht auf europäische Freiheit zusammengedacht werden, ist die eigentliche Genugtuung meines Lebens.

BIOGRAPHISCHE DATEN

1913	In Lübeck geboren. Seit jungen Jahren Vertrauensämter in der sozialistischen Jugendbewegung
1930	Mitglied der SPD, im folgenden Jahr übertritt zur SAP (Sozialistische Arbeiterpartei)
1932	Abitur am Lübecker Johanneum
1933	Flucht über Dänemark nach Norwegen. Journalistische Tätigkeiten, historische Studien. Bildungsarbeit in unterschiedlichen Organisationen der norwegischen Arbeiterbewegung. Vor allem: Aufklärung über das Nazi-Regime und Unterstützung des innerdeutschen Widerstandes. Zahlreiche Reisen in Zentren des deutschen Exils
1936	Beteiligt an Heinrich Manns Bemühungen um eine Deutsche Volksfront gegen Hitler. In der zweiten Hälfte des Jahres getarnter Aufenthalt in Berlin
1937	Mehrmonatiger Aufenthalt in Katalonien: Berichterstattung über den spanischen Bürgerkrieg, Vermittlung humanitärer Hilfe
1938	Sekretär der norwegischen Volkshilfe. Ausbürgerung durch die nazistische Reichsregierung
1940	Während der Besetzung Norwegens vorübergehend in deutscher Gefangenschaft, ohne erkannt zu werden. Flucht nach Schweden. Dort publizistisch tätig. Bestätigung norwegischer Staatsangehörigkeit durch die Exilregierung in London
1942	Ehrenamtlicher Sekretär einer internationalen Arbeitsgruppe, die »Friedensziele demokratischer Sozialisten« formuliert

1944	Verbindung zum Aufstandsversuch des 20. Juli. Mitglied der Landesgruppe deutscher Sozialdemokraten in Schweden, Integration der unterschiedlichen Gruppen in die wiedererstehende SPD
1945	Bei Kriegsende Rückkehr nach Oslo. Dann Korrespondent für skandinavische Zeitungen in Deutschland
1947	Presseattaché an der norwegischen Vertretung (Militärmission) beim Kontrollrat in Berlin
1948	Vertretung des SPD-Vorstandes in Berlin und bei den alliierten Kontrollbehörden. Wiedereinbürgerung durch die Landesregierung Schleswig-Holsteins
1949	Als Berliner Abgeordneter im I. Deutschen Bundestag, ebenso im II. Bundestag ab 1953
1950	Mitglied des Abgeordnetenhauses von Berlin, Wiederwahl '54 und '58
1954	Stellvertretender Landesvorsitzender (vorher Kreisvorsitzender), ab 1958 Landesvorsitzender der Berliner SPD
1955	Präsident des Berliner Abgeordnetenhauses
1957	Regierender Bürgermeister von Berlin (bis zum Eintritt in die Bundesregierung, Dezember '66). Nichtannahme der Wahl in den III. Bundestag wegen Zugehörigkeit zum Bundesrat. Präsident des Deutschen Städtetages (bis '63)
1958	Mitglied des SPD-Vorstandes, 1962 stellvertretender Vorsitzender
1960	Frü die Bundestagswahl 1961 als sozialdemokratischer Kanzlerkandidat nominiert, entsprechend für die Wahl 1965
1964	Nach dem Tod Erich Ollenhauers in Bad Godesberg zum Vorsitzenden der Sozialdemokratischen Partei Deutschlands gewählt. Wiederwahl '64 in Karlsruhe, '66 in Dortmund, '68 in Nürnberg, '70 in Saarbrükken, '73 in Hannover, '75 in Mannheim, '77 in Hamburg, '79 in Berlin, '82 in München, '84 in Essen, '86 in Nürnberg

| | Biographische Daten | 503 |

1966	Bundesminister des Auswärtigen und Stellvertreter des Bundekanzlers in der Regierung der Großen Koalition
1969	Nach den Wahlen zum VI. Deutschen Bundestag: Bundeskanzler mit Koalition aus SPD und FDP
1970	Treffen mit dem DDR-Ministerratsvorsitzenden in Erfurt und Kassel. Unterzeichnung der Verträge von Moskau und Warschau (Prag: Ende '73)
1971	Verleihung des Friedens-Nobelpreises in Oslo. Ehrenbürger von Berlin (Lübeck '72)
1972	Mißtrauensvotum scheitert im Bundestag. Vorgezogene Neuwahlen erbringen deutliche Bestätigung der Regierung Brandt/Scheel. SPD – mit 45,8 % der Stimmen – stärkste Fraktion im Bundestag
1973	Als erster Bundeskanzler vor der Generalversammlung der Vereinten Nationen
1974	Wegen DDR-Spionage Rücktritt vom Amt des Bundeskanzlers
1976	Wiederwahl in den Deutschen Bundestag (über Landesliste Nordrhein-Westfalen), ebenso 1980, '83, '87. In Genf Wahl zum Präsidenten der Sozialistischen Internationale (Vizepräsident seit 1966). Wiederwahl '78 in Vancouver, '80 in Madrid, '83 in Albufira, '86 in Lima, '89 in Stockholm
1977	Annahme des Vorsitzes der »Unabhängigen Kommission für internationale Entwicklungsfragen«. Anfang '80: Präsentation des Berichtes »Das überleben sichern«. Anfang '83: Zusatzbericht »Hilfe in der Weltkrise«
1979	Wahl ins Europäische Parlament, Mandat '82 niedergelegt
1987	Rücktritt vom Parteivorsitz, Berufung zum Ehrenvorsitzenden der SPD

Zahlreiche Ehrendoktorate und Auszeichnungen, u. a. Dritte-Welt-Preis (New York 1985) und Albert-Einstein-Preis (Washington 1987)

PERSONENREGISTER

Abendroth, Hermann 86
Abramowitsch, Rafael 118f.
Abrassimow, Pjotr 53, 174f., 229, 231, 309, 423
Abusch, Alexander 80
Acheson, Dean 191, 242
Adams, Jane 105
Adenauer, Konrad 10, 28, 32, 37ff., 57, 61, 65f., 71, 76, 78ff., 86, 156, 162, 164f., 167, 169f., 172, 174, 216, 234, 245, 247, 253ff., 265f., 271f., 288, 293, 351, 392, 421f., 425f., 447f., 454
Adler, Friedrich 438
Adschubej, Alexej 50f.
Ahlers, Conrad 306
Albertz, Heinrich 9, 62, 78, 372
Alfonsin, Raul 385
Allon, Yigal 428f.
Amrehn, Franz 53
Andreotti, Giulio 491
Andropow, Juri 361f., 367, 403, 406, 409
Arafat, Jassir 428, 445f.
Arbatow, Georgi 429
Arce, Bayardo 400
Arias Sanchez, Oscar 441

Bachmann, Kurt 208
Backlund, Sven 174
Bahr, Egon 73f., 78, 175, 200, 207, 221, 225, 230, 232, 236, 307, 324, 326, 333, 403, 429

Barbie, Klaus 39
Bardens, Hans 291
Barzel, Rainer 53, 191f., 199f., 270, 286, 289ff., 296ff., 304
Beauharnais, Eugène, Herzog von Leuchtenberg 240
Bebel, August 88, 90, 92
Becker, Walter 305
Beitz, Berthold 174
Ben Gurion, David 423, 446
Berija, Lawrenti 164
Berlinguer, Enrico 491
Bernadotte, Folke Graf 140f.
Bernstein, Eduard 438
Blankenhorn, Herbert 255
Blessing, Karl 35
Blum, Léon 132, 438
Bobzien, Franz 101
Boesak, Allan 443f.
Bohlen, Charles 60
Böhm, Vilmos 139
Böll, Heinrich 281
Bolz, Lothar 35
Borm, William 263
Börner, Holger 323, 332
Botha, Pieter Willem 294, 444f.
Branting, Hjalmar 438
Bratteli, Trygve 140
Brauer, Max 26, 66
Braun, Otto 95
Brecht, Bertolt 122
Brenner, Otto 147, 455

Brentano, Heinrich von 10, 35, 48, 57, 162
Breschnew, Leonid 51, 170, 175, 183, 195–198, 200–212, 220, 224, 231f., 239, 252, 294, 297, 340, 349, 353f., 356f., 359ff., 391, 403–405, 408f., 411, 423f., 433, 472f., 489
Brost, Erich 149f.
Brown, George 453
Brundtland, Gro Harlem 378, 379, 430
Brüning, Heinrich 92
Brunvand, Olav 140, 474
Brzezinski, Zbigniew 355, 357
Buback, Siegfried 321, 324
Bucharin, Nikolai 411
Bulganin, Nikolai 41, 44, 54
Bull, Brynjulf 103
Bush, George 387, 389f., 436

Callaghan, James 358, 453
Camus, Albert 120
Carstens, Karl 167f., 300
Carter, James Earl (Jimmy) 196f., 355ff., 391
Castro, Fidel 162, 295, 399, 442
Ceausescu, Nicolae 177, 221, 468f.
Chamberlain, Arthur Neville 123
Chirac, Jacques 491
Chopin, Frédéric 472
Chruschtschow, Nikita 10, 13, 33f., 36, 43f., 48, 50–54, 56ff., 67, 71, 74, 163ff., 170, 190, 197, 203, 213, 288, 396, 399, 408, 411, 422f.
Churchill, Winston 15, 21, 46, 127, 137, 164f., 207, 254, 426, 450
Clay, Lucius D. 22f., 60, 191, 193
Couve de Murville, Maurice 179, 220, 246, 250f., 256, 258f., 452
Craxi, Bettino 491
Cruz, Arturo 400
Cyrankiewicz, Josef 212f., 215, 429

Debré, Michel 220, 259
Deng Xiaoping 424ff.

Diamant, Max 109
Dietrich, Marlene 256
Dobrynin, Anatoli 69, 230, 294f.
Dohnanyi, Klaus von 279
Dönhoff, Marion Gräfin 236f.
Döpfner, Julius Kardinal 342
Dubcek, Alexander 222f., 474
Duckwitz, Georg Ferdinand 34, 215
Dulles, John Foster 78, 154, 166, 246
Dutschke, Rudi 273

Eban, Abba 446
Ebert, Friedrich (jr.) 57
Ebert, Friedrich (sen.) 57
Eckardt, Felix von 49f.
Eden, Anthony 165
Ehmke, Horst 225, 292, 296, 297f., 305f., 325, 333f.
Ehrenberg, Herbert 332
Ehrenburg, Ilja 117
Eichler, Willi 147
Einstein, Albert 105, 498
Eisenhower, Dwight D. 21, 36, 71, 154, 191, 245
Elizabeth II., Königin von Großbritannien und Nordirland 454
Engels, Friedrich 195
Eppler, Erhard 376
Erhard, Ludwig, 42, 44, 47, 50, 66, 79, 168ff., 247, 251, 254, 261f., 265, 293, 300, 422
Erlander, Tage 130, 396, 427, 439
Erler, Fritz 50, 52, 66, 113, 261f., 265, 328, 329, 355, 394, 397
Ertl, Josef 289
Eschenburg, Theodor 325

Falin, Valentin 176, 230, 299
Falk, Erling 100
Fechter, Peter 11f.
Filbinger, Hans 141
Flach, Karl-Hermann 290
Ford, Gerald R. 190, 347, 349, 355ff.
Frahm, Ernst 87
Frahm, Ludwig 86ff., 93, 97

Personenregister

Frahm, Martha 86ff., 90, 97, 143
Franco, Francisco 116, 119, 348, 402, 428
Frank, Paul 189, 224
Frei, Eduardo 378
Freisler, Roland 139
Friedrich Wilhelm II., König von Preußen 240
Frisch, Max 281
Frölich, Paul 96
Fulbright, James William 59f., 401
Furtwängler, Wilhelm 111

Gaitskell, Hugh 451
Gallimard, Claude 338
Gandhi, Indira Shrimati 387, 418ff.
Gandhi, Radjiv 418ff.
Gandhi, Sonja 418f.
Gasperi, Alcide de 491
Gauguin, Paul 126
Gauguin, Paul René 126
Gaulle, Charles de 45ff., 72, 78f., 155, 170, 172, 213, 216, 220, 240–260, 285, 378, 397, 422, 451ff., 489
Gayk, Andreas 147f.
Genscher, Hans-Dietrich 269, 296, 301, 306, 315, 320f., 334–337, 339f., 345f., 354, 364
Geremek, Bromislaw 474
Gerhardsen, Einar 132, 148
Gerstenmaier, Eugen 35, 66, 168f.
Gerster, Johannes 334
Ghotbzadeh, Sadigh 429
Gierek, Edward 474
Giscard d'Estaing, Valéry 358, 363, 491
Globke, Hans 49f.
Glotz, Peter 371
Goldmann, Nahum 411, 446
Gomulka, Wladyslaw 178, 211ff., 215, 218, 224, 467
Gonzalez, Felipe 295, 347f., 483
Gorbatschow, Michail 55, 176, 198, 200, 203, 223, 234, 294f., 354,

361f., 367, 387, 389f., 403–413, 434, 442, 450, 462, 465f., 469f., 475, 477, 488
Gorbatschow, Raissa 405
Goerdeler, Carl 137, 159
Göring, Hermann 105
Gorki, Maxim 124
Grabert, Horst 315, 317, 324f., 335ff., 340
Grass, Günter 236, 281, 314, 325
Greene, Hugh Carleton 148
Grewe, Wilhelm 162
Gromyko, Andrej 174ff., 195, 198, 200, 204, 230, 297, 356, 406, 475
Guillaume, Christel 315, 333, 335, 336,
Guillaume, Günter 315–322, 324, 329, 331–341

Haakon VII., König von Norwegen 125, 127
Hager, Kurt 462
Haig, Alexander M. 353, 390
Haile Selassie, Kaiser von Äthiopien 443
Hajek, Jiri 221, 474
Hallstein, Walter 46, 297
Hammarskjöld, Dag 161
Hansen, Oscar 97
Hansson, Per Albin 129
Harmel, Pierre 179, 431
Harpprecht, Klaus 319, 338
Harpprecht, Renate 338
Haubach, Theodor 93
Heath, Edward 377, 456f., 459f., 488
Heck, Bruno 270
Heinemann, Gustav 78, 208, 223, 225, 230, 266f., 269f., 273, 298, 302, 307f., 312, 324, 326
Helms, Wilhelm 289, 291
Herold, Horst 320ff.
Herter, Christian 166
Heuss, Theodor 42, 264f.
Heydrich, Reinhard 104

Himmler, Heinrich 135, 138, 140f.
Hindenburg, Paul von Beneckendorff und von 89
Hitler, Adolf 14, 21, 43, 63, 90, 93, 102, 105, 108, 114, 116, 120f., 123ff., 128, 131f., 135, 137, 139f., 142, 145, 153, 155, 159, 186, 195f., 209, 214, 223, 234, 236, 240, 262, 271, 403, 463, 494, 497
Hoel, Sigurd 139
Honecker, Erich 57f., 232, 234f., 295, 309, 319, 329, 331, 340f., 434, 465f., 469f., 494
Humphrey, Hubert Horatio 396
Hupka, Herbert 290
Hu Qili 421
Husak, Gustav 219f., 224, 468, 474
Huxley, Aldous 105
Hu Yaobang 420f., 424

Iha, L. K. 378

Jackson, Jesse 401
Jacob, Berthold 104
Jahn, Gerhard 320f., 324, 348
Jaruzelski, Barbara 472
Jaruzelski, Wojciech 472ff.
Jens, Walter 281
Jobert, Michel 318
Johannes XXIII., Papst 37
Johannes Paul II., Papst 414
Johnson, Eyvind 316
Johnson, Lyndon B. 11, 60, 170, 190, 220, 396f.
Juan Carlos I., König von Spanien 348

Kadar, Janos 219f., 237, 466ff.
Kaffka, Rudolf 291
Kaisen, Wilhelm 26, 142
Karniol, Mauryzy 144
Katzer, Hans 286
Kaunda, Kenneth 443
Kautsky, Karl 438
Kaysen, Carl 68f.

Kekkonen, Urho 183
Kennan, George 166, 393, 413
Kennedy, Jacqueline 70
Kennedy, John F. 10f., 13, 40, 47, 53, 55f., 59f., 62f., 65f., 68–74, 78, 190, 245, 255, 257, 350, 357, 389, 396f., 399, 422, 482, 488
Kennedy, Robert F. 69, 73, 397, 400
Kenyatta, Jomo 443
Kessel, Albrecht von 79
Kienbaum, Gerhard 289f.
Kiesinger, Kurt-Georg 168f., 171f., 177f., 182ff., 192, 217, 220, 230, 234, 241f., 251, 263ff., 286, 300, 316, 328
King, Martin Luther 396f., 401
Kissinger, Henry 181f., 189ff., 198, 210, 230, 349, 356, 396, 398f., 417, 428, 459
Klein, Günter 52, 394
Klingelhöfer, Gustav 19
Kluncker, Heinz 312
Kohl, Helmut 269f., 296, 300, 334, 345, 351, 368
Köhler, Max (Mäcki) 103
Kok, Wim 443
Kollontai, Alexandra 137
Korber, Horst 81
Koschnik, Hans 343
Kossygin, Alexej 51, 195, 197ff., 201, 204f., 208, 250, 252, 287, 403
Kotikow, Alexander 9
Kramer, Dr., Oberstudienrat 90
Kreisky, Bruno 51f., 132, 174, 245, 349f., 380f., 391, 404, 419, 427, 445
Kroll, Hans 58f.
Krone, Heinrich 43, 328
Kühlmann, Knut von, Freiherr von Stumm-Ramholz 265, 289f.
Kühn, Heinz 342f.

Lafontaine, Oskar 369, 371
Lange, August 140
Lange, Halvard 34, 140, 148, 150

Personenregister

Leber, Annedore 138f., 149
Leber, Georg 265, 332
Leber, Julius 18, 86, 93ff., 136ff.,
  147
Leichter, Otto 175
Lemmer, Ernst 31, 41, 149
Lenin, Wladimir Iljitsch 18, 195,
  409ff., 473, 477
Lenz, Siegfried 236
Leopold, Kurt 80
Leussink, Hans 279
Lie, Trygve 23, 134
Liebknecht, Karl 92
Lincoln, Abraham 64
Lloyd, Selwyn 35
Longo, Pietro 182, 241
Löwenthal, Richard 29
Lübke, Heinrich 161, 240f., 264f.
Ludwig XVI., König von Frank-
  reich 259
Luns, Joseph 452
Luxemburg, Rosa 92, 96

Macmillian, Harold 155, 244
Maihofer, Werner 307
Malenkow, Georgi 165
Malraux, André 256
Mandela, Nelson 444
Mandela, Winnie 443
Manescu, Corneliu 177
Manley, Michael 437
Mann, Heinrich 85, 121, 143
Mann, Thomas 85, 105, 134, 478
Mao Tsetung 238, 294, 398, 421ff.,
  467
Marcos, Ferdinando 402
Marx, Karl 92, 195, 438
Masaryk, Thomas G. 105
Massu, Jacques 258f.
Maurer, Ion Gheorghe 223
Maurin, Jeanne 120
Maurin, Joaquin 120
McCarthy, Joseph 191
McCloy, John 24, 191, 193
McNamara, Robert 350, 376f.

Meany, George 191
Meir, Golda 428, 446ff., 455
Mende, Erich 66, 79, 265, 270, 286,
  289
Mendès-France, Pierre 378, 446
Metternich, Klemens Fürst von 192
Mewis, Karl 118f.
Michaelis, Walter (gen. Sverre) 113ff.
Michnik, Adam 474
Mierendorff, Carlo 93
Miki, Takeo 416
Mikojan, Anastas 47f.
Mischnick, Wolfgang 296, 307, 309
Mitterrand, François 196, 254, 302,
  347, 355, 366, 455, 489ff.
Moe, Finn 98, 101f., 123
Mohammed Resa Pahlewi, Schah von
  Persien 273, 415
Möller, Alex 269, 304, 310, 330
Möller, Gustav 130
Möller, John 86
Mollet, Guy 249, 439
Moltke, Helmuth James Graf
  von 135f.
Monnet, Jean 454ff., 479, 489
Mori, Haruki 429
Moro, Aldo 491
Mugabe, Robert 443
Müller, Günther 291
Müller, Hermann 268
Myrdal, Gunnar 139, 400

Nagy, Imre 468
Napoleon I., Kaiser der Franzo-
  sen 45, 94, 201, 240
Nasser, Gamal Abd el 446
Nau, Alfred 290, 323, 338, 365
Naumann, Friedrich 42
Nehru, Jawaharlal 418
Nenni, Pietro 181, 310, 491
Neumann, Franz 20, 25, 29ff.
Nilsson, Torsten 106
Nin, Andres 120
Nippus (Hauptmann) 126
Nitze, Paul Henry 390

Nixon, Richard 170, 181, 185, 189ff., 196, 202, 210, 230, 232, 267, 296, 317, 347, 378, 392, 396, 398f., 417, 424, 428, 447, 459, 488
Nollau, Günther 322f., 328f., 334–340
Norstad, Lauris 245
Novotny, Antonin 222
Nyerere, Julius 379, 443

Ohnesorg, Benno 273
Ollenhauer, Erich 19, 32f., 46, 52, 66, 86, 121, 131, 327ff.
Olszowski, Stefan 473
Ording, Aake 101f.
Orwell, George 117
Ossietzky, Carl von 104ff.
Överland, Arnulf 140
Owen, David 430
Oxenstierna, Axel Graf 153

Palme, Olof 271, 350, 377ff., 386, 396, 404, 407, 419, 426ff., 433f., 443, 445
Papandreou, Andreas 347
Passarge, Otto 146
Paul VI., Papst 414
Pauls, Eilhard Erich 90
Pearson, Lester Bowles 377
Peres, Shimon 445
Perez, Carlos Andres 386, 400, 437
Pétain, Philippe 402
Peterson, Peter 429
Philip, André 105
Pieck, Wilhelm 149
Pinochet, Augusto 294
Pisani, Edgard 256, 378
Plotho, Freiherr von 103f.
Pogoreloff, Wladimir 86
Pompidou, Georges 170, 208f., 256, 259, 285, 296, 314, 318, 453f., 456f., 459, 489
Ponomarjow, Boris 309, 360, 406
Pronk, Jan 403

Quidde, Ludwig 105
Quisling, Vidkun 125, 141

Radek, Karl 205, 410
Rajk, Laszlo 467
Ramphal, Sir Shridat 378, 387, 429
Rapacki, Adam 165
Rau, Johannes 368f., 371
Ravens, Karl 323
Reagan, Nancy 355
Reagan, Ronald 55, 197, 354f., 360ff., 380f., 389f., 399, 405f., 434, 436
Rein, Mark 118f.
Renger, Annemarie 309
Reuschenbach, Peter 333f., 336
Reuter, Ernst 17ff., 28f., 48, 95, 149, 159, 216, 395f., 495
Reuther, Walter 396
Ribbentrop, Joachim von 138
Rogers, Bernard William 191
Rolland, Romain 105
Roosevelt, Franklin Delano 15, 99, 127, 137, 207, 254, 390
Rosenfeld, Kurt 91
Rosenthal, Philip 278
Rostropowitsch, Mstislaw 174
Rush, Kenneth 230
Rusk, Dean 75, 78, 172, 175
Russell, Bertrand 105

Sacharow, Andrej 412, 473
Sadat, Anwar as 315, 445
Salazar, Antonio de Oliveira 402
Saragat, Giuseppe 491
Sartawi, Issam 448
Scharf, Kurt 341
Scheel, Walter 185ff., 195f., 199, 201, 204, 215, 225, 238, 266f., 269f., 288ff., 296, 301, 306ff., 324, 351, 424
Schiller, Karl 269, 285, 293, 296, 304f., 310, 330
Schiwkow, Todor 468
Schlesinger, Arthur 59, 69

Personenregister

Schmid, Carlo 52, 156, 215, 394
Schmidt, Helmut 33, 201f., 238, 269,
  294, 296ff., 305f., 308, 310, 312f.,
  319, 322f., 330f., 339, 342ff., 351,
  353ff., 363ff., 381, 458, 491
Schmude, Jürgen 365
Schoettle, Erwin 147
Schreiber, Walther 30
Schröder, Gerhard 177, 180, 192,
  208, 223, 247, 255, 265f., 283f.,
  296f., 300, 328
Schröder, Louise 18
Schumacher, Kurt 19, 25f., 39, 147,
  150, 157, 293, 327
Schütz, Klaus 78
Schweitzer, Albert 36
Semjonow, Wladimir 27, 138, 164,
  175
Senghor, Léopold Sédar 273, 436
Severing, Carl 95
Seydewitz, Max 91
Shultz, George Pratt 390
Sihanouk, Prinz Samdech Noro-
  dom 184
Smirnow, Andrej 47, 57, 61, 174,
Soares, Mario 322, 349, 445
Sollmann, Wilhelm 38
Somoza, Anastasio Debayle 441
Sorensen, Ted 62, 69f.
Sorsa, Kalevi 433, 437
Souvarine, Boris 120
Spangberg, August 128
Spangenberg, Dietrich 78
Speer, Albert 145
Springer, Axel Cäsar 288
Stalin, Josef Wissarionowitsch 12, 23,
  27, 46, 92, 116f., 123f., 154f., 157,
  159, 162ff., 197, 203, 205, 207, 212,
  237, 246, 360, 403, 408, 409ff.,
  475, 497
Starke, Heinz 289
Stauffenberg, Claus Graf Schenk
  von 136ff.
Stauning, Thorvald 438
Steiner, Julius 291f.

Steltzer, Theodor 135f., 146
Stinnes, Hugo (jr.) 66
Stoph, Willi 225–229
Stören (Konsul) 141
Strauß, Franz Josef 36, 42, 66, 172,
  180, 182f., 207, 233, 265, 267,
  285f., 292ff., 299f., 334, 351, 354,
  363, 480, 493
Stresemann, Gustav 180
Strougal, Lubomir 219
Stücklen, Richard 296, 309
Stumm, Johannes 9
Suhr, Otto 30, 32
Suslow, Michail 472f.
Svoboda, Ludvik 219
Szende, Stefan 103, 144

Taub, Valter 222
Terboven, Josef 140f.
Thatcher, Margaret 453, 471
Tito, Josip Broz 41f., 162, 178, 218,
  237, 309, 326, 419, 423, 440, 485
Torp, Oscar 100f.
Tranmäl, Martin 121, 123, 125, 130,
  137
Trott zu Solz, Adam von 136ff.
Truman, Harry S. 22, 23, 191, 216,
  390
Tschernenko, Konstantin 367

Ulbricht, Walter 9, 27f., 57f., 77,
  79f., 121, 163f., 166, 173, 177,
  225f., 227, 229, 231f., 309, 463
Uyl, Joop den 430, 443

Vance, Cyrus Roberts 357f., 429
Vandervelde, Émile 438
Vansittart, Robert Gilbert Lord 133
Verheugen, Günter 444
Vogel, Hans-Jochen 324, 365, 371
Vorrink, Koos 132

Walcher, Jacob 97, 100, 102, 131, 147
Waldheim, Kurt 380, 429
Walesa, Lech 473

Watteau, Jean-Antoine 256
Wechmar, Rüdiger von 306
Weck, Gerhard 333
Wehner, Herbert 50, 53, 66, 148, 167, 240, 265, 269, 291, 307ff., 323, 326ff., 339, 352, 455
Weizsäcker, Richard von 266, 286, 300, 309, 347, 474
Wels, Otto 96
Wessel, Gerhard 333
Wienand, Karl 291
Wiesner, Jerome 414
Wilke, Reinhard 340

Wilson, Harold 235, 439, 447, 451ff., 488, 491
Winzer, Otto 226
Wischnewski, Hans-Jürgen 400, 445
Wolf, Markus 340f.
Wolfstein-Frölich, Rose 115
Woolf, Virginia 105

Zarapkin, Semjon 173, 176, 230, 423
Zehrer, Hans 288
Zinn, Georg August 66
Zoglmann, Siegfried 289

Bildnachweis

Archiv des Autors 1 (J. H. Darchinger, Bonn), 2, 3, 4, 5, 6, 7, 8, 9, 10, 11, 12, 14 (Fred Stein, New York), 15, 16, 20, 22, 23, 24, 30, 33, 34, 41, 42, 46, 47, 48, 49, 51; Wolfgang Bera, Berlin 28; Bildarchiv Preußischer Kulturbesitz, Berlin 13; Rolf Braun, Bonn 50, 52, 54; dpa, Frankfurt/Main 55; Landesbildstelle, Berlin 21, 29; Neue Revue, Hamburg 43 (Betzler); Pressebild Schubert, Berlin 31; Ullstein Bilderdienst, Berlin 17, 18, 19, 25, 26, 27, 28, 32, 35, 36, 37, 38, 39, 40, 44, 45, 48, 49; Dave Valdez, Washington D.C. 53.